Tencendor
(Achar)
Iskruel-Ozean
holzwald
Eisbärküste
Land der Skrälinge
Gorkenpaß
Gletscher
Krallenturm/
Kummerkrak
Gletscher
Eisdachalpen
Andakilsa
Stadt
und Ruine der
Feste Gorken
Eisdach-Ödnis
Land der Skrälinge
Nordra
Schattenland
(Awarinheim)
Ichtar
Grenzberge
Wildhundebene
Ichtar
Urqharthügel
Lebenssee
Runinen
von Hsingard
Sigholt
Felsschlund
Bardenmeer
Severin
Azle
Jervois
Tailem-Knie
Nordra
Smyrdon
Verbotenes
Tal
Witwenmachermeer
Seegrasebene
Fluria
Skarabost
Nordra
Kastaleon
Farnberge
Bracken
Rhätien
Farnbruchsee/
Mutter
Arken
Arkness
Moor
Wald und Burg
der Schweigenden
Frau
Alte Grabhügel
Kesselsee
Arlon
Narrenturm
(Turm des
Seneschall)
Ebene von Tare
Tare
Nordmuth
Tarantaise
Karreninseln
Weitwallbucht
Isbadd
Nor
Koroleas-
Sund
Koroleas
S. Douglass © 1995

Sara Douglass

Das Vermächtnis der Sternenbraut

Fünfter Roman des Zyklus
Unter dem Weltenbaum

Aus dem australischen Englisch
von Marcel Bieger

Piper
München Zürich

Die australische Originalausgabe erschien 1996
unter dem Titel »Starman. Book Three of The Axis Trilogy«
bei HarperCollins*Publishers* in Sydney.

Der vorliegende Roman ist der 1. Teil
von »Starman. Book Three«.
Der 2. Teil erscheint im Herbst 2004

Redaktion: Angela Herrmann

ISBN 3-492-70005-5

Gesetzt aus der Aldus
Satz: Satz für Satz. Barbara Reischmann, Leutkirch
Druck und Bindung: Pustet, Regensburg
Printed in Germany

www.piper.de

Auch diesen Band des Zyklus *Unter dem Weltenbaum* widme ich Lynn, Tim und Frances. Danken möchte ich Louise Thurtell und Fiona Daniels von HarperCollins für ihre intensive Verlagsarbeit. Ein Lächeln und ein Gruß seien Johann Pachelbel zugedacht, dessen sehnsuchtsvoller Kanon in D-Dur mich beim Schreiben begleitete.

Dieser Roman ist der Angelpunkt, und er soll an Elinor erinnern, die zu einer Zeit starb, als sie und ich noch viel zu jung waren.

Courage my Soul, now learn to wield
The weight of thine immortal Shield.
Close on thy Head thy Helmet bright.
Ballance thy Sword against the Fight.
See where an Army, strong as fair,
With silken Banners spreads the air.
Now, if thou bee'st that thing Divine,
In this day's Combat let it shine:
And shew that Nature wants an Art
To conquer one resolved Heart.

Andrew Marvell,
A Dialogue Between The Resolved Soul, and Created Pleasure

Was bisher geschah

In einem fernen Land lebten einst vier Völker friedlich nebeneinander, bis die Menschen durch einen fanatischen Religionskrieg die drei nichtmenschlichen Rassen nahezu ausrotteten und sich zu alleinigen Herren der Welt aufschwangen.

Aber eine uralte Weissagung lebt fort. Sie besagt, daß eines Tages der Sternenmann als Erlöser erscheinen und seine ganze Kraft darauf verwenden wird, die entzweiten Völker zu einen. Axis, königlicher Bastard und Anführer der legendären Axtschwinger, ahnt, daß er dieser Sternenmann ist.

Axis und sein Halbbruder Bornheld stehen in Feindschaft zueinander und begehren dieselbe Frau: die bezaubernde Faraday, Bornhelds Verlobte. Doch dann begegnet Axis der schönen Bogenschützin Aschure und nimmt sie zur Geliebten. Als ihr gemeinsamer Sohn zum Erben ausgerufen wird, erfährt auch Faraday von der geheimen Beziehung. Großmütig gibt sie Axis frei und erlebt von ferne, wie er seinen göttlichen Auftrag erfüllt.

Für die Dauer eines Winters sollen die Waffen ruhen zwischen Axis und Bornheld. Es gilt, den Zerstörer der Prophezeiung niederzuringen. Während Axis auszieht, um gegen mörderische Greifen und anderes Gezücht zu kämpfen, verwaltet seine Gefährtin Aschure die Stadt Sigholt. Hier strömen Tausende von überallher zusammen, setzen die Pläne des Axtherrn in die Tat um und errichten das einstige Reich Tencendor von neuem.

Bornheld indes befürchtet, seine Macht könnte schwinden und Axis über ihn triumphieren. Und so befiehlt er, Dörfer dem Erdboden gleichzumachen und die Bewohner gnadenlos niederzumetzeln, wenn sie sich als Anhänger des Sternenmanns bekennen. Schließlich bricht er den Waffenstillstand und rüstet einmal mehr gegen den verhaßten Bruder. Schließlich stehen sich Axis und Bornheld gegenüber, der eine nach gerechterer Ordnung strebend, der andere von Machtgier besessen. Es kommt zum tödlichen Zweikampf …

Die Prophezeiung des Zerstörers

Es werden erblicken das Licht der Welt
Zwei Knaben, blutsverbunden.
Der eine, im Zeichen von Flügel und Horn,
Wird hassen den Sternenmann.
Im Norden erhebt der Zerstörer sich,
Treibt südwärts die Geisterschar.
Ohnmächtig liegen Mensch und Flur
In Gorgraels eisigem Griff.
Um der Bedrohung zu widersteh'n,
Löst das Lügengespinst um den Sternenmann,
Erweckt Tencendor und laßt endlich ab
Von dem alten, unseligen Krieg.
Denn wenn es Pflug, Flügel und Horn nicht gelingt,
Die Brücke zum Verstehen zu finden,
Wird Gorgrael, folgend seinem Ruf,
Zerstörung über euch bringen.

Sternenmann, hör mir gut zu!
Deine Macht wird dich töten,
Solltest du sie im Kampf einsetzen,
Eh' sich erfüllt, was geweissagt ist:
Die Wächter werden auf Erden wandeln,
Bis Macht ihre Herzen verdirbt.
Abwenden wird sich ein Mädchen voll Gram
Und entdecken die Alten Künste.
Ein Weib wird selig umfangen des Nachts
Den Mann, der den Gatten erschlug.

Uralte Seelen, längst schlummernd im Grab,
Im Land der Sterblichen werden sie singen.
Die erweckten Toten gehen schwanger
Und werden das Grauen gebären.
Eine dunklere Macht wird sich erweisen
Als Bringer des Heils.
Und strahlende Augen von jenseits des Wassers
Erschaffen das Zepter des Regenbogens.

Sternenmann, hör zu, denn ich weiß,
Mit diesem Zepter vermagst du
Gorgrael in die Knie zu zwingen,
Sein Eis zu zerbrechen.
Aber selbst mit der Macht in Händen
Wird dein Weg niemals gefahrlos sein.
Ein Verräter des eigenen Lagers
Wird sich wider dich verschwören.
Verdränge den Schmerz der Liebsten,
Nur so entgehst du dem Tod.
Haß heißt die Waffe des Zerstörers.
Doch hüte dich, es ihm gleichzutun.
Denn Vergebung ist der einzige Weg,
Tencendors Seele zu retten.

1

Der Tag der Macht

Endlos währte der Tag, jener Tag, an dem Axis erst versuchte, Aschure zu töten, und sie schließlich heiratete. Der Tag war angefüllt mit einer Energie, die Leben zu umhüllen und zu verändern vermochte. Die Macht der Zauberin – noch unerprobt und ungezügelt – hatte den Morgen beherrscht. Und nun, als die Zauberin lächelte und ihren ihr eben angetrauten Gemahl küßte, wartete ihre neue Kraft verhalten.

Als aber der Riegel, der Aschures Macht und ihrem Wesen vorgeschoben worden war, an jenem Tag gesprengt wurde, waren auch andere Tore aufgeflogen, hatten sich auch andere Kräfte in Bewegung setzen können, und die Prophezeiung hieß nicht alle von ihnen willkommen.

Als die Zauberin sich ihrem Gemahl dann entzogen hatte und die Wärme und Liebe entgegennahm, die ihr die Freunde und ihre Familie darboten, machte sich eine neue Macht auf den Weg, das Land von Tencendor zu durchziehen.

Es würde ein endlos langer Tag werden.

Axis zog den Ring der Ersten Zauberin aus der Geheimtasche seines Gewandes. Er hielt ihn in die Höhe, auf daß alle im Raum Anwesenden ihn sehen konnten, und steckte ihn Aschure auf den Mittelfinger der linken Hand. Der Reif paßte genau, so als sei er nur für diese Frau und für diesen Finger geschaffen worden.

»Willkommen im Haus der Sterne, um auf immer an meiner Seite zu stehen, Zauberin. Mögen wir von nun an alle Wege gemeinsam gehen.«

»Auf immer?« entfuhr es der Torwächterin. »Ihr und die Zauberin? Auf ewig? Wie Ihr wünscht, Sternenmann, ganz wie Ihr wünscht.«

Sie lachte, nahm zwei Kugeln aus einer der Schalen, die auf dem Tisch standen, und musterte sie.

»Auf ewig«, murmelte die Mutter Zecherachs und legte die beiden zu den übrigen sieben funkelnden Kugeln.

»Jetzt sind es die Neun. Der Kreis ist vollendet. Endlich … endlich!«

Sie verfiel in Schweigen und versank tief in Gedanken. Ihre Finger zitterten. Er hatte bereits ein Kind, und weitere würden folgen. Und dann … das andere.

Die Torwächterin hielt eine Hand über eine der Schalen, griff dann hastig hinein und brachte vier weitere Kugeln zum Vorschein. Die ließ sie auf den Haufen sanft schimmernder Goldperlen fallen, die jene darstellten, welche nicht durch das Tor gehen mußten. Die Niederen.

»Und jetzt noch eine mehr!« Ihre Züge verzerrten sich vor Furcht. Sie hob vorsichtig die zitternde Hand, knurrte wie ein Raubtier und entriß dem Haufen jener, die sich weigerten, durch ihr Tor zu schreiten, eine mattschwarze Kugel.

Die alte Frau fauchte, denn als Torwächterin widerstrebte es ihr, eine Seele ziehen zu lassen, ohne einen angemessenen Preis dafür zu erhalten. »Erfüllt dies Euer Versprechen, Wolfstern? Tut es das?«

Sie ließ die Kugel zusammen mit den vier anderen auf den Haufen der Niederen fallen.

»Genug«, sagte sie dann erleichtert. »Es ist vollbracht. Allem wurde Genüge getan.«

Faraday zog den Bauchgurt des Esels fester an und überprüfte Satteltaschen und Körbe. Viel hatte sie nicht dabei: die Schale aus Zauberholz, die sie vor so langer Zeit von dem Silberpelz bekommen hatte, und das grüne Gewand, das ihr die Mutter geschenkt hatte, dazu einige Ersatzdecken, ein Paar feste Stiefel für den Fall, daß das Wetter umschlagen sollte, außerdem Kleidung zum Wechseln.

Nicht eben viel für eine verwitwete Königin, dachte Faraday und versuchte, ihre Gefühle nicht die Oberhand gewinnen zu lassen. Wo war ihr Gefolge? Die goldene Kutsche und die mit bunten Wappendecken geschmückten Pferde? Die Gesellschaft zweier weißer Esel stellte nur einen armseligen Ersatz dar, erst recht, wenn sie bedachte, was sie für Axis und Tencendor getan hatte – und was sie noch tun würde.

Kutsche und Pferde? Was sollte sie damit anfangen? Alles, was sie brauchte, wonach sie sich wirklich sehnte, war die Liebe eines Mannes, der sein Herz einer anderen geschenkt hatte.

Sie dachte an Aschure und Caelum. Obwohl sie die andere beneidete, teilte sie doch deren Freude an ihrem Sohn. Nun denn, überlegte sie, dafür hatte sie ihre eigene Kinderschar. Ich bin die Mutter von zweiundvierzigtausend Seelen. Gewiß wird mir deren Geburt genug Schmerz und Freude bescheren.

In den Ställen wie überall im Palast von Karlon herrschte Ruhe. Kein Laut war zu hören. Als Faraday an diesem Tag die Wächter der Prophezeiung verlassen hatte, hatte sie gehört, daß man die Fürsten und Befehlshaber, die Axis und Aschure am nächsten standen, zusammengerufen hatte. In das Gemach, in dem Faraday sie kurz zuvor zurückgelassen hatte.

»Eine Hochzeit, das hoffe ich doch sehr«, murmelte Faraday und wußte nicht, ob sie um Aschures willen lächeln oder um sich selbst weinen sollte.

Die Edle holte tief Luft und versuchte, frischen Mut zu schöpfen. Sie hatte ihre eigene Rolle in der Prophezeiung zu erfüllen, und die würde sie nicht allzu weit von Karlon fortführen. Faraday konnte es kaum erwarten, den Palast und die Stadt zu verlassen. Hier blieben keine glücklichen Erinnerungen zurück. Sogar die acht Tage und Nächte, die sie erst vor kurzem an Axis' Seite verbracht hatte, waren nichts als Lügen und Verrat gewesen. Und vor allem dieser Erinnerung wollte sie dringend entkommen.

Warum hatte ihr niemand von Aschure erzählt? Jedermann, der zu Axis' engsten Vertrauten gehörte – und noch viele mehr, die ihm nicht einmal besonders nahestanden –, hatte über seine Liebe zu Aschure Bescheid gewußt. Aber nicht einem von ihnen war es eingefallen, Faraday davon zu unterrichten. Nicht einmal die Wächter hatten ihr gegenüber ein Wort darüber fallengelassen.

»Ihr habt mich in dem Glauben gelassen, daß Axis der Meine würde, sobald Bornheld nur endlich tot wäre!« hatte sie die Wächter angeschrien. »Alles, was mich während der entsetzlichen Ehe zu trösten vermochte, war der Gedanke, daß meine Anstrengungen für die Prophezeiung eines Tages mit Axis' Liebe belohnt würden. Aber diese Hoffnung war nichts als eine einzige Lüge, von der Ihr alle wußtet!«

Beschämt ließen Ogden und Veremund ihre Köpfe hängen, und als Yr einen Schritt auf die Freundin zu machte, um sie zu trösten, wich diese heftig vor ihr zurück.

»Habt Ihr es gewußt?« schrie Faraday den Schweinehirten an. »Habt Ihr von Anfang an gewußt, daß ich Axis verlieren würde?«

»Keiner von uns kennt alle Drehungen und Wendungen der Prophezeiung, mein liebes Mädchen«, antwortete Jack mit undurchsichtiger Miene.

Faraday starrte ihn ausdruckslos an. Sie konnte die Lüge fast schmecken, die aus seinem Mund gekommen war.

Sie seufzte jetzt. Ihr Treffen mit den Wächtern war unglücklich verlaufen. Inzwischen bereute Faraday die harten Worte, die sie ihnen entgegengeschleudert hatte, bevor sie der Versammlung den Rücken zugekehrt hatte und hinausgegangen war. Ogden und Veremund waren hinter ihr hergeeilt und hatten sie mit tränenüberströmten Gesichtern gefragt, wohin sie denn jetzt gehe. »In die Prophezeiung, in die Ihr mich hineingestoßen habt«, hatte Faraday hart geantwortet.

»Dann nehmt unsere Esel und deren Taschen und Körbe«, hatten sie sie angefleht.

Faraday hatte kurz dazu genickt. »Wenn Ihr darauf besteht.«

Damit hatte sie ihnen den Rücken zugekehrt und wußte doch, daß die Wächter ebenso Opfer der Prophezeiung waren wie sie selbst.

Und nun würde sie sich gen Osten wenden, weil sie damit beginnen mußte, die Schößlinge aus Urs Garten im Zauberwald in Tencendor in die Erde zu setzen.

Faraday raffte die Zügel der geduldigen Esel zusammen und wandte sich dem Ausgang des Stalls zu. Eine in einen schweren Mantel gehüllte Gestalt stand dort, unkenntlich, im Schatten verborgen. Die Edle zuckte zusammen, und das Herz schlug ihr bis zum Hals.

»Faraday?« fragte eine sanfte Stimme, und sie seufzte laut auf vor Erleichterung. Denn sie hatte schon halb befürchtet, daß es sich bei diesem dunklen Fremden um den geheimnisvollen und gefährlichen Wolfstern handeln könnte.

»Embeth? Was macht Ihr denn hier? Und warum tragt Ihr diesen Mantel?«

Die Herrin von Tare zog sich die Kapuze vom Kopf. Ihr Gesicht wirkte blaß und verhärmt, und die Augen zeigten den Kummer schlafloser Nächte.

»Ihr brecht auf, Faraday?«

Faraday starrte die Frau an und rief sich ins Gedächtnis zurück, daß Embeth sie ebenso wie die Wächter zu der Heirat mit Bornheld gedrängt hatte. Sie erinnerte sich auch daran, daß Embeth und Axis lange Jahre ein Verhältnis miteinander gehabt hatten. Da fiel es Euch nicht schwer, mich von Axis abzubringen und statt dessen in Bornhelds Bett zu treiben, dachte sie verächtlich, nachdem Ihr Euch so lange an Axis erfreut hattet und ihn wohl auch weiter zu genießen gedachtet.

Aber dann zwang die Edle sich zur Vernunft und sagte sich, daß Embeth ihr nur das geraten hatte, was sie für ein junges Mädchen für das Beste hielt. Besonders wenn dieses junge Ding in die verworrensten Hofintrigen hineingeraten war und sich darin nicht auskannte. Embeth hatte mit der Prophezeiung und deren sogartiger Wirkung zu tun gehabt, die schon damals so viele ihrer Opfer in die wirbelnden Tiefen ihres Mahlstroms gezogen hatte.

»Ja. Hier ist kein Platz mehr für mich, Herrin. Ich reise nach Osten«, antwortete sie wohlweislich vage, um die Fürstin in dem

Glauben zu lassen, sie kehre zurück zum Palast ihrer Familie in Skarabost.

Embeth rang die Hände. »Aber wie steht es mit Euch und Axis?«

Faraday starrte sie ungläubig an, bevor sie erkannte, daß Embeth vermutlich noch nichts von den Ereignissen des Tages erfahren haben mochte.

»Ich überlasse Axis seiner Liebsten, Embeth. Aschure soll ihn haben.« Ihre Stimme klang so leise, daß die Herrin von Tare sich anstrengen mußte, um sie zu verstehen.

»Ach, Faraday«, erwiderte sie, bevor sie nach einem Moment des Zögerns auf sie zutrat und sie in den Arm nahm. »Meine Liebe, es tut mir so leid, daß ich Euch nichts über ... nun ... Aschure und ihren Sohn gesagt habe. Aber ich konnte einfach nicht die richtigen Worte finden, und nach ein paar Tagen habe ich mir einzureden versucht, daß Ihr sicher längst Bescheid wüßtet. Warum sollte ich mich also einmischen. Aber ich habe gestern Euer Gesicht gesehen, als Axis Aschure der Öffentlichkeit vorstellte und ihren Sohn zu seinem Erben erklärte, und da wurde mir klar, daß Axis Euch offenkundig nichts gesagt hatte. Wie alle anderen auch nicht. Faraday, könnt Ihr mir bitte verzeihen?«

Faraday konnte nun die Tränen nicht länger zurückhalten, die zu weinen sie sich seit dem entsetzlichen Moment während der Zeremonie nicht gestattet hatte, in dem ihr der volle Umfang von Axis' Betrug bewußt geworden war. Sie schluchzte, und Embeth hielt sie noch fester. Für ein paar Minuten standen die beiden Frauen im Dämmerlicht des Stalles und hielten einander umfangen, bis Faraday sich von der Herrin von Tare löste und sich die Tränen aus den Augen wischte. Ein erlöstes Lächeln erschien auf ihren Gesicht.

»Danke, Embeth. Das hat mich getröstet.«

»Wenn Ihr nach Osten zieht, kommt Ihr doch sicher an Tare vorbei«, meinte Embeth. »Bitte, Faraday, laßt mich Euch bis dorthin begleiten. Für mich ist kein Platz mehr in Karlon. Timozel ist fort, nur die Götter mögen wissen, wohin er sich gewendet hat, und meine beiden anderen Kinder halten sich weit entfernt auf – beide sind inzwischen verheiratet –, und ich nehme nicht an, daß Axis oder Aschure sich allzu wohl fühlen würden, wenn ich mich weiterhin in ihrer Nähe aufhielte.«

Genausowenig wie bei mir, dachte Faraday. Verstoßene Geliebte rufen in der Regel so manche Verlegenheit und peinliche Situationen hervor.

»Judith wartet immer noch in Tare, und sie braucht meine Gesellschaft. Und da gibt es auch noch andere ... Gründe, warum ich nach Hause zurückkehren sollte.«

»Sternenströmer?« erriet Faraday den wichtigsten dieser Gründe.

»Ja«, antwortete Embeth, nachdem sie kurz gezögert hatte. »Ich war so töricht, seinen nur allzu erprobten Verlockungen zu erliegen. Denn die alte, angenehme Welt, wie ich sie kannte, war in so viele Stücke zerbrochen, daß ich mich verloren, einsam und unsicher fühlte. Er bot mir Halt, und ich ... ich, die einstige Geliebte seines Sohnes, stellte wohl für ihn eine unwiderstehliche Herausforderung dar.«

Ihr Mund verzog sich zu einem kläglichen Lächeln. »Ich fürchte, ich habe einen Narren aus mir gemacht, Faraday, und dieser Gedanke macht mir mehr zu schaffen als irgendein anderer Schmerz, der mir während der vergangenen Monate zugefügt wurde. Sternenströmer hat mich nur benutzt, um seine Neugierde zu befriedigen, denn ansonsten war ich ihm gleichgültig. Wir haben nicht einmal die Freundschaft geteilt, die Axis und ich füreinander empfanden.«

Wir sind beide von denselben verdammten Sonnenfliegern benutzt und verstoßen worden, ging es Faraday durch den Kopf. »Nun denn«, erklärte sie, »bis nach Tare wollt Ihr mit, habt Ihr gesagt? Wie lange braucht Ihr denn zum Packen?«

Zu ihrer Überraschung brach Embeth tatsächlich in Gelächter aus. »So lange, wie ich brauche, um ein Pferd zu satteln. Ich habe nicht das Bedürfnis, noch einmal in den Palast zurückzukehren. Geeignete Kleidung trage ich bereits, dazu gute Stiefel, und für den Fall, daß ich sonst noch etwas brauchen sollte, trage ich einen Vorrat an Goldstücken in meiner Börse mit mir. An Verpflegung soll es uns auf unserem Weg nicht mangeln.«

Faraday lächelte. »Nein, verhungern werden wir auf dieser Reise gewiß nicht.« Sie klopfte auf eine der Satteltaschen.

Verwirrt runzelte Embeth ob der leeren Satteltasche die Stirn, aber Faraday streckte nur die Hand aus. »Kommt. Laßt uns beide von diesen Sonnenfliegern fortgehen und an einem anderen Ort nach einem neuen Sinn für unser Leben suchen.«

Zur gleichen Zeit, als Faraday und Embeth den Palast von Karlon verließen, saß Timozel weit oben im Norden am Strand der Trüben Bucht und grübelte vor sich hin. Zu seiner Rechten erhoben sich die trostlosen Trübberge, die sich fast hundertfünfzig Meilen weit nach Norden erstreckten, entlang der Westgrenze von Aldeni. Ein unbarmherzig kalter Wind wehte ständig vom Andeismeer herüber und machte das Leben in der Umgebung der Berge fast unmöglich.

Die Dunkelheit der Wasser, die Timozel vor sich erblickte, spiegelte die Schwärze in seinem Geist wieder. Während Embeth sich weit weg im Süden um ihren verlorenen Sohn sorgte, verschwendete dieser keinen Gedanken an seine Mutter – Gorgrael beherrschte seinen Geist Tag und Nacht.

Während der letzten neun Tage war der Jüngling so hart nach Norden geritten, wie es seine Kräfte nur irgend zuließen. Mit jeder Meile, die er sich von Karlon und Faraday entfernte, spürte er Gorgraels grausamen Griff um seine Seele fester werden.

Das Entsetzen, das ihn erfüllt hatte, als Faraday das Gefäß fallen ließ und somit die Bande zerriß, die ihn an sie gebunden hatten, war zwar schwächer geworden, aber immer noch nicht vollständig von ihm gewichen. In den wenigen Stunden, die er zu schlafen wagte, suchten ihn ständig Alpträume heim, und aus jedem erwachte er schreiend. Dreimal an diesem Tag war er im Sattel eingenickt, und jedesmal erwartete ihn in seinen Träumen der Zerstörer, um ihm seine Klauen in den Hals zu graben und sein abstoßend widerwärtiges Antlitz dicht über das seine zu beugen. »Mein«, zischte die Traumgestalt Gorgrael dann. »Mein! Ihr seid mein!«

Und mit jedem Schritt, den er weiter nach Norden vorwärts kam, nahm die Macht der Nachtmahre zu. Könnte er Gorgrael nur den Rücken kehren und zurück nach Karlon reiten. Faraday um Vergebung anflehen und einen Weg finden, sein Rittergelübde zu erneuern. Aber Gorgraels Klauen hatten sich schon zu tief in ihn eingegraben.

Verzweiflung überwältigte ihn, und er weinte vor Trauer um den Jüngling, der er einst gewesen war, um den erzwungenen Pakt mit Gorgrael und um den Verlust von Faradays Freundschaft und Zuneigung.

Neben ihm lag der bereits erkaltende Kadaver des letzten Pferdes, das er getötet hatte. Das Tier war taumelnd stehen geblieben und hatte nur kurz verharrt, um dann erschöpft in den Ufersand zu sinken. Das Roß war nun schon das sechste Tier, das er während der vergangenen Tage buchstäblich zuschanden geritten hatte. Timozel hatte die Füße eilig aus den Steigbügeln gezogen, ein Bein über die Kruppe des Rosses geschwungen, als das Tier zu Boden stürzte, und war mit einer behenden Bewegung auf den Füßen gelandet.

Als Timozel nun am Ufer saß und die grauen Wellen betrachtete, fragte er sich, was er als nächstes tun solle. Wie konnte er jetzt, da ihm der verdammte Gaul krepiert war, seinen Weg weiter nach Norden fortsetzen?

Und was hatte ihn eigentlich an die Gestade der Trüben Bucht getrieben? Er befand sich viele Meilen westlich des Ortes, zu dem er hätte eilen sollen – zunächst nach Jervois, dann in das von den Skrälingen beherrschte Ichtar, weiter über den Gorkenpaß und dann nördlich, immer weiter nach Norden bis zu Gorgraels Eisfeste. Die Reise würde hart werden, vielleicht Monate dauern, und nur seine Entschlossenheit und seine Bindung an Gorgrael würden ihn nicht aufgeben lassen.

Wann immer ein Pferd zusammengebrochen war, hatte Timozel ein anderes gestohlen – kein schwieriges Unterfangen in einem so dicht bevölkerten Gebiet wie Avonstal. Aber in den trostlosen Landstrichen rund um die Trübe Bucht oder im Gebirge selbst würde es ihm kaum gelingen, ein Reittier zu finden.

Er straffte die Schultern. Nun gut, dann würde er sich eben zu Fuß aufmachen, und der Zerstörer – wenn er ihn tatsächlich haben wollte – würde sich zweifellos um ihn kümmern.

Aber nicht heute. Noch nicht einmal seine Furcht vor den von Gorgrael gesandten Alpträumen konnte Timozel in dieser Nacht vom Schlafen abhalten. Er fröstelte und zog seinen Mantel enger um sich. Der Jüngling rückte auf dem unbequemen, kalten und feuchten Sand hin und her. Irgendwo würde er genug Brennstoff für ein Feuer finden müssen, damit er sich während der Nacht wärmen konnte. Das Knurren seines Magens erinnerte ihn daran, daß er seit zwei Tagen nichts mehr gegessen hatte, und er fragte sich, wie er an einen Fisch aus den Tiefen der Trüben Bucht kommen könne.

Die Augen des Jünglings verengten sich, während er über die Bucht starrte. Was war das dort draußen auf dem Meer? Vielleicht hundert Schritt vom Strand entfernt konnte Timozel einen kleinen dunklen Höcker erkennen, der auf den Wellen schaukelte. Er hatte Geschichten über die Wale gehört, die in den Gewässern des Andeismeers lebten, und er fragte sich, ob dies wohl der Rücken eines dieser Riesenmeeresbewohner sein mochte, der sich in die Trübe Bucht verirrt hatte.

Timozel blickte über das Wasser und blinzelte in der salzigen Brise. Als das dunkle Gebilde näher kam, sprang er auf.

»Was ist denn das?« keuchte er.

Der Höcker hatte sich zu der Silhouette eines in einen schweren Mantel gehüllten Mannes aufgelöst, der ein winziges Boot ruderte. Er hielt geradewegs auf Timozel zu.

Des Jünglings dumpfer Kopfschmerz explodierte urplötzlich in weiße Hitze. Er schrie auf und krümmte sich vor Qual zusammen. Aber die Pein verebbte so rasch, wie sie gekommen war, und nachdem er wieder ruhig atmen konnte, richtete Timozel sich langsam auf. Als er den Blick hob, sah er, daß der Mann und sein Boot fast am Strand angelangt waren.

Er erschauderte. Der Fremde war so fest in Mantel und Kapuze eingehüllt, daß Timozel sein Gesicht nicht zu erkennen vermochte, aber er wußte doch, daß dies kein gewöhnlicher Fischer sein konnte. Am meisten verstörte Timozel aber der Umstand, daß der Mann zwar allem Anschein nach heftig ruderte, die Ruder jedoch beim Eintauchen ins Wasser nicht das geringste Geräusch erzeugten. Das Boot selbst glitt so gleichmäßig und ruhig dahin, als triebe eine unter der Wasserfläche verborgene kraftvolle Hand das Gefährt vor sich her.

Magie! Timozel fuhr einen Schritt zurück, als der Kahn sanft auf den Strand glitt.

Der Fremde holte die Ruder ein und erhob sich, wobei er seinen Mantel um sich zog. Der Jüngling fühlte das Lächeln auf dem Gesicht des Mannes eher, als daß er es sehen konnte.

»Ah, Timozel«, sagte der Dunkle, und trotz seiner Furcht entspannte sich der junge Mann ein wenig. Denn wie konnte ein Fremder mit einer so sanften Stimme üble Absichten hegen?

»Timozel, es ist schon spät, und ich wäre dankbar, wenn Ihr mir einen warmen Platz für die Nacht neben Eurem Lagerfeuer anbötet.«

Verwirrt warf der Jüngling einen Blick über seine Schulter auf die Stelle, auf die der Mann wies. Ein helles, freundliches Feuer prasselte in der Dunkelheit, ein großer Hase brutzelte an einem Spieß, und aus einem Topf, der am Rand der glimmenden Kohlen stand, stieg ein wenig Dampf auf.

»Wie ...« begann der Jüngling, und erneut befielen ihn Furcht und Zweifel.

»Timozel«, erklärte der Mann, und seine Stimme nahm ein noch tieferes Timbre an. »Ihr müßt das Feuer vorhin entzündet haben. Aber da Ihr so erschöpft seid, habt Ihr es wahrscheinlich vergessen.«

»Ja.« Der Jüngling ließ die Schultern sinken, so erleichtert fühlte er sich. »Ja, so muß es gewesen sein. Ihr habt recht, meine Gedanken sind ganz verworren.«

Das von der Kapuze verborgene Lächeln des Dunklen Mannes wurde breiter. Armer, von Zweifeln geplagter Timozel. Der Geist des jungen Mannes war schon so lange verdunkelt, daß es nun eine leichte Aufgabe wäre, ihm einen fremden Willen aufzuzwingen.

»Der Hase riecht gut«, bemerkte er und legte seinem »Gastgeber« eine Hand auf den Arm. Erstaunlicherweise verging Timozels Kopfschmerz beinahe sofort, als der Mann ihn berührte. »Sollen wir essen?«

Eine Stunde später saß Timozel vor dem Feuer und fühlte sich so gelöst wie seit Monaten nicht mehr. Er störte sich auch nicht mehr daran, daß sein Gefährte beschlossen hatte, seine Gesichtszüge nicht zu enthüllen. Während der vergangenen Monate hatte er seltsamere Kreaturen gesehen, wie etwa jene gefiederten Abnormitäten, die nun durch den verpesteten Palast von Karlon krochen. Der Jüngling verzog bei dieser Erinnerung den Mund.

»Euch gefällt nicht, was Ihr in Karlon gesehen habt?«

»Ekelerregend«, erwiderte Timozel.

»Oh, da kann ich Euch nur zustimmen.«

Timozel bewegte sich unruhig, als die Erinnerung an die Ikarier ihn mit aller Macht überkam. »Bornheld versuchte, sie aufzuhalten, aber er ist leider gescheitert.«

Der Dunkle zuckte die Schultern. »Wie bedauerlich.«

»Verrat hat ihn vernichtet.«

»Natürlich.«

»Er hätte siegen müssen!« Timozel ballte die Fäuste und starrte über das Feuer hinweg den in seinen Mantel gehüllten Mann an. »So hätte es sein müssen. Ich hatte eine Vision …«

Er unterbrach sich. Warum hatte er das erwähnt? Der Fremde würde ihn jetzt bestimmt auslachen.

»Wirklich?« In der Stimme des Dunklen klang nicht die mindeste Spur von Hohn, sondern eher so etwas wie Ehrfurcht. »Ihr müßt ein Liebling der Unsterblichen sein, wenn Euch Visionen gewährt wurden.«

»Aber ich fürchte, diese Bilder haben mich in die Irre geführt.«

»Nun«, entgegnete der Mann langsam, als widerstrebe es ihm zu sprechen. »Ich bin weit gereist, Timozel, und ich habe so manch Erstaunliches zu Gesicht bekommen und noch viel seltsamere Geschichten gehört. Eines von den vielen Dingen, die ich gelernt habe, ist, daß Visionen manchmal mißverstanden werden, fehlgedeutet. Würdet Ihr«, er verschränkte unruhig die Finger, »Eure Vision mit mir teilen?«

Der Jüngling musterte den Mann aus zusammengekniffenen Augen. Noch nie hatte er jemandem die Einzelheiten seiner Gesichte berichtet – nicht einmal Bornheld, obwohl dieser gewußt hatte, daß Artor Timozel die Fähigkeit verliehen hatte, seinen Sieg über Axis vorauszusehen.

Aber Bornheld hatte ja auch letztendlich nicht gesiegt. Und Artor erschien machtlos angesichts der Invasion der Unaussprechlichen. Selbst der Bruderführer hatte in der Gegenwart des Kriegers hilflos vor sich hin gestammelt. Timozel unterbrach sein Starren und rieb sich die Augen. Vielleicht war die Vision wertlos. Eine Sinnestäuschung, nicht mehr.

»Erzählt mir davon«, flüsterte der Dunkle. *Teilt sie mit mir …*

Der Jüngling zögerte.

»Ich möchte sie hören.« *Teilt sie mit mir.*

»Vielleicht werde ich Euch tatsächlich davon berichten«, erklärte Timozel. »Die Vision kam wieder und immer wieder. Sie zeigte mir stets die gleichen Bilder. Ich ritt ein großes und edles Tier – es brüllte mit so lauter Stimme, daß alle, die seiner ansichtig wurden und es hörten, vor Angst erzitterten.« Während der Jüngling sprach, überwältigte ihn der Zauber der Vision aufs neue. Er sprach schneller, und seine Worte überstürzten sich. »Ich kämpfte für einen Großen Herrn, und in seinem Namen befehligte ich eine Armee, die sich fast ohne Ende in alle Richtungen ausdehnte.«

»Ihr Götter!« entfuhr es dem Dunklen. »Eine wahrhaft große Vision.«

»Hunderttausende riefen meinen Namen.« Timozel beugte sich jetzt beim Sprechen vor, und sein Tonfall wurde ernst. »Sie beeilten sich, jeden meiner Wünsche zu erfüllen. Der Feind erbebte vor Schrecken, aber er konnte nichts ausrichten. Gewaltige Siege harrten meiner … im Namen des Herrn sollte ich den Schmutz hinwegfegen, der sich Achars bemächtigt hat.«

»Hättet Ihr das getan, so würde Euer Name für ewig in den Sagen der Völker weiterleben«, erklärte der Dunkle, und Timozel konnte die Bewunderung in seiner Stimme hören.

»Ja! Ja, genauso wäre es. Millionen würden mir danken. Und ich sah noch mehr ...«

»Dann erzählt doch weiter.«

»Ich sah mich Seite an Seite mit meinem Herrn vor einem Feuer sitzen, und Faraday stand an unserer Seite. Die Schlachten waren geschlagen und der Sieg vollkommen. Ich ... ich hatte meine Bestimmung gefunden. Mein Licht.«

Er ließ das Gesicht für einen Moment in die Hände sinken, und als er den Blick wieder hob, konnte der Dunkle erkennen, daß seine Augen gerötet waren und verloren dreinblickten. »Aber all das war eine Lüge.«

»Warum?«

»Bornheld ist tot – ich habe mit eigenen Augen gesehen, wie Axis ihm das Herz herausriß. Seine Armeen sind zerschlagen oder haben ihn verraten und sind zu dem Krieger übergelaufen. Und Bornheld hätte mir niemals den Oberbefehl überlassen.«

»Er traute Eurer Vision wohl nicht. Vielleicht hat er deshalb verloren«, meinte der Fremde, und Timozel nickte langsam.

»Nun liegt Faraday Axis bei und wird seine Frau, und wir alle sind verloren. Verloren. Und jetzt ... jetzt ...«

»Und jetzt?« drängte der Dunkle. »Überkommen Euch andere Visionen? Träume vielleicht?«

Timozels Augen weiteten sich, als sein Argwohn erwachte. »Wie könnt Ihr das wissen?«

»Oh«, beruhigte ihn der Dunkle. »Ihr habt diesen gewissen Blick. Den eines Mannes, der von Visionen heimgesucht wird.«

»Zur Zeit sind es weniger Visionen, die meine Gedanken beherrschen, als vielmehr dunkle Alpträume, die meine Seele bedrücken!«

»Vielleicht habt Ihr da etwas falsch gedeutet ...«

»Wie könnte ich den Umstand falsch deuten, daß Gorgrael seine Klauen in meine Seele gegraben hat? Es ist vorbei! Zu Ende!«

Entsetzt hielt er inne. Niemals, niemals zuvor hatte er mit irgend jemandem über Gorgrael gesprochen. Welche Strafe würde sein schrecklicher neuer Herr über ihn verhängen, nun, da er das Geheimnis verraten hatte?

Aber die Nennung dieses furchtbaren Namens schien den Fremden nicht weiter zu beunruhigen. »Ach ja, Gorgrael, der ist ein enger und lieber Freund von mir.«

Fassungslos fuhr Timozel zurück und fiel in seiner Hast, sich möglichst weit von dem Mann im Mantel zu entfernen, beinahe auf den Rücken.

»Euer Freund?«

»Ach«, sagte der Dunkle, »ich fürchte, Ihr seid den schlimmen Gerüchten über Gorgrael aufgesessen, die das Land überschwemmen.«

Der Jüngling starrte ihn an.

»Timozel, wie kann Gorgrael böse und finster sein, wenn er doch die gleichen Dinge bekämpft wie Ihr?«

»Was wollt Ihr damit sagen?« Wie konnte diese abstoßende Kreatur nicht böse und finster sein?

»Überlegt doch einmal, junger Freund. Gorgrael und Bornheld kämpfen – beziehungsweise kämpften – für die gleiche Sache, oder etwa nicht?«

»Wie bitte?« Vielleicht sollte er dem Fremden den Kopf abschlagen, damit wäre diese Angelegenheit sofort erledigt, sagte sich Timozel.

»Hört mir zu«, beschwichtigte der Dunkle ihn in beruhigendem Tonfall. »Gorgrael haßt die Unaussprechlichen – die Ikarier und die Awaren – genau so, wie Bornheld sie haßte. Mein Freund wünscht ebenso die Vernichtung dieser Kreaturen, wie Bornheld sie wünschte. Beide Männer haben oder hatten also ein gemeinsames Ziel.«

Der Jüngling kämpfte mit den Worten des Fremden. Ja, es entsprach der Wahrheit, daß Bornheld die Unaussprechlichen verabscheut und ihre Vernichtung herbeigesehnt hatte. Aber wollte Gorgrael das denn auch?

»Gewiß will er das«, flüsterte der Fremde. »Ganz gewiß sogar.«

»Aber die Prophezeiung sagt …« Timozel bemühte sich angestrengt darum, sich an den genauen Wortlaut der Weissagung zu erinnern.

»Ach was!« Unter seiner Kapuze lächelte der Dunkle in sich hinein. »Die Prophezeiung stellt nichts weiter als ein Werkzeug der Unaussprechlichen dar, den Geist der Menschen zu vernebeln und sie blind zu machen für ihren wahren Retter – Gorgrael.«

»Ja … ja.« Timozel ließ sich die Argumente des Fremden durch den Kopf gehen. »Das klingt schon vernünftig.«

»Ebenso wie einst Bornheld, sehnt sich auch Gorgrael danach, Axis zu töten.«

»Axis.« Blinder Haß ließ Timozels Stimme rauh klingen.

»Wer hat die Unaussprechlichen zurückgebracht, die jetzt über Achars Länder ziehen, Timozel?«

»Axis!« zischte der Jüngling.

Der Dunkle sprach jetzt sehr langsam, wobei er jedes Wort betonte. »Der Zerstörer hat sich zum Ziel gesetzt, Axis zu töten und dieses schöne Land von den Unaussprechlichen zu befreien. Ist das nicht genau das, was auch Ihr wollt?«

»Ja. Ja, das ist tatsächlich das, was ich mir wünsche.«

»Gorgrael wird Euch bei der Errettung Faradays aus dem widerwärtigen Händen Axis' und der Unaussprechlichen helfen.«

»Faraday! Er wird mir bei der Rettung der Edlen helfen?« Bestand doch noch Hoffnung für sie?

»Mit seiner Hilfe soll es Euch gelingen, Timozel. Mit seiner Hilfe.«

»Mir soll es gelingen?« Bestand tatsächlich eine Möglichkeit, daß er sich vor Faraday bewährte, so daß sie ihn wieder in Gnaden aufnahm?

»Ach, Timozel«, bemerkte der Dunkle mit niedergeschlagenen Augen. »Gorgrael wird wahrlich oft mißverstanden. Dabei kämpft er doch für eine gerechte Sache, aber leider ist er kein guter Heerführer.« Er seufzte, und der Jüngling beugte sich neugierig noch näher zu ihm hin. »Junger Freund, er benötigt einen Anführer für seinen Krieg. Er braucht Euch, genauso, wie Ihr ihn braucht. Gemeinsam könnt Ihr das Land von der schrecklichen Verderbtheit befreien, die es befallen hat.«

Eine kaum wahrnehmbare Stimme tief in Timozels Seele riet ihm, nicht auf den Mann zu hören und seinen geschmeidigen Worten keinen Glauben zu schenken. Hatte Bornheld nicht auch Gorgrael bekämpft? Waren die Skrälinge nicht ebenso schlimm wie die Unaussprechlichen? Aber das Ausmaß der um ihn gewobenen Verzauberung und die Schwärze, die sich in seine Seele fraß, hielten den Jüngling gefangen.

Timozel brachte seine innere Stimme zum Schweigen. Gorgrael würde derjenige sein, der wieder Vernunft und Reinheit in Achar herstellte.

»Er würde mir den Oberbefehl über sein Heer übertragen?«

»Das glaube ich gewiß. Er weiß, daß Ihr ein wahrhaft großer Feldherr seid.«

Fasziniert lehnte sich Timozel zurück. Endlich eine eigene Armee! Sogar Bornheld hatte ihm keine zugestanden.

»Seht Ihr es denn nicht, Timozel?« Der Dunkle zog das Netz der Lügen enger zusammen. »Versteht Ihr denn nicht? Gorgrael ist der Große Herr aus Euren Visionen. Das Schicksal muß mich nach Süden geschickt haben, damit ich Euch abhole und nach Norden zu ihm führe, auf daß Euer Herr Euch den Oberbefehl über seine Heerscharen übertragen kann.«

»Wirklich?« Vielleicht bot sich doch noch die Möglichkeit, daß die Visionen sich erfüllen würden. Noch einmal wurde ihm gewährt, Gutes zu bewirken. Ja, das Schicksal mußte diese Begegnung zwischen dem Dunklen und ihm in die Wege geleitet haben.

»Wirklich und wahrhaftig, Timozel.«

Der Jüngling überlegte. Eine Sache machte ihm noch zu schaffen. »Aber warum hat Gorgrael meinen Schlaf mit solch dunklen Träumen heimgesucht?«

Der Fremde streckte eine Hand aus und legte sie auf Timozels Schulter. »Die Unaussprechlichen versuchen mit allen Mitteln, Euch von Gorgrael fernzuhalten. Sie haben Euch diese Träume geschickt, nicht Gorgrael. Von jetzt an werden Euch keine Nachtmahre mehr plagen.«

Jedenfalls nicht mehr, wenn ich erst ein Wörtchen mit dem Zerstörer gewechselt habe, dachte der Dunkle. Den Geist des Jünglings mit solchen Träumen zu verstören, war in keinem Fall nötig gewesen – aber Gorgrael neigte nun einmal zu solchen Spielchen.

Alle Zweifel waren nun von Timozel genommen. Endlich hatte er den richtigen Weg gefunden. Die Visionen hatten ihm tatsächlich die Wahrheit gezeigt.

»Gorgrael wird Faraday also aus Axis' widerlichen Klauen befreien?« wollte er wissen.

»Oh, das kann ich Euch versprechen«, erwiderte der Dunkle. »Ganz bestimmt sogar. Und er wird sich als ein Herr erweisen, dem Ihr mit Stolz dient. Ihr werdet bei Eurem Großen Herrn am Feuer sitzen, Faraday an Eurer Seite, und Wein trinken.«

Timozel schnaufte vor Verzückung und ließ sich von der Vision überwältigen.

»Nun denn.« Der Dunkle erhob sich mit der Anmut der Ikarier, die er nicht vollständig unterdrücken konnte. »Warum führe ich Euch nicht gleich zu dem Großmächtigen Herrn? Ich habe ein Boot, und binnen weniger Stunden können wir seine Festung erreichen. Die Festung Eures Retters. Seid Ihr bereit und willens, mich zu begleiten?«

»Mein Freund«, Timozel stand an der Seite des Dunklen und klopfte ihm den Sand aus dem Mantel, »Ihr habt mir Euren Namen noch nicht genannt.«

Der Dunkle zog sich die Kapuze enger um sein Gesicht. »Ich trage viele Namen«, antwortete er ruhig, »aber Ihr dürft mich Freund nennen.«

Während Timozel in das Boot kletterte, fiel ihm auf, wie vertraut Freunds Stimme klang. Warum? Wer war er? Wo hatte er diese Stimme schon einmal gehört?

»Timozel? Stimmt etwas nicht?«

Der Jüngling starrte den Mann an, dann schüttelte er den Kopf und bestieg das Boot.

»Nein, Freund«, antwortete er. »Alles ist in Ordnung.«

Demütig lag Jayme vor der Ikone seines geliebten Artors des Pflügers, des einzigen wahren Gottes aller Achariten. Zumindest war Er das vor den Widrigkeiten der vergangenen Wochen gewesen.

Der alte Mann war bis vor kurzem der mächtige Bruderführer des Seneschalls gewesen, der älteste Vermittler zwischen Artor dem Pflüger und den Herzen und Seelen der Archariten. Aber jetzt war er nurmehr der Vermittler zwischen seiner eigenen zerbrochenen Seele und den Geistern seiner Träume und ehrgeizigen Ziele. Hatte Jayme einst Könige wie Bauern beeinflußt, so beherrschte er heutzutage bestenfalls noch die Schnallen seiner Sandalen. Früher hatte der Kirchenfürst im mächtigen Turm des Seneschalls residiert. Heute nahmen die Unaussprechlichen das Gebäude für sich in Anspruch und hatten das über mehr als tausend Jahre angesammelte Wissen der Kirche verbrannt. Früher war ihm die Macht wie eine zweite Haut gewesen und er hatte sich von der Kraft des militärischen Flügels der Seneschallbruderschaft, den Axtschwingern und ihrem General, dem Axtherrn, ausreichend geschützt fühlen dürfen ...

Aber inzwischen hatten die Axtschwinger ihre Waffen abgelegt, um den gräßlichen Unaussprechlichen zu dienen, und sein ehemaliger Axtherr nahm für sich in Anspruch, ein Prinz der geflügelten Kreaturen zu sein.

Axis, sein letzter General und Axtherr. Jayme hatte ihn wie einen Sohn behandelt, aber er hatte nicht nur seine Liebe zu ihm, sondern auch zum Seneschall verraten, als er die Unaussprechlichen zurück nach Achar geführt hatte.

Jayme hatte sich einmal der Freundschaft und Unterstützung seines ältesten Beraters, Moryson, erfreut. Aber nun war auch Moryson abtrünnig geworden.

Langsam erhob sich der alte Mann auf die Knie und musterte die Kammer, in die man ihn vor neun Tagen eingesperrt hatte. Viel hatten die Schergen Axis' ihm nicht gelassen. Ein einzelner hölzerner Stuhl und ein einfacher Tisch. Eine Matratze und ein Laken. Sonst nichts. Der Krieger befürchtete, Jayme könne womöglich versuchen, sich umzubringen, und so hatten Wachsoldaten alles bis auf das Allernötigste aus dem Raum entfernt. Zweimal am Tag kamen Wachen, um Essen zu bringen und sich um alles andere Notwendige zu kümmern, aber die restliche Zeit war Jayme allein.

Abgesehen von zwei Besuchern. Seine Augen wurden trübe, als er sich an sie erinnerte.

Zwei Tage nach dem Tod Bornhelds im Mondsaal, Achars letzter Hoffnung, hatte ihn Prinzessin Rivkah aufgesucht ...

Lautlos betrat sie den Raum, und Jayme bemerkte ihre Anwesenheit erst, als er sich aus seiner Andacht vor dem geheiligten Bildnis Artors erhob.

In dem Moment, als er sich umdrehte und sie entdeckte, wurde sein Mund trocken. Nie im Leben hätte er damit gerechnet, dieser Frau noch einmal gegenüberzustehen. Vor vielen Jahre hatten er und Moryson sie eigentlich dem sicheren Tod überlassen.

Endlos, so schien es ihm, stand Rivkah einfach nur da und starrte in an. Ganz gegen seinen Willen bemerkte Jayme den Widerspruch zwischen ihrer stolzen Haltung und seiner eigenen buckligen und unterwürfigen Gestalt. Wie ist es möglich, dachte er, daß die Frau, die Achar und Artor so sehr geschadet hat, hier auftreten kann, als sei die Gerechtigkeit auf ihrer Seite? Wie kommt es, daß sie in all ihrer Schönheit und in ihrer königlicher Haltung vor mir stehen kann, wenn doch alles, was Moryson und ich am Fuße der Eisdachalpen niederlegten, eine gebrochene und todwunde Frau gewesen war. Artor, warum hast Du zugelassen, daß sie überlebt? Warum, Artor? Artor, bist Du da?

»Warum?« fragte Rivkah endlich.

Er war selbst überrascht, als er mit verhältnismäßig lauter Stimme antwortete: »Wegen all des Unrechts, das Ihr Eurem Gemahl, Eurem Land und Eurem Gott zugefügt habt, Rivkah. Ihr hattet es nicht verdient, am Leben zu bleiben.«

»Ich war diejenige, der Unrecht angetan wurde, Jayme«, erwiderte sie. »Dennoch habt Ihr gewollt, daß ich eines entsetzlichen Todes sterbe. Ihr hattet, und daran erinnere ich mich noch gut, nicht den Mut, mir ein Messer in die Kehle zu stoßen.«

»Das ist Morysons Einfall gewesen«, erwiderte Jayme. »Er dachte, es sei am besten, Ihr würdet an einem Ort sterben, der weit genug von jeder Besiedlung entfernt lag, auf daß Eure Knochen nicht jene beeinflussen könnten, die Artor fürchten.«

»Dennoch habt Ihr meinen Sohn am Leben gelassen.«

»Er trug keine Schuld an dem Bösen, das Ihr angerichetet hattet – jedenfalls glaubte ich das zu jener Zeit. Damals wußte ich noch nicht, wer ihn gezeugt hatte. Hätte ich damals geahnt, was ich jetzt weiß, hätte ich Euch ein Messer in die Kehle gestoßen, Rivkah. Und zwar bevor Ihr Gelegenheit hattet, diese widernatürliche Scheußlichkeit zu gebären.«

Rivkahs Hand zuckte ein wenig, der einzige Hinweis darauf, daß Jaymes Worte sie getroffen hatten. Sie verspürte den Impuls, vor Jayme zu fliehen, so groß war der Abscheu, den sie vor ihm empfand, aber eine Frage mußte sie ihm noch stellen.

»Warum habt Ihr meinem Sohn diesen Namen gegeben – Axis?«

Überrascht über die Frage blinzelte Jayme sie an und bemühte sich sichtlich, sich zu erinnern. Dann zuckte er erleichtert die Achseln.

»Moryson hat ihn so genannt.«

»Aber weshalb Axis?«

»Das weiß ich nicht mehr, Rivkah. Der Name erschien uns zu der Zeit so gut wie jeder andere. Damals konnte ich noch nicht wissen, daß er zu einer »Achse« werden würde, um die sich unsere gesamte Welt drehen und dann daran zugrunde gehen würde.«

Rivkah holte tief Luft. »Ihr habt mir meinen Sohn genommen und seine Seele fast dreißig Jahre lang verdorben, und mich habt Ihr einem langsamen endlosen Tod überlassen.« Sie trat einen Schritt auf Jayme zu und spuckte ihm ins Gesicht. »Es heißt, Vergebung sei der erste Schritt zur Heilung, Jayme, aber es ist mir unmöglich, Euch das Unrecht zu verzeihen, das Ihr mir, meinem Sohn und seinem Vater angetan habt.«

Sie drehte sich um und schritt zur Tür.

Rivkah hatte sie gerade erreicht, als Jayme sie noch einmal

ansprach. Woher die Worte kamen, wußte er nicht, denn das Wissen, das aus ihnen sprach, war nicht sein eigenes, und ihre Heftigkeit entsprach überhaupt nicht seiner eher sanften Art.

»So wie ich die Sache verstehe, hat der Vogelmann, mit dem Ihr Searlas betrogen habt, nun seinerseits Euch betrogen und von sich gestoßen, Rivkah. Er hat Euch fallengelassen und beiseite geworfen, weil Eure Falten zu deutlich Euer Alter verraten. Betrug holt immer jene ein, die betrogen haben.«

Rivkah drehte sich um und starrte ihn entsetzt an. Seine Worte erfaßten zwar nicht die ganze Wahrheit, kamen ihr aber nahe genug, um sie zu verletzen. War der Preis dafür, Searlas betrogen zu haben, der, daß Sternenströmers Liebe zu ihr vor kurzem erloschen war? Welchen Preis würde sie für den Schmerz zahlen müssen, den sie Magariz vor vielen Jahrzehnten zugefügt hatte? Sie fuhr mit der Zunge über ihre Lippen und verfluchte das Beben in ihrer Stimme.

»Dann bin ich mir ganz sicher, daß Ihr eines gräßlichen Todes sterben werdet, Jayme«, stieß sie hervor.

Trotz ihrer beherzten Worte zitterte Rivkah am ganzen Leib. Sie riß die Tür auf und rannte, vorbei an den aufgeschreckten Wachen, den Flur hinunter.

Jayme lächelte, als er sich an Rivkahs Erregung erinnerte. Aber sein Lächeln erstarb, als er an den zweiten Besucher dachte.

Schon bevor Axis die Kammer betrat, hatte Jayme ihn gehört.

Sein ehemaliger Pflegesohn und Zögling stand einige Minuten lang vor der verschlossenen Tür und sprach mit den dort aufgestellten Wachen. Jayme war sich der Tatsache bewußt, daß Axis mit ihm spielte. Der Krieger konnte sich leicht ausrechnen, daß sein beiläufiges Gespräch in der Kammer zu hören sein und Jaymes Beklommenheit steigern mußte.

Diese Taktik verfehlte ihre Wirkung nicht. Des Kirchenführers Magen krampfte sich zusammen, als er hörte, wie der Schlüssel ins Schloß gesteckt und umgedreht wurde.

»Jayme«, erklärte Axis bestimmt, als er den Raum betrat.

Schon als Axtherr war der Krieger von einer Aura der Macht umgeben gewesen, und sie schien sich jetzt noch um das Zehnfache gesteigert zu haben. Der Mann wirkte unendlich bedrohlich auf den Bruderführer. Jayme öffnete den Mund, um etwas zu sagen, aber da gab es nichts, was er hätte sagen können.

»Ich habe beschlossen, dich vor ein Tribunal zu stellen, Jayme«, begann Axis und sprach ihn wunderbarerweise mit dem kirchenüblichen du an. »Rivkah hat mir von eurer Unterhaltung berichtet und von deinem kümmerlichen Versuch, die Schuld an dem Mordversuch Moryson in die Schuhe zu schieben. Aber du mußt dich nicht nur für das Unrecht rechtfertigen, das du mir und meiner Mutter zugefügt, sondern auch für das, das du dem unschuldigen Volk von Tencendor angetan hast.«

Jayme fand seine Stimme wieder und auch seinen Mut: »Und wie viele unschuldige Menschen hast du für deine verderbten Zwecke umgebracht, Axis? Das Recht scheint immer auf der Seite des Siegers zu sein, oder etwa nicht?«

Anklagend wies Axis' Finger auf den vormaligen Bruderführer. »Wie viele Unschuldige tötete ich im Namen des Seneschalls, Jayme? Nach wie vielen Menschen, die sich nichts zu Schulden haben kommen lassen, als harmlose Fragen zu stellen, hast du deinen Axtherr ausgeschickt, um sie mit Pferden zu Tode trampeln zu lassen? Wie viele unschuldige Menschen habe ich ermordet? Antworte mir, Jayme. Du warst derjenige, der mich aussandte, um im Namen Artors zu morden!«

»Ich habe nur das getan, was Artor mir befahl, Axis. Ich habe nur das getan, was richtig für den Weg des Pfluges war.«

Der Ärger auf Axis' Gesicht verschwand, und er starrte Jayme ungläubig an. »Hast du niemals die Welt um dich herum in Frage gestellt? Hast du denn nicht wenigstens einmal den brutal schmalen Weg des Pfluges angezweifelt? Hast du niemals gezögert und darüber nachgedacht, welche Schönheit der Seneschall zerstörte, als er vor tausend Jahren die Ikarier und die Awaren hinter die Grenzberge vertrieb? Hast du nicht einmal innegehalten, um Artor in Frage zu stellen?«

»Axis.« Jayme trat einen Schritt auf ihn zu. »Was ist mit dir geschehen? Ich glaubte dich zu kennen, und ich dachte, ich könnte dir vertrauen.«

»Du hast geglaubt, du könntest mich sorglos für deine Zwecke benutzen!«

Der Krieger blickte Jayme noch eine Weile an, dann wandte er sich zur Tür.

»Ich habe dich nur um Artors willen benutzt«, erklärte Jayme so leise, daß Axis ihn kaum verstehen konnte.

Axis drehte sich noch einmal zu dem einst geliebten Bruderführer um. »Ich werde alles daran setzen, den Seneschall zu zerschlagen, Jayme. Ich werde ihn und den verfluchten Weg des Pfluges zu Staub zermahlen, wie es ihnen gebührt. Ich werde deinen Haß, deine Heuchelei und deine unbegründeten Ängste begraben, und niemals, niemals zulassen, daß sie oder etwas Ähnliches je wieder ihre häßlichen Häupter in Tencendor erheben. Danke deinem Schicksal, Jayme, denn ich werde dich so lange am Leben lassen, daß du die vollständige Zerstörung des Seneschalls miterleben kannst.«

Jaymes Gesicht hatte nun alle Farbe verloren, und seine Lippen bebten. Er streckte eine Hand aus. »Axis!«

Aber der Krieger ließ ihn stehen.

Die Erinnerung an diesen Besuch verstörte Jayme so sehr, daß er sich erneut vor Artors Bildnis zu Boden warf. Verzweifelt versuchte er, Trost in der grob gefertigten Darstellung zu finden.

Die Wachen hatten das wunderbare Bildnis Artors aus seiner Kammer entfernt, jene Ikone aus Gold und Email, die einen Ehrenplatz in der Mitte der Hauptmauer eingenommen hatte. Mühselig hatte Jayme während der ersten beiden Tage seiner Gefangenschaft die lebensgroßen Umrisse des großen Gottes in den weichen Putz der Wand geritzt. Obwohl er sich bei seiner Arbeit die Fingernägel abgebrochen hatte, hatte er nun zumindest ein Abbild, zu dem er beten konnte.

Er preßte die Stirn auf den Boden.

Der Lärm der Hochzeitsfestlichkeiten auf den Straßen, die tief unter ihm lagen, weckte ihn schließlich am frühen Abend. Trotz seiner Niedergeschlagenheit begab sich Jayme neugierig zum Fenster hinüber.

Fröhliche Menschen bevölkerten die Straßen, und der Kirchenfürst lauschte aufmerksam, um ihre Rufe zu verstehen. Die meisten hielten Becher mit Bier in den Händen, manche Pokale mit Wein. Alle wirkten glücklich.

»Ein Hoch auf unseren Herrn und seine Gemahlin!« hörte Jayme einen stämmigen Burschen rufen, und die Menge fiel munter ein.

»Man sagt, die Hochzeit sei in den Sternen geschlossen worden!« schrie ein anderer, und der Kirchenmann entsetzte sich sehr, als er entdeckte, daß der Ruf von einem der geflügelten Ungeheuer mitten in der Menschenmenge stammte.

Er runzelte die Stirn. Hatte Axis Faraday bereits geheiratet?

Hinter ihm fiel ein winziges Stück Putz zu Boden. Dann noch eines. Da Jayme tief in die Betrachtung der Szene unter ihm versunken war, hörte er es nicht.

»Auf den Sternenmann!«

»Und auf Aschure!«

Tiefe Risse breiteten sich über die Wand aus, und aus der Wand heraus wurde etwas gedrückt von der Größe einer Männerfaust.

»Aschure?« wunderte sich Jayme. »Wer soll denn das sein?«

Mehr Putz bröckelte zu Boden, als weitere Risse und Ausbuchtungen in der Wand erschienen, aber Jayme war so in die Betrachtung der feiernden Menge vertieft, daß er auch jetzt noch nichts vernahm.

»Wer ist diese Aschure?« Um die Rufe der Menge zu verstehen, preßte er Gesicht und Hände an die Fensterscheibe.

Sie ist einer der vielen Gründe für deinen Tod, du Narr.

Vor Entsetzen wimmernd, wandte er den Blick von der unter ihm liegenden Straße und bemühte sich, die Spiegelung auf der Fensterscheibe genauer zu erkennen.

Ein Schwall von Putz fiel zu Boden, als die Wand hinter ihm zum Leben erwachte.

Jayme entfuhr ein leises Winseln, und vor Schreck konnte er sich nicht rühren. Sein Blick blieb wie gebannt auf dem Abbild des Entsetzlichen haften.

Nichts in seinem Leben hätte ihn darauf vorbereiten können, aber dennoch wußte er genau, um was es sich handelte.

Artor, der gekommen war, um Rache zu nehmen für die Unfähigkeit des Bruderführers Seines Seneschalls.

»Geliebter Herr«, krächzte Jayme.

In der Spiegelung der Scheibe sah Jayme, wie die Wand sich kräuselte und eine riesige Ausbuchtung erschien, die die Form jenes Bildnisses aufwies, das er in den Putz gekratzt hatte.

Dieser Anblick war zuviel für ihn, und entsetzt kniff er die Augen fest zusammen.

Hast du nicht den Mut, Mir in die Augen zu schauen, Bruderführer? Hast du nicht den Mut, deinen Herrn anzublicken?

Jayme fühlte, wie eine machtvolle Kraft sich um seinen Körper schloß. Urplötzlich wurde er herumgewirbelt und mit dem Rücken gegen das Fenster geschleudert; ihm blieb nur noch soviel Beherrschung über seine Muskeln, daß er die Augenlider fest geschlossen halten konnte. Ein Teil seines Verstandes, der noch nicht vollständig vor Entsetzen gelähmt war, hoffte, daß Artor ein wenig mehr von Seiner Kraft anwenden würde. Ein Sturz durch die Fensterscheiben hinunter auf die Pflastersteine wäre ein gnädiger Tod.

Aber Artor wußte Seine eigene Kraft sehr wohl einzuschätzen, und Jayme prallte nicht heftig genug gegen die Scheiben, um sie zu zerbrechen.

Dort hing er wie festgenagelt, die Füße eine Handbreit über dem Boden. Niemand aus der Menge, die Axis' und Aschures Hochzeit feierte, warf auch nur einen Blick nach oben. Niemand sah, wie Jayme am Fenster hing, wie eine Ameise, die ein grausamer Knabe auf ein Stück Papier gespießt hatte.

Der mächtige Gott Artor der Pflüger vollendete seine Umwandlung und trat in die Kammer. Er war von wilder, tobender Wut erfüllt, und es war schrecklich, Ihn in Seinem Zorn zu sehen.

Jayme hatte versagt. Der Seneschall zerfiel, und auch die Reste, die noch von ihm übrig waren, würden bald von dem schlimmen Wind hinweggefegt werden, der über das Land von Achar blies. Tag für Tag konnte Artor den Verlust jener Seelen spüren, die sich von Ihm und dem Weg des Pfluges abwandten und andere Götter anbeteten. Er war der einzige wahre Gott, und Er erhob diesen Anspruch. Artor gefiel der Gedanke nicht, daß die Götter, die er vor so langer Zeit verbannt hatte, in naher Zukunft wieder über dieses Land wandeln würden.

Dieser Bruderführer hier hatte Artor so nachhaltig und vollständig enttäuscht, daß der Gott sich gezwungen sah, Sein himmlisches Reich zu verlassen, um Vergeltung an dem Trottel Jayme zu üben, der jämmerlich dabei versagt hatte, den Seneschall gegen die Herausforderung des Sternenmannes zu führen.

Was hast du getan, Jayme?

Der zitternde Mann stellte fest, daß der Gott jene Muskeln losgelassen hatte, die er zum Sprechen benötigte. »Ich habe mein Bestes getan, Herr«, flüsterte er.

Sieh mir in die Augen, Jayme, und erkenne den Gott, dem zu dienen du gelobt hast.

Der alte Mann bemühte sich, die Augen fest geschlossen zu halten, aber die Macht des Gottes zwang sie auf – und Jayme schrie.

Vor ihm stand eine männliche Gestalt, größer und muskulöser als irgendein Mann, den Jayme je gesehen hatte. Artor hatte es gefallen, sich in der symbolischen Kleidung des Pflügers zu offenbaren: dem rauhen leinenen Lendentuch, dem kurzen Lederumhang, den Er achtlos über die Schulter geworfen und deren Kapuze Er dicht um das Gesicht gezogen hatte, und den geknüpften Sandalen. In einer Hand trug der Gott den traditionellen Ziemer, der benutzt wurde, um das Pfluggespann voranzutreiben; die andere hatte Er in gerechtem Zorn zur Faust geballt.

Artor hatte beschlossen, daß das Antlitz unter der Lederkapuze seines Umhangs die schweren, zerfurchten Gesichtszüge eines Mannes aufweisen sollte, den Jahre schwerer Arbeit hinter dem Pflug gezeichnet hatten. Sein Körper hingegen wies die dicken Muskelstränge auf, die erforderlich waren, um das Gespann zu lenken und die widerspenstigen Scharen des Pfluges in der Spur zu halten.

Und unter dieser ungeheuer kraftvollen und zornigen leiblichen Erscheinung schwelte die blendende Wut eines Gottes, den nun viele Seiner einstigen Diener verachteten und verleugneten.

Artors Augen glitzerten vor flammendem Zorn. *Täglich verringert sich Meine Macht, während der Seneschall zu Staub zerfällt. Täglich werden die Seelen der Achariten von geringeren, weniger verdienstvollen Göttern vereinnahmt. In Meinen Augen bist du dafür verantwortlich.*

»Das konnte ich nicht ahnen ...« begann Jayme, aber Artor hob den Stock bedrohlich über Sein Haupt und machte einen kraftvollen Schritt nach vorn. Jayme schwieg daraufhin.

Die Macht der Mutter droht dieses Land zu erobern, weil dieses schlaue Biest, das du nicht aufhalten konntest, im Begriff steht, die Schößlinge des bösen Waldes in ganz Achar auszusäen. Die Sternengötter drohen jetzt, ihr kaltes Licht im ganzen Land leuchten zu lassen.

»Ich hatte weder das Wissen noch die Macht, jene Götter aufzuhalten, von denen Du sprichst ...«

Dennoch hast du das Ei ausgebrütet, aus dem die verräterische Viper schlüpfen konnte. Du hast diese Schlange an deinem – an Meinem – Busen genährt! Du hast diesen Unhold aufgezogen, ihn unterrichtet, ihn mit der Macht und den Mitteln ausgestattet, und dann hast du ihn losgelassen, um all das zu zerstören, das Ich mit viel Mühe aufgebaut habe.

»Axis! Ich konnte nicht wissen, daß er ...«

So wie die Bruderschaft des Seneschalls auf die Knie gezwungen wird, so vergeht auch die Verehrung des Pfluges, und Ich werde schwächer. Lange vergessene Götter stehen auf und trachten danach, Meinen Platz einzunehmen und Mich aus diesem Land zu verbannen.

»Gib mir noch eine Gelegenheit, und ich werde versuchen ...«

Unter jenen, die noch verblieben sind, werde Ich einen aus-

wählen, der Meinen Willen für Mich erfüllt. Einen, der Mir immer noch ergeben ist. Einen, der den Pflug lenken kann, den du aus der Spur hast driften lassen. Stirb, Jayme, und bereite dich darauf vor, daß du alle Zeit in Reichweite Meiner ewigen Vergeltung verbringen wirst. Erfahre Meine Gerechtigkeit, Jayme! Spüre sie!

Als Artor noch einen Schritt auf ihn zu machte, hatte Jayme gerade noch genug Atem, um einen letzten erstickten Schrei auszustoßen.

Der Wachtposten vor der Tür glaubte, einen Schrei gehört zu haben, und kam auf die Füße. Aber im nächsten Augenblick erhellte die Explosion eines Feuerwerks den nächtlichen Himmel, und lächelnd beruhigte sich der Soldat. Zweifellos hatte es sich bei dem Geräusch um einen Widerhall der Feierlichkeiten unten in den Straßen gehandelt.

Eine weitere Feuerwerksrakete explodierte und übertönte die Schreie in der Kammer, als Artor der Pflüger seine göttliche Vergeltung ausübte.

Auf der Tiefebene von Tare, in die sie ein paar Meilen weit eingedrungen waren, hielten Faraday und Embeth an und wandten sich um, als das schwache Krachen des Feuerwerks zu ihnen herüberklang.

»Er hat sie geheiratet«, meinte Faraday tonlos, »und jetzt feiern die Menschen.«

Sie zog den Kopf des Esels herum und trieb ihn nach Osten.

Als der Wachtposten später in dieser Nacht nach seinem Gefangenen sehen wollte, fand er nichts weiter als einen Haufen Putz an der gegenüberliegenden Wand sowie einen blutigen Körper, der zusammengekrümmt unter dem fest verschlossenen Fenster lag.

Der Leichnam sah verdächtig danach aus … nun, als sei er unter einen Pflug geraten.

2

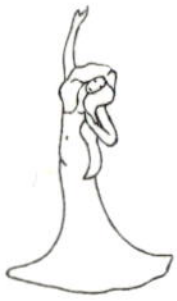

Das Lied der trocknenden Wäsche

Seit Axis' Sieg über Bornheld wurden die königlichen Gemächer im uralten Palast von Karlon instand gesetzt. In den Tagen nach seiner Vermählung mit Aschure verdoppelten die Arbeiter ihre Anstrengungen. Da sie die gewaltigen Arbeiten unmöglich so schnell und ohne Hilfe bewerkstelligen konnten, standen ihnen zwölf der besten ikarischen Zauberer zur Seite. Ihnen gelang es, die alten, unter den Schleiern von Jahrtausenden verborgenen Umrisse und Farben wiederzuentdecken. Die Zauberer leiteten die Arbeitsleute und Näherinnen an, die Gemächer für den Sternenmann und die Zauberin auf die beste und geschickteste Weise wieder herzurichten.

Die Ikarier nahmen die Neuigkeit, daß der Ring der Zauberin wieder aufgetaucht war und genau auf Aschures Finger paßte, mit großem Erstaunen zur Kenntnis. Aber sie stimmten darin überein, daß es niemanden gab, der sowohl des Ringes als auch des Titels würdiger sei, als jene Frau, die bereits über den Wolfen und die Alaunt und nun auch über das Herz des Sternenmannes gebot. Jene, die Gelegenheit hatten, sie während der vergangenen Tage zu beobachten, bemerkten, daß in den Tiefen ihrer Augen die Verheißung seltsamer Macht lag. Sie fragten sich, ob wohl der Ring diese Macht erzeugt haben mochte, oder ob die während der Qualen ihres Hochzeitstages freigesetzten Kräfte den Ring zu ihr gerufen hatten.

Weder Ikarier noch Menschen bezweifelten, daß Aschure ein nicht weniger mächtiges Wesen als Axis und selbst bereits eine lebende Legende sei.

Axis, Aschure und Sternenströmer saßen in ihrem Wohngemach, während Caelum ruhig in einer Ecke des Raumes spielte. An zwei Wänden erstreckten sich Fenster vom Boden bis hinauf zu einer mächtigen Jadekuppel, und die Gazevorhänge wehten leicht in der kühlen Brise des Spätnachmittags. Die drei hielten sich schon seit einigen Stunden hier auf, und Aschure wirkte sichtlich erschöpft. Axis wandte sich von ihr ab und seinem Vater zu.

»Diese Räume sind doch ikarischen Ursprungs, Sternenströmer, und ich bezweifle nicht, daß der Mondsaal dem Sternentor nachgebildet ist. Aber wie ist das möglich? Ich habe immer angenommen, die Stadt und der Palast Karlon seien ausschließlich von Menschenhand geschaffen.«

Der Zauberer zuckte die Achseln. Er hatte sich bäuchlings auf einem wenige Schritte entfernten Ruhebett niedergelassen und seine Flügel zu beiden Seiten auf dem Boden ausgebreitet.

»Irgendwo mußten die Ikarier ja leben, Axis. In der Zeit des alten Tencendor müssen Menschen wie Ikarier in Karlon gelebt haben. Diese Stadt ist nämlich uralt.«

Er wälzte sich auf den Rücken und starrte zur Decke empor. Axis und Aschure, beide flügellos, staunten über Sternenströmers Anmut. Er konnte sich ganz umdrehen, ohne sich in seinen Flügeln zu verfangen.

»Ich bezweifle nicht, daß die Ikarier gerne in Karlon residiert hätten, Axis«, fuhr Sternenströmer fort, »zumal die Stadt so nahe an dem geheiligten Gralsee und dem Narrenturm gelegen ist.« Er unterbrach sich, und ein verträumter Ausdruck trat in seine Augen. »Aus diesen Fenstern kann man sich mit einem Sprung in die aus den großen Tiefebenen aufsteigenden warmen Luftströmungen schwingen.«

Aschure lächelte kurz zu Axis hinüber. Sternenströmer wirkte viel zu träge, um mehr zu wollen, als es sich im Zimmer gemütlich zu machen. Ihr Lächeln erstarb aber rasch wieder. Sie rutschte unbehaglich hin und her und stopfte sich schließlich ein Kissen in den Rücken – mit jedem Tag wurden die Zwillinge in ihrem Leib größer und beschwerlicher.

Axis schaute sie besorgt an. *Wir haben Euch ermüdet, meine Liebste.*

»Nein«, antwortete sie, aber sowohl Sternenströmer als auch Axis konnten die Anzeichen der Erschöpfung sehen, die sich um ihre Augen herum eingegraben hatten. »Nein, ich möchte noch einen Versuch unternehmen. Bitte, nur noch einmal, bevor Ihr hinunter und zurück zu Eurer Armee geht.«

Beinahe zu spät hatte Axis erkannt, wieviel Zeit seit seinem Sieg über Bornheld verstrichen war. Er war jetzt damit beschäftigt, eine Streitmacht aufzustellen, die nach Norden ziehen sollte, um die Verteidigungsanlagen von Jervois auszubauen. Mit jeder Stunde, die verstrich, rückten der Herbst und damit Gorgraels unabwendbarer Angriff näher heran.

Sternenströmer setzte sich auf. Er teilte Axis' Besorgnis über Aschures Zustand. Offenkundig war es Faraday gelungen, den Rücken der Braut seines Sohnes zu heilen. Um wieviel begehrenswerter wirkte sie nun mit dem glatten, makellosen Rücken, der geradezu danach schrie, gestreichelt zu werden, dachte Sternenströmer. Aber Aschure litt immer noch unter der Schwäche, die von den vor vier Tagen erduldeten Schlägen gegen ihren Körper und ihre Gefühle herrührte. Weder Axis noch Sternenströmer mochten daher Faradays dringendem Rat, Aschure müsse bis zur Geburt ihrer Kinder ausruhen, widersprechen.

Aber dennoch, wie dringend werde ich sie im Kampf gegen Gorgrael brauchen, dachte der Krieger. Wie verzweifelt bin ich auf ihre Fähigkeiten mit dem Bogen, auf ihre Bogenschützen, auf ihre Alaunt und ihre Macht angewiesen. Ich kann es mir in den nächsten Monaten kaum leisten, für eine langwierige Genesungszeit auf sie zu verzichten. Aber um wieviel weniger kann ich es wagen, sie in eine endgültige Erschöpfung zu treiben, indem ich sie jetzt zu unbarmherzig antreibe? Axis versuchte immer noch, mit der Schuld fertigzuwerden, die er während der Ereignisse einige Tage zuvor auf sich geladen hatte. Hinzu kam, daß Aschure sich trotz der Behinderung, die die schwierige Schwangerschaft darstellte und von der er nichts gewußt hatte, mit unverdrossenem Mut durch die fürchterliche Schlacht von

Bedwyr Fort gekämpft hatte. Er drückte ihre Hand fester, als er sich vergegenwärtigte, welcher glücklichen Fügung er es zu verdanken hatte, daß diese tapfere junge Frau die vergangenen Wochen überhaupt überlebt hatte.

»Bitte«, sagte Aschure wieder. »Einmal noch.« Sie hob die freie Hand, um sich einige Haarsträhnen aus der Stirn zu streichen, und der Ring der Zauberin schimmerte im goldenen Licht des Spätnachmittags.

Axis und Sternenströmer hatten zum ersten Mal versucht, Aschure im Gebrauch ihrer ikarischen Kräfte zu unterrichten. Schon die ersten Ergebnisse hatten alle Anwesenden entmutigt – einschließlich Caelum, der die Vorgänge von seiner Ecke aus mit großen Augen beobachtete.

Sternenströmer wechselte auf einen Stuhl an Aschures Seite. Er erinnerte sich daran, wie vergleichsweise einfach es für ihn und Morgenstern gewesen war, Axis auszubilden. Wolfstern, Aschures Vater, hatte jedoch weder Zeit noch Mühe darauf verwendet, seiner Tochter auf ähnliche Weise sein Wissen zu vermitteln wie Axis oder Gorgrael, und sie allem Anschein nach auch in jeder anderen Hinsicht vollkommen ignoriert. Sternenströmer kochte vor Wut, wenn er daran dachte, wie Wolfstern sie ihrem furchtbaren Schicksal in Smyrdon überlassen hatte.

So wie seine Großmutter es einst bei ihm getan hatte, so umfing nun der Krieger Aschures Gesicht mit beiden Händen.

»Hört dem Sternentanz zu«, forderte er sie auf.

»Ja«, antwortete sie kaum hörbar.

Wenigstens den Sternentanz hatte sie ebenso mühelos vernommen wie Axis – aber sie hatte ihn schon seit langer Zeit gekannt, ohne zu wissen, warum. Jedesmal, wenn Axis sie liebte, konnte sie ihn hören; manchmal auch dann, wenn Caelum an ihrer Brust trank oder wenn sie an einem offenen Fenster stand und sich vom Wind umwehen ließ; dann aber auch in der Nacht, wenn sie von weit entfernten Ufern träumte und vom Kommen und Gehen seltsamer Gezeiten auf Felsen und Sand.

Aber Aschure hörte auch die Dunkle Musik, den Tanz des Todes, jene Musik abtrünniger Sterne, die den ihnen zugewiesenen Kurs verließen. Weder Axis noch Sternenströmer oder irgendein anderer der ikarischen Zauberer vermochten diese Musik für gewöhnlich zu vernehmen. Sie spürten diese Klänge nur, wenn jemand sich ihrer bediente. In der Nacht des Kampfes zwischen Axis und Bornheld hatte Sternenströmer die Musik im Mondsaal vernommen. Axis war Zeuge gewesen, als zwei der Skräbolde sie an den Toren von Gorken anwendeten, und er und sein Vater spürten ihre Gegenwart an jenem Morgen, als Aschure Dunkle Musik einsetzte, um den Greifen in Stücke zu reißen, der sie oben auf dem Narrenturm angegriffen hatte.

Aschure verbannte die schauerlich verzerrten Töne in die tiefsten Tiefen ihres Gedächtnisses und wandte sich aufmerksam dem überwältigend schönen Sternentanz zu. Alle ikarischen Zauberer bedienten sich der Kraft des Sternentanzes, indem sie Bruchstücke seines Zaubers in einfachere Melodien einwoben und Lieder schufen, von denen jedes einem bestimmten Zweck diente.

Axis und Sternenströmer hatten versucht, Aschure einige der einfacheren Lieder beizubringen, die alle zukünftigen ikarischen Zauberer binnen weniger als zwei Stunden beherrschten. Sie mühten sich nun schon seit fast fünf Stunden ab, aber Aschure gelang es nicht, auch nur eine einzige Liedzeile zu behalten.

Aschure schloß die Augen und konzentrierte sich auf das Lied, das der Krieger ihr langsam vorsang. Er hatte das einfache Lied der trocknenden Wäsche ausgewählt, das nur den denkbar winzigsten Einsatz der Kraft erforderte, aber selbst das lag anscheinend jenseits von Aschures Fähigkeiten.

Axis beendete seinen Gesang, und er und Sternenströmer hielten den Atem an.

Entspannt Euch, Geliebte. Dies ist ein einfaches Lied. Singt es für mich.

Aschure seufzte und begann, die Melodie wiederzugeben. Axis und Sternenströmer zuckten zusammen. Ihre Stimme klang spröde und vollkommen unmelodisch, und ihr fehlte all die musikalische Schönheit, über die jeder Ikarier selbstverständlich verfügte, ob es sich nun um Zauberer handelte oder nicht.

Axis erinnerte sich an Aschures Versuche, in die Lieder am Lagerfeuer einzustimmen, als sie gemeinsam durch die Eisdachalpen zu der Beltidenfeier gereist waren. Auch damals hatte ihre Stimme tonlos und unangenehm rauh geklungen. Aber nach der Entfernung der Blockade, hinter der Aschures wahres Wesen und ihre Macht verborgen lagen, hatte Axis fest damit gerechnet, daß ihre musikalischen Fähigkeiten nun auf ganz natürliche Weise zum Vorschein kämen.

Aber offenkundig war das nicht der Fall. Wenn Aschure tatsächlich über irgendeine Macht verfügte, dann war sie ohne Zweifel außerstande, sie mittels eines Liedes zur Geltung zu bringen.

Unbemerkt wackelte Caelum auf seinen unsicheren Beinchen zu dem Sofa, auf dem seine Eltern saßen.

»Mama«, erklärte er zur Überraschung der Erwachsenen. »Ganz leicht. Seht Ihr?«

Und er summte das Lied der trocknenden Wäsche ebenso wunderschön wie sein Vater.

Aschure öffnete die Augen, starrte ihren Sohn an und brach in Tränen aus.

Axis brachte den Jungen mit einem ärgerlichen Blick zum Schweigen und nahm Aschure in die Arme. »Ruhig, meine Liebste. Ich bin sicher, daß …«

»Nein!« schrie sie. »Es ist hoffnungslos. Ich werde das niemals lernen.«

»Mein Sohn«, wandte Sternenströmer mit sanfter Stimme ein. »Vielleicht ist es tatsächlich unmöglich, da Aschure zwar von den Sonnenfliegern abstammt, ihre Blutbande aber zu weit von den unseren entfernt sind. Es ist denkbar, daß wir deshalb nicht in der Lage sind, sie zu unterrichten.«

Die Gabe und die Kräfte der ikarischen Zauberer ließen sich ausschließlich vererben. Eltern gaben das Erbe an ihre Kinder weiter, und die Zauberer durften nur von einem Angehörigen ihres eigenen Hauses oder einem Familienmitglied ausgebildet werden, für gewöhnlich von einem nahen Blutsverwandten. Normalerweise unterrichtete ein Elternteil den zukünftigen Zauberer, aber manchmal mußte das auch ein naher Verwandter übernehmen. Axis' Großmutter Morgenstern hatte seinerzeit ihren Sohn Sternenströmer bei der Ausbildung seines eigenen Sohnes unterstützt.

Aber Wolfstern entstammte einer Generation von Sonnenfliegern, die vor viertausend Jahren gelebt hatte. Er war gestorben, zu Grabe getragen worden und durch das Sternentor geschritten, um aus Gründen zurückzukehren, die sich weder der Krieger noch sein Vater bis jetzt erklären konnten.

Axis starrte seinen Vater an, dann richtete er den Blick auf seine Frau. »Mein Herz, Sternenströmer könnte recht haben.«

Aschure lehnte sich zurück. »Aber Wolfstern konnte sowohl Euch als auch Gorgrael in der Zauberkunst unterweisen, Axis. Ihr seid von seinem Blut so weit entfernt wie ich von Eurem.«

»Keiner von uns weiß, über welche Macht Wolfstern inzwischen verfügt«, meinte Sternenströmer. »Offensichtlich ist er fähig, jede beliebige Erblinie zu nutzen, ganz im Gegensatz zu Axis und mir.«

»Dann könnte mich vielleicht Caelum unterrichten«, sagte Aschure. »Überlegt nur, wie mühelos er das Lied der trocknenden Wäsche gelernt hat!« Oh, es wurmte sie so sehr, daß sie nicht einmal ein lächerlich einfaches Lied lernen konnte, während dies einem nicht einmal einjährigen Kind mühelos gelang! »Und er steht in ebenso gerader Verwandtschaftslinie zu mir wie Wolfstern.«

Diese Möglichkeit war Axis noch gar nicht in den Sinn gekommen, deshalb zog er jetzt überrascht die Augenbrauen hoch und blickte seinen Vater stumm fragend an. Ein Kind sollte einen Elternteil unterrichten? Einen solchen Versuch hatte man niemals zuvor unternommen – aber andererseits hatte auch noch nie ein ikarischer Zauberer seine Macht nach der Geburt des eigenen Kindes erlangt.

Weder Axis noch Sternenströmer gefiel die Vorstellung – ein nahezu unausgebildetes Kind konnte einem ebenso unausgebildeten Elternteil enormen Schaden zufügen, aber welches Unheil vermochte das Lied der trocknenden Wäsche schon anzurichten? Schlimmstenfalls würde eine warme Brise entstehen und den Raum durchwehen. Und ob Caelum tatsächlich in der Lage war, Aschure zu unterweisen, sollte man am besten gleich herausfinden.

Sternenströmer erriet Axis' Gedanken und nickte kaum merklich.

Der Krieger musterte seinen Sohn. Er grollte ihm noch immer, weil der Knabe sich vor seiner Mutter aufgespielt hatte. Selbst in seinem zarten Alter hätte Caelum mehr Feingefühl zeigen müssen.

Nun, Caelum, möchtet Ihr es versuchen?

Diesen Gedanken konnten alle Anwesenden empfangen. Die Kraft, mittels Gedanken zu hören und gelegentlich auch zu sprechen, war eine der ersten besonderen Fähigkeiten gewesen, die Aschure bewiesen hatte, und sie entwickelte diese Fertigkeit Tag für Tag weiter. Wenigstens das gelang ihr.

Das Kind nickte ernst, denn es schämte sich, seiner Mutter Ungemach zugefügt zu haben.

Axis hob den kleinen Jungen hoch und setzte ihn sich auf die Knie. Das Kind streckte die pummeligen Ärmchen aus, und nach einem Moment des Zögerns nahm Aschure seine winzigen Hände in die ihren.

Von neuem begannen sie nun. Caelum benutzte seine innere Stimme, um mit seiner Mutter zu sprechen – das fiel ihm leichter, als seine immer noch widerspenstige Zunge zu gebrauchen. Aschure schloß die Augen und sammelte sich, aber als der Junge das Lied beendet hatte und die Reihe an ihr war, entströmten ihrem Mund solch mißtönende Klänge, daß die drei Zauberer das Gesicht verzogen.

»Sinnlos«, erklärte die junge Frau und wandte sich ab, um ihre Tränen vor den anderen zu verbergen.

»Aschure«, meinte Sternenströmer, »niemand weiß, wie verändert Wolfstern durch das Sternentor zurückkehrte. In welchem Ausmaß sich seine Macht durch die Erfahrungen jenseits des Sternentores wandelte. Ich halte es für sehr wahrscheinlich, daß durch Wolfsterns Erbe eine Kraft auf Euch gekommen ist, die sich von allem unterscheidet, was die Ikarier in der Vergangenheit kannten. Vielleicht ist sie so anders, daß die traditionellen Methoden der Ausbildung bei Euch versagen. Ihr könnt Eure Macht nicht einmal in der althergebrachten Weise benutzen. Axis?« Seine Stimme nahm einen entschiedenen Tonfall an. »Aschure verfügt offensichtlich über Macht, denn wir beide waren Zeuge, als sie den Greifen in Stücke riß.«

Der Sternenmann nickte, und Aschure wischte sich schließlich die Augen und starrte Sternenströmer an.

»Wir haben mit eigenen Augen gesehen, wie Aschure Macht benutzte, Dunkle Musik, um den Greifen zu vernichten, der sie und Caelum bedrohte, aber wir haben sie nicht singen gehört!«

»Bei den Sternen!« stieß Axis hervor. Warum war ihm das nicht eingefallen?

Sternenströmer lachte unvermittelt auf, und sein schönes Gesicht strahlte vor Freude. Er setzte Caelum auf den Boden und ergriff die Hände der jungen Frau. »Aschure! Ihr verfügt über Macht, über großartige Macht, aber sie unterscheidet sich grundlegend von der, die wir kennen. Deshalb wissen wir nicht, wie wir Euch ausbilden sollen. Vielleicht können wir Euch ohnehin nichts beibringen.«

Aschure lächelte, während sie Sternenströmers Worte in sich aufnahm. »Aber was nützt dann eine solch großartige Macht, Sternenströmer, wenn ich sie nur dann anwenden kann, sobald ein Greif über mich herfällt?«

Trotz der Sorge, die in ihren Worten mitklang, hörte sich Aschures Stimme gelöster an, und ihr Tonfall war weniger ernst.

»Aschure«, erklärte Axis, »aus vielerlei Gründen mag es Euch schwerfallen, Eure Macht zu benutzen. Sternenströmer hat vielleicht den wichtigsten entdeckt. Aber Ihr habt Eure Macht über so viele Jahre höchst wirkungsvoll unterdrückt. Deshalb wundere ich mich nicht, daß es Euch fast unmöglich ist, sie willentlich hervorzurufen.«

Die junge Frau dachte über seine Worte nach, und alles Strahlende verschwand aus ihrem Gesicht. Während der letzten Nächte hatten verschwommene, beunruhigende Träume ihren

Schlaf gestört. Sie hatte besorgniserregende Stimmen vernommen, aber nach dem Aufwachen konnte sie sich an keine Einzelheiten mehr erinnern. Handelte es sich dabei um einen Ausdruck ihrer jüngst freigesetzten Macht, die entfesselt an die Oberfläche drängte? Vielleicht sollte sie mit Axis ausführlich darüber reden – aber als ihr Gemahl nun weitersprach, vergaß sie jeden Gedanken an ihre Träume.

»Und«, fuhr Axis fort, »unsere ungeborenen Kinder könnten ebenfalls eine Blockierung verursachen.«

Drei Tage zuvor hatte Axis dem Recht und der Pflicht eines jeden ikarischen Vaters entsprechend, ihre Zwillingskinder erweckt. Als er seinerzeit den noch ungeborenen Caelum in Aschures Leib ins Bewußtsein gerufen hatte, war das ein freudiges Ereignis gewesen. Aber das Erwachen der Zwillinge – wie überhaupt diese gesamte neue Schwangerschaft – verlief ganz anders. Die Kinder hatten miterlebt, daß Axis Aschure dazu gezwungen hatte, sich an den Tod ihrer Mutter und ihre eigenen körperlichen wie emotionalen Qualen unter Hagens Händen zu erinnern. Gemeinsam mit ihr und Axis erlebten die beiden ungeborenen Kinder Schmerz und Entsetzen.

Faraday hatte darauf hingewiesen, daß dieses Erlebnis die Kinder beeinflussen würde, obwohl sie nicht zu sagen gewußt hatte, auf welche Weise. Inzwischen wußten Aschure und Axis Bescheid.

Die Erweckung war erfolgreich verlaufen, da die Kinder inzwischen ihr volles Bewußtsein erlangt hatten und lebhaft waren. Aber während des Vorgangs und in den darauffolgenden Tagen drängte sich Axis und Aschure die schmerzliche Erkenntnis auf, daß die Zwillinge ihrem Vater mit Mißtrauen und Ablehnung begegneten. Aschure und Axis konnten die Ablehnung jedesmal spüren, wenn Axis seine Frau berührte. Sogar jetzt, da sie aneinandergeschmiegt auf dem Diwan saßen, fühlten beide die wachsende Feindseligkeit der Zwillinge. Jede weitergehende Zweisamkeit wurde dadurch unmöglich. Sowohl Aschures geschwächter Zustand als auch der Groll der Zwillinge hatten verhindert, daß Axis und Aschure ihre Ehe vollzogen. Axis hatte die Frau verletzt, in deren Leib sie herangewachsen waren, und anders als Caelum waren die Zwillinge nicht bereit, ihm zu vergeben. Selbst für ihre Mutter empfanden sie keine Zuneigung. Aschure konnte die vollkommene Gleichgültigkeit spüren, die ihr von den Kindern entgegengebracht wurde. Die Zwillinge schienen nur füreinander da zu sein, und ihren Eltern begegneten sie entweder mit Mißtrauen oder mit Gleichgültigkeit.

Axis hatte Aschures erneute Schwangerschaft erst spät bemerkt, weil er niemals die Regungen des Blutes der heranwachsenden Kinder gespürt hatte. Bis zu der traumatischen Erfahrung vor vier Tagen, ging ihm jetzt durch den Sinn, waren die Zwillinge so sehr ineinander vertieft gewesen, daß ihr Sonnenfliegerblut nicht über den Mutterbauch hinaus wahrzunehmen war.

Er fragte sich nun nicht zum ersten Mal, welche Art von Nachwuchs er wohl gezeugt haben mochte.

Als Kinder solch mächtiger Eltern würden die Zwillinge selbst zu Zauberern heranwachsen – sogar im Mutterleib bewiesen sie bereits ihre erwachenden Kräfte. Aschure seufzte. Seit ihrer Erweckung weigerten sich die Zwillinge, ihrem Vater zuzuhören, der sich fünfmal anschickte, sie zu unterrichten.

Blockierten sie jetzt auf irgendeine Weise Aschures Kräfte?

Axis und Aschure schauten zuerst einander, dann Sternenströmer an, um ihn an ihren Gedanken teilhaben zu lassen. Sie hatten ihm von den Schwierigkeiten mit den Zwillingen erzählt, und als er versuchte, mit den Kindern in Verbindung zu treten, hatte Sternenströmer unfaßbarerweise damit mehr Erfolg als die Eltern gehabt. Während sie mit Caelum schwanger ging, hatte Aschure nicht zugelassen, daß Sternenströmer sie berührte. Ihr war jedoch bewußt, daß er ganz gewiß derjenige Zauberer sein würde, der den überwiegenden Teil der Ausbildung der ungeborenen Zwillinge übernahm.

Jetzt schüttelte Axis' Vater den Kopf. »Nein, ich glaube nicht, daß sie dazu in der Lage sind. Zwar reifen in ihnen sicher gewaltige Kräfte heran, aber zur Zeit sind sie dafür wohl doch nicht stark genug. Und warum sollten sie Eure Kräfte überhaupt blockieren wollen? Nein, Aschure. Wenn Ihr in Eure Kräfte nicht im Lauf der Zeit auf natürliche, ungezwungene Weise hineinwachst, dann ist Wolfstern die einzige Person, die Euch unterrichten kann.«

3

Die Wächter

Einige Stockwerke tiefer saßen die Wächter im Kreis zusammen und hielten sich an den Händen. In tiefem Schweigen suchten sie sich zu erinnern.

Damals, in einer angenehmen Nacht vor ungefähr dreitausend Jahren, versammelten sich die Charoniten in dem Gelaß unterhalb des Brunnens, der zu der Höhle an den Ufern des Nordra führte.

Die beiden von der allerersten Zauberin abstammenden Völker, die Charoniten und die Ikarier, hatten sich vor etwa zwölftausend Jahren getrennt. Da die Vogelmenschen den offenen Himmel liebten und zu den Sternen beteten, entwickelten sie Flügel, um ihre Sehnsüchte zu stillen. Die viel mehr nach innen gerichteten Charoniten hingegen gaben den Tiefen den Vorzug vor den Höhen. Mit der Zeit entdeckten sie die Unterwelt und die Wasserwege, die sie ausbauten. Zwar studierten auch die Charoniten weiterhin die Sterne – und vor allem ihre Kanäle spiegelten die Musik des Sternentanzes wider –, aber sie zogen sich mehr und mehr zurück, bis sogar die meisten Ikarier sie für Fabelwesen hielten.

Alle zwanzig Jahre gaben die Charoniten ihrem Verlangen nach, wieder einmal die Sterne am Firmament zu sehen, den sanften Wind der Oberwelt auf dem Gesicht zu spüren, den Duft von Blumen und den Geruch feuchter Blätter, die den Boden des Waldes bedeckten, zu riechen und auf den lebendigen Wassern des Nordra dahinzusegeln, der sich so sehr von ihren stillen Wasserwegen unterschied.

In solchen Nächten sangen und tanzten Hunderte von Charoniten, während sie den Brunnen emporstiegen, der zur Oberwelt führte. Die Höhlenbewohner liebten den Tanz, und die in die Wände des Brunnens geschnitzten Figuren beflügelten sie zu immer ausgelasseneren Bewegungen.

Sobald sie in der Höhle angelangt waren, hoben sie die flachen Boote aus den Gestellen, auf denen sie untergebracht waren, und ließen sie unter Gelächter und Gesang in das Wasser der kleinen Bucht gleiten, die zu der Stelle führte, wo der Nordra durch Awarinheim floß. Das Awarinheim von vor dreitausend Jahren war ein viel größeres und verwunscheneres Gebiet als der Wald, der sich zur Zeit der Prophezeiung jenseits der alten Landesgrenze erstreckte; zu jener Zeit hatten die Äxte des Seneschalls ihnen noch nichts anhaben können.

Fünf Charoniten, die hinter den anderen zurückgeblieben waren, bemächtigten sich in einer dieser besonderen Nächte des letzten und kleinsten Bootes und ließen es singend zu Wasser. Sie sprangen hinein, und nachdem sie ihren Zauber gewoben hatten, glitt das Boot mühelos durch die Bucht und erreichte schließlich den großen Strom. Die fünf genossen den Hauch der sanften Nachtluft und die unendliche Weite des Himmels über sich, und ihr Gesang nahm zu an Ehrfurcht und auch Jubel, je weiter sie den Nordra hinunterfuhren.

Von Zeit zu Zeit spähte ein dunkles Gesicht aus dem Wald, der den Fluß säumte, zu ihnen hinüber – die Awaren krochen, von den Klängen solch ungewohnter Fröhlichkeit aus dem Schlummer gerissen, aus ihren Schlaffellen und beobachteten ehrfürchtig, wie die Höhlenbewohner vorüberglitten.

Den Gewohnheiten der Charoniten entsprechend, vertäuten die fünf schließlich ihr Boot an einer gesprenkelten Weide, deren vor Alter schwere Äste tief in den Strom eintauchten. Dann traten sie ans Ufer, da sie vorhatten, über die Wege und Lichtungen von Awarinheim zu tanzen.

Aber am Flußufer saß ein seltsamer Mann – er wies die Merkmale eines Ikariers auf, doch fehlten ihm die Flügel – und verzog trübselig das Gesicht.

Die fünf blieben stehen und fragten ihn, was ihn denn bedrücke, denn obwohl die Charoniten lieber Abstand zu den anderen Völkern hielten, waren sie kein unfreundliches Volk, und der Fremde bedurfte offensichtlich ihres Zuspruchs.

Der Mann seufzte und fing dann an, langsam zu erzählen. Und was er ihnen zu berichten hatte, vertrieb ihnen die Freude aus den Gesichtern. Dieser höchst sonderbare Fremde erzählte von einer Zeit in der Zukunft.

»Auf Tencendor wird einst das furchtbare Erbe eines tausend Jahre alten Hasses lasten, wenn schließlich der Zerstörer auftritt, dessen einzige Absicht darin besteht, das, was dann von Tencendor noch übrig ist, endgültig zu zermalmen. Dieser Zerstörer besteht nur aus Haß, und seine liebste Beschäftigung besteht darin, diesem Gemütszustand freien Lauf zu lassen und zu zerstören.«

Die fünf, denen jeder Gedanke an Tanz und Gesang vergangen war, fragten den Mann, woher er wohl von diesen furchtbaren Dingen wisse.

»Die Bürde der Prophezeiung lastet schwer auf meiner Seele und überschattet meine Tage und Nächte«, antwortete er und erhob sich. »Bald werde ich mich in die Einsamkeit zurückziehen und das, was ich gesehen habe, in den Worten der Macht und Zauberei niederlegen.«

Ergriffen starrten die fünf den Propheten an, und Ehrfurcht erfüllte sie ob der Verantwortung, die er auf seine Schultern geladen hatte.

Der Fremde seufzte noch einmal, und die fünf konnten sehen, wie er gegen Sorge und Schmerz ankämpfte. Sie empfanden die größte Hochachtung vor ihm, beneideten ihn jedoch nicht, denn von allen Völkern verstanden die Charoniten am besten, welche Macht und welche Zwänge der Gabe der Weissagung innewohnten.

»Hört mir zu«, sagte er nun und begann, die Prophezeiung des Zerstörers vorzutragen.

Die fünf stöhnten, als sie seine Worte hörten, lehnten sich aneinander an und weinten. Ihnen waren ein Leben und Gedanken voller Innerlichkeit, Schönheit und Geheimnisse zutiefst vertraut, aber die Worte des Propheten zerstörten den Frieden und die Harmonie ihres Geistes. Wie sollten sie ihr bislang sorgloses Dasein nach diesem Erlebnis fortführen? Die Worte des weisen Mannes würden sie bis ans Ende ihrer Tage nicht mehr loslassen.

»Die Bürde der Prophezeiung ist eine Last, an der man schwer zu tragen hat«, meinte einer der fünf und ergriff trostsuchend die Hand seiner Frau.

»So ist es«, bestätigte der Prophet.

Ein anderer aus der Gruppe, einer von zwei Brüdern, meinte: »Aber Weissagungen sind doch oft furchtbar ungenau. Sie sagen nur voraus, was sein könnte, nicht aber zwingend, was mit Sicherheit geschehen wird.«

»Man kann leicht das eine wie das andere aus ihnen herauslesen«, fügte sein Bruder hinzu.

Die jüngste unter den Charoniten, eine sinnliche und schöne Frau, ergriff nun das Wort. »Und obgleich die Prophezeiung andeutet, daß dieser Sternenmann Tencendor wiederzuvereinigen und seine Schönheit trotz des Hasses des Zerstörers neu erstehen zu lassen vermag, gilt sein Sieg noch lange nicht als sicher.«

Der Prophet wartete.

Zögernd und der Reihe nach suchten die fünf nach einer Erklärung.

»Eine Prophezeiung ist wie ...«

»Ein Garten ...«

»Voll von Verheißungen der Schönheit ...«

»Und niemals endenden Träumen ...«

»Aber wenn man ihn vernachlässigt ...«

»Oder unbeaufsichtigt läßt ...«

»Kann er der Verödung anheimfallen ...«

»Und der Sorge ...«

»Der Verzweiflung ...«

»Und dem Tod.«

Der weise Mann holte tief Luft, und die Jüngste in der Runde bemerkte zum ersten Mal die unbeschreibliche Schönheit seiner wohlgeformten Züge.

Der klügste der fünf Charoniten bemerkte, wie selbstverständlich der Prophet mit der Macht umging, und dachte bei sich, daß der Mann nicht ganz der zu sein schien, als der er hier auftrat ... daß sich vermutlich viel mehr hinter seiner unauffälligen Erscheinung verbarg. Aber der kluge Charonite schwieg lieber, und später sollte er derjenige sein, mit dem der Prophet die meisten seiner Geheimnisse teilte.

Aber jetzt atmete der Prophet aus und erklärte: »Ich brauche einen Gärtner. Jemanden, der bereit ist, der Prophezeiung zu dienen und ihre Bedürfnisse zu erkennen. Jemanden, der auf den wartet, der erscheinen wird, und dessen Schritte lenkt und behütet.«

»Ich werde das tun«, rief eine der Frauen, denn sie fühlte sich nach dem Gehörten bereit, ihr Leben der inneren Einkehr aufzugeben und fortan der Weissagung zu dienen.

»Und ich auch!«

»Wir beide würden ihr gern unsere bescheidenen Kräfte anbieten«, riefen die Brüder gleichzeitig.

»Auch ich möchte dieser Prophezeiung dienen«, erklärte der letzte ernst, und der Prophet nickte.

»Die Macht der Prophezeiung führte mich in dieser Nacht hierher, um Euch zu begegnen. Ihr werdet meine Wächter sein, und Euch vertraue ich für die kommenden Zeitalter die Prophezeiung an.«

Die fünf kehrten niemals wieder in ihre Heimat, die Unterwelt, zurück. Sie blieben bei dem Propheten, nahmen die Geheimnisse in sich auf, die er ihnen anvertraute, und ergaben sich willig den Veränderungen, die er an ihnen vornahm. Die fünf Charoniten veränderten ihr Wesen und ihre Gestalt und wurden zu den Wächtern. Von nun an standen sie einander näher als jemals zuvor.

Die anderen Höhlenbewohner trauerten um sie, aber genau wie alle geheimnisvollen Völker von Tencendor erkannten sie im Lauf der Zeit, warum ihre Brüder und Schwestern verschwunden waren. Die fünf aber meditierten über die in der Prophezeiung enthaltenen Rätsel und beteten darum, daß der Garten den Sturm überleben möge, der ihn eines Tages zu verwüsten drohte.

Dreitausend Jahre später, im Palast von Karlon, saßen die fünf Wächter im Kreis beieinander und hielten sich an den Händen, da sie der gegenseitigen Berührung und der Wärme der Liebe der anderen bedurften. So viele Jahre hatten sie gewartet. Die beiden letzten davon hatten sie damit verbracht, zu beobachten, alles vorzubereiten und darauf zu warten, daß sich die Prophezeiung ihren Weg bahne. Natürlich hatte es für sie Zeiten der Geborgenheit und des Gelächters gegeben, aber auch solche tiefer Traurigkeit und Einsamkeit. Dennoch blieben die Wächter in all den Jahrtausenden stets standhaft, weil sie wußten, daß sie ihr Bestes für den Propheten und die Prophezeiung geben mußten.

»Die Prophezeiung bewegt sich zunehmend rascher«, unterbrach Jack ihr Schweigen.

»Sie nähert sich ihrem Höhepunkt«, bemerkte Yr mit trauriger Stimme. Im Lauf der nächsten Monate sollte die Katzenfrau am meisten von allen verlieren. Sie, stets die unabhängigste von ihnen, hatte ihre Freiheit lange genug genossen.

»Und ebenso steuern wir auf ...«

»Genug, Ogden!« ermahnte Jack ihn. »Wir alle waren uns von Anfang an darüber im klaren, was der Dienst an der Prophezeiung uns aufbürden würde. Nach so langer Zeit dürfte es nun überflüssig sein, uns noch einmal an unser unabwendbares Schicksal zu erinnern. So bleibt für uns nur, uns unseren letzten Pflichten zu stellen. Sobald Axis nach Norden zieht, um sich Gorgrael zu stellen, erwarten uns unsere letzten Aufgaben.«

Damit hatte er es ausgesprochen.

Yr nickte steif, und einen Augenblick später taten es ihr die anderen nach.

»Faraday bewegt sich nach Osten«, meinte sie. »Axis bereitet sich darauf vor, in Richtung Norden zu ziehen, und Aschure ... nun, wer weiß, was sie tun wird.«

Schweigend dachten die anderen über Aschure nach. Das Auftauchen des Ringes der ersten Zauberin und die von ihm getroffene Wahl erschütterte sogar Jack, der doch soviel wußte. Zunächst hatte er angenommen, Aschure habe den Wolfen und die Alaunt lediglich aufgrund ihrer Abstammung angezogen ...

aber nun, da er den Ring an ihrem Finger gesehen hatte, wußte er es besser.

Ebenso wie die erste Zauberin nur als Hüterin des Ringes hatte dienen dürfen, so war auch Wolfstern lediglich der Hüter des Wolfen und der Alaunt gewesen.

Und nun hatten alle drei zu ihrem angestammten Platz heimgefunden.

Hatte der Prophet all das gewußt? Die Weissagung selbst gab keinerlei Hinweise darauf ... oder doch?

Durch das Erscheinen des Ringes hatte sich der Respekt, den die Wächter Aschure entgegenbrachten, beträchtlich gesteigert – und ähnlich erging es ihnen mit Axis. Der Reif sollte erst dann wiedererscheinen, wenn der Kreis sich geschlossen hatte, und dazu schienen sowohl die junge Frau als auch der Krieger einen entscheidenden Beitrag geleistet zu haben.

»Wer weiß, welche Rolle sie im letzten Akt spielen wird?« meinte Veremund. »Aber was auch immer geschehen mag, laßt uns darauf hoffen, daß Gorgrael niemals erfährt, wer sie wirklich ist.«

Wieder schwiegen alle, bis Yr schließlich erneut das Wort ergriff und die Sprache wieder auf ihren eigenen Kreis brachte.

»Da wir uns gegenwärtig in Karlon aufhalten, muß ich als erste gehen.«

Der Schweinehirt nickte. Seine Miene wirkte ungewohnt weich und bekümmert. »Jawohl, Yr. Ihr werdet die erste sein.«

Die Augen der Katzenfrau füllten sich mit Tränen. »Und jetzt, da der Moment gekommen ist, fühle ich, daß mein Herz voll Bedauern ist.«

Keiner der anderen tadelte Yr wegen ihrer Worte. Jeder einzelne von ihnen empfand das gleiche, und keiner hätte gezögert, es ebenso auszusprechen. Aber sie würden niemals zulassen, daß ihr Bedauern sie daran hinderte, ihren letzten Dienst an der Prophezeiung und am Sternenmann zu erfüllen. Nicht, nachdem sie so weit gekommen waren.

»Voll allergrößten Bedauerns.«

4

Die Eisfestung

Über Stunden – oder waren es Tage? – saß Timozel Knie an Knie mit Freund in dem winzigen Boot, das leicht und mühelos über unruhige graue Wellen und stille, eisig grüne Wasser glitt. Freund gab weiterhin vor, zu rudern, aber der Jüngling bezweifelte nicht, daß hier ein Zauber wirkte. Wer vermochte schon Stunde um Stunde – oder gar Tag um Tag? – zu rudern, ohne zu ermüden?

Freund hatte kein Wort gesprochen, seit er aus der Trüben Bucht gerudert war. Aber Timozel spürte mit Bestimmtheit, daß Freund unter den Schatten seiner alles verhüllenden Kapuze grinste. Wie ein Wahnsinniger grinste. Der Jüngling verbrachte den größten Teil der Zeit damit, in alle möglichen Richtungen zu starren, nur nicht auf das Dunkle unter der schwarzen, unheimlichen Kopfbedeckung seines Gegenübers.

Erst nach geraumer Zeit hatte Timozel wahrgenommen, daß ihr Kahn durch grüne, glasklare Wasser glitt. Er entdeckte große Eisberge, zunächst nur zwei oder drei, die aus den eisigen Wellen in den Himmel emporragten. Bald darauf steuerte der Fremde ihr winziges Gefährt durch einen wahren Wald von riesigen Eisgebilden. Im Süden erstreckte sich knirschendes Packeis, dahinter lag ein stiller, ruhiger Strand. Der Jüngling drehte sich auf seiner Bank herum, um ängstlich in diese oder jene Richtung zu spähen. Timozel fuhr jedesmal zusammen, wenn aus den eisigen Schluchten ein dumpfer Donner zu ihnen herübergrollte.

»Freund?« fragte er, als er das Schweigen keinen Moment länger ertrug. »Freund, was bedeutet dieses Getöse?«

Schweigend tauchte der Fremde die Ruder noch ein paar Mal

ein, bevor er antwortete. Der Jüngling hatte keine Antwort mehr erwartet, und als der Dunkle schließlich sprach, schrak er zusammen.

»Das Geräusch, das Ihr hört, stammt von dem großen Gletscher vom Krallenturm, der seine Eisberge in den Ozean kalbt.«

Timozel versuchte, sich die wenigen unvollständigen Landkarten der Nördlichen Ödlande ins Gedächtnis zu rufen, die er kannte. »Wir befinden uns auf dem Iskruel Ozean?«

»Aber sicher, mein lieber Junge, aber sicher. Schaut nur, wie die Eisbären herumtollen, und im Süden, jenseits des Eises, könnt Ihr die Eisbärküste erkennen.«

Timozel drehte sich in die Richtung, in die Freund den Kopf geneigt hatte. Von dem ihnen am nächsten gelegenen Berg aus beobachtete sie eine stämmige Eisbärin. Ihr Fell hatte sich unter dem Einfluß der Jahre und der Elemente gelblich verfärbt. Eines ihrer Ohren mochte einem Streit mit einem Artgenossen zum Opfer gefallen sein, vielleicht wegen einer Robbe. Das fehlende Stück verlieh dem Tier einen eigenartigen Reiz, und die schwarzen Augen der Bärin blickten beunruhigend allwissend drein.

»Wir sind fast da«, bemerkte der Fremde, während sein Blick für einen kurzen Moment dem des Tieres begegnete. »Noch ein oder zwei Stunden, vielleicht mehr, vielleicht weniger. Gorgrael ist nahe.«

Timozel erschauderte und vergaß die Bärin. »Gorgrael ist nahe«, flüsterte er. »Gorgrael ist nahe.«

Er hoffte, daß der Zerstörer so sein würde, wie ihn sein neuer Freund beschrieben hatte. Er wünschte sich auch, daß sich der Zerstörer als der Große Fürst aus seinen Visionen erweisen würde. Er betete darum, in Gorgrael jenen Retter zu finden, der die Unaussprechlichen von Achars Feldern vertrieb und Faraday vor dem Schicksal errettete, das ihr in Axis' Händen drohte. Sollten sich diese Hoffnungen nicht erfüllen, dann würde er den Verstand verlieren, davon war Timozel zutiefst überzeugt.

Gorgrael war darauf erpicht, einen guten ersten Eindruck zu hinterlassen. Abgesehen von Lieber Mann war Timozel Gorgraels erster wirklicher Besucher, und der Erzfeind aus der Prophezeiung des Zerstörers hatte beschlossen, daß Timozel von seinem neuen Herrn so beeindruckt sein sollte, daß er gern in seine Dienste trat.

Er stand vor seinem – zumindest für dieses eine Mal – hell lodernden Feuer, und hatte jede Oberfläche und jeden rechte Winkel seiner abartigen Möbel gewachst und poliert. Das Kristall – oder was davon übriggeblieben war –, das Gorgrael sich aus der aufgegebenen Feste Gorken besorgt hatte, stand auf der einzigen geraden Oberfläche einer Anrichte. Wein funkelte verlockend in einer Karaffe. Alle Skrälinge, die sich in Gorgraels Eisfestung aufhielten, hatte er in entlegene Räume verbannt, und in einem Vorzimmer wartete der unruhige Skräfurcht als Vertreter der Skrabolde auf das Treffen mit seinem neuen Befehlshaber.

Der Zerstörer krümmte die klauenbewehrten Hände, während er sich vorstellte, wie Lieber Mann sein Boot in Richtung der Eisfeste steuerte. Von Timozel hing soviel ab, und der Dunkle hatte Gorgrael erst jüngst davon zu überzeugen vermocht, daß behutsame Überredungskunst und verführerische Lügen geeigneter seien, die rückhaltlose Unterstützung des Jünglings zu erlangen, als der unerbittliche Schrecken, mit dem Gorgrael die Träume des jungen Mannes heimgesucht hatte.

»Schließlich«, so hatte sein Freund und Mentor erklärt, »ist Timozel ein gescheiter Bursche. Er verdient Besseres als das, was Ihr den Skräbolden zuteil werden laßt. Etwas viel Besseres. Abgesehen davon dient er Euch wesentlich zuverlässiger, wenn er Euch aus vollem Herzen dient und nicht unter Zwang handelt.«

Selbstverständlich, überlegte Gorgrael, würde er Timozel ab und zu an die Bande erinnern müssen, die ihn an seinen neuen Herrn fesselten, und dafür bedurfte es eines gewissen Schmerzes. Nur eines kleinen bißchens.

Freund ruderte eine Weile zügig nach Nordosten. Plötzlich holte er die Ruder ein und nickte in Richtung einer Stelle, die hinter Timozel lag.

»Von hier aus gehen wir zu Fuß«, erklärte der Fremde.

Der Jüngling wandte sich um und starrte auf den Anblick, der sich ihm da bot. Das kleine Boot trieb auf einen mit Eis bedeckten Strand zu; er konnte runde Kieselsteine und kleine Felsblöcke unter einer dünnen, tückischen Eisschicht erkennen. Timozel musterte kurz die Eisklippen, die hinter dem Strand aufragten und den Blick auf das dahinter liegende Land versperrten. Dann schaute er wieder Freund an.

»Wir werden ausrutschen und uns die Knöchel brechen, ehe wir noch fünf Schritte getan haben, Freund. Wißt Ihr genau, wohin Ihr mich führt?«

»Aber sicher, mein lieber Junge«, antwortete der Dunkle. »Ich weiß immer, wohin ich gehe.«

Sobald der Bootskiel über den Strand knirschte, erhob sich der Dunkle, schob sich an Timozel vorbei und stieg aus dem Kahn. »Da uns dieses getreue Gefährt über die tückischen Wasser des Iskruel Ozeans getragen hat, bin ich mir sicher, daß Eure Füße Euch auch über diese Gestade tragen werden.«

Schon wieder Zauberei, dachte der Jüngling. Obwohl ihm der Seneschall von Geburt an beigebracht hatte, jede Art von Magie zu verabscheuen, dämmerte es Timozel allmählich, daß die Zauberkünste der Unaussprechlichen ebenfalls nur durch Magie aufgehoben werden konnten. Vielleicht bewiesen das ja auch seine Visionen. Vorsichtig trat er auf den eisbedeckten Strand. Zu seiner Überraschung fanden seine Stiefel festen und sicheren Halt, genau so, wie Freund es vorausgesagt hatte. Nun, welche Art von Magie Freund auch immer angewendet haben mochte, um ihn an diesen entlegenen Ort zu bringen, sie schien milde und harmlos zu sein. Vielleicht war Zauberei nur dann böse, wenn sie von den Unaussprechlichen und ihrem Geschmeiß benutzt wurde.

Für eine Weile wanderten sie durch eine Schlucht, deren Grund allmählich anstieg. Die Wände rückten immer enger zusammen, je weiter sie vorankamen. Timozel holte mit kurzen, angestrengten Stößen Luft, und sein Atem gefror augenblicklich in der eisigen Luft. Erst jetzt nahm er die Kälte wahr und wickelte sich fester in seinen Umhang. Freund war ihm einige

Schritte voraus. Sein Umhang blähte sich auf, als er, anscheinend unbeeindruckt von der Kälte, vorwärts eilte. So wie sein Mantel zurückweht, ist er vollkommen ungeschützt, dachte Timozel und bemühte sich, seine Schritte zu beschleunigen. Er wollte den Fremden einholen und sein Gesicht sehen.

Aber als Timozel nur noch einen Schritt von Freund entfernt war, stieg der Boden vor ihnen jäh an, und Timozel mußte sein Tempo verringern und beide Hände zu Hilfe nehmen, um sich beim Klettern festzuhalten. Der Himmel über ihren Köpfen verschwand fast völlig, als sich die Wände aus Eis verengten. Nach kurzer Zeit stellte der Jüngling fest, daß er fast senkrecht durch eine enge, eisige Kluft kletterte. Über ihm lösten Freunds Stiefel eine ständige Kaskade kleiner Felsbröckchen und Eissplitter aus, die ihm ins Gesicht fielen, und hätte Timozel genug Atem gehabt, so hätte er geflucht.

Irritierenderweise pfiff Freund ein kleines Liedchen vor sich hin. Wo nimmt er denn die Luft dazu her? fragte sich Timozel. Dann rutschte eine seiner Hände ab, so daß er beinahe den Halt verlor. Sein Herz raste, und er fühlte Schweiß über sein Gesicht strömen – wenn er jetzt die Kluft hinunterstürzte, würde er auf den eisbedeckten Felsen dort unten zu Tode kommen. Der Jüngling knirschte mit den Zähnen. Wenn Freund so mühelos zu klettern vermochte, dann konnte er es auch.

Als spüre er, daß Timozel seine Bemühungen verstärkte, rief ihm Freund beruhigend zu: »Wir sind fast da, Timozel. Nur noch ein paar Minuten.«

Das habt Ihr bereits vor Stunden im Boot behauptet, dachte Timozel.

Der Dunkle lachte fröhlich. »Zeit bedeutet mir wenig, Timozel. Aber schaut nur, ich habe gleichwohl das Ende dieses Eistunnels erreicht.«

Noch während er sprach, verschwanden Freunds Stiefel über dem willkommenen Rand der Klippe, und im nächsten Augenblick ergriff die Hand des Mannes Timozel, und er ließ sich von ihm herausziehen.

»Seht Ihr sie?« rief der Dunkle. »Das ist die Eisfestung!«

Timozel blinzelte, kniff die Augen zusammen und schaute sich um. Über ihm wölbte sich ein wolkenloser Himmel, und die Strahlen der Sonne ließen den Schnee so hell glitzern, daß der Jüngling beinahe geblendet wurde. Sie standen auf einem flachen, schneebedeckten Plateau, das sich von den Klippen aus, die den Iskruel Ozean säumten, anscheinend endlos nach Norden und Westen erstreckte.

»Die Eisfestung«, wiederholte Freund und wies Timozel die Richtung.

Im Osten, vielleicht zwei oder drei Meilen entfernt, erhob sich die Eisfestung. Sie war aus Blöcken schieren Eises errichtet worden, die wie senkrecht stehende Dolche in den Himmel aufragten. Das Bauwerk mußte nach Timozels Schätzung doppelt so hoch sein wie der Turm des Seneschalls am Gralsee und mindestens doppelt so umfangreich.

Die Eisfestung war von unvergleichlicher Schönheit.

Zwischen Violett und Rosa changierende Farbtöne schimmerten dort auf, wo die Strahlen der Sonne die Eiswände trafen, die sie auf mannigfache Weise reflektierten.

»Wunderschön«, flüsterte der Jüngling, »einfach unfaßbar wunderschön.«

»Ja, das ist wahr«, stellte Freund fest, nahm Timozel beim Arm und zog ihn vorwärts. »Sagte ich nicht, Ihr würdet Gorgrael für würdig befinden, in seine Dienste zu treten? Könnte jemand, der so düster und verzweifelt ist wie der Zerstörer aus der Prophezeiung der Unaussprechlichen, inmitten solcher Schönheit leben? Nein! Nun kommt.«

Die äußere Schönheit des Eisfestung setzte sich in ihrem Inneren fort. Hinter den Eiswänden der Korridore krümmten sich mitnichten jene gräßlichen Schatten, die Timozel aus seinen Alpträumen und Visionen kannte. Eine erhabene Stille ging von diesem Ort aus, und alles war hell und strahlend.

Der vom sanften rosa Licht unsichtbarer Lampen erleuchtete Gang führte geradewegs ins Herz der Eisfestung. Gorgrael hat sich alle Mühe gegeben, dachte der Dunkle. Sehr viel Mühe.

Er warf einen flüchtigen Blick auf seinen Begleiter. Der junge Mann ging stetig vorwärts, und ein verträumter Ausdruck lag auf seinen Zügen.

Aber das änderte sich, sobald sie um eine Ecke bogen und Timozel feststellte, daß sich vor ihm ein Abschnitt des Ganges erstreckte, den er in seinen Alpträumen gesehen hatte. Er erkannte ihn wieder, weil sich an seinem Ende die massive Holztür befand, an die seine treulose Hand im Traum geklopft hatte, um Gorgrael herbeizurufen.

»Nein!«

»Timozel, mein Junge«, sagte der Dunkle, und der Jüngling spürte den festen, beruhigenden Griff einer Hand auf der Schulter. »Was Ihr träumtet, entsprach nicht der Wahrheit, sondern spiegelte den verderblichen Einfluß der Unaussprechlichen wider. Niemand empört sich mehr darüber, daß man Euch in Angst und Schrecken versetzt hat, als Gorgrael selbst.«

»Wirklich?« fragte Timozel aus dem verzweifelten Wunsch heraus, Freunds Erklärung glauben zu dürfen.

»Wirklich und wahrhaftig«, beruhigte ihn Freund und umfing Timozels Geist so fest mit Zauberei, daß dieser nicht die geringste Möglichkeit hatte, Wahrheit und Lüge unterscheiden zu können. »Nun, wollen wir nicht weitergehen?«

Gorgrael stand in der Mitte des Raumes und fuhr seine Krallen aus, als sich die Tür öffnete und Lieber Mann mit Timozel eintrat. Das leichenblasse Gesicht des Jünglings wirkte trotz des beruhigenden Zaubers des Dunklen angespannt, und Furcht verzerrte seine Züge, sobald er den Zerstörer erblickte.

Wie konnte eine solch abstoßende Kreatur – eine derart entsetzliche Mißgestalt – etwas anderes sein als eine Verirrung der Natur?

Die von Gorgrael gesandten Alpträume waren schon schrecklich genug gewesen, aber der Zerstörer hatte auch Timozels zauberische Vision heimgesucht und den jungen Mann schließlich unerbittlich dazu gezwungen, ihm seine Seele zu verpfänden.

Und jetzt trat dieser Schrecken höchstpersönlich auf ihn zu, breitete die klauenbewehrten Hände zum Willkommensgruß aus und senkte den Kopf mit den Stoßzähnen, als beschäme ihn der Umstand, daß Timozel seine Erscheinung abstoßend fand. In unbewußter Nachahmung der Art, wie die Ikarier Demut zeigten, spreizte er die Flügel und verschluckte fast seine übergroße Zunge bei dem Versuch, sein Maul zu etwas zu verzerren, was einem Lächeln halbwegs nahekam.

Dem Jüngling schwanden fast die Sinne, und er schwankte tatsächlich vor und zurück, aber Freund hielt ihn am Ellenbogen fest. »Ruhig, ganz ruhig«, flüsterte er. »Nehmt all Euren Mut zusammen und betrachtet dies hier als Probe. Verfügt Ihr über den Mut, das Richtige zu tun und die Freiheit sowohl für Achar als auch für Faraday zurückzugewinnen?«

»Ja«, murmelte Timozel, »ja, diesen Mut besitze ich.« Er straffte seine Schultern. »An Mut soll es mir nicht mangeln«, erklärte der Jüngling dann mit festerer Stimme.

»Timozel«, begann Gorgrael, und die Macht und die Kraft in seiner Stimme bewirkten, daß der Jüngling leicht zusammenzuckte. Aber er starrte der Kreatur unerschrocken in die silbrigen Augen.

»Timozel, seid Ihr mein getreuer Mitstreiter?«

»Kämpft Ihr darum, die Ränke der Unaussprechlichen zu zerstören?« entgegnete der Jüngling.

Der Zerstörer fletschte beinahe die Zähne. Für wen hielt dieser Grünschnabel sich eigentlich, daß er es wagte, ihm Fragen zu stellen? Aber dann fühlte Gorgrael den Blick des Dunklen auf sich ruhen und erinnerte sich an ihren gemeinsamen Plan. »So lautet mein Name«, erwiderte er so sanft wie möglich, »der Zerstörer. Mein Leben ist der Vernichtung der Unaussprechlichen gewidmet, der Ausrottung der abscheulichen Ikarier und Awaren.«

»Werdet Ihr Achar befreien?«

»Ich werde die Unaussprechlichen für immer aus dem Land vertreiben, ja.«

Gorgrael würde Achar befreien. Timozel nahm in seinem verzauberten Zustand nur das in sich auf, was er hören wollte. Er räusperte sich und sprach ein wenig lauter weiter. »Strebt Ihr ebenso an, Axis den Tod zu bringen?«

Nun konnte Gorgrael ein leises Zischen nicht unterdrücken, und er ballte die krallenbewehrten Hände. »Ich werde ihn in Stücke reißen!«

Timozel lächelte, und zum ersten Mal schien er ein wenig gelöster zu sein. »Gut. Habt Ihr auch vor, Faraday zu befreien?«

Gorgrael lächelte jetzt ebenfalls, aber sein Grinsen verbreitete Kälte. Faraday. Axis' Geliebte. Sie stellte den Schlüssel zu seiner Zerstörung dar, und Gorgrael begehrte diese Frau mittlerweile ebenso heftig, wie er Axis' Tod herbeisehnte.

»Werdet Ihr mir helfen, sie zu befreien, Timozel? Werdet Ihr mir bei Faradays Errettung mit aller Kraft zur Seite stehen?«

»Ja, ja und dreimal ja, großmächtiger Herr«, rief der junge Mann ergriffen. »Ihr seid all das, was Freund von Euch behauptete.« Er hielt inne. »Meine Seele gehört Euch.«

»Narr!« dachte Gorgrael. Eure Seele war mein von dem Moment an, als Faraday Euren Ritterschwur auflöste. Aber er wandte nur den Kopf ein wenig zur Seite und lächelte boshaft. Timozel würde in Zukunft noch reichlich Gelegenheit erhalten, bis ins kleinste Detail festzustellen, wie tief sich Gorgraels Klauen in seine Seele eingegraben hatten.

»Dann laßt uns den Vertrag besiegeln«, flüsterte der Zerstörer.

Der Dunkle beeilte sich, seinem Lehrling aus dem Weg zu gehen.

Binnen eines Lidschlages legte Gorgrael, die entsetzlichen Klauenhände ausgestreckt und die krallenbewehrten Flügel gespreizt, den Weg zu seinem Opfer zurück. Seine Bewegungen erfolgten mit einer solchen Geschwindigkeit, daß Timozel keine Gelegenheit hatte, ihm auszuweichen, selbst wenn er es gewollt hätte.

Ihm blieb nur noch die Zeit, überrascht nach Luft zu schnappen und die Augen aufzureißen, dann war Gorgrael auch schon über ihm.

Schnell wie der Blitz zerfetzte Gorgrael die Kleider, die Timozels Oberkörper bedeckten, dann bohrten sich auch schon rasiermesserscharfe Klauen tief in die Brust des Jünglings.

Timozel öffnete den Mund zu einem Schrei, aber der Schmerz überwältigte ihn so sehr, daß er lediglich ein rauhes Gurgeln zustande brachte.

Gorgrael grub seine Klauen noch tiefer in den jugendlichen Körper, dann zog er den jungen Mann zu sich heran, bis ihre Gesichter sich berührten und sie eine schreckenerregende Parodie auf die Umarmung Liebender darstellten.

Timozels weit aufgerissene Augen blickten vor Todesqual ins Leere. Seine Arme hingen kraftlos herab, und seine zuckenden Hände versagten ihm den Dienst.

Der Dunkle schaute unbewegt zu. Dies mußte getan werden, aber er hoffte, Gorgrael würde nicht vergessen, seine Zauberkräfte so einzusetzen, daß Timozel sich später an nichts mehr würde erinnern können. Verflucht, Gorgrael genoß diese Qualen offensichtlich. Man konnte Faraday nur bedauern, wenn Gorgrael schließlich die Gelegenheit erhielt, seine Krallen auch in sie zu schlagen.

Während seine Klauen durch Knochen und Fleisch rissen und schnitten, heulte der Zerstörer vor Freude. Dann schickte er einen starken Energiestrahl seiner Macht in den Körper seines Opfers.

Wenn Timozel Gorgraels Armee gegen Axis anführen sollte, würde der Jüngling über einen Vorrat an Zauberkraft verfügen müssen, wie sie bereits die Skräbolde von Gorgrael erhalten hatten. Gorgrael gewährte ihm zwar nur ein winziges Bruchstück seiner Macht, aber das war immer noch viel, viel stärker als das, was er den Skräbolden zur Verfügung gestellt hatte.

»Fühlt sie!« zischte Gorgrael in höchster Erregung, während er vor Aufregung bebend den Jüngling noch fester an sich heranzog. »Spürt die Energie!«

Irgendwo in einer dunklen, noch nicht vollständig von Schmerz überfluteten Ecke seines Verstandes hörte Timozel ganz schwach Gorgraels Worte. Noch schwächer spürte er, wie sich etwas Warmes und Dunkles durch seinen Bauch wand. Fühlt sie.

Dieses Dunkle explodierte plötzlich in einer so unfaßbar beißenden Flamme der Qual, daß Timozel endlich den Atem fand, seinen Schmerz hinauszuschreien.

Sein Körper krümmte sich zusammen und zuckte, der Kopf flog zurück, und er schrie und kreischte, und dann schrie er noch ein weiteres Mal.

»Ja!« stöhnte Gorgrael. Dann zog er seine Krallen zurück und ließ Timozel zu Boden fallen. Dunkles Blut quoll aus den entsetzlichen Wunden, die in der Brust des jungen Mannes klafften.

Timozel erwachte aus der Schwärze, die sich seiner bemächtigt hatte. Er fühlte sich wie erlöst, und ein solches Wohlgefühl durchflutete ihn, daß er gar nicht mehr aus dieser Finsternis hinauswollte. Lächelnd genoß er seine Empfindungen. Nicht einmal Yr war es zu ihren besten Zeiten gelungen, ihm ein solches Gefühl der Befriedigung, der Erfüllung zu verschaffen.

Lieber Mann fing Gorgraels Blick auf und nickte. *Das ist Euch besser gelungen, als ich erwartet habe, mein Freund. Ihr habt Euch selbst übertroffen. Dieser Jüngling wird nun alles für Euch tun. Alles.*

Nachdenklich rieb sich Gorgrael mit der Klaue über einen seiner Hauer. *Gut.*

Timozel streckte sich, drehte den Kopf, lächelte und öffnete die Augen.

Vor einem prasselnden Feuer saßen Freund und Gorgrael auf Stühlen, die mit grotesk häßlichen Schnitzereien verziert waren. Beide hielten mit Wein gefüllte Kristallpokale in den Händen und warfen wohlwollende Blicke zu ihm hinunter.

Timozel lächelte sie an. »Was ist geschehen?«

»Ich habe Euch in meine Dienste aufgenommen«, antwortete der Zerstörer. »Seht Ihr?« Er klopfte an seine Brust.

Timozel runzelte die Stirn, dann begriff er, daß Gorgrael ihm bedeutete, auf seine eigene Brust zu schauen. Er erhob sich auf die Ellenbogen und bemerkte mit gelindem Erstaunen, daß er lediglich Kniehosen und Stiefel trug.

Seine Brust war mit den Umrissen einer Klauenhand gebrandmarkt.

»Mein Zeichen«, bemerkte Gorgrael.

»Dann trage ich es mit Stolz, großmächtiger Herr,« erwiderte Timozel kühn, als er auf die Füße sprang. An den Angriff, dem er dieses Mal verdankte, erinnerte er sich nicht.

Der Jüngling fühlte sich unglaublich wohl und voller Kraft, und sowohl Gorgrael als auch der Dunkle lächelten über das Erstaunen, das sich auf Timozels Zügen spiegelte.

»Ihr spürt bereits die Vorteile, welche meine Macht verleiht, mein Freund«, erklärte Gorgrael, erhob sich von seinem Stuhl und begab sich zu einer Anrichte, die Timozel selbst in seinem entrückten Zustand für das häßlichste Möbelstück hielt, das er jemals gesehen hatte. »Wein?«

Gorgrael nahm die Karaffe und hielt sie Timozel hin.

»Ja«, antwortete der junge Mann. »Wein wäre mir höchst willkommen.« Er fragte sich, aus welchen Gründen er dieses edle Geschöpf, das jetzt vor ihm stand, je gefürchtet hatte. Hier war der Platz, der ihm bestimmt war, hier fand er seine Vision, sein Schicksal.

Gorgrael schenkte Timozel ein Glas Wein ein und bedeutete ihm mit einem knappen Nicken, am Tisch Platz zu nehmen. »Wir müssen einen Plan schmieden, Timozel, um Axis' verderbtes Haus über seinem Kopf zusammenstürzen zu lassen und die schöne Faraday wieder ins Licht zurückzuholen.«

»Es soll mir eine Ehre sein, Herr«, entgegnete Timozel und nippte an seinem Wein.

Lieber Mann erhob sich, und die drei stießen auf ihren zukünftigen Erfolg an.

Gorgrael war bereit zuzugeben, daß der Dunkle recht gehabt hatte. Zwei Jahre zuvor hatte er sich mit seinem voreiligen und närrischen Angriff auf die Feste Gorken übernommen. Seine Skrābolde hatten den Angriff auf den Hain des Erdbaums miserabel durchgeführt, ebenso die Schlacht um die Burg Gorken, in deren Verlauf das Smaragdfeuer so viele Skrälinge vernichtet hatte.

Aber jetzt spürte der Zerstörer, daß er alle Werkzeuge, die

er zu Axis' Vernichtung brauchte, in Händen hielt. Timozel stellte das letzte Teilstück dar, und nun stand der junge Mann vor ihm und war so fest in Gorgraels Dienst eingebunden, daß er seine Seele verkaufen würde ... nein! Gorgrael brach beinahe in lautes Gelächter aus, der Jüngling hätte keine Bedenken, um des Sieges seines Herrn willen selbst Faradays Seele zu verschachern.

»Genug«, erklärte er zur Verwunderung der anderen beiden, »wir müssen Pläne schmieden. Timozel, erlaubt mir, daß ich Euch von der Armee berichte, die Ihr befehligen sollt.«

Die nächste Stunde verbrachte Gorgrael damit, Timozel umfassend darüber in Kenntnis zu setzen, und die Aufregung des jungen Mannes wuchs. Welch eine Armee ihm der großmächtige Fürst anvertraute! Während des vergangenen Jahres hatte Gorgrael gewisse Veränderungen in seiner Streitmacht vorgenommen. Die Skrälinge waren nicht länger die substanzlosen Geister, wie Timozel sie noch beim Kampf um Gorken erlebt hatte. Jene Kreaturen, die sich durch einen Stich in die Augen erledigen ließen. Inzwischen bestanden sie aus Fleisch und Blut, und eine knöcherne Rüstung umschloß sie so vollständig, daß sie nahezu unverwundbar waren und kaum getötet werden konnten.

Die Eiswürmer hatte er größer und viel beweglicher herangezüchtet als ihre Vorgänger, und ihr Zahl übertraf nun alles bisher Dagewesene.

»Über das Wetter gebiete ich ebenfalls«, schloß Gorgrael. »Mittlerweile verfüge ich über die Macht, Eis und Wind so gut wie vollständig zu beherrschen.«

Der Dunkle nickte still in sich hinein. Gorgraels awarisches Blut machte sich bemerkbar. Mit dessen Hilfe und mit seiner Fähigkeit, die Dunkle Musik anzuwenden, vermochte Gorgrael eine Eishölle über dem größten Teil des nördlichen Achar zu entfesseln, das man jetzt Tencendor nannte. Lieber Mann war zufrieden mit der Arbeit, die sein Lehrling dort leistete. Noch vor zwei Jahren waren Gorgraels Fähigkeiten auf diesem Gebiet noch zu stark von Zufällen abhängig gewesen und hatten nur selten die gewünschten Ergebnisse erzielt. Inzwischen beherrschte er diese Kunst nahezu vollkommen.

»Dann wärt Ihr gut beraten, einen Teil Eures Eises so bald wie möglich gen Süden zu schicken«, erklärte Timozel.

Gorgrael runzelte die Stirn. »Jetzt schon?« Er war davon ausgegangen, daß der Jüngling erst wenigstens ein bis zwei Wochen benötigen würde, um sich mit seinem Skrälingenheer vertraut zu machen und die Truppe für sich zu gewinnen.

»Axis wird einen Großteil seiner Armee nach Norden marschieren lassen, großmächtiger Fürst. Wir können von Glück sagen, daß er damit noch nicht begonnen hat. Wenn Ihr das Eis unverzüglich nach Süden schickt – möglichst bis zu den West- und den Farnbergen – dann werden die Flüsse, die Euch soviel Ärger verursacht haben, zu Eis erstarren. Und wenn der Nordra gefriert, dann können Axis' Truppen bestenfalls im Kriechtempo nach Norden vordringen.«

»Ja. Ja!« rief Gorgrael. »Euer Vorschlag gefällt mir gut.«

Timozel betrachtete seinen neuen Herrn. Er erinnerte sich vage daran, Gorgrael einst für eine schrecklich deformierte, ekelerregende Kreatur gehalten zu haben. Allein schon sein Äußeres legte nahe, daß es sich bei ihm um die Verkörperung des Bösen schlechthin handelte. Aber nun erschien der Zerstörer ihm edel, und seine seltsame Gestalt ließ ihn um so mächtiger erscheinen, nicht etwa häßlich oder abstoßend.

»Und Eure Eisspeere, Herr, warum habt Ihr sie nicht gegen Axis benutzt? Damals vor den Grabhügeln der alten ikarischen Zauberfürsten habt Ihr einmal den Versuch unternommen, Axis mit dieser Waffe zu töten. Und vor der Feste Gorken hättet Ihr sie ebenfalls zu Eurem Vorteil einsetzen können. Wenn Ihr wieder auf die Eisspeere zurückgreift, dann werden sie unter Axis' Truppen große Verheerungen anrichten, dessen bin ich gewiß – und stellt Euch nur vor, wie diese Geschosse die Luftarmada der Ikarier aufspießen könnten!«

Gorgrael wirkte jetzt aber weniger begeistert, als vielmehr verlegen. »Na ja, ich muß zugeben, Timozel, daß ich mich bei den Grabhügeln gewaltig überschätzt habe. Damals verfügte ich über weniger Macht als heute. Aber ich fürchte, ich bin nicht mehr in der Lage, die Eisspeere einzusetzen, obwohl sie eine solch hübsche Erfindung waren.«

»Aber warum denn nicht, großmächtiger Fürst, wenn doch Eure Macht inzwischen so viel größer ist?«

Gorgrael grinste in sich hinein, und auch der Dunkle lächelte, weil er wußte, woran sein Lehrling jetzt dachte.

»Weil ich Euch noch ein weiteres Geheimnis enthüllen muß, Heerführer. Dabei geht es um die Waffe, mit der ich Axis und seine Armee todsicher vernichten werde.«

Er klackte mit den Klauen, und Timozel hörte, wie sich in einer der dunkleren Ecken des Raumes etwas bewegte.

»Ich stelle Euch eine Luftlandetruppe zur Verfügung, Timozel, neben der die Luftarmada der Ikarier mehr als jämmerlich aussehen wird.«

»Der Greif!« Timozel erinnerte sich plötzlich an die Geschichten über die furchterregenden geflügelten Kreaturen über Jervois, von denen die heimkehrenden Soldaten in Karlon erzählt hatten.

»Ja«, bestätigte Gorgrael, »und es handelt sich um ein Greifenweibchen. Schaut Euch mein Schoßtier an.«

Der Greif mit dem mächtigen Löwenkörper, der jetzt auf dem Bauch zu ihnen herüberkroch, wirkte erheblich größer und kräftiger als das ursprüngliche Tier, welches Gorgrael und der Dunkle gemeinsam erschaffen hatten. Während er sich Timozel näherte, neigte er unterwürfig seinen Adlerkopf vor dem jungen Mann.

Lieber Mann unterdrückte einen überraschten Ausruf. Bei diesem Tier handelte es sich nicht um das von Gorgrael und ihm ins Leben gerufene Geschöpf!

Gorgrael bedachte seinen Mentor mit einem verschlagenen Blick. »Ich verlor einen weiteren meiner Skrābolde auf der Wildhundebene, Lieber Mann. Aus seinem verfaulenden Fleisch erschuf ich einen neuen Greifen, dieses Weibchen. Diesmal größer und kräftiger gebaut. Und viel intelligenter.«

»Und kann sie Nachwuchs bekommen?« erkundigte sich der Dunkle mit rauher Stimme.

»Genau wie ihre Jungen später auch«, antwortete Gorgrael, den die Überraschung seines Lehrers in höchstem Maße begeisterte. »Genau wie ihre Jungen.«

Er wandte sich wieder Timozel zu. »Ich stelle Euch eines ihrer Jungen für Euren persönlichen Gebrauch zur Verfügung. Nur zu, streichelt ihren Kopf, krault sie im Nacken, denn das mag sie. Mit einem dieser Geschöpfe als Reittier werdet Ihr in der Lage sein, mit der Leichtigkeit der Ikarier auf den Aufwinden dahinzutreiben.«

Als der Jüngling sich zu dem Greifenweibchen niederbeugte, das sich an seine Füße geschmiegt hatte, legte Gorgrael dem Dunklen eine Hand an den Ellenbogen und führte ihn ein paar Schritte beiseite, während er leise auf ihn einsprach.

»Da gibt es etwas, was ich Euch vielleicht erzählen sollte, Lieber Mann.«

Als der Dunkle die kaum verhohlene Freude in der Stimme seines Lehrlings hörte, schwante ihm schon, daß er nun etwas wenig Erfreuliches erfahren würde.

»Herr, ich weiß, daß Ihr davon ausgegangen seid, daß der Greif nach dem zweiten Wurf keinen Nachwuchs mehr hervorbringen würde. Ich weiß, daß Ihr die Anzahl dieser fliegenden Bestien in Grenzen halten wolltet.«

Monate zuvor hatten Gorgrael und sein Lehrer einen Greifen erschaffen, ein Wesen mit einem Adlerkopf, den Flügeln eines Vogels und dem Körper einer Raubkatze. Der Dunkle hatte viel Magie zur Erschaffung des Wesens eingesetzt. Das einzige Exemplar war bereits trächtig zum Leben erwacht, und kurz darauf hatte die Greifin neun Junge geworfen. Und auch bei diesen hatte es sich wieder um schwangere Weibchen gehandelt, die nach vier Monaten jeweils neun Junge bekamen. Aber der Lehrmeister hatte geglaubt, den Zauber dahingehend gelenkt zu haben, daß die Fortpflanzung an diesem Punkt aufhörte. Gorgrael sollte über eine mächtige Luftstreitmacht verfügen – und die bislang erschaffenen zweiundachtzig Greifen stellten ohne Zweifel eine solche dar –, doch der Dunkle hatte nicht vorgehabt, darüber hinaus noch weitere dieser Bestien in die Welt zu setzen.

»Aber es hat nicht aufgehört«, zischte Gorgrael, der spürte, wie sein Lehrer unter dem Griff seiner Hand zusammenzuckte. »Inzwischen verfüge ich über siebenhundertneunundzwanzig Tiere. Und sie werden bald Nachwuchs bekommen. Jede einzelne dieser Kreaturen wird neun schwangere Junge werfen. Könnt Ihr Euch ausrechnen, wie viele das dann sein werden, Lieber Mann?«

Der Dunkle schwieg, und Entsetzen drohte, ihn zu übermannen.

»Über sechseinhalbtausend. Und in weiteren vier Monaten bekommen diese ebenfalls wieder Junge – zusammengenommen fast sechzigtausend. Und vier Monate darauf werden diese ebenfalls ...«

»Halt ein!« rief Lieber Mann und befreite seinen Arm aus Gorgraels Griff.

»Ganz abgesehen von dem zweiten Greifenweibchen, das ich erschaffen habe. Sie und ihr Nachwuchs haben einundachtzig Greifen in die Welt gesetzt. In wenig mehr als einem Monat werden aus diesen einundachtzig Kreaturen siebenhundertund ...«

»Ja, ja!« zischte der Dunkle. »Ich habe verstanden!«

»Nein«, erklärte Gorgrael sehr, sehr leise, »Ich glaube nicht, daß das wirklich der Fall ist. Ich bin der Zerstörer, Lieber Mann, und mein Plan läuft auch auf Zerstörung hinaus. Axis mag versuchen, mich mittels netter kleiner Zaubereien aufzuhalten, und dennoch werde ich Tencendor vernichten. Wenn die Greifen sich so vermehren wie bisher, werden in kaum einem Jahr eine halbe Million Tiere den Himmel über Tencendor bevölkern, Dunkler Mann. Stellt Euch das einmal vor. Eine halbe Million. Und wenn es meinem wohlgestalteten Bruder hie und da gelingt, das eine oder andere Tier zu töten? Oder wenn seine Armee vierzig- oder fünfzigtausend Greifen erledigt? Selbst wenn nur ein einziges Tier entkommt, wird es neun Junge hervorbringen, und diese neun werden jeweils neun zur Welt bringen, und ... ich kann mir die Fortsetzung sparen. Solange nur ein Greif am Leben bleibt, werden binnen zweier Jahre erneut wenigstens sechzigtausend dieser Flugbestien die Himmel über

Tencendor verdunkeln.« Unter seiner Kapuze starrte der Dunkle Gorgrael entsetzt an.

»Also muß Euch klar geworden sein«, fuhr sein Schüler fort, »daß Axis selbst für den Fall, daß er mich im Kampf vernichtet, wenig Grund zur Freude haben wird. Nicht einmal der Sternenmann dürfte in der Lage sein, mit der Bösartigkeit der Greifen fertig zu werden. Mit der Zeit wird nichts mehr von seinem grünen, angenehmen Land übrigbleiben, abgesehen von den Schatten der Greifen, die kreischend ihre Runden am Himmel drehen. Sie werden die Sonne verfinstern und vernichten, vernichten und abermals vernichten, bis nichts – rein gar nichts mehr – übrig ist!«

Bei den Sternen, ging es dem Dunklen durch den Kopf, und er spürte, wie um ihn herum die Pläne von dreitausend Jahren zu Staub zerfielen.

Mit einem triumphierenden Grinsen genoß Gorgrael das Gefühl, seinen Lehrmeister endlich geschlagen zu haben. Nachdem ihm dies gelungen war, würde er auch Axis besiegen, dessen war sich der Zerstörer sicher.

5

EINE GÖTTLICHE MISSION

Von dem Augenblick an, als die koroleanischen Frachtschiffe ihre verräterischen Piraten in den brodelnden Hexenkessel der Schlacht am Bedwyr Fort ausspien, hatte Gilbert gewußt, daß Bornheld ein toter Mann war. Der König und sein Heer hatten vollkommen versagt, sowohl bei ihrer Aufgabe, den Seneschall zu schützen, als auch bei ihrer vornehmsten Pflicht, nämlich der Treue Artor gegenüber.

Nicht nur würde nun der wunderbare Turm des Seneschalls von Axis und den Unaussprechlichen eingenommen werden, begriff Gilbert, auch Karlon selbst, der Hauptstadt, stand der Untergang bevor. Und er erkannte mit äußerster Klarheit, daß er seine Zukunft so weit entfernt wie nur irgend möglich von Jayme, Bornheld und Karlon suchen mußte. Möglicherweise ruhte die Zukunft des Kirche und damit des Weges des Pfluges auf seinen Schultern. Jayme hatte sich, wie es schien, als nutzlos erwiesen, als es darum ging, die nicht unbeträchtlichen Kräfte des Seneschalls gegen Axis' Armee einzusetzen. Nun lag die Bruderschaft zerschlagen unter den Trümmern von Achar.

So hatte sich Gilbert stillschweigend von seinem Kirchenfürsten und von Moryson entfernt, die hoch oben auf den Türmen von Karlon standen, und war über Hintertreppen und Gänge gehastet, bis er das Haus eines seiner zahlreichen Vettern in dieser Stadt erreichte. Dort hatte er sich ein Pferd, Kleidung, Verpflegung und eine Börse voll Goldmünzen für die Flucht aus Karlon erbeten, und war keine fünf Minuten, bevor Bornheld und Gautier nach ihrem Rückzug vom Schlachtfeld den Befehl gaben, die Tore zu schließen, aus der Hauptstadt geflohen.

Nach zwei Tagen angestrengten Ritts weit hinunter in den Süden wandte der Mönch sich nach Osten, wobei er bei dem Versuch, spät in der Nacht den Nordra zu überqueren, beinahe ertrunken wäre, um seinen langen Weg über die südlichen Hochebenen von Tare anzutreten. Gilbert wußte nicht so recht, wohin ihn sein Weg führen würde. Ein unerklärlicher Drang bewegte ihn dazu, sich in östliche Richtung zu begeben, vielleicht nach Arkness und anschließend nördlich nach Skarabost.

Jede Nacht flehte Gilbert Artor an, ihn zu leiten. Gewiß würde der höchste und einzige Gott weder ihn noch den Seneschall in der Stunde ihrer höchsten Not im Stich lassen.

In der dritten Woche des Totlaubmondes, fast einen Monat nach der Schlacht am Bedwyr Fort, saß Gilbert mißmutig am Lagerfeuer und grübelte über seine Zukunft nach. Seine Aussichten schienen alles andere als gut. Gelegentlich traf er auf Kaufleute, die von Karlon nach Nor zurückreisten. Sie erzählten ihm, Axis habe den Thron von Achar zerschlagen und sich selbst zum Sternenmann von Tencendor ausgerufen. Gilbert schnaubte verächtlich. Sternenmann von Tencendor? Ein hochtrabender Titel für die Wiedergeburt einer bösen Welt.

Die kalte Nachtluft ließ ihn erschauern, und er hüllte sich fester in seinen Umhang ein. Seit er aus der Hauptstadt entkommen war, hatte er keine allzu große Strecke Weges hinter sich bringen können. Zur Zeit befand er sich erst in den nördlichen Regionen von Nor oder vielleicht auch im Westen von Tarantaise.

Der Bruder fingerte seine Geldbörse hervor. Sorgfältig darauf bedacht, möglichst wenig auszugeben, hatte er in den kleinen Dörfern, durch die er gezogen war, verbissen um Nahrungsmittel und die notwendigen Vorräte gefeilscht. Er reiste in der Verkleidung eines Angehörigen des niederen Adels – eine Tarnung, die anzunehmen ihm nicht schwerfiel, denn Gilbert entstammte ursprünglich einer der adeligen Familien Karlons. In diesen östlichen Landstrichen wäre es wenig klug gewesen, als Bruder aufzutreten, denn Axis' Armee und die Unaussprechlichen in seiner

Begleitung waren hier bereits durchgezogen. Die wenigen Händler, die ihm begegneten, berichteten ihm außerdem, daß man im östlichen Achar die Namen der alten Götter mit zunehmend frecherer Offenheit im Munde führte.

Der Mönch beugte sich vor und stieß das Brot an, welches er auf den Kohlen buk. Er besaß kein anderes Leben als das, das er sich selbst im Seneschall aufgebaut hatte. Als junger Mann von noch nicht einmal dreißig Jahren war Gilbert rasch in der Hierarchie der Bruderschaft aufgestiegen. Vor sechs Jahren hatte ihn Jayme zu seinem jüngsten Berater ernannt, und Gilbert schämte sich überhaupt nicht, vor sich selbst zuzugeben, daß er ein Auge auf das Amt des Bruderführers selbst geworfen hatte. Jayme war ein alter Mann, genau wie Moryson, und wer eignete sich besser dazu, Jaymes Nachfolger zu werden, als der vielseitig begabte jüngste Berater?

Natürlich wurde ihm diese Aussicht erschwert, wenn nicht gar zunichte gemacht, als der Zerstörer von Norden her in das Königreich einfiel und der Axtherr seine wahre Natur enthüllte und sich anschickte, sowohl Achar als auch den Seneschall zu zerschlagen. Nun blieben Gilbert kaum mehr als seine zerstörten Zukunftsträume, um sich zu trösten.

Der Bruder saß da und stocherte mutlos in seinem Brotteig herum, der nicht aufgehen wollte, bis er sich irgendwann des Umstands bewußt wurde, daß ihn jemand beobachtete.

Doch blieb er noch vollkommen reglos sitzen, wo er war, heftete die Augen auf das sich schwärzende Brot und lauschte angestrengt. Dann schließlich hielt Gilbert es nicht länger aus.

»Wer ist da?« rief er und versuchte, so tapfer wie möglich zu klingen.

Wieder nur Stille, dann hörte er ein leises kratzendes Geräusch, als scharre jemand mit dem Fuß.

»Gilbert?« antwortete eine brüchige, zittrige Stimme. »Gilbert?«

»Bei Artors Arsch!« fluchte der Mönch und vergaß sich in solchem Maße, daß er eine Unflätigkeit benutzte, die er bis dahin nur von Soldaten gehört hatte. »Moryson?«

»Jawohl, ich bin's«, antwortete der und schlurfte ins Licht des Feuers.

Gilbert sperrte den Mund auf, als er den alten Mann sah. Der einstige Berater Jaymes wirkte noch dünner und zerbrechlicher als gewöhnlich, und seine verschmutzten Gewänder schlotterten ihm um die hageren Glieder. Die Bartstoppeln einer Woche bedeckten seine Wangen, und seine rechte Hand schüttelten Krämpfe, als habe er sich einen Nerv gequetscht.

»Darf ich mich zu dir setzen?« Moryson sah ganz danach aus, als würde er jeden Moment zusammenbrechen, und Gilbert wies auf eine Stelle beim Feuer.

Moryson ließ sich dankbar niedersinken. »Du bist ein Mann, den man nicht so leicht erwischt, Gilbert.«

Der junge Bruder starrte den alten Mann weiter an. Moryson war der letzte, mit dessen Erscheinen er in dieser einsamen Nacht gerechnet hätte. »Warum bist du nicht bei ...?«

»Bei Jayme geblieben?« Morysons Stimme klang jetzt, da seine Beine nicht mehr sein Gewicht tragen mußten, ein wenig kräftiger. »Warum sollte ich? Weil sich Jayme letzten Endes als Narr erwiesen hat, Gilbert, und als Schwächling. Ich mag zwar alt sein, aber ich bin noch nicht zum Sterben bereit.«

Langsam schloß Gilbert den Mund. Von Moryson hätte er zuletzt einen Verrat am Bruderführer erwartet. Gut vierzig Jahre waren die beiden unzertrennlich gewesen und hatten eine tiefe und innige Freundschaft gepflegt – nichts hatte zwischen den Bruderführer und seinen Ersten Berater kommen können, dachte Gilbert verbittert. Er hätte seine unsterbliche Seele darauf verwettet, daß es für Moryson keine Frage gewesen wäre, bei Jayme zu bleiben und dessen Schicksal zu teilen.

»Wie bist du aus Karlon entkommen?« wollte er von dem alten Mann wissen.

Und aus welchem Grund bist du jetzt hier?

Moryson hustete, ein harter, kehliger Laut, und Gilbert reichte ihm einen Schlauch, der mit Wasser gefüllt war.

Der Alte nahm einen tiefen Schluck, dann wischte er sich den Mund mit einem Ärmel ab. »Danke. Ich habe seit mehr als einem Tag nichts mehr getrunken. Nun denn, wie gelang mir die Flucht? Ich sah dich die Treppe hinunterfliehen, als offenkundig wurde, daß dieser Narr Bornheld den Kampf mit Axis verlor. Ich wußte, warum du dich aus dem Staub gemacht hast. Keine Soldaten waren mehr da, die Karlon hätten schützen können, und Axis würde dir gegenüber kaum Mitgefühl oder Gnade aufbringen – genausowenig wie für Jayme oder mich selbst.

Also versuchte ich, dir die Treppe hinunter zu folgen, aber meine Beine sind alt und schwach, und ich verlor dich binnen weniger Minuten aus den Augen.«

Gilbert runzelte die Stirn. Er hätte es doch gewiß gehört, wenn Moryson hinter ihm die Treppe heruntergestolpert wäre?

»Mochte Jayme sich auch dazu entschlossen haben, in der Hauptstadt zu bleiben und seinem einstigen Axtherrn ins Auge zu blicken – ich beschloß, zu fliehen und mein Leben anderswo aufs Spiel zu setzen«, fuhr Moryson fort. »Nachdem ich dich verloren hatte, lief ich zu einer kleinen Tür, von deren Existenz ich wußte und die sich zum Gralsee hin öffnet. Dort fand ich ein kleines Boot. Erschöpft, aber getrieben von dem Gedanken, daß jede Stunde Axis höchstpersönlich in Karlon einreiten würde, ruderte ich quer über den See bis zu einer Stelle nördlich des Turms des Seneschalls, und dort begann meine anstrengende Flucht.«

Morysons Stimme nahm an Stärke zu, während ihm alles wieder einfiel und er sich in Eifer redete: »Tagelang stolperte ich ostwärts, dann nach Südwesten, immerzu verzweifelt darum bemüht, Axis und den Unaussprechlichen zu entkommen. Nahrung habe ich gestohlen, wo immer sich die Gelegenheit bot, ausgeruht habe ich mich, wo ich es wagte. Nach einer Woche erzählte mir ein reisender Händler namens Dru-Beorh, er sei dir weiter südlich in Nor begegnet. Da fragte ich mich, ob meine Zukunft vielleicht bei dir läge. Alleine konnte ich nichts ausrichten, aber Gilbert, so überlegte ich, der muß einen Plan haben. Ich setzte also alles daran, dich zu finden. Und hier bin ich nun.«

Der junge Bruder konnte den alten Berater nur weiterhin anstarren. Entbehrung und Furcht haben ihm den Verstand getrübt, dachte er. Wie hat er es nur geschafft, so lange zu überleben?

»Und welch eine Art von Plan habe ich deiner Ansicht nach?« fragte er. »Was kann ich deiner Meinung nach für dich tun?«

»Ich dachte, du kennst vielleicht einen Platz, wo man sich verstecken kann«, antwortete Moryson, und seine Stimme nahm wieder den brüchigen Tonfall an. »Auf mich allein gestellt vermag ich nicht zu überleben, aber, so dachte ich mir, mein alter Freund Gilbert wird mir helfen.«

Alter Freund, ganz gewiß, sagte sich der Jüngling verärgert. Moryson und Jayme haben mich jahrelang auf Armeslänge von sich ferngehalten, niemals haben sie mich in ihre geheimen Unterredungen mit einbezogen, und mir kein einziges Mal gezeigt, daß ich ihrer Wertschätzung würdig sei. Sogar jetzt noch wagt es Moryson, mag er auch noch so hilflos und am Ende sein, hier zu sitzen und mir zu erzählen, daß er schon immer mein Freund gewesen sei.

»Ich dachte, wir könnten vielleicht ein paar unserer in alle Winde zerstreuten Mitbrüder aufspüren«, meinte Moryson. »Axis muß während seines Rittes durch Ostachar in Richtung Karlon Dutzende von Pflughütern aus ihrem Sprengel vertrieben haben.«

Erst jetzt bemerkte Gilbert die geschwärzten Überreste des Brotes, und er beeilte sich, den Laib aus den Kohlen zu ziehen, und dachte sorgfältig nach.

Morysons vager Vorschlag hatte eine Idee in seinem Kopf aufkommen lassen. Der alte Mann hatte recht. Zahlreiche Brüder des Seneschalls, Gelehrte wie örtliche Pflughüter – jene Brüder, die ihren Dienst in den Dörfern versahen – mußten zu dieser Zeit ebenso unsicher und ohne rechtes Ziel herumziehen wie er und Moryson. Alleine konnten sie nichts bewirken, aber gemeinsam ...

»Du hast den Nagel auf den Kopf getroffen, Moryson«, erklärte er. »Ich beabsichtige, nach Osten zu wandern und alles aufzusammeln, was von den Resten der Bruderschaft noch übrig sein mag.«

»Und dann?« wollte der Alte wissen. »Was fangen wir mit ihnen an?«

»Am besten warte ich ab, bis wir ungefähr ein Dutzend beisammen haben, Moryson«, wich Gilbert aus, »und dann werde ich dir sagen, wie mein Plan aussieht.«

Mit hängenden Schultern nickte Moryson. Der junge Mönch hatte ihn als starken, stolzen Mann in Erinnerung, wenn auch nicht körperlich, so doch im Geiste, aber der Moryson, der ihm jetzt am Feuer gegenübersaß, wirkte gebrochen, ja nahezu unterwürfig.

Nun, überlegte Gilbert, der Alte hat ein paar üble Wochen durchgemacht und mußte mit ansehen, wie sein Leben und seine Macht zerstört wurden. Kein Wunder, daß sich der ehemalige Erste Berater nichts weiter wünscht, als in eine warme Decke gehüllt in einem Sessel am Feuer zu sitzen. Gilbert lächelte, als ihm bewußt wurde, wie dramatisch sich die Beziehung zwischen ihm und Moryson verändert hatte. Nun war er die treibende Kraft, jetzt konnte er bestimmen, was zu tun war und zu welchem Zeitpunkt, und Moryson würde nicken, allem zustimmen und erklären, Gilbert wisse es am besten.

Um dieses Feuer herum saßen die beiden ranghöchsten verbliebenen Mitglieder des Seneschalls, denn Axis hatte Jayme in der Zwischenzeit ganz bestimmt aufgespießt, und von diesen zweien war Gilbert ohne Zweifel der stärkere. Das macht mich zum Führer des Seneschalls, ging ihm plötzlich auf. Ich bin wirklich und wahrhaftig der Bruderführer der Kirche!

Nach einigen Augenblicken der heimlichen Freude dachte Gilbert endlich daran, die genießbaren Überreste des Brotes anzuschneiden und einen Teil davon Moryson anzubieten, zusammen mit ein wenig Fleisch und einem runzligen Apfel. Das würde den alten Mann wenigstens bis zum folgenden Morgen am Leben halten.

Nachdem sie ihr Mahl beendet hatten und das Feuer niedergebrannt war, widmete sich Gilbert den allabendlichen Gebeten an Artor. Selbst während der grauenhaftesten Tage seiner Flucht hatte er niemals seine Abend- und Morgengebete an den einzigen Gott vernachlässigt. Man mochte über Gilbert sagen, was man wollte, aber Mangel an Hingabe an seinen geliebten Gott waren ihm ganz gewiß nicht vorzuwerfen.

Ein seltsames rhythmisches Stampfen riß Moryson und Gilbert aus ihrer Andacht. Das Geräusch schien von allen Seiten zu kommen, und die beiden Männer wechselten verwirrte, angsterfüllte Blicke.

»Was ist das?« flüsterte der Jüngere schließlich, da er es nicht wagte, laut zu sprechen.

Moryson entfuhr tatsächlich ein Wimmern, und Gilbert schaute ihn an. Moryson hatte bereits vorher schwach und verängstigt gewirkt, aber jetzt war er ganz und gar von Entsetzen erfüllt. Der Berater hatte sich so klein wie möglich gemacht und zu einer Kugel zusammengerollt, als könne er dadurch in der Erde verschwinden und auf diese Weise dem entkommen, was sich auf dem Weg zu ihnen befand.

»Was ist das?« zischte Gilbert.

»Aaah«, jammerte Moryson und kauerte sich noch mehr zusammen und kratzte mit den Fingern den Boden auf.

»Moryson!«

»Artor!« schrie der Alte. »Da kommt Artor!«

Mit weit aufgerissenen Augen kauerte der Jüngere wie gelähmt da. Für einen Augenblick schwankte er zwischen tiefstem Entsetzen und überirdischer Ekstase.

Die religiöse Verzückung gewann schließlich die Oberhand.

»Artor!« brüllte er und sprang auf die Füße. »Artor! Ich bin's, Gilbert! Dein wahrer Diener! Was muß ich tun, Dir zu dienen? Was ist Dein Begehr?«

Verfluchter Narr, verfluchter Narr, verfluchter Narr, murmelte Moryson immer und immer wieder in sich hinein, und war sich dabei nicht sicher, ob er damit Gilbert meinte oder sich selbst. Verfluchter Narr! Er rollte sich zu einer noch kleineren Kugel zusammen.

Das seltsame Stampfen nahm zu, bis es beinahe einem Donnern glich, und in der Ferne vermochte Gilbert ein Licht zu erkennen. »Artor!« schrie er ein weiteres Mal.

Als das Leuchten näher kam, erkannte Gilbert, daß es von zwei riesigen roten Bullen herrührte, die einen ebenso gewaltigen Pflug zogen. Hinter ihnen schritt Artor einher, eine Hand am Pflug, die andere, die den Ochsenziemer hielt, erhoben, um Sein Gespann voranzutreiben. Die Pflugschar grub sich tief in den Boden ein, und das rhythmische Geräusch entstand, als sie die Erde durchpflügte. Eine breite und tiefe Furche, gerade wie ein Pfeil, zielte auf Gilbert.

Atem strömte in dichten Wolken aus den geblähten Nüstern der Bullen, sie warfen die Köpfe hin und her, und sie rollten mit den Augen, als wollten sie alle Zweifler und Ungläubigen zerstampfen, die sich ihnen in den Weg zu stellen wagten.

Gilbert jedoch hegte weder Zweifel noch zählte er zu den Ungläubigen, deshalb blieb er selbstbewußt stehen.

»Furche weit, Furche tief!« schrie er, als seien ihm plötzlich die größten Geheimnisse von Leben und Tod zuteil geworden. Der Mönch hob die Arme in einer übertriebenen Begrüßungsgeste und warf den Kopf in den Nacken.

Mein guter, treuer Sohn.

Gilbert konnte kaum fassen, so machtvoll gesegnet zu werden.

Artor brachte Sein Gespann keine vier oder fünf Schritte vor dem entrückten Gilbert zum Stehen und trat hinter dem Pflug hervor. Er hatte die Gestalt angenommen, in der Er Sich schon Jayme offenbart hatte – als riesiger Hüne, dessen Muskeln und Narben von einem Leben hinter dem Pflug kündeten. Artor schob Seine Kapuze zurück, so daß Gilbert das Antlitz Seines Gottes besser sehen konnte.

Seine Muskeln spielten, während Er vorwärts schritt, den Ochsenziemer noch immer in der Hand.

Wer ist jener, der dort im Staub kauert?

»Das ist nur Moryson, Gesegneter Herr, ein bedauernswerter Mann, der an den Ereignissen der letzten Monate beinahe zerbrach«, antwortete Gilbert.

Narr, Narr, Narr, summte Moryson endlos in sich hinein, und irgendwo in seinem von Angst beherrschten Geist erkannte er, daß er mit diesen Worten doch sich selbst meinte. Nur ein Narr konnte zu dieser Stunde an diesem Ort sein!

Da Artor einzig Jayme den Verlust des Seneschalls zur Last legte, beachtete Er Moryson nicht mehr länger. Wehleidige Feiglinge sonder Zahl waren Ihm unter die Augen gekommen. Was Artor jetzt brauchte, war ein Mann, der den Geist und den Mut besaß, Artor wieder zu Seinem rechtmäßigen Platz als höchstem Gott Achars zu verhelfen. Artor schäumte vor Wut, denn die Schlangenbrut Seiner Feinde hatte sogar den Namen des Landes verändert, so daß das gesegnete Achar inzwischen wieder den uralten und verfluchten Namen Tencendor trug.

Sein Blick kehrte zu Gilbert zurück. *Du bist ein Mann des wahren Geistes. Ein Kirchenbruder, auf den Ich Mich stützen kann. Ein Mann, der es vermag, den Seneschall für Mich wiedererstehen zu lassen.*

Gilbert fiel auf die Knie und faltete andächtig die Hände vor der Brust. In seinen Augen standen Tränen. Wenigstens Artor erkannte seinen wahren Wert.

Über Jahrhunderte gedieh Achar sicher und unberührt dank Meines Wohlwollens. Nun ist es entweiht durch die Fußstapfen der Unaussprechlichen und die Anbetung ihrer schrecklichen Sternengötter.

Artor legte keinerlei Wert auf Konkurrenz; der Seneschall hatte immer rasch und unbarmherzig dafür gesorgt, jeden aus dem Weg zu räumen, der von anderen Wegen und anderen Göttern sprach.

Der Weg des Pfluges siecht dahin, und der Seneschall ist ernsthaft verwundet. Es bedarf der größten Hingabe, um sein Überleben sowie seine endgültige Wiederauferstehung zu alles umfassender Macht sicherzustellen. Besitzt du diese Hingabe, Gilbert, mein Sohn?

»Ja!« Der junge Bruder schrie beinahe in dem Versuch, seinen Gott zu überzeugen.

Ich habe eine Aufgabe für dich, Gilbert.

»Was auch immer Du von mir verlangst, mein Gott!«

Du kennst diese Faraday?

Gilbert blinzelte. Die Edle? Welche Absichten hegte Artor mit dieser ...

WEISST DU ETWAS ÜBER DIESE FARADAY? Donnerte Artor durch Gilberts Geist.

Der Jüngling verfluchte sein Zögern. »Ja! Ja! Ich kenne sie! Sie ist mit Bornheld verheiratet. War es, wie ich vermute, denn der König dürfte nicht mehr unter den Lebenden weilen.«

Sie ist gefährlich.

»Aber sie ist doch nur eine Frau.«

Narr! Denke stets daran, Mir nie zu widersprechen!

»Sie ist gefährlich, oh Gesegneter.«

Ja. Sie ist eine Gefahr. Man muß sie finden und aufhalten.

»Du brauchst es nur auszusprechen, Herr, und sie wird gewißlich sterben.«

Artor lachte, und das Geräusch klang schrecklich. *Faraday wird nicht so leicht zu fassen sein, Gilbert, aber sie stellt eine gute Gelegenheit dar, deine Ergebenheit auf die Probe zu stellen. Sie hat vor, nach Osten zu reiten, aber ihre verderbten Zauber umnebeln Meine Sinne, so daß ich nicht genau weiß, wo sie sich befindet. Deine Aufgabe besteht darin, sie aufzuspüren und aufzuhalten, bevor sie Wälder auf gutem Ackerland pflanzen kann. Wenn sie jemals ihre Aufgabe zu Ende bringt, dann werde Ich ... Ich ...*

Gilbert spürte die Angst des Gottes. Er wußte nicht, wovon Artor sprach, und er verstand auch nicht, aus welchem Grund Faraday verderbte Zauber wirken mochte oder weshalb sie eine Gefahr darstellte. Aber das mußte ein Teil seiner Prüfung sein.

Dann bin Ich verloren, flüsterte der Gott. *Dann bin Ich durch diese einzige Tat verloren.* Es erfüllte Ihn mit großen Sorgen, trotz all Seiner Macht nicht in der Lage zu sein, Faradays Aufenthaltsort herauszufinden, was bedeutete, daß die Macht der Mutter, welche Faraday vorwärtstrieb, von Tag zu Tag an Stärke gewann.

Der Wald ist böse, und er muß zerstört werden, auf daß er sich niemals wieder erhebe. Nun zitierte Artor das Buch des Feldes und der Furche, den heiligen Text, den Er der Menschheit vor Tausenden von Jahren geschenkt hatte. *Holz dient nur dazu, den Menschen zu nützen, und ihm darf niemals gestattet werden, wild und ungebändigt zu wachsen, frei, um dunklen Schatten und bösen Geistern Schutz zu bieten.*

Gilbert überkam ein Blitz der Erkenntnis. »Deshalb legten wir vor tausend Jahren Hand an den dunklen Wald, Gesegneter. Sollte er wieder zum Leben erwachen, dann würden seine Wurzeln den Weg des Pfluges ersticken.«

Ja. Ja, du wirst Mir gut dienen, Gilbert. Sorge dafür, Mir gut und getreulich zu dienen, Gilbert, denn in Meinem Zorn bin ich furchtbar!

Gilbert hegte die besten Absichten, den Willen seines Gottes so umfassend wie möglich zu erfüllen. Wie schwierig mochte es sein, Faraday zu finden und sich ihrer zu entledigen? »Ich werde die übriggebliebenen Pflughüter und Brüder einsammeln, Großer Herr, alle, die ich finden kann. Je mehr Augen für mich sehen, desto eher wird es mir gelingen, diese Frau zu finden. Und sobald ich sie aufgetrieben habe, werde ich sie töten.«

Artor lächelte. Der Narr mußte noch eine Menge lernen, aber was ihm an Unbedarftheit im Weg stand, ersetzte er durch Ergebenheit und eine beispiellose Bewunderung für seinen Gott. Von seiner Art waren nicht mehr allzu viele übrig.

Gut. Ich werde dafür sorgen, daß heimatlose Brüder, die immer noch dem Glauben anhängen, deinen Weg kreuzen. Sie sollen deine Sklaven sein.

Segnend berührte Er Gilberts Stirn.

Du wirst dein Bestes geben, Bruderführer Gilbert. Du wirst eine göttliche Mission um Meinetwillen erfüllen. Und du wirst alles für mich tun.

Dann verschwand er.

Moryson verharrte noch fast eine Stunde in seiner zusammengerollten Stellung, bevor er es wagte, sich zu erheben. Er konnte kaum fassen, daß Artor ihn am Leben gelassen hatte. In seinem langen, langen Leben war er seiner vollkommenen Vernichtung noch niemals so nahe gewesen. Der Alte schaute sich nach dem jüngeren Mann um.

Gilbert saß bei dem mittlerweile erkalteten Lagerfeuer, und seine Augen brannten vor Inbrunst, während er Pläne für seine Mission schmiedete.

Wolfstern schmiegte sich tief in die dunkle, dunkle Nacht. Alles ging schief. Gorgrael versprach, die Himmel mit einer nicht nachlassenden Anzahl von Greifen zu füllen, und jetzt tauchte Artor auf, verflucht sei Seine schwarze, unsterbliche Seele, und wanderte auf der Suche nach Rache durch Tencendor. Hatte die Prophezeiung von diesen beiden Ereignissen gekündet? Nein und nochmals nein.

»Ich muß nachdenken«, ermahnte er sich selbst. »Ich muß nachdenken.«

Nach einer Weile formte sich der Gedanke ganz wie von selbst in seinem Bewußtsein. Aschure. Bei den Sternen, er brauchte jetzt Aschure. Mehr noch, ganz Tencendor bedurfte der jungen Frau!

6

KARLON

Axis rieb sich die müden Augen und versuchte angestrengt zu verhindern, daß sich das tiefe Unbehagen, das er in seinem Innersten empfand, auf seinem Gesicht abzeichnete. Er erinnerte sich daran, daß Priam seinerzeit in eben diesem Ratssaal gesessen und mit von Sorgenfalten durchfurchtem Gesicht seinen Befehlshabern die schlechten Neuigkeiten mitgeteilt hatte.

Zehn Tage waren seit seiner Hochzeit vergangen, und nun setzte der Krieger Truppen nach Norden Richtung Jervois in Marsch. Er vermutete nämlich, daß Gorgrael erneut den Versuch unternehmen würde, mit dem Hauptteil seiner Kräfte ins südliche Tencendor vorzudringen, und zwar, wie schon im letzten Winter, über Jervois. Die Truppen hatten sich auf Schiffe begeben, unter normalen Umständen die schnellste und rationellste Methode, eine große Zahl von Soldaten samt Vorräten zu bewegen. Unter normalen Umständen.

»Sie haben keine Möglichkeit weiterzukommen?« fragte Axis nach.

Belial starrte seinen Freund unverwandt an. »Der Nordra ist hinter dem Tal in den Westbergen in voller Breite und Länge zugefroren, Axis. Kein Schiff, kein Frachter kann nach Aldeni oder Skarabost durchkommen. Der Norden ist von uns abgeschnitten.«

»Genau wie die Truppen, die in Jervois stehen, Herr«, fügte Magariz hinzu.

Axis ließ den Blick durch den Raum schweifen, während er versuchte, seine Gedanken zu sammeln. Der Ratssaal hatte sich seit Axis' Tagen als Axtherr des Seneschalls in Priams Rat kaum verändert. Aber mochte der Saal in seiner Grundgestalt und im Schmuck seiner Wandbehänge auch gleich geblieben sein, die Art der Personen, die sich heute hier versammelt hatten, hatte sich gegenüber früher deutlich gewandelt. Von Axis abgesehen, war nur noch Isgriff, damals Baron und heute Prinz von Nor, da. Herzog Roland hielt sich immer noch in Sigholt auf, wo die Krankheit ihn nicht ganz so rasch von innen auffraß. Der unglückliche Graf Jorge hatte sich mit einem der ersten Schiffe nach Jervois begeben, und Baron Fulke kümmerte sich zur Zeit um die Traubenernte in Romstal.

Jetzt saßen die Geschwaderführer der Ikarier gemeinsam mit einem Häuptling aus Rabenbund und Fürsten und Befehlshabern der Menschen in dieser Runde. Um diesen Tisch herum gruppierten sich auch andere seltsame Wesen, und manche saßen sogar darunter. Sternenströmer nahm an der Besprechung teil, wenn auch nicht als Mitglied des Kriegsrats, und auch Aschure war zugegen, obwohl sie immer noch nicht wieder ganz bei Kräften war. Aber es schien der jungen Frau schon ein wenig besser zu gehen. Ihr zu Füßen und im Raum verteilt ruhten die großen Alaunt.

Komm schon, Mann, denk nach, ermahnte sich der Krieger. Sie warten auf deinen Rat. Sie glauben an dich.

Aber in Wahrheit hatte sich Axis nach seinem Sieg über Bornheld und der Ausrufung von Tencendor kaum Gedanken über die weitere Zukunft gemacht. Er hatte sich niemals ernsthaft überlegt, wie er mit Gorgrael verfahren wollte. Nun stand Gorgrael im Begriff, den Entscheidungskrieg wieder voranzutreiben, und es sah ganz so aus, als ob sie die letzte Schlacht zu Gorgraels Bedingungen ausfechten müßten.

Axis riß sich zusammen, als ihm bewußt wurde, daß die anderen ihn immer noch anstarrten.

»Weitsicht, besteht die Möglichkeit, Eure Fernaufklärer in den Norden zu schicken, damit sie das Ausmaß der Bedrohung auskundschaften?«

Der dienstälteste Geschwaderführer in der ikarischen Luftarmada schüttelte nachdrücklich den Kopf. »Nein, Sternenmann, ganz und gar nicht. Das Wetter wird stündlich schlechter. Heftige Stürme wehen aus dem Norden und bringen Schneeregen und Frost über Tencendor. Selbst wenn die Fernaufklärer in diesen Stürmen überlebten, könnten sie dennoch nichts erkennen.«

Aschure mischte sich mit leiser Stimme ein: »Wie viele unserer Männer befinden sich zur Zeit in Jervois, Axis?«

»Mehr als achttausend. Fünftausend, die Bornheld dort gelassen hat und dreitausend meiner eigenen Soldaten. Und eine einzige Staffel der Luftarmada. Wenn die Meldungen über die dortigen Wetterverhältnisse zutreffen, müssen sie wohl am Boden bleiben.«

Magariz und Belial wechselten einen besorgten Blick.

»Für den Fall, daß Gorgrael angreift, sind sie verloren«, meinte der Prinz. »Achttausend Männer können den Kräften, die der Zerstörer wahrscheinlich gegen sie aufbietet, keinesfalls standhalten.«

»Verflucht, das weiß ich!« rief Axis. »Aber was kann ich tun? Mir steht keine Möglichkeit zur Verfügung, irgendwelche weiteren Truppen rasch nach Norden zu verlegen – sogar das Andeismeer wird von Stürmen heimgesucht, die so wild sind, daß wir allein in der vergangenen Woche fünf Schiffe verloren haben.« Er unterbrach sich und versuchte, sich zur Ruhe zu zwingen. »Gorgrael wird zuschlagen«, griff er den Faden wieder auf, »und noch dazu bald. Uns bleibt nur, uns so gut wie irgend möglich darauf vorzubereiten.«

»Wir bewegen uns nach Norden?« fragte Belial.

Axis schaute ihn ruhig an, dann musterte er die im Raum Anwesenden. Einem seiner Befehlshaber nach dem anderen blickte er fest in die Augen. »Wir beginnen noch heute mit den nötigen Vorbereitungen.«

Der Krieger zögerte und beschloß dann, seine Sorgen in Worte zu fassen. »Um die Wahrheit zu sagen, meine Freunde, ich bin mir nicht sicher, was zu tun ist. Wo wird Gorgrael zuschlagen? In Jervois, soviel ist sicher, aber es wird uns niemals gelingen, rechtzeitig dort einzutreffen. Wohin wird er sich dann wenden? Wenn die ganze Provinz Aldeni zugefroren ist, könnte er seine Truppen überall zusammenziehen. Mir widerstrebt es, meine Streitmacht auf irgendwelche Strategien festzulegen oder sie auf den Weg nach Norden zu schicken, solange ich mir keine genauere Vorstellung über Gorgraels nächsten Schritt machen kann.«

Genau wie damals in Ichtar, dachte Axis. Falls es Gorgrael gelang, bei Jervois durchzubrechen, dann würde ihn nichts davon abhalten können, die ganze Provinz Aldeni zu überrennen. Und seine Armeen würden dann nur noch dreißig bis vierzig Meilen von Karlon selbst entfernt stehen.

»Nun denn, genug des Zauderns« Axis' Stimme klang forscher und förmlicher. »Ihr Prinzen Belial, Magariz und Isgriff und ...« er bedachte seine Frau mit einem leisen Lächeln, »edle Herrin Aschure, Hüterin des Ostens. Ich wünsche, daß mir jeder von Euch binnen dreier Tage eine Aufstellung aller Hilfsmittel liefert, die Eure Provinzen zur Unterstützung von Tencendors Kampf gegen Gorgrael beisteuern können. Ich will genau wissen, was Euch zur Verfügung steht, von Proviant über Wagen, kampfbereiten Männern und Waffenarsenalen bis hin zu allem und jedem, das zur Kriegsführung beizutragen vermag.«

Magariz' Mundwinkel zuckten, aber sein Blick blieb ernst. »Ich brauche keine drei Tage, um darüber eine Liste aufzustellen, Sternenmann. Meine nördliche Provinz kann nur eines beisteuern, aber das im Überfluß – den Feind.«

Alls schwiegen, bis der Krieger erneut das Wort ergriff.

»Früher oder später werden wir in die eisige Hölle jenseits der Westberge reiten müssen«, erlärte er. »Und ich fürchte, uns erwartet am Ende unseres Marsches keine ruhmreiche Schlacht.«

Vor allem dann nicht, wenn ich weder die Mittel noch den Mut aufbringe, genug Energie des Sternentanzes einzusetzen, damit mir wirkungsvolle Lieder des Krieges zur Verfügung stehen, dachte er. Tiefe Verzweiflung drohte ihn zu überwältigen.

»Vor elf Tagen vernahm ich Freudenrufe, als ich das neue Tencendor ausrief. Vor zehn Tagen nahm ich die Frau zur Gemahlin, die mir teurer ist als mein Leben. Aber ich fürchte, wir waren zu voreilig. Wartet die Dunkelheit lediglich auf den richtigen Zeitpunkt, um dann zuzuschlagen, wenn wir am wenigsten darauf vorbereitet sind?«

Während des ganzen Nachmittags kam Aschure ihren Pflichten als Hüterin des Ostens nach. Ihr oblag es, dafür zu sorgen, daß der Zusammenschluß der drei Völker, der drei Kulturen und der drei Religionen einträchtig vonstatten ging und so wenig Mißverständnisse wie nur möglich aufkamen. Die junge Frau genoß diese Herausforderung. Sie hatte unter allen drei Völkern gelebt – den Achariten, wie die Menschen immer noch genannt wurden, den Awaren und den Ikariern. Die Awaren lebten zwar nach wie vor in ihrer Waldheimat, die sie vielleicht niemals verlassen würden, wenn Faraday nicht anfing, unterhalb der Grenzberge den neuen Wald anzupflanzen. Aber allein der Zustrom der Vogelmenschen in die südlichen Länder von Tencendor beschäftigte Aschure mehr als genug.

Für die Unmengen von Schriftsätzen, die ihre Schreiber ihr von morgens bis abends vorlegten, brachte sie wenig Geduld auf. Aschure zog es vor, sich eine Anfrage oder Klage von allen Seiten schildern zu lassen, bevor sie eine für alle Beteiligten annehmbare Entscheidung traf. Mittlerweile nur allzu vertraut mit den verzweifelten Ausrufen der Schreiber und Verwaltungsbeamten – »Aber so haben wir das nie gemacht!« –, pflegte sie so würdevoll wie möglich zu antworten: »Nun, aber auf diese Weise wird es von jetzt an erledigt.«

Am frühen Abend durchschritt Aschure auf dem Weg zu den königlichen Gemächern die belebten Gänge des Palastes. Sie hoffte, Axis kehre bald von seinen Beratungen mit Belial und Magariz über die Vorbereitungen ihres möglichen Marsches nach Norden zurück. Sie mußte mit ihm dringend über etwas sprechen, das sie am Nachmittag erfahren hatte. Die junge Frau wollte das Gespräch nicht allzu lange aufschieben, da sie inzwischen so müde war, daß sie sich nur noch nach einer einfachen Mahlzeit und ihrem Bett sehnte.

Axis machte sich immer noch heftige Sorgen um ihre Gesundheit, und obwohl sie nie darüber sprachen, bedrückte es alle beide in höchstem Maße, daß Aschure immer noch nicht wußte, wie sie mit ihren Zauberkräften umgehen sollte. An dem Tag nach Sternenströmers und Axis' vergeblichem Versuch, Aschure das Lied der trocknenden Kleider beizubringen, war Karlon erwacht, um ein kleines Wunder zu erleben.

Der Inhalt eines jeden Wäschekorbes in der Stadt war auf geheimnisvolle Weise über Nacht geleert, gewaschen, zusammengelegt und in Wäscheschränke und -truhen verstaut worden.

Nur eine Erklärung erschien denkbar, nämlich, daß Aschure ihre Macht unbewußt eingesetzt hatte, während sie schlief. Sie selbst konnte nicht erklären, wie sie dies vollbracht hatte, und als Axis in sie drang, brach sie in Tränen aus. Der Fall der sauberen Wäsche wurde stillschweigend dem Vergessen anheimgegeben. Aber von Zeit zu Zeit spürte Aschure Sternenströmers und Axis' fragende Blicke auf sich ruhen. Was sie sich wohl fragen mögen? dachte die junge Frau. Überlegen sie, was geschehen wäre, hätten sie ein weniger harmloses Lied ausgewählt? Und wenn es sich nun um das Lied der Verwirrung gehandelt hätte – wäre dann in Karlon ein Tag angebrochen, an dem die Bevölkerung ziel- und besinnungslos durch die Straßen irrte?

Aschure seufzte vor Erleichterung, als sie endlich die königlichen Gemächer erreichte. Ihr Liebster war bereits anwesend, und eben hatten Diener auf dem niedrigen Tisch im Jadezimmer ein Mahl für sie aufgetragen.

Während sie aßen, warf Aschure ihrem Gemahl gelegentlich einen verstohlenen Blick zu. Sie bemerkte die tiefen Falten in seinem Gesicht. Einige rührten von den Sorgen her, die er sich um sie machte, das wußte sie. Aber die meisten stammten wohl eher von seinen Grübeleien über die verzweifelte Lage seiner Truppen in Jervois. Axis sorgte sich um jeden einzelnen Soldaten, den er befehligte, und er grämte sich um jeden Mann, der sterben mußte. Hätte er es verhindern können? War der Tod des Mannes einer fehlerhaften Entscheidung seinerseits zuzuschreiben?

Belial hatte ihr von dem Gefühl tiefer Schuld erzählt, das Axis nach dem Verlust von dreihundert Männern bei den Alten Grabhügeln empfunden hatte, als Gorgrael seine grausamen Eisspeere auf sie niederregnen ließ. Und von seinen noch verheerenderen Gefühlen angesichts der katastrophalen Verluste in der Schlacht um die Stadt Gorken. Seit sie mit dem Krieger zusammen war, hatte Aschure Ähnliches beobachtet. Die Sterne allein mögen wissen, in welchem Umfang er sich selbst die Schuld daran geben mag, das mögliche Blutbad in Jervois nicht vorausgesehen zu haben.

»Worüber lächelt Ihr?« fragte Axis, während er eine saftige Malayamfrucht schälte.

»Ich dachte an das Unbehagen der Schreiber und Protokollanten heute nachmittag. Anscheinend erledige ich die Dinge nicht in der richtigen Reihenfolge und zur rechten Zeit, ganz zu schweigen von der Anwendung der korrekten amtsbräuchlichen Vorgehensweise.«

Zu ihrer Erleichterung lachte der Sternenmann, und sein ganzes Gesicht hellte sich auf. »Dann seid Ihr auf dem richtigen Weg, mein Herz, wenn es Euch gelungen ist, diese Beamten tüchtig zu verärgern.«

Sie lächelten sich an, aber dann wurde Aschures Miene wieder ernst. »Axis. Es gibt da eine Sache, über die ich mit Euch sprechen möchte. Ist Euch das recht?«

»Scheut niemals davor zurück, etwas mit mir zu bereden, Aschure. Wir haben Monate unseres Lebens vergeudet, weil wir nicht ehrlich miteinander gesprochen haben.«

»Die Angelegenheit mag vielleicht unwichtig sein«, erklärte sie jetzt, »aber ich muß sie vorbringen. Dru-Beorh suchte mich heute nachmittag auf und überbrachte mir beunruhigende Neuigkeiten.« Die junge Frau schwieg für einen Augenblick. »Er hat auf seinen Reisen zwischen hier und Nor sowohl Moryson als auch Gilbert gesehen.«

Axis verzog das Gesicht. Er hätte damit rechnen müssen, daß diese Namen ihm eines Tages wiederbegegnen würden.

»Zu der Zeit, als er sie sah, waren beide alleine. Moryson wanderte durch die Hochebene von Tare nach Süden, und Gilbert befand sich auf dem Weg nach Osten und durchquerte den nördlichen Teil von Nor. Ich bedankte mich für die Nachricht und erklärte, ich würde darüber nachdenken. Axis, Faraday ist von hier aus nach Osten aufgebrochen. Ich kann nicht anders, als mir vorzustellen, daß sie vielleicht einem der beiden über den Weg laufen könnte.«

Axis starrte auf die Überreste der Malayamfrucht. Dann gab er endgültig den Versuch auf, den Anschein zu erwecken, er wolle sie essen, und wischte sich die Finger an einer Serviette ab.

»Ich würde viel darum geben, die beiden sicher hinter Schloß und Riegel in den Verliesen des Palastes zu wissen, Aschure. Gemeinsam mit Jayme tragen sie einen Großteil der Verantwortung für viele der Ungerechtigkeiten, welche der Seneschall beging. Und ich habe ihnen auch noch bei der Ausführung ihrer Schurkereien geholfen.« Eine weitere Schuld.

Beide richteten ihre Gedanken auf Jayme und teilten ihre Grübeleien über seinen merkwürdigen Tod. Niemand war in der Lage gewesen, die näheren Umstände aufzuklären. Obwohl Axis einerseits Befriedigung darüber empfand, daß Jayme auf eine Weise gestorben war, die zu seinen Verbrechen paßte, so bedauerte er doch, daß der Bruderführer seinem Gerichtsurteil entkommen war. Der Wachtposten hatte nichts gehört oder gesehen, und sowohl Axis als auch Aschure konnten sich des Gefühls nicht erwehren, daß irgendeine dunkle Macht bei Jaymes Tod im Spiel gewesen sein mußte.

»Was wird aus Faraday?« mahnte Aschure. »Meint Ihr, daß ihr irgendeine Gefahr droht? Nicht Gilbert und Moryson bereiten mir Sorgen – eine ganze Reihe von Pflughütern und Artorfürchtigen müssen sich noch im östlichen Tencendor herumtreiben. Von denen steht uns sicher noch einiger Ärger ins Haus.«

Nachdenklich nippte der Krieger an seinem Wein. Ihm hatte die Zeit gefehlt, sich mit dem Seneschall und dem Weg des Pfluges auseinanderzusetzen, und das würde sich zweifellos noch viele Monde lang kaum ändern. Obwohl die alte acharitische Kirche zerschlagen war und in diesen Tagen der Prophezeiung zahlreiche Menschen vom Glauben an Artor abfielen, war sich

Axis der Tatsache bewußt, daß die Hüter des Pfluges in den kleinen Dörfern nach wie vor über eine beachtliche Macht verfügten.

»Und Faraday?« drängte Aschure ein weiteres Mal.

Er lächelte entschuldigend. »Tut mir leid. Faraday ...« Bei den Sternen, eine weitere Schuld, und noch dazu die schlimmste von allen. Sie war, wie ihm Belial einst zornbebend erklärt hatte, eine viel zu wunderbare Frau, als daß er sie so hätte behandeln dürfen, wie er es nun einmal getan hatte. »Der Osten ist riesig. Ich bezweifle, daß sie sich über den Weg laufen. Und Faraday ist durchaus in der Lage, sich um sich selbst zu kümmern, Aschure. Sie ist von der Macht der Mutter durchdrungen, und die Mutter wird sie führen, sollte sie ihrer Hilfe bedürfen.«

»Ich dachte, ich könnte ihr vielleicht eine kleine Einheit von Männern nachschicken, die sie geleiten und schützen sollen.«

»Würden sie die Edle finden? Würde sie eine solche Begleitung willkommen heißen? Und«, er kam zum Kern des Problems, »können wir Männer entbehren?«

»Nein. Wahrscheinlich habt Ihr recht«, gab Aschure zu, aber die Sorgen ließen sie noch lange nicht los. Faraday hatte ihr Freundlichkeit, Achtung und Freundschaft entgegengebracht, wo Aschure eigentlich nur Bitterkeit und Schuldzuweisungen erwartet hatte.

Sie zwang sich dazu, ihre Gedanken für einen Moment von Faraday abzuwenden. »Einige kleine Gruppen von Ikariern sind auf dem Weg vom Krallenturm hierher, Axis. Viele von ihnen benehmen sich wie kleine Kinder. Sie sind dermaßen aufgeregt, daß sie nicht wissen, was sie als nächstes sehen oder tun sollen.«

»Ich hoffe nur, daß sie mit all ihrer Aufregung nicht die Achariten erschrecken.«

»Nein. Der überwiegende Teil wartet noch immer im Krallenturm bei seinem Fürsten Rabenhorst. Ich habe darum gebeten, daß diese sich vorerst zurückhalten möchten. Die meisten Gruppen fliegen zu den Farnbergen. Wie man mir sagte, sollen sich dort unter Erdschichten und Felsbrocken verborgene uralte ikarische Städte befinden. Als der Versuch des Seneschalls, die Vogelmenschen während der Axtkriege aus Achar zu vertreiben, Erfolg zeitigte, tarnten und verbargen die ikarischen Zauberer ihre Städte in den Farnbergen. Und zwar, wie sie mir erzählten, mit viel Magie und lediglich einem bißchen Erdreich. Der überwiegende Teil der Bemühungen der Ikarier zielt derzeit darauf ab, ihre uralte Heimat sowohl von Zauber wie auch vom Staub zu befreien.«

Axis lächelte kurz, und in seinen Augen blitzte es schalkhaft auf. »Eines Tages möchte ich mir diese Städte anschauen, aber ich weiß nicht, wann ich die Zeit dazu finden werde. Angesichts der Gefahr, die aus dem Norden einsickert, wohl noch sehr lange nicht.«

Dann schilderte der Krieger die Vorbereitungen, die beinahe ganz Karlon auf den Beinen hielten. Es galt, etwa dreißigtausend bewaffnete Männer auf den Marsch nach Norden vorzubereiten. Der Sternenmann hatte lediglich einen Bruchteil seiner Armee dorthin schicken können, bevor der Nordra zufror. Und dafür, so dachte er, sollte ich vermutlich dankbar sein. Immer noch besser, die Mehrzahl in Karlon und in Sicherheit zu wissen. Sicher in der Hauptstadt, werden sie Gorgraels unabwendbaren Angriff auf Jervois immerhin überleben.

»Ich wünschte«, schloß er leise und ergriff Aschures Hand, »Ihr könntet mit mir nach Norden ziehen. Und gleichzeitig bin ich erleichtert, daß Euch Eure Schwangerschaft dazu zwingt, hierzubleiben. Wenigstens etwas wird gerettet, wenn wir im Norden untergehen sollten.«

Falls dich das Unglück im Norden ereilt, mein Liebster, dachte Aschure, dann gibt es keinen Grund mehr für mich, zu leben.

Die junge Frau sehnte sich danach, an Axis' Seite kämpfen zu können, aber sie wußte, daß ihre körperliche Verfassung dies nicht zuließ. Ihr Zustand konnte nicht mehr als dramatisch bezeichnet werden, aber die weiterhin anhaltende Schwäche ließ sich nicht verleugnen. Mit jedem neuen Tag, der anbrach, zapften die ungeborenen Zwillinge ihren Vorrat an Energie weiter an. Aschure hatte Caelums Geburt herbeigesehnt, damit sie ihren wunderbaren Sohn endlich in den Armen halten konnte.

Aber im Falle der Zwillinge sehnte sie sich danach, daß sie geboren wurden, um endlich von der Belastung durch die beiden befreit zu sein.

Axis registrierte ihre allzu rasche Zustimmung zu seinen Worten mit Unruhe. Die Aschure, die er kannte, hätte erbittert darum gekämpft, an seiner Seite reiten zu dürfen, schwanger oder nicht. Er wertete ihren mangelnden Widerstand als Zeichen dafür, wie sehr sie sich unwohl fühlte.

Aber Aschure beabsichtigte keineswegs, sich auf Dauer zurückzuziehen. »Sobald die beiden das Licht der Welt erblickt haben, komme ich nach«, erklärte sie und drückte seine Hand. »Bis zur Geburt vergehen höchstens noch drei Monate. Dann steht es mir frei, Euch nachzureisen und mich Eurer Armee anzuschließen.«

Wenn dann noch etwas übrig ist, dem man sich anschließen kann, dachte Axis bei sich. Und falls Ihr dann noch einen Gemahl habt, den Ihr dort antreffen könnt.

7

Timozels Pläne

Nachdem Gorgrael ihm von seinem Erfolg mit den Greifen berichtet hatte, hatte Lieber Mann sich entfernt. Der Zerstörer mutmaßte, daß er vielleicht ein wenig wegen dieser Leistung verärgert sein mochte. Aber das spielte jetzt keine Rolle, denn nun stand ihm ja Timozel als Gesprächspartner zur Verfügung. Der Jüngling erschien ihm als ein solch angenehmer Begleiter, nicht nur wegen seiner Geistesschärfe, sondern auch deshalb, weil er sich vollständig in der Hand seines Herrn und Meisters befand.

Der heutige Tag sollte der letzte sein, den Timozel in der Eisfeste verbrachte, bevor er zum Hauptteil der Skrälingsarmee nördlich von Jervois stieß. Der Jüngling hatte bereits damit begonnen, seine Macht über die Geisterkreaturen zu erproben, indem er Befehle erteilte und Botschaften oder Berichte entgegennahm, die ihm die Skräbolde und die Greifen überbrachten.

Gorgrael bekam vor Freude Schluckauf, wenn er sich daran erinnerte, wie Skräfurcht und seine beiden übriggebliebenen Brüder in grübelndes Schmollen verfallen waren, als er ihnen ihren neuen Befehlshaber vorstellte. Sie bedauerten zutiefst, den Vorzugsplatz an Gorgraels Seite verloren zu haben. Aber der Zerstörer brachte Timozel bei, den Quell der Zauberkraft in ihm auf die wirksamste Weise zu nutzen. Der Jüngling sah sich nun weder irgendeinem Groll noch einer Ablehnung seitens der drei Skräbolde ausgesetzt. Die Offiziere der Skrälinge trugen mittlerweile genügend Striemen auf ihrem Leib, um ständig daran erinnert zu werden, daß es schiere Dummheit wäre, sich mit Timozel anzulegen.

Über den gefährlich schief geneigten Tisch hinweg blickte Gorgrael seinen fähigen neuen Leutnant liebevoll an.

»Wie sehen Eure Pläne aus, Timozel? Wie gedenkt Ihr meinen Willen zu erfüllen?«

Der Jüngling schaute nicht von der Karte auf, die er nur mit den größten Schwierigkeiten geradezuhalten vermochte. Verflucht sei Gorgraels Vorliebe für Möbel, die die unglaublichsten Winkel und Flächen aufwiesen! »Ich werde Euren Willen nach bestem Wissen und Gewissen ausführen, Herr.«

»Ja, ja.« Gorgrael rutschte ungeduldig auf seinem Stuhl hin und her. »Aber was genau plant Ihr?«

Timozel tippte auf die Karte. »Den Berichten zufolge, die mir Eure Greifen überbrachten, handelt es sich bei der feindlichen Streitmacht vor Jervois um eine verhältnismäßig kleine Gruppe. Das Gefrieren des Nordra verhindert, daß Axis weitere Schiffe mit Truppen nach Norden schickt.«

Er legte eine kurze Pause ein, ehe er fortfuhr: »Ich kenne Jervois gut. Nun, da die Kanäle ebenso wie der große Strom bis auf den Grund gefroren sind, ist die Stadt ihrer wirksamsten Verteidigung beraubt. Da dürfte es mir nicht die geringste Mühe bereiten, Jervois zu überrennen und anschließend zu zerstören.«

»Ihr wollt also nicht durch die Wildhundebene vorstoßen?«

»Nein.« Weder Timozel noch Gorgrael gefiel die Vorstellung, ihre Streitmacht aufzuteilen und sowohl Jervois als auch die Wildhundebene gleichzeitig anzugreifen. Ganz zu schweigen davon, beide Orte in einer gewaltigen Zangenbewegung einzunehmen und die Truppen dahinter wieder zu vereinigen. Sie zögerten auch, eine Flanke der Skrälingsarmee dem machtvollen Zauber Sigholts preiszugeben und die andere Awarinheim auszusetzen.

Seit der Jüngling sich bei Gorgrael befand, hatte er eine ganze Menge über die Magie des Landes gelernt, in das sie beide einfallen wollten. »Nein. Wir greifen mit unserer gesamten Streitmacht Jervois an und lassen ihnen nicht einmal die Zeit, ihre letzten Gebete zu sprechen, bevor sie sterben.«

»Und danach überrennen wir Aldeni und Skarabost?« fragte sich Gorgrael.

Timozel blickte von der Karte auf, und Gorgrael verstummte, als er den kalten Glanz in den Augen des jungen Mannes wahrnahm. »Nein.«

Der Zerstörer zeigte sich verwirrt. »Nun, dann eben geradewegs nach Karlon, richtig? Dort gibt es viel Schönheit, die wir zerstören können.«

Die Kälte in Timozels Augen nahm zu. »Nein.«

»Nun gut, aber was habt Ihr denn dann vor?«

»Unser Hauptziel muß darin bestehen, Axis' Armee zu vernichten. Ich habe einen besseren Plan entwickelt. Hört mir zu.«

Gorgrael lauschte ... und was er vernahm, erfreute ihn über die Maßen. Der Plan war gut, aber am besten gefiel dem Zerstörer daran, wie ausgeklügelt und hinterlistig er war. Dieser Leutnant würde sich bewähren, ja, das würde er in der Tat.

8

Der Narrenturm

Vier Tage nach ihrem Gespräch mit Axis über Faradays Sicherheit fand Aschure endlich die Kraft und auch die Zeit, den Narrenturm zu besuchen. Seit dem verhängnisvollen Morgen, als der Greif sie und Caelum auf dem Dach des Turmes angegriffen hatte, war sie nicht mehr zu diesem geheimnisvollen Bauwerk jenseits des Gralsees zurückgekehrt. Aber Aschure spürte, daß sie zurückkehren und mit Wolfstern sprechen mußte. Sie hoffte, daß er ihr wie zwei Wochen zuvor im Narrenturm erschien, und außerdem wollte sie versuchen, mehr über die Magie dieses Ortes herauszufinden.

Der Umstand, daß Axis und Sternenströmer genau wie alle anderen ikarischen Zauberer in der Zeit zwischen der Wiedererweckung des Narrenturms und seiner Übergabe an Aschure darin nur eine leere Hülle mit einer einfachen Treppe erblickten, überraschte die junge Frau. Wann immer sie den Turm betraten, sahen die anderen nur die Stiege, die sich die Wände hoch bis zum Dach wand.

Nur Aschure und Caelum vermochten diese unglaubliche Ansammlung von Balkonen und die sich umeinander windenden Treppen wahrzunehmen. Wählte der Narrenturm diejenigen aus, die seine Geheimnisse sehen dürfen? fragte sich Aschure, während sie im Bug des Bootes saß, das Arne für sie ruderte.

»Edle Herrin, fühlt Ihr Euch auch wohl genug für diesen Ausflug?« erkundigte sich Axis' getreuer Offizier, der trotz seiner anstrengenden Tätigkeit kaum außer Atem geriet. Er war sich nicht sicher, ob der Krieger wußte, was seine Liebste gerade tat, und fragte sich, ob er ihn hätte unterrichten sollen. Aber Aschure war eine erwachsene Frau und brauchte für ihre Unternehmungen keineswegs die Erlaubnis ihres Gemahls. Was Arnes ernsthafter Sorge bereitete, war der Umstand, daß Aschure trotz ihrer Schwangerschaft so blaß und mager aussah, daß er fürchtete, sie könne im Inneren des Turmes stürzen und sich verletzen.

»Ja, ich fühle mich wohl genug«, entgegnete Aschure. Die Gewißheit, daß er sich ehrlich um sie sorgte, milderte die Verärgerung, die seine Frage in ihr auslöste. »Und davon abgesehen nehmt Ihr doch hier alle Anstrengung auf Euch.«

»Aber im Turm werdet Ihr allein auf Euch gestellt sein, edle Herrin.«

Aschure beugte sich vor, um den Kopf des großen hellen Hundes zu streicheln, der sich auf dem Boden des Bootes ausgestreckt hatte. »Ich habe Sicarius dabei, der auf mich aufpaßt, Arne. Sollte mir etwas zustoßen, wird er Hilfe holen.«

Zufrieden mit der Antwort, nickte der Mann.

Sobald sie an dem schmalen Pier vor dem Narrenturm angelegt hatten, half Arne Aschure an Land. Dann setzte er sich auf eine Bank, um zu warten, und beobachtete, wie sich die weiße Tür hinter Aschure und ihrem Hund schloß.

Das Innere sah noch genauso aus, wie Aschure es in Erinnerung hatte. Im Sonnenlicht, das durch die Fenster hoch über ihrem Kopf in das Atrium strömte, konnte sie jede Einzelheit der Treppenfluchten und Balkone erkennen, die sich in schwindelerregende Höhen emporschwangen. Zimmer, Kammern, offene Räume – allesamt gingen sie von Balkonen ab, von denen kein einziger auf gleicher Höhe mit seinem Nachbarn lag.

Aufs neue fühlte sich Aschure von der Schönheit überwältigt, die diesem Chaos innewohnte. Sie bezweifelte keinen Augenblick, daß Geheimnisse und Mysterien jeden Raum und alle Treppenfluchten erfüllten, deren Spiralen sich hoch oben im Turm verloren. Zauberei erfüllte den Narrenturm mit Leben, und es stand ihr frei, sie aufzuspüren und zu untersuchen.

Aschure wanderte fast eine Stunde lang in den Räumen des Erdgeschosses umher, da sie nicht beabsichtigte, auch nur eine der Treppen hochzusteigen, wollte sie sich doch nicht verirren und die Orientierung verlieren. Sie hatte erwartet, daß Wolfstern genauso schnell und überraschend erscheinen würde wie beim letzten Mal – aber die Räume blieben beharrlich leer, die Treppenhäuser enttäuschend still.

Zu guter Letzt ließ sich Aschure müde und mutlos auf den Boden einer der vielen Kammern sinken.

Sicarius winselte und drückte seinen Kopf in ihre Hände.

»Nun, mein treuer Freund«, meinte Aschure, während sie die Ohren des Hundes kraulte, »hat Wolfstern Euch jemals mit hierher genommen? Wißt Ihr, wie Ihr Euren einstigen Herrn finden könnt?«

Aber der Alaunt schwieg genauso hartnäckig wie der Narrenturm selbst. Die junge Frau seufzte. Vielleicht hätte sie Caelum mitbringen sollen. Möglicherweise war Wolfsterns einzig aus dem Grund zu ihr gekommen, weil er seinen Enkel sehen wollte. Aber noch während sie dies dachte, erinnerte sich Aschure, daß Wolfstern Caelum in jener Nacht nur wenig Beachtung geschenkt hatte. Ihr gegenüber hingegen hatte er sich sehr aufmerksam gezeigt.

Aschure verlagerte ihr Gewicht. Der harte Boden war unbequem. Sie überlegte, daß die Antwort irgendwo tief in ihrem Innern liegen mußte. Hatte Wolfstern nicht gesagt, daß der Turm einzig für sie allein errichtet worden sei? Nun, der Turm stand hier, aber seine Erbauer hatten vergessen, ihr die Schlüssel zu geben.

»Hör auf, Weib«, ermahnte sie sich selbst und ärgerte sich über ihre schwarzen Gedanken. Wolfstern hatte ihr doch erzählt, wie sie diesen Turm benutzen konnte, oder etwa nicht? Aschure runzelte die Stirn, als sie sich zu sammeln versuchte, um sich seine genauen Worte ins Gedächtnis zurückzurufen. Seit ihrem Treffen war so viel geschehen, das die Erinnerung an ihr Gespräch überlagerte ... so viel ... aber als Aschure eben zu dem Schluß kam, die Erinnerung tatsächlich für immer verloren zu haben, hallten plötzlich Wolfsterns Worte durch die Kammer.

Es ist sehr einfach. Wenn Ihr aufs Geratewohl im Narrenturm herumwandert, werdet Ihr Euch hoffnungslos verirren – genauso, wie Ihr es vermutet. Ihr müßt entscheiden, wohin Ihr wollt, bevor Ihr Euch anschickt, die Treppen zu erklimmen, und dann werden Euch die Treppen zu eben diesem Ort führen.

»Natürlich!« lachte Aschure und rappelte sich auf. »Natürlich! Danke!« Sie strich mit den Fingern über die Wand, gegen die sie sich gelehnt hatte, dann kehrte sie so rasch wie möglich ins Atrium zurück und starrte die nächstgelegene Treppe an. Bevor sie Wolfsterns Rat befolgte, beugte sie sich zu dem Hund nieder. »Sicarius, sollte ich mich auf all den Treppen oder in den Kammern dort oben verirren oder die Richtung verlieren, könnt Ihr mich dann sicher zum Ausgang zurückführen? Versteht Ihr genug von der geheimnisvollen Magie dieses uralten Bauwerks?«

Der Alaunt antwortete mit einem kurzen, scharfen Bellen, und Aschure lächelte. »Gut. Nun, Sicarius, sollen wir versuchen, Euren früheren Herrn zu finden?«

Die junge Frau legte eine Hand fest auf das Treppengeländer, mit der anderen raffte sie den Rock ihres lavendelfarbenen Gewandes. Sie beschwor Wolfsterns Bild herauf, sein schönes, kraftvolles Gesicht, die kupferfarbenen Locken und die goldenen Schwingen.

»Bringt mich zu Wolfstern Sonnenflieger«, sagte sie und begann mit dem Aufstieg.

Kraft seiner Macht und seiner Erfahrung fühlte Wolfstern, wie sich Aschure durch das Labyrinth von Narrenturm bewegte, und hörte, wie sie seinen Namen rief. Er lächelte überrascht, aber auch vor tiefem Stolz darauf, wie gut sie schon mit der Macht des Narrenturms umzugehen verstand. Der Zauberer wußte jedoch, daß es einer Katastrophe gleichkäme, wenn sie ihn an seinem derzeitigen Aufenthaltsort aufsuchte. Deshalb beeilte er sich, seine Tochter zu treffen, bevor sie sich aus dem Narrenturm hinausbeförderte.

Aschure fand den Aufstieg mühsam, und als ihr Atem immer kürzer wurde, fragte sie sich, ob sie Wolfsterns Worte auch wirklich richtig verstanden hatte. Seinerzeit hatte ihr Aufstieg zum Dach ganz gewiß nicht so lange gedauert.

Sicarius erklomm die Treppen ohne Mühe, und seine Klauen verursachten auf den hölzernen Stufen kein hörbares Geräusch.

»Bei den Sternen, Sicarius«, keuchte Aschure. Sie blieb stehen und ließ den Kopf auf das Geländer sinken. »Ich denke, daß nicht einmal Wolfstern all dieser Mühe wert ist.«

»Dann bedaure ich, der Grund für soviel Mühe zu sein«, erklang eine volltönende Stimme über ihr, und die junge Frau lief so unvermittelt los, daß sie gefallen wäre, hätte der Zauberer nicht die Hand nach ihr ausgestreckt, um sie zu stützen.

»Kommt«, meinte er lächelnd. »Gleich dort oben befindet sich eine komfortable Kammer. Noch zwei oder drei Schritte, und wir sind da.«

Aschure blinzelte und schaute an Wolfstern vorbei. Sie hätte schwören können, daß sich dort eben noch, als sie den Kopf an das Geländer lehnte, nur die Treppe befunden hatte, die sich spiralförmig in die Unendlichkeit emporwand. Aber jetzt endete die Stiege auf einem Treppenabsatz, nur ein paar Stufen entfernt. Dahinter stand die Tür eines Zimmers einladend offen.

»Kommt jetzt«, wiederholte ihr Vater, und Aschure ließ sich von ihm in den Raum führen. Dort sank sie gleich auf einen einladenden, reichbestickten und mit Kissen geschmückten Diwan nieder. Nachdem Wolfstern den Kopf des Hundes gestreichelt und dem Tier ein paar freundliche Worte zugemurmelt hatte, trat er ans Fenster und blickte so lange über den Gralsee hinaus nach Karlon, bis seine Tochter wieder zu Atem gekommen war.

Neugierig musterte sie ihn. Er war so schön, wie sie ihn in Erinnerung hatte, und sie fragte sich, weshalb sie nichts von seinen Haut- oder Augentönungen oder von seinem feingliedrigen ikarischen Knochenbau geerbt hatte.

»Ihr wißt, daß ich Euer Vater bin?« fragte Wolfstern jetzt, während er sich wieder dem Zimmer zuwandte.

Aschure erinnerte sich an den Kuß zwischen ihnen, aber sie empfand keine Scham. »Ich weiß, daß Ihr Wolfstern Sonnenflieger seid, der durch das Sternentor zurückkehrte, und ich habe auch herausgefunden, daß Ihr mein Vater seid. Ebenso, daß meine Mutter Niah hieß und als Priesterin im Tempel der Sterne diente.« Aschures Stimme nahm einen härteren Tonfall an, als bitterer Groll in ihr aufwallte. »Ich weiß weiterhin, daß Ihr Niah geschwängert und sie dann ihrem Schicksal überlassen habt, das nur Kummer, Leid und schließlich den Tod für sie bereithielt. Ich vermag nur zu ahnen, wie gering Ihr von mir dachtet, denn wie sonst hättet Ihr mich der entsetzlichen Obhut Hagens überlassen können. Und schlußendlich weiß ich, daß Ihr der Mörder von Morgenstern seid.«

Wolfstern trat in die Mitte des Raumes, und sein Gesicht hatte sich vor Zorn verzerrt.

Aschure war selbst so wütend, daß sie darauf keine Rücksicht nehmen konnte: »Außerdem ist mir seit längerem klar, daß Ihr der Verräter sein müßt, der Axis an Gorgrael verraten wird – wenn Ihr das nicht schon längst getan habt!«

»Ihr wißt wirklich gar nichts! Ihr habt zwar erraten, wer ich bin, aber Ihr vermutet lediglich, daß ich durch das Sternentor zurückgekehrt bin. Ihr mögt von selbst darauf gekommen sein, daß ich Euer Vater bin, aber was den Rest angeht ...« Er winkte verdrossen ab.

Aschure hielt seinem Blick stand. Sie hatte ursprünglich nicht beabsichtigt, ihn anzuklagen, aber die Erschöpfung und all der aufgestaute Kummer hatten sie übermannt und ihr keine andere Wahl gelassen. Immerhin stand der Vogelmensch hier vor ihr, der die Ursache für all ihre Nöte war. Glaubte er denn ernsthaft, sie fiele ihm bei der Wiederbegegnung in die Arme, und weinte vor Freude, weil sie endlich das Geheimnis um ihren wahren Vater aufgedeckt hatte?

»Dann erklärt mir«, erwiderte sie, »warum Niah und ich uns alleine durchschlagen mußten. Niah starb eines entsetzlichen Todes, Wolfstern – aber vielleicht berührt Euch das ja gar nicht –, und ich durchlitt viele Jahre der Verlorenheit, der Einsamkeit und der Verzweiflung. Nennt mir einen einzigen Grund, weshalb ich Euch nicht anklagen sollte.«

Sein Blick wurde sanfter. »Von vielen Dingen kann ich jetzt noch nicht sprechen, Aschure, und Niahs Tod und Euer Leben in Smyrdon gehören dazu.«

Sie wandte sich von ihm ab, um die Tränen zu verbergen, die ihr in die Augen schossen.

»Aschure.« Sie spürte, daß er sich an ihrer Seite niederließ. »Ihr seid meine Tochter, und ich glaube, Ihr wißt, daß ich Euch liebe.« Der Ikarier ergriff ihre Hand. »Ich habe keine von Euch beiden willentlich verstoßen ... Oh! Beim Licht der Sterne, Tochter! Was tragt Ihr denn da?«

Seine Stimme klang gequält, und Aschure hob den Kopf. Wolfstern starrte auf den Ring an ihrem Finger und zitterte so heftig, daß Aschures ganzer Arm mitbebte.

»Vater?«

»Wie seid Ihr daran gekommen?« flüsterte er, und sein Gesicht verlor alle Farbe. Seine großen violetten Augen blickten ernst in die ihren.

»Das ist der Ring der ersten Zauberin, jedenfalls erzählte man mir das. Wolfstern? Warum zittert Ihr denn so sehr?«

»Der Ring der Zauberin ...«, wiederholte er mit sehr leiser Stimme. »Ich glaubte, ihn niemals wieder zu sehen zu bekommen. Aschure, woher habt Ihr den Reif?«

Sein Schmerz wirkte so ansteckend, daß Aschure ihre plötzlich trockenen Lippen befeuchten mußte, bevor sie antworten konnte.

»Axis gab ihn mir. Er erhielt ihn von Orr, dem Fährmann der Charoniten.« Während der vergangenen Tage hatte der Krieger ihr viel über das erzählt, was ihm auf den unterirdischen Wasserwegen zugestoßen war. »Und der Charonite erklärte ihm, daß ...«

»Daß ich ihm den Ring gab.«

»Ja.«

Der alte Zauberer holte tief Luft und rang um Fassung. Seinerzeit hatte ihn ein mächtiges, wenn auch kaum verständliches Bedürfnis angetrieben, zusammen mit Niah Aschure zu zeugen, aber bis zu diesem Augenblick hatte er die wahre Natur dessen, was er da in die Welt gesetzt hatte, nicht erkannt. Zögernd berührte Wolfstern den Ring.

»Dieser Reif steht für eine große und unvorstellbare Macht.« Widerwillig ließ der Ikarier die Hand seiner Tochter los. Er blickte auf und versuchte sich an einem Lächeln, was ihm jedoch gründlich mißlang. »Als ich ihn Orr übergab, rechnete ich nicht damit, ihn jemals wieder zu Gesicht zu bekommen. Daß ich ihn jetzt am Finger meiner Tochter wiedersehe, übersteigt beinahe meine Vorstellungskraft.«

»Muß ich mich vor ihm fürchten, Wolfstern?«

Er hob die Hand und berührte fragenden Blickes behutsam ihre Wange. »Nein. Nein. Der Ring hat Euch auserwählt, er ist zu Euch heimgekehrt.« Bei den Sternen! dachte er. Der Kreis hat sich in meiner Tochter geschlossen! »Dabei handelt es sich um eine unvorstellbare Ehre. Glaubt mir, so etwas ist noch nie jemandem widerfahren. Aber fürchten müßt Ihr Euch nicht vor ihm.« Seine Lippen verzogen sich vor Verwunderung. »Aber wie die Dinge jetzt stehen, muß ich wohl eher Euch fürchten.«

Aschure spürte, daß sie Wolfsterns überwältigender Anziehungskraft zu erliegen drohte, während er ihre Wangen streichelte und sie anlächelte. Der jungen Frau war bewußt, daß sie eigentlich wütend auf ihn sein und ihn dafür hassen müßte, sie und Niah ihrem Schicksal überlassen zu haben. Aber ihr Zorn verflüchtigte sich unter der Berührung seiner Finger. Und einmal mehr vermochte sie nachzuvollziehen, weshalb ihre Mutter sich so sehr zu ihm hingezogen gefühlt hatte.

Aber auch wenn ihr Ärger nachließ, so brannten doch Neugier und ein dringendes Verlangen nach Antworten heftig in ihrem Inneren. »Wer war die erste Zauberin, Vater, und welche Macht enthält ihr Ring? Und warum habt Ihr so gezittert, als Ihr ihn an meinem Finger erblicktet?«

»So viele Fragen, meine Tochter.«

Neue Entschlossenheit ließ ihre Stimme härter klingen. »Seit dreißig Jahren stellen sich mir immer neue Fragen, Wolfstern. Da dürften drei für den Anfang nicht zuviel sein.«

Der Zauberer seufzte und ließ die Hand sinken. Die junge Frau hätte ihm schlimmere Fragen stellen können als diese drei.

»Was wißt Ihr über die erste Zauberin? Nein, wartet«, warf er hastig ein, als er Aschures verwirrte Miene sah, »ich frage Euch das nur, damit ich nicht wiederhole, was Euch unterdessen längst bekannt ist.«

»Daß sie die Mutter war, der sowohl die Charoniten als auch die Ikarier entstammen. Daß sie, die erste aller Zauberer und Zauberinnen, über sehr viel Macht verfügte. Und daß dieser Ring, einst in ihrem Besitz, unbekannte Kräfte in sich birgt. So weit mir bekannt ist, benutzte sie ihre Zaubermacht anders als alle anderen Zauberer – auch als die charonitischen Magier.«

»Die Zauberin war die Mutter der Völker, jawohl.«

Aschure blinzelte. Der Fährmann hatte sie so genannt, als sie mit den Ikarier und Ramu über die uralten Wasserwege zum Krallenturm gereist war.

»Man weiß nicht viel über sie. Im Grunde steht uns über sie nicht mehr zur Verfügung als ein paar Sagen … und dieser Ring natürlich. Die erste Zauberin war eine bemerkenswerte Frau, und viel von ihrer Zauberkraft und ihrer Magie hat sie an ihre beiden jüngsten Söhne weitergegeben.«

»Ihre jüngsten Söhne?«

Wolfstern grinste. »Die Zauberin bevorzugte ihren Erstgeborenen keineswegs. Er ist übrigens der Vater des Volks der Achariten.«

Vor Staunen vergaß die junge Frau für einen Moment, den Mund wieder zu schließen. »Wollt Ihr damit sagen, daß die Ikarier, die Charoniten und die Achariten alle von einer Mutter abstammen?«

Wolfstern grinste jetzt so breit, daß etwas Raubtierhaftes von ihm ausging. »Die Nachkommen ihres ungeliebten Erstgeborenen wurden zu denjenigen, die im Schweiße ihres Angesichts den Boden beackern mußten, während die Kinder ihrer Lieblingssöhne dazu heranwuchsen, den Mysterien des Universums nachzujagen.«

Aschure fragte sich, was die Achariten wohl davon halten

mochten, wenn sie erfuhren, daß sie dem gleichen Schoß entsprangen wie die Ikarier und Charoniten. »Stammen die Awaren ebenfalls von ihr ab?«

»Nein, die Awaren berufen sich auf vollkommen andere Wurzeln. Aber zurück zu dem Ring. Ebenso wie bei der Zauberin beruht unser Wissen über ihn auf uralten Sagen. Deshalb erscheint er uns auch voller Rätsel und Geheimnisse.« Wolfstern wußte weitaus mehr darüber, aber es war nicht an ihm, Aschure davon zu erzählen. Dieses Recht gebührte den ... anderen. »Er selbst enthält gar nicht soviel Macht, sondern verweist eher auf die Kräfte – und damit meine ich unvorstellbare Kräfte. Seit vielen tausend Jahren macht er sich andere gefügig, um seine eigenen Ziele zu erreichen. Deshalb erschrak ich auch so heftig, als ich ihn an Eurem Finger erblickte. Auch ich bin von diesem Ring benutzt worden.«

Ein Zeit lang schwieg er. »Zweifellos habt Ihr auch vernommen, was die Ikarier sich über meine Herrschaft als Krallenfürst erzählen.«

»Ja«, flüsterte Aschure. Ihr Vater hatte Hunderte unschuldiger Kinder durch das Sternentor und damit in den Tod getrieben, weil er auf diese Weise dessen Geheimnisse ergründen wollte. Bevor Wolfstern jedoch den gesamten Nachwuchs des ikarischen Volks auslöschen konnte, hatte ihn sein jüngerer Bruder, Wolkenbruch, getötet. Natürlich hatte niemand unter den Vogelmenschen – oder irgend jemand aus einem der anderen Völker, die die Geschichte kannten – je damit gerechnet, daß Wolfstern durch das Sternentor zurückkehren könnte.

»Nicht nur das Sternentor faszinierte mich, Aschure.« Sein Ton ließ darauf schließen, daß er nun zu einem Bekenntnis bereit war, »sondern auch dieser Ring, den meine Vorfahren über so viele Jahrtausende bewachten. Ich weiß, es gibt keine Entschuldigung für das, was ich diesen Kindern angetan habe, aber dieser Reif suchte meine Träume seit meinen Kindertagen heim und trieb mich damals zu den wahnsinnigsten Taten. Der Ring flüsterte mir ein, daß ich diese Kinder dem Sternentor opfern müsse ... der Reif wisperte mir zu, er wolle zu den Kanälen gebracht werden, um dort zu warten, bis es ihm gefiele, wieder ins Geschehen einzugreifen.«

Und war es auch der Ring, der mich zu Niah sandte? fragte sich Wolfstern. Und gab er mir den Namen des Kindes ein, das sie empfangen sollte?

Der Verstand riet Aschure, Wolfsterns Worten keinen Glauben zu schenken. Er benutzte den Ring lediglich als Entschuldigung für seine eigenen unentschuldbaren Verbrechen. Ihr Herz beschwor sie jedoch, daß ihr Vater die Wahrheit sprach.

»Dann wird er sicher danach trachten, mich ebenso zu benutzen«, rief die junge Frau entsetzt und versuchte, den Ring vom Finger zu ziehen. »Er wird mir seinen Willen aufdrängen und mich dazu zwingen, seinen Willen zu erfüllen!«

»Nein!« rief Wolfstern ebenso laut und nahm ihre Hände zwischen die seinen, um sie daran zu hindern, den Ring abzustreifen. »Nein! Die alten Sagen behaupten, daß er sich eines Tages die Hand aussuchen wird, die seiner würdig ist – selbst die Zauberin war lediglich eine seiner Hüterinnen, der Ring gehörte nicht wirklich ihr. Zehntausende von Jahren mußten vergehen, aber nun scheint der Ring endlich seine Heimat gefunden zu haben. Aschure, mich befiel vorhin nicht nur wegen der ungeheuren Macht großer Schrecken, die hinter diesem Ring steht, sondern auch, weil ich plötzlich erkannte, daß ich weitaus mehr Grund habe, Euch zu fürchten.«

Die junge Frau schwieg. Sie blickte ihren Vater aus großen rauchgrauen Augen unverwandt an. Ihr ganzer Körper erschien wie erstarrt, und ihr Atem ging so flach, daß sich ihr Busen kaum hob.

»Aschure, der Ring hat Euch auserwählt ... und nun dient er Eurem Willen. Er hat Euch zu seiner rechtmäßigen Trägerin erkoren.«

»Aber ich weiß doch gar nicht, wie ich ihn benutzen soll, und verstehe erst recht nichts von der großen Macht, für die er Euren Worten zufolge stehen soll«, erwiderte Aschure. »Wolfstern, einer der Gründe, warum ich herkam, war der, Euch zu befragen, wie ich meine Macht am besten gebrauchen kann. Ihr müßt es mir beibringen! Axis ist dringend auf meine Unterstützung angewiesen!«

»Eines Tages werde ich Euch alles beibringen, was ich weiß, meine Tochter, aber dieser Tag ist noch nicht gekommen.« Und was ich Euch lehren kann, wird wenig genug sein, Aschure, mein Herz.

»Verflucht sollt Ihr sein«!« schrie Aschure und entriß ihm ihre Hände. »Ich muß es wissen!«

»Aschure, hört mir zu. Glaubt mir, dies ist weder der richtige Ort noch die richtige Zeit. Nein! Jetzt hört zu! Weder ich noch irgend jemand sonst wird Euch unterrichten, solange Ihr mit diesen beiden Kindern schwanger geht – Ihr könntet sonst Geheimnisse erfahren, die vor den Kindern verborgen bleiben müssen.«

Unwillkürlich öffnete Aschure den Mund, um die Zwillinge zu verteidigen, schloß ihn jedoch, als ihr die anhaltende Feindseligkeit der Kinder Axis gegenüber einfiel. Und auch die Gleichgültigkeit, die sie ihrer Mutter gegenüber an den Tag legten. Sie legte eine Hand auf ihren Leib.

»Und dies ist nicht der rechte Ort, Euch zu unterrichten«, fuhr Wolfstern fort. »Es gibt einen Ort, an dem Ihr rasch und mühelos zu lernen vermögt. Einen Ort, zu dem auch andere hinzugezogen werden können, um an Eurer Ausbildung mitzuwirken. Ein Haus, wenn ich so sagen darf, in dem die Macht mit größerer Wahrscheinlichkeit zum Leben emporlodert.«

»Die Insel des Nebels und der Erinnerung. Der Tempelberg …«

»Richtig! Aber wie konntet Ihr das wissen?«

»Niah empfahl mir, zum Tempelberg zu gehen … als sie im Sterben lag.«

Wolfstern ging nicht auf die Bitterkeit in ihrer Stimme ein. Aber sein Blick trübte sich, als ihn die Erinnerung einholte. »Ach … Niah.« Vielleicht hatte Niah gewußt, was Wolfstern eben erst zu begreifen begann. Aber sie war die Erste gewesen, und vielleicht war sie als Erste ohnehin besser als er mit den Geheimnissen der Götter vertraut.

»Bitte«, begann Aschure, »erklärt mir, warum Ihr uns so herzlos von Euch gestoßen habt.«

»Das kann ich nicht, Aschure«, erwiderte er. »Viele Dinge bedürfen der Erklärung, aber damit muß ich warten, bis Ihr allein seid ...« Die junge Frau wußte, daß er damit die Zeit nach der Entbindung meinte, »und Ihr Euch auf der Insel des Nebels und der Erinnerung aufhaltet ...«

Schweigend saß Aschure halb von ihm abgewandt da. Sie wollte bei diesem Treffen noch soviel mehr erfahren.

»Alles, was ich tat, diente einem bestimmten Zweck«, erklärte Wolfstern schließlich, denn er verstand ihren Schmerz. »Eines Tages werden die Gründe offenbart. Aber laßt mich Euch jetzt eines sagen.«

Aschure richtete den Blick auf ihren Vater.

»Ich bin nicht der Verräter, für den mich viele halten. Der dritte Vers der Prophezeiung spricht zwar von einem Verräter, aber mit dem bin nicht ich gemeint.«

»Ihr scheint Euren Platz in der Prophezeiung ja recht gut zu kennen«, entgegnete Aschure heftig.

»Der Verräter hat seinen Schachzug bereits gemacht, Tochter. Fürchtet nicht länger diejenigen, die sich in Eurer oder Axis' Nähe aufhalten. Denn der Verräter hat sich bereits zu seinem wahren Herrn begeben. Seine Entscheidung, den Sternenmann zu betrügen, ist bereits gefallen, obwohl er den endgültigen Verrat bis jetzt noch nicht begangen hat.«

Aschure starrte Wolfstern an. Von wem sprach er da? Wer war der Verräter? Aber Wolfstern würde diese unausgesprochene Frage nicht beantworten. Wieder strichen seine Fingerspitzen über ihre Wange, und die Berührung war so leicht, daß Aschure sie kaum spürte.

»Seid versichert, meine Liebe, daß Ihr die Antworten, nach denen Ihr sucht, auf der Insel finden werdet. Ihr glaubt, an Axis' Seite weilen zu müssen, weil Ihr annehmt, dort am besten für seine Sache kämpfen zu können. Aber Ihr erweist ihm und Euch selbst den größten Dienst, indem Ihr Euch fern von ihm die Zeit nehmt, Euch mit Eurer Macht vertraut zu machen und sie weiterzuentwickeln.«

Sie antwortete mit einem leichten, widerstrebenden Nicken.

»Ich fühle mich in so viele verschiedene Richtungen gezogen. So viele Menschen, die unterschiedliche Dinge von mir verlangen. Ich brauche tatsächlich Zeit für mich alleine.«

Er beugte sich vor und kraulte Sicarius unter der Schnauze, dann schaute er erneut seine Tochter an. »Ihr seht Eurer Mutter sehr ähnlich, Aschure, und sie war sehr, sehr begehrenswert.«

Als Wolfstern später zusammengekauert unter den Sternen saß, dachte er über das nachmittägliche Treffen mit seiner Tochter nach. Zuerst tauchte Gorgrael mit seinen Greifen auf, dann Artor, und zu guter Letzt auch noch der Ring der Zauberin. Verlor er langsam die Übersicht über die Geschehnisse?

Gut möglich, aber der Umstand, daß der Ring Aschure auserwählt hatte, flößte ihm große Hoffnungen für die Zukunft ein. Plötzlich erschienen ihm weder Artor noch ein Himmel schwarz vor Greifen als eine wirklich unüberwindliche Bedrohung.

9

JERVOIS

Während der vergangenen zehn oder elf Tage hatte sich ein eisiger Alptraum über Jervois gelegt. Niemals in seinem ganzen Leben hatte Jorge etwas annähernd Schlimmes erlebt – nicht einmal während der entsetzlichen Bedingungen damals in der Stadt Gorken oder im letzten Winter, als Gorgrael sie diesem furchtbaren Wetter aussetzte. Die Sturmfront, wenn man denn das, was da über sie hereinbrach, mit diesem vergleichsweise milden Ausdruck belegen konnte, bemächtigte sich binnen unglaublich kurzer Zeit der Stadt. Eben war es noch kühl und windig, und die Wolken dräuten schwer von Schnee, und im nächsten Augenblick wütete auch schon ein Sturm von solcher Stärke, daß nur die festesten Steinhäuser der Stadt standhielten. Der Sturm trug Eis und Tod mit sich, und jeder, der im Freien von ihm überrascht wurde, starb. Innerhalb von fünf Minuten verlor Jorge zweitausend Männer. Die vier ikarischen Kundschafter, die gerade zur Stadt zurückflogen, fielen steifgefroren vom Himmel.

Sobald ihre Körper auf dem Boden aufprallten, zerschellten sie in winzige Stückchen, die der Wind in Sekundenschnelle wegblies.

Tag für Tag kauerten Jorge und die Überlebenden seiner Streitmacht dicht aneinandergedrängt um das Feuer. Die Verteidigungsanlagen von Jervois – das auf Bornhelds Betreiben hin errichtete System aus Kanälen – blieben unbemannt, denn niemand hätte im Freien überlebt. Und überhaupt, was sollten sie mit solchen Verteidigungsstellungen noch anfangen? fragte sich der Graf. Die Kanäle mußten Sekunden nach dem Ausbruch des Sturms zugefroren sein. Er verzog unter der Decke das Gesicht und rückte ein paar Zentimeter näher ans Feuer. Jervois verfügte über keine Verteidigungsanlagen gegen die Skrälinge mehr.

Die sechstausend verbliebenen Soldaten waren, soweit Jorge wußte, über die ganze Stadt verstreut. Er schickte nun nicht länger Kundschafter auf die Straßen, was bei diesem Wetter wahrhaft grausam gewesen wäre. Deshalb hatte Axis' Stellvertreter hier draußen nicht die geringste Ahnung, wie es um seine Truppe stand.

Am übelsten traf es die acht übriggebliebenen Ikarier. Die Staffel war am Tag vor dem Wetterumschwung eingetroffen, und nun hatten sie bereits vier Tote zu beklagen. Die anderen hatten sich in der Hoffnung auf ein wenig Wärme dicht um das Feuer gedrängt.

Jorge wußte, daß jeder seiner Männer mit dem sicheren Tod rechnete. Als er Gruppe für Gruppe aufsuchte, um ihnen Mut zuzusprechen, bemerkte er, daß viele der Männer beteten, um ihre Seelen auf die unausweichliche Reise ins Nachleben vorzubereiten. Einige, wenn auch wenige, beteten zu Artor. Die Ikarier wandten sich an ihre Sternengötter, die wenigen Männer in seiner Armee, die aus Rabenbund stammten, an ihre geheimnisvollen Gottheiten. Zu seiner Überraschung stellte Jorge fest, daß viele Axis, den Sternenmann, wie einen Gott anriefen, und einige wandten sich sogar an Aschure, die Frau, die an Axis' Seite ritt. Ihr Ruf als Bogenschützin war beinahe ebenso legendär wie der Zauberbogen selbst und wie die Geisterhunde, die ihr auf Schritt und Tritt folgten.

Als der Graf zum ersten Mal einer Gruppe von Soldaten zuhörte, die leise und monoton Gebete zum Sternenmann murmelten, schreckte er angewidert zurück. Hatte sich Wahnsinn dieser Männer bemächtigt? Axis war ein Mensch wie jeder andere, oder etwa nicht? Rechtfertigte eine Serie militärischer Siege schon einen gottgleichen Status?

Jorge kehrte zu seinem Platz am Feuer zurück und blieb dort stundenlang sitzen. In seinem Innersten herrschte ein einziger

Aufruhr. Seltsamerweise verstörte ihn Axis' neuer Status mehr als der von Gorgrael gesandte Sturm, der draußen tobte.

Stand denn die ganze Welt Kopf? Bestand der Krieger inzwischen darauf, von seinen Anhängern wie ein Gott verehrt zu werden?

Axis trug keineswegs die Verantwortung für das Verhalten seiner Männer, aber das wußte Jorge nicht. Die Vorstellung, daß viele Männer in der Armee samt ihren Frauen und Kindern langsam und unbewußt anfingen, ihn als Gott zu sehen, hätte Axis zutiefst verwirrt und entsetzt. Der Prozeß hatte vor langer Zeit begonnen, als dreitausend Mann Axis aus der Feste Gorken gefolgt waren, um die Hauptstreitmacht der Skrälinge so weit abzulenken, daß Bornheld und die verbliebenen Soldaten nach Jervois fliehen konnten.

Sie hatten beobachtet, wie er das Smaragdfeuer heraufbeschwor, und waren Zeugen geworden, wie fünf magische Flügelwesen ihn am Fuß der Eisdachalpen begrüßten. Nachdem sich Axis' Männer in Sigholt niedergelassen hatten, wuchs bei ihnen das Bedürfnis, Axis als Übermenschen oder gar als unsterblich anzusehen.

Ein gewöhnlicher Sterblicher vermochte nicht die Macht heraufzubeschwören, die ihm offensichtlich zur Verfügung stand. Keine sterbliche Seele hätte je die geflügelten Kreaturen so wie Axis anführen können. Und ganz gewiß würde kein Sterblicher in dem, wie sich herausstellte, magischen Schloß von Sigholt wohnen.

Anschließend führte der Krieger seine Armee nach Süden durch Achar und besiegte den Mörder und Eroberer Bornheld, um dann das mächtige Königreich von Tencendor für sie zu gründen. Kein Sterblicher, so murmelten viele, vermochte Ähnliches zu leisten.

Langsam aber unaufhaltsam begannen viele Männer und Frauen damit, Axis als denjenigen Gott anzubeten, den sie auserwählt hatten – den Sternenmann. Andere wiederum bevorzugten die stille Schönheit und unfehlbare Treffsicherheit der Zauberin Aschure.

Ganz besonders diejenigen, die sich noch an die uralten Gebete zu der Herrin des Mondes erinnerten.

Vor allem diese Veränderung trieb Artor aus Seinem himmlischen Königreich und veranlaßte Ihn dazu, menschliche Gestalt anzunehmen und zu versuchen, den Niedergang aufzuhalten.

Jorge fröstelte und zog seine Decke enger um sich, während er dem Murmeln der betenden Soldaten lauschte. Nie hätte er geglaubt, den Tag zu erleben, an dem die Männer seiner Truppe so viele Götter anbeteten. Verflucht sei sein Drang, sich freiwillig für die Führung der Streitkräfte in Jervois zu melden! Der Graf hielt es nach Bornhelds Tod in Karlon nicht mehr aus, und Axis hatte seiner Bitte entsprochen, ihn nach Norden zu schicken. Nun bezahlte er für sein Ungestüm wohlmöglich mit dem Tod, und Jorge erkannte plötzlich, daß er nicht sterben wollte. Er mochte zwar fast siebzig sein und auf ein erfülltes Leben zurückblicken, aber ihm kam vieles in den Sinn, was er noch tun wollte.

Der Graf erwog, selbst ein Gebet zu sprechen, aber er wußte nicht, an wen er sich hätte wenden können. Seine lebenslange Ergebenheit Artor gegenüber erschien ihm unbedeutend. Welchen Sinn hatte schon ein pflügender Gott inmitten all des Eises hier? Hatte Artor diejenigen beschützt, die seinen Namen anriefen und dennoch während der letzten beiden Jahre gestorben waren? Nein, dieser Gott hatte sich als untauglich erwiesen. Dennoch fühlte sich Jorge noch nicht dazu bereit, sich an einen der Sternengötter zu wenden. Und nach wie vor widerstrebte es ihm, Axis oder Aschure um Hilfe anzuflehen.

Also saß er nur da.

Und wartete auf den Tod.

Binnen eines Herzschlages legte sich der Sturm. Die plötzliche Stille schmerzte beinahe in den Ohren, aber niemand fühlte Erleichterung. Alle wußten, was das Schweigen bedeutete.

Gorgraels Angriff stand bevor.

Hoch über der Stadt zog der Greif seine Kreise. Sobald sich der Wind legte, verschwanden auch die Wolken, als hätten sie den heulenden Wind als Grundlage ihres eigenen Daseins gebraucht. Timozel hatte Gorgrael um einen klaren blauen Himmel gebeten, unter dem er sein Massaker beginnen wollte. Immer noch zog er den hellen Sonnenschein dem trüben Dämmerlicht vor.

Nun saß er also auf dem Greifen, was ihm leicht fiel, da er sich aufgrund seiner langen Jahre als Reiter den Bewegungen der Kreatur mühelos anzupassen vermochte. Die Bestie stürzte sich in die Tiefe, stieg wieder nach oben und *schrie mit der Stimme der Verzweiflung*. Timozel drehte sich um und erblickte im Westen *eine mächtige Armee, die sich über viele Meilen in alle Richtungen erstreckte. Er kämpfte für einen mächtigen Herrn, und im Namen dieses Herrn würde er ...*

»... bemerkenswerte Siege ernten«, flüsterte der Heerführer und befand sich schon wieder mitten in seiner Vision. Wenigstens hatte er den ihm gemäßen Platz gefunden. Alles würde sich zum Guten wenden.

Timozel wandte leicht den Kopf. *Kreist tiefer hinunter*, befahl er der Kreatur, und der Greif stieß einen Schrei aus, während er den Himmel durchpflügte.

Dort. Timozel lächelte vor Genugtuung. Unter ihm lag die lahmgelegte Stadt Jervois. Dicke Eisschichten bedeckten viele der Gebäude und schienen sie fast unter sich zu begraben. Als der Jüngling genauer hinunterspähte, machte er mindestens drei Häuser aus, die so vereist waren, daß sie von der Außenwelt abgeschnitten sein mußten. Sein Lächeln wurde immer breiter. Falls sich Menschen in diesen Häusern befanden, dann waren sie inzwischen erfroren. Er fühlte sich tief befriedigt.

Die Bataillone der Skrälinge – oh ja, sie besaßen nun etwas mehr Zucht und Disziplin – bewegten sich rasch in südliche Richtung, um die Stadt einzuschließen. Timozel hatte nur ein Viertel seines Heeres für diesen Angriff eingeteilt und den Rest der Streitmacht bereits nach Süden geschickt, wo sie sich bereithalten sollte. Timozel lief die Zeit davon: Er mußte innerhalb eines halben Tages zeigen, wie jämmerlich schwach Axis' Männer dort unten waren, danach seine eigenen Streitkräfte weiter nach Süden marschieren lassen und dann ... nun, dafür sorgen, daß sie sich in ihr Versteck begaben. Aber er hatte sie innerhalb von zehn Tagen dorthin zu schaffen, um der Armee auszuweichen, die Axis zweifellos nach Norden ausschicken würde, sobald er vom Zusammenbruch von Jervois erfuhr.

Obwohl es in Gorgraels Macht stand, sämtliche nördlichen Regionen dieses Landes mit Stürmen zu überziehen, die so heftig waren, daß kein Mann ihnen standhalten konnte, wollte Timozel nicht, daß Axis sich einem solch gnadenlosen Wetter gegenüber sah. Bitterkalt, sicher, aber nichts, was ihn daran hinderte, seine Streitmacht nach Norden zu entsenden. Timozel wünschte sich mehr als alles andere, daß der Krieger durchkäme.

Wir sind bereit. Timozel teilte seine Gedanken nicht nur seinen Untergebenen – den Skräbolden oder denjenigen unter den Skrälingen, die über überdurchschnittliche Geisteskräfte verfügten –, sondern auch Gorgrael mit. Tief im Inneren seiner Eisfestung verborgen, beobachtete der Zerstörer kraft seines geistigen Auges den Verlauf der Ereignisse.

Tief, sehr tief in seinem Inneren hegte Timozel einen gewissen Groll gegen Gorgrael, weil dieser sicher in seiner Festung saß. Wollte er etwa der Begegnung mit Axis ausweichen? Oder ... fürchtete sich der Zerstörer gar vor ihm?

Timozel sorgte dafür, daß diese Überlegungen dunkel und sehr, sehr tief in seinem Bewußtsein verborgen blieben.

Aber er hatte jetzt über angenehmere Dinge nachzudenken, namentlich all das Töten, das ihn dort unten erwartete.

Fangt an, befahl er.

Neunzig Eiswürmer setzten sich nun in Bewegung, und damit begann der Angriff. Die Männer in den Gebäuden, die dem nördlichen Stadtrand am nächsten standen, hörten zuerst das Geräusch, ein furchterregendes Schaben und Kreischen, das die sich krümmenden Kreaturen erzeugten, während sie sich ihren Weg durch die gefrorenen Straßen bahnten.

Niemand stürmte vor, um die Kreaturen anzugreifen. Selbst wenn sich jemand von den Verteidigern vor die Tür gewagt hätte, hätte er, gelähmt vor Entsetzen über diesen Anblick, kaum die Waffe heben können.

Während der letzten Monate hatte Gorgrael nicht nur an seinen Skrälingen, sondern auch an den Eiswürmern gearbeitet. In grenzenloser Selbstverliebtheit stattete er alle seine Kreaturen mit den riesigen Silberaugen aus, über die er selbst verfügte.

Allerdings ergab sich dabei eine Schwierigkeit, die maßgeblich des Zerstörers bisherige Versuche, nach Süden vorzustoßen, verhindert hatte. Das Problem bestand darin, daß all seine Geschöpfe, seien es nun die Skrälinge, die Eiswürmer oder auch die Skräbolde, sich durch eben diese Augen als äußerst verletzlich erwiesen.

Aber dafür hatte er nun Abhilfe geschaffen. Seit neuestem verfügten die Köpfe der Skrälinge und der Eiswürmer über Knochenplatten, die nur noch kleine Schlitze für die Augen freiließen. Ihr Blickfeld wurde dadurch zwar ein wenig eingeschränkt, doch nur ein erfahrener und außergewöhnlich ruhiger Schwertkämpfer oder Bogenschütze vermochte sie jetzt noch durch einen Schuß oder einen Stich ins Auge zu töten.

Hinter den Eiswürmern stürmten Tausende von Skrälingen heran, alle mit Fleisch auf den Knochen und mit einer schützenden knöchernen Rüstung versehen. Sie sperrten die Mäuler schon weit auf, so sehr freuten sie sich auf die Arbeit, die vor ihnen lag. Das Töten und Fressen.

Ruhig und mit ehernem Selbstvertrauen krochen die Eiswürmer zu den Hauptgebäuden der Stadt, in denen sich aller Wahrscheinlichkeit nach der überwiegende Teil der gegnerischen Truppen befand. Mit vor Angst trockenem Mund kauerte Jorge hinter einem der unteren Fenster der Markthalle, in der er seinen Befehlsstand aufgeschlagen hatte. Der Graf war sich nur zu sehr bewußt, wie wenig er gegen diese angreifenden Horden auszurichten vermochte, und so blieb ihm nichts anderes übrig, als seinen Männern den Befehl zu erteilen, sich von den Fenstern zurückzuziehen und die unteren Stockwerke aufzusuchen.

Aber was machte das schon aus, wenn er ihren Tod bestenfalls um Minuten hinauszögerte?

Jorge warf einen Blick über die Schulter auf die Überreste der Staffel der Ikarier. »Raus hier!« krächzte er. »Zurück nach Karlon. »Ihr allein habt eine Chance zur Flucht. Erzählt Eurem Sternenmann, was Ihr heute hier gesehen habt. Geht!« rief er. »Säumt nicht länger!«

Plusternest, der Staffelführer, gab den anderen sieben Ikariern das Zeichen. Er teilte Jorges Glaube, sie könnten sich nach Karlon durchschlagen, nicht. Mit tödlicher Sicherheit kreisten Gorgraels Greifen am Himmel – und Plusternest hatte mit eigenen Augen beobachtet, was ein Greif anzurichten vermochte. Aber dennoch bestätigte er den Befehl mit einem Nicken. Vielleicht würde ein oder zwei von ihnen ja der Ausbruch gelingen.

Eilig begaben sie sich zu einer Hintertür und schwangen sich lautlos in die Lüfte. Der unerwartete Sonnenschein ließ sie blinzeln, dann kreisten sie solange über der Stadt, wie sie es eben wagten. Unter ihnen befanden sich die furchteinflößenden Truppenmassen, die durch die Stadt und weiter im Westen über die nördlichen Ebenen von Aldani bewegten. Dann flohen sie im Pulk nach Süden, um sich notfalls gegenseitig Schutz gewähren zu können.

Weiter nördlich kniff Timozel prüfend die Augen zusammen. Er hatte zwar eine solch närrische Zurschaustellung von Tollkühnheit erwartet, aber glaubten die Vogelmenschen tatsächlich, mit heiler Haut zu entkommen?

Die Stimme Skräfurchts, der mit einer Reserveeinheit von Skrälingen immer noch vor Jervois wartete, kreischte in seinem Kopf. *Erlaubt, daß wir sie vernichten, Herr! Oder schickt die Greifen! Die können sie in Sekundenschnelle in Stücke zerfetzen!*

Narr! antwortete Timozel und benutzte die Macht, die Gorgrael ihm verliehen hatte, um Skräfurchts Geist und Körper in Fesseln aus kaltem Stahl zu schlagen. Er konnte spüren, beinahe sehen, wie der Geisteroffizier tief unter ihm aufschrie. Wie war der Zerstörer bloß bisher mit solcher Unfähigkeit seiner Befehlshaber fertiggeworden?

Der Jüngling berührte die Gedanken einer Gruppe von dreißig Greifen, die nach Westen schwärmten, und schickte sie hinter den Ikariern her. *Aber ich will, daß einer oder zwei entkommen!* gebot er. Timozel verfolgte, wie die Greifen seinen Befehl verstanden und ihm gehorchten. Wenigstens diese Kreaturen begriffen das Prinzip des unbedingten Gehorsams.

Die Vogelfrau an Plusternests Seite spürte das Herannahen der Himmelsbestien schon, noch bevor sie diese zu sehen bekam. Sie warf sich nach links und tauchte mit einem wortlosen Schrei ab. Als der Greifenschwarm die Ikarierstaffel angriff, brachen die Vogelmänner und -frauen aus ihrer Formation aus und versuchten jeder einzeln, den Greifen zu entkommen und das eigene Leben zu retten.

Einer nach dem anderen fühlten sie die Krallen der Angreifer im Rücken und spürten, wie sich riesige Beine um ihre Körper schlangen und Klauen und rasiermesserscharfe Schnäbel in ihr Fleisch eindrangen.

Plusternest nahm den plötzlichen Wirbel aus Luft und heißem Atem wahr, als die Bestie aus dem Himmel auf ihn herabstürzte. Verzweifelt drehte er sich um und tauchte in der Hoffnung ab, beweglicher zu sein als die Kreatur, die ihn verfolgte. Er langte nach einem Pfeil aus dem Köcher auf seinem Rücken, aber als sich seine Hand eben um den Schaft schloß, ereilte ihn die tödliche Umklammerung der Himmelsbestie.

Der Staffelführer schrie, aber das war auch schon alles, was er noch tun konnte. Einer seiner Arme hing verdreht und eingeklemmt unter dem Körper der Kreatur, die sich in seinen Rücken krallte – er wand sich vor Todesqual, als die unnatürlichen Kräfte, die seinen Arm verdrehten, schließlich Knochen und Sehnen bersten ließen. Seine freie Hand griff wirkungslos nach einer der großen Klauen, die seine Brust und seinen Bauch umschlossen. Seine Flügel flatterten nutzlos; nur die Flügel des Greifen hielten ihn noch in der Luft.

Seitlich von sich sah der Staffelführer einen weiteren Greifen, der eine Vogelfrau mit seinen todbringenden Klauen packte. Die

Bestie brauchte nur den Sekundenbruchteil, den Plusternests Blick auf der Frau haftete, um mit seinen Krallen durch Fleisch und Blut zu pflügen. Vor den Augen ihrer Kameraden löste sich die Luftkämpferin buchstäblich in einen Schauer aus Blut und Fleischfetzen auf.

Das letzte, was er zu sehen bekam, bevor das Entsetzen ihm die Augen verschloß, war der Körper seiner Kameradin, der vom Himmel fiel.

Der Greif verstärkte seinen Griff, und Plusternest wurde sich bewußt, daß die Klauen jeden Augenblick damit beginnen würden, ihn in Stücke zu reißen.

Und genau das taten sie auch, aber die Wunden, die sie rissen, waren nicht tödlich. Ein schmerzliches Wimmern entrang sich Plusternests Kehle, als er die Klauen des Greifen in die Muskeln seiner Brust und seines Bauches eindringen spürte, aber sie bohrten sich nicht tief genug, um ihn umzubringen. Nachdem der Greif ihn einige Minuten lang bearbeitet hatte – langsam, um sein Vergnügen auszudehnen –, ließ er sein Opfer unbegreiflicherweise los. Plusternest stürzte fast hundert Schritt in die Tiefe, ehe er sich soweit erholte, daß er die Flügel ausbreiten und sich dazu zwingen konnte, so schnell wie möglich nach Süden zu fliegen.

Fünf der Höllenkreaturen jagten ihm nach und trieben etliche Meilen lang ihr grausames Spiel mit ihm. Schluchzend vor Angst erwartete Plusternest, daß ihn jeden Moment eine der Bestien erwischte und kurzen Prozeß mit ihm machte.

Aber das taten sie nicht. Schließlich ließen sie von ihm ab, und als der Staffelführer sich umdrehte, erblickte er nur den leeren Himmel. Greifen wie Ikarier waren verschwunden.

Als einziger seiner Einheit hatte er überlebt.

Den unbrauchbaren Arm an die Brust gedrückt, bewegte sich Plusternest langsam gen Süden. Der Flug würde einige Tage in Anspruch nehmen, und Erschöpfung und das Gift aus seinen infizierten Wunden würden ihn vielleicht umbringen, ehe er sich endlich wieder in Sicherheit befand.

In seinen klareren Momenten fragte sich Plusternest, warum die Greifen ihn am Leben gelassen hatten.

Als hätte die Flucht der Vogelmenschen ihnen das Signal dazu gegeben, begannen die Eiswürmer nun mit ihrem Großangriff. Sie bäumten sich auf, und ihre monströsen Köpfe krachten durch die oberen Fenster der Gebäude, um die sie sich gewickelt hatten. Sich obszön windend, spien sie ihre Skrälingsfracht in die oberen Stockwerke der Häuser hinein.

Gleichzeitig griffen die draußen zusammengezogenen Geistereinheiten durch die Türen und Fenster der unteren Stockwerke an. Nachdem die ihrer Fracht entledigten Eiswürmer ihre Mission erfüllt hatten, zogen sie sich von den Straßen zurück, um sich ihren Gefährten in Richtung Westen anzuschließen. Und dann brachen auch noch Hunderte von Greifen durch die Fenster.

Die Attacken der Eiswürmer, der Skrälinge und der Fabelwesen erfolgten beinahe gleichzeitig, so daß der Angriff Jorge wie ein einziges anhaltendes Gebrüll vorkam. Zuerst vernahm er das Klirren der Fenster in den oberen Stockwerken der Markthalle und einen Augenblick später das Geschrei von Eiskreaturen wie Männern, als die Fenster der unteren Stockwerke zersplitterten. Er ergriff sein Schwert und bemerkte, daß seine Hände eiskalt und beinahe taub waren. Der Befehlshaber atmete tief ein, und die eisige Luft verbrannte seine Lungen. Jorge machte einen Schritt nach vorne, um den ersten Skräling in Empfang zu nehmen, der sich ihm in den Weg stellte.

Mögen ihm seine Sternengötter helfen, dachte Jorge, während er sich den knochengepanzerten Skräling mit wohlplazierten Schwertstreichen vom Leibe hielt und verzweifelt nach einer Schwachstelle Ausschau hielt, um den Angreifer töten zu können. Selbst Axis würde mit solcherart gepanzerten Kreaturen seine liebe Not haben.

Viel besorgniserregender als das veränderte Äußere der Skrälinge erschien dem Grafen die Frage, woher ihre neu erworbene Disziplin stammen mochte. Der Angriff auf Jervois folgte einem wohlüberlegten Plan, und bislang hatten die Geisterwesen niemals so geordnet und planvoll angegriffen. Was mögen sie noch alles gelernt haben? fragte sich Jorge. Er atmete in kurzen Stößen, und sein Schwertarm zitterte vor Erschöpfung. Und wer hat ihnen das bloß alles beigebracht?

Aus den Augenwinkeln nahm Jorge wahr, wie seine Männer um ihn herum starben. Greife kamen die Treppen heruntergekrochen, warfen sich auf entsetzte Opfer und zerrissen sie binnen eines Herzschlages.

Ich will nicht sterben! heulte es in Jorge Geist, aber er wußte, daß er dem Tod nicht entgehen konnte.

Würde der Skräling ihn fressen, nachdem er ihn getötet hatte? Seltsamerweise empfand der Graf diese Vorstellung als noch viel entsetzlicher und abstoßender als den Gedanken an den Tod selbst. Ein ehrenhafter Krieger verdiente ein ehrenhaftes Begräbnis.

»Da habt Ihr recht, Jorge«, erklang eine Stimme, und eine Hand legte sich auf die Schulter des Skrälings.

Ungläubig starrte Jorge auf den Mann, der vor ihm stand. Wie ... wie konnte er sich nur so sicher und gelassen inmitten dieser verfluchten Horde bewegen?

Timozel lächelte Jorge an, blickte sich angelegentlich im Zimmer um und sah den Skrälingen und Greifen beim Abschlachten der wenigen Soldaten zu, die noch am Leben waren. Schließlich musterte er wieder den Grafen, der vor ihm stand.

»Ehrbare Männer verdienen einen ehrbaren Tod«, meinte Timozel, wobei er das erste »ehrbare« kaum merklich betonte. »Aber Ihr und die Euren fechten wohl kaum für eine ehrbare Sache. Streitet Ihr nicht Seite an Seite mit den Unaussprechlichen, diesen verfluchten und bösartigen Kreaturen? Kämpft Ihr nicht gemeinsam mit Axis, dieser Ausgeburt der Unaussprechlichen?«

»Und für wen kämpft Ihr, Timozel?«

Wieder lächelte der Jüngling, und Jorge entging nicht die kalte Grausamkeit in den Augen seines Gegenübers. »Ich diene dem Erretter, Jorge. Gorgrael. Ich werde Zeuge seines Triumphes sein und Achar von dem Schrecken befreien, der sich seiner bemächtigt hat.«

Bei Timozels Worten entglitt das Schwert Jorges vor Entsetzen gefühllosen Händen und fiel klappernd zu Boden. »Habt Ihr vollends den Verstand verloren, Timozel?« flüsterte der Befehlshaber einer nicht mehr vorhandenen Streitmacht.

»Mitnichten, Graf Jorge«, entgegnete Timozel ruhig, dann beugte er sich vor und brachte das Schwert des Mannes an sich. »Ich bin heute so vollständig bei Sinnen wie niemals zuvor in meinem Leben.«

Seine Zähne blitzten auf, als er Jorge das eigene Schwert in den Bauch rammte, die Waffe in der Wunde herumdrehte und den Mann schließlich zu Boden sinken und dort sterben ließ.

Als Timozel sich abwandte, rollte sich Jorge auf die Seite. Der atemberaubende Schmerz, der wie ein Messer durch seinen Körper schnitt, ließ keinen Zweifel daran aufkommen, daß er starb. Er legte die Hände um die Klinge und unternahm einen halbherzigen Versuch, sich das Schwert aus dem Leib zu ziehen.

Aber der Schmerz überkam ihn mit überwältigender Heftigkeit, und Jorge konnte nur noch still daliegen und mit ersterbendem Blick verfolgen, wie Timozel sich mit seinem Offizier beriet, einer alptraumhaften Kreatur.

»Axis«, flüsterte Jorge mit letzter Kraft, und diesmal sprach er ein Gebet: Rächt mich!

Zum Schluß hatte Jorge seinen Gott gefunden.

Es ist vollbracht, Herr.

Gut, Timozel. Hattet Ihr Freude an Eurem Tun?

Habt Ihr nicht zugesehen, Herr?

Natürlich habe ich zugesehen und den Anblick genossen. Aber hattet Ihr auch wirklich Freude daran?

Timozel lächelte. *Ja, ja und abermals ja. Ich glaube, ich werde heute nacht in Blut baden.*

Und jetzt wollt Ihr nach Süden?

Ja. Ich werde die Falle für Axis aufstellen.

Guter, guter Junge. Hübscher Junge. Ihr dient mir gut.

10

Plusternests Bericht

Zwei Tage später: Eine ikarische Aufklärungsabteilung, bestehend aus drei Staffeln, befand sich fast hundert Meilen vor Karlon auf Erkundungsflug über den Westbergen. Die Vogelmenschen entdeckten plötzlich einen schwarzen Punkt, der langsam über die Berggipfel tief unter ihnen trieb. Inzwischen rechnete man täglich mit Gorgraels Großangriff, und so befahlen die Staffelführer ihren Luftkämpfern, sich dem Wesen dort unten langsam und vorsichtig zu nähern. Schließlich wolle man sich nicht in eine Falle locken lassen.

Aber als die Ikarier achtsam auf die Berge zuflogen und ihre scharfsichtigen Augen den Punkt genauer erkennen konnten, stieß ihr Anführer, der jüngst beförderte Staffelführer Dornfeder, einen schrillen Schrei aus. Dann flog er mit mächtigen Flügelschlägen zu seinem verwundeten Kameraden hinunter.

Dornfeder selbst hatte erst kürzlich einen Greifenangriff überstanden und erkannte daher vor seinen Kameraden den Anblick und den Geruch von Greifenwunden.

Sie erreichten Plusternest wenige Minuten, bevor er erschöpft vom Himmel stürzte, und, einander abwechselnd, flogen sie ihn zurück nach Karlon. Dort angelangt, brachten die Vogelmenschen ihn umgehend zu ihrem Sternenmann ins Jadezimmer, wo dieser gerade gemeinsam mit der Zauberin das Abendessen einnahm. Dort blieben sie wortlos stehen und warteten ab, welche Zauber der Krieger wohl bei ihrem sterbenden Freund anwenden würde.

Und nur weil Plusternest tatsächlich im Sterben lag, konnte

Axis ihm helfen. Er fügte den Vogelmann, auf dessen Rumpf sich bereits scharlachrote und grüne infizierte Streifen abzeichneten, zusammen, wie er es einst bei Dornfeder getan hatte. Dabei sang er das Lied der Genesung. Und nachdem Plusternest schließlich vor Überraschung blinzelnd ins Leben zurückgekehrt war, befahl der Krieger, ihn in eine Kammer zu tragen, wo er die Nacht verbringen und sich ausruhen könne. Er wolle erst am folgenden Morgen mit dem Ikarier sprechen.

Weder Axis noch Aschure mußten mit Plusternest reden, um zu wissen, welche Neuigkeiten er mitbrachte.

Der Sternenmann hatte Plusternest höchstpersönlich das Kommando über die einzige Ikarierstaffel in Jervois übertragen.

»Berichtet noch einmal, was Ihr gesehen habt, Plusternest.«

Beschämt senkte der ikarische Offizier den Kopf. Er saß an dem großen runden Tisch im Ratssaal, und um ihn herum hatten sich Geschwaderführer, Prinzen, Häuptlinge und Zauberer versammelt. Ihm gegenüber saß Axis selbst, an seiner Seite die Zauberin. Der Vogelmann befand sich zum ersten Mal in solch erlauchter Gesellschaft, und er spürte deutlich die um ihn versammelte Macht.

Zu seiner großen Schande mußte er feststellen, daß er sich an kaum eine Einzelheit des Überfalls zu erinnern vermochte.

Plusternest wußte nicht, daß es Dornfeder nicht anders ergangen war, nachdem Axis ihn ins Leben zurückgerufen hatte. Dornfeder und seine Staffel befanden sich damals auf dem Rückweg von einem Beobachtungsflug über Hsingard nach Sigholt, als ein Trupp von Greifen sie angriff; nur Dornfeder und Abendlied, Axis' Schwester, überlebten, aber den Staffelführer hatte es damals schlimm erwischt. Er lag im Sterben, als Abendlied ihn nach Sigholt zurückbrachte. Aber Dornfeder hatte ebensoviel Glück wie jetzt Plusternest, denn Axis Sonnenflieger nahm ihn in Empfang und heilte ihn.

Auch Dornfeder fehlte jede Erinnerung an den Angriff, dem er beinahe zum Opfer gefallen war.

»Mein Gedächtnis läßt mich im Stich«, klagte Plusternest leise.

Weitsicht, der dienstälteste Geschwaderführer der ikarischen Luftarmada, der neben ihm saß, beugte sich vor und bedeutete dem jungen Offizier mit einer ungeduldigen Handbewegung, lauter zu sprechen.

Plusternests Gesicht lief vor Verlegenheit rot an, und er wiederholte seine Worte mit erhobener Stimme. »Mein Gedächtnis läßt mich im Stich, Sternenmann.« Er faltete verkrampft die unter dem Tisch verborgenen Hände. »Ich weiß noch, daß ein Eissturm über Jervois losbrach, der so schlimm wütete, daß vier Kämpfer meiner Staffel mitten in der Luft zu Eis gefroren. Auch erinnere ich mich daran, daß wir Tag für Tag zusammengekauert um das Feuer saßen und aus Furcht vor dem tödlichen Wind nicht wagten, auch nur einen Schritt nach draußen zu machen. Und dann herrschte ...« Seine Stimme erstarb, und Weitsicht runzelte die Brauen. Hastig räusperte sich Plusternest und fuhr fort: »Ich entsinne mich, daß plötzlich Stille herrschte, und einen Augenblick später schrie mir Graf Jorge zu, ich solle nach Karlon fliegen, um Euch eine Nachricht zu überbringen. Aber ich kann mich nicht mehr darauf besinnen, wie die Botschaft lautet. Ich schäme mich, meine Unfähigkeit eingestehen zu müssen«, schloß er flüsternd. »Ich wäre besser mit meiner Staffel untergegangen.«

Axis erhob sich. Dornfeders Erlebnisse kamen ihm in den Sinn. Er umrundete den Tisch, und seine alles beherrschende Persönlichkeit bewirkte, daß ihm die Blicke der Anwesenden folgten.

Der betrübte Ikarier blinzelte vor Ehrfurcht, weil dieser mächtige Mann ihn so rücksichtsvoll und freundlich behandelte.

»Plusternest«, meinte Axis, sobald er neben dem Vogelmenschen angekommen war. »Es dürfte kaum Euer Fehler sein, daß Ihr die Erinnerung verloren habt. Vielleicht habe ich Euer Gedächtnis durcheinandergebracht, als ich Euch wieder zusammenfügte, und wenn wirklich jemand vor Scham im Boden versinken sollte, dann käme diese Ehre am ehesten mir zu, aber ganz gewiß nicht Euch.«

»Ich verdanke Euch mein Leben, Sternenmann.«

»Ja, das stimmt«, antwortete der Krieger und legte eine Hand auf Plusternests Schulter, um ihn am Aufstehen zu hindern. »Und weil das Leben Euch gerade wieder so schön durchflutet, ist es mir möglich, die Erinnerung an all das, was sich ereignete, für die hier Versammelten zurückzurufen. Ein kleiner Zauber, Plusternest. Wehrt Euch bitte nicht dagegen.«

Aber der Ikarier spannte sich eher aus Aufregung denn aus Unsicherheit an. Er würde Axis sein Leben anvertrauen – hatte dies bereits getan –, und falls der Sternenmann ihm dabei helfen konnte, sich an das zu erinnern, was alle am Tisch wissen mußten, dann wäre er ihm doppelt zu Dank verpflichtet.

Axis stellte sich hinter den Vogelmenschen, legte beide Hände auf dessen Schultern und begann zu singen. Jeder der sechs anwesenden Zauberer kannte das Lied der Erinnerung, aber der Krieger stimmte es mit solch unglaublicher Fertigkeit und Inbrunst an, daß beinahe allen Zuhörern vor Staunen der Mund offenstand, sogar Sternenströmer. Wann immer sein Sohn seine Fähigkeiten vorführte, nahm dies seinem Vater beinahe den Atem, manchmal aus Stolz, oft aber aus Eifersucht.

Die Luft über der Tischplatte flimmerte und verdichtete sich zu grauem Dunst. Alle Anwesenden wandten den Blick von Axis ab und beobachteten die Erscheinung, die vor ihren Augen Gestalt annahm. In dem grauen Nebel sahen sie Jorge, der sich gerade von dem Fenster abwandte und Plusternest zuschrie, er solle seine Einheit aus Jervois hinausschaffen. Alle Befehlshaber im Raum, Axis und Aschure eingeschlossen, stöhnten unwillkürlich auf, als sie erkannten, wie sehr sich Furcht und Verzweiflung auf dem Gesicht des Grafen abzeichneten. Mochte sich Jorge auch seinerzeit in dem Entschluß, so lange an Bornheld Seite auszuharren wie möglich, geirrt haben, so galt er doch als ein außergewöhnlicher Offizier und ein tapferer Mann. Die überwältigende Furcht, die seine Züge verzerrte und seinen Blick umwölkte, ließ keinen Zweifel daran, daß Jorge genau wußte, daß er dem Tod geweiht war.

Dann zitterte die Erscheinung und veränderte sich, und die Beobachter flogen mit Plusternest und den sieben überlebenden

Ikariern seiner Staffel aus dem Gebäude und hoch über die Stadt, wo sie kurz kreisten.

»Bei der Mutter!« schrie Belial auf, als er hinunterblickte und erkennen mußte, welches Grauen Jervois heimsuchte.

Nur Plusternest blieb dieser Anblick erspart, denn Axis hatte den Zauber so gewirkt, daß der Vogelmann den Schrecken, der ihn beinahe getötet hätte, nicht noch einmal durchleben mußte.

Gemeinsam mit dem von Plusternest geführten Trupp flogen sie nach Süden, und jeder einzelne der Beobachter erblaßte, als die Greifen die Vogelmenschen angriffen. Als sie durch Plusternests Augen verfolgten, wie die Vogelfrau in einem roten Schauer explodierte, brach Axis den Zauber ab. Alle hatten genug gesehen.

Der Krieger warf einen raschen Blick auf Aschure. Obwohl alle Farbe aus ihrem Gesicht gewichen war, schien sie doch die Fassung zu wahren.

Plusternest musterte die um den Tisch Versammelten. »Hat der Zauber gewirkt?« erkundigte er sich. Der Kummer, der sich auf den Gesichtern aller abzeichnete, verwirrte ihn.

Der Sternenmann klopfte ihm auf die Schulter. »Ja, Plusternest, der Zauber hat keine Frage offengelassen. Ihr habt Eure Pflicht in bemerkenswerter Weise erfüllt, indem Ihr uns diese Nachricht überbrachtet, und für Eure Tapferkeit danke ich Euch und versichere Euch meiner größten Hochachtung.«

Vor Stolz lief der Offizier rot an, aber Axis' Worten entnahm er auch, daß er sich zurückziehen durfte. Die Befehlshaber in diesem Raum wollten seine Neuigkeiten gewiß lieber unter sich besprechen.

Er erhob sich, und der Krieger ergriff kurz seine Hand und legte ihm die freie Hand auf den Arm. »Ihr bedürft jetzt der Ruhe, Plusternest. Nach dem schrecklichen Erlebnis, das Ihr gehabt habt, müssen Euer Körper und Euer Geist heilen.«

Plusternest salutierte vor Axis und vor den Befehlshabern am Tisch, dann drehte er sich um und verließ den Raum. Alle konnten seine Erleichterung spüren, als er endlich zur Tür hinausschlüpfte.

»Nun, meine Freunde?« fragte Axis in die Runde.

Belial holte tief Luft. »Die Kräfte, die in Jervois eingedrungen sind, dürften es in weniger als einer halben Stunde zerstört haben.«

»Wir vermochten nur zu deutlich aus der Luft zu verfolgen«, stimmte Magariz zu, »wie die Skrälinge mit ihren Eiswürmern mit Leichtigkeit über die zugefrorenen Kanäle vorrückten, wie sie auf so gut wie jeder Straße in die Stadt einfielen. Weder Jorge noch seine Streitmacht hatten die geringste Aussicht, einem solchen Angriff standzuhalten.«

»Und der Graf hat das gewußt«, bemerkte Aschure. »Ihm war klar, daß er sterben würde. Um seinetwillen bin ich froh, daß Plusternest durchgekommen ist.

Axis setzte sich wieder. »Wie lange ist das her?« fragte er. »Wann genau fiel Jervois? Weitsicht, wie lange braucht jemand in Plusternests Zustand, um in südlicher Richtung zu den Westbergen zu fliegen?«

Weitsicht überlegte. »Vielleicht zwei, drei Tage, Sternenmann. Und aus Furcht vor den Greifen würde er auf seiner verzweifelten Flucht nicht das Risiko eingehen, sich auszuruhen.«

»Ohne Rast einzulegen?« wunderte sich Belial. Wie vermochte ein tödlich verwundeter Vogelmann zwei oder drei Tage ohne Pause zu fliegen?

»Die Ikarier verfügen über viel mehr Ausdauer und Kraft als Menschen«, antwortete Suchauge, einer der dienstältesten unter den anwesenden Geschwaderführern. »Abgesehen davon hatte Plusternest den Wind im Rücken. Die meiste Zeit werden ihn die Luftströmungen vorwärts getragen haben, und da konnte er wenigstens die Augen schließen.«

»Also«, erklärte Axis, um die Aufmerksamkeit der Anwesenden wieder auf die ursprüngliche Frage zu lenken. »Vor höchstens vier Tagen griff ein gewaltiges Skrälingsheer unsere Stellungen vor Jervois an und zerstörte die Stadt. Die Geister strömten anscheinend aus ...«

»Axis«, unterbrach ihn Magariz, »könnt Ihr die Vision zurückrufen, auch wenn Plusternest nicht mehr anwesend ist?«

Der Krieger nickte.

»Als Plusternest hoch oben in der Luft flog, fiel mir etwas Seltsames bei den Skrälingen auf. Könnt Ihr den Moment noch einmal erstehen lassen?«

Da der Fürst sehr dringlich klang, rief Axis rasch das Bild von Jervois und seiner Umgebung zurück. Die eine Hälfte der Skrälingsarmee stand noch vor der Stadt, die andere wütete bereits tief in die Straßen und Häusern.

»Hm«, meinte Magariz. »Da, Axis, meine Freunde! Schaut Euch nur die Geisterkreaturen an. Was hat sich bei ihnen verändert?«

»Nun«, entgegnete Aschure, »die Skrälinge sehen anders aus. Axis und ich haben in Hsingard Geister gesehen, die genauso ausschauten wie diese hier. Mit Fleisch auf dem Skelett. Und ihre knöchernen Auswüchse gleichen beinahe Rüstungen. Aber, Magariz, davon haben wir Euch doch berichtet.«

»Ja, ja, ich erinnere mich, aber jetzt will ich auf etwas anderes hinaus«, rief Magariz. »Na, los doch, es springt Euch gleich ins Gesicht!«

Plötzliches Begreifen ersetzte die Verwirrung, die sich gerade auf Axis' Zügen abgezeichnet hatte. »Bei den Sternen, Fürst! Das da unten ist mit Sicherheit keine tumbe Masse von Skrälingen. Schaut, dort und da und auch hier«, sein Finger stach in den grauen Nebel über dem Tisch, »bilden sie geordnete reguläre Abteilungen. Wir haben es mit einer höchst disziplinierten Armee zu tun, nicht mehr mit dem wilden Haufen, der uns bislang entgegentrat.«

»Ja«, bestätigte Magariz. »Gorgrael hat sich allem Anschein nach einen guten Kriegsherrn besorgt.«

»Ich kann mir nicht vorstellen, daß einer seiner Skräbolde diese wundersame Verwandlung durchgemacht haben sollte«, bemerkte Axis und runzelte bei diesem Gedanken die Stirn.

Aschure kamen plötzlich Wolfsterns Worte über den Verräter aus dem dritten Vers der Prophezeiung in den Sinn, der ihrem Vater zufolge bereits seinen Schachzug vollzogen hatte. Ängstlich biß sie sich auf die Lippen. Sie hatte Axis noch nichts über diese Begegnung erzählt und beschloß, dies am Abend nachzuholen. Hatte der Verräter dies bei den Geistersoldaten bewirkt? Und wenn ja, um wen mochte es sich dabei handeln?

»Schaut nur!« rief Weitsicht und machte seinem Namen alle Ehre. »Richtet den Blick nur nach Westen! Das ist mitnichten die Hauptstreitmacht, die Jervois angreift, sondern bestenfalls ein Bruchteil davon. Das Hauptheer schickt sich allem Anschein nach an, die Stadt zu umgehen, sich gar nicht erst mit einem Angriff auf sie aufzuhalten, sondern gleich in Richtung Süden zu marschieren, um mit aller Macht in Aldeni einzufallen!«

Alle starrten in die angegebene Richtung. Vor Entsetzen nahm Axis' Gesicht eine gräuliche Farbe an. Eine massive Marschsäule, ja, die Geister bewegten sich tatsächlich in Reih und Glied und nicht mehr als zügelloser, wimmelnder Haufen – von Skrälingen und Eiswürmern drang langsam über das System der gefrorenen Kanäle vor.

»Erwarten mich noch weitere Schrecken?« fragte der Krieger. Er wünschte sich verzweifelt, die abscheuliche Erscheinung abzubrechen, aber er mußte abwarten, bis sie so viele Angaben und Erkenntnisse wie möglich gesammelt hatten.

Dann starrten sie auf die visionäre Landschaft, bis schließlich einer nach dem anderen den Kopf schüttelte. Plusternest war nur kurz über der Stadt gekreist; da kam es schon einem kleinen Wunder gleich, daß ihm so viele Einzelheiten im Gedächtnis geblieben waren.

»Nun denn«, erklärte Axis, als er den Zauber abbrach und die Erscheinung verblaßte. »Wir brechen auf. Etwas anderes bleibt uns nicht übrig.«

»Wohin?« fragte Weitsicht höflich, aber unüberhörbar erregt.

»Nach Norden!« gab der Krieger mit harter Stimme zurück. »Und wohin wir uns jenseits der Westberge wenden, werde ich erst entscheiden, wenn mir die Berichte Eurer Kundschafter vorliegen.«

Einige Zeit später an diesem Tag standen Axis und Aschure am offenen Fenster des Indigogemachs, welches ihnen als Schlafzimmer diente. Die Sonne war bereits vor vielen Stunden untergegangen, aber auf dem Gralsee glitzerte das Licht des Mondes, und eine sanfte Brise strich ihnen über das Gesicht.

Gemeinsam mit den übrigen Befehlshabern hatten sie den ganzen Nachmittag bis in den Abend hinein über den Plänen für den Vormarsch von Axis' Armee nach Norden gebrütet. In hoher Eile traf man bereits die Vorbereitungen. Am Morgen sollten die Vorausabteilungen in Richtung Westberge aufbrechen, das Land auskundschaften und Versorgungslager errichten. Spätestens am darauffolgenden Tag würden die Bodentruppen ihren langen Marsch nach Norden antreten, und vierundzwanzig Stunden später sollte ihnen die Hauptmacht der Luftarmada folgen. Einige Staffeln verblieben in Karlon, um die Stadt und ihre Bewohner zu schützen und den Ikariern bei ihrem Umzug in den Süden zu helfen.

»Ich werde bald fort sein«, bemerkte Axis.

Aschure seufzte. »Meine Abteilung Bogenschützen wird unter Ho'Demis Befehl gute Arbeit leisten, mein Gemahl. Inzwischen wurden sie gemeinsam mit den Bogenschützen aus Ravenbund hart gedrillt, und ich traue dem Häuptling mehr als irgendeinem anderen zu, sie erfolgreich einzusetzen.«

Der Krieger nickte. »Nun, an Gesellschaft wird es Euch während meiner Abwesenheit nicht mangeln. Rivkah und Isgriff können Euch in allem unterstützen.«

Obwohl er den Prinzen von Nor als Befehlshaber und Strategen schätzte, wollte Axis nicht das Wagnis eingehen, alle seine hohen Offiziere nach Norden zu schicken. Abgesehen davon konnte sich Isgriff hier mindestens ebenso nützlich machen.

Als Aschure jetzt laut lachte, runzelte Axis die Stirn und blickte sie verwirrt an.

»Mir ging gerade durch den Kopf, Axis, daß mir hier und jetzt die Verantwortung für ein Königreich obliegt, obwohl ... obwohl ich bis vor ungefähr zwei Jahren nichts weiter war als die Tochter des Pflughüters in einem abgeschiedenen Dorf in Skarabost.«

Jetzt mußte auch der Krieger lächeln. Einst hatte sich Aschure ihrer bäuerlichen Abstammung wegen gegrämt und sich gesagt, daß ihr der Platz an Axis' Seite nicht gebühre. Aber er wußte, daß sie inzwischen diese Bedenken überwunden hatte.

»Heute morgen im Rat empfing ich einige Eurer Gedanken«, erklärte er jetzt wieder ernst, und seine Gemahlin hob den Kopf. »Ihr wollt mir wohl etwas erzählen?«

Aschure wandte sich von dem Ausblick, den das Fenster bot, ab und blickte ihrem Gemahl in die Augen. Wie sehr sie ihn vermissen würde, wenn er erst einmal nach Norden aufgebrochen wäre! »Lange werde ich nicht in Karlon bleiben, Axis.«

»Das weiß ich, Aschure«, entgegnete er. »Ihr werdet Euch auf die Insel des Nebels und der Erinnerung begeben.«

Aschure fuhr zusammen. »Wie könnt Ihr das wissen?«

»Die Insel steht im Mittelpunkt Eurer Gedanken, seit Ihr Euch wieder an Niahs Botschaft erinnern könnt, den Tempelberg aufzusuchen, um Antworten über Euren Vater zu finden.«

»Ja, aber das ist nicht alles.«

»Hat das etwas mit dem Narrenturm zu tun?«

Sie wandte sich ab. Wie konnte sie etwas vor ihm verbergen? Axis stockte der Atem angesichts der Schönheit ihres vom Mondlicht beschienenen Profils, und er streckte die Hand aus und berührte sanft eine Locke ihres Haars, die sich in ihrem Nacken kräuselte.

»Ja, der Narrenturm. Axis. Als ich wieder dort war, sprach ich mit Wolfstern.«

Auch das hatte Axis vermutet. Seit dem Tag, den sie in diesem geheimnisvollen Gebäude verbracht hatte, hatte sich Aschure immer mehr in sich selbst zurückgezogen.

»Er sagte, ich würde dort viel von meiner Macht entdecken.« Sie berichtete ihm in knappen Zügen, was Wolfstern über den Ring und die von ihm ausgehende Macht geäußert hatte.

»Nun, ich hoffe, Ihr vermögt auf der Insel einen Teil Eurer mysteriösen Vergangenheit zu enthüllen, Aschure. Ich würde mich wirklich freuen, wenn Ihr mehr über Euch selbst herausfändet.«

Aschure rief sich Wolfsterns Gesichtsausdruck ins Gedächtnis, als er auf den Ring gestarrt hatte. »Mein Vater wirkte erschüttert, als er den Reif an meinem Finger sah, Axis. Völlig durcheinander.«

Der Krieger legte den Arm um ihre Schulter. »Es beruhigt mich sehr zu erfahren, daß man selbst jemanden wie Wolfstern immer noch überraschen kann.«

Sie schmiegte sich in seinen Arm und genoß die Wärme. »Und der Gedanke, daß Ihr – daß wir – glauben könnten, er sei der Verräter aus dem dritten Vers der Prophezeiung, entsetzte ihn ebenso.«

Axis runzelte die Stirn. »Glaubt Ihr ihm denn?«

»Ja«, erwiderte sie. »Ja, ich glaube ihm. Ich denke, der Verräter ist derjenige, der Gorgraels Armeen neu organisiert hat.«

Der Krieger schwieg zunächst. Über einen solch langen Zeitraum hatte er angenommen, Wolfstern sei der Verräter aus der Prophezeiung, derjenige, der ihn an den Zerstörer verraten würde. Aber wenn der uralte ikarische Zauber nicht in Frage kam, wer würde ihn dann hintergehen?

»Er meinte, der Verräter habe seinen Schachzug bereits vollzogen und befinde sich an der Seite seines Meisters, habe aber den endgültigen Verrat noch nicht begangen.«

Axis erschauerte. Er fragte sich, was wohl vor ihm liegen mochte. »Aschure, Sternenströmer wird ohne jeden Zweifel wünschen, mit Euch zur Insel des Nebels und der Erinnerung zu reisen.«

»Oh nein, Axis, bitte nicht!« Verärgert entzog sich Aschure Axis' Umarmung und entfernte sich vom Fenster. Das allerletzte, was sie jetzt gebrauchen könnte, wäre ein Sternenströmer, der sie begleitete und ständig um sie war.

»Mein Gemahl.« Sie wandte sich um und beobachtete seine dunkle Silhouette, die sich vor der Öffnung des Fensters abzeichnete. »Ich muß auf dieser Insel mit meinen Gedanken alleine sein. Sternenströmer wäre mir dabei gewiß keine Hilfe!«

Ihr heftiger Widerstand löste Erleichterung bei ihm aus, aber er mußte doch für alle nur denkbaren Fälle Vorkehrungen treffen. Und wenn sich die Dinge im Norden nicht wie gewünscht entwickelten …

»Aschure, was auch immer geschehen mag, Ihr werdet kaum für Euch allein bleiben können. Auf der Insel halten sich Tausende von Piraten auf. Nicht zu vergessen Priesterinnen des Sternenordens. Und Freierfall und Abendlied halten sich bereits im Tempel auf.«

Freierfall und Abendlied hatten sich nach Axis' und Aschures Hochzeit unverzüglich auf die Insel begeben. Nach seiner Rückkehr von den Toten beschäftigte sich der junge Ikarier zunehmend mit der Mystik und den Rätseln dieser Welt. Man entband Abendlied von ihren Pflichten in der Luftarmada, damit sie ihn begleiten konnte. Niemandem wäre es eingefallen, die beiden erneut zu trennen.

»Und ohne jeden Zweifel findet Ihr dort Horden von ikarischen Zauberern vor, vielleicht auch gewöhnliche Vogelmenschen, denn in naher Zukunft werden sich nicht wenige von ihnen auf diesem Eiland niederlassen. Aschure, in Kürze werden sich ähnliche Massen auf der Insel drängen wie heute in Karlon.«

»Aber … Sternenströmer!« Aschure wußte, daß es Axis' Vater nach wie vor nach ihr gelüstete. Die Enttäuschung und den Zorn jener Beltidennacht vor achtzehn Monden hatte er noch nicht verwunden, denn damals hatte sie statt seiner Axis auserwählt. Sternenströmer hatte ihr gegenüber niemals einen Zweifel daran aufkommen lassen, daß er sie nach wie vor begehrte und er, sollte sich jemals die Gelegenheit ergeben …

»Aschure.« Axis trat zu ihr und legte sanft einen Arm um ihre Schulter. »Ob Ihr es nun glaubt oder nicht, ich habe gute Gründe, mir zu wünschen, daß Sternenströmer mit Euch geht.«

Er schloß aus dem Ausdruck auf ihrem Gesicht, daß sie ihm nicht glaubte oder ihm nicht glauben wollte.

»Ich kann bei der Geburt der Zwillinge nicht bei Euch sein, meine Liebste. Und Ihr wißt, daß Ihr ohne die begleitenden Worte eines blutsverwandten Ikariers alle drei sterben könntet.«

Ikarier verfügten bereits im Mutterleib über ein entwickeltes Bewußtsein, und der Vorgang der Geburt versetzte sie in Angst und Schrecken. Daher mußte ein Elternteil oder ersatzweise ein sehr naher Verwandter ihnen Mut zusprechen und sie beruhigen. Rivkah war beinahe bei Axis' Geburt gestorben, weil Sternenströmer ihr und ihrem Sohn damals nicht hatte zur Verfügung stehen können.

»Ganz gewiß werde ich vor meiner Niederkunft bereits durch eigene Macht bei ihnen Gehör finden«, entgegnete Aschure. »Ich selbst werde ihnen Mut zusprechen.«

»Und wenn sich das als nicht so einfach erweisen sollte? Selbst wenn Euch das gelänge, Aschure, so wissen wir doch alle beide, daß uns keines der Kinder sonderlich mag. Würden sie Euch überhaupt beachten? Wendet Euch doch gleich jetzt an sie, wenn Ihr mir nicht glaubt.«

Er schwieg, und beide fühlten den Groll und die Feindseligkeit, die von ihren ungeborenen Zwillingen ausging. Jeden Tag schien diese Ablehnung der beiden noch zuzunehmen.

»An jenem Tag, an dem ich sozusagen mit Brachialgewalt die Blockierung in Eurem Innern löste«, erklärte Axis, »haben sie das alles zwangsläufig ebenfalls über sich ergehen lassen müssen. Dabei scheinen sie ernsthafte Verletzungen erlitten zu haben. Diese Erfahrung hat ihnen wohl eine falsche Vorstellung von uns gegeben.«

»Aber warum lehnen sie mich so entschieden ab?« wollte Aschure wissen und legte die Hand auf den Bauch. Und weil sie während ihrer langen, schwierigen und einsamen Schwangerschaft so hart darum gekämpft hatte, die Kinder zu behalten, erschien ihr die Ablehnung der Ungeborenen als besonders ungerecht. Wie oft hätte sie sie einfach abgehen lassen können?

Der Krieger schwieg. »Weil Ihr mich wähltet und weil Ihr den Entschluß faßtet, mich weiterhin zu lieben«, erklärte er schließlich mit leiser Stimme. »Das ist es wohl, was sie Euch nicht verzeihen können.«

Aschure starrte ihn an. Sie fühlte in ihrem Inneren, daß er recht hatte, auch wenn sie seine Erklärung am liebsten nicht gelten lassen wollte.

»Und aus diesem Grund braucht Ihr Sternenströmer, Aschure. Er singt ihnen bereits zwei oder drei Stunden pro Tag etwas vor. Sie mögen ihn, sie vertrauen ihm, und sie werden auf ihn hören.

Verdammt! Ich bitte Euch nicht um Sternenströmers noch um der Kinder willen darum, ihn die Geburt begleiten zu lassen, sondern einzig und allein aus Sorge um Euch!«

Axis umschloß ihr Gesicht mit beiden Händen. Bei den Sternen! Wie schwer es ihm gefallen war, diese Worte auszusprechen, dabei ließen sie sich beim besten Willen nicht vermeiden. Vielleicht stand ihnen nicht mehr viel gemeinsame Zeit zur Verfügung, und der Sternenmann vermochte die Vorahnung, einem Verhängnis entgegenzugehen, nicht abzuschütteln.

»Aschure, Ihr wißt, wie sehr ich Euch liebe.«

Die junge Frau lächelte. »Das braucht Ihr mir nicht zu sagen, Axis, ich …«

»Pst, Liebste, hört, was ich Euch zu sagen habe. Da gibt es nämlich noch einen zweiten, weitaus wichtigeren Grund, warum mir so viel daran gelegen ist, daß Sternenströmer Euch zur Insel des Nebels und der Erinnerung begleitet. Er und ich mögen nicht immer einer Meinung und auch manchmal eifersüchtig aufeinander gewesen sein, aber er ist mein Vater, den ich liebe und dem ich vertraue. Aschure, tief in meinem Inneren habe ich eine Vorahnung, daß uns der Untergang bevorsteht, die mit jedem Tag stärker wird. Nein! Hört mir zu. Ich kann nicht versprechen, dieses Heer, das sich im Norden zusammenrottet, zurückhalten zu können. Heute morgen haben wir beide mit eigenen Augen sehen müssen, wie riesig, wie geordnet und wie schlagkräftig Gorgraels Horden sind. Sollte es mir nicht gelingen, meine Kräfte weiterzuentwickeln und noch besser zu beherrschen, bevor wir auf sie treffen, dann werden wir, so fürchte ich, geschlagen.«

»Nein, Axis!« keuchte Aschure entsetzt und mit weit aufgerissenen Augen, aber er mußte fortfahren, er mußte das jetzt alles aussprechen.

»Aschure, so stark meine Zauberkräfte mittlerweile auch sein mögen, gegen das, was uns oben im Norden erwartet, vermögen sie kaum etwas auszurichten. Ich konnte schon der verhältnismäßig kleinen Skrälingstruppe, die Gorgrael über die Wildhundebene schickte, kaum etwas anhaben. Und die Streitmacht, der ich jetzt entgegenreite, ist fünftausend Mal größer.«

»Axis!« klagte die junge Frau verzweifelt. Sie haßte den Schatten der Niederlage in seinem Blick. »Euch stehen Belial, Magariz und Ho'Demi zur Seite. Und Ihr verfügt auch noch über die Luftarmada ...«

Axis lachte rauh. »Sie werden genauso tapfer kämpfen und genauso tapfer sterben wie Jorge, Aschure. Nun, wenn mir im Norden etwas zustößt, wenn ich versage ...«

»Dann gibt es für mich keinen Grund mehr, nur eine Stunde länger am Leben zu bleiben!«

Seine Hände schlossen sich fester um ihr Gesicht. »Doch! Ihr müßt am Leben bleiben, um meinetwillen, um unserer Kinder und um Tencendors willen.«

Der Krieger schwieg, und was er dann sagte, stieß er nur mit Mühe zwischen zusammengebissenen Zähnen hervor: »Aschure, falls ich sterbe, dann laßt zu, daß Sternenströmer Euch liebt und versorgt. Er liebt Euch, und Ihr stammt beide von den Sonnenfliegern ab, also werdet ihr zusammen glücklich sein. Er wird einen guten Vater für meine Kinder abgeben.«

»Nein!« schrie Aschure und schlug mit geballten Fäusten auf seine Brust, während sie versuchte, sich aus seiner Umarmung zu winden.

Aber Axis war weitaus stärker als sie, und er hielt sie fest umschlungen. »Ja, ja und abermals ja! Ihr werdet Rat und Hilfe und Stärke und Liebe brauchen. Und Sternenströmer kann Euch all das geben. Aschure, hört mir zu«, knurrte er. »Wenn ich sterbe, dann sucht Zuflucht in Koroleas. Dort werdet Ihr in Sicherheit sein. Dort könnt Ihr Pläne für die Zukunft schmieden – wie auch immer sie aussehen mag.«

Die junge Frau fing an zu weinen, aber nicht deshalb, weil Axis für den Fall seines Todes Vorsorge treffen wollte, sondern weil sie die Mutlosigkeit in seiner Stimme hörte. Axis rechnete mit seinem Tod.

Nach einer Weile zog der Krieger sie fest an sich, und sie standen lange unter den Schatten des Monds, einander sanft wiegend, während die Wasser des Gralsees hundert Meter unter ihren Füßen ans Ufer plätscherten.

11

Die Ruhestätte der Götter

In dieser Nacht versammelten sich die fünf Wächter an der verlassenen Nordküste des Gralsees: Jack, der älteste unter ihnen, Zecherach, Ogden, Veremund und Yr.

Die Katzenfrau bereitete sich darauf vor, die Ruhestätte der Götter aufsuchen.

Sie durfte als erste dorthin, und die anderen beneideten sie, fürchteten um sie und trauerten mit ihr. Aber Yr war am jüngsten, stärksten und lebendigsten von ihnen, und so erschien es nur richtig, daß sie als erste ging. Ihr stand die weiteste Reise bevor, aber dennoch waren ihre Aussichten am günstigsten, ihr Ziel zu erreichen.

Die Wächter stellten sich in einer Reihe auf und griffen auf eine von ihnen selten genutzte Macht zurück, um ihre Handlungen vor allen Störungen abzuschirmen.

Jack wartete, bis der Mond voll und hell strahlend über ihnen schwamm. »Die Zeit ist gekommen«, erklärte er, und die anderen seufzten.

»Die Zeit ist reif«, wiederholte Yr leise.

»Es ist an der Zeit«, echote eine melodiöse Stimme hinter ihnen, und die fünf drehten sich um, um zu sehen, wer da sprach.

Yrs Augen füllten sich mit Tränen. Sie fühlte sich geehrt und gesegnet, da der Prophet bei ihrem Opfer zugegen sein würde.

Er zeigte sich ihnen in all seiner Pracht. Keiner von den fünfen – nicht einmal Jack – hatte ihn jemals zuvor so zu Gesicht bekommen. Der Prophet trug seine Ikarierflügel, und die Wächter begriffen, daß er ein Ikarierzauberer von ungeheurer Macht und Größe sein mußte, der alle in die Schranken zu verweisen vermochte, die sich ihm in den Weg zu stellen wagten.

Im Licht des Mondes erkannten sie ihn kaum, denn er trug ein eng geschnittenes silbernes Gewand, daß ihm wie angegossen saß. Es bestand aus einem Material, welches die fünf noch nie zuvor gesehen hatten, ein dichtes Gewebe in Silbergrau mit Spuren von Blau in den Falten, das schimmerte und leuchtete, wenn er sich bewegte.

Die Wächter verbeugten sich zum Zeichen ihrer Ergebenheit vor ihm. Sie hatten ihre Aufgabe mit großem Geschick erledigt und seine kühnsten Erwartungen übertroffen. In seinen violetten Augen glitzerten Tränen der Dankbarkeit.

Kaum merklich nickte er Jack zu – es war nun an der Zeit zu beginnen.

»Freundin und Schwester Yr«, begann Jack, und seine Stimme klang so sanft wie das leichte Plätschern der Wellen, die ihre Füße netzten. Er faltete die Hände vor der Brust. »Ein paar Worte müssen zu dieser Stunde ausgesprochen werden. Unser ganzer Dienst lief auf diesen Augenblick hinaus, und nun werden wir zu der endgültigen Feuersbrunst geführt. Alle führten wir den Dienst nach bestem Wissen und Gewissen aus. Wir haben beobachtet und gewartet und seit der Zeit, da sich die Prophezeiung auf den Weg machte, andere auch geführt. So bewirkten wir unser Möglichstes, um unsere Aufgabe zu erfüllen.«

Eine Weile schwiegen alle, während der Prophet still hinter ihnen stand.

»Ich möchte ein paar Worte sagen«, erklärte Yr schließlich. »Tief in meinem Inneren verspüre ich unendliches Bedauern«, begann sie, und ihr Blick ruhte auf dem Mondlicht, das über die Wellen des Gralsees strich. »Unendliches.«

Niemand, schon gar nicht der Prophet, verübelte der Katzenfrau ihre Gefühle.

»Unendlich«, wiederholte sie fast unhörbar. »Ich genoß das Leben in der Oberwelt, obwohl es manchmal kleinlich und verstörend auf mich wirkte. Aber ich gewann Freunde, die ich nun verlassen muß. Freunde, denen ich nicht mehr Lebewohl sagen kann, obgleich sie es verdient hätten. Freunde, die ich genauso vermissen werde wie sie mich.«

Die anderen schauten die junge Wächterin an, und in ihren Augen glitzerten ungeweinte Tränen. Sie teilten Yrs Gefühle. Nie im Leben hätten sie damit gerechnet, während ihrer Reise Freundschaften schließen zu dürfen.

»Ich habe sogar ein wenig Liebe kennengelernt«, fuhr die Katzenfrau fort. »So werde ich Hesketh vermissen, und es tut mir leid, daß er morgen früh aufwacht und ich nicht mehr da bin, ohne daß er je erfährt, wohin ich gegangen bin. Ich fürchte, daß er sehr lange um mich trauern und sich für den Rest seines Lebens fragen wird, warum ich ihn so schmählich verließ. Der Ärmste wird nie erfahren, ob ich wohlauf bin oder vielleicht Hilfe brauche.«

Ihr Mund bebte. »Unsere Beziehung auf diese Weise zu beenden, ist ihm gegenüber ungerecht, so ganz ohne Erklärungen und ohne Lebewohl.«

Vor Erregung und Furcht zitternd holte Yr tief Luft. »Mein Aussehen werde ich am meisten vermissen«, flüsterte sie.

Jack küßte die Freundin sanft. »Beruhigt Euch, Schwester Yr. Ihr werdet als erste von uns fünfen der Geheimnisse der uralten Sternengötter teilhaftig.«

Die anderen drei traten jetzt vor, küßten die Katzenfrau ebenfalls und murmelten Abschiedsworte. Ogden und Veremund schämten sich der Tränen nicht, die ihnen übers Gesicht liefen. Sie würden Yr wiedersehen, aber dann würde sie verändert sein und sich weiter verwandeln – niemals mehr würden die Wächter ihre Gefährtin vor sich sehen, wie sie sie alle seit langem kannten und liebten.

Schließlich gesellte sich auch der Prophet zu ihnen, und seine silbrig glänzende Erscheinung blendete jeden von ihnen. Sanft legte er eine Hand auf Yrs Schulter. Dann beugte er sich vor und küßte sie auf den Mund.

»Für das Opfer, das Ihr nun bringt, wird man Euch für alle Zeiten lieben«, erklärte er. »Und in meinem Herzen lebt

Ihr ewig. Ich hätte mir niemand Besseren als Euch wünschen können.«

Die Katzenfrau lächelte ihn an. Tränen strömten über ihr Gesicht, aber sie weinte vor Freude, nicht aus Trauer.

Er erwiderte ihr Lächeln, und ihr stockte angesichts seiner Schönheit der Atem. »Yr, heute nacht wird Euch eines der großen Mysterien des Gralsees offenbar werden, aber dazu sind Mut und Standhaftigkeit erforderlich. Fühlt Ihr Euch dazu bereit?«

»Ja, Prophet, ich bin bereit.«

Er hob eine Hand und ließ sie durch ihr hellblondes Haar gleiten. »Ihr braucht meine Stärke und meinen Atem für die Reise, die Ihr nun antreten sollt, Yr.«

Dann beugte der Prophet sich vor und küßte sie noch einmal, diesmal sehr innig.

Als er zurücktrat, waren Yrs Tränen getrocknet, und sie wirkte voller Energie und selbstsicher.

»Ich mochte jeden von Euch und mag Euch immer noch«, erklärte die Katzenfrau noch, bevor sie zum Rand des Wassers schritt.

Dort entledigte sie sich ihres Gewandes und stand, in Mondlicht gebadet, einige Augenblicke nackt vor ihnen. Dann erhob Yr beide Arme über den Kopf, streckte ihren ganzen Körper und spreizte flehentlich die Finger.

»Schwester Mond«, rief die Katzenfrau aus, und ihre Stimme bebte vor Freude, »zeigt mir den Weg zu der Ruhestätte der Götter!«

Aschure murmelte im Schlaf und rollte sich herum. Axis wachte auf und musterte sie besorgt, aber seine Gemahlin glitt still in ihren Traum zurück, und der Krieger schloß die Augen und beruhigte sich wieder.

Für die Dauer eines Herzschlages geschah nichts, dann änderte sich das Licht des Mondes auf den Wellen, flackerte und schien zu zögern, um sich dann schließlich an einer Stelle im

Wasser kaum ein paar Schritte vor Yr zu sammeln und zu verdichten.

»Ich danke Euch«, flüsterte Yr und sprang kopfüber in den See.

Lange, lange Zeit schwamm sie, dem silbernen Pfad des Mondes folgend, nach unten. Ihr Haar flutete hinter ihr her, jetzt selbst silbern glitzernd, und ihre klaren blauen Augen blickten weit aufgerissen in die Tiefen. Um sie herum veränderte sich die Farbe des Wassers von Blau zu Indigo und schließlich zu Schwarz, während sie tiefer und tiefer in das Geheimnis des Gralsees eindrang.

Yr tauchte viel tiefer, als es ein menschliches Wesen je vermocht hätte, aber die Katzenfrau war schließlich kein Mensch.

Sie schwamm länger, als es irgend jemandem, ohne Luft zu holen, möglich gewesen wäre, aber der Prophet hatte sie mit seiner Kraft und seinem Atem ausgestattet.

Yr schwamm immer noch, als andere es längst aufgegeben hätten, aber sie glaubte unerschütterlich an den Propheten, und das ließ sie durchhalten.

Und die ganze Zeit über wies ihr das silberne Licht des Mondes den Weg und geleitete sie in die unbekannten Tiefen des Sees.

Unter den Charoniten erzählte man sich eine Sage, die davon kündete, wie Götter, ältere noch als die Sternengötter, ihnen das Geschenk der heiligen Seen hinterließen. Während eines Sturms, der viele Tage und Nächte währte, regnete Feuer vom Himmel nieder und verbrannte nahezu alles, was auf der Erde lebte. Nur wenige abgehärtete Wesen überlebten im Schutz tiefer Höhlen. Als sie endlich wieder hervorkrochen, fanden sie Seen vor, wo zuvor keine existiert, und Berge, wo sich vorher Hochebenen erstreckt hatten. Ehrfürchtig starrten sie die Gewässer an, denn damals waren sie viel klarer als heute, und die Überlebenden vermochten vage Umrisse dessen auszumachen, was sich unten auf dem Grund verbarg.

Man erzählte sich, daß die uralten Götter selbst in den Tiefen der heiligen Seen schliefen.

Heutzutage jedoch erinnerten sich nur noch die Charoniten an diese Sagen.

Und Yr verfügte über Kenntnisse, die Charoniten vorenthalten blieben, und außerdem glaubte sie. Deshalb schwamm sie weiter.

Als die Katzenfrau endlich glaubte, ihre Kräfte würden sie im Stich lassen, sah sie weit unter sich Lichter in der Dunkelheit glühen. Mit diesem Ziel vor Augen setzte sie ihre letzten Kraftreserven ein und achtete nicht weiter auf ihre schmerzenden, vor Anstrengung zitternden Muskeln und ihre nach Luft gierenden Lungen.

Die Prophezeiung stand kurz, so kurz vor der Erfüllung, daß die Siegesgewißheit Yr die letzten paar Schwimmzüge vorwärtstrieb.

Dort!

Die Ruhestätte befand sich unmittelbar unter ihr, ein mächtiges Gebilde und beinahe vollständig unter Schlick begraben. Nur das oberste Stück der sanft gerundeten Kuppel durchbrach den Grund des Sees, und an ihrer Außenseite glühten ringsherum schwache Lichter in unendlich vielen verschiedenen Farbtönen. Die Oberfläche war glatt und von stumpfem Grau, und Yr wußte, daß sie in hellerem Licht ebenso silbern geglitzert hätte wie das Gewand des Propheten oder ihr eigenes, hinter ihr herflutendes Haar.

Yr schwamm zur Ruhestätte hin und suchte die riesige Oberfläche nach einer Öffnung ab, die sich irgendwo befinden mußte, davon war sie überzeugt.

Aha! Das muß sie sein! Die Katzenfrau ließ die Hände über die glatte Oberfläche des verschlossenen Eingangs gleiten und ertastete eine Erhebung aus vielfarbigen Edelsteinen. Den Anweisungen folgend, die ihr der Prophet vor dreitausend Jahren gegeben hatte, strich Yr sorgfältig mit den Fingern über bestimmte Edelsteine und lauschte den Tönen, die sie dabei von sich gaben. Sie genoß die Schönheit der Musik, welche die Steine erzeugten.

Plötzlich brachen die Klänge ab, und die Edelsteinerhebung sank in die Oberfläche der äußeren Hülle der Ruhestätte zurück. Im nächsten Augenblick öffnete sich eine kreisförmige Tür, und hinter ihr tat sich ein schwarzes Loch auf. Über alle Maßen dankbar, bald wieder Luft atmen zu dürfen, vollführte die Wächterin einen letzten kräftigen Stoß mit den Beinen und schwamm in die Dunkelheit.

Sobald ihre Füße an der Kante der Außenhülle vorbeiglitten, schloß sich die kreisrunde Tür lautlos. Einen Augenblick später rann auch schon das Wasser, dem Propheten sei Dank, aus der Kammer, in der sie sich nun befand. Sie kämpfte sich auf die Füße und verharrte so für lange Zeit, die Hände auf die Knie gestützt und nach der süßen frischen Luft schnappend. Ihr Körper mußte sich erst von ihrem langen, mühseligen Weg erholen.

Nun war die Katzenfrau endlich hier angelangt, und sie vergaß alle Traurigkeit und alles Bedauern. Während ihr Körper die Luft und das Verweilen dankbar in sich aufnahm, spürte sie freudige Erregung in sich aufsteigen.

Yr richtete sich auf und schaute sich um. Die Kammer war klein und leer, aber in der gegenüberliegenden Wand entdeckte sie eine weitere kreisförmige Tür. Langsam ging sie dorthin und begann, Worte in einer seltsamen Sprache zu murmeln, bei der es sich, wie ihr der Prophet erklärt hatte, um die Sprache der Uralten handelte. Tatsächlich glitt die Tür zurück. Ein schwach beleuchteter Gang erstreckte sich vor ihr und schien sich in die Unendlichkeit auszudehnen. Zuversichtlich und von Freude erfüllt, schickte die Wächterin sich an, ihn zu betreten.

Lange Zeit lief sie den Gang entlang und kam an seltsamen Dingen vorbei – Kammern, Höhlen, Schränken und noch mehr Gängen –, aber Yr kannte ihr Ziel und verspürte kein Verlangen, all die anderen Wunder zu erforschen.

Sie befand sich auf dem Weg zum großen Quell der Macht im Herzen der Ruhestätte.

Nach einer Weile vernahm die Katzenfrau eine liebliche Weise, gesummt mit nahezu atemloser Innigkeit, und sie wußte, daß sie sich nun dem Quell näherte. Der Prophet hatte ihr von dem

Zauber erzählt, über den die Uralten einst verfügten und aus dem der Quell der Macht sich speiste, aber Yr hatte nicht geahnt, daß er so wunderschön sang.

Oder so tödlich sein konnte.

Vor einem offenen, lichtumrahmten Türbogen hielt sie inne. Yr konnte drinnen den Quell summen hören. Nicht einmal das Sternentor, so schoß es ihr durch den Kopf, sang so schön.

Die Kammer erwies sich als kreisförmig, wie so vieles in der Ruhestätte, und in ihrer Mitte befand sich die Quelle. Yr stellte überrascht fest, daß sie vergleichsweise klein war, hatte sie doch mit etwas weitaus Gewaltigerem gerechnet, aber die ganze Anlage wies bestenfalls den zweifachen Umfang eines stämmigen Körpers auf. Die Mauern der Einfassung erhoben sich bis in Hüfthöhe, und die Macht, die sie umschlossen, ließ sie golden glühen.

Die Katzenfrau näherte sich der Quelle und stand für eine Weile da, um die goldene Macht im Inneren anzustaunen und der Musik zu lauschen. Dann seufzte sie, trat einen Schritt nach vorne, so daß ihr Unterkörper gegen die Einfassung lehnte, und tauchte Arme und Gesicht in die Macht, die nach ihr rief.

Als Yr wieder auftauchte, erschien sie den vier Beobachtern zunächst kein bißchen verändert. Aber sobald sie auf die vier zutrat, erkannten sie, daß ihre blauen Augen seltsam glitzerten und hell vor Macht strahlten.

Alle sehnten sich danach, sie zu berühren, wußten aber, daß dies ihren Tod bedeutet hätte. So lächelten sie nur traurig, nickten und zogen sich lautlos zurück.

Yr raffte ihr Gewand vom Boden auf und folgte ihnen, wobei sie vier oder fünf Schritte hinter ihnen blieb.

So begannen sie ihren langsamen Marsch nach Osten.

12

Abschied

Entlang der Straßen von Karlon drängten sich seit dem frühen Morgen die Menschenmengen. Heute brach der große Fürst Axis, der Sternenmann, an der Spitze seiner Armee nach Norden auf, um Gorgrael den Zerstörer zurückzuschlagen. Sobald sich sein Schicksal erfüllte, erwartete sie alle ein reiches und erfülltes Leben, und Lachen und Freude würden kein Ende nehmen.

Die frohe Erwartung, die in der Luft lag, steigerte sich immer mehr. Bunte Fahnen flatterten an Häusern und Geschäften, Menschen lehnten sich aus den Fenstern, und Straßenmusikanten strengten sich vergeblich an, die Menge abzulenken.

Die Armee wartete in ordentlich aufgereihten Einheiten auf den Feldern außerhalb der Stadtmauern.

Bemerkenswerterweise ließen sich diese Männer kaum so etwas wie Aufregung anmerken, handelte es sich bei den meisten doch um abgehärtete Veteranen. Die Kriege in den zurückliegenden beiden Jahren hatten sie gestählt, in denen sie zunächst gegen Gorgrael und dann gegen Bornheld kämpften, wobei sich oft genug Verwandte gegenüberstanden. Aber jeden einzelnen von ihnen erfüllte Stolz, dabei zu sein, und alle fühlten sich bereit, bis zum Tod für den Sternenmann zu kämpfen.

Den Kern der Streitmacht bildeten die ehemaligen Axtschwinger, die früher viele Jahre für Axis und den Seneschall gefochten hatten. Eine Reihe von Einheiten ergänzte sie, von Isgriffs Panzerreitern über die leise klingelnden Kämpfer aus Rabenbund, die Fußsoldaten aus Achar, die Milizen aus Arken, verschiedene Schwertkämpfer, Pikeniere sowie Speer- und Lanzenträger bis hin zu Aschures Truppe von Bogenschützen. Die Luftarmada der Ikarier nicht eingerechnet, die erst am nächsten Tag ausschwärmen sollte, umfaßte die Armee etwa dreißigtausend Mann. Alle trugen beeindruckende graue Uniformen, und auf der Brust eines jeden Soldaten prangte die blutrot flammende Sonne.

Bei den Uniformen handelte es sich wie bei der getrockneten und aufgeräumten Wäsche um eines der kleinen Wunder, die sich in letzter Zeit in Karlon ereigneten. Axis hatte immer angestrebt, seine bewaffneten Männer mit einer einheitlichen Uniform auszustatten, und seit Aschure vor mehr als einem Jahr in Sigholt eingetroffen war, hatte sie Näherinnen beschäftigt, die die passende Ausstattung anfertigen sollten. Aber im Verlauf der letzten Monate schlossen sich Axis' Truppen sieben- bis achttausend Mann aus Bornhelds geschlagener Armee an, wodurch seine Streitmacht zu einem solchen Umfang anwuchs, daß sowohl Zeit als auch Material fehlten, um jedem einzelnen Soldaten eine Uniform zur Verfügung zu stellen. Als die Männer jedoch an diesem Morgen aufwachten, entdeckten alle eine ordentlich zusammengefaltete Uniform am Fußende ihrer Bettstatt. Jede paßte genau, jede glich der anderen, jede trug das geziemende Rangabzeichen des Trägers, und das Auftauchen jeder einzelnen erschien ihnen vollkommen unerklärlich.

Als ein vor Aufregung atemloser Bote dem Sternenmann, der mit der Zauberin beim Mahl saß, die Nachricht von diesem Wunder überbrachte, wandte sich Axis Aschure zu und sah sie fragend an.

Er zog die Augenbrauen hoch, obwohl er sich alle Mühe gab, sich seine Überraschung nicht anmerken zu lassen.

Aschure errötete und starrte aus dem Fenster. Als sie kurz darauf sprach, klang ihre Stimme ganz ruhig.

»Letzte Nacht hatte ich einen Traum. Mir träumte, ich sähe eine glitzernde Armee, aufgereiht auf den Feldern vor Karlon. Und ich sah weiter, daß sie alle genau zusammenpassende Uniformen trugen, sämtlich mit dem Emblem der brennenden

Sonne auf der Brust. Und in meinem Traum bedauerte ich den Umstand sehr, daß die Zeit fehlte, die ganze Armee gleichermaßen auszustatten.«

Axis starrte sie sehr lange an. »Dann träumt doch bitte, daß mir ein großer Sieg bevorsteht«, erklärte er schließlich mit rauher Stimme. Die junge Frau starrte ihn an, und in ihren Augen stand die tiefe Sehnsucht, daß dieser Wunsch in Erfüllung ginge.

»Wenn Ihr dafür sorgt, daß ich meine Träume zu lenken vermag«, erwiderte sie, »will ich Euch gern jeden Traum erfüllen.«

Die in schwarze Uniformen gekleidete Streitmacht der Ikarier wartete auf den Balkonen und Brüstungen des Palastes. Ihre Gesichter wirkten teilnahmslos, und sie hatten die von einer Brise zerzausten Flügel leicht gespreizt. Die Luftkämpfer warteten darauf, ihrem Oberbefehlshaber und seinen Bodentruppen Lebewohl zu sagen, obwohl sie ihnen bald folgen würden. Etliche Staffeln waren bereits zu den Westbergen geflogen, um den Norden so gut wie möglich auszukundschaften und die Skrälingshorden aufzuspüren, die sich ihren Kenntnissen nach irgendwo in Aldeni aufhalten mußten.

Im Inneren des Palastes stand Aschure gemeinsam mit Rivkah und Kassna im Hof vor den Ställen. Die drei Frauen warteten darauf, sich von ihren Männern zu verabschieden. Die entsetzliche Ungewißheit über Belials Schicksal nach der Schlacht am Bedwyr Fort noch frisch im Gedächtnis, zitterte die knapp neunzehnjährige Kassna in dem Bemühen, ihre Gefühle zu beherrschen.

Aschure ergriff eine ihrer Hände. Sie mochte sie sehr, und nicht nur deshalb, weil sie als Isgriffs Tochter zu ihrer neu gefundenen Familie gehörte. Aschures Mutter Niah war Isgriffs ältere Schwester gewesen.

»Kommt schon, Kassna, lächelt für Euren Gemahl. Ihr dürft doch nicht zulassen, daß er Euch in Tränen aufgelöst im Gedächtnis behält.«

Die junge Frau aus Nor preßte die Lippen zusammen und zwang sich zu einem Lächeln. Sie liebte Belial aus tiefstem Herzen, und die Furcht vor den Gefahren, denen er jetzt entgegenritt, übermannte sie. Kassna fragte sich, wie Aschure und Rivkah nur so gefaßt bleiben konnten.

Die beiden anderen Frauen hatten ihren Männern bereits zuvor unter vier Augen Lebewohl gesagt: Rikvah war nun offiziell mit Magariz verheiratet, denn die beiden hatten sich ihr Eheversprechen kurz nach Axis' und Aschures Heirat gegeben. Keiner der Zeugen hatten wahrgenommen, daß sowohl Rikvah als auch der Fürst nicht nur deshalb ein Lächeln auf dem Gesicht trugen, weil sie einander liebten, sondern auch, weil die Zeremonie eine Bestätigung ihres viel früher abgelegten Gelöbnisses bedeutete. Vor langer Zeit, als ungestüme Jugendliche, hatten sie einen Bruder des Seneschalls bestochen, sie heimlich zu vermählen. Am folgenden Tag zwang Rivkahs Vater seine Tochter dazu, nach Norden zu ziehen und den Herzog Searlas von Ichtar zu heiraten.

Aschure drückte beruhigend Kassnas Hand, als die junge Frau sich abmühte, etwas gefaßter auszusehen. Sie war ein hübsches Mädchen, das große Ähnlichkeit mit Aschure hatte, und sie würde zu einer bemerkenswerten Schönheit heranwachsen. Aschure betete darum, daß Belial der jungen Frau die Liebe geben möge, die sie verdiente.

Stiefeltritte erklangen hinter der ein paar Schritte entfernten Tür, und Anspannung bemächtigte sich aller drei Frauen. Axis und die dienstältesten Befehlshaber seiner Bodentruppen, Belial, Magariz und Ho'Demi, traten in den Hof des Palastes. Ihre Mäntel blähten sich, als sie ihre Reithandschuhe aus dem Gürtel zogen, und ihre Mienen wirkten finster und verschlossen. Arne, den Blick auf Axis' Rücken geheftet, folgte ihnen auf dem Fuß. Eine kleine Eskorte von hundert bewaffneten Männern mit Standarten und Trompeten erwartete sie – ihr Anblick würde die draußen versammelte Menschenmenge erfreuen.

Als Ho'Demi zu seinem Pferd schritt, warf Aschure einen flüchtigen Blick auf den Häuptling aus Rabenbund. Sie beneidete seine Frau, Sa'Kuja, die an der Seite ihres Gemahls in den Krieg ziehen würde.

Axis hielt bei der Gruppe der drei Frauen inne. Er und Aschure hatten alles gesagt, was sie einander sagen mußten, aber er wollte keinesfalls die letzte Gelegenheit versäumen, sich an ihrer Schönheit zu erfreuen.

Der Krieger wußte nicht, ob er sie jemals wiedersehen würde.

»Ich wünsche Euch alles Gute«, war alles, was er hervorbrachte, als er sich zu ihr niederbeugte und sie zum Abschied auf den Mund küßte.

Ich Euch auch.

Magariz verabschiedete sich ebenso knapp von Rivkah, aber Belial fiel es schwer, sich von Kassna trennen, und er flüsterte eine ganze Weile in ihr Ohr. Sie nickte und zeigte ihm ein Lächeln, und endlich schloß sich Axis' Leutnant den anderen Reitern an. Sie bestiegen rasch ihre Pferde, und die Hufe der Tiere scharrten ungeduldig auf den Pflastersteinen des Schloßhofes. Der Krieger drehte Belaguez noch einmal herum, um einen letzten Blick auf Aschure zu werfen.

Ihr werdet siegen! flüsterte sie ihm mit ihrer inneren Stimme zu. Axis starrte sie an und antwortete mit einem kurzen Nicken.

Ich kann es kaum erwarten, Euch wiederzusehen.

Dann lenkte er seinen Hengst zum Torbogen, der sich zu den dahinterliegenden Straßen hin öffnete, und berührte leicht mit seinen Fersen die Flanken des Rosses. Vor Aufregung schnaubend, sprang Belaguez durch das Tor, dicht gefolgt von den anderen Reitern. Alsbald brandete der Jubel der Menschenmenge auf, die die Reiter begrüßte.

Eine Zeit lang stand Aschure nur da. Das Herz klopfte ihr heftig in der Brust. Schließlich drehte sie sich zur Tür um. Sie wollte sich unverzüglich in ihre Gemächer zurückbegeben, so beschloß sie, denn sie konnte den Anblick nicht ertragen, ihn davonreiten zu sehen.

Als sie den Blick hob, sah Aschure Sternenströmer, der im Eingang stand und sie anschaute.

13

BEGEGNUNGEN

Faraday und Embeth reisten langsam nach Tare, und unterwegs begegneten sie lediglich einigen Schaf- und Schweinehirten. Faraday hielt sich nur für zwei Tage in der Stadt auf, obwohl Embeth sie darum bat, länger zu bleiben. Aber zu lebhafte Erinnerungen an Axis überkamen Faraday hier, denen sie so schnell wie möglich zu entkommen trachtete. Zudem steigerte sich ihr dringlicher Wunsch, endlich mit dem Auspflanzen der Sämlinge aus dem Zauberwald zu beginnen, je weiter sie nach Osten gelangten. So verabschiedete sich Faraday hier von einer weinenden Embeth und machte sich mit ihren beiden Eseln allein auf den Weg zum Wald der Schweigenden Frau.

Zum ersten Mal war sie nun ganz allein, und mit jedem Tag, der verstrich, wurde ihr die Einsamkeit eine immer schwerer lastende Bürde, die sie kaum noch zu tragen vermochte. Wenn sie nachts an ihrem Feuer saß, mußte Faraday oftmals gegen Tränen ankämpfen.

»Bei der Mutter!« murmelte sie eines Abends vor sich hin. »Du wirst Monate damit zubringen müssen, die Schößlinge in den einsamen Gebieten des westlichen Tencendor einzusetzen. Willst du den ganzen Weg über wimmern wie ein Säugling, der nach der Brust verlangt?«

Am Morgen des dritten Tages nach ihrem Aufbruch aus Tare half die unerwartete Gesellschaft dreier ikarischer Zauberinnen Faraday, ihre Einsamkeit zu ertragen; aber deren Anwesenheit bereitete ihr nicht nur Freude.

Die Vogelfrauen grüßten sie aus der Luft und kamen dann

herunter, um mit ihr zu reden. Faraday erkannte sie wieder. Sie hatte die Frauen in den acht Tagen, die sie mit Axis in Karlon verbracht hatte, kennengelernt – Hellerstern, Sternenschein und Bleichstern. Sie unterhielten sich etwa eine Stunde lang, und die Zauberinnen verliehen ihrem Erstaunen darüber Ausdruck, daß die Edle so ganz allein ostwärts reise.

»Ich erfülle nur meine Rolle in der Prophezeiung«, erklärte Faraday, und die drei Damen nickten. Ihnen war bekannt, daß es sich bei Faraday um die Baumfreundin handelte.

Die Zauberinnen befanden sich auf dem Rückweg von den Farnbergen, wo sie an der Wiederentdeckung der ikarischen Städte mitgewirkt hatten, nach Karlon. Sie luden Faraday großzügig dazu ein, die Ikarier zu besuchen, sollte sie an den inzwischen in Minaretthöhen umbenannten Farnbergen vorbeikommen.

Faraday genoß die Gesellschaft der drei Vogelfrauen sehr, freute sich aber dennoch, als sie sich schließlich verabschiedeten und nach Westen in Richtung Tare weiterflogen. Die Gegenwart der Ikarierinnen rief ihr nachhaltig das trügerische Glück jener acht Tage in Karlon ins Gedächtnis zurück, und letzten Endes erinnerten sie sie nur allzu deutlich an alles, was sie verloren hatte.

Als Faraday sich am Nachmittag des fünften Tages schließlich dem Wald der Schweigenden Frau näherte, hatte sie eine solch schwarze und allumfassende Schwermut ergriffen, daß sie nur noch mit äußerster Willensanstrengung vorankam. Während der letzten beiden Tage hatte sie noch nicht einmal etwas zu sich nehmen wollen, und nur aus einem einzigen Grund hatte sie sich aufrechthalten können. Sie wußte genau, daß sie niemals mehr eine Morgendämmerung erleben würde, wenn sie sich in ihre Decken einwickeln und zum Schlafen hinlegen würde.

Etwa fünfzig Meter vom dunklen Saum des Waldrandes entfernt, stand Faraday haltsuchend an einen der Esel gelehnt und starrte leeren Blickes auf die Bäume. Der kalte Wind drang beißend durch ihren Mantel, aber Faraday spürte ihn kaum. Sie fühlte sich müde, so schrecklich müde und versuchte zu entscheiden, ob sie ihr Lager außerhalb des Waldes aufschlagen und ihn erst am Morgen betreten oder das Wagnis eingehen sollte, sich in der Dunkelheit zwischen den Stämmen zu bewegen. Die Sonne schickte sich bereits an, hinter den Wolken am westlichen Horizont zu versinken.

Schließlich trafen die Esel an ihrer Stelle die Entscheidung. Das Tier, an das sie sich gelehnt hatte, setzte einen Huf nach vorne, dann noch einen, und zwang Faraday auf diese Weise, ebenfalls einen Schritt zu machen. Das hinter ihr stehende Tier stieß ihr den Kopf in den Rücken und drängte sie weiter vorwärts. Ganz allmählich zogen, stießen und schubsten die Tiere Faraday in den Wald der Schweigenden Frau.

Die Bäume umfingen Faraday mit ihrem Trost, sobald sie einen Schritt unter ihre schützenden Kronen gemacht hatte. Als Jack sie vor langer Zeit hierhergebracht hatte, zeigten ihr die Bäume eine Vision dessen, was sie, von Schrecken erfüllt, für Axis' Tod gehalten hatte. Aber das Lied, das die Bäume jetzt für sie sangen, während sie den Pfad zur Burg entlangging, klang wie ein Gesang der Freude und der Anteilnahme, schwermütig in seiner Schönheit und auch leidenschaftlich und vollblütig.

Sobald Faraday die Weise vernahm, erhellte ein Lächeln ihr Gesicht, und Einsamkeit und Verzweiflung fielen von ihr ab. Ihr wurde wieder leicht ums Herz, und sie ließ die Mähne des Esels los, an die sie sich geklammert hatte.

»Ihr seid wunderschön!« rief sie, klatschte in die Hände und drehte sich vor Entzücken einmal um sich selbst. »Wunderschön seid Ihr!«

Eines Tages, so dachte sie froh, wird ein großer Teil von Tencendor auf eben diese Weise singen!

Seinerzeit, als Axis in seiner Eigenschaft als Axtherr mitsamt seinen Axtschwingern und Bruder Gilbert durch diese Wälder geritten war, erschienen sie den Männern dunkel und beinahe undurchdringlich. Äste versperrten ihnen den Weg und zerkratzten ihnen Gesichter und Hände, Wurzeln wölbten sich aus dem Boden und schienen die Hufe der Pferde umschlingen zu wollen. Axis mochte heute der Sternenmann sein, aber damals umfing ihn noch immer das Lügengewebe des Seneschalls. Außerdem begleitete ihn der abscheuliche Gilbert, der sich nie von den Lügen befreien würde, die seine Seele verzehrten. Der Wald der Schweigenden Frau gab den vier Männern den Weg erst frei, nachdem er ihnen ihre Äxte, die Symbole der Zerstörung, genommen hatte.

Aber die Frau, die nun den Weg zur Burg beschritt, war Faraday, Baumfreundin, geliebt von der Mutter und allen Kreaturen und Wesen des Heiligen Hains. Voller Freude sangen die Bäume für sie, und die Wälder hier schienen genauso geräumig, lichtdurchflutet und geheimnisvoll einladend zu sein wie der Zauberwald selbst.

Axis und seine Begleiter brauchten damals beinahe einen ganzen Tag, um die Burg zu erreichen, aber Faradays Einschätzung nach verging kaum mehr als eine Stunde, bis sie den Kesselsee golden zwischen den Bäumen hindurchschimmern sah.

Überwältigt von seinem Anblick hielt sie am Ufer des Sees inne und ging in die Hocke, um die Finger durch sein magisches goldenes Wasser gleiten zu lassen. Ihre Hand blieb dabei jedoch so trocken wie zuvor. Ein Viertel des Weges rund um den See herum entfernt erhob sich die helle, aus gelblichen Steinen errichtete Burg, und Faraday lächelte, als sie das einladend geöffnete Tor und den warmen Schein sah, der durch die Fenster fiel. Sogar aus der Entfernung spürte sie, daß die Burg sie nicht nur erwartete, sondern sich geradezu nach ihrer Gesellschaft sehnte.

An dem Gemäuer angelangt, nahm Faraday den Eseln ihre Last ab und befreite sie von den Sätteln. Die Tiere trotteten zur Rückseite der uralten Festung, wo ohne Zweifel ein warmer Stall und Hafer auf sie warteten. Faraday betrat nun die Burg und blieb erst einmal atemlos vor Staunen stehen.

Sowohl Timozel als auch Axis hatten ihr das Innere beschrieben, und Faraday erkannte, daß die Burg sich ihr vollkommen anders darbot als den Männern. Der riesige, kreisrunde Raum wies bequeme weiche Sessel und Sofas auf, und die Stoffe der Polster und Kissen waren mit Edelsteinen besetzt; Tische und Stühle, Bücherschränke, Truhen und Vitrinen bestanden aus kostbarem, bernsteinfarbenem Holz, Lampen und Kerzenleuchter aus funkelnder Bronze, und überall verstreut lagen üppige Seidendecken mit Goldbesatz und gemusterte Teppiche. Auf einer Seite entdeckte sie ein Himmelbett mit einer reich bestickten Decke sowie einem Stapel von Federkissen am Kopfende.

Auf der gegenüberliegenden Seite des Raumes stand ein Küchenherd, dessen Glut leuchtete, und der Wasserkessel darauf begann eben zu pfeifen. Auf einem für eine Person gedeckten Tisch lockte eine reiche Auswahl an Speisen. In der Mitte des Raumes knisterte ein freundliches Feuer in einem runden Kamin mit einem kupfernen Abzug darüber, durch den aller Rauch entwich. Seitlich davon stand ein großer Kasten voller Pinienzapfen und Knüppel von Apfelbäumen.

Faraday schritt mit vor Staunen weit aufgerissenen Augen durch die Gemäuer der Burg. Sie fühlte sich hier ganz und gar willkommen.

Eine Woche lang beherbergte und umsorgte die Burg Faraday. Sie erlebte eine Zeit der Heilung, in der sie ihren Mut und ihre Stärke wiederfand. In der Nacht ihrer Ankunft kroch Faraday gleich, nachdem sie gegessen hatte, ins Bett. Sie fühlte sich so erschöpft, daß sie sich nicht mit dem Entkleiden aufhalten mochte, und fiel für beinahe achtzehn Stunden in tiefen Schlaf. Als die Edle schließlich erwachte, stellte sie fest, daß sie ein warmes Nachthemd und rosa Bettsocken trug, und der Kessel auf dem Küchenherd summte. Daneben entdeckte Faraday Rührei und Speck, warmgehalten in einer tiefen Pfanne. Toast, Milch und goldene Butterstücke auf dicken weißen Porzellantellern warteten ebenfalls auf sie.

Den Tag nach ihrer Ankunft verbrachte Faraday ausschließlich mit Essen und Schlafen – eine frische Mahlzeit stand bereit, wann immer sie Lust darauf hatte –, aber an den folgenden Tagen verbrachte sie viele Stunden im Heiligen Hain und in Urs Waldschule.

Am achten Tag nun wollte Faraday in dem Luxus schwelgen, den die Burg ihr bot. Vielleicht würde sie die oberen Stockwerke erkunden und, falls das möglich war, die alten Texte der Ikarier lesen, die Ogden und Veremund zufolge hier aufbewahrt wurden. Faraday wußte, daß sie die Burg bald würde verlassen müssen. Inzwischen kannte sie die Namen fast aller Schößlinge in Urs verzauberter Waldschule, und sobald sie sich den letzen eingeprägt hatte, würde sie ihre Reise nach Osten fortsetzen – und damit beginnen, der Welt einen Zauberwald zu schenken.

Aber jetzt schmiegte sie sich tiefer in ihren Sessel und wackelte, entzückt von der Wärme, die das Feuer zu ihren Füßen ausstrahlte, mit den Zehen. Sie nickte langsam ein und vergaß beinahe, wo sie war.

Plötzlich blinzelte sie und wachte mit einem Ruck auf.

Sie konnte fühlen, daß Axis' Liebste ihr sehr, sehr nahe war.

»Aschure?« Faraday rieb sich den Schlaf aus den Augen. »Aschure, seid Ihr das?«

Sie war zwar verwirrt, verspürte aber nicht die mindeste Angst.

Aschure fühlte sich zur Zeit beinahe ebenso niedergeschlagen wie Faraday bei ihrer Ankunft im Wald der Schweigenden Frau. Sie bat Hesketh, den Hauptmann der Palastgarde, sie über den See zum Narrenturm zu rudern. Die junge Frau wünschte sich sehnlich, der höfischen Etikette des Palastes von Karlon zu entkommen. Die königlichen Gemächer, die ihr während der Zeit, die sie dort mit Axis verbracht hatte, so schön und komfortabel erschienen waren, wirkten jetzt verlassen und kalt ohne ihn.

Sternenströmer war ihr ständiger Begleiter gewesen. Abgesehen von Freierfall, der sich bereits auf der Insel des Nebels und der Erinnerung aufhielt, war er der ranghöchste der noch im südlichen Tencendor anwesenden Ikarier. Als solcher mußte er sich an vielen der Beratungen und Sitzungen beteiligen, bei denen man Pläne für den Umzug des Volkes der Ikarier nach Süden machte. Als Großvater von Caelum und den ungeborenen Zwillingen sowie als mächtiger Zauberer verbrachte er viel Zeit mit der Ausbildung aller drei Kinder von Axis und Aschure. Diese Stunden am Abend oder am frühen Morgen, wenn er in das Jadezimmer kam und an Aschures Seite Platz nahm, die Hand auf ihren hohen Leib legte und für die Zwillinge Lieder sang, erfüllten die junge Frau mit Unbehagen. Sie erinnerte sich an die Bitte ihres Gemahls, Sternenströmer zu heiraten, falls ihm etwas zustieße, und fragte sich, ob er wohl mit seinem Vater darüber gesprochen hatte. Sternenströmers Gesicht und Gedanken gaben nichts dergleichen preis, und er behandelte sie, wenn er ihr so nahe war, mit ausgesuchter Höflichkeit. Aber Aschure konnte sich nicht ganz von dem Gedanken freimachen, daß Sternenströmer womöglich hoffte, ihr eines Tages noch weit näher zu kommen.

Alles in allem, dachte Aschure, während sie über den Gralsee glitt, würde es sicher recht erholsam sein, endlich einen entspannenden Nachmittag in Narrenturm zu verbringen.

Die Möglichkeit bestand durchaus, daß Wolfstern sich wieder zeigte, aber Aschure legte keinen besonderen Wert darauf, ihn zu sehen. Wenn sie, sobald sie die Schwelle überschritt, dem Narrenturm ihre Gefühle offenbarte, so überlegte sie, dann würde Wolfstern fernbleiben – oder ferngehalten werden.

Die junge Mutter trug Caelum auf dem Arm, denn während der vergangenen Tage hatte sie weniger Zeit mit ihrem entzückenden Sohn verbringen können, als ihr wünschenswert erschien. In dem kleinen Ruderboot drängten sich zusätzlich die warmen Körper von sieben Alaunt, unter ihnen natürlich auch, wie könnte es anders sein, Sicarius. Auf lautlosen Sohlen waren die Riesentiere ihr durch die Palastgänge gefolgt, um dann ebenso still, aber sichtlich entschlossen, in das Ruderboot zu springen. Hesketh stieß einen Schwall von Flüchen aus, um dann Aschure beschämt um Vergebung zu bitten.

Armer Mann, dachte sie, als sie sich dem Narrenturm näherten, eine noch düsterere Stimmung als meine scheint sich seiner bemächtigt zu haben. Eine Woche zuvor waren Yr und die übrigen Wächter verschwunden, und Aschure, Axis und alle anderen, die der Prophezeiung nahestanden, sorgten sich wegen ihrer plötzlichen und unerklärlichen Abreise. Hesketh, der tiefe Gefühle für Yr hegte, traf ihr Verschwinden am schwersten, und Aschure überlegte, ob sie ihn fragen sollte, ob er eine Mittagsmahlzeit mit ihr einnehmen wolle. Möglicherweise brauchte der Offizier nur jemanden zum Reden.

Vielleicht, so dachte Aschure, als Hesketh ihr aus dem Boot half und die Alaunt über den mit Gras bewachsenen Boden in Richtung Narrenturm sprangen, braucht er aber auch nur die Katzenfrau.

Angenehme Kühle empfing sie im Inneren des uralten, sagenhaften Gebäudes. Aschure lächelte, als sie sich an die geschlossene Tür lehnte. Die sieben Hunde beschnüffelten jede verborgene Ecke, die sie finden konnten, und die junge Frau dachte, sie würden wohl allerhand aufstöbern in diesem geheimnisumwittertsten aller Türme.

Steigen wir zum Dach hoch, Mutter?

Aschure blieb der besorgte Unterton von Caelums Gedanken nicht verborgen. Ohne jeden Zweifel plagten ihren Sohn die gleichen, in höchstem Maß unerfreulichen Erinnerungen an das Dach von Narrenturm wie sie selbst.

»Ein andermal, Caelum, aber nicht heute. Ich bin zu müde, um all die Stufen bis zur Spitze hochzuklettern.«

Aber was werden wir dann tun?

Aschure zögerte. In der letzten Nacht, als sie schlaflos im Bett gelegen hatte, hatte sie darüber nachgedacht. Vor Einsamkeit in dem leeren Bett, den Tränen nahe und die Teilnahmslosigkeit der ungeborenen Kinder als zusätzliche Belastung spürend, beschloß sie, am folgenden Morgen damit zu beginnen, Versuche mit dem Turm anzustellen. Um das Ausmaß seiner Macht kennenzulernen.

Sie hoffte, das Richtige zu tun. Und wenn sie sich nun in den vielen Stockwerken verirrte?

Ihre Hand lag schon auf dem Treppengeländer, als sie innehielt und die Alaunt zu sich rief.

Während die Hunde sich zu ihren Füßen versammelten, erinnerte sich Aschure wieder an Wolfsterns Worte.

Entscheidet, wohin Ihr möchtet, bevor Ihr mit dem Aufstieg beginnt, und die Stufen werden Euch zu diesem Ort bringen.

»Ich möchte zu einem Ort, an dem ich ein wenig Trost finde«, erklärte die junge Frau laut und begann mit dem Aufstieg.

Faraday erlebte das Gefühl, daß Aschure sich in der Nähe befand, inzwischen so stark, daß sie in ihrem Sessel nach vorne rutschte und ganz auf der Kante saß, um notfalls sofort auf die Füße springen zu können.

»Aschure? Aschure? Wo seid Ihr?«

Aschure? Aschure? Wo seid Ihr?

In selben Augenblick, als sie Faradays Stimme vernahm, unterbrach Aschure ihren Aufstieg. Sie beugte sich vor und bückte sich, um einen Blick in die Höhe werfen zu können. Die Treppe erstreckte sich, soweit sie sehen konnte, von einem verrückt gestalteten Balkon zum nächsten, und Faraday konnte überall dort oben stecken.

»Faraday?« rief sie. »Faraday?« Was mochte die Edle wohl in den Narrenturm geführt haben?

Sie raffte ihre Röcke mit der freien Hand und setzte ihren Aufstieg fort, so schnell sie es vermochte. Caelums Gesicht rötete sich, so fest schlang sie ihren Arm um ihn. Sicarius öffnete das Maul und schlug an, und sein Bellen hallte durch die Unendlichkeit des Narrenturms.

Faraday hörte den Ruf der jungen Frau und sprang auf die Beine. »Aschure!« Sie glaubte, das ferne Bellen eines Hundes zu vernehmen.

Atemlos vor Aufregung und Anstrengung erreichte Aschure einen weiten Treppenabsatz. Sie hielt inne, drehte sich um und runzelte die Stirn. Hier befanden sich keine weiteren Treppen mehr, die nach oben geführt hätten! Was bedeutete das? Eine Sackgasse?

»Faraday?« schrie sie. »Ich kann Euch nicht finden. Hört Ihr mich? Wo seid Ihr?«

Sie stieg schließlich die Treppe in der Gewißheit hinunter, sich verirrt zu haben.

Faraday vernahm Schritte auf der eisernen Wendeltreppe, die sich in die Höhen der Burg emporwand, und ging zu ihr hin. Lachend vor Aufregung ergriff sie das eiserne Geländer und schaute nach oben.

Ein großer Hund mit hellem Fell sprang unvermittelt um die letzte Treppenwindung herum und jagte an ihr vorbei, und einen Augenblick später folgten ihm sechs weitere. Dann herrschte Ruhe auf der Treppe, aber Faraday konnte das leise Geräusch weit entfernter Schritte hoch über ihrem Kopf vernehmen.

»Aschure!« Im nächsten Moment kam ihr die Zauberin mit vor Erstaunen und Freude strahlendem Gesicht von oben entgegen.

Faraday nahm sie fest in die Arme und lachte vor Entzücken, und während der folgenden Augenblicke konnten die beiden Frauen nichts als lachen und weinen.

»Wie seid Ihr nur hierhergekommen?« wollte die Edle schließlich wissen.

»Wo bin ich hier?« fragte Aschure gleichzeitig. Wie kam ich hierher? Kann mich der Narrenturm von Ort zu Ort versetzen, wie Axis das mit seinen Zauberkräften möglich ist? Narren ... Turm?

»Wir befinden uns in der Burg der Schweigenden Frau. Kommt. Setzt Euch mit mir ans Feuer, damit wir dieses Geheimnis in aller Ruhe und Bequemlichkeit lüften können.« Sie hakte sich bei der jungen Mutter ein. »Schaut! Die Burg hat bereits zum Tee für uns gedeckt!«

Während Faraday sie zu einem Diwan führte, musterte Aschure den Raum, bemerkte seine Behaglichkeit und Gastfreundschaft und auch die sieben Futterschüsseln, die neben dem Küchenherd bereitstanden. Die Alaunt steckten ihre Nasen bereits tief ins Futter.

Rasch erzählte Aschure Faraday von den geheimnisvollen Kräften, die dem Narrenturm innewohnen.

»Diese magischen Burgen müssen irgendwie miteinander verbunden sein«, meinte Faraday und lächelte. »Aber wir verschwenden unsere Zeit besser nicht damit, über Burgen zu reden. Kommt, gebt mir lieber Caelum.«

Der Kleine streckte die Ärmchen aus und schien beinahe ebenso erfreut wie Aschure zu sein, Faraday zu sehen. Dies war die Frau, die seine Mutter geheilt hatte, als alle anderen hilflos die Hände rangen.

Während Faraday das Kind herzte und leise auf den Jungen einsprach, wandte sich Aschure dem niedrigen Tisch in ihrer Nähe zu und schenkte Faraday und sich Tee ein. Wir sitzen hier, als seien wir Hausfrauen, dachte sie, die über Kinder und Rezepte reden, und niemand würde erraten, daß uns Magie umgibt oder daß wir die Liebe zu einem Mann teilen, der beiden von uns nichts als Leid gebracht hat.

Die Alaunt hatten ihre Mahlzeit beendet, zogen sich ans Feuer zurück und streckten sich davor aus, wobei sie einen geschlossenen Kreis um die beiden Frauen bildeten.

»Aschure?« Faraday wendete den Blick nicht von Caelum, der es sich auf ihrem Schoß bequem gemacht hatte. »Axis. Hat er Euch …?«

»Er heiratete mich noch am selben Nachmittag«, antwortete Aschure und bemühte sich, ihre Stimme so sanft wie möglich klingen zu lassen. Sie wußte jedoch, daß jedes einzelne Wort Faraday mitten ins Herz treffen mußte.

»Ach«, meinte Faraday und blickte auf. »Das freut mich.« Dann breitete sich zu Aschures größter Überraschung ein strahlendes Lächeln auf ihrem Gesicht aus. »Ich freue mich stellvertretend für all die Herzen, die er im Lauf der Jahre gebrochen haben muß. Endlich hat jemand das seine gewonnen.«

»Ja. Schaut nur, er übergab mir diesen Ring.«

Sie hatte sich schon gefragt, ob Faraday das Schmuckstück erkennen würde, aber sie äußerte sich zunächst nur über dessen Schönheit. Doch kurz darauf runzelte sie die Stirn. »Er vermittelt einem ein Gefühl der Macht.«

»Mir wurde erzählt, er habe zuerst einer Frau gehört, die als die erste Zauberin bekannt war, der Mutter der Ikarier, der Charoniten und der Achariten.« Aschure machte einen etwas unglücklichen Eindruck, als sie sagte: »Inzwischen bezeichnen mich die Leute als die erste Zauberin, aber ich bin mir nicht sicher, ob mir das gefällt. Ich hoffe nur, daß ich nicht in der Persönlichkeit einer Frau aufgehen muß, die seit fünfzehntausend Jahren tot ist.«

Faraday tätschelte ihr beruhigend die Hand. »Ich sehe nur Aschure, wie sie hier vor mir sitzt, nicht den Geist einer vor langer Zeit gestorbener Zauberin.«

»Hmm. Wolfstern meinte, ich brauche nicht zu befürchten, daß der Ring mich beherrschen wolle. Er sagte, der Reif habe meine Hand ausgesucht, weil er die gefunden habe, die würdig sei, ihn zu tragen. Der Ring ist offensichtlich zu mir nach Hause gekommen. Wolfstern schien den Ring jedoch zu fürchten.« Sie blickte auf und sah verwundert, daß Faraday erbleicht war.

»Wolfstern?«

»Oh.« Aschure fiel ein, daß Faraday nichts über ihre Beziehung zu dem uralten Zauberer wußte. »Hört zu.« Und sie begann, ihr all das zu erzählen, was sich seit der Abreise der Edlen aus Karlon ereignet hatte.

»Also werdet Ihr bald zur Insel des Nebels und der Erinnerung aufbrechen?« wollte Faraday schließlich wissen.

»Binnen einer Woche, glaube ich. Ich kann es kaum abwarten zu erfahren, welche Geheimnisse sich mir dort erschließen werden.« Die junge Frau berichtete über den Fall von Jervois und den Marsch, den der Krieger und seine Armee nach Norden angetreten hatten. »Und ich glaube, eine Reise zu der Insel wird mich trösten. Im Palast fühle ich mich so einsam, seit Axis nicht mehr da ist.« Sie schwieg und fügte dann hinzu: »Die Wächter sind auch fortgegangen.«

Faraday stellte ihre Tasse ab und warf Aschure einen ernsten Blick zu. »Die Wächter sind gegangen? Wie meint Ihr das? Mit Axis und den Soldaten?«

»Nein. Sie verschwanden am Tag vor dem Abmarsch des Sternenmanns. Niemand weiß, wo sie sind. Niemand.«

Verstört dachte Faraday nach. Hatte sie die fünf Wächter so nachhaltig mit ihren Anschuldigungen und Tränen verärgert, daß sie abgezogen waren? Sie hatte fest damit gerechnet, daß die Wächter an Axis' Seite bleiben würden.

Aschure erinnerte sich an Dru-Beorhs Bericht. »Und es gibt noch weitere besorgniserregende Neuigkeiten. Man hat beobachtet, daß Moryson und Gilbert nach Osten unterwegs sind. Seid also auf der Hut. Ich kann mir nicht helfen – ich glaube, daß sie zu einer Gefahr für Euch werden könnten.«

Sie zu warnen, ist das mindeste, was ich für sie tun kann, überlegte Aschure, solange Axis glaubt, daß eine bewaffnete Eskorte für Faraday nicht angemessen sei.

Faraday, die sich immer noch wegen des Verschwindens der Wächter besorgte, nahm aber die Warnung vor Moryson und Gilbert nicht sonderlich ernst. »Ich kann mir nicht vorstellen, daß die beiden mehr tun würden, als mich übel zu beschimpfen. Seid dennoch für Euren Hinweis bedankt. Und jetzt«, lächelnd gab sie Caelum seiner Mutter zurück, »muß ich Euch etwas Zauberhaftes zeigen und Euch wunderbare Wesen vorstellen, die Ihr unbedingt kennenlernen müßt. Ich glaube aber, daß es besser ist, wenn Ihr die Hunde hier beim Feuer zurücklaßt.«

Während sie dagesessen und geredet hatten, war in Faradays Kopf langsam die Idee gereift, Aschure zum Heiligen Hain mitzunehmen. Sie fragte sich, ob die Gehörnten oder gar die Mutter Einspruch erheben würden, aber schließlich kam sie zu dem Schluß, daß diese Entscheidung allein bei ihr lag.

»Folgt mir«, forderte sie die Freundin entschlossen auf, erhob sich und streckte die Hand aus. Vorsichtig über die schlafenden Hunde steigend, führte Faraday Aschure und ihren Sohn zum Heiligen Hain.

Vor Erstaunen wie erstarrt standen Aschure und Caelum schweigend da, als Faradays Macht und gleich darauf das smaragdgrüne Licht der Mutter sie einhüllte.

Mutter! rief Caelum und lehnte sich mit ausgestreckten Händen soweit wie möglich nach vorn.

Aschures Arme schlossen sich unwillkürlich fester um ihren Sohn, aber davon abgesehen, schenkte sie ihm keine Beachtung. Als Faraday seinerzeit Aschures Rücken geheilt hatte, hatte sie ihr das Gefühl beschrieben, das sie ergriff, wenn sie durch das

Smaragdlicht schritt und beobachten konnte, wie es sich allmählich veränderte, bis es sich in die Bäume und den Himmel des Heiligen Hains verwandelte.

Nun stand Aschure selbst diese Erfahrung bevor.

Ohne genau zu wissen, wann und wo der Übergang stattgefunden hatte, fand sie sich schließlich auf einem Pfad wieder, der mit einem Teppich weicher Piniennadeln bedeckt war. Links und rechts von ihr ragten Bäume hoch auf, und Sterne erfüllten den Himmel und tanzten ihren ewigen Reigen. Sie starrte zu ihnen hinauf und glaubte, tatsächlich ihre Bewegungen sehen zu können.

Schließlich senkte die junge Frau ihren Blick und schaute zur Seite. Sie stellte fest, daß Faraday ein Gewand trug, wie sie es nie zuvor gesehen hatte. Die grüne Robe erinnerte sie an das Smaragdlicht, das immer dunkler wurde und sich veränderte. Während Faraday voranschritt, wechselten die Farben des Kleides zwischen Smaragd und Blau, dann Violett und Braun und schließlich wieder zu Smaragdgrün.

Auch Faraday selbst schien sich verändert zu haben. Sie wirkte mächtiger, selbstsicherer und viel, viel schöner.

»Seid Ihr Euch sicher, daß ich diese Wege beschreiten darf?« Aschure wußte nicht, wie man sie hier empfangen würde. »Die Awaren weigerten sich, mich aufzunehmen, und ihre Magier«, sie dachte an die durchdringende Kälte, mit der Barsarbe ihr begegnet war, »könnte mein Besuch in ihrem Heiligen Hain erzürnen. Ihnen gefiel mein, wie sie es nannten, Hang zur Gewalttätigkeit nicht.«

Aber das schien die Edle nicht weiter zu beunruhigen. »Ich übernehme die Verantwortung dafür«, entgegnete sie. »Doch seid jetzt still. Seht Ihr? Wir betreten jetzt den Heiligen Hain selbst. Ihr werdet bald genug erfahren, wie die Gehörnten Euch beurteilen.«

Als Faraday Axis mit in den Hain genommen hatte, damit er Zeuge von Ramus Umwandlung und Wiedergeburt werde, hatte sie beinahe augenblicklich die Vorbehalte gespürt, die von den Bäumen gegen den Krieger gehegt wurden. Sie hatten ihm um der Baumfreundin willen Zugang gewährt, ihn aber mit Sicherheit nicht gemocht. Dieses Mal spürte Faraday keines dieser Gefühle. Statt dessen nahm sie gleich die Liebe und das Frohlocken wahr, das sie immer empfing, wenn sie die Wege zum Hain betrat.

»Sagt nichts, bevor man Euch anspricht«, empfahl die Baumfreundin Aschure. Die junge Frau antwortete mit einem Nicken und hoffte, Caelum würde sich gut benehmen. Nie zuvor in ihrem Leben war sie einer Macht ausgesetzt gewesen wie der, die sie jetzt spürte, und Ehrfurcht und Angst erfüllten sie. Als sie auf die von gigantischen Bäumen umringte Lichtung traten, spürte Aschure, wie fremde Augen sie von den dunklen Zweigen her beobachteten.

Sie schaute geradeaus ... und zuckte zusammen. Das großartigste – und schreckenerregendste – Wesen, das sie je zu Gesicht bekommen hatte, kam auf sie zu. Aschure erblickte den prächtigen Kopf eines Hirsches auf einem muskulösen Männerkörper und wußte, daß sie einen der Heiligen Gehörnten vor sich hatte, einen jener magischen Wesen, in die sich die männlichen Zauberer der Awaren nach ihrem Tod verwandelten.

Hielt Ramu sich auch hier auf?

Aber bei diesem Gehörnten handelte es sich nicht um Ramu, denn er stellte keinen vollständigen Hirsch dar. Dieses Wesen trug jedoch einen edlen Silberpelz, der ihm bis über seine Schultern und den halben Rücken reichte. Aschure konnte fühlen, daß sie einem der ältesten dieser geheimnisumwitterten Zauberwesen gegenüberstand.

»Seid mir gegrüßt, Baumfreundin«, begann der Silberpelz und beugte sich vor, um seine Wange an Faradays Gesicht zu reiben.

Beim Klang seiner menschlichen Stimme schrak Aschure wieder zusammen. Erst kurz bevor der Gehörnte sich ihr zuwandte, war es ihr gelungen, die Fassung wiederzuerlangen.

»Geheiligter«, entgegnete Faraday, »ich habe meine Freundin Aschure Sonnenflieger mitgebracht, damit sie Euch kennenlernen kann. Ich hoffe, Ihr seid mit ihrer Anwesenheit hier im Heiligen Hain einverstanden.«

Der Hirschmann trat zu Aschure und schaute ihr fest in die Augen. Sein Blick war kalt und hart. Aschure spürte, wie sie darunter erbebte, aber sie konnte die Augen nicht von ihm abwenden.

Die junge Frau nahm wahr, daß Caelum in ihren Armen die Luft anhielt.

»Ich weiß, wer Ihr seid«, erklärte der Silberpelz, und seine Stimme klang verwirrt. »Ich kenne Euch.«

Er erkannte in ihr die Frau wieder, mit der der Sternenmann die Baumfreundin betrogen hatte. Aber das war nicht der Grund für seine Verwirrung. Langsam hob er eine Hand zu Aschures Gesicht und fuhr mit den drei mittleren Fingern über ihre Stirn.

»Man hat Euch vor langer Zeit schon den Zugang zum Heiligen Hain gestattet, und auch, Euch in der Gesellschaft der Gehörnten aufzuhalten«, stellte er überrascht fest.

»Aschure wurde bereits an diesem Ort aufgenommen?« Faraday runzelte die Stirn. Die Erlaubnis blieb den Magiern der Awaren vorbehalten und denjenigen Kindern, die sie zur Mutter brachten.

»Oh!« Erinnerungen überschwemmten Aschures Gedanken. Ihre Hand, die Hagen langsam umdrehte, bis sie das Messer sehen konnte, daß aus seinem Bauch ragte. Sein Blut, das auf den Boden strömte. Schra, das Awarenmädchen, welches Ramu vom Farnbruchsee mitgebracht hatte, das aus dem Bett kletterte, ihre Finger in Hagens Blut tauchte und drei Linien über Aschures Stirn zog. »Es ist recht«, hatte sie gemurmelt.

»Es ist recht«, flüsterte Aschure jetzt, und sie teilte ihre Erinnerung Faraday und dem Silberpelz mit.

Der Hirschmann lächelte – wegen seiner großen, quadratischen gelblichen Zähne und der kalten schwarzen Augen war es ein eher furchterregender Anblick. »Ein Opfer wurde zu Euren Gunsten angenommen. Seid uns hier herzlich willkommen. Mögt Ihr jederzeit auf den geheiligten Pfaden wandeln.«

Der bekümmerte Ausdruck auf dem Gesicht ihrer Freundin verwirrte Faraday. »Aschure? Weshalb macht Ihr Euch Sorgen? Euch wurde eine außergewöhnliche Gunst gewährt. Nur wenige werden so großzügig im Heiligen Hain willkommen geheißen.«

Die junge Frau blinzelte Faraday an, dann wandte sie sich mit bebenden Lippen wieder dem Silberpelz zu. »Oh, Geheiligter, ich bin mir durchaus der Ehre bewußt, die Ihr mir erweist. Aber mich bekümmert, daß eine Bluttat, eine gewalttätige Handlung, die einem Menschen das Leben gekostet und viele der Awaren gegen mich eingenommen hat, sich als die Tat erweisen soll, die mir den Zugang zu diesen gesegneten Pfaden erschließt.«

Der Hirschmann hob eine Hand und umschloß Aschures Gesicht mit den Fingern.

»Aschure, ich war nur überrascht, weil ich Euch kannte, denn ich kenne nur Wesen, denen bereits der Zugang zum Hain gestattet wurde. Schra, die zu einer der mächtigsten Magierinnen heranwachsen wird, welche die Awaren jemals hervorbrachten, erkannte Euren wahren Wert. Hagens Tod allein sorgte gewiß nicht dafür, daß wir Euch für würdig befanden …«

»Wenn diese Tat auch späterhin dafür sorgte, daß Ihr uns erst recht lieb und teuer wurdet«, warf ein zweiter Gehörnter ein, der nun hinter Silberpelzens Schultern auftauchte. Ihm folgten vier oder fünf weitere dieser Wesen, die sich aus den Schatten hinter den Bäumen hervorwagten.

»… denn sein Tod war lediglich das Mittel, durch das eine der größten je geborenen awarischen Magierinnen zu dem Entschluß gelangte, Euch für würdig zu befinden, die geheiligten Pfade zu beschreiten, die zu diesem Hain führen.«

»Würdig? Warum bin ich würdig?«

Faraday lächelte. Ungeachtet dessen, was Aschure seit ihrer Flucht aus Smyrdon über sich selbst erfahren hatte, fiel es ihr immer noch schwer zu glauben, daß sie all der Aufmerksamkeit, der Achtung und der Liebe würdig war, die ihr allenthalben entgegengebracht wurden.

»Würdig?« Das Lächeln auf dem Gesicht des Silberpelzes verschwand, und der Griff seiner Finger um Aschures Gesicht verstärkte sich für einen Moment. »Warum Ihr würdig seid, die Pfade zu beschreiten, die in diesen Hain hineinführen? Ihr seid dessen würdig, weil Ihr diejenige seid, die Ihr seid, Aschure. In Euch erkennen wir eine Heilige Tochter. Ihr habt das Blut des

Hirsches getrunken und das Leben vieler Awaren gerettet – obwohl sie sich dafür als sehr undankbar erwiesen haben. Der Heilige Hain dankt Euch für Eure Taten im Erdbaumhain. Ihr rettetet Ramus Leben und halft ihm und Schra, den Einwohnern von Smyrdon zu entkommen. Aber vor allem anderen seid Ihr wegen des Ringes würdig, den Ihr am Finger tragt, und weil Ihr den Kreis vollendet.«

Er hob Aschures Hand in die Höhe und hielt sie so, daß alle anderen Hirschmänner sie sehen konnten. »Schaut, der Kreis der Sterne ist heimgekehrt, der Ring der Zauberin. Schra erkannte die Euch innewohnende Macht ebenfalls – kein Wunder, daß sie Euch für würdig hielt. Hagens Tod bot ihr lediglich eine passende Gelegenheit, Euch diese Anerkennung förmlich auszusprechen, und nicht der Grund dafür, warum sie Euch annahm ... oder warum wir Euch annehmen. Ihr verfügt über ungeheure Macht, Aschure, und großes Mitgefühl. Den Awaren habt Ihr geholfen, so wie Ihr Faraday geholfen habt und auch fürderhin helfen werdet. Für all das lieben wir Euch und heißen Euch von ganzem Herzen im Heiligen Hain willkommen.«

Er gab Aschures Gesicht und Hand frei und nahm ihr Caelum aus dem Arm: »Und Euer Sohn soll uns ebenfalls willkommen sein. Seid gegrüßt, Caelum, und mögen Eure Füße immer die Pfade zum Heiligen Hain finden.«

Der Knabe, den tiefe Ehrfurcht, aber keinesfalls Angst erfüllte, duldete die Umarmung des Silberpelzes und überwand schließlich seine Scheu. Er stieß einen neugierigen Finger in das Antlitz des Gehörnten, so daß der Silberpelz das Gesicht abwenden mußte, um seine Augen zu schützen.

»Caelum!« murmelte Aschure peinlich berührt. Gleichzeitig wunderte sie sich über den Namen, mit dem der Gehörnte den Ring der Zauberin bezeichnet hatte. Was mochte er bedeuten? Und welchen »Kreis« vollendete sie? Die junge Frau öffnete den Mund, um zu fragen, aber der Silberpelz kam ihr zuvor.

»In den Adern Eures Sohnes fließt Euer Blut, und Ihr habt ihn zum Beltidenfest zum Klang des Erdbaumliedes empfangen. Er wird über einen großen Teil Eurer Macht verfügen und genauso mitfühlend sein wie Ihr. Aber, meine Liebe ...«

Der Ton seiner Stimme verhärtete sich. Aschure erblaßte angesichts dieser Veränderung, da sie sich daran erinnerte, in welchem Ausmaß die Gehörnten Axis geängstigt hatten, als er den Heiligen Hain zum ersten Mal in einer Traumvision besuchte. Sie wurde der Tatsache gewahr, daß diese Wesen mit dem Schnippen eines Fingers und ohne große Umstände zu töten vermochten.

»Aschure, bringt diese Kinder, mit denen Ihr schwanger seid, niemals, niemals in diesen Hain. Ihre Füße sind auf den heiligen Pfaden nicht willkommen.«

»Aber sie wurden ebenfalls während des Beltidenfestes gezeugt«, widersprach Aschure eher verängstigt und verwirrt als verteidigend. Was war an ihren Zwillingen nicht geheuer?

»Ihr habt sie weit entfernt von Awarinheim empfangen, und die beiden haben nicht Eure Wärme und Euer Mitgefühl. Hütet Euch vor ihnen, Tochter, denn es mag der Tag kommen, an dem sie Euch und den Euren großes Leid zufügen werden.«

Sie sollte sich vor ihren eigenen Kindern hüten? Die junge Frau erstarrte, ihr Gesicht verlor beinahe alle Farbe, und ihre weit aufgerissenen Augen waren mit einem Mal ganz dunkel. Faraday trat zu ihr und legte eine Hand auf Aschures Arm.

»Ich will Euch jetzt einen Garten zeigen, Aschure«, lächelte sie, »zwei Frauen warten dort, die Euch, wie ich glaube, gerne kennenlernen möchten.«

Auf den Druck von Faradays Hand hin entfernte sich Aschure ein paar Schritte, dann kehrte sie zu dem Silberpelz zurück, der immer noch dastand und sie beobachtete.

»Habt Dank für Eure Anerkennung«, sagte sie, nachdem sie ihre Stimme wiedergefunden hatte. »Sie bedeutet mir sehr viel.« Dann drehte sie sich um und folgte Faraday.

Am späten Abend, eine ganze Weile, nachdem die Sonne im Westen versunken war und ganz Karlon sich schon voll Unruhe fragte, was aus ihr und Caelum geworden sein mochte, schritt

Aschure die Treppen vom Narrenturm hinunter. Hinter ihr schnüffelten die Alaunt, die während ihrer Abwesenheit das Glück gehabt hatten, sich in der Burg der Schweigenden Frau die Bäuche bis zum Platzen füllen zu können.

Der Tag war von Wundern erfüllt gewesen. Faraday hatte Wort gehalten und ihr ihre Freundschaft bewiesen. Die Beziehung zwischen den beiden Frauen war gereift und hatte sich noch mehr vertieft. Aschure hatte den Heiligen Hain nicht nur besuchen drüfen, sondern war dort auch mit aller Herzlichkeit aufgenommen worden. Faraday hatte sie durch die dunklen Bäume geführt, damit sie die verzauberte Welt entdecken konnte, die in ihnen wohnte.

Welche andere Mutter durfte je beobachten, wie ihr Sohn inmitten der tanzenden Wasser eines magischen Stromes mit blau und orange gefleckten Panthern spielte, während ihn Vögel mit Diamantenaugen umflatterten? Aschure war dem ehemaligen Ramu begegnet, der jetzt als Weißer Hirsch lebte, und hatte leise geweint, als er ihr gestattete, seine samtweiche Nase zu streicheln, bevor er davonstürmte und ungebunden durch den Zauberwald zog. Und sie hatte stundenlang bei zwei Frauen gesessen und mit ihnen gesprochen. Eine der beiden, die mittleren Alters sein mochte, war in ein sanftblaues Gewand mit regenbogenfarbener Schärpe gekleidet. Die Mutter. Die andere, ältere, trug einen roten Umhang und erinnerte Aschure lebhaft an Orr, den charonitischen Fährmann. Beide Frauen hatten ihr, jede auf ihre Weise, noch weit größere Ehrfurcht eingeflößt als der gehörnte Silberpelz.

In der Wärme der Sonne saßen sie auf einer Gartenbank in Urs Waldschule, die vier Frauen und der kleine Junge. Während die heilige Mutter ihre Hände auf Caelums Ohren legte, denn es stand ihm nicht zu, zuzuhören, enthüllte Ur Aschure das Geheimnis der Schößlinge.

Stumm vor innerer Bewegtheit ergriff Aschure Faradays Hand, und die Frauen saßen eine Weile da und genossen die Anwesenheit der anderen. Sie lachten, als das Kind über die Wege der Waldschule krabbelte und sich der Bedeutung dessen, was es umgab, offenkundig nicht bewußt war. In der gelassenen, tröstlichen Atmosphäre, die sowohl der Garten als auch die Gesellschaft, in der sie sich befand, ausstrahlten, legte Aschure die Angst ab, die sie bei den Worten des Gehörnten über ihre Zwillinge ergriffen hatte. Ganz gewiß würde sie auf der Insel des Nebels und der Erinnerung endlich auf jede ihrer Fragen eine Antwort bekommen.

»Ich wurde gesegnet«, flüsterte sie Caelum ins Ohr, als sie den Narrenturm hinter sich gelassen hatten und einen erleichterten Hesketh, die halbe Palastgarde und Sternenströmer begrüßte, der sich gerade hatte anschicken wollen, ihr in den Turm zu folgen.

14

Bäuerin Renkin geht auf den Markt

Die Bäuerin Renkin schüttelte ihre schweren wollenen Röcke aus und ließ sich dankbar auf einem Schemel neben der Schafhürde nieder. Um sie herum herrschte das fröhliche Treiben des Marktplatzes von Tare. Heute wurde einer der wichtigsten Markttage im südlichen Achar abgehalten – Tencendor, ermahnte sie sich –, und in ganz Tare drängten sich die Händler und Bauern, die gekommen waren, um zu kaufen und zu verkaufen oder auch nur zu schauen und den neuesten Klatsch auszutauschen.

Bäuerin Renkin lehnte sich gegen die Steinmauer, vor der sie saß, und schloß die Augen. Sie hatte ihr kleines Gehöft im nördlichen Arkness vor fünfzehn Tagen verlassen und ihre achtundzwanzig Tiere zählende Schafherde ohne große Eile vorwärtsgetrieben, so daß sie sich unterwegs auf den sanft geschwungenen Wiesen der Hochebenen ihr Futter suchen konnten. Unter normalen Umständen hätte ihr Gatte die Schafe zum Markt gebracht, aber der arme Mann litt unter solch schlimmen Hühneraugen an all seinen Zehen, daß Frau Renkin an seiner Stelle aufgebrochen war.

Sie seufzte erleichtert auf und flocht die Finger vor ihrem beeindruckenden Leib ineinander. Sie freute sich, ihrem Mann und ihrer zahlreichen Nachkommenschaft entkommen zu sein. Sie liebte sie von ganzem Herzen, aber seit vor zwei Jahren diese feine Dame in ihrem Bauernhaus übernachtet hatte, plagten seltsame Träume voller Aufregung und Abenteuer Frau Renkin – und in ihrem abgeschiedenen Leben im nördlichen Arkness gab es recht wenig Abenteuer und Aufregung.

Also hatte die Bauersfrau die Zehen ihres Mannes verarztet, sie in mit Kräutersud getränkte kühlende Umschläge gewickelt, ihre älteste Tochter darin unterwiesen, sich um die jüngeren Kinder zu kümmern, und sich dann mit ihren Schafen gut gelaunt auf den Weg gemacht. Es handelte sich um prachtvolle Tiere mit lebhaften Augen, und allesamt waren sie trächtig. Die Bäuerin rechnete damit, einen guten Preis für sie zu erzielen. Nicht daß sie oder ihr Mann das Geld dringend gebraucht hätten. Seit dem Tag, als ihnen die Dame Faraday – möge ihr auf immer Glück beschieden sein – das goldene, mit Perlen besetzte Halskettchen als Bezahlung für die Vorräte überlassen hatte, die sie und ihre Begleiter mit nach Norden nahmen, lebten die Renkins so bequem und ohne Not, daß ihre Nachbarn sie beneideten.

»Die edle Faraday«, flüsterte die Bäuerin vor sich hin. Sie fragte sich, was aus der vornehmen jungen Frau geworden sein mochte, nachdem sie das Haus der Renkins verlassen hatte.

Sie öffnete die Augen und ließ den Blick kurz über den Marktplatz schweifen. Der Platz war gut besucht, nicht nur von Händlern und Bauern. An den leuchtenden Farben ihrer Kleidung und den gefiederten Flügeln erkannte Frau Renkin hier und da jene Wesen, die man Ikarier nannte, und sie fragte sich, was diese prachtvollen Geschöpfe wohl hier wollten.

Sie rümpfte die Nase und setzte sich gerade hin. Das Leben hatte sich während des vergangenen Jahres wahrlich so sehr verändert, daß man davon ganz wirr im Kopf wurde. Die man früher als die Unaussprechlichen verfolgt und abgelehnt hatte, hieß man heute willkommen. Wer sich einst im Dunkel verborgen hatte, stolzierte jetzt im Licht der Mittagssonne einher. Die alten Geschichten, die man sich früher des Nachts im Licht des Mondes nur hinter vorgehaltener Hand zugeraunt hatte, wurden heutzutage von jedem fahrenden Spielmann gesungen – sogar jetzt zupfte ein in fröhliche Farben gekleideter junger Mann die Saiten seiner Laute, während er einer großen Gruppe bewundernder Bauern samt ihren Kindern ein Lied über uralten Zauber vortrug.

Und kein Hüter des Pfluges, kein Bruder des Seneschalls war in Sicht. Einst hätte man einen solchen Spielmann überwältigt, geknebelt und fortgezerrt, um ihn der Aufwiegelei und der Ketzerei anzuklagen, und am nächsten Morgen hätte ein Scheiterhaufen gebrannt. Aber jetzt lachten die Menschen auf dem Marktplatz und klatschten Beifall, als der Spielmann sein Lied beendet hatte, und warfen Kupfermünzen in den Hut zu seinen Füßen. Und niemand schenkte den gefiederten Gestalten in der Menge noch übermäßige Beachtung.

Wie so viele andere kam auch Frau Renkin zu dem Schluß, daß ihr die neue Welt durchaus gefiel. Sie war viel farbiger, viel fröhlicher und ganz gewiß viel aufregender als die alte. Sie vermißte die Belehrungen der Bruderschaft des Seneschalls kein bißchen, ebensowenig wie den gelegentlichen Besuch eines Pflughüters. Die Bäuerin verzichtete gern auf die Notwendigkeit, jedesmal über die Schulter blicken zu müssen, wenn sie die Fußpfade der Hochebene durchwanderte, um Kräuter zu sammeln, und sie vermißte es auch nicht, in Gegenwart ihrer Kinder ihre Zunge hüten zu müssen, damit ihr nicht eine der alten Geschichten entschlüpfte, die ihr ihre Großmutter einst angsterfüllt vor dem Entdecktwerden zugemurmelt hatte.

Das Leben hatte sich wahrhaftig verändert, und allem Anschein nach hatte die Veränderung eingesetzt, nachdem die Edle ihre bescheidene Hütte mit ihrer Anwesenheit beehrt hatte.

»Bäuerin Renkin!«

Aus ihren Träumereien aufgeschreckt, sprang Mutter Renkin auf die Füße. Vor ihr stand, ein strahlendes Begrüßungslächeln auf dem breiten Gesicht, Symondus Dewes, ein Schafhändler aus Arken. Er schüttelte ihr herzlich die Hand, denn er kannte sie, seitdem er zweimal durch das nördliche Arken zu den Schafsmärkten nach Rhätien gereist war.

»Bäuerin Renkin, Ihr könnt Euch nicht vorstellen, wie glücklich ich bin, Euch hier anzutreffen. Die Renkinschafe sind begehrt, und ich sehe, daß Ihr Eure besten Tiere zum Markttag von Tare mitgebracht habt.«

Frau Renkin war hocherfreut über diese Worte und auch darüber, Dewes hier anzutreffen. Denn er pflegte einen mehr als angemessenen Preis für die Schafe zu zahlen, die er erwarb, und wenn er alle achtundzwanzig Tiere kaufte, dann bliebe ihr praktisch der ganze Tag, um staunenden Auges und mit wohlgefüllter Börse über den Markt zu bummeln. Dann setzte die Bäuerin eine ernste Miene auf. »Das sind die Prunkstücke unserer Herde, Symondus Dewes, und Ihr werdet mir einen hohen Preis zahlen müssen, wenn Ihr sie aus meiner Obhut übernehmen wollt.«

Dewes grinste. Bauer Renkin feilschte immer endlos um den besten Preis für seine Schafe, und es sah ganz danach aus, als hielte es seine Frau nicht anders. »Aber sie sehen nach der Reise dürr und mager aus, gute Frau. Vielleicht solltet Ihr nicht den vollen Preis für halbe Schafe verlangen.«

Zehn Minuten lang feilschten sie zum eigenen Vergnügen hin und her, die Bäuerin resolut, der Händler entschlossen. Schließlich einigten sie sich auf einen Preis, der beide zufriedenstellte und jedem die Überzeugung ließ, einen günstigen Handel abgeschlossen zu haben. Die Goldmünzen wurden in die ausgestreckte Hand der Bäuerin gezählt, und als sie eben erfreut den Blick hob, um dem Händler für seine Großzügigkeit zu danken, blieben ihr die Worte im Halse stecken, da sie zwei der geflügelten Geschöpfe sah, die sich ihr näherten.

»Symondus!« flüsterte sie, und der Händler folgte dem Blick ihrer Augen und schaute über die Schulter. Zwei der ikarischen Frauen, den Ringen an ihren Fingern und ihren Macht ausstrahlenden Augen nach zu schließen, Zauberinnen, beugten sich über das ihnen am nächsten stehende Schaf und tauschten überraschte Rufe aus.

»Habt Ihr bislang noch keine Vogelmenschen kennengelernt?« fragte Dewes, und mit vor Erstaunen großen Augen schüttelte die Bäuerin den Kopf. »Nun, sollen wir sie fragen, warum sie Eure ... meine Schafe so faszinierend finden?«

Ohne auf eine Antwort zu warten, ergriff Dewes die Frau am Ellbogen und zog sie zu den beiden Ikarierinnen hinüber. Die Frauen trugen Gewänder, welche die exquisitesten Farben und die feinste Stoffart aufwiesen, die die Bäuerin je gesehen hatte, und ihre Flügel und Augen leuchteten in der schwachen Morgensonne wie Juwelen.

Der Händler verneigte sich vor den beiden und stellte sich und Bäuerin Renkin vor.

Die Zauberinnen blieben stehen, und diejenige, die ihnen am nächsten stand, lachte und streckte ihnen die Hand entgegen. »Ich heiße Sternenschein, und dies ist meine Begleiterin Bleichstern.« Die andere Ikarierin nickte und lächelte, während die erste fortfuhr: »Und ich entschuldige mich aus ganzem Herzen, wenn wir Eure feinen Schafe durcheinandergebracht haben, Händler Dewes und Bäuerin Renkin.«

»Ich wundere mich nur, daß Ihr solch gewöhnlichen Geschöpfen so viel Aufmerksamkeit entgegenbringt«, entgegnete Symondus, während die Bäuerin keinen Ton herausbrachte und fasziniert die Ikarierinnen anstarrte.

Sternenschein schüttelte dem Mann die Hand. »Wir saßen so lange in unserer Bergheimat fest, Händler Dewes, daß Dinge, die Ihr für unbedeutend halten müßt, Freude und Aufregung für uns bedeuten. Schafe sind uns so gut wie unbekannt, und die Euren haben solch feine elfenbeinfarbene Wolle, daß wir der Versuchung nicht widerstehen konnten, sie zu berühren. Und ihre Augen, von flüssiger Dunkelheit erfüllt, erinnern uns an unsere Vettern, die Awaren.«

»Die Awaren?« brachte Mutter Renkin endlich hervor. »Wer sind die Awaren?« Sie errötete auf der Stelle vor Verlegenheit, solch edlen Geschöpfen gegenüber einfach so plump herausgeplatzt zu sein.

Aber Sternenschein lächelte freundlich und ergriff die Hand der Bäuerin. »Sie sind das Volk des Horns, Bäuerin Renkin, und sie leben hoch im Norden in Awarinheim. Eines Tages, wenn die Wälder neu angepflanzt sind, werden sie nach Süden ziehen.« Die Zauberin hielt verwirrt inne, runzelte leicht die Stirn und knetete die Hand der Bäuerin sanft mit der ihren.

Ihre Begleiterin musterte aufmerksam Sternenscheins Miene, dann wandte sie sich jäh zu der Bäuerin um und starrte sie an.

»Stimmt etwas nicht?« wollte Dewes wissen.

Der Griff von Sternenscheins Hand wurde fester, aber ihr Blick wanderte zu dem Händler, und sie lächelte den Mann strahlend an. Ihr Gesicht erschien ihm so schön, und ihre grünen Augen strahlten eine solche Macht aus, daß er unwillkürlich einen Schritt zurücktrat. Musik, leise wie ein Hauch, schwebte über die kleine Gruppe hinweg.

»Haben wir etwa Euer Geschäft mit Frau Renkin gestört, Händler Dewes?«

»Äh, nein«, stammelte der. »Ich war gerade im Begriff, sie für ihre Schafe zu bezahlen, als Ihr Euch uns nähertet.«

»Das fügt sich gut«, erklärte die Zauberin, »denn das bedeutet, daß Frau Renkin jetzt ihrer Pflichten ledig ist. Verhält es sich nicht so?« wandte sie sich an die Bäuerin.

Ganz bezaubert von den Ikarierinnen, konnte diese nur nicken.

»Und so«, fuhr die Zauberin fort, »könntet Ihr Euch doch mit Bleichstern und mir zusammenzusetzen und uns Geschichten über Eure Schafe zu erzählen. Würde Euch das gefallen, Frau Renkin?«

Wieder nickte die Bäuerin.

Sternenschein gab ihre Hand frei. »Dann sammelt Euer Gepäck ein, Bäuerin Renkin. Sagt Euren Schafen Lebewohl, und kommt mit uns und schenkt uns ein wenig von Eurer Zeit.«

So kam es, daß sich Mutter Renkin unter dem schützenden Vordach eines Speisehauses nahe dem Markt von Tare beim Mittagessen mit den beiden ikarischen Zauberinnen wiederfand. Die Vogelfrauen knabberten zierlich an den Speisen, die der Gastwirt ihnen serviert hatte. Die Bäuerin starrte die beiden die ganze Zeit an, während ihr eigenes Essen unberührt blieb.

Sternenschein und Bleichstern aßen eine Weile schweigend und ohne ein Wort zu sagen, aber sie teilten ihre unausgesprochenen Gedanken. Ab und zu hob eine der beiden den Kopf und lächelte Mutter Renkin ermutigend an, um dann den Blick wieder zu senken und sich ihrem Essen zu widmen.

Die Bäuerin, deren Vorstellung von Aufregung und Abenteuer nie darüber hinausgegangen war, den Marktplatz von Tare zu besuchen, starrte sie weiterhin an.

Endlich hob Sternenschein den Kopf und schob ihren Teller beiseite. »Bäuerin Renkin, Ihr müßt uns etwas über Euch selbst erzählen.«

Die Bäuerin öffnete zögernd den Mund, um ihn dann aber schnell wieder zu schließen. Was gab es schon über ihr eintöniges Leben im nördlichen Arkness zu berichten, was für diese zauberischen Geschöpfe beachtenswert gewesen wäre?

»Erzählt uns, wo Ihr herkommt, Teuerste«, schlug Bleichstern ihr vor. »Das wäre immerhin ein Anfang.«

Zögernd erzählte die Bäuerin den beiden Ikarierinnen von ihrem Mann und den Kindern in Nordarken, ihrem Leben, das sich um die Schafe und magere Ernten drehte. »Ich bin zum ersten Mal weiter als fünf Meilen von zu Hause weg«, schloß sie leise, überzeugt davon, die Vogelfrauen nunmehr zu Tode gelangweilt zu haben.

Sie wirkten jedoch alles andere als gelangweilt. »Und Eure Mutter?« fragte Sternenschein leise und freundlich. »Ist sie zu Hause und paßt auf Eure Kinder auf, während Ihr den Markt besucht?«

Die Bäuerin schüttelte den Kopf. »Nein. Meine Mutter starb leider drei Wochen nach meiner Geburt am Milchfieber.«

Bleichstern lehnte sich zurück und runzelte die Stirn. »Aber wer hat Euch dann aufgezogen?«

»Meine Großmutter, edle Dame.«

»Ah«, riefen die beiden Zauberinnen wie aus einem Mund. »Eure Großmutter.«

Jeder der Zauberer, die durch das südliche Tencendor nach Norden reisten, hatte sich die Zeit genommen, nach solchen Frauen Ausschau zu halten. Aber es waren ihrer nur wenige unter den Achariten. Der Seneschall hatten es nicht an … Wachsamkeit fehlen lassen.

»Sie muß eine außergewöhnliche Frau gewesen sein«, meinte Sternenschein.

»Und sicher hochbegabt«, fügte Bleichstern hinzu und ergriff eine von Frau Renkins in den Schoß gelegten Hände. »Vielleicht hat sie Euch schöne Geschichten erzählt, als Ihr noch ein kleines Mädchen gewesen seid.«

Mittlerweile sehr angespannt, nickte die Bäuerin, ohne jedoch zu sprechen. Sie hatte die Augen fest auf ihren Schoß gerichtet.

»Ihr seid hier sicher«, meinte Sternenschein und legte ihre Finger über Frau Renkins Hand, die wiederum in der von Bleichstern ruhte. Ein Gefühl des Friedens durchströmte die Bäuerin, und sie hob den Blick. »Vollkommen«, bestärkte die Zauberin sie.

»Ich habe niemals jemandem ein Wort davon erzählt«, murmelte die Frau, und ihre Augen füllten sich vor Schuldbewußtsein mit Tränen. »Niemals.«

»Ganz gewiß nicht«, warf Sternenschein beruhigend ein. »Ihr seid ein braves Mädchen gewesen. Das mußtet Ihr ja sein.«

»Sie nahmen sie mit.« Tränen rannen über ihre Wangen. »Als ich acht war. Und zehn Jahre lang sind sie jedes Jahr wiedergekommen und haben mir Fragen gestellt. Ich habe mich gefürchtet.«

»Das bezweifle ich nicht.« Bleichsterns Stimme klang vor Zorn hart, aber Mutter Renkin wußte, daß ihre Empörung sich nicht gegen sie richtete.

Die Bäuerin schniefte und wischte sich mit dem Ärmel über die Nase. »Sie haben sie verbrannt. Das erzählten sie mir.«

»Euch werden sie nicht verbrennen«, erklärte Sternenschein, während sie sich voller Herzlichkeit nach vorne beugte und die Frau kurz an sich drückte. »Ihr seid jetzt in Sicherheit.«

Die Bäuerin holte zitternd Luft und beruhigte sich allmählich. »All die Brüder sind verschwunden. Während meiner Reise in den Süden habe ich keinen einzigen zu Gesicht bekommen, und hier in der Stadt gibt es auch keine.«

»Nein. Alle Brüder des Seneschalls haben sich davongemacht, und es sind nur noch wenige Pflughüter übrig. Somit steht Euch jetzt frei, zu tun, was Euch gefällt, und zu glauben, was Ihr wollt.«

»Würdet Ihr mir erzählen, was passiert ist? Ich habe so wenig erfahren – und das auch nur vom Hörensagen.«

»Aber gerne.« Und Sternenschein umriß in kurzen Worten, was sich während der letzten zwei Jahre in dem Land Arkness ereignet hatte.

Auf Frau Renkins Gesicht zeichnete sich, wenn das überhaupt möglich war, noch mehr Staunen ab als zuvor. »Dann bin ich wirklich in Sicherheit? Der Seneschall wird mir nicht weh tun, wenn ich ... wenn ich ...«

»Ihr seid in Sicherheit. Tut, was Euch gefällt. Habt Ihr eine Tochter, die ...?« Sternenschein ließ die Frage unausgesprochen.

Die Bäuerin schüttelte den Kopf. »Nein. Keine meiner Töchter hat die Gabe. Ich war froh darüber, denn ich nahm an, daß ihnen so nichts geschehen könnte. Aber jetzt ... jetzt bin ich traurig. Ich hätte mir eine Tochter gewünscht, die weitermacht.« Unvermittelt bemerkte die Bäuerin, daß sie alle Scheu vor den Ikarierinnen verloren hatte und mit ihnen schwatzte, als seien sie alte Freundinnen. Sie lächelte beschämt.

Sternenscheins Lächeln verschwand, als sie sich nach vorn lehnte und die Hand ausstreckte, um sie auf die Stirn der Bäuerin zu legen. »Ganz ruhig, ich tue Euch nicht weh. Ich möchte Euch nur helfen, Euch zu erinnern.«

Heitere Musik durchströmte den Körper der Frau, und sie keuchte. »Oh, ich hatte soviel vergessen!«

»Schlummernde Talente geraten leicht ganz in Vergessenheit, Bäuerin Renkin.« Sternenschein lehnte sich zurück und hatte vor Anstrengung die Farbe aus dem Gesicht verloren. Sie hatte einen machtvollen Zauber verwendet und würde ein oder zwei Tage ausruhen müssen, bevor sie nach Karlon weiterfliegen konnte. »Sorgt dafür, daß Ihr das alles nicht wieder vergeßt.«

Die Bäuerin nickte.

»Sorgt dafür, daß Ihr das, woran Ihr Euch erinnert habt, auch gut anwendet, Teuerste, denn dieses neue Land braucht jetzt Euresgleichen.«

Nachdem die beiden Zauberinnen sie verlassen hatten, saß die Bäuerin noch lange da, ohne das Treiben auf der Straße wahrzunehmen.

Erinnerung.

Als sie noch ein kleines Mädchen gewesen war, zu jung, um schon bei der Feldarbeit zu helfen, hatte ihr die Großmutter Geschichten erzählt und ihr das Wissen über Kräuter beigebracht. Kräuter und Zaubersprüche. Nichts, was wirklich gefährlich gewesen wäre, nichts Böses, lediglich Kräuterrezepte, die, zusammen mit den Zaubersprüchen angewendet, vor Verletzungen und Ansteckung schützten, das Gemüt beruhigten oder einen Liebeszauber bewirkten. Einfache Dinge, aber Grund genug für den Seneschall, ihre Großmutter festzunehmen und zu verbrennen.

Seit dem Tag, an dem die Priester ihre Großmutter ergriffen hatten, hatte das junge Mädchen ein makelloses Leben geführt. Niemals wieder, oder jedenfalls so gut wie niemals, verwendete sie die Kräuter, niemals wieder sprach sie die Zaubersprüche aus, bestenfalls ein oder zwei Schlaflieder. Im richtigen Alter heiratete sie dann Bauer Renkin und lebte mit ihm ein vorbildliches Leben in ihrem bescheidenen Heim.

Vorbildlich ... und ereignislos.

Seltsamerweise hatte sie ihr Leben vor dem kurzen Besuch der edlen Faraday nie für langweilig gehalten. Bis zu diesem Tag hatte sie kaum jemals an ihre Großmutter und deren Geschichten und Unterweisungen gedacht.

Aber nachdem die Dame weitergereist war, nachdem Frau Renkin versucht hatte, zu ihrem alten Leben zurückzukehren, entdeckte sie, daß es geradezu verblüffend langweilig war. Die Bauersfrau sehnte sich nach Aufregung und Abenteuer. Sie überraschte sich selbst dabei, alte Verse vor sich hin zu murmeln, wenn sie einen Eintopf zubereitete, und Wildkräuter zu pflücken, wenn sie ihre Schafe über die ausgetretenen Pfade von Nordarkness trieb. Frau Renkin hatte damit begonnen, einen Blick über die Schulter zu werfen, nachdem ihr der Tag wieder ins Gedächtnis gekommen war, als sie kamen, um ihre Großmutter zu holen. Das Donnern der Pferdehufe. Das bösartige Schimmern ihrer Äxte.

Sie holte tief Luft. Was sollte sie tun?

Nach Hause gehen. Was blieb ihr anderes übrig? Sie erhob sich und nickte dem Gastwirt zu, während sie hinaus auf die Straße trat. Sie hatte das Geld für die Schafe – immerhin eine beachtliche Summe –, sie trug ihr Gepäck bereits in der Hand, und weiter blieb ihr nichts mehr zu tun.

Aber würde sie ihre Gaben anwenden können, wenn sie nach Hause zurückkehrte? Bauer Renkin würde nicht eine davon dulden, solange sie draußen auf den Feldern arbeiten konnte, und keines ihrer Kinder würde die alten Fähigkeiten lernen wollen.

Aber sie wollte nicht den Rest ihres Lebens damit zubringen, Kräuterumschläge auf von Hühneraugen geplagte alte Füße zu legen.

Die Bäuerin hielt mitten auf der Straße kurz vor dem Marktplatz inne, und Unsicherheit zeigte sich deutlich auf ihrem ehrlichen Gesicht. Und genau in diesem Augenblick entdeckte sie Sternenschein, die ein paar Schritte von ihr entfernt dastand, die Flügel auf dem Rücken zusammengefaltet hatte und die Bäuerin anstarrte.

»Bitte«, stieß sie atemlos hervor, nachdem sie zu der Ikarierin hinübergelaufen war. »Sagt mir, was ich tun soll.«

»Ihr müßt das tun, was Ihr am klarsten vor Euch seht«, antwortete die Zauberin.

Frau Renkin stand da und dachte nach. Sie trat von einem Bein auf das andere und blickte zu Boden. »Bauer Renkin braucht mich nicht mehr so sehr wie früher«, meinte sie schließlich. Sie sprach langsam, um den Gedanken, die sich in ihrem Kopf formten, Ausdruck zu verleihen. »Die Jungen sind alt genug, um die meisten Aufgaben zu übernehmen, die auf dem Bauernhof anfallen, und er hat Geld genug, um Knechte für die Ernte und die Schafschur anzustellen. Meine älteste Tochter kann auf unser Jüngstes und die Zwillinge aufpassen.«

Sie lächelte, als ihr ein Gedanke durch den Kopf schoß, und blickte auf. »Gnädigste Dame, kennt Ihr zufällig die edle Fürstin Faraday?«

Zutiefst überrascht starrte Sternenschein die Bäuerin an. »Faraday? Ja. Ja, ich kenne sie.« Und woher kennt Ihr sie? fragte sich die Vogelfrau. Haben Bleichstern und ich Euch aus Zufall gefunden, oder war das vorherbestimmt?

»Wißt Ihr, wo sie sich aufhält?«

Sternenschein nickte langsam. »Sie reist nach Osten. Ich bin ihr auf meinem Weg nach Tare begegnet, irgendwo südlich kurz vor dem Wald der Schweigenden Frau. Sie reist allein mit zwei weißen Eseln, und sie will nach Osten. Das ist schon alles, was ich weiß.«

Die Bäuerin verzog das Gesicht. »Nach Osten? Allein? Oh, die arme edle Dame. Bei den Göttern! So geht das aber nicht!«

Sternenscheins Miene wurde gelöster. Ob durch Zufall oder Bestimmung, es sah ganz danach aus, als ob Faraday Gesellschaft haben würde, ganz gleich, was sie vorhaben mochte.

Und das war keine schlechte Sache. Nein, ganz und gar nicht.

15

Die Dreibrüder Seen

Obwohl die zu starren Wellen gefrorenen Dreibrüder Seen einen Anblick unberührter Schönheit vermittelten, verschwendete kaum einer der dreißigtausend am Ufer des südlichsten Sees lagernden Soldaten viel Zeit darauf, die Aussicht zu bewundern. Axis hatte fast vier Wochen benötigt, um seine Armee durch das nördliche Avonstal über die sanften Pässe der Westberge zu führen. Nachdem sie die Pässe hinter sich gelassen hatten, rechnete Axis damit, von Gorgraels eisigen Winden getroffen zu werden, die Eisstücke vor sich herwirbelten.

Aber nichts als eisige Stille erwartete sie.

Warum?

Eigentlich hätte der Zerstörer mit all seiner Macht, all seinem Eis zuschlagen müssen, sobald der Krieger und die Truppen Tencendors aus dem Schutz der Westberge traten.

So klares Wetter herrschte am Himmel, daß die ikarischen Kundschafter berichteten, sie hätten bis zu den weit entfernten nebelumhangenen Gipfeln der Trübberge und den immer noch gefrorenen Flüssen Nordra und Fluria blicken können.

»Und nicht ein Skräling in Sicht«, flüsterte Axis. Er stand am Nordrand des Lagers und starrte in die gefrorene Einöde hinaus, die sich vor ihnen erstreckte. »Nicht eine einzige Geisterkreatur. Weitsicht?«

Der dienstälteste Geschwaderführer der ikarischen Luftarmada trat an seine Seite. Das Schwarz seiner Uniform und der Flügel bildete einen scharfen Kontrast zu der unberührten weißen Landschaft. Er war eben erst von einer Unterredung mit der letzten Gruppe Fernaufklärer zurückgekehrt, die er vor drei Tagen nach Norden geschickt hatte. »Wie weit sind Eure Kundschafter nach Aldeni vorgedrungen?«

»Nicht sehr weit, Sternenmann.«

Axis runzelte die Brauen, und Weitsicht beeilte sich weiterzusprechen: »Dort draußen sind Greifen, und ich wollte eine solch kleine Kundschaftertruppe nicht schon der Gefahr ihres Zorns aussetzen.«

»Wie viele Greifen? Und wo tauchen sie auf? Haben sie Eure Kämpfer angegriffen?«

»Sie fliegen in Schwärmen von fünfzehn bis achtzehn über nahezu ganz Nordaldeni Streife. Keine meiner Kundschaftergruppen wagte es, sie herauszufordern, indem sie ihnen zu nahe kam, und anscheinend haben die Bestien sie nicht bemerkt. Ich nehme an, unsere Sicht ist besser als die ihre. Alle Fernaufklärer sind heil zurückgekehrt.«

»Und was haben sie gesehen?« fragte Belial, der sich zu ihnen gesellte.

»Gefrorene Felder und zerstörte Gebäude ...«

Axis wurde es mit einem Mal unbehaglich, denn er erinnerte sich an die unter den zerstörten Straßen Hsingards verborgenen Skrälingsnester.

». . . mit Eis überzogene Wagen und die nackten Körper von Menschen und Tieren, deren Knochen aufgeknackt und ausgesogen waren.«

»Die Skrälingsarmee, deren Aufstellung um Jervois herum wir in Plusternests Vision gesehen haben, mußte die gesamte Provinz kahlfressen, um sich zu versorgen«, meinte der Krieger. »Und nachdem sie sich sattgefressen haben, sind sie irgendwo hin weitergezogen. Belial? Ruft Ho'Demi und Magariz herbei. Wir werden das Abendessen miteinander teilen ... und unsere Gedanken.«

An diesem Abend herrschte eine ernste Stimmung, und überall im Lager nahmen die Männer ihr Essen ein, ohne mehr als ein paar Worte zu reden. Axis saß zusammen mit seinen engsten

Befehlshabern um ein kümmerliches Reisigfeuer. Seine Gemütsverfassung war seit dem Tag des Aufbruchs nach Norden immer trostloser geworden, und inzwischen schwieg er fast nur noch.

Irgendwo dort draußen in der gefrorenen Einöde wartete eine riesige Armee – der seinen zahlenmäßig mindestens um das Zehnfache überlegen –, und Axis wußte nicht, wie er sie besiegen sollte, wenn er sie denn überhaupt finden sollte.

Der Krieger seufzte. Gorgrael konnte schalten und walten, wie er wollte. Wenn Axis ihn nicht zurückdrängen, wenn er die Kraft nicht aufbringen konnte, diese wimmelnde Masse von Skrälingen nördlich von ihm – oder standen sie im Osten? Oder Westen? Oder, die Sterne mögen dies verhüten, im Süden? – zu besiegen, dann wäre ihrer aller Leben verwirkt.

Wenigstens Aschure würde sich in Sicherheit befinden. Sie mußte sich inzwischen auf den Weg nach Süden zur Insel des Nebels und der Erinnerung gemacht haben, sagte sich Axis. Aschure und Caelum. Wenn es etwas zu retten galt, dann diese beiden. Selbst wenn er in der Schlacht fallen sollte, konnten sie vielleicht den Kampf fortsetzen.

Aber wozu? Wozu?

Er setzte zum Sprechen an, bemerkte dann aber, daß Ho'Demi bereits das Wort ergriffen hatte.

»Tut mir leid, Ho'Demi, ich war mit meinen Gedanken ganz woanders«, erklärte er. »Was habt Ihr gesagt?«

Der Rabenbundhäuptling setzte seinen Zinnbecher ab. »Ich kann Trupps meiner Rabenbundkämpfer nach Norden schicken, Sternenmann. Die Fernaufklärer mögen zwar nützlich sein«, er warf eine kurzen Blick auf Weitsicht, aber der Vogelmann ergötzte sich sichtlich an dem »nützlich«, »doch sie sind den Greifen schutzlos ausgesetzt und können es nicht wagen, zu tief in den Norden vorzudringen, ohne einen Angriff herauszufordern. Meine Kämpfer hingegen lieben solche Bedingungen – wir wurden in sie hineingeboren. Der Schnee ist unsere Amme, solange wir schreiende Säuglinge sind, und unsere Geliebte im Mannesalter. Wir können uns die Verhältnisse nach unserem Willen zunutze machen, und die Greifen werden uns nie im Leben finden. Kleine Gruppen unserer Männer vermögen weit in den Norden vorzudringen, ohne mehr als ein geringes Wagnis einzugehen. Laßt uns diese Aufgabe übernehmen.«

»Würdet Ihr mit ihnen gehen, Ho'Demi?« fragte Axis. Er wollte das Leben des Häuptlings nicht aufs Spiel setzen. »Ihr konntet die Geisterkreaturen nicht davon abhalten, in Rabenbund einzufallen.«

»Ich schlage doch lediglich vor, Sternenmann, Kundschafter auszusenden und nicht etwa all unsere Leute. Ich überlasse Euch die Entscheidung. Und ... ja, ich würde mich ihnen anschließen. Mich dürstet danach, gegen diese Kreaturen vorzugehen, die mir meine Heimat raubten.«

»Wie schnell könnt Ihr die Kundschaftertrupps zusammenstellen?«

»Bis zum Morgen, Sternenmann. Wo wollt Ihr uns hinschicken?«

Axis schaute zu Belial und Magariz hinüber. »Wie lauten Eure Ratschläge, meine Freunde?«

»Verdammt, Axis«, meinte der Fürst. »Wohin können sie sich zurückgezogen haben?«

»Nach Skarabost«, vermutete Belial.

Der Krieger schüttelte den Kopf und begegnete Weitsichts Blick. »Nein, Belial. In Skarabost haben sich noch keine Skrälinge blicken lassen, obwohl weite Teile der Provinz unter tödlichem Frost liegen.«

»Könnten sie einen Bogen um uns herum geschlagen haben und sich nach Süden bewegen ... nach Karlon?«

Magariz zuckte bei Belials Worten zusammen. Rivkah hielt sich in Karlon auf, genau wie Kassna, und Magariz wußte, daß Belial sich jetzt ebenso um seine Gemahlin sorgte wie er sich um die seine.

Axis erschauerte und blies in dem vergeblichen Versuch, sich die Finger zu wärmen, auf seine Hände. »Wir hätten davon erfahren, wenn sie uns umgangen hätten. Unsere Kundschafter und Wachtposten überschauen die gesamten Westberge, und inzwischen bevölkern so viele Ikarier die Farnberge, daß sicher längst jemand Alarm geschlagen hätte, wenn die Skrälinge so weit in den Westen vorgedrungen wären.«

»Axis, uns liegen doch sicher einige Berichte über die Skrälinge vor. Solange ihnen das noch möglich war, sind Tausende von Bauern vor dem Eis nach Süden geflohen. Haben sie denn gar nichts erwähnt, was für uns von Nutzen sein könnte?«

Aber der Fürst wußte selbst am besten, daß nur wenig neue Erkenntnisse aus diesen Berichten zu gewinnen waren. All die Bauern, denen die Flucht aus Aldeni gelungen war, bevor Sturm und Frost zu tödlichen Fallen geworden waren, berichteten von Skrälingen, die sie in jedem Windstoß, jedem Schneegestöber zu sehen geglaubt hatten. Wenn Axis all den Worten Glauben schenkte, dann hätten die Geister Aldeni inzwischen durch ihr schieres Gewicht im Andeismeer versenkt.

Belial fluchte in die Stille hinein, die sich über das Lagerfeuer gesenkt hatte. »Sie müssen sich in Aldeni aufhalten.«

»Und wenn sie sich hier irgendwo aufhalten, dann werden wir sie auch finden«, meinte Ho'Demi leise. »Wenn sie sich im Schnee eingegraben haben, dann werden die Männer aus Rabenbund sie aufstöbern. Ich selbst werde sie aufspüren!«

Axis blickte von den Flammen auf. »Betet darum, Ho'Demi«, erklärte er, »daß Euch das gelingt, bevor sie uns finden.«

Tief in den Schächten glommen matte Fackeln, und in ihrem Schimmer blitzten Zähne und Klauen auf.

Die Skräbolde hockten alle zusammen und fühlten sich jämmerlich und nutzlos.

Aber Timozel befand sich in bester Stimmung, denn nun konnte er den Großteil der Greifen zurückzurufen. Er brauchte sie nicht mehr ... jedenfalls zur Zeit nicht. Sie hatten die ikarischen Kundschafter von seinem derzeitigen Aufenthaltsort ferngehalten, und das war alles, was er im Moment von ihnen verlangte.

Aber er würde ein paar der Bestien am nördlichen Himmel belassen.

Ganz so, wie Axis es mit Sicherheit erwartete.

16

Die Insel des Nebels und der Erinnerung

Aschure lehnte sich in dem Sessel zurück, den die Matrosen für sie an Deck gebracht hatten. Sie bezweifelte, ob sie sich jemals wieder wohlfühlen würde. Kaum sieben Monate schwanger, und nur ein Gedanke beherrschte sie: Ab welchem Zeitpunkt konnten die Zwillinge ohne sie überleben – und ohne jeden Zweifel stellten die beiden sich die gleiche Frage. Sogar jetzt bewegten sie sich und trommelten mit den Füßen gegen ihre Bauchdecke, als träumten sie von Freiheit ... oder sehnten sich nach Flucht.

Die junge Frau legte den Kopf zur Seite und schaute Sternenströmer an, der gespannt vor Aufregung am Bug des Schiffes stand. Die leicht gespreizten Flügel auf seinem Rücken ließen den Schluß zu, daß er sich am liebsten in die Lüfte erhoben hätte. Seit zwei Tagen segelten sie nun schon auf dem unruhigen Meer von Tyrre, und ihr Ziel konnte nicht mehr allzu weit entfernt sein. Wenn er es denn wünschte, konnte sich Sternenströmer in die Lüfte erheben und die Insel vor Anbruch der Abenddämmerung erreichen, aber er hatte erklärt, er wolle bei ihr bleiben, und daran hielt er sich.

Sie hatten Karlon vor vier Tagen auf einem von Isgriffs privaten Schiffen, der ›Robbenhoffnung‹, verlassen. Aschure hatte noch niemals zuvor eine Seereise unternommen, und wäre sie von der heftigen Übelkeit verschont geblieben, hätte sie das Erlebnis berauschend gefunden, dessen war sie sich sicher. Die geräumige, komfortable ›Robbenhoffnung‹ rollte nicht allzu sehr im Seegang, und eine warme, salzige und unendlich wohltuende Brise wehte von Südwesten heran und blähte die dunkelrosafarbenen Segel. Außer Aschure befand sich eine Anzahl von Hofbeamten und Dienern an Bord, eine Staffel der Luftarmada und Prinz Isgriff. Caelum und sein Kindermädchen, die Rabenbunderin Imibe, hielten sich derzeit unter Deck auf.

Und selbstverständlich gab es noch die fünfzehn Alaunt, die auf Deck herumstreunten und nach jeder Welle schnappten, die es wagte, zu nahe heranzukommen. Manchmal überraschte sich Aschure dabei, wie sie auf das rhythmische Klatschen der Wellen gegen den Schiffsrumpf lauschte und, halb in den Schlaf gelullt, von seltsamen Küsten mit geriffeltem Sand und felsigen Stränden träumte.

Rivkah hielt sich nach wie vor in Karlon auf und vertrat dort den Sternenmann und seine Amtsgeschäfte. Aschure wohnte weiterhin den Versammlungen am Morgen und am Abend bei, die sich mit Regierungsangelegenheiten beschäftigten und in der Hauptkabine der ›Robbenhoffnung‹ abgehalten wurden. Fliegende ikarische Boten brachten der jungen Frau alles, was sie an Dokumenten und Nachrichten vom Festland benötigte.

Bei den Sternen, dachte sie, beinahe zur Verzweiflung getrieben, ich kann es nicht erwarten, so viel wie möglich auf der Insel des Nebels und der Erinnerung zu entdecken, diese Kinder zu gebären und mich dann so bald wie möglich Axis anzuschließen. Obwohl sie bei jedem Atemzug ihres Mannes ein leichtes Ziehen an ihrer Seele wahrnehmen konnte – vielleicht ein Nachhall des Sternentanzes – hatte Aschure während des letzten Monats sonst nur wenig von ihm gehört. Nachrichten trafen höchst unregelmäßig ein, und sie besagten lediglich, daß der Krieger seine Armee nach Norden führte. Nach Norden und immer weiter nach Norden. Aschure ging davon aus, daß er inzwischen tief in die Provinz eingedrungen sein mußte, und ein Angstschauer überlief sie. Lebt, Axis! Lebt! Glaubt stark genug an Euch selbst, um für mich am Leben zu bleiben!

Sternenströmer wandte sich vom Bug des Schiffes ab und näherte sich der Stelle, wo Aschure und Isgriff unter einem Segeltuchbaldachin saßen.

»Prinz, wie weit noch?«

Der Herr von Nor lächelte zurückhaltend. »Wir können nicht mehr allzu weit entfernt sein, Sternenströmer. Warum verlaßt Ihr uns erdgebundene Wesen nicht und fliegt lieber den Weg bis dorthin?«

Der ikarische Zauberer musterte seine Schwiegertochter. »Nein, Prinz, ich bleibe bei Aschure, ganz wie ich es Axis versprochen habe.«

Die Augen der jungen Frau verengten sich. Was genau hatte er ihrem Gemahl versprochen? Sternenströmer legte seit Axis' Abreise eine vorbildliche Haltung an den Tag. Aschure wußte, daß ihm dies schwergefallen sein mußte, denn er verbrachte viele Stunden des Tages in ihrer Gesellschaft und sang den Zwillingen in ihrem Leib oder Caelum leise etwas vor. Nicht einmal hatte sie eine Berührung oder einen Blick von ihm gespürt, die etwas anderes als Zurückhaltung ausgedrückt hätten, nicht einmal hatten sein Verhalten oder seine Gesprächsthemen die Grenzen des guten Benehmens überschritten.

Das jedoch sah Axis' Vater alles andere als ähnlich. Zumal dann nicht, wenn sie die Tiefe seiner Leidenschaft für sie in Betracht zog. Aschure fragte sich, ob es wohl an ihrer Schwangerschaft liegen mochte, daß Sternenströmer von seinen Begierden Abstand nahm. Vielleicht, wenn sie erst einmal Axis' Kinder geboren hatte ...

Leises Flügelschlagen unterbrach ihre Gedanken, und sie richtete sich in ihrem Sessel auf, als ein Fernaufklärer sanft auf dem Deck landete.

Er verbeugte sich vor Aschure. »Zauberin, ein Ikarier nähert sich uns aus südlicher Richtung.«

»Von der Insel!« rief Sternenströmer. »Um wen handelt es sich? Konntet Ihr nicht erkennen, wer es ist?«

Der Kundschafter antwortete mit einem Kopfschütteln. »Nein, Sternenströmer. Der Vogelmensch ist noch zu weit entfernt.«

»Ich danke Euch«, erklärte Aschure, neigte das Haupt und lächelte ihrem Schwiegervater zu, als der Kundschafter sich wieder in die Lüfte erhob. »Beruhigt Euch, Sternenströmer. Wir werden es gewiß schon bald genug erfahren.«

Aber selbst Aschure konnte ihre Aufregung kaum bezähmen, und so kämpfte sie sich aus ihrem Sessel hoch, indem sie schließlich Sternenströmers Hand ergriff, um sich helfen zu lassen.

»Ist es …« setzte sie an, während sie sich an die Reling lehnte und den Blick zum südlichen Himmel hob, wo sich eben eine dunkle Gestalt aus dem Dunst löste. »Glaubt Ihr, das könnte …?«

»Freierfall!« rief Sternenströmer und schwang sich in die Luft, weil er sich einfach nicht mehr zurückzuhalten vermochte.

Gleich darauf landeten Freierfall und Sternenströmer zusammen auf dem Deck und umarmten einander stürmisch, bevor der junge Vogelmann sich Aschure zuwandte.

»Zauberin« lachte er und zog sie in eine kurze Umarmung. »Euer Umfang ist enorm! Tragt Ihr den gesamten Nachwuchs der Ikarier in Euch?«

»Manchmal fühlt es sich so an«, lächelte Aschure. »Wie geht es Euch?«

»Ach, Aschure.« Verzückung zeichnete sich auf Freierfalls Gesicht ab und verlieh seinen violetten Augen das sanfte Blau des Meeres, das sie umgab. »Ich kann Euch gar nicht sagen, wie gut! Schon früher habe ich Wunder und Geheimnisse erblickt, aber niemals solche, die denen auf der Insel des Nebels und der Erinnerung geglichen hätten!«

Die junge Frau sah ihn mit großen Augen an. Für einen Mann, der gestorben und durch die Flüsse im Totenreich gewandert war, bevor er in der Gestalt eines Adlers wieder zum Leben erwachen durfte, mußten die Wunder wahrhaftig überwältigend sein, wenn sie ihn derartig beeindrucken konnten.

»Und Abendlied?« erkundigte sie sich.

»Ihr geht es sogar noch besser als mir, wenn man davon absieht, daß sich ihre Laune mit jedem Tag, den sie auf ein Wiedersehen mit Euch warten muß, verschlechtert.«

Sternenströmer trat unruhig von einem Bein auf das andere. »Erzählt mir alles«, verlangte er, »berichtet mir von der Insel.«

Freierfall musterte seinen Onkel. »Die Mysterien der Insel müssen noch ein paar Stunden warten. Worte können nicht beschreiben, was man mit eigenen Augen sehen muß. Schaut ...« Er legte den Arm um das, was von Aschures Taille übriggeblieben war, und drehte sie so, daß sie über die Reling hinausblickte. »Schaut.«

Schwach, so schwach, daß Aschure glaubte, sich zu täuschen, zeichnete sich eine graugrüne Linie am weit entfernten Horizont ab.

»Die heilige Insel des Nebels und der Erinnerung«, sagte Freierfall feierlich.

Ein Jahrtausend lang kannten die Achariten die Insel des Nebels und der Erinnerung nur unter dem Namen Piratennest. Für ein Jahrtausend brachen die Piraten von ihrer Inselfestung auf, um zu rauben, zu plündern und zu brandschatzen. Die Barone von Nor, deren Aufgabe darin bestand, die Piraten aus dem Meer von Tyrre zu vertreiben, rangen die Hände und klagten, die Freibeuter seien zu wild und zu zahlreich, um ihrer Herr zu werden. Für tausend Jahre bewahrte das Piratennest so seine Geheimnisse, und die Freibeuter wie auch die Barone von Nor sorgten gemeinsam dafür, daß sich daran nichts änderte.

Dann kehrten die Ikarier zurück und beanspruchten ihre Insel, um im Sternentempel zu beten und die anderen, viel heiligeren und verborgeneren Stätten auf der Insel zu ehren.

Aber die Insel des Nebels und der Erinnerung barg weit mehr Geheimnisse, als die Vogelmenschen ahnten.

Die ›Robbenhoffnung‹ lief so spät am Nachmittag in den Nordhafen von Piratenstadt ein, daß man beschloß, die Nacht in der Stadt zu verbringen und erst am nächsten Morgen zur Tempelanlage weiterzureisen.

Aschure fehlten angesichts der Größe der Insel die Worte. Sie hatte angenommen, daß sie klein sei und lediglich Platz für ein paar Piratenhäuser, ein paar weitere Gebäude für die Priesterinnen des Sternenordens und den Tempel selbst böte, aber als sie näher heransegelten, erkannte sie die riesigen Ausmaße des Eilands.

»Sie erstreckt sich über fünfundzwanzig Meilen von Norden nach Süden«, erklärte Freierfall leise und trat an ihre Seite, als das Schiff des Prinzen anlegte, »und fünfzehn von Osten nach Westen. Seht Ihr den Gipfel, der sich im Süden erhebt?«

Aschure nickte. Die ganze Insel stieg sanft zu dem mächtigen Berg hin an.

»Man nennt ihn den Tempelberg, und er erhebt sich nahezu dreitausend Meter über den Meeresspiegel. Auf seinem Plateau erhebt sich der Sternentempel.«

»Meine Mutter lebte dort«, flüsterte Aschure, »und dort wurde ich auch gezeugt.«

»Ja«, bestätigte Freierfall, »dort wurdet Ihr gezeugt, Aschure.«

Sie wandte sich zu ihm um. »Habt Ihr den Priesterinnen von meiner bevorstehenden Ankunft berichtet? Habt Ihr ihnen gesagt, wer ich bin?«

Der Vogeljüngling zögerte. »Nein, das habe ich nicht. Ich dachte, das sollte ich Euch überlassen.«

»Aber was haben die Priesterinnen denn dann von Euch erfahren, Freierfall?« warf Sternenströmer ein.

»Sie wissen, daß die Prophezeiung über das Land wandelt, daß der Sternenmann Tencendor für sich beansprucht hat und daß die Ikarier binnen kurzem zurückkehren werden, um das Feuer des Tempels der Sterne wieder zu entzünden. Abendlied und ich haben ihnen nicht viel erzählt, und sie haben kaum Fragen gestellt. Sie warten seit tausend Jahren auf diesen Augenblick, und ein paar Tage oder Wochen mehr werden ihnen da nichts ausmachen.«

»Sternenströmer«, meinte Aschure, »es ist nicht notwendig, daß Ihr heute Nacht bei mir bleibt. Mein Onkel Isgriff ist in meiner Nähe, und außerdem halten sich alle möglichen Diener hier auf. Am Morgen werden wir zum Tempelberg aufbrechen. Ihr könnt heute Nacht mit Freierfall dorthin fliegen.«

»Nein.« Seltsamerweise schien alle Ungeduld von ihrem Schwiegervater gewichen zu sein. »Nein, Aschure. Ich versprach Axis, mich um Euch zu kümmern. Wir alle werden den Tempelberg schon noch früh genug erreichen.«

Der Hafen von Piratenstadt lag in einer schmalen Bucht, die tief in die Nordküste der Insel einschnitt. Mehr als fünfzehntausend Seeräuber, ihre Frauen und Kinder nebst zahlreichen Katzen, Hunden und Hühnern lebten eng zusammengepfercht in der Stadt. Im Hafen drängten sich alle nur vorstellbaren Segelschiffformen, einige aus dem Holz der bewaldeten Hügel ringsum erbaut, andere entführt aus entfernten Meeren und Häfen.

Die Menschen wirkten durchwegs freundlich, obwohl ihre wilden Augen, ihre grellfarbenen Tücher und die gut sichtbaren Dolche bewirkten, daß Aschure Caelum fest an sich drückte. Viele Seeräuber winkten Isgriff lächelnd zu, als er durch die Straßen schritt. Der ehemalige Baron und jetzige Prinz von Nor fand eine komfortable Unterkunft in einem Gasthof nahe dem Hafen, sorgte dafür, daß Aschure auf ihr Zimmer gebracht wurde, und traf Vorbereitungen für ihre morgige Reise zum Tempelberg.

In dieser Nacht fand Aschure keine Ruhe, sondern fuhr beim leisesten Geräusch, bei der geringsten Bewegung der Zwillinge aufgeschreckt hoch. Nicht ein Laut drang aus Sternenströmers Kammer, die neben ihrem Zimmer lag, und sie fragte sich, wie der Zauberer so tief schlafen konnte, da er doch dem geheimnisvollen Sternentempel, nach dem er sich so lange verzehrt hatte, jetzt so nahe war.

Endlich, als die Morgendämmerung bereits den Himmel im Osten färbte, fiel sie in einen unruhigen Schlummer und träumte.

Sie stand im Dunkel, umgeben vom Schlagen von Wellen, verdächtigen Stimmen und zustoßenden Fingern.

»Ist sie das?«

»Sie muß es sein – könnt Ihr den Sog ihres Blutes an der Küste spüren?«

»Dann kann es doch nur sie sein?«

Sie trat einen Schritt zur Seite, weg von den Fingern und den Fragen, aber nur, um auf weitere zu stoßen.

»Wie können wir feststellen, ob sie es wirklich ist?«

Die Stimmen klangen ärgerlich, aufgeschreckt, und Aschure fürchtete sich.

»Ein Fehler wäre zu gefährlich. Gerade in dieser Zeit viel zu gefährlich.«

»Seid Ihr gefährlich, unbekannte Frau?«

Ihre Hand flog zu ihrer Kehle, wo sich ein Finger schmerzhaft in ihr Fleisch bohrte, und die Wesen um sie herum keuchten auf.

»Sie trägt den Sternenkreisring!«

»Tatsächlich!«

»Wie lautet Euer Name, Ringträgerin?«

»Habt Ihr ihn gestohlen?«

Sie drehte sich in der Dunkelheit, versuchte zu sehen. »Mein Name ist Aschure. Und nein, der Ring wurde mir übergeben.«

»Aschure!«

»Oh, der Name!«

»Aschure!«

»Aschure!«

Sie öffnete die Augen und blickte in Sternenströmers lächelndes Gesicht.

»Wacht auf, schöne Dame. Der Morgen ist angebrochen, und der Tempel erwartet uns. Wacht auf.«

»Schwiegervater?« Aschure setzte sich auf, die Augen schwer vor Müdigkeit.

»Ich habe nach Imibe geschickt, damit sie Euch beim Ankleiden hilft. Was ist das?« Seine Finger streiften träge ihre Kehle. »Ihr habt Euch im Schlaf gekniffen, glaube ich. Eine kleine Verfärbung, mehr nicht. Seht, da kommt ja schon Imibe.«

Obwohl sie in aller Frühe aufbrachen, benötigten sie beinahe den ganzen Tag für ihre Reise zum Tempelberg. Die meisten benutzten die Pferde und Wagen, die Isgriff gemietet hatte, aber Freierfall flog voraus und meinte, er wolle die Priesterinnen vorwarnen, daß sich eine Reisegesellschaft nähere, ohne jedoch Einzelheiten zu verraten.

An diesem Tag machte die Insel ihrem Namen alle Ehre. Sanfter Nebel umhüllte jedes Gebäude, jede Straßenbiegung, und keiner vermochte mehr als ein paar Schritte weit zu sehen.

»So wie jetzt schaut es hier die meiste Zeit aus«, erklärte der

Prinz. Er saß vorne bei dem Kutscher auf der Bank und hatte sich zu den anderen umgedreht. »Das klare Wetter von gestern stellt hier die Ausnahme dar. Vom Meer aus wirkt die Insel wie eine dahinziehende Wolke, mehr nicht. Die meisten Segelschiffe bleiben lieber in sicherer Entfernung, und zwar nicht nur wegen der Piraten, sondern auch wegen sagenhafter Kreaturen, die in den Tiefen des Nebels lauern.«

Aschure erschauerte bei dieser Vorstellung und zog ihren Umhang fester um sich. Hätte sie die Insel nicht im freundlichen Licht der Sonne erblickt, dann hätte der Nebel auch sie ein bißchen mehr als nur nervös werden lassen, das wußte sie. Sogar Geräusche wurden nach ein paar Schritten schwächer und erstarben schließlich ganz. Das geschäftige Treiben der Stadt drang nur gedämpft zu ihnen herüber, und vorübereilende Passanten wirkten wie Geister, die eher der Einbildung als der Wirklichkeit entsprungen zu sein schienen.

»Und der Tempelberg?« fragte die junge Frau.

Statt des Prinzen antwortete ihr Sternenströmer. Er hielt den Blick auf den Nebel gerichtet, der sich vor ihm ausbreitete. »Der Tempelberg liegt immer im Licht, Aschure. Der Nebel mag den Fuß des Berges umfangen, aber das Plateau befindet sich so hoch oben, daß es immerzu vom Licht der Sonne und der Sterne beschienen wird.«

»Ihr sprecht so, als hättet Ihr ihn bereits mit eigenen Augen gesehen, Sternenströmer«, erklärte Isgriff belustigt.

»Die Ikarier haben den Tempel der Sterne niemals vergessen, Prinz. Niemals.« Die Stimme des Zauberers klang ruhig und gleichmütig, und so drehte Isgriff sich wieder um und nahm seine leise Unterhaltung mit dem Kutscher neuerlich auf.

Die Straße stieg ein wenig an, als die letzten geduckten Schatten der Gebäude hinter ihnen verschwunden waren. Den ganzen Morgen lang stiegen sie bergan, die Straße wand sich höher und höher und wurde immer steiler. Mittags hielten sie an, um eine Mahlzeit zu sich zu nehmen und die Pferde zu tränken, aber sie brachen eilig wieder auf, denn der Prinz erklärte, ein gutes Stück Weges liege noch vor ihnen.

»Den letzten Abschnitt müssen wir zu Fuß schaffen«, knurrte er, während er Aschure in den Wagen zurückhob. Sternenströmer warf ihm einen besorgten Blick zu.

Gegen Mitte des Nachmittags lichtete sich der Nebel, und Aschure erkannte die Stämme riesiger Bäume und Büschel von Farnen, die zu beiden Seiten der Straße wucherten.

»Den größten Teil der südlichen Inselhälfte bedeckt ein undurchdringlicher Dschungel«, erklärte Isgriff auf ihren fragenden Blick hin. »Dort wohnt kein Mensch. Vom Tempelberg und der Gegend um den Hafen herum abgesehen, befindet sich die Insel in dem Zustand, in dem die Götter sie geschaffen haben. Die Piraten kümmern sich nicht um den Urwald. Wer weiß, vielleicht leben wirklich seltsame Wesen in den Tiefen dieses grünen Wirrwarrs.«

Aschure konnte inzwischen den ganzen Berg erkennen, der sich vor ihnen erhob. Der majestätische Anblick und seine Schönheit nahmen ihr den Atem. Der felsige Gipfel selbst begann nach weiteren zweitausend Schritt in die Höhe, und niedriges Buschwerk wuchs zwischen großen Granitplatten. Die Straße führte steil hinauf und endete nach zwei Dritteln des Weges in einer weiten Kehre, wo die Wagen zur Rückfahrt gewendet werden konnten.

Von dort aus führten steile Stufen hoch zum Tempel.

Sternenströmer, dessen vorherige streitlustige Stimmung vergangen zu sein schien, wechselte besorgte Blicke mit Isgriff.

Aschure bemerkte nichts davon. »Wir sind beinahe da«, flüsterte sie Caelum aufgeregt zu. »An diesem Ort lebte einst meine Mutter!«

Trotz der Erinnerungen, die sich ihr wieder erschlossen, seit Axis ihre selbst errichteten inneren Sperren durchbrochen hatte, fiel es Aschure schwer, sich ihre Mutter ins Gedächtnis zu rufen. Ein freundliches, schönes Gesicht, ein paar Worte, eine sanfte Berührung und ein noch sanfteres Lachen … und dann der geschwärzte Körper, der ein Opfer der Flammen geworden war.

Oben auf dem Gipfel des Berges hoffte die junge Frau, Antworten zu finden, nicht nur über die Herkunft ihrer Mutter, sondern auch, um mehr über sich selbst zu erfahren. Sowohl Niah als auch Wolfstern, ihre Eltern, hatten ihr dringend geraten, diesen Ort aufzusuchen, an dem auch sie sich aufgehalten hatten – den einzigen Ort, an dem sie alle drei vereint gewesen waren, auch wenn Aschure gerade eben erst empfangen worden war.

Und dies war der Ort, an dem sie Wolfsterns Worten zufolge die Möglichkeit fände, zu lernen und die Lehren anderer zu empfangen. Aber wer mochten diese anderen sein? Aschure runzelte die Brauen, während sie, das Gesicht in Caelums Haar vergraben, ein wortloses Lied summte. Die Priesterinnen? Oder diese seltsamen Stimmen aus ihrem Traum?

Die junge Frau hoffte, hier alle Antworten zu finden, denn ohne sie mochten Axis entsetzliche Gefahren drohen, denen sie nicht entgegenwirken konnte, und dieser Gedanke erfüllte Aschure mit schrecklicher Angst.

Knarrend kamen die Wagen zum Stehen, und aus ihren Träumereien gerissen, schreckte Aschure auf. Erst jetzt nahm sie wahr, wie hoch sie bereits waren.

Die junge Frau übergab Caelum Sternenströmer und ließ sich von ihrem Onkel aus dem Wagen helfen. Der Rest ihres Gefolges, etwa vierzig Diener und Gehilfen, verließ ebenfalls seine Fuhrwerke und entlud das Reisegepäck. Aschure wandte sich von der nackten Klippenwand ab, die sich vor ihr erhob, und ließ den Blick über die Insel schweifen.

Aus diesem Blickwinkel und unter dem inzwischen klaren Himmel wirkte die Aussicht ehrfurchtgebietend. Tief unter ihr dehnte sich die Insel nach Norden und Westen aus, und der Nebel hatte sich mittlerweile weit genug gelichtet, daß sie die verschwommenen Rauchfäden erkennen konnte, die von den Schornsteinen der Stadt am Hafen aufstiegen. Im Westen erstreckte sich weithin der undurchdringliche Dschungel, und an den Wipfeln der höchsten Bäume hafteten noch immer Nebelschwaden. Jenseits des westlichen Randes des Dschungels breitete sich das Meer aus, das aus dieser Entfernung ebenso grün und geheimnisvoll aussah wie der Urwald.

»Aschure?« Sternenströmer war zu ihr getreten. »Wie fühlt

Ihr Euch? Seht Ihr Euch in der Lage, die Treppen zu ersteigen, oder möchtet Ihr, daß Isgriff oder ich Euch hochtragen?«

Die junge Frau drehte sich um. Jedermann, von den Kutschern bis zu ihrem eigenen Gefolge, betrachtete sie schweigend. Ihr Blick huschte zu den Treppen, die sich vor ihr erhoben, und sie mußte leicht den Hals drehen, um deren Verlauf hoch zum Plateau in Augenschein zu nehmen; die Alaunt hatten bereits die Hälfte der Strecke bewältigt. Glaubten die anderen etwa, sie schaffte es nicht?

Die Vorstellung, diese Stufen hinaufsteigen zu müssen, erfüllte sie in Wahrheit selbst mit Bedenken. Aber dann erwachte ihr Stolz: Sie wollte sich auf keinen Fall von Sternenströmer oder Isgriff wie ein Möbelstück nach oben befördern lassen. Verdammt seien diese Zwillinge, fluchte sie lautlos. Ohne diese Last könnte ich diese Treppen hinaufspringen und geriete nicht einmal ins Keuchen.

»Spart Euren Atem für den Aufstieg«, entgegnete sie daher kurz angebunden, raffte ihre Röcke zusammen und marschierte entschlossen auf den Fuß der Treppe zu. »Ich werde es schon schaffen.«

Kurze Zeit später jedoch konnte jedermann erkennen, wie sehr Aschure sich mit diesen Worten selbst überschätzt hatte; denn sie brach plötzlich zusammen und riß sich Schienbeine und Knie an den Stufen auf, während sie sich mit schweißnassen Händen verzweifelt an dem schmalen Eisengeländer festklammerte, um ihren Sturz abzufangen. Hätte sich Isgriff nicht unmittelbar hinter ihr befunden, so wäre sie zweifellos den ganzen Weg zurück bis zum Fuß der Treppe gerollt. Doch ihr Onkel fing sie mit starken Armen auf und half ihr wieder auf die Beine.

»Verfluchter Stolz«, murmelte er, selbst außer Atem. »Ich bin mir sicher, daß er von dieser Mischung aus Nor- und Ikarierblut herrührt.«

Sternenströmer eilte die Stufen hinunter und nahm Aschures Gesicht in seine freie Hand, während er Caelum mit der anderen sicher auf seiner Hüfte hielt.

»Könnt Ihr oder ein Mitglied der Staffel sie zum Gipfel fliegen, Zauberer?« fragte Isgriff.

»Nein«, antwortete Sternenströmer. »Sie ist zu schwer. Kommt Ihr zurecht?«

Der Prinz von Nor grinste. »Wenn ich versage, seid Ihr an der Reihe, Verehrtester. Und wenn sie uns beide überfordert, dann rufe ich einen ihrer stämmigeren Soldaten herbei.« Er drehte leicht den Kopf, um seine Nichte anzuschauen. »Aschure?«

»Sie ist ohnmächtig geworden«, erklärte Sternenströmer. »Los, Mann, mir steht nicht der Sinn danach, den restlichen Tag hier zu verbringen. Die Priesterinnen können sich um sie kümmern, sobald wir den Gipfel erreicht haben.«

Schließlich gelang es ihnen, Aschure sicher die Treppe hinaufzutragen. Ihre leisen Seufzer begleiteten den letzten Abschnitt des Aufstiegs, als sie langsam wieder zu sich kam. Isgriff, der Aschure für die letzten zehn Minuten noch einmal von Sternenströmer übernommen hatte, ließ sie vorsichtig auf den weichen Grasteppich gleiten und beobachtete, wie die Frau, die sie erwartet hatte, schweigend vortrat.

»Erste Priesterin«, sprach er sie an, »wir bringen Euch eine erschöpfte, schwangere Frau, die Eurer Hilfe bedarf.«

Aber die Erste Priesterin, eine grauhaarige und hagere Frau, verschwendete keinen Blick an Isgriff oder die zu seinen Füßen zusammengesunkene Frau.

»Zauberer«, flüsterte sie und verbeugte sich tief vor Sternenströmer. »Endlich!«

»Ich entbiete Euch meinen Gruß«, antwortete der Ikarier, »aber zunächst ersuche ich Euch, dieser Schwangeren hier zu helfen.«

Die Priesterin musterte Aschure und beugte sich zu ihr nieder, um ihren Kopf in die Hände zu nehmen. Lange Zeit betrachtete sie das junge Antlitz, dann erblaßte sie.

»Oh, bei den Sternen in den Himmeln«, flüsterte die Erste Priesterin schließlich, und ihre Hände umfaßten Aschures Gesicht fester. »Ihr seid ja ihre Tochter!«

17

Der Tempelberg

Für den Rest des Tages, die ganze Nacht hindurch und bis weit in den nächsten Vormittag hinein schlief Aschure. Sie erwachte schließlich, um sich einer grauhaarigen Frau gegenüberzusehen, die am Fußende ihres Bettes saß und weiße Leinengewänder trug, dazu eine himmelblaue Schärpe, die um ihre Taille und über die linke Schulter geschlungen war.

»Ihr seid erwacht, Geheiligte Tochter. Wie schön. Wißt Ihr, wo Ihr Euch befindet?«

»Auf dem Tempelberg«, murmelte Aschure und bemühte sich darum, eine sitzende Haltung einzunehmen.

»Ja, gut.« Die Frau nahm ein Glas vom Tisch. »Trinkt dies.«

Aschure nahm das Glas, hob es an die Lippen und bemerkte dabei, daß ihr Mund und ihre Kehle ausgedörrt waren.

»Das ist ein stärkender Trunk, Tochter«, erklärte die Frau. »Ihr leidet unter einem bedauerlichen Kräftemangel. Aber macht Euch keine Sorgen, Euren Kindern geht es gut. Sie sind, so glaube ich, dafür verantwortlich, daß Ihr so erschöpft seid.«

Aschure trank das Glas leer und gab es der Frau zurück, während sie sich in dem sparsam eingerichteten Raum umsah. »Wer seid Ihr?«

Die Frau lächelte, und ihr Gesicht verlor ein wenig von seiner Strenge. »Ich bin die Erste Priesterin.« Sie unterbrach sich. »Ich habe keinen Namen.«

»Ihr wißt, wer ich bin?«

Die Frau nickte. »Ja, das weiß ich, aber … nein! Schweigt bitte. Denn darüber möchte ich jetzt nicht sprechen.«

Aschures Augen füllten sich mit Tränen, und die Priesterin beugte sich vor und nahm das Gesicht der jungen Frau zwischen beide Hände. »Ihr habt Fragen,« erklärte sie, »das ist mir durchaus bewußt. Aber Ihr habt noch genug Zeit, Antworten darauf zu bekommen, denn ich nehme nicht an, daß Ihr noch sehr lange warten müßt, bis die Kinder geboren werden. Jetzt werdet Ihr erst einmal essen, dann werde ich Euch baden und ankleiden – denn das ist mein alleiniges Vorrecht – und anschließend werden wir zusehen, daß wir sowohl die Ikarier als auch die Männer aus Nor beruhigen, die sich große Sorgen um Euch machen.«

Sie lächelte liebreizend und strafte dadurch ihr Alter und ihre Strenge Lügen. »Hier umgeben uns einige der größten Mysterien dieser Welt, und alles, was die da draußen fertigbringen, ist, sich um die Frau in dieser Zelle Sorgen zu machen. Aber andererseits«, ihr Lächeln wurde schwächer, und sie tätschelte Aschures Wange, »weiß ich, wer Ihr seid und wer Eure Eltern sind, und es überrascht mich keineswegs, daß Ihr so viel Aufmerksamkeit und Liebe erfahrt. Kommt, versucht diese Früchte. Sie werden Euch guttun.«

Nachdem die Erste Priesterin Aschure mit Essen versehen, sie gebadet und angekleidet hatte, holte sie Caelum und beobachtete still, wie Aschure ihren Sohn herzte und an die Brust legte.

»Man erzählte mir, sein Vater sei der Sternenmann aus der Prophezeiung«, meinte die Priesterin schließlich.

Aschure löste den Blick von ihrem Sohn. »Ja, das ist er.«

Die Priesterin seufzte, wobei sie mit den Quasten ihrer Schärpe herumspielte. »Ereignisse und Personen von großer Bedeutung wandeln über diese Welt, Aschure. Ich hoffe, wir erweisen uns ihrer als würdig.«

»Erste Priesterin, ich kam nicht nur hierher, um mehr über meine Mutter oder das Geheimnis meiner Empfängnis herauszufinden. Ich bin auch gekommen, um mich selbst zu entdecken.«

Die Frau erhob sich langsam und umständlich. »So wie wir alle, mein Kind, so wie wir alle. Nun, ist Euer Sohn gesättigt?

Gut. Kommt, und ich werde Euch den Tempel der Sterne zeigen. Fragen haben bis heute abend Zeit.«

Vor dem Zimmer warteten Sternenströmer, Isgriff, Freierfall, Abendlied und alle Alaunt. Auf den Mienen der Menschen, Ikarier und Hunde zeichneten sich verschiedene Grade von Besorgnis ab. Aschure gab einen Laut des Entzückens von sich, als sie Abendlied erblickte, und übergab Caelum hastig seinem Großvater, um die Ikarierin stürmisch zu umarmen.

»Ich fühle mich wohl«, beantwortete sie alle Fragen. »Ein wenig müde, aber sonst geht es mir gut.«

»Aber das wird nicht so bleiben, wenn Ihr alle sie weiterhin so bedrängt«, erklärte die Erste Priesterin streng. »Ich nehme Aschure mit, um ihr die Tempelanlage zu zeigen. Sternenströmer, Ihr mögt uns begleiten, denn ich muß noch ein ausführliches Gespräch mit Euch führen. Abendlied, Ihr könnt ebenfalls mitkommen und das Kind tragen. Die anderen Männer müssen hierbleiben. Ich lasse außerdem nur einen der Hunde zu.«

Die Erste Priesterin setzte sich daraufhin unverzüglich in Bewegung, und Isgriff und Freierfall wichen hastig zur Seite. Aschure lächelte ihnen entschuldigend zu, als sie an ihnen vorüberschritt, aber sie tat gleich darauf einen tiefen Atemzug vor Begeisterung, als die Priesterin sie in einen Kreuzgang geleitete, von dem aus man auf einen bezaubernden Garten mit Lavendelbeeten und niedrigen Wacholderbüschen blickte. Sicarius wich nicht von ihrer Seite.

»Ihr lagt im Schlafsaal der Priesterinnen, Aschure«, erklärte die Erste, während sie die Gruppe durch die Wandelgänge führte, um dann nach links in einen Durchgang neben einem hohen Steingebäude abzubiegen, »und dies ist die Tempelbibliothek. Ihr könnt Euch das Innere gern ein andermal ansehen.«

»An diesem Ort verbringt Freierfall den größten Teil seiner Zeit«, warf Abendlied ein, die an Aschures Seite einherschritt. Die junge Vogelfrau wirkte sanfter, als Aschure sie in Erinnerung hatte, und es kam ihr seltsam vor, sie in einer Robe anstelle von Hosen zu sehen. Die Ikarierin wiegte Caelum in den Armen und lächelte ihn an, dann winkte sie Aschure zu. »Aber ich sorge dafür, daß Freierfall sich gelegentlich an meine Anwesenheit erinnert und bemerkt, daß nicht alle Wunder der Tempelanlage mit steinernen Portalen versehen sind.«

Aschure unterdrückte ein Kichern und schnappte im nächsten Moment höchst erstaunt nach Luft, als die Erste Priesterin sie über eine kleine Brücke auf eine großartige, gepflasterte Straße führte. Sie war flankiert von Säulenreihen aus glattem Granit, die sich über schmalen, von Farnen eingesäumten Wasserläufen erhoben, in denen sich Fische zwischen Wasserlinien tummelten.

»Die Avenida, die Prozessionsstraße«, erklärte die Erste und wies nach rechts. »Sie führt von den Treppen an der Klippe zu unserem Tempel der Sterne.«

Aschures Blick folgte der ausgestreckten Hand der Frau. Zu ihrer Linken, auf einer leichten Erhöhung, schien sich ein riesiger, mit Marmor ausgelegter Kreis zu befinden. Die junge Zauberin runzelte die Stirn. Wo stand denn hier ein Tempel?

Sternenströmer lächelte angesichts des Nichtverstehens in der Miene seiner Schwiegertochter, aber er sagte kein Wort.

»Kommt«, forderte die Erste sie auf, »hier gibt es ein paar andere Stellen, die ich Euch zuerst zeigen will.«

Sie führte die kleine Gruppe über die Prachtstraße und eine weitere schmale Brücke auf weiche Rasenflächen und wies auf einige kleinere Gebäude weiter rechts. »Die Schulhäuser und die Unterkünfte der Kinder«, erklärte die heilige Frau und wollte schon weitergehen, als Aschure leise ihren Arm berührte.

»Schulhäuser? Kinder?«

Die Priesterin zog eine Augenbraue hoch. »Wir leben hier nicht völlig abgesondert, meine Liebe. Viele der Adligen aus Nor lassen ihre Kinder bei uns erziehen, ebenso wie fast die gesamte Bevölkerung von Piratenstadt.«

Sternenströmer und Aschure starrten einander ungläubig an. Wie hatte das Geheimnis der Insel so lange unangetastet bleiben können, wenn zahlreiche Mitglieder des Adels von Nor ihre Kinder hier ausbilden ließen?

Und Piraten ... gebildete Seeräuber?

Die Priesterin schritt durch einen bezaubernden Garten auf ein großes, kreisförmiges, von hohen Mauern aus hellem Stein umschlossenes und fensterloses Gebäude zu.

»Ah«, meinte Sternenströmer an Aschures Seite. »Ich weiß, was wir vor uns haben – genau wie Ihr, Aschure, wenn Ihr erst einmal einen Blick hineingeworfen habt.«

Die Erste geleitete sie durch einen Torbogen in der Mauer, dann einige Treppen hinauf. Sternenströmer faßte Aschure an den Ellenbogen, und sie war nicht undankbar für seine Hilfe beim Treppensteigen, und dann traten sie auf einen Balkon hinaus, der sich auf halber Höhe auf der Innenseite des Gebäudes ins Freie öffnete.

»Oh«, war alles, was die junge Frau herausbrachte, und sie fühlte, wie sich Sternenströmers Griff an ihrem Arm verstärkte.

»Eines Tages«, meinte Abendlied hinter ihnen, »werden wir alle hierher nach Hause zurückkehren und an diesem Ort unsere Nester bauen. Und wenn uns dies tatsächlich vorherbestimmt sein sollte, Vater, müßt Ihr derjenige sein, der uns hier willkommen heißt und die Worte der Ankunft und der Begrüßung spricht.«

Aschure hatte gewiß nicht vor, ihrem Schwiegervater dieses Recht zu mißgönnen. Sie befanden sich auf halbem Weg nach oben an einer der Mauern des Versammlungsortes der Ikarier, dessen kreisförmig angeordnete Sitze tief unten begannen und bis hoch über ihre Köpfe in den Himmel ragten. Der ursprünglichen Versammlungsort, der aus einer Zeit stammte, da die Vogelmenschen die Himmel über ganz Tencendor bevölkerten. Das Gebäude befand sich noch immer in makellosem Zustand, und es überraschte Aschure keineswegs, als sie viele Tage später erfuhr, daß beinahe monatlich vierzig bis fünfzig Männer und Frauen von Piratenstadt herüberkamen, um Unkraut zu jäten und die Steinstufen und Säulenreihen zu polieren.

Dieser Versammlungsort, bei dem es sich nicht wie bei den anderen, den jüngeren, um eine Halle, sondern um eine Art Amphitheater handelte, besaß die zwölf- bis fünfzehnfache Größe seines Gegenstückes im Krallenturm und imponierte seinen Betrachtern mehr durch seine enorme Größe als durch kompli-zierte oder filigrane Schnitzereien.

Vom Bodenrund aus erhoben sich ringförmig blaßgoldene Steinstufen so hoch in den Himmel, daß das untere Drittel des Versammlungsortes im Schatten lag. Die einzige Verzierung, die Aschure entdecken konnte, befand sich auf dem Boden: Anders als der mit goldgeädertem Marmor bedeckte Boden in der Versammlungshalle im Krallenturm wies dieser hier ein vielfarbiges Mosaik auf, welches Konstellationen und Galaxien darstellte – eine Sternenkarte.

Ein Dach aber fehlte diesem Amphitheater.

»In alten Zeiten, Aschure«, erklärte Sternenströmer, während sich der Griff seiner Finger lockerte, »schwebten die Ikarier von den nächtlichen Sternen in den Versammlungsort nieder, und alle trugen sie Fackeln. Sie sangen vor Freude, während sie herabflogen, und nicht wenige behaupten, in manchen Nächten hätten die Sterne selbst sie begleitet. Ich kann es ...« Seine Stimme versagte, und er hielt inne, um die Fassung wiederzuerlangen. »Ich kann es kaum erwarten, diesen Anblick wieder vor Augen zu haben.«

Die Erste Priesterin starrte den Zauberer an und richtete ihren Blick dann rasch auf Aschure. Sie öffnete den Mund, um etwas zu sagen, entschied sich aber dagegen und wies auf die Stufen, die sich hinter ihnen befanden.

»Kommt mit«, meinte die Erste, »es gibt noch mehr zu sehen.«

Wieder im Grünen, ließ Sternenströmer Aschures Ellbogen los und brachte ein Lächeln zustande. »Ich hatte nicht damit gerechnet, daß mich der Anblick des Versammlungsortes so überwältigen würde.«

Abendlied, die sich Sternenströmer näherfühlte als je zuvor, ergriff den Arm ihres Vaters, und geraume Zeit schritt die Gruppe schweigend durch Obstgärten und Weinberge. Sicarius, der sich mittlerweile keine Sorgen mehr um Aschure machte, schnüffelte zwischen den Baumstämmen herum und knurrte eine pfirsichfarbene Katze an, die hoch oben auf einem zitternden Zweig saß. Schließlich erreichte die Gruppe eine Kuppel aus merkwürdig grünem Stein, deren Umfang mindestens hundert Schritte betrug.

Aschure rechnete damit, daß die Priesterin anhalten und ihre Begleiter hineinführen, zumindest aber eine Erklärung über das Bauwerk abgeben würde, aber die heilige Frau murmelte lediglich: »Die Kuppel«, bevor sie entschlossen und mit kerzengeradem Rücken weitermarschierte.

Die Kuppel der Sterne, Aschure, erklangen Sternenströmers Worte in ihrem Geist.

Aber warum meidet die Priesterin das Bauwerk denn so offensichtlich?

Die Kuppel ist dem Orden der Sterne und den Priesterinnen ganz besonders heilig. Nur die Erste Priesterin darf sie jemals betreten. Sternenströmer hielt inne. *Ich weiß nicht, was im Inneren auf sie wartet.*

Sobald sie die Kuppel hinter sich gelassen hatten, schien es der Ersten Priesterin wieder wohler zu sein, und sie führte die kleine Gruppe zum Rand der Klippe am südlichsten Ende der Insel. Tausende von Schritten unter ihnen brandete das Meer gegen die Felsen. Sternenströmer, Aschure und Abendlied mit Caelum auf dem Arm standen gelassen am äußersten Rand der Klippe, und ihr Ikarierblut verlieh ihnen das Gleichgewicht und den Mut, sich von dem jähen Abhang zu ihren Füßen keine Angst einjagen zu lassen. Neben ihnen stand der Riesenhund, und der Klippenrand bröckelte leicht unter seinen Vordertatzen weg.

Die Priesterin, in deren Adern menschliches Blut floß, hielt sich klugerweise ein paar Schritte von der Klippenkante entfernt. »Seht Ihr?« fragte sie, wobei sie nach unten wies. »Erkennt Ihr die Stufen?«

Die anderen blickten in die angegebene Richtung. Eine Treppe, so schmal, daß nur jeweils eine Person sie benutzen konnte, führte, dicht an den Fels geschmiegt, vom Klippenrand nach unten, wo sie in der Gischt der aufspritzenden Wellen verschwand. »Wohin …« setzte die junge Frau an, doch die Priesterin unterbrach sie.

»Sie führt zur Gruft des Mondes, Aschure.«

Sternenströmer hob den Kopf. »Ich nahm an, die Gruft des Mondes sei zugemauert worden, Erste Priesterin. Daß der Ort verlassen und leer sei.«

Die Erste starrte ihn kurz an. Sie bewunderte seine Schönheit, wie er hier im Sonnenlicht stand, während der Wind sein Haar und die Federn seiner Flügel zerzauste. Wie glücklich sie sich doch preisen konnte, lange genug gelebt zu haben, um diesen Anblick genießen zu dürfen. »Sie ist immer noch offen, Zauberer, aber sie sucht sich ihre Besucher sorgfältig aus. Hütet Euch also davor, diesen Ort uneingeladen aufzusuchen.«

Die Warnung ließ ihre Stimme rauher klingen, und Sternenströmer zog sich einen Schritt von der Klippenkante zurück. Abendlied folgte seinem Beispiel, aber Aschure blieb stehen, da sie glaubte, inmitten des Donnerns der Brandung Stimmen zu vernehmen.

Ist sie das?

Wie können wir sicher sein, daß sie es ist?

Trägt sie den Kreis?

Aschure? Aschure? Aschure?

»Aschure?« Sternenströmers Stimme durchdrang schneidend ihre Gedanken, und sie zuckte zusammen. »Möchtet Ihr den Tempel der Sterne sehen?«

Sie lächelte und folgte ihren Gefährten die grasbewachsenen Abhänge hinauf, die zur höchsten Stelle der gesamten Anlage und zum Tempel führten. Aber die Schreie aus den Wellen blieben ihr noch lange im Gedächtnis.

Der Tempel sah anders aus, als Aschure erwartet hatte. Ihr Gesicht verzog sich vor Enttäuschung, nachdem sie den sanften Anstieg bewältigt hatte und endlich den Tempel vor sich sah in all seiner ... Pracht?

»Ich glaube, Isgriff erwähnte, daß der Tempel gut erhalten sei«, flüsterte sie. »... noch vollkommen in Schuß.«

»Und das ist er auch, Aschure, das ist auch der Fall«, erwiderte Sternenströmer leise und völlig gebannt von dem Anblick, der dem Volk der Ikarier so lange verwehrt worden war.

Aschure vermochte seine Ergriffenheit nicht zu teilen. Alles, was sie erkennen konnte, war ein großer flacher Kreis aus Marmor, der die gesamte Spitze der Erhebung bedeckte und vielleicht fünfzig oder sechzig Schritt im Durchmesser maß. Der Marmor wirkte noch nicht einmal gut poliert, kaum mehr als sauber gefegt, und dies eher vom Wind als durch Menschenhand. Sie entdeckte nicht eine Säule, keinen Altar, weder ein Bildnis noch ein einziges Stück Steinmetzkunst.

»Ist das alles?« fragte sie. »Mehr gibt es hier nicht zu sehen?«

Sternenströmer wandte sich um und starrte sie an, und in seinem Gesicht spiegelte sich die lebendige Macht. »Man kann einen Tempel aus vielen Dingen errichten, Aschure. Manchmal aus Stein oder Holz. Ein anderes Mal aus Ziegeln und Mörtel. Gelegentlich auch aus dem Blut und der Hoffnung derjenigen, die in ihm beten. Hin und wieder aus Ideen. Und manchmal ... manchmal kann ein Tempel aus Licht und Musik errichtet werden.«

18

Niah

Am Abend desselben Tages saß Aschure, nachdem sie sich ausgeruht und gegessen hatte, mit der Ersten Priesterin in ihrem schmucklosen Gemach beisammen. Eine einzige Lampe brannte auf dem Schreibpult, das zwischen ihnen stand, und ihr Flackern ließ Schatten über die Gesichter der beiden Frauen tanzen. Einen Moment lang verliehen sie der einen die Schönheit ihrer vergangenen Jugend, der anderen die Gelassenheit, an der es ihr für gewöhnlich mangelte.

»Werdet Ihr mir von meiner Mutter erzählen?« fragte Aschure schließlich.

Die Erste hielt inne, dann neigte sie das Haupt. »Ja. Ich habe keine andere Wahl.«

»Was meint Ihr damit, Ihr habt keine andere Wahl?«

Die Priesterin lächelte, aber ohne allzu viel Humor. »Eure Mutter sagte mir, Ihr würdet eines Tages hier in diesem Raum sitzen und mir Fragen stellen.« Sie stieß ein Lachen aus. »Ich glaubte ihr damals nicht. Aber ich hätte es tun sollen, ich hätte es tun sollen.«

Aschure beugte sich vor und stützte die Hände auf das Pult. »Erzählt!«

Die Hände der Priesterin tasteten verstohlen nach ihrer Schärpe und nestelten daran herum. »Eure Mutter kam als Kind in den Tempel, um unterrichtet zu werden, wie es bei so vielen Kindern aus Nor der Fall war. Aber es gefiel ihr hier so sehr, daß sie darum bat, nach dem Ende ihrer Ausbildung bleiben zu dürfen. Ich war fünf Jahre jünger als sie und besuchte zu der Zeit, als sie ihr Noviziat im Orden begann, die Mittelschule. Aber ich erinnere mich noch gut an diese Zeit ... so wie ich mich an alles erinnere, was Eure Mutter betrifft.«

»Sie war sehr schön und freundlich, und sie liebte mich.«

»All das kann ich bestätigen. Viel schöner, als Ihr es zur Zeit seid, aber wahrscheinlich müßt Ihr noch zu Eurer vollen Schönheit erblühen. Freundlich, gewiß, und sie wußte zu lieben. Aber diese Vorzüge erkenne ich auch in Euch, und dieses Licht hier macht mich beinahe glauben, daß sie vor mir sitzt und nicht ihre Tochter.«

»Ihr Name ist ... war Niah.«

»Ich wußte über ihren Namen Bescheid«, meinte die Erste, »aber, Kind, Ihr müßt wissen, daß alle Priesterinnen ihren Namen ablegen, sobald sie das Noviziat antreten. Für mich hatte sie keinen Namen ... aber sie bedeutete alles für mich.«

Sie schwieg, und als sie schließlich weitersprach, war ihre Stimme schwer vor Trauer. »Sie ist tot, nicht wahr?«

Aschure neigte den Kopf. »Ja. Sie starb, als ich fünf war. Sie ... sie ...«

»Ich will es nicht hören!«

Der Kopf der jungen Frau fuhr hoch, und ihr Blick wirkte plötzlich hart und voller Zorn. »Niahs Tod blieb viel zu lange unter Schmerz und Leugnen verborgen, Priesterin, die Ihr beansprucht, ihre Freundin gewesen zu sein! Wenn Ihr sie geachtet, sie geliebt habt, dann werdet Zeugin ihres Todes! Tut wenigstens das für sie!«

Die Augen der Ersten weiteten sich, und ihre Hände erstarrten, als sie über Aschures Schulter blickte. In den dunklen Nischen des Raumes konnte sie Bewegungen ausmachen, Stimmen hören, und schließlich sah sie ... sie sah ...

Sie erblickte den über die Gestalt der sich wehrenden Frau gebeugten Mann, sah seine Hände an ihrer Kehle und schaute, wie er sie, Flüche ausstoßend, schüttelte. Die Erste wurde Zeugin, wie er den Kopf der Frau in die Flammen stieß und sah das Flackern und Aufflammen des Feuers, das den gesamten Körper der Frau umloderte. Sie hörte das Stöhnen und die Schmerzens-

schreie der Frau, und sie vernahm, wie sie den Namen des Kindes schrie, das vor Entsetzen zusammengekauert in der Ecke hockte.

»Aschure! Du bist ein Kind der Götter. Suche die Antwort auf dem Tempelberg! Aaah!«

Und wieder schrie die Frau.

»Aschure!« Der Feuerball, der ihren ganzen Kopf umschloß, verzerrte ihre Stimme zu einem entsetzlichen Knistern. »Lebe! Lebe! Euer Vater … Ah! Aschure … Ah! Euer Vater!«

»Oh ihr Götter!« schrie die Priesterin und bedeckte ihr Gesicht mit den Händen. »Oh ihr Götter!«

»So starb Niah«, flüsterte Aschure, und ihr Blick war jetzt still und ruhig. »So starb meine Mutter. Und deshalb bin ich hier und suche Antwort auf die Frage, warum sie starb. Redet!«

Endlich ließ die Erste die Hände sinken und drehte ihr von Gram gezeichnetes Gesicht der jungen Frau zu, die ihr gegenübersaß. »Sie sagte, sie müsse gehen. Aber ich weiß nicht, wohin sie ihre Schritte lenkte. Ich hatte keine Ahnung, warum sie …« Ihre Stimme erstarb, und sie benötigte eine Weile, um ihre Fassung wiederzuerlangen. »Sie hat nie eine Nachricht geschickt, und ich habe mich oft gefragt, was aus ihr geworden sein mochte. Wie es ihr ging, wie das Kind beschaffen war, das sie gebar, ob sie sich glücklich fühlte.«

»Aber Ihr wußtet schon, daß sie schwanger war, als sie Euch verließ.«

»Ja.« Die Hand der Ersten schloß sich um den Griff einer Schublade im Schreibpult, und ihr Gesicht wirkte im Licht der Lampe grau. »Aschure …« Sie holte tief Luft und öffnete unvermittelt die Schublade, um ein versiegeltes Pergament zum Vorschein zu bringen. »Eure Mutter hat Euch dies hinterlassen. Lest es. Ich werde draußen warten. Ruft mich, wenn Ihr soweit seid.«

Lange Zeit saß Aschure da und schaute das zusammengefaltete Pergament an, das vor ihr lag. Als sie es schließlich an sich nahm, zitterten ihre Hände so heftig, daß sie sie fest anspannen mußte, damit die Muskeln ihr überhaupt gehorchten.

Damit hatte sie nicht gerechnet. Nein, gewiß nicht. Nicht mit einem an sie adressierten Brief.

Sie drehte das Schreiben herum. Darauf stand ein einziges Wort, mit dunkler Tinte in kühnem Schwung quer darüber geschrieben. *Aschure.*

Immer noch zitternd nahm die junge Frau das Pergament, erbrach das Siegel und fing an zu lesen.

Meine über alles geliebte Tochter Aschure, möge Euch ein langes und von Freude erfülltes Leben beschieden sein, und mögen die Sterne in ihren Himmeln allein zu Eurer Freude tanzen.

Ich schreibe diese Zeilen, gefangen im Schatten des abnehmenden Mondes, und in dem Maß, in dem er schwindet, fühle ich, wie mein Leben immer tiefer in seinen Schatten gezogen wird. In diesen Stunden spüre ich mit aller Klarheit, daß mein Tod nicht mehr lange auf sich warten läßt. Vor fünf Tagen habe ich Euch empfangen, und heute Abend, nachdem ich meine Schreibfeder niedergelegt habe, werde ich diese gesegnete Insel verlassen. Ich werde nie mehr zurückkehren – aber ich hoffe, daß Ihr es eines Tages tun werdet.

Vor fünf Nächten kam Euer Vater zu mir.

Der volle Mond stand am Himmel, und als Erste Priesterin stand mir das Vorrecht zu, in der Kuppel der Sterne zu sitzen und mich in seinem Licht und seiner Lebenskraft zu baden. Ich hörte Eures Vaters Stimme, bevor ich ihn sah.

»Niah,« flüsterte eine vor Macht bebende Stimme durch den Kuppelraum, und ich fuhr auf, da viele Jahre vergangen waren, seit ich meinen Geburtsnamen zum letzten Mal gehört hatte.

»Niah«, flüsterte die Stimme von neuem, und ich zitterte vor Furcht. Zürnten mir die Götter? Hatte ich ihnen während all meiner Jahre auf dieser geheiligten Insel, in diesem vielfach gesegneten Tempel nicht gut genug gedient?

»Niah«, erklang die Stimme wieder, und mein Zittern nahm zu, denn trotz meines der Keuschheit geweihten Lebens erkannte ich den Tonfall kaum verhüllten Verlangens … und ich fürchtete mich.

Ich stand da, und nur jahrelange Ausbildung und Disziplin verhinderten, daß ich weglief. Verzweifelten Blickes suchte ich das Dach ab, und konnte erst einmal nichts erkennen, aber dann erregte eine schwache Bewegung meine Aufmerksamkeit.

Ein Schatten wand sich vom Dach der Kuppel zu mir herunter, und trotz meiner Furcht fand mein Verstand die Zeit, sich zu fragen, wie es dem Gott gelungen sein mochte, durch die filigranen Strukturen des Kuppeldaches zu kommen – aber er war schließlich ein Gott, und ich hätte mich nicht wundern dürfen.

Der Schatten lachte und sprach meinen Namen noch einmal aus, als er schließlich vor mir stand.

»Ich habe Euch auserwählt, meine Tochter zu gebären«, erklärte er, während er mir die Hand entgegenstreckte, wobei seine Finger aufleuchteten. »Sie wird den Namen Aschure tragen.«

In diesem Augenblick verging mir alle Furcht, als hätte sie nie bestanden. Aschure ... Aschure ... Niemals zuvor hatte ich einen Mann wie Euren Vater zu Gesicht bekommen, und ich weiß, daß es in diesem Leben auch niemals wieder der Fall sein wird. Er hatte die Gestalt eines ikarischen Vogelmannes angenommen, und sein nackter Körper glich den Alabasterstatuen der Vogelmenschen, die, wie man sich erzählt, den großen Kreis des Sternentores umsäumen. Seine Flügel schimmerten golden, sogar in der Dunkelheit der nächtlichen Kuppel, und sein Haar leuchtete wie kupfernes Feuer. Die violetten Augen blitzten, gesättigt von Macht.

Aschure, uns Sternenpriesterinnen bringt man bei, jedem Verlangen der Götter zu willfahren, selbst wenn ihre Wünsche uns verwirren, aber ich ging aus eigenem Antrieb zu ihm, nicht aus Pflichtgefühl. Ich trug nichts als ein einfaches Hemd, und seine Augen und Finger loderten auf. Ich ließ das Hemd zu Boden gleiten und trat vor, bis seine Finger mich berührten.

Als seine Hand die meine ergriff, erschien es mir, als sei ich von dem Lied der Sterne eingehüllt. Und als sein Mund den meinen eroberte, glaubte ich mich vom Sog der Gestirne bei ihrem Tanz erfaßt. Seine Macht überwältigte mich so sehr, daß ich spürte, wie er mit einem einzigen Gedanken mein Leben auslöschen könnte.

Vielleicht hätte ich Furcht empfinden müssen, aber für einen Gott behandelte er mich überaus sanft – ganz im Gegensatz zu meinen Erwartungen –, und wenn er mir in dieser Nacht Schmerzen zufügte, dann erinnere ich mich nicht mehr daran.

Doch an was ich mich erinnere … ach, Aschure, vielleicht habt Ihr inzwischen selbst einen Liebhaber gehabt! Aber wißt Ihr, wie es sich anfühlt, wenn derjenige, der Euch beiliegt, die Macht der Sterne durch den Körper strömen lassen kann? Mir ist bewußt, daß er mich zuweilen gefährlich nahe an den Rand des Todes brachte, während er seine Zauber durch mich fließen und Euch in mir entstehen ließ. Aber ich vertraute ihm und ließ ihn tun, was immer er wollte. Ich lehnte mich in seine Flügel zurück, die er um mich faltete, ergab mich ihm voll Verzücken und vergalt ihm die Freude fünffach.

Ich kenne den Namen Eures Vaters nicht, denn er nannte ihn nicht, aber ich hege keinen Zweifel daran, daß er einer der Sternengötter war – vielleicht der Sonnengott, denn er brannte mit wilder und berauschender Macht, und seine blasse Haut fühlte sich unter meinen Fingern glühend an.

Ich fühle mich gesegnet, weil er mich auserwählte.

Sogar als er sich von mir zurückzog, konnte ich spüren, wie das Feuer, das er in meinem Leib entfacht hatte, zu neuem Leben erwachte. Ich schrie, und er lachte sanft, aber ich sah auch, wie sich seine eigenen Augen weiteten und die Erkenntnis über das Wunder widerspiegelten, die die meinen erfüllte.

Lange Zeit lagen wir nur still da, das Gewicht seines Körpers schwer auf dem meinen, und beide starrten wir in die Tiefen der Augen des anderen, während wir spürten, wie Ihr in meinem Leib zum Leben erwachtet.

Sogar jetzt, da ich diese Worte schreibe, kann ich das Feuer und die Magie spüren, die aufloderten, als Ihr in mir entstandet. Meine verzauberte, geheiligte Tochter – seid all das, was Ihr zu werden versprecht.

Nach langer Zeit sprach Euer Vater.

Er gebot mir, Ihr solltet weit im Nordosten in dem Dorf Smyrdon geboren werden. Dort solltet Ihr aufwachsen und schließlich dem Sternenmann aus der Prophezeiung des Zerstörers begegnen – Eurem Vater zufolge ist er jetzt ein kleines Kind, das gerade laufen lernt. Ihr sollt die Achse sein, um die sich sein ganzes Leben dreht. Euer Vater meinte, Euer frühes Leben würden Schmerz und Unglück beherrschen – und ich weinte, als er diese Worte aussprach, aber dann wischte er meine Tränen weg und sagte, Ihr würdet durch die Schatten ins Licht wandern und das Glück finden, das ich opfern muß.

Für einen Gott ist Euer Vater sanft.

Bevor er ging, liebte er mich noch einmal – und das tat er für mich allein, als bescheidenen Dank für die Tochter, die ich ihm gebären werde.

Ich weiß, daß mich in Smyrdon der Tod erwartet, und ich weiß auch, daß der Mann, den Euer Vater mir schickt, damit ich ihm gefalle und er mich heiratet, auch mein Mörder sein wird. Ich weiß, daß meine Tage von dem Moment an gezählt sein werden, da ich Euch zur Welt gebracht habe. Was Euer Vater von mir verlangt, kommt mich hart an, denn wie soll es mir gelingen, mich diesem Pflughüter zu unterwerfen, da ich doch weiß, daß ich durch dessen Hand sterben werde? Wie soll ich ein unbefangenes Lächeln auf mein Gesicht zwingen, wie soll ich es schaffen, daß mein Körper willig ist? Wie kann ich mich irgendeinem Mann hingeben, nachdem ich den Gott kennengelernt habe, der Euer Vater ist? Wie kann ich mich in ein Leben fügen, welches von der verhaßten Bruderschaft des Seneschalls bestimmt wird, da ich doch die Erste Priesterin des Sternenordens gewesen bin?

Euer Vater erkannte meine Zweifel und sah meinen zukünftigen Schmerz, und er tröstete mich und versprach, ich würde eines Tages wiedergeboren werden und für alle Ewigkeit seine Geliebte sein. Er sagte, er sei gestorben und doch wieder ins Leben zurückgekehrt, und ich würde einen ähnlichen Pfad einschlagen.

Euer Vater sagte, er liebe mich.

Vielleicht war das eine Lüge, aber ich beschloß, ihm zu glau-

ben. Alles andere hätte mich in tiefste Verzweiflung gestürzt. Sein Versprechen und Euer Leben werden mich in meinem Tod und darüber hinweg in meine nächste Existenz geleiten.

Ich hoffe, daß der Pflughüter mir genug Zeit mit Euch läßt, damit Ihr Euch später daran erinnern könnt, wie sehr Eure Mutter Euch liebte.

Wisset, daß ich Euch liebe, auch über den Tod hinaus und bis in die Ewigkeit, die Euer Vater mir versprach.

Niah.

Nachdem Aschure die Zeilen bis zu Ende gelesen hatte, konnte sie durch den Tränenschleier vor ihren Augen nichts mehr sehen und zitterte so stark, daß ihr der Brief aus den Händen glitt.

»Seid verflucht!« schrie sie. »Seid verflucht, Wolfstern, der Ihr Niah so schmählich belogen habt!« die junge Frau legte den Kopf auf die Arme und weinte hemmungslos.

Nach langer, langer Zeit setzte sie sich wieder aufrecht hin, wischte die Tränen weg, hob den Brief auf und faltete ihn sorgfältig zusammen, bevor sie ihn in eine Tasche ihres Gewandes steckte.

Draußen vor der Tür wartete die Erste Priesterin. Sie streckte die Hand nach Aschure aus, aber die junge Frau wich vor ihr zurück. »Was wißt Ihr über meine Empfängnis, Erste Priesterin?«

Die Augen der alten Frau leuchteten teilnahmsvoll auf. »Nur das, was Eure Mutter mir erzählte. Daß ihr ein Gott in der Kuppel erschienen sei und von ihr verlangte, die Insel zu verlassen. Das ist alles.«

Aschure straffte die Schultern. »Und wenn Ihr unter der Kuppel sitzt, Erste Priesterin, ist Euch da bei Vollmond jemals ein Gott erschienen?«

Die Frau senkte den Blick. »Nein. Niemals.«

»Dann seid dankbar dafür«, erwiderte Aschure mit harter Stimme, »daß Ihr solcherart gesegnet wurdet.«

Sternenströmer fuhr hoch, aus dem Schlaf geschreckt von der sich öffnenden Tür und leisen Schritten. »Aschure?«

Er hörte sie zitternd Luft holen und erkannte, daß sie geweint haben mußte. »Meine Liebe? Was ist mit Euch? Was ist nur geschehen?«

Die junge Frau setzte sich zu ihm aufs Bett, und lange Zeit sprach sie kein Wort. Er ergriff ihre Hand und strich ihr das Haar aus der Stirn. Anscheinend war sie dankbar für diese Berührung.

»Sternenströmer?«

»Ja?«

Wieder schwieg sie lange. »Kann ich diese Nacht bei Euch bleiben?«

»Aschure!«

»Bitte«, meinte sie, während ihr die Tränen über die Wangen liefen und der Zauberer sie schließlich in die Arme nahm und sie mit seinen Flügeln umfing. »Bitte, haltet mich einfach fest, Sternenströmer, und sagt mir, daß Ihr mich liebt.«

19

Das Bardenmeer

Vom Wald der Schweigenden Frau aus arbeitete sich Faraday langsam nordöstlich in Richtung der Alten Grabhügel vor. Endlich hatte sie damit anfangen können, den Zauberwald anzupflanzen. Binnen weniger Tage fühlte sie sich zerschlagen, müde und über alle Maßen einsam. Beinahe ständig war ihr übel, und wenn sie des Nachts erschöpft fertig war, konnte sie sich kaum zum Essen zwingen. Die Wärme und die Annehmlichkeiten des Turms der Schweigenden Frau schienen zu einem anderen Leben zu gehören.

Faraday hatte nicht damit gerechnet, daß ihr die Pflanzarbeit soviel von ihrer körperlichen Kraft und der Ruhe ihres Gemüts abverlangen würde.

Jede Nacht warf sie sich unruhig hin und her, und ihre Träume führten sie von Urs Gärtnerei zu dunklen, unangenehmen Orten, die ihr fremd waren. Jeden Morgen erwachte sie, um sich Hunderten kleiner Terracottatöpfchen gegenüberzusehen, und jeder Setzling strotzte nur so vor Lebensfreude und Fröhlichkeit. Die Edle wußte nicht mit Sicherheit zu sagen, wie sie hierher gekommen waren. Aber sie nahm an, daß sie, ohne wachzuwerden, viele Stunden ihres Schlafes damit zubrachte, sich zwischen dem Heiligen Hain und dieser Welt zu bewegen, immer zwei Töpfe auf einmal mit sich tragend. Kein Wunder, daß sie erschöpfter aufwachte, als sie sich niedergelegt hatte. Faraday pflegte sich hochzukämpfen und die Schößlinge mit einem matten Lächeln zu bedenken, sich dazu zu zwingen, ein paar Bissen zu essen, um dann mit einem weiteren Tag des Einpflanzens zu beginnen.

An dem Morgen, an dem Faraday den Turm der Schweigenden Frau verließ, fand sie draußen nur noch zwei Esel vor, der eine mit Satteltaschen beladen, der andere vor einen kleinen blauen Wagen mit flacher Ladefläche geschirrt. Das verwirrte die Edle, aber nur, bis sie am darauffolgenden Morgen erwachte und sich von Hunderten kleiner Töpfe umgeben sah. Ohne den Wagen hätte sie diese unmöglich hierherbefördern können.

Faraday verbrachte den Tag und den größten Teil der Dämmerung damit, die Schößlinge in das Land der Sterblichen zu bringen. Sie bewegte sich wie in Trance, manchmal ohne genau zu wissen, was sie da eigentlich tat, und manchmal beinahe vollkommen orientierungslos und losgelöst von allem. Sie mußte sich auf die Stärke der Mutter verlassen, die ihr die Kraft zum Weitermachen verleihen würde.

Sie setzte die kleinen Bäumchen weit voneinander entfernt ein, in der Regel mit wenigstens hundert Schritten Abstand voneinander, und, ausgehend vom Wald der Schweigenden Frau, in östlicher Richtung. Faraday stolperte vorwärts und mußte sich oft mit blutenden Händen an den Mähnen der Esel festklammern, um nicht zu stürzen, bis ihr ihr Gefühl und der Ruf eines Setzlings anzeigten, daß der richtige Moment gekommen war.

Die Edle ließ die Esel anhalten, griff nach dem Bäumchen, das gerufen hatte, und sank zu Boden, bis sie auf den Knien lag. Mit Fingern, die schmerzhaft danach verlangten, endlich mit der Arbeit zu beginnen, legte sie den Schößling zur Seite, um dann verzweifelt ein Loch in die harte Erde zu graben. Anschließend hob sie mit blutigen, erdigen Fingern vorsichtig die Pflanze aus dem Topf, sprach leise auf sie ein, nannte sie beim Namen, ermutigte sie, groß und kräftig zu werden, und erzählte ihr, daß das Warten ein Ende habe und die endgültige Verwandlung bevorstehe.

Sobald Faraday die Erde rund um den Sämling festgeklopft hatte, griff sie nach der hölzernen Schale, die auf dem Wagen stand und ständig mit lebensspendendem, smaragdgrünem Wasser gefüllt war. Sie wußte nicht, woher das Naß stammte, denn sie selbst füllte die Schale nie. Sorgfältig sprengte sie ein wenig Wasser über den Setzling und die Erde um ihn herum. Dabei sang sie das Lied, mit dem sie und Sternenströmer vor so langer Zeit den Erdbaum erweckt hatten, damals, als die Skrälinge die Haine von Awarinheim angegriffen hatten.

Faraday betete darum, daß die Kraft des Erdbaums so weit in den Süden reichen und auf irgendeine Weise Willenskraft und Stärke in seine winzige Tochter fließen lassen möge; denn die weiblichen awarischen Magier, die nach ihrem Tod als Bäumchen wiedergeboren wurden, standen zu diesem Naturheiligtum in einer ganz besonderen Verbindung. Dann kniete Faraday für einige Minuten lang vor dem Schößling, der so tapfer dem kalten Wind der nördlichen Hochebenen von Tarantaise standhielt. Die Pflanzen wirkten so klein, so verletzlich, daß Faraday sich oft fragte, ob die Bäumchen die ersten schwierigen Monate überleben würden.

Und wie lange mochte es dauern, bis sie wirklich herangewachsen waren? Faraday war keine Gärtnerin, aber sie wußte, das Bäume die Zeitspanne eines Menschenlebens brauchten, um ihre Zweige in den Himmel zu strecken. Stand ihr ein Menschenleben zur Verfügung, um darauf zu warten, daß der verzauberte Wald Wurzeln schlug und austrieb? Konnte Axis so lange warten? Oder Tencendor?

Dann pflegte die Edle zu seufzen, bis sie es geschafft hatte, wieder auf den Beinen zu sein und überließ den leise summenden Setzling sich selbst, während sie weiter und immer weiter in Richtung Norden taumelte.

Das Ende eines jeden Tages kam sie am härtesten an. Faraday arbeitete bis tief in die Dämmerung, um die Schößlinge des jeweiligen Tages einzusetzen. Aber wenn sie sich nach dem Land umdrehte, das sie bearbeitet hatte, sah sie nichts als die wogenden Gräser der trostlosen Ebene. Irgendwo da draußen befanden sich mehrere hundert Bäumchen, einige tausend nach zwei Wochen, aber Faraday konnte sie nicht sehen, und selbst das leise Summen der jungen Setzlinge hatte sich in den einsamen Hochebenen hinter ihr verloren.

Standen sie noch dort? Würden sie die kalten Nächte überstehen? Den peitschenden Regen und den nicht mehr allzu weit entfernten Winter? Den hohen Schnee, unter dem sie gnadenlos begraben sein würden?

Faraday hatte angenommen, das Pflanzen würde ihr mehr Freude bereiten. Aber es gab nichts als die welligen Ebenen und den ständigen Schmerz in ihren Fingern, ihrem Rücken und ihren Beinen. Und jeden Morgen mehrere Hundert neue Schößlinge, die ihr sanft zunickten, sobald sie ihre übermüdeten Augen öffnete.

Zwei Wochen, nachdem sie mit dem Anpflanzen begonnen hatte, erreichte Faraday den Halbkreis der Alten Grabhügel, eine der heiligsten Stätten der Ikarier. Die Edle wußte, daß sie hier mit einiger Wahrscheinlichkeit auf eine Versammlung von Zauberern stoßen würde. An diesem Ort hatte sie Axis zum ersten Mal ihre Liebe gestanden, hier, wo ihre Mutter, Merlion, gestorben war. Von hier hatten Jack und Yr sie von dem Mann, den sie liebte, weggelockt zu ihrem Gemahl, der ihr soviel von ihren Illusionen und ihre Jugend genommen hatte. Sie kam zu dem Schluß, daß es sich bei diesem Ort um einen Ort des Todes handeln mußte, nicht nur wegen der Gräber der sechsundzwanzig Zauberer-Krallenfürsten.

Drei Tage lang pflanzte sie einen Kreis um die Grabhügel, wobei sie die Ikarier ignorierte, die hoch über ihrem Kopf einherflogen und sie, ihren Wünschen und ihrer Aufgabe gemäß, unbehelligt ließen. Schließlich, eines späten Abends, betrat sie die uralte Stätte.

Faraday hatte sich nicht einmal vorstellen können, was sie erwarten würde. Die massiven Grabhügel erstreckten sich noch immer halbmondförmig von Süden nach Norden, aber ein großer Teil des Unterholzes war entfernt worden, so daß ihre Linien einen scharfen Kontrast zu dem nächtlichen Himmel bildeten. Eine solch eindringliche Aura der Macht und der Spiritualität schwebte im Zwielicht über ihnen, daß die Luft nachgerade zu summen schien. Aber was Faradays Aufmerksamkeit besonders erregte, war die Säule, die sich genau über der Mitte der Mulde zwischen den Hügeln erhob. Ein schlanker Obelisk aus getriebener Bronze, von den Ikariern errichtet, ragte so hoch in den Nachthimmel, daß die Edle den Kopf in den Nacken legen mußte, um seinem Weg bis zu den Sternen folgen zu können. Auf seiner Spitze ruhte eine riesige flache Schale, aus der eine blaue Flamme zuckte, die in der Dunkelheit hüpfte und flackerte – während des Tages blieb sie nahezu unsichtbar.

»Faraday?« sagte eine sanfte Stimme hinter ihr, und sie drehte sich widerstrebend um.

Ein ikarischer Zauberer stand hinter ihr, und sein weißblondes Haar und die blaßblauen Flügel zeigten im Widerschein die Schatten der blauen Flamme. »Man nennt mich Sternenrast«, erklärte er und nahm ihre Hände in die seinen. »Die Zauberin sandte die Nachricht, daß Ihr diesen Weg einschlagen würdet, und bat uns darum, uns um Euch zu kümmern.«

Seine Augen verdunkelten sich vor Sorge, als er die tiefen Schatten der Erschöpfung um Faradays Augen bemerkte und den Schorf und die Schrunden auf ihren Fingern ertastete. »Ihr seid müde«, erkannte er.

Sie straffte mühsam den Rücken und versuchte, ein Lächeln zustande zu bringen. »Wie Ihr es sein würdet, Sternenrast, wenn Ihr Eure Tage auf den Knien verbrächtet, um Schößling für Schößling umzusetzen.«

»Geht die Arbeit gut vonstatten?« Der Vogelmensch spürte, daß sie weder seine Sorge noch sein Mitleid wünschte.

Faraday zuckte die Achseln. »Es geht. Ich pflanze dort, wo ich muß, und ich singe den Bäumchen etwas vor.« Die Edle lächelte erneut, aber diesmal aufrichtiger. »Sie freuen sich, endlich ihrer Kinderstube zu entkommen, Sternenrast.«

Der Ikarierzauberer gab ihre Hände frei und wies auf ein kleines Lagerfeuer nahe einem der Grabhübel. »Werdet Ihr unser Mahl mit uns teilen, Faraday? Und vielleicht kann der Heiler, der uns begleitet, einen Blick auf Eure Hände werfen.«

Faraday ballte die Fäuste an den Hüften. »Ich werde mit Euch essen, Zauberer, und Eure Gesellschaft genießen, aber meinen Händen geht es ganz gut. Sie müssen nicht behandelt werden.«

Sternenrast beharrte nicht weiter darauf. »Dann folgt mir. Wir sind nicht viele, aber trotzdem eine heitere Gesellschaft.«

Sie traten zu einer kleinen Versammlung von zehn oder zwölf Ikariern, und Faraday ließ sich dankbar am Feuer nieder, nachdem Sternenrast sie den anderen Zauberern vorgestellt hatte. Sie streckte die Hände der Wärme entgegen, und die Ikarier zuckten zusammen, als sie die Wunden sahen, aber Sternenrasts Vorbild folgend, verloren sie kein Wort darüber. Eine Weile sprach die Runde über unbedeutende Dinge, während Schüsseln mit Essen kreisten, aber als Faraday schließlich ihren beinahe unberührten Napf zur Seite stellte, fragte sie ihre Gastgeber, was sie hier an ihrer altehrwürdigen Stätte vorhätten.

»An den Grabhügeln selbst sehr wenig«, antwortete eine Zauberin, eine kleine Vogelfrau mit erlesenen Gesichtszügen und flammenfarbenem Haar. »Wie Ihr gesehen habt, errichteten wir das Leuchtfeuer über dem Standort des Sternentores, und wir haben viele der Grabstätten gesäubert, aber das ist auch alles, was wir zur Zeit tun wollen.«

»Meine Mutter liegt hier begraben«, erklärte Faraday leise.

Sternenrast und seine Gefährten wechselten besorgte Blicke. »Wirklich? Das wußten wir nicht. Wir fanden hier Hinweise auf Gräber ... der Sternenmann berichtete uns einst, daß er an diesem Ort eine Anzahl Männer in einem von Gorgrael gesandten Sturm verlor.«

»Ja. Meine Mutter starb in eben diesem Sturm. Sie muß mit ihnen zusammen begraben sein.«

»Dann werden wir über ihren Gräbern für Eure Mutter beten, Faraday Baumfreundin, und ihr für immer Frieden wünschen im Nachleben.«

Gerührt beobachtete Faraday das Flackern der blauen Flamme und gedachte ihrer Mutter. »Die Flamme erinnert mich an die blauen Schatten, die über das Gewölbe über dem Sternentor jagen«, sprach sie schließlich leise.

»Ihr habt das Sternentor gesehen?« fragte Sternenrast überrascht und ehrfürchtig.

Faraday drehte sich zu ihm um. »Ja. Jack und Yr, zwei der Wächter, brachten mich vor zwei Jahren hinunter zum Sternentor. Wir liefen durch endlose Gänge ... endlos ... und schließlich ...«

Sie blickte umher und versuchte angestrengt, die Dunkelheit zu durchdringen. Dann wies sie auf eine der schattigen Grabstätten, welche an einem Ende zusammengestürzt war. »Wir schritten durch diese Grabanlage, dann die Treppe hinab zum Sternentor.«

Die Zauberer wirkten beunruhigt. »Das neunte Grab«, meinte einer kaum hörbar.

Nun war es an Faraday, überrascht dreinzuschauen. »Das war Wolfsterns Grabhügel?« fragte sie, und Sternenrast nickte. Dann ist sein geistiger Einfluß größer als bisher angenommen, dachte Faraday.

»Habt Ihr die Absicht, das Grab wiederherzustellen?« Wußten die Vogelmenschen über Wolfsterns Rückkehr durch das Sternentor Bescheid? Hatten Axis oder Sternenströmer ihnen davon erzählt?

Offensichtlich nicht. Einer der Zauberer zuckte unbekümmert mit den Achseln. »Nein, ich glaube nicht. Es mag Euch nicht bekannt sein, Faraday, aber der neunte Krallenfürst, Wolfstern, ist bei den Ikariern in keiner guten Erinnerung. Wenn sein Grabhügel zusammenbricht, dann bekümmert uns das im Grunde nicht. Möglicherweise wird er vollkommen vergessen werden.«

Das dürfte höchst unwahrscheinlich sein, dachte Faraday. »Und das Sternentor? Seid Ihr bereits bis dorthin vorgedrungen?«

»Ja«, antwortete Sternenrast lächelnd. »Ja, das ist uns gelungen. Wenn Ihr in der Kammer des Sternentors wart, dann wißt Ihr, daß es neben den Grabhügeln noch viele Eingänge gibt.«

»Das ist mir bekannt. Wir gelangten durch einen uralten Tunnel wieder hinaus, der, wie mir Jack erzählte, einst Euren Haupteingang zum Sternentor bildete. Aber er stürzte ein, nachdem wir uns durchgekämpft hatten. Habt Ihr ihn wieder ausgegraben?«

Der Zauberer schüttelte den Kopf. »Ich kenne den Tunnel, von dem Ihr sprecht. Nein. Er ist inzwischen völlig zerstört. Aber es gibt etliche andere, die nach unten führen, einen davon unmittelbar unter den Grabhügeln, von dessen Bestehen Euer Wächter nichts wußte. Er ist nur klein, aber wir waren alle unten.« Der Vogelmann schwieg einen Moment. »Wir haben alle ins Sternentor geblickt.«

Lange Zeit herrschte Schweigen. Faraday erinnerte sich an die in dem Sternentor enthaltene Macht und Schönheit und rief sich die vielfarbigen Sterne und Galaxien, die singend durch den Kosmos tanzten, ins Gedächtnis zurück. Sie dachte auch an die Verlockung, die das Sternentor jenen darbot, die in seine Tiefen blickten. »Was werdet Ihr nun tun?« fragte sie schließlich.

Sternenrast seufzte und streckte die Hände zum Feuer hin. »Warten. Warten, bis mehr Ikarier nach Süden geflogen sind. Warten, bis Sternenströmer das Licht im Tempel der Sterne neu entfacht hat. Warten«, er schaute Faraday an, »bis die Grabhügel wieder von den Bäumen umschlossen sind. Dann halten wir eine Zeremonie ab, um diesen Ort neu zu weihen. Obwohl ich glaube, daß niemand außer ein paar Zauberern jemals das Sternentor zu Gesicht bekommen wird. Es ist zu schön ... und zu gefährlich. Ihr seid gesegnet worden, edle Frau, weil Ihr es erblicken durftet.«

Faraday holte tief Luft und wechselte dann schnell das Thema. Wenn sie noch einmal an die Schönheit und Macht dieser Wunderstätte dachte, würde sie in Tränen ausbrechen. Damals hegte sie so große Hoffnung, so große Erwartungen. »Machen Euch die Achariten in der Gegend viel Ärger?«

»Nein«, antwortete Sternenrast. »Die Grenzgebiete zwischen Tarantaise und Arkness waren von Anfang an nur spärlich bevölkert, und nach der Unterzeichnung des Vertrages, der uns unsere alten Stätten zurückgab ...«

Faradays Augen weiteten sich. Ihr war ganz entfallen, daß Axis und der Magier Ramu den Vertrag mit den Baronen Isgriff und Greville unterzeichnet hatten, der den Awaren und Vogelmenschen den größten Teil ihres alten Landes einschließlich des Waldes an dieser Stelle zurückerstattete.

»... zogen die wenigen Bauern, die hier lebten, nach Süden und Westen auf neue Bauernhöfe.«

»Ja«, meinte Faraday, »mir fiel auf, wie verlassen die Hochebenen sind.«

Einer der männlichen Zauberer beugte sich vor. Er wirkte besorgt. »Faraday, wir wissen, was Ihr hier tut. Ihr seid die Baumfreundin und legt die großen Wälder neu an. Möchtet Ihr Gesellschaft? Braucht Ihr Unterstützung? Die Aufgabe ist schwer für eine einzelne Person, und wir kommen nicht umhin festzustellen ...«

»Nein«, unterbrach ihn Faraday hart. »Nein«, wiederholte sie in sanfterem Ton, »mir geht es gut, und es handelt sich um eine Aufgabe, die ich alleine bewältigen muß.«

Und ich ertrage es nicht, einen Ikarier an meiner Seite zu haben, dachte sie, denn Eure Augen und Eure Macht erinnern mich zu sehr an Axis. Aber der Gedanke an Axis brachte sie darauf zu fragen, ob sie während der letzten Wochen irgendwelche Neuigkeiten über den Sternenmann oder Aschure gehört hatten.

»Beinahe gar nichts, Faraday, und die Neuigkeiten, über die wir verfügen, sind keine mehr. Wir wissen, daß Axis seine Armee gen Norden nach Aldeni führt, um dort auf die Skrälinge zu treffen, und wir erfuhren, daß die Zauberin gemeinsam mit Sternenströmer zur Insel des Nebels und der Erinnerung segelte.«

Sternenrast lächelte. »Bald wird diese kleine Flamme nicht mehr das einzige Leuchtfeuer sein, das zu den Sternen auflodert.«

Von Tare aus marschierte die Bäuerin Renkin entschlossen nach Osten. Nachdem sie Sternenschein auf dem Marktplatz verlassen hatte, nahm sich die Bäuerin gerade soviel Zeit, einem nach Nordarkness zurückkehrenden Schafhirten eine Nachricht an ihren Mann und den Erlös aus dem Verkauf der Schafe anzuvertrauen und ihren Reiseproviant aufzustocken, bevor sie ihr Bündel ergriff und die Stadt verließ.

Arme Dame, arme Edle Faraday. Man stelle sich vor, ganz alleine durch die hügeligen Hochebenen zu wandern. Woran dachte Faraday wohl? Was fing sie dort draußen an, so ganz auf sich gestellt? Ich hätte niemals zulassen dürfen, daß sie mein Haus verließ, schalt Frau Renkin sich selbst. Niemals erlauben sollen, daß sie die Wärme meines Feuers verließ.

»Sie braucht eine Freundin«, murmelte die Bäuerin jeden Morgen, wenn sie bei Tagesanbruch erwachte und ihr Gepäck schulterte. »Das arme Mädchen braucht jemanden, der ihr hilft.«

Während sie weitermarschierte, fielen der Bäuerin viele Dinge ein.

Zuerst kamen ihr die Rezepte und Zaubersprüche, die ihr die Großmutter beigebracht hatte, wieder ins Gedächtnis. Mit jedem Tag, jedem Schritt traten weitere Erinnerungen an die Oberfläche, und die Bäuerin hielt ständig an, die Augen groß vor Erstaunen. »Oh«, hauchte sie dann, »wie konnte ich das nur vergessen?«

Und wenn sie dann weiterging, entdeckte sie ein Kraut, hielt an, um es zu betasten und sich selbst zuzumurmeln, welchem Zweck es diente und welche Worte ausgesprochen werden mußten, um seine besonderen Kräfte zu verstärken.

Gelegentlich pflückte Frau Renkin die ganze Pflanze, dann wieder zupfte sie nur ein paar ihrer Blätter ab, die sie dann in einer Tasche ihres Umhangs verstaute. Nach einigen Tagen stellte sie fest, daß sie eine riesige Sammlung angehäuft hatte. So verbrachte sie den ganzen nächsten Tag damit, alle Kräuter zu trocknen, bevor sie diese wieder in ihrem Bündel verstaute.

Aber der Bäuerin kamen auch einige Dinge wieder in den Sinn, die bestimmt nicht von ihrer Großmutter stammten und die sie auch nicht anderswo beobachtet haben konnte. Frau Renkin erinnerte sich daran, sich aus einer Höhle gekämpft zu haben, gemeinsam mit einigen wenigen anderen Überlebenden, um dann feststellen zu müssen, daß die Welt, die sie gekannt hatten, von einer vom Himmel gefallenen Feuersbrunst verwüstet worden war – und die großen Krater, die die fallenden Flammen in der Erde hinterlassen hatten, füllten sich allmählich mit dampfendem Wasser, bis sie nach wenigen Wochen unter sanften und wundersamen Seen verborgen lagen.

Die Bauersfrau erinnerte sich auch daran, auf einem Berg gestanden zu haben und auf einen großen Wald zu blicken, einen smaragdgrünen See, der sich in der leichten Brise wiegte. Leuchtendbunte Schmetterlinge flatterten von Baum zu Baum, aber als ihre Erinnerung deutlicher und klarer wurde, bemerkte die Bäuerin, daß es sich keineswegs um Schmetterlinge handelte, sondern um Gruppen der schönen fliegenden Menschen, mit denen sie in Tare gesprochen hatte.

Viele umflatterten pastellfarbene Turmspitzen, die über der Kuppel des Waldes in den Himmel ragten.

Sie sah auch Bilder aus der Zeit vor sich, als die Geflügelten nicht das seltsamste Volk darstellten, das man auf dem heimatlichen Markt antreffen konnte – aus der Zeit, als Lieder und Musik so selbstverständlich waren, daß man sein Leben ihren Strophen und ihrem Rhythmus folgend lebte.

Frau Renkin erinnerte sich an eine Ära, als die Sterne näher waren und mehr Götter als nur Artor über die Erde wandelten.

Bei diesem Gedanken stampfte die Bäuerin plötzlich mit dem Fuß auf den harten Boden. »Und verdammt sei der Pflug«, murmelte sie, »denn er hat nichts weiter fertiggebracht, als den Rücken meines lieben Mannes zu brechen und seine Füße Tag für Tag im Dreck festkleben zu lassen.«

Nach einem Marsch von etlichen Tagen, oder verstrichen mehr – sie selbst war so sehr in ihren Erinnerungen gefangen, daß sie jedes Zeitgefühl verlor – näherte sich Bäuerin Renkin dem Wald der Schweigenden Frau. Viele Stunden lang verharrte sie an seinem südlichen Saum und starrte in seine dunklen Tiefen.

Ihr ganzes Leben lang hatte man ihr beigebracht, die Wälder zu hassen, die einst dieses Land bedeckt hatten, aber die Bäuerin verspürte keinen Haß, als sie die Bäume musterte. Die Lehren des Seneschalls hatten für sie inzwischen soviel an Bedeutung verloren, daß sie nur dastand und voller Bewunderung staunte; denn die Tiefen des Waldes wirkten weniger dunkel als vielmehr angenehm schattig und boten Schutz vor der Sonne.

Und die Bäume sprachen zu ihr, obwohl sie keine Worte hörte.

Nach einer Weile nickte die Bäuerin, dann drehte sie sich um und schlug den Weg nach Nordosten ein, wobei sie ihr Bündel der Bequemlichkeit halber schulterte.

Am nächsten Tag erreichte sie den ersten von der Baumfrau eingesetzten Schößling.

Die Bäuerin stand da und schaute das Pflänzchen eine lange, lange Zeit an. Armes Ding, das hier in der Ödnis inmitten von Gräsern, die dreimal so hoch sind, ums Überleben kämpft. Verloren und einsam, ganz so, wie sich die Bäuerin die Dame Faraday vorstellte.

Sie brummte vor sich hin und kratzte sich das Kinn, während sie nachdachte. Sollte sie jetzt nicht etwas unternehmen? War da nicht etwas an diesen Setzlingen, an das sie sich erinnern sollte? So verloren, so einsam, ums Überleben kämpfend in dieser kalten Erde?

Der Bäuerin Renkin kam ihr erstes Kind in den Sinn, ihre Tochter, die so winzig und schwach zur Welt kam, daß niemand an ihr Überleben glaubte. Nächtelang hatte die Bäuerin in ihrem Bett gesessen, den schnarchenden Ehemann an ihrer Seite, das Kind in den Armen, das am Leben bleiben sollte. Dann, als das Licht der Morgendämmerung durch die Türritzen kroch, summte die Bäuerin zögernd und nachdem sie sich vergewissert hatte, daß ihr Mann noch fest schlief, ein aufmunterndes Wiegenlied, an das sie sich noch von ihrer Großmutter her erinnerte. Dabei handelte es sich um eine schöne Weise, und das Kind schöpfte wohl Mut und gedieh von diesem Morgen an.

Als ihre anderen Kinder geboren wurden, summte ihnen die Bäuerin in den ersten Stunden ihres Lebens jenes Wiegenlied vor, wobei sie sich jeweils vergewisserte, daß ihr Mann außer Hörweite war. Keines ihrer Kinder starb an den Krankheiten, welche die Sprößlinge ihrer Nachbarn dahinrafften. Artors Glück, meinten ihre Nachbarn neiderfüllt, aber inzwischen wußte die Bäuerin besser Bescheid, genauso wie sie jetzt spürte, daß dieses rührende kleine Pflänzchen das alte Wiegenlied ebenfalls benötigte, um ermutigt zu werden, festen Fuß im Erdreich zu fassen.

Also summte die Bäuerin die Weise vor sich hin, und nachdem sie sie beendet hatte, beugte sie sich nieder, um dem Schößling ermutigend über die obersten Blätter zu tätscheln.

»Liebes kleines Ding. Eure Mutter liebt Euch.«

Dann ging Frau Renkin weiter, bis sie den nächsten Setzling erreichte, dann den nächsten und übernächsten, und immer wieder sang sie das uralte Wiegenlied über ihre Blätter, streichelte sie und sagte ihnen, daß die Mutter sie liebe.

Und so hielt es die gute Bauersfrau nun bei allen Setzlingen.

Als sie am folgenden Morgen erwachte und sich aufsetzte, blinzelte sie und staunte vor Überraschung.

Sie mied die Alten Grabhügel, aber nicht etwa aus Furcht vor den Vogelmenschen, die sich dort aufhielten, oder wegen der blauen Flamme, nicht einmal wegen der unverhüllten Macht, die die Gräberanlage beherrschte, sondern weil sie die Herrin Faraday einholen wollte. Und die Bäuerin spürte, daß ihr die Edle inzwischen höchstens ein paar Tage voraus war.

Die Zauberer standen jedoch auf den Gipfeln der Hügel und schauten überwältigt auf das, was sich hinter der Landfrau erhob, die da durch die Ebenen marschierte. Sie lauschten den Tönen, die an ihre Ohren drangen. Das also war die Musik, die während der letzten beiden Nächte durch ihre Träume geklungen war.

Die Frau lächelte zu ihnen hoch und winkte, setzte aber entschlossen ihren Weg fort.

Während sie vorüberschritt, stimmten die Zauberer unwillkürlich ein Lied des Dankes an.

Die Bäuerin dachte sich, der Gesang höre sich sehr angenehm an, aber nicht annähernd so schön wie das, was hinter ihr erklang.

In der Kälte des Morgens lag eine untröstliche Faraday regungslos unter ihren Decken. Sie konnte sich nicht dazu bringen, die Augen zu öffnen, denn wieder würden sie sicherlich sanft summende Schößlinge umgeben, die ungeduldig darauf warteten, eingesetzt zu werden. Sie fühlte sich ausgelaugt. Wann würde sie sich endlich ausruhen können?

Faraday seufzte und rieb sich den Magen. Sie verspürte erneut Übelkeit, aber sie wußte, daß sie ein paar Bissen hinunterzwingen mußte. Doch selbst die Köstlichkeiten, die die magischen Satteltaschen anboten, ließen die Edle heute gleichgültig. Später vielleicht, wenn die Sonne höher am Himmel stand und die ersten Bäumchen des Tages ausgepflanzt waren, würde sie essen.

Der Wind fuhr kalt und beharrlich unter ihre Decken, und schließlich öffnete Faraday die Augen. Sie blinzelte und runzelte die Stirn vor Verwirrung. Vor ihr standen erwartungsgemäß Reihen kleiner Pflanzen, aber dahinter ... jenseits von ihnen erblickte sie abgestoßene braune Lederstiefel, die stämmige Knöchel und noch kräftigere Waden umschlossen, welche in dem braunen wollenen Rock einer Bäuerin verschwanden.

Faraday setzte sich auf und sah der Landfrau ins Gesicht. Zuerst glaubte sie, eine Fremde vor sich zu sehen, aber dann erkannte sie die Frau. »Bäuerin Renkin! Was? Wie? Warum ...« Ihre Stimme versagte. Die gute Frau Renkin? Hier?

»Edle Dame«, rief die Frau aus und lachte über das ganze Gesicht. Ihre Augen funkelten, und ihre Hände kneteten ihre Röcke. »Oh, meine Dame! Bitte, laßt mich bei Euch bleiben, schickt mich nicht fort. Ich würde alles tun, um Euch zu helfen, wirklich alles!«

»Bäuerin Renkin«, wiederholte Faraday völlig sinnlos ihren Namen, während die Landfrau sich vorbeugte, um ihr beim Aufstehen zu helfen. Sobald sie auf den Füßen stand, blickte Faraday auf die Ebene hinter der Bäuerin ... und erkannte, daß der Ton, der an diesem Morgen die Luft erfüllte, weder von den grasenden Eseln noch dem Summen der winzigen Setzlinge herrührte.

Hinter Bäuerin Renkin erhob sich ein Wald. Große Bäume, hundert Meter hoch, reckten sich der Sonne entgegen, und ihre Äste breiteten sich über fünfzig oder mehr Schritte nach allen Seiten aus und berührten die Zweige ihrer Nachbarinnen. Unter ihnen hatten die harten Gräser der Ebenen von Tarantaise und Südarkness niedrigen duftenden Sträuchern und blühenden

Waldwegen Platz gemacht, gesprenkelt vom goldenen Licht, das durch das Blätterdach fiel.

Und sie sangen – eine Melodie, in der Faraday später das Wiegenlied erkannte, welches Bäuerin Renkin ihnen beigebracht hatte. Die Tonfolge wirkte atemberaubend, denn obwohl nicht sonderlich laut, so klang das Lied doch tief und voll tönender Schatten und Kadenzen, und jeder Baum steuerte seine eigene unverkennbare Melodie bei, die jedoch harmonisch mit denen seiner Nachbarn und mit dem Klang des ganzen Waldes verschmolz. Faraday spürte, wie die Melodie durch ihren Körper floß.

Wie würde es ein, wenn sie schließlich ein Lied anstimmten?

Die Bäuerin musterte Faradays Gesicht, dann schaute sie zu den Bäumen hinüber. »Geben sie nicht angenehme Töne von sich, meine Dame? Sie klingen wie ein Meer von Spielleuten, genauso hört es sich an.« Einer ihrer gestiefelten Füße tappte im Rhythmus der Melodie der Bäume auf den Boden.

Faraday zwang ihren Blick von den Bäumen weg. »Ein Meer von Spielleuten, Bäuerin?« Sie schöpfte tief Atem, so glücklich fühlte sie sich. »Warum nennen wir diesen neuen Wald dann nicht Bardenmeer? Er braucht einen Namen, und dieser ist so gut wie jeder andere, wenn nicht sogar besser als die meisten.« Sie unterbrach sich. »Bäuerin, was tut Ihr hier?«

»Ich kam, um zu helfen«, erklärte Frau Renkin leise. Ihr ländlicher Tonfall war vollkommen verschwunden, und als Faraday tief in die Augen der Bäuerin blickte, erkannte sie die Augen der Mutter.

20

Bruderführer Gilbert

Artor erschien Gilbert noch viele Male, während er Moryson nordwärts von Nor wegtrieb, und mit jedem neuen Mal wurden Gilberts Augen ein wenig dunkler vor Glaubenseifer und Ekstase. Sein Geist verhärtete sich. Er würde alles, im wahrsten Sinn des Wortes alles tun, um sicherzustellen, daß Artor und der Seneschall wieder ihren rechtmäßigen Platz in Achar einnahmen.

Moryson folgte Gilbert schweigend auf einem Pferd, das jener ihm widerstrebend gekauft hatte.

Obwohl der Alte die meiste Zeit schwieg und keine Beschwerden äußerte, brachte seine Gegenwart Gilbert oft aus der Fassung. Gelegentlich entschlüpfte Moryson eine scharfe Bemerkung, die Gilbert nur allzu sehr an die Tage erinnerte, als er selbst lediglich der zweite Ratgeber des Bruderführers gewesen war, während Moryson über vierzig Jahre die Stellung seines vertrauten Freundes eingenommen hatte. Begriff der alte Narr denn nicht, daß Gilbert inzwischen diese Stellung innehatte? Daß der ehemalige jüngere Berater nun zur Rechten Artors stand?

Aber noch mehr ärgerte ihn Morysons gelegentliche Abwesenheit. Das erste Mal, als Gilbert das Verschwinden des Alten bemerkte, durchlitt er einen Anfall von Panik. Das Pferd Morysons stand noch da, er selbst aber war verschwunden. War der Trottel in einen Dachsbau gestürzt und hatte sich eines seiner wackeligen Beine gebrochen? Hatte ihn der fliegende Unrat entführt, von dem Gilbert erwartete, er würde jeden Moment auf sie herabstoßen? Hatte er sich ein paar Dutzend Schritte entfernt inmitten des hohen Grases zum Sterben niedergelegt und es versäumt, Gilbert Bescheid zu sagen? Der junge Mönch suchte über eine Stunde und rief Morysons Namen, während ihm der Schweiß übers Gesicht rann. Was würde Artor von ihm denken, wenn er den alten Narren verlor? Bis auf weiteres stellte Moryson seine gesamte Anhängerschaft dar, und so wenig Gilbert den alten Mann leiden konnte, so konnte er es sich wiederum kaum leisten, ihn zu verlieren.

Aber gerade als Gilbert glaubte, Moryson sei endgültig verschwunden, drehte er sich um und sah sich dem Alten gegenüber, der über die Ebene auf ihn zuhumpelte, das Gesicht zu einer reumütigen Grimasse verzogen.

»Es liegt an meiner Verdauung«, erklärte Moryson hastig. »Ich bin ein alter Mann, und manchmal tröpfeln stundenlang Flüssigkeiten aus meinen Eingeweiden. Ah, sehe ich da mein Pferd hinter Euch?«

Grün im Gesicht wandte sich Gilbert ab und fragte nicht wieder nach, wenn Moryson verschwand – gewöhnlich des Nachts, aber durchaus auch ein- oder zweimal während des Tages. Das Leiden des alten Mannes ekelte ihn an. Artor gewähre mir anhaltende Gesundheit mein ganzes Leben lang, betete er, wann immer Moryson zurück ins Lager getaumelt kam, das Gesicht fahl und naß vor Schweiß.

Eine Weile zogen sie nach Norden, dann in nordöstliche Richtung, so wie Artor es befohlen hatte. Zehn Tage nach ihrem Aufbruch in göttlicher Mission trafen sie auf einen anderen Bruder des Seneschalls, einen vertriebenen Pflughüter. Er verbarg sich im Gras, so dicht an den Boden geduckt wie möglich, und spähte verängstigt auf die herannahenden Reiter.

Gilbert straffte die Schultern und sprach so befehlsgewohnt, wie er nur konnte. »Steht auf, Mann. Wie heißt Ihr? Wo kommt Ihr her?«

Der Pflughüter, ein dünner Mann mittleren Alters, lugte unter seinem Arm hervor, wagte es jedoch nicht, seine unterwürfige Haltung aufzugeben. »Man nennt mich Finnis, guter Herr, und ich bin nichts als ein armer Schafhirte, der von der Ebene zum Markt unterwegs ist.«

Gilberts Lippen kräuselten sich. »Nun, gut, Finnis, wo sind dann Eure Schafe? Und was ist das für ein stoppeliger Fleck mitten auf Eurem Kopf – doch nicht etwa eine Tonsur, die herauswächst?«

Eilig verbarg Finnis sein Haupt so gut wie möglich unter seinem Arm, wobei er ein jämmerliches Quieken von sich gab.

Gilbert trieb sein Pferd näher an den Mann heran. »Steh auf, Finnis, und begrüße deinen Bruderführer.«

Nur langsam und zögerlich wagte Finnis einen Blick unter seinem Arm hindurch. »Bruderführer?«

»Bruderführer Gilbert, Mann. Steh endlich auf!«

Finnis fiel beinahe vornüber bei dem Versuch, auf die Beine zu kommen. »Aber ... aber ... ich dachte ...«

»Nun, dann hast du falsch gedacht, du Dummkopf. Der Seneschall durchlitt niemals dunklere Tage als diese, aber dank der Gnade und der Stärke Artors werden wir sie überstehen. Sicher kennst du meinen Namen ... Gilbert? Ehedem Berater von Bruderführer Jayme?«

Finnis dachte angestrengt nach, während er den Mann vor sich anstarrte. Er trug nicht die Gewänder eines Bruderführers, aber Finnis wußte nur zu gut, daß es in diesen Tagen der Inbegriff der Dummheit gewesen wäre, sich wie ein Mitglied des Seneschalls zu kleiden. Gilbert? Ja, Finnis erinnerte sich daran, den Namen auf einigen der Anweisungen gelesen zu haben, die er vom Turm des Seneschalls erhalten hatte. Er blickte zu dem alten Mann hinter Gilbert hinüber, der niedergeschlagen und in sich zusammengesunken auf seinem Pferd hockte.

»Und Bruder Moryson«, erklärte Gilbert. »Mein Berater.« Bis ich einen besseren finde.

Morysons Augen blitzten auf, aber er schwieg.

»Was geschah mit Bruderführer Jayme?« erkundigte sich Finnis bei Gilbert.

Auf Gilberts Gesicht erschien der Ausdruck frommer Trauer. »Ermordet von den widerlichen geflügelten Kreaturen, die die

Sonne über dem Turm des Seneschalls verdüstern, Bruder Finnis. Er starb mit Artors Namen auf den Lippen.«

Ein hübscher Einfall, überlegte Gilbert, ohne zu wissen, wie nahe er damit dem wirklichen Geschehen kam. »Ich bin Artors Gesalbter«, er vollführte würdig das Zeichen des Pfluges, »und ich werde für deine Sicherheit sorgen und unseren Seneschall wieder zu seiner einstigen Größe führen.«

Der Pflughüter spürte, wie sich ein Hoffnungsschimmer in seiner Brust regte, und neigte ehrerbietig den Kopf vor Gilbert. »Wirst du mir sagen, was zu tun ist, Bruderführer Gilbert?«

»Mit Vergnügen, Bruder Finnis, aber nicht, bevor wir das Nachtlager aufgeschlagen haben. Jetzt kannst du erst einmal hinter Moryson aufsteigen.«

Nach dieser Begegnung wuchs Gilberts Gefolgschaft, und als sie sich dem nördlichen Tarantaise näherten, umfaßte sie, von ihm selbst und Moryson abgesehen, acht vertriebene Brüder des Seneschalls. Nachdem sie über Finnis gestolpert waren, fanden sie alle ein oder zwei Tage einen weiteren Mönch oder Priester – Gilbert nahm an, Artor müsse sie zu ihm geführt haben, und die Brüder bestätigten seine Vermutung, indem sie ihm berichteten, der Gott sei ihnen im Traum erschienen. Bei den meisten handelte es sich um verjagte Pflughüter, die aus ihren Dörfern geworfen worden waren, nachdem Axis' Armee durch Arkness und Tarantaise nach Süden gezogen war.

»Wie kommt es, daß die Menschen die Unaussprechlichen so schnell mit offenen Armen aufgenommen haben?« fragte jeder einzelne von ihnen, wenn sie Gilbert ihre Geschichte erzählten. Und Gilbert pflegte immer dieselbe Antwort zu geben: »Wegen der verderbten Zauber, mit denen diese Kreaturen sie belegen. Aber macht euch keine Sorgen, Artor wird sie erretten.«

Gilbert verfügte über zu wenig Barschaft, um jeden Bruder mit einem Pferd auszustatten, aber er fand einen Ausweg, indem er ein billiges Pferd und einen ebensolchen Wagen in Tare erstand. Er entsandte einen gut verhüllten Moryson in die Stadt, wobei er davon ausging, den Verlust im Falle einer Gefangennahme verschmerzen zu können. Aber der Alte erschien einige

Stunden später wieder am Stadttor. Er kutschierte einen zersplitterten, aber durchaus fahrtüchtigen Wagen, gezogen von einer Mähre mit durchhängendem Rücken, die ebenso alt und traurig wirkte wie der betagte Bruder; außerdem litt sie, wie Gilbert angeekelt entdeckte, unter den gleichen Verdauungsstörungen wie Moryson selbst.

Von diesem Zeitpunkt an kamen sie schneller voran. Gilbert ritt an der Spitze des Trupps, gefolgt von Moryson, der den Wagen lenkte, auf dessen Ladefläche sich die Brüder festklammerten.

Am Ende der ersten Woche des Frostmondes fuhren sie am Wald der Schweigenden Frau vorbei. Sie hielten sich weit südlich, denn keiner der Brüder legte Wert darauf, sich dem Wald weiter zu nähern. Nur Artor wußte, welche Dämonen den Wald in den letzten Monaten wieder für sich in Besitz genommen hatten.

»Vor einigen Jahren drang ich tief in diese Wälder ein«, erzählte Gilbert den Brüdern. Er hatte dieses eine Mal sein Pferd gezügelt und zu ihrem Wagen zurückgelenkt, um zu ihnen sprechen zu können. »Ich habe ihn nicht nur betreten, sondern führte sogar den Axtherrn und zwei Axtschwinger, die sich zu sehr fürchteten, um selbst die Führung zu übernehmen. Sie wurden von zwei der verderbten Kreaturen angegriffen, die sie aus den Tiefen der Erde ansprangen, aber ich schlug sie heraus und rettete sie vor einem grausigen Tod. Aus welchem Grund, das weiß ich wirklich nicht«, Gilbert seufzte theatralisch auf, »denn der Axtherr zog davon, um nicht nur den Seneschall, sondern auch Artor selbst zu hintergehen.«

Die Brüder, die auf dem Wagen herumgeschleudert wurden, starrten Gilbert bewundernd an.

»Ich entdeckte große Geheimnisse im Turm mitten im Wald«, fuhr Gilbert fort, »aber zur gleichen Zeit entsandte der Axtherr zwei Dämonen, die die Gestalt zweier Brüder des Seneschalls angenommen hatten, in die ahnungslose Welt. Ich vermochte ihn nicht aufzuhalten, obwohl ich mich tapfer bemühte. Meiner Meinung nach begann der Abstieg des Reiches von Achar in die Hölle, als diese Feinde losgelassen wurden.«

Den Brüdern stockte der Atem vor Entsetzen, aber Moryson grinste unter der Kapuze seines Umhangs.

»Ich fürchte mich nicht vor den Bäumen«, meinte Gilbert, »und wenn Artor mich wissen läßt, daß die Zeit reif ist, werde ich einen gewaltigen Sturm gerechten Zorns auf sie loslassen, der sie vor meinen Augen vernichten wird. Der Pflug wird unter sie fahren und die Baumstrünke aus der Erde reißen.«

Aber selbst Gilbert verstummte zwei Tage darauf angesichts des neu gepflanzten Waldes, der sich vor ihnen erstreckte.

»All das gab es damals nicht«, flüsterte er, »das weiß ich ganz bestimmt! Niemand hat ihn jemals erwähnt!«

Moryson ließ die erschöpfte Mähre anhalten und starrte nach vorn. Sie hatten eine kleine Erhebung erklommen und vor ihnen, vielleicht ein paar hundert Schritte entfernt, breitete sich Faradays Wald aus. Er erstreckte sich über mehr als drei Meilen bis zum Horizont, und alle konnten erkennen, daß er dicht und vor Gesundheit strotzend auch viele Meilen weiter nach Norden wuchs. Im äußersten Norden machte Moryson eben noch die Grabhügel aus, die sich aus der Mitte des Waldes erhoben und über denen eine blaue Flamme loderte.

Seine Kameraden starrten mit weit aufgerissenen Augen und Mündern das Gehölz an.

Nicht einmal der Wald der Schweigenden Frau beherbergte solch hohe, dicke und machtvolle Bäume. Vögel umflatterten die Äste, und während sie sie noch beobachteten, tauchte einer der in diesen Hochebenen beheimateten braunschwarzen Dachse auf und steuerte den nahen Waldrand an.

Dort war er zu Hause.

»Das ist ekelhaft!« flüsterte Finnis.

Einer der Brüder vollführte das Zeichen des Pfluges, und die anderen taten es ihm eilig nach.

»Er summt«, krächzte Gilbert.

Und tatsächlich – der Wald summte. Nicht laut, nicht einmal eine erkennbare Melodie – jedenfalls nicht aus dieser Entfernung –, aber alle konnten spüren, wie Bruchstücke von Gesang durch ihre Körper tanzten.

»Sein Name«, erklärte Moryson unvermittelt, »lautet Bardenmeer.«

Das Pferd hob den müden Kopf und stieß ein Wiehern aus, während seine Ohren nach vorn schnellten.

»Der Name bedeutet mir soviel wie ein Fluch Artors!« schrie Gilbert und fürchtete sich viel zu sehr, um sich zu fragen, woher Moryson den Namen kannte.

In dieser Nacht rief Gilbert Artor an, seiner Schar zu erscheinen. Er hatte dies bislang nicht getan, sondern vorgezogen, Artors Worte lediglich weiterzugeben. Aber nach dem Schrecken, den der neue Wald ausgelöst hatte, brauchten sie alle die tröstliche Gegenwart Artors. Und es würde die Männer beeindrucken, Gilbert an Artors Seite zu sehen.

Kein Wunder, überlegte er, als er auf den Knien liegend betete, daß der einzige Gott ihn vor Faraday gewarnt hatte. Trug sie die Verantwortung für all das hier? Hatte sie diesen ... er versuchte, sich ins Gedächtnis zu rufen, wie Moryson den Wald genannt hatte ... dieses Bardenmeer gepflanzt? Wann hatte sie die Seiten gewechselt? Gilbert erinnerte sich an die Blicke, die Axis und Faraday vor so langer Zeit über die Lagerfeuer der Axtschwinger hinweg getauscht hatten. Vielleicht hatte der Krieger sie seinerzeit mit seiner eigenen Verderbtheit angesteckt.

Nun, das war jetzt unwichtig. Artor würde feststellen, daß Gilberts Ergebenheit nicht wankte. Falls der Gott diesen Wald zerstört wissen wollte, dann sollte es so sein.

Falls Artor Faraday zerstört wissen wollte, so sollte auch das geschehen.

Mit gesenktem Kopf bat Gilbert Artor unterwürfig um Sein Erscheinen. Er dehnte seine Gebete aus und rief den Gott an seine Seite.

Zuerst spürte er das rhythmische Stampfen der Pflugschar, die sich durch die Erde grub. Dann drang das angestrengte, wütende Schnauben der rotäugigen Bullen an sein Ohr, und Gilbert hob den Kopf und breitete frohlockend die Arme aus.

Hinter ihm hatten sich die Brüder entsetzt auf dem Boden zusammengekauert. Seitlich von ihm kämpfte Moryson mit in den Händen vergrabenem Gesicht darum, sich nicht von seiner Furcht überwältigen zu lassen.

Als Artor Sein Gespann vorwärtstrieb, kam Gilbert stolpernd auf die Füße. »Artor!« schrie er.

Mein guter Gilbert, flüsterte des Gottes Stimme über die Hochebene, und er trat hinter Seinem Pflug hervor, Sein Körper von dicken Muskelsträngen durchzogen und strotzend vor Kraft. *Hast du gesehen, was sie angerichtet hat? Verstehst du jetzt?*

»Oh ja!« stieß Gilbert hervor. »Er ist verderbt ... verderbt!«

Verderbt, in der Tat – und doch kann ich ohne deine Hilfe wenig tun, guter Gilbert.

»Was du wünschst, Artor, was immer du wünschst!«

Die Welt um uns herum bricht zusammen, Gilbert. Das andere Luder droht die Tore gar noch weiter zu öffnen, aber ich kann nichts gegen sie unternehmen. Sie ist zu weit entfernt. Zu mächtig.

Das andere Luder? Gilbert runzelte die Brauen, ohne jedoch seinen Gott zu unterbrechen.

Aber das spielt im Moment keine Rolle. Falls wir diese Faraday aufhalten, dann wird die ganze Melodie zerstört. Nimm nur einen einzigen Ton fort, Gilbert, stimme eine einzige Saite falsch, und horche! Welche Mißtöne sind die Folge!

»Ja, oh Gesegneter!«

Ergreife sie, Gilbert.

»Ja«, zischte Gilbert in Ekstase.

Hol dir Faraday. Du mußt sie aufhalten, Gilbert. Sonst WERDE ICH STERBEN!

Gilbert schrie auf, als Artors Stimme durch seinen Körper schnitt, und hinter sich konnte er die Schreie der anderen Brüder hören.

Dann senkte sich Artors Stimme zu einem Flüstern. *Sie bewegt sich jetzt schneller, und der Verzauberte Wald wächst. Gehe nach Arken, Gilbert. Rasch. Halte sie auf, bevor sie diesen Wald mit Awarinheim verbindet. Wenn sie das tut ... halte sie auf.*

Gesenkten Kopfes fühlte Gilbert, wie Artor an seine Seite trat, und er erzitterte, aber der Gott legte nur wohlwollend eine Hand auf seine Schulter.

Laß mich dich mit Macht ausstatten, Gilbert. Laß mich ein wirkungsvolleres Werkzeug aus dir machen.

Als Gilbert diesmal aufschrie, hörten sogar die weit entfernt stehenden Bäume seinen Schrei und gerieten für einen Augenblick aus dem Takt.

Wenn du meine Macht gut anwendest, Gilbert, wirst du sie aufhalten können.

»Ja«, flüsterte Gilbert, erstaunt darüber, überhaupt sprechen zu können. Er nahm undeutlich wahr, daß ihn seine Blase im Stich gelassen hatte, als Artor seine Macht über ihn ergoß. An seiner Seite hob der Gott den Kopf und begutachtete den zitternden Halbkreis der Brüder hinter Gilbert.

Dient ihm gut.

Wie aus einer Kehle schrien die Brüder, daß sie dies gewiß tun würden.

Moryson seinerseits wurde erneut von Entsetzen gepackt. Ich flehe Dich an, Artor, berühr mich nicht mit Deiner Hand, wiederholte er wieder und wieder im Geiste, denn ich weiß nicht, was dann geschieht. Ich weiß nicht, was ich dann tue.

Tut das, was er Euch sagt.

Ja!

Zerstört sie.

Ja!

21

Das Schwert

Axis stand auf den Trümmern der Markthalle von Jervois und blickte auf den gefrorenen Leichnam von Jorge, dem Grafen von Avonstal. Seine zu Eis gewordenen Augen starrten in die Ewigkeit, in die er nun gelangt sein mochte, während seine Hände immer noch das Schwert umklammerten, das ihn durchbohrt hatte – sein eigenes.

Nach der Rast an den Dreibrüder Seen führte der Krieger bereits seit vier Wochen seine Armee weiter nach Norden, immer von Umsicht geleitet und ständig auf der Hut. Im nachhinein kam es ihm so vor, als habe er tagsüber – und auch nachts im Schlaf – buchstäblich jeden Moment mit einem Angriff oder Hinterhalt gerechnet. Aber bislang nichts. Wo steckten die Skrälinge bloß? Wo hielten sie sich verborgen? Wann immer der Wind etwas Schnee von einer Hügelkuppe wehte, fuhr der Sternenmann zusammen. Und wenn hinter ihm ein Vogel rief, glaubte er stets, daß ein ikarischer Fernaufklärer einen Warnschrei ausgestoßen habe.

Seine Truppen bewegten sich nur langsam vorwärts. Zum einen wegen der ständigen Gefahr eines Überfalls, und zum anderen, weil Axis nicht die Verbindung zu seinen Versorgungslinien verlieren wollte. Bei einer solch großen Armee, die sich auch noch durch ein so ödes und lebensfeindliches Gebiet bewegte, würde der Krieger bald den Rückmarsch antreten müssen, wenn die Maultiere mit dem Proviant nicht mehr nachkamen. Wagen kamen durch die Schneewehen nicht voran, waren ohnehin auf feste Wege angewiesen und rumpelten noch langsamer vorwärts. Deswegen mußten alle Vorräte auf Lasttiere geladen werden. Der General sorgte sich ebenso um den Nachschub wie um die Gefahr durch die Geisterwesen.

Gorgraels Winterstürme hatten Aldeni in eine eisige Ödnis verwandelt. Rolands Herzogtum war früher einmal die Kornkammer Tencendors gewesen, heute herrschten hier nur noch Schnee und Eis. Wenn es mir je gelingen sollte, die Skrälinge zurückzuschlagen, fragte er sich und konnte den Blick nicht von Jorges erstarrtem Körper wenden, wenn ich tatsächlich den Zerstörer besiege, wird dieses Land hier sich dann jemals vom ewigen Winter erholen?

»Axis?«

Belial erschien hinter ihm, und der Krieger drehte sich langsam zu seinem Leutnant um.

Der alte Freund blieb jählings stehen, als sein Blick auf den toten Grafen fiel. Dann schaute er den Sternenmann besorgt an. »In der Stadt sieht es überall so aus. Soldaten, im Moment ihres Todes erstarrt, finden sich überall. Viele von ihnen haben die Kreaturen auseinandergerissen, anders als ...«

»Anders als Jorge hier, wollt Ihr sagen? Ja, denn wer hätte je davon gehört, daß ein Skräling, ein Eiswurm oder selbst ein verdammter Skräbold mit einem Schwert umzugehen verstünde?«

»Vielleicht ...« Belial legte ihm eine Hand auf die Schulter. »Möglicherweise hat der Graf sich ja selbst entleibt ...«

»Nein, niemals!« entgegnete der Krieger hart. »Jorge war ein mutiger und verantwortungsbewußter Fürst. Er hätte nicht einmal im Moment größter Not daran gedacht, sich selbst den Tod zu geben ...« Leiser und ruhiger fuhr er fort: »Seht nur, in welchem Winkel die Klinge in seinen Körper eingedrungen ist. Nein, die Hand eines anderen Menschen hat Jorge getötet.«

Aber wer sollte das gewesen sein? Hatte sich ein Verräter unter den Truppen befunden?

Der Leutnant führte seinen Freund von dem Leichnam fort. »Wir werden sämtliche hier Gefallenen verbrennen. Um sie in allen Ehren ins Nachleben zu verabschieden.«

Langsam verließen die beiden den Ort. Momentan herrschten

klare Luft und Windstille. Wie schon seit dem Tag, an dem sie Aldeni erreicht hatten. Der Zerstörer schien Spielchen mit ihnen zu treiben.

Eine düstere Vorahnung überkam den Krieger, und ihn fröstelte: »Das gefällt mir alles nicht, Belial. Warum haben sich die Geister nicht an den Leichen sattgefressen? Sie haben die Soldaten zerfetzt und zerrissen, aber sich nicht an ihnen gütlich getan? So etwas sieht den Skrälingen gar nicht ähnlich. Man könnte fast meinen, jemand habe ihnen Zucht und Ordnung beigebracht ...«

Doch dann überkam ihn die Wut, er riß sich von seinem Leutnant los, reckte seine Faust in die Luft und schrie: »Verdammt, wo stecken sie?«

An diesem Abend schichteten sie die toten Kameraden zu einem Scheiterhaufen auf und wünschten ihnen auf der Reise ins Nachleben alles Gute. Lange hatte Belial befürchtet, sie könnten nicht genügend Brennstoff auftreiben, um die gefrorenen Leichen in Brand zu stecken. Aber dann entdeckten ein paar Soldaten durch einen Zufall tief unten im Keller der Markthalle einige Fässer Öl. So konnte man dann doch die Gefallenen den Flammen übergeben, und das linderte bei den meisten Soldaten etwas den Schmerz über den Verlust der Kameraden.

Der Leutnant und Magariz suchten später den Sternenmann in seinem Zelt auf. Die Armee hatte ihr Lager ein gutes Stück außerhalb der Stadt aufgeschlagen, denn niemandem stand der Sinn danach, inmitten der Trümmer ständig an das Gemetzel erinnert zu werden. An Ruhe und Schlaf wäre in einer solchen Umgebung nicht zu denken gewesen. Außerdem wurde Axis das unbestimmte Gefühl nicht los, daß man ihnen zwischen den gänzlich oder auch nur halb zerstörten Häusern eine Falle gelegt habe.

Der Krieger saß auf seinem Bett, als die beiden eintraten, und untersuchte ein Schwert, das er in den Händen hielt. Jorges Waffe. Axis hatte sie aus dem Grafen gezogen, bevor zwei Soldaten ihn zum Scheiterhaufen trugen.

»Eine gut gearbeitete Klinge«, meinte der Fürst, während er sich im Zelt niederließ.

»Ja«, murmelte der Sternenmann geistesabwesend, »eine ausgezeichnete Arbeit. Obwohl der Stahl wochenlang in Jorges Bauch gesteckt hat, weist er keine Rostspuren auf, nicht einmal stumpfe Stellen. Schaut nur, das getrocknete Blut blättert einfach so ab.« Er hob den Kopf. Belial stand vor dem kleinen Kohleofen, der zwar für ein einladendes Glühen, aber nur wenig Wärme sorgte. »Ich glaube, ich werde dieses Schwert behalten … und vielleicht sogar gebrauchen.«

»Axis …« begann der Leutnant, aber der Krieger schaute weg und redete weiter.

»Mein eigenes Schwert ist mir nicht so teuer, daß ich es nicht gegen eine bessere Klinge eintauschen würde. Und dieser Stahl hier weist eindeutig eine bessere Qualität auf. Er scheint mir eine eskatorianische Arbeit zu sein … scharf, liegt gut in der Hand und biegsam … Seht nur, wie schön der Griff verziert ist. Wenn ich mich nicht irre, hat man diese Waffe in einer der Schmieden von Isbadd geschaffen … Ein hervorragendes Schwert, das sich nach Rache sehnt. Ich werde denjenigen damit aufspießen, der Jorge umgebracht hat.«

Magariz und Belial sahen sich kurz an, doch bemerkte das der Krieger. »Ach so«, lächelte er schief. »Keine Angst, meine Herren, ich fühle mich noch nicht bereit, mich im Sumpf der Todessehnsucht versinken zu lassen. Eines will ich Euch, meine Freunde, jedoch eingestehen: Ich fühle mich unzufrieden und ratlos. Wo halten sich die Skrälinge auf? Und wer führt ihr Heer an?«

»Könnt Ihr denn nicht einen Eurer Zauber einsetzen, Axis?« schlug der Leutnant vor. »Vielleicht eine Art Kristallkugel erzeugen und sie darin entdecken?«

Der Krieger legte die Klinge beiseite. »Nein, leider, das habe ich schon versucht. Nichts zu machen. Gorgrael läßt die Geisterscharen an seiner Macht und seinem Schutz teilhaben. Und er gebietet über eine starke Energie, die mir verschlossen bleibt: die Dunkle Musik. Ich verstehe mich nicht auf sie und kann deswegen nichts gegen ihre Zauber bewirken. Wenn der Zerstörer sein

Heer unter Dunkler Musik verbirgt, vermag ich sie niemals mit meinen Zaubern zu entdecken. So wie es aussieht, Belial, werden wir uns allein auf kräftige Füße, starke Schwingen und scharfe Augen verlassen müssen.«

Der Fürst beugte sich vor, um etwas von der Wärme der Kohlenpfanne abzubekommen. »Habt Ihr irgend etwas Neues erfahren, Axis?«

»Nein. Und die letzten Nachrichten von den Fernaufklärern habt Ihr doch schon vernommen. Sie entdecken in ganz Aldeni nichts als Schnee und Eis.«

»Und wie sieht es in Ichtar aus?« fragte der Fürst.

»In dem Land, das ich Euch zum Lehen versprochen habe? Verzeiht, aber ich habe keinen Ikarier dorthin gesandt. Wir wissen rein gar nichts über die dortigen Verhältnisse, und einen Fernaufklärer in das alte Herzogtum auszusenden, erscheint mir doch ein zu großes Wagnis. Gorgrael hält Ichtar schon zwei Jahrelang fest umklammert. Außerdem möchte ich die Vogelmenschen nicht mehr als unbedingt nötig der Gefahr der Greifen aussetzen.«

»Und auch nichts Neues aus Sigholt? Oder dem Narrenturm?«

»Absolut nichts, Belial«, antwortete der Krieger. »Man konnte mich ja nicht einmal rechtzeitig vor dem Anmarsch der Streitmacht warnen, die Jervois überrannt hat; ganz zu schweigen davon, mir zu verraten, wo die Skrälinge sich zur Zeit aufhalten. Nun aber, Ihr Herren«, sein Tonfall klang fordernd, »laßt mich an Euren Gedanken teilhaben. Wenn Ihr dieses Geisterheer befehligen würdet, wohin würdet Ihr Euch dann wenden? Und was würdet Ihr als nächstes unternehmen?«

»Uns eine Falle stellen«, antwortete Magariz sofort, während er sich unbewußt mit den Fingern über die Narben an seiner Wange strich. »Einen Hinterhalt legen.«

»Eine Falle, meint Ihr also.« Axis lächelte bitter. »Und wie sähe die aus?«

Der Fürst zuckte die Achseln und genierte sich ein wenig. »Vielleicht will der unbekannte Feldherr Euch nach Norden locken, nach Ichtar. Gut möglich, daß er dorthin gezogen ist.«

»Nein«, widersprach Belial nachdenklich, »denn als Axis Plusternests Erinnerung in einer Vision beschwor, konnten wir deutlich erkennen, daß große Abteilungen von Skrälingen um Jervois herum nach Süden gezogen sind.«

»Aber vielleicht war das ja nur vorgetäuscht«, ließ Magariz nicht so rasch von seiner Fallentheorie ab. »Immerhin haben wir noch keine Antwort auf die Frage gefunden, warum sie Plusternest entkommen ließen. So, wie wir die Greifen kennen, hätten sie ihn eigentlich genauso in der Luft zerreißen müssen wie die anderen aus seiner Staffel. Doch aus irgendeinem Grund haben sie ihn am Leben gelassen ... damit er uns alles berichten konnte, was er hier gesehen hat!«

Der Krieger sah den Fürsten aufmerksam an: »Ein guter Einwand, mein Freund. Aber wenn unser unbekannter Feind unsere Gedanken voraussieht? Wenn er will, daß wir genau zu diesen Schlußfolgerungen kommen? Oder wenn er uns in Wahrheit doch nach Ichtar locken will?« Axis schwieg, um darüber nachzudenken. Als er dann wieder sprach, klang er gefährlich leise: »Wenn er uns dazu bewegen will, nach Ichtar zu marschieren, um uns dann von Süden aus in den Rücken fallen zu können?«

»Dann säßen wir wirklich in der Falle«, bemerkte der Leutnant. »Wir könnten uns nirgendwo mehr hinwenden, wären vom Nachschub abgeschnitten ...«

»Also gut, spielen wir diese Möglichkeit doch einmal durch.« Axis erhob sich und lief in dem Zelt auf und ab. »Wir wissen, daß irgendwo eine gewaltige Skrälingsarmee steckt. Des weiteren dürfen wir davon ausgehen, daß die Geister diesmal von einem General angeführt werden, der sein Handwerk versteht. Ein kluger und kühler Kopf ... der außerdem mit dem Schwert umzugehen versteht!« Er starrte auf Jorges Klinge. »Wir liegen sicher auch nicht falsch mit der Vermutung, daß dieser Heerführer uns in einen Hinterhalt locken will. Belial, wenn Ihr an seiner Stelle wärt und südlich von Jervois stündet, wo würdet Ihr Eure riesigen Scharen dann verstecken?«

Der Leutnant zögerte mit seiner Antwort, während er in Gedanken alle Möglichkeiten durchspielte. »Die Westberge böten sich von selbst an, aber dort treiben sich zu viele von unseren Aufklärern und Patrouillen herum, um lange unentdeckt zu bleiben. Vielleicht im Osten Aldenis ... im großen Nordrabogen, bei Kastaleon.«

Magariz schüttelte den Kopf: »Nein, dort sind unsere Ikarier auch schon gewesen.«

»Die Skrälinge könnten sich in Schneehöhlen oder -verwehungen verstecken und dort auf uns lauern«, blieb Belial bei seiner Vermutung.

Die drei Männer schüttelten sich bei der Vorstellung, durch ein Land zu marschieren, in dem plötzlich Schneewehen lebendig wurden.

»Ich kann nur hoffen, daß Ihr damit falsch liegt«, murmelte der Krieger. »Habt Ihr sonst noch eine Idee?« Er sah seine beiden ranghöchsten Offiziere erwartungsvoll an, aber nach einer Weile schüttelte der eine wie der andere den Kopf.

»Also gut.« Axis stellte sich an die Kohlenpfanne. »Ich habe jedenfalls nicht vor, hier so lange zu verweilen, bis sich die Falle um mich geschlossen hat. Gebt Euren Einheiten den Befehl, daß wir im Morgengrauen aufbrechen und wieder nach Süden ziehen. Wenn die Geister uns schon fressen wollen, sollen sie sich gefälligst zu uns bemühen.«

Axis lag auf seinem Feldbett, hatte sich so fest wie möglich in seine Decken gewickelt und ließ im Halbschlaf seine Gedanken wandern. Er hatte von Aschure geträumt, von ihrem Geruch, ihrem Lachen und davon, wie es sich anfühlte, wenn sie in seinen Armen lag. Die junge Frau ging ihm nur selten aus dem Sinn. Als der Krieger dann erwacht war, fragte er sich, ob Aschure sich wohl an diesem Abend über die Ratlosigkeit der drei Feldherren belustigt hätte. Ob sie schallend gelacht und dann erklärt hätte, daß sie genau wisse, wo die Skrälinge sich aufhielten. Aber seine Gemahlin befand sich weit fort im Süden und hatte Sternenströmer an ihrer Seite, um über sie zu wachen. Er wünschte sich, daß sie bei ihm wäre.

Und er dann noch lebte.

Grummelnd wälzte sich der Krieger auf dem Lager hin und her und zwang seine Gedanken schließlich in eine andere Richtung. Ungebeten erschien das Bild von Faraday in seinem Kopf. Sie wirkte entkräftet und übermüdet, fast so jämmerlich anzuschauen wie Aschure mit ihren Zwillingen im Bauch, als er sie zum letzten Mal gesehen hatte. Aber Faraday lächelte jemandem zu, und das bestärkte Axis in dem Gefühl, daß es ihr doch gut ginge. Wenigstens befand die Edle sich weit weg und nicht in Gefahr. Im Südosten Tencendors trieben sich noch keine Skrälinge herum, um ihr die Kehle aufzureißen.

Damit beherrschten die Geisterkreaturen erneut seine Gedanken. Der Sternenmann öffnete die Augen und starrte an die Zeltdecke, die sich im Wind bewegte.

Irgendwo mußten diese Wesen sich doch verkrochen haben. Wieder fingen seine Gedanken an zu wandern, und er ließ ihnen freien Lauf. Aber er gab ihnen eine Richtung vor: Seine Kenntnisse über den Westen Tencendors …

Die Skrälinge konnten sich erst vor kurzem versteckt haben. Eine, höchstens zwei Wochen waren ihnen dazu geblieben. Ein Zeitraum, in dem man ein Riesenheer nicht allzu weit bewegen konnte. Sobald das Wetter besser geworden war, hatte Axis ikarische Aufklärer nach Aldeni ausgeschickt. Mit gerunzelter Stirn fragte er sich, wie lange die Stürme angehalten hatten. Nach dem Angriff auf Jervois noch etwa drei Wochen.

Wohin konnte sich ein solches Heer in drei Wochen gewendet haben? Er selbst war mit seiner Armee in gewohntem Tritt marschiert und hatte für die Strecke zwischen den Dreibrüder Seen bis nach Jervois vier Wochen gebraucht …

Denk nach, Mann, verdammt noch mal!

Ho'Demi hielt sich irgendwo dort draußen auf. Etliche Abteilungen von Rabenbundern hatten seine Truppe bei den Dreibrüder Seen verlassen und waren in verschiedene Richtungen ausgeschwärmt. Die einzige Verbindung zu ihnen bestand in einem gelegentlichen Gedankenaustausch zwischen ihm und dem Häuptling.

Ja, der Führer der Rabenbunder suchte dort draußen … folgte

seinem Schwur, der Prophezeiung und dem Sternenmann zu dienen ... Axis konnte nur hoffen, daß Ho'Demis Treue zu ihm sich im Zweifelsfall stärker als die zu der Weissagung erweisen würde. Der Krieger schreckte davor zurück, jetzt eine Gedankenverbindung zu Ho'Demi herzustellen. Dieser würde sich schon bei ihm melden, wenn er es für nötig erachtete. Axis wollte ihn nicht verwirren oder von etwas abbringen, indem er ihn mit Fragen belästigte.

Lange Zeit wandten seine Gedanken sich bald hierhin und bald dorthin. Mal zog es sie zu Aschure, mal zu Caelum. Schließlich überkam den Krieger der Schlaf und er stellte sich vor, daß die junge Frau mit ihm unter diesen Decken läge und was sie alles anstellen könnten, um sich die Zeit zu vertreiben. Seufzend drehte er sich auf seinem Lager um, als wenn sie sich wirklich bei ihm befände ... Nein, es gab wirklich keine bessere Möglichkeit, eine so trübe Nacht zu verbringen, als ...

Im nächsten Moment riß er die Augen weit auf und richtete sich so schnell auf, daß er beinahe aus dem Feldbett gefallen wäre. Bei den Göttern! Warum war das keinem von ihnen eingefallen?

Ho'Demi, rief er den Häuptling. *Wo steckt Ihr? Könnt Ihr mich hören? Wo steckt Ihr?*

Ho'Demi?

Der Häuptling fluchte, als er derart aus dem Schlaf gerissen wurde und mit dem Schädel gegen die niedrige Decke der Eishöhle krachte, in der er sich verbarg.

Was ist, Sternenmann?

Oh, ich scheine Euch aufgeschreckt zu haben, Ho'Demi. Verzeiht mir bitte.

Der Krieger hatte bestimmt einen guten Grund, ihn so unvermittelt zu wecken. Dennoch konnte der Häuptling es sich nicht verkneifen, knurrig seine nächste Frage zu stellen: *Was gibt's?*

Ho'Demi, wo steckt Ihr?

In einer verdammten Eishöhle.

Schweigen folgte.

Der Häuptling kratzte sich am Kopf, und als er an seinen Fingern Blut entdeckte, wurde seine Stimmung dadurch nicht besser.

Weit im Westen.

Den Sternen sei Dank. Die Erleichterung war dem Sternenmann selbst in seinen Gedanken deutlich anzuhören. *Haltet Ihr Euch womöglich unweit der Trübberge auf?*

Ja, richtig, ein oder zwei Tagesmärsche von ihnen entfernt.

Ho'Demi, hört mich an, mir ist da etwas eingefallen.

»Eine verdammt ungünstige Stunde, um sich etwas einfallen zu lassen«, murmelte der Häuptling, hörte dem Krieger dann aber aufmerksam zu.

Axis richtete sich nach seiner Eingebung, auch wenn der Verstand ihm sagte, daß sein Leben und das seiner dreißigtausend Männer verwirkt sein würde, sollte er sich irren. Im Morgengrauen gab er den Befehl, statt nach Süden nach Westen zu ziehen.

Zu den Trübbergen.

22

Der Kesselsee

Keiner der Wächter konnte mittlerweile ernsthaft einen Zweifel daran hegen, daß Yr erkrankt sein mußte. Ihre Augen und Wangen glänzten fiebrig, Flecken zeigten sich auf der Haut, das Haar wirkte stumpf und strähnig, und sie erlitt immer wieder so heftige Schüttelfrostanfälle, daß es sie beim Gehen fast von den Füßen riß.

Aber wenn einer der vier anderen sich besorgt nach ihrem Befinden erkundigte, lächelte die Katzenfrau nur freundlich und antwortete: »Danke, ich kann nicht klagen.«

Die Wächter beließen es bei dieser Auskunft, und keiner wagte, sie anzufassen. Denn ihnen war nur zu bekannt, wie verderblich sich die Macht in ihr auf ihre Umwelt auswirken konnte. Schließlich war der jungen Frau mit jedem neuen Tag deutlicher anzusehen, mit welcher Kraft die Energie aus ihr strahlte.

Zecherach beobachtete die Katzenfrau besonders aufmerksam. Sie würde erst als letzte die Ruhestätte am Grund des Lebenssees besuchen, und so blieb es wohl ihr überlassen, in dieser Gruppe die meiste Pflegearbeit zu leisten.

Die Wächter wanderten langsam über die nördliche Ebene von Tare zum Wald der Schweigenden Frau. Sechs Wochen waren sie bereits dorthin unterwegs, aber keiner von ihnen dachte auch nur im Traum daran, das Tempo zu beschleunigen, denn die ohnehin schon mitgenommene Yr sollte nicht ihrer letzten Kräfte beraubt werden. Die fünf zogen für gewöhnlich schweigend und in der Nacht ihres Weges. Sie mieden alle bewohnten Gebiete und hatten auch keinen Blick für die Schönheiten der

Landschaft. Zu sehr waren ihre Gedanken nach innen gekehrt, und auch wenn sie ernst und bedrückt wirkten, so konnte ihre Stimmung nicht als traurig bezeichnet werden.

Mittlerweile hatten sie den geheimnisvollen Wald erreicht und standen nun am Ufer des Kesselsees. In der zurückliegenden Nacht hatten sie in der Burg der Schweigenden Frau Quartier gefunden, waren von dem mysteriösen Bauwerk aufs beste bewirtet worden – so wie zuvor auch schon Faraday hier eine hervorragende Unterkunft gefunden hatte. Zum ersten Mal seit Wochen fand Yr in einen tiefen und festen Schlaf.

Nun kam die Reihe an Ogden und Veremund, und Jack und Zecherach bedauerten zutiefst, daß die alles verzehrende Energie gewiß den Brüdern ihren Witz und Humor nehmen würde. Schließlich hatte die Katzenfrau nach dem Tauchbad ihre gewohnte Unbekümmertheit verloren. Aber keinem von ihnen wäre eingefallen, sich darüber zu beklagen. Sie kannten ihr Schicksal und wehrten sich nicht dagegen. Doch ein wenig Trauer hegte jeder in seinem Innern.

»Mir wird das Herz schwer bei dem Gedanken, das bisherige Leben aufgeben zu müssen«, meinte Ogden, hielt die Hände vor dem runden Bauch gefaltet und betrachtete das sanftgoldene Wasser des Sees. »Ich habe all die Jahre doch sehr genossen.«

»Und ich hätte nie geglaubt, in der Zeit so viele Freunde gewinnen zu dürfen«, schloß sich Veremund an, der neben ihn getreten war. »Auch wäre mir früher nie in den Sinn gekommen, daß ich einmal den Sternenmann lieben und gleichzeitig als den verehren würde, den die Prophezeiung uns angekündigt hat.«

Die Brüder schwiegen und sprachen dann im Chor: »Wir werden es vermissen, über die offenen Ebenen zu reiten, und wir bedauern, nicht mehr am Lagerfeuer sitzen, Axis' Gesang lauschen und sein Lächeln genießen zu können.«

»Ihr werdet ihn wiedersehen«, erklärte eine freundliche Stimme hinter ihnen, und sie alle drehten sich um. Wieder zeigte sich ihnen der Prophet in all seiner silbernen Erhabenheit. Die Wächter lächelten beglückt und verbeugten sich vor ihm.

Er trat zu der Gruppe und küßte Yr leicht. Dann wandte er

sich an die Mönche. Zuerst näherte der Prophet sich Ogden, hielt sein Gesicht zwischen den Händen und küßte ihn ebenso liebevoll wie zuvor die Katzenfrau.

»Auf immerdar wird man Euch für das Opfer, das Ihr nun bringt, lieben und ehren«, erklärte er ihm. »Und ein Platz in meinem Herzen soll Euch ebenfalls sicher sein. Ich hätte mir keinen besseren Wächter als Euch wünschen können.« Danach stellte er sich vor Veremund und segnete ihn auf die gleiche Weise.

Tränen rannen den Brüdern über die Wange. Wie zuvor schon die Katzenfrau, fühlten sie sich aufs höchste geehrt und voller Dankbarkeit, weil der Prophet sich in diesem ungemein wichtigen Augenblick zu ihnen gesellt hatte.

Als der Erhabene dann ein paar Schritte zurücktrat, um die Gruppe sich selbst zu überlassen, sagte Jack Ogden und Veremund Lebewohl. Danach küßte Zecherach die beiden zum Abschied und wünschte ihnen alles Gute.

Yr aber näherte sich ihnen nicht.

»Bist du bereit, Bruder?« fragte der Hagere seinen langjährigen Gefährten. Der Dicke nickte und ergriff Veremunds Hand.

Und damit traten die beiden in den Kesselsee.

Ihnen stand nicht eine solch lange Tauchreise bevor wie Yr, denn das Naß dieses Gewässers war weitgehend in das zauberische Geschehen des Waldes eingeflossen. Bald erreichten sie die Ruhestätte, die sich nicht mit Schlick und Schlamm überzogen hatte. Ogden und Veremund durften sie in all ihrer Schönheit schauen. Doch rasch unterzogen sie sich dann dem geforderten Ritual, drehten die Edelsteine wie vorgeschrieben und erhielten so Zutritt. Nachdem sie endlose Gänge durchschritten hatten, gelangten auch sie zum Quell der Macht. Zuerst beugte sich Ogden, dann Veremund hinein, um die Energie zu empfangen.

Als die Brüder wieder aus dem See stiegen, ihre Augen fiebrig brannten und ihre Lippen zitterten, trat die Katzenfrau zu ihnen und umarmte sie.

»Willkommen zur letzten Reise«, begrüßte sie die Gefährten.

23

Der Sternentempel

»Aschure?«

Sie öffnete die Augen. »Kommt herein, Sternenströmer, ich bin wach.«

Der Ikarier trat leise in ihre Kammer. Aschure mühte sich gerade aus dem Bett, und ihr Schwiegervater eilte sofort herbei, um der Hochschwangeren behilflich zu sein. Tiefe Sorge umwölkte seinen Blick, aber er sagte nichts. Die junge Frau mochte nämlich kein großes Getue um ihre Person.

Seit einem Monat hielten sie sich schon hier auf dem Tempelberg auf, und jeden Tag fühlte Aschure sich noch etwas matter. Die Zwillinge schienen ihr alle Kraft und Lebensenergie auszusaugen. Sternenströmer fragte sich öfters, woran das liegen mochte. Schließlich war ihre Schwangerschaft mit Caelum viel angenehmer verlaufen, ja, sie war währenddessen sichtlich aufgeblüht. Warum raubten die Zwillinge ihr dagegen alle Lebenskraft? Vielleicht steckte ja mehr dahinter, als nur der Umstand, daß sie diesmal zwei Kinder in sich trug. Er befürchtete, daß etwas anderes ausschlaggebend dafür war.

Aschure bemerkte seinen unglücklichen Blick und lächelte ihm aufmunternd zu: »Ich habe ausgezeichnet geruht, Sternenströmer, das könnt Ihr mir glauben. Ist alles gerichtet?«

»Ja, ich komme, Euch rechtzeitig zu wecken. Hoch mit Euch, Ihr müßt vorher etwas zu Euch nehmen. Eine lange Nacht steht Euch bevor.«

Die junge Frau ließ sich von ihm an einen kleinen Tisch führen. Kaum hatte sie sich niedergelassen, da fing ihr Schwiegervater auch schon an, ihr Obst zu schälen und in mundgerechte Stücke zu zerteilen, die er ihr dann einzeln reichte.

»Eßt«, forderte er sie auf. »Eßt kräftig.«

Um ihm zu Gefallen zu sein, schob sie sich ein Obststück in den Mund und kaute mit wenig Freude darauf herum. Sie wollte den Zauberer nicht enttäuschen und vor allem seine Sorge um sie nicht noch vergrößern. Denn auch ihm stand eine harte Nacht bevor, vermutlich eine noch anstrengendere als für sie. Die Reise auf die Insel des Nebels und der Erinnerung hatte bislang zumindest etwas bewirkt, worüber Aschure sehr glücklich war: Zwischen ihr und Sternenströmer hatte sich eine Freundschaft entwickelt, die mit jedem Tag tiefer wurde. Früher hatte seine Lust auf ihren Körper dem entschieden im Wege gestanden, und sie hatte sich in seiner Gegenwart stets unbehaglich gefühlt. Seine Begierde schien sich jedoch in dem Maße abgekühlt zu haben, sagte sie sich lächelnd, wie ihr Leib mit den Zwillingen an Umfang zunahm.

Aber nein, verbesserte sie sich selbst, für diese Freundschaft konnte nicht allein der dicke Bauch verantwortlich gemacht werden. Seit der Nacht, in der Aschure niedergeschlagen von der Lektüre des Briefs ihrer Mutter Sternenströmer aufgesucht hatte, um Zuspruch zu finden, war der Vogelmann kaum noch von ihrer Seite gewichen. In seiner Liebe zu ihr ließ er nichts unversucht, um sie zu versorgen und aufzumuntern. Man hatte sogar die Wiedererleuchtung des Sternentempels um zehn Tage verschoben, weil Sternenströmer zu sehr mit seiner Schwiegertochter beschäftigt gewesen war.

Sie griff nach dem nächsten Obstschnitz. Der Zauberer hatte in jener Nacht nur das getan, worum sie ihn gebeten hatte, und die Situation nicht ausgenutzt. Er hatte sie die ganze Zeit in den Armen gehalten und ihr gesagt, wie lieb und teuer sie ihm sei, bis Aschure endlich, eingehüllt in seine Arme und Schwingen, eingeschlafen war. Noch eine ganze Weile waren ihre Tränen geflossen. Als die junge Frau dann am nächsten Morgen aufgewacht war, hatte Sternenströmer sie sanft auf Stirn und Wange geküßt und sie losgelassen.

Der Zauberer hatte sie getröstet und ihr Halt gegeben. Und noch etwas viel Wichtigeres bewirkt: Er hatte Aschures Vertrauen gewonnen. Und mit dieser auch ihre Freundschaft.

»Habt Ihr über das nachgedacht, was ich Euch vor kurzem vorgeschlagen habe?« fragte Sternenströmer jetzt und unterbrach damit ihre Gedanken.

Aschure nickte leicht und legte das dritte Stückchen Obst wieder auf den Teller zurück. »Ja, ich habe es erwogen, Schwiegervater, aber ... ach, ich weiß nicht. Wenn Axis hier weilte, wäre es etwas ganz anderes ...«

Tränen traten ihr in die Augen, und sie holte tief Luft, bevor sie fortfahren konnte: »Ich ... wir ...« Die junge Frau zuckte die Achseln und schob das Obst auf ihrem Teller herum. »Wir sind diesen Kindern nicht so nahe, wie wir es bei Caelum gewesen sind.« Die letzten Worte kamen nur noch als ein Flüstern heraus. Sie hatte die Augen niedergeschlagen, und ihre Wangen hatten sich gerötet. So sehr schämte sie sich dafür, zugeben zu müssen, daß sie ihre eigenen Kinder nicht liebte.

Doch sie mußte sich keine Vorwürfe machen, denn Sternenströmer verstand ihre Lage nur zu gut. Jeden Tag hatte er nun einige Stunden damit zugebracht, die Zwillinge in den Fertigkeiten der Zauberer zu unterrichten. Obwohl die beiden erfreulich bereitwillig auf seine Bemühungen eingingen, blieb ihm doch nicht verborgen, wie feindselig und bestenfalls gleichgültig sie sich oftmals ihrer Mutter gegenüber verhielten.

Wenn er tags und nachts soviel Ablehnung in sich tragen müßte, sagte sich der Ikarier, würde es ihm sicher auch schwerfallen, solche Kinder zu lieben. Sternenströmer konnte sich keinen Reim darauf machen, warum der Junge und das Mädchen ihren Eltern mit soviel Kälte begegneten, ihren Großvater aber eigenartigerweise zu mögen schienen. Seltsam, denn er hatte sich doch ebenso sehr wie Axis schuldig gemacht, Aschure zu Unrecht zu verdächtigen und mit aller Gewalt die Wahrheit aus ihr herauszupressen. Seitdem war die Ablehnung der Zwillinge deutlich zutage getreten. Aber warum mochten sie dann ihre Mutter nicht? Etwa deswegen, weil sie ihren Vater immer noch liebte und ihm das angetane Leid längst vergeben hatte?

»Aschure, die beiden brauchen Namen. Mir fällt es nicht leicht, sie in diesem spätem Schwangerschaftsstadium zu unterrichten, ohne sie mit einem Namen anreden zu können.«

Die junge Frau hob den Kopf und sah ihn an. »Dann sucht Ihr einen für sie aus.«

»Ich? Aschure, von jeher ist es das Vorrecht der Eltern …«

»Gebt Ihr ihnen lieber Namen«, verlangte sie entschieden. »Von mir würden sie sie ja sowieso nicht annehmen.«

»Und Ihr erklärt Euch dann auch sicher mit meiner Wahl einverstanden?«

Aschure nickte.

»Na gut, dann …« Sternenströmer hatte die Ungeborenen mittlerweile recht gut kennengelernt und wußte, welche Namen zu ihnen passen würden. »Eure Zwillinge werden sich zu mächtigen Zauberern entwickeln, und das sollte in ihrem Namen auch zum Ausdruck kommen. Gleichwohl sollen sie aber auch einen Zug ihrer Persönlichkeit widerspiegeln.« Der Vogelmann holte tief Luft und teilte der Schwiegertochter dann seine Wahl mit.

Die junge Frau fuhr zurück, als sie seinen Vorschlag für den Knaben vernahm. »Aber das ist ein so mächtiger Name«, hauchte sie, und ihre Hand fuhr wie aus eigenem Antrieb zu ihrem Bauch, »selbst für einen männlichen Zauberer. Seid Ihr Euch auch ganz sicher?«

Sternenströmer nickte, und so senkte Aschure zum Zeichen ihres Einverständnisses langsam ihren Kopf. Kein Wunder, daß ihr solcher Nachwuchs Unbehagen bereitete.

Sie zogen nicht in einer feierlichen Prozession zum Tempel. Ein jeder schritt nur schweigend über die Avenida, bis sich schließlich eine Menge von acht- bis neuntausend Menschen auf den grasbewachsenen Hügeln rings um den Marmorkreis versammelt hatte. Viele stammten aus Piratenstadt. Fünf Schiffe voller Edler und Bürger aus Nor hatten im Hafen angelegt. Und zu diesen gesellten sich noch einige Hundert Ikarier, die im Verlauf der vergangenen Wochen zur Insel gekommen waren.

Aschure stand mit Caelum auf dem Arm in der Mitte des Tempelkreises. Sie trug nur ein leichtes lavendelblaues Gewand; denn selbst hier oben war es für die Jahreszeit immer noch angenehm mild.

Die junge Frau hatte keine Ahnung, was sich nun als nächstes ereignen würde.

Sie stand mit ihrem Sohn allein da. Sternenströmer unterhielt sich gerade am Rand des Kreises leise mit einem anderen Zauberer. Freierfall und Abendlied befanden sich in der ersten Reihe der vielen, die von außerhalb des Kreises zusahen. Als Ikarier, die über keine Zaubergaben verfügten, würden sie bei der Wiedererleuchtung des Tempels keine Rolle spielen.

Und was habe ich hier verloren? fragte sich Aschure. Mich kann man doch kaum als richtige Zauberin ansehen, vermag ich doch meine Fähigkeiten kaum bewußt und gewollt einzusetzen. Sie hatte ihre Magie zwar in jener Nacht eingesetzt, in der sie mit den Ersten gesprochen hatte. Aber sie wußte noch immer nicht, wie ihr das möglich gewesen war – außer daß ihre Wut und ihr Verdruß die Verbindung irgendwie hergestellt hatten.

Die junge Frau legte den Kopf in den Nacken, hielt Caelum fester und schaute hinauf ins Firmament. Sie würde bis nach der Geburt der Zwillinge warten müssen, ehe sie mehr erfahren konnte. Daran ließ sich wohl nichts ändern. Wolfstern hatte das zwar auch gesagt, aber Aschure vermutete, daß die beiden ungeborenen Kinder der eigentliche Grund waren.

Um mehr zu hören, mußte sie allein sein. Vollkommen allein.

»Mutter?«

Sie senkte den Kopf wieder und lächelte den Knaben an. Caelum hatte die Augen vor Neugier weit aufgerissen und schaute hierhin und dorthin, um zu verfolgen, wie die Reihen der Menge immer dichter wurden. »Was wird heute nacht hier geschehen?«

»Das weiß ich nicht, mein Sohn. Euer Großvater wollte mir nichts verraten. Aber ich bin mir sicher«, sie küßte ihn auf den Kopf, »daß uns etwas Wunderbares erwartet.«

»Ich wünschte, Vater wäre hier.«

»Das wünsche ich mir auch, Caelum. Und wie sehr.«

Auf einer tiefen, inneren und gefühlsmäßigen Ebene konnte sie Axis spüren. Seine Lebensenergie, seinen Atem, aber leider nicht mehr. Die Berichte, die sie aus dem Norden erreichten, waren so vage, daß es zum aus der Haut fahren war! Vor fünf Tagen hatte ein Fernaufklärer einen bereits einen Monat alten Brief von ihrem Gemahl überbracht. Aber darin stand nicht viel bis auf seine Versicherung, daß er sie liebe, sie vermisse und jeden Tag an sie denke. Aschure erfuhr aus seinen Zeilen aber nichts darüber, wo er sich gerade aufhielt, wohin die Skrälinge gezogen waren oder ob er in sich die Kraft gefunden hatte, sie mit seinen besonderen Fähigkeiten zurückzuschlagen.

»Bleibt am Leben«, flüsterte die junge Frau, wie sie es immer tat, wenn sie an den Krieger dachte. »Bleibt am Leben.«

Großvater, meldete Caelum in ihren Gedanken, und sie drehte sich um.

Sternenströmer schritt über den Kreis auf sie zu. Die Begeisterung über die bevorstehende Aufgabe verlieh ihm einen federnden Gang, und Eifer und Aufregung leuchteten in seinen Augen. Er trug nur seine goldene Hose, und wie Aschure lief er barfuß. Der Vogelmann hatte die Flügel ausgebreitet, und in den Federn fing sich das weiche Licht der Sterne.

»Schwiegervater«, wandte sie sich an ihn, als er sie erreichte, »ich weiß nicht so recht, was Caelum und ich hier tun sollen. Was erwartet man denn von uns?«

Was kann ich schon tun?

Sternenströmer legte ihr die Hände auf die Schultern und küßte erst sie und dann seinen Enkel. »Ihr könnt lernen und teilnehmen, Aschure. Und der Ring an Eurer Hand gibt Euch das Recht, mitten im Kreis zu stehen. Und Caelum darf die Vorgänge mit Euch erleben, weil er der Erbe seiner Eltern ist. Und nun will ich einmal sehen«, fügte er sachlich hinzu, obwohl man ihm die Erregung deutlich anmerkte, »ob alle ihre Plätze eingenommen haben.«

Sein Blick wanderte am Rand des Kreises entlang. Unter den Ikariern, die zu diesem Ereignis angeflogen waren, befanden sich auch einige Dutzend Zauberer. Diese hatten sich nun in regelmäßigen Abständen am Rand aufgestellt und richteten ihren Blick auf die Mitte des Runds.

»Und die Neun?« fragte die junge Frau und hielt nach den Priesterinnen des Sternen-Ordens Ausschau.

Sternenströmer nickte nach links, und dort entdeckte Aschure die Frauen, die in einer Gruppe hinter dem Kreis der Zauberer standen und die Köpfe zum Gebet oder zur Meditation gesenkt hatten.

»Sie werden die Zeremonie bezeugen«, erklärte ihr Schwiegervater, »denn nur ikarischen Zauberern ist es gestattet, an der Erleuchtung des Sternentempels mitzuwirken.«

Damit sah er ihr ins Gesicht: »Was immer auch geschieht, fürchtet Euch nicht. Ihr befindet Euch hier in vollkommener Sicherheit, ganz gleich, was sich ereignen mag.«

Die junge Frau nickte, konnte aber nicht dagegen an, weiterhin Furcht und Erregung zu verspüren. Caelum wand sich ebenfalls aufgeregt in ihren Armen. Sternenströmer lächelte über diese Bild und strich seinem Enkel über das Haar. »Ihr seid geboren, große Wunder zu schauen, mein Sohnessohn. Ich hoffe, daß Euch diese Aussicht nicht mit Angst erfüllt.«

Doch dann ließ er die beiden unvermittelt stehen, schritt den Kreis ab und tauschte sich mit jedem der anderen Zauberer kurz aus. Aschure konnte nur ihr Mienenspiel verfolgen, denn in welch geistiger Form die Ikarier sich verständigten, konnte sie nicht erfassen.

Vollkommenes Schweigen breitete sich nun überall aus, auch unter den Tausenden auf den Hängen. Eine solche Stille herrschte, daß die junge Frau sogar das leise Brechen der Wellen unten an der zerklüfteten Küste hören konnte.

Aschure? Aschure? Seid Ihr es?

Über ihnen glitten die Sterne über den Himmel.

Ihr Schwiegervater schritt weiter den Kreis ab, aber jetzt langsamer und mit gesenktem Haupt. Nur die Flügel hielt er weiterhin ausgebreitet. Seine Bewegungen führten ihn immer näher ins Zentrum.

Aschure vernahm erst jetzt, daß die Zauberer sangen. Worte und Melodie erklangen so leise, daß sie weder das eine noch das andere genauer unterscheiden konnte. Die junge Frau erkannte nur, daß die Vogelmenschen ihre Weise in der heiligen Sprache der Ikarier sangen. Eine fließende Musik, die sich spielerisch mit dem Ruf der Wellen verband. Zum ersten Mal seit Monaten spürte Aschure wieder belebende Energie ihren Körper durchströmen. Sie atmete tief durch und fand zu einem Lächeln.

Caelum schaute ehrfürchtig zu seiner Mutter hinauf.

Sternenströmer schritt nun schon fast träge auf sie zu. Den Kopf hielt er immer noch gesenkt, aber die junge Frau erkannte, daß er die Augen geschlossen hatte. Als einziger sang er nicht, sondern schien zu lauschen. Die Hände an seinen Seiten schlossen und öffneten sich wieder, und die Muskeln an seinen Schultern und an seinem Rücken zuckten.

Das Lied der Zauberer nahm an Eindringlichkeit zu und rührte die Zuhörer noch mehr an. Caelum wie auch seine Mutter erbebten unter der Kraft dieses Gesanges, und über ihnen verschwammen die Sterne am Himmel.

Sternenströmer blieb hinter den beiden stehen, und für Aschure vollkommen unerwartet, packte er mit beiden Händen ihre Schultern. Dazu stieß er einen lauten Schrei aus, der neue Wogen von Energie durch sie hindurchjagte. Die junge Frau schnappte nach Luft und wäre vermutlich umgefallen, wenn ihr Schwiegervater sie nicht gehalten hätte. Aus dem Augenwinkel nahm sie wahr, daß er nun in voller Größe dastand, den Kopf in den Nacken geworfen hatte und hinauf ins Himmelszelt starrte.

Der Zauberer schlug heftig mit seinen Schwingen, und für einen Moment kam Aschure in den Sinn, daß er am Ende versuchen wolle, sich zusammen mit ihr und Caelum in die Lüfte zu erheben.

Aber dann fiel ihre eine Bewegung am Kreisrand auf, und darüber vergaß sie Sternenströmer sofort. Jeder einzelne der ikarischen Zauberer hatte die Schwingen ausgebreitet, und zwar dergestalt, daß die Flügelspitzen die der anderen Nachbarn berührten. Auch sie hatten wie Sternenströmer den Kopf in den Nacken gelegt und dazu in höchster Glückseligkeit die Hände zum Himmel erhoben.

Und nun fing auch Sternenströmer an zu singen.

Aschure hatte ihn schon bei früheren Gelegenheiten singen gehört, vor allem auf der Großen Ratssitzung im Krallenturm, aber selbst da hatte er seine Stimme noch nicht zu ihrer vollen Schönheit erblühen lassen.

Nun aber bekam die junge Frau alles zu hören, was in seiner Stimme steckte. Die eindringliche Lieblichkeit seines Gesangs wühlte ihr Innerstes auf, aber dann schrie sie, weil sich seine Finger noch tiefer in ihre Schultern bohrten. Seine Energie schien in einem Fluß auf sie überzugehen. Am Rand ihres Bewußtseins erkannte Aschure, daß er sie nur aus einem Grund fester packte: um ihnen in dem Tosen der Macht, die er nun freisetzte, einen sicheren Stand zu verleihen.

Die junge Frau fühlte, wie seine Kraft sie umhüllte und durchdrang. Hinzu kam sein Lied, das sie körperlich zu ergreifen und hinaufzutragen schien. Dann spürte sie mehr, als sie es hörte, wie die anderen Zauberer seine Weise aufnahmen und ihre eigene Energie über den Marmorkreis schickten.

Aschure stöhnte, befürchtete sie doch, nicht die Kraft zu besitzen, es noch länger auszuhalten.

Und just in dem Moment, in dem sie glaubte, am Ende ihrer Kraft zu sein, hörte der Gesang plötzlich auf. Nur die Zaubererenergie strömte weiterhin über das Rund.

»Wartet«, flüsterte ihr Schwiegervater rauh. »Wartet ... so wartet doch ...«

Dann lachte er befreit, ließ die junge Frau los und drehte sich leichtfüßig wie eine Feder auf dem Kreis. »Spürt Ihr es?« jauchzte er. »So spürt es doch!«

So rasch, wie er sie verlassen hatte, stand er wieder hinter ihr. Doch diesmal faßte er sie nicht an.

»Spürt es!« forderte er seine Schwiegertochter noch einmal mit ruhigerer Stimme auf.

Und jetzt fühlte Aschure etwas. Ein Prickeln auf den Sohlen

ihrer bloßen Füße, und der Hauch einer Berührung auf ihren nackten Armen.

»Er lebt«, sprach der Zauberer, als könne er es selbst nicht fassen. »Der Tempel lebt!«

Der Marmorkreis, den die junge Frau eben noch für stumpf und unansehnlich gehalten hatte, fing nun ganz langsam an, in einem leuchtenden Violett zu erstrahlen. Aschure sah den Widerschein dieses Leuchtens auf den Gesichtern der Zauberer. Als sie den Kopf ein wenig drehte, sah sie weiter, wie Sternenströmer ein violettes Glühen so glatt und ungehindert über seine helle Haut floß, daß man den Eindruck gewinnen konnte, er sauge das Licht in sich auf.

Und im nächsten Moment verschwand der Marmor unter ihren Füßen.

Aschure schrie vor Schreck auf und wäre sicher gestürzt, wenn ihr Schwiegervater sie nicht wieder an den Schultern gepackt hätte. Unter ihren Füßen befand sich nichts außer einem violetten Leuchten. Die junge Frau konnte unter ihren Füßen weder etwas erkennen noch fühlen.

»Sternenströmer?«

»Alles ist in Ordnung«, flüsterte er. »Euch droht keinerlei Gefahr.«

Das violette Licht flackerte, trübte sich für die Dauer eines Herzschlags und … und der gesamte Kreis verwandelte sich in einen Kessel aus kobaltblauem Licht, das vor Energie vibrierte. Als Aschure noch einen Blick nach unten wagte, kreisten Sterne unter ihren Füßen. Und als sie den Kopf wieder hob und jetzt nach oben blickte, gewahrte sie, daß das Licht in einer gewaltigen strahlenden Säule in die höchsten Himmel stieß … und die Sterne nicht mehr unter und über ihr, sondern auch rings um sie heraum tanzten und rasten.

Sie standen – oder schwebten? – in der Mitte eines Lichtstrahls, dessen Macht die junge Frau nicht einmal erahnen konnte. Und durch dieses Leuchten trieben die Sterne.

Die Tränen schossen ihr angesichts solcher Pracht und Herrlichkeit in die Augen. Unzählige Sterne kamen ihr so nahe, daß sie das Feuer in ihnen auf der Haut spürte; aber diese Wärme verbrannte sie nicht. Wind zauste in ihrem Haar, und sie erkannte darin den Luftzug der vorbeisausenden Gestirne. Und Musik umströmte sie, Klänge und Melodien so wunderbar, daß sie nur der Sternentanz selbst sein konnten.

»Ich muß so sehr darauf aufpassen«, flüsterte Sternenströmer hinter ihr, »mich nicht völlig darin zu verlieren.«

Aschure wußte genau, was er damit meinte. Die Energie des Sternentanzes war ihnen hier so nahe, daß es schon eines starken Willens bedurfte, um sich nicht völlig davon betören zu lassen.

Lange Zeit verging, in der sie mit den anderen Zauberern durch das Licht schwebten und gemeinsam den Gestirnen ihre allerhöchste Verehrung darbrachten.

Hierher sind die Ikarier gekommen, hallte die Stimme ihres Schwiegervaters durch ihren Geist, *um die Sterne zu studieren, zu verstehen und anzubeten. Und heute dürfen wir das wieder tun. Sehet, denn ihretwegen heißt er Tempel der Sterne.*

Nach langer, langer Zeit, so schien es, zog Sternenströmer seine Schwiegertochter und seinen Enkel zum Rand der Lichtsäule, und zusammen traten sie aus ihrem Rund.

Außerhalb des Kreises standen die Tausende, die zusammengeströmt waren, in andächtigem Staunen. Als Sternenströmer sie den grasbestandenen Hang hinunterführte, warf Aschure einen Blick über die Schulter. Von außerhalb wirkte der Tempel aus Licht ebenfalls beeindruckend schön – doch längst nicht so bezaubernd wie im Innern des Strahls –, und aus ihm wuchs wie unauslöschlich die Lichtsäule, die hoch ins Firmament ragte und in ihrer Mitte die Sterne tanzen ließ.

»Wir werden das Licht weiterhin leuchten lassen«, teilte Sternenströmer ihr mit. »So wie es das auch zu früheren Zeiten getan hat. Soll Gorgrael das Licht selbst in seiner fernen Eisfestung schauen und so von der Macht des Sternentanzes erfahren. Und auch die übriggebliebenen Brüder des Seneschalls, damit sie erkennen, daß die Ikarier ihre alte Heimat wieder in Besitz genommen haben.«

Aschure zitterte, und er hielt sie fester. »Werden all die Menschen auch hineingelassen?« fragte sie, denn immer noch schwebten nur Ikarier im Strahl.

»Nein, nur Zauberer vermögen in das Licht des Tempels zu treten und darin zu überleben.«

Die junge Frau blickte ihn voll Erstaunen an. »Aber ich ... ich war doch auch ...«

»Ich habe nie an Euch gezweifelt, oder an Eurer besonderen Veranlagung«, lächelte er. »Genausowenig wie der Tempel.«

Die Zauberer bei den Alten Grabhügeln schauten die ganze Zeit angestrengt nach Südwesten. Sie konnten den großen Lichtstrahl zwar nicht sehen, der aus dem Sternentempel in die Nacht emporstieg, aber sie konnten ihn spüren.

Sie alle hielten sich oberirdisch auf, und nicht einer weilte beim Sternentor, um Zeuge des Erstaunlichen zu werden.

Die blauen Schatten, die sich sonst unablässig unter der Kuppeldecke über dem Sternentor jagten, gerieten in Unordnung, schwankten, hüpften und gewannen an Festigkeit. Die Alabasterstatuen rund um das Becken färbten sich unter dem grelleren Licht dunkelviolett, und Musik von solcher Kraft, daß die gesamte Höhle erbebte, strömte aus dem Tor.

Und als Musik und Licht geradezu in der Sternenkammer explodierten, traten sieben lachende Gestalten aus dem Tor. Kamen von draußen, von den Sternen.

Zuerst zeigte sich ein Mann, der sich sofort umdrehte, um der Frau hinter sich zu helfen. Diesen folgten rasch zwei weitere Frauen und drei Männer. Als der letzte aus dem Tor trat, schwollen Licht und Musik noch einmal an, um dann mit einem Mal vollkommen zu vergehen.

»Sehr viel Zeit ist vergangen«, sprach der erste und umarmte dann die Frau neben sich. Die anderen fünf sahen sich an, und schließlich umarmten sie sich alle der Reihe nach. Ihre Augen glänzten vor Freude.

»Wir sind zurück!« rief einer von ihnen, warf dann den Kopf in den Nacken und schrie: »WIR SIND ZURÜCK, ARTOR!«

Der erste lächelte angesichts der Begeisterung seines Gefährten, dachte aber nicht daran, ihn für diesen Ausbruch zurechtzuweisen. Bei den Sternen, sie empfanden alle so wie er.

»Nun kommt«, forderte der erste die anderen auf, »die Zeit naht. Die Gezeiten rasen heran und rufen ihren Namen. Bald werden wir acht sein.«

»Und dann neun«, flüsterte seine Gattin. »Und dann werden wir wieder die Neun sein!«

24

Das Böse

Die Bäuerin Renkin erwies sich als wahres Geschenk der Mutter. Mit dieser Frau an ihrer Seite fand Faraday frischen Mut und auch den nötigen Antrieb, die Schößlinge mit neuer Begeisterung einzusetzen. Frau Renkin kümmerte sich vom ersten Morgen an, als sie bei der Edlen auftauchte, um dieses und jenes. Als erstes reinigte sie die Hände der Edlen, rieb sie mit Kräuterölen ein und verband sie, wobei sie die ganze Zeit ein Wiegenlied summte. Danach mußte Faraday sich hinsetzen und durfte nicht aufstehen, sondern hatte sich auszuruhen, während die Bäuerin ein nahrhaftes Frühstück zubereitete. Danach wich Frau Renkin auch den restlichen Tag nicht von ihrer Seite. Sie kümmerte sich um alles, trug die Baumkinder herbei und sang jedem einzelnen Schößling, den die Edle einsetzte, eines ihrer ganz besonderen Kinderlieder. Und zwischen den Ermahnungen, dem Verbinden, dem Kochen, dem Lachen, dem Singen und dem Heranschleppen fand die gute Seele auch noch die Zeit, Faraday von ihrer Reise nach Tare und ihrem Entschluß zu berichten, ihren lieben Mann für einen Monat allein und sich selbst zu überlassen.

»Das wird ihm guttun«, entgegnete sie nur, als Faraday zaghaft nachfragte, ob sie sich das denn auch reiflich überlegt habe. »Nach fünfzehn Ehejahren können wir beide etwas Erholung voneinander gebrauchen.«

Am Abend bereitete die Bäuerin aus den Zutaten ein Mahl zu, die sie in der Satteltasche des Esels fand. »Das ist ja reinste Zauberei«, murmelte sie ein ums andere Mal, als ihre Hände immer tiefer in die Tasche vordrangen und immer noch mehr vorfanden. Aber Frau Renkin lächelte dabei, und als die beiden gespeist hatten, erzählte sie der Edlen von ihrer Großmutter und deren Geschichten.

Faraday schlief in dieser Nacht sehr gut, und als sie erwachte, entdeckte sie, daß die gestern gesetzten Schößlinge schon hundert Meter hoch in den Himmel hinauf ragten. Der leise Gesang der Kleinen erfüllte den ganzen Morgen.

Sie fühlte sich hin und wieder noch unwohl, und dann bekam sie von den Bäuerin Kräuter, die den Magen beruhigten. Das Lachen und die Gesellschaft von Frau Renkin waren ihr aber eine noch liebere Arznei, beruhigten sie ihr doch Herz und Seele. Als Faraday sich eines Tages beklagte, daß sie ihr für die vielen erwiesenen Freundlichkeiten noch nichts zurückgegeben habe, lachte sie freundlich und erklärte, sie erhalte von ihr Abenteuer, Schönheit und Musik. Und das sei ihr Lohn genug. Weit mehr als genug.

So pflanzten sie kleine Bäume ein, bis sie vor die befestigte Stadt Arken gelangten. Man konnte das Treiben der beiden Frauen kaum übersehen. Schon seit Tagen verfolgten die Bürger voller Verwunderung, wie ein großer Wald auf sie zu wuchs. Und in den zwei Tagen, bevor Faraday durch das Stadttor Einzug hielt, hatten die Männer, Frauen und Kinder bereits die Zinnen besetzt und verfolgten das Tun der beiden.

Einige Städter erfüllte das Herannahen des Waldes mit Furcht. Zu ihrer Entschuldigung mochte angeführt werden, daß der Seneschall hier noch bis vor wenigen Monaten sein strenges Regiment geführt hatte. Aber in Arken hielten sich auch viele Ikarier auf, und diese lächelten selig und versicherten den Menschen, daß hier Faraday, die Baumfreundin, käme, um ihnen Wunder und keinen Schrecken zu bringen.

»Schon bald«, versprachen die Vogelmenschen, »wird man Arken als das Tor zu diesem Zauberwald kennen, und Euer Markt wird unter dem Ansturm der Achariten, der Ikarier und vielleicht auch der Awaren aufblühen und noch mehr gedeihen. Und schaut doch, Faraday setzt die Schößlinge nur in ungenutztes Land ein. Eure Straßen und Handelswege bleiben also ebenso frei wie Eure bestellten Felder. Ihr braucht sie wirklich nicht zu fürchten, denn sie will Euch nicht schaden.«

Aber Faraday war ja noch mehr. Viele staunten nicht schlecht, als sie in der Baumfreundin die Frau wiedererkannten, die einmal ihre Königin gewesen war, die Gemahlin des vor kurzem ums Leben gekommenen und allgemein wenig beweinten Herrschers Bornheld.

»Und die Geliebte von Axis«, fügte ein Ikarier flüsternd hinzu. Schon griffen andere dieses Wort auf, und schnell verbreitete es sich im ganzen Ort. Mochte ihre Amtszeit auch nur kurz gewesen sein, so hatte sie sich doch den Ruf einer gerechten und mitfühlenden Herrscherin erworben. Während Bornheld im Norden damit beschäftigt gewesen war, in gewaltigem Ringen die Skrälinge abzuwehren, hatte Faraday buchstäblich allein Achar regiert. Viele der Handelsleute in Arken hatten sie seitdem tief ins Herz geschlossen, denn ihren Entscheidungen war es maßgeblich zu verdanken, daß die Stadt zu neuem Reichtum gekommen war.

Wie schön sie ist, tuschelten die Bürger, als die Edle zusammen mit ihrer Begleiterin dann eines Tages vor dem Stadttor stand. Welch eine Ehre, sie in den Mauern Arkens beherbergen zu dürfen.

Bürgermeister Kulperich Fenwicke eilte persönlich herbei, um Faraday und die Bäuerin am Tor willkommen zu heißen. Er führte sie dann in sein Haus, wo er und seine Frau sie vier Tage und vier Nächte aufnahmen und bewirteten.

Gilbert führte seine kleine Schar Brüder nach Nordosten. Seit Wochen schon versperrte ihnen eine dichte Reihe von Bäumen den Weg. Sie standen so hoch und eng, daß der Kirchenmann schon befürchtete, sie würden eines Tages noch die Sonne selbst verdunkeln.

Natürlich trug Faraday die Schuld an dieser Verschandelung. Jede Nacht flüsterte Artor Gilbert ins Ohr, ermunterte ihn zu noch größeren Anstrengungen und erzählte ihm, wie das Unkraut, das Faraday anpflanzte, seine Seele angriff und schwächte.

Täglich wächst ihr Flüstern, lieber Gilbert, und Stunde um Stunde verbreiten sie mehr von ihrer Zauberei unter den glaubensmatten Menschen. Und im Süden sei es zu noch viel Schlimmerem gekommen, aber davon berichtete Artor seinem lieben Gilbert nichts.

Vernichte dieses Mädchen, Gilbert, und wenn das vollbracht ist, können wir unsere ungeteilte Aufmerksamkeit auf die Bäume richten. Wir beide werden ein riesiges Feuer machen, ja? Töte Faraday, und dann darfst du es auch anzünden.

So trieb Gilbert seine Schar unerbittlich voran und predigte ihnen über die widernatürliche Art des Waldes, der Arken zu bedecken sich anschickte. Doch Tag um Tag mehrte sich der Kleinmut der Mönche. Wie könnten sie eine Katastrophe so ungeheuren Ausmaßes aufhalten? Aber wenn sie ihren Führer verzagt vom Wagen herab fragten, was denn zu tun sei, antwortete er, der ihnen voranritt, daß er bereits einen großen Plan habe, in den er sie zur rechten Zeit einweihen werde.

Moryson, der schweigsam und in seinen Umhang gehüllt vorn auf dem Karren saß, fragte sich, ob der Jüngling wirklich einen kühnen Plan ausgetüftelt habe. Und während er die Zügel der zunehmend muntereren Gäule nur lose in der Hand hielt, vermutete er, ein Plan bestehe womöglich bereits, nur müsse Artor seinem neuen Bruderführer erst noch die Einzelheiten verraten.

Nachdem sie einige Wochen am Südrand des Bardenmeers entlanggezogen waren, wie Faraday ihren neuen Wald nannte, sah Gilbert sich schließlich gezwungen, seine Truppe zwischen die verwünschten Bäume zu führen, weil sich Arken anders nicht erreichen ließ. Artor hatte ihm nämlich in den vergangenen Wochen zugeflüstert, daß er sie dort am ehesten antreffen könne. Dort vermöchte er sie einzufangen und könne schließlich seine Hände um den zerbrechlichen Hals der Edlen legen. Diese Aussicht verlieh dem Kirchenmann den nötigen Mut, sich in den Wald zu wagen.

Das Bardenmeer erstreckte sich inzwischen vom Wald der Schweigenden Frau bis nach Arken, schloß die Alten Grabhügel in sich ein, bog dann aber südlich und östlich der Stadt ab und näherte sich rasch den Farnbergen. Mit jedem Tag, an dem die beiden Frauen mehr Schößlinge aus Urs Baumschule einsetzten, schwoll das Summen der Bäume an Kraft und Lieblichkeit weiter an und streckten sie ihre Blätter noch fröhlicher der Sonne und den Sternen entgegen.

Gilbert ritt jetzt hinter dem Wagen – er fand es besser, wenn Moryson nun angesichts der dräuenden Gefahren die Spitze übernahm – und gab sich äußerlich ruhig, auch wenn es ihn die größte Selbstbeherrschung kostete. In diesen widerlichen neuen Forst einzudringen, kam ihm noch furchtbarer vor, als der Ritt mit Axis in den Wald der Schweigenden Frau. Die Bäume dort waren schon uralt gewesen und müde und verbraucht. Aber dieses Grün hier hatte eben erst das Licht der Welt erblickt und barst vor Kraft und Leben. Auch wenn der Bruderführer sich das nicht gern eingestand, so konnte er doch die Magie dieses Waldes förmlich riechen. Durch das dichte Blätterdach ließ sich der Himmel kaum noch erkennen, und Gilbert kam sich darunter so vor, als hätte man ihn lebendig begraben.

Die Brüder kauerten während der Fahrt durch den verhaßten Forst auf dem Wagen eng nebeneinander. Nur Moryson schienen der Geruch und die Musik des Bardenmeers nichts anhaben zu können. Aber der ehemalige Erste Berater war ein alter Mann und hatte in seinem Leben schon viele merkwürdige Dinge gesehen. Selbst der Anblick merkwürdiger Gesellen, die im kristallklaren Wasser von Bergbächen herumtollten, brachte ihn nicht aus der Ruhe.

Nach vier Stunden lichtete sich endlich das Dunkel über ihnen, und Gilbert gab seinem Roß die Sporen, um vor den Karren zu gelangen. »Seht ihr!« rief er. »Ich habe euch hindurchgeführt!«

Arken brodelte vor Leben, auf den Straßen herrschte emsiges Treiben, und das entsetzte den Bruderführer. Wie konnten Menschen mit so viel Freude und Eifer ihren täglichen Geschäften nachgehen, wenn sich nur vierhundert Meter vor der Stadt ein teuflischer Wald erstreckte?

Arken gehörte zu den größten und wichtigsten Städten des Landes. Umgeben von einer mächtigen Stadtmauer beherbergte die Stadt neben vielen Mietshäusern eine enorme Markthalle, ein Zeichen der wirtschaftlichen Macht der Handwerkszünfte und Händlergilden. Das Rathaus war eindrucksvoller als alle Bethallen, die Gilbert je gesehen hatten. Die Straßen waren nicht nur sämtlich gepflastert, sie wurden auch ohne Ausnahme jeden Morgen und Abend gefegt, damit Staub und Unrat sich nicht auf ihnen festsetzen konnten. Beinahe fünfundsechzigtausend Einwohner zählte die Stadt. Gilbert konnte es jetzt erst recht nicht fassen, daß ein so mächtiger Ort so einfach vor Axis und seiner Armee kapituliert hatte. Arken hätte jeder Belagerung monatelang standhalten können – doch statt dessen waren dem Krieger nach kürzester Zeit die Tore geöffnet und ihm auch noch Arkens eigener Herrscher, Graf Burdel, ausgeliefert worden.

Gilbert glaubte aber zu wissen, woran das gelegen hatte. Arken war ein durch und durch verdorbener Ort, in dem sich das Gift und die Lügen der Unaussprechlichen eingenistet hatten. Und so hatten diese schlechten, verführten Menschen den tapferen Grafen Burdel – der doch stets so getreulich für Bornheld und Artor gestritten hatte – gegen dessen Willen dem Verräter Axis geopfert. Doch nun befand sich der Graf in der Obhut Artors. Hatte er in seinem Leben nur Verrat und Heimtücke kennenlernen dürfen, so hatte er nun in der Ewigkeit seine gerechte Belohnung gefunden. Derart eingestimmt, führte Gilbert den Wagen mit seinen Jüngern durch den dichten Verkehr auf den Straßen zum Marktplatz.

Ein paar Mal fragte er nach dem Weg, und dann hielt er vor einem kleinen Gasthof, der sich in einer Gasse unmittelbar vor dem Marktplatz befand. »Ihr wartet hier«, gebot er seiner Schar, während er steifbeinig vom Pferd stieg, »bis ich zurückkehre. Ich will uns hier eine Unterkunft besorgen. Sprecht mit niemandem.«

Gilbert betrat das Haus, das den Namen »Händlers Rast und Ruh'« führte, und gab sich alle Mühe, wie ein Edelmann zu erscheinen. Er schlug seinen schwarzen Umhang zurück und zog die Jacke gerade. So konnte er sich durchaus sehen lassen. Er war stolz auf ihren eleganten Schnitt, auch wenn der rosafarbene Samt nach den Monaten auf der Straße etwas stumpf und fleckig aussah.

»Guter Mann!« rief Gilbert leutselig, als der Wirt sich ihm durch den überfüllten Schankraum näherte. »Ein schönes Zimmer für mich, das beste, das Ihr habt, und eine angemessene Kammer für mein Gefolge.«

Der Wirt nahm ihn in Augenschein. Dem Äußeren nach zu urteilen stammte der Fremde aus Karlon. Seiner Kleidung nach mußte er wohlhabend sein, wofür auch der pralle Geldbeutel an seinem Gürtel sprach.

»Edler Herr«, murmelte der Mann sogleich unterwürfig und verwies auf den Schankraum. »Wie Ihr Euch selbst leicht überzeugen könnt, herrscht bei mir Hochbetrieb. Ich kann Euch für Euch selbst ein gutes Zimmer anbieten, und die Kammer über dem Stall für Euer Gefolge«, er seufzte, »aber leider muß ich dafür einen Zuschlag verlangen ...« Nach einer kurzen Pause nannte er den Preis.

Gilberts Miene verfinsterte sich, und am liebsten hätte er dem unverschämten Kerl ein paar Maulschellen verabreicht. Für die Summe bekam man andernorts eine ganze Zimmerflucht in einem Palast. Aber hier hielten sich zu viele Menschen auf, und er wollte kein Aufsehen erregen, sondern in aller Stille seinen Geschäften nachgehen und dann ungesehen verschwinden. Gilbert warf einen nervösen Blick auf die Zecher – ob sich dort jemand aufhielt, der ihn womöglich kannte? – und nickte dann knapp.

»Wenn ich nicht so in Eile wäre, Mann, hätte ich Euch für einen so maßlosen Preis ausgelacht. Leider habe ich wichtige Geschäfte zu erledigen und kann es mir nicht leisten, auch nur eine weitere Minute zu vergeuden. Einverstanden, ich nehme Zimmer und Kammer.«

»Die Hälfte bitte im voraus«, bat der Wirt ungerührt. Gilbert schleuderte ihm die geforderten Münzen geradezu hin.

»Wollen wir hoffen, daß das Zimmer wenigstens halbwegs den Wucherpreis rechtfertigt!«

Sobald Gilbert sich davon überzeugt hatte, daß die anderen gut untergebracht waren – und man mußte dem Wirt zugute halten, daß die Kammer einen reinlichen Eindruck machte und über annehmbare Betten verfügte –, begab er sich in sein eigenes Zimmer, um sich zu waschen und etwas zu sich zu nehmen. Danach eilte er hinunter auf die Straße.

Es war zwar bereits später Nachtmittag, aber das Gewimmel hatte noch nicht im mindesten nachgelassen. Gilbert mußte die Ellenbogen einsetzen, um sich bis zum Marktplatz vorzukämpfen. Artor hatte ihm verheißen, daß sich womöglich Faraday hier befinden würde. Bei der Aussicht spürte der junge Mann, wie sich ihm vor Erregung der Magen zusammenzog.

Der Marktplatz wurde von der gewaltigen Markthalle beherrscht. Zu seiner großen Überraschung entdeckte Gilbert, daß deren Dach mit vergoldeten Ziegeln gedeckt war. Im Erdgeschoß befanden sich Arkadengänge, und dort hatten sich Händler eingerichtet, die die unterschiedlichsten Waren feilboten.

Gilbert eilte dorthin und blieb vor dem erstbesten Stand stehen. »Verzeiht bitte«, sprach er die Händlerin an.

Sie hob den Kopf. »Ja, bitte?« Der Blick des Fremden fuhr hierhin und dorthin, aber nicht auf ihre Ware. Die Frau kniff die Augen zusammen. Vielleicht gehörte er ja zu der Sorte Edelleute, die den Markt nach einer Schönen absuchten, die sie abends in ihr Haus locken konnten.

»Verzeiht bitte«, sagte Gilbert noch einmal, obwohl er die Aufmerksamkeit der Händlerin längst errungen hatte. Aber ihm gefiel die Art nicht, wie sie ihn musterte. »Vielleicht könnte ich von Euch eine Auskunft bekommen.«

»Nur zu«, forderte sie ihn etwas ruppig auf.

»Nun, ich staune über all die Bäume hier.«

Die Frau richtete sich gerade auf, wischte sich die Hände an der Schürze ab und starrte den Fremden an.

»Ich frage mich, wie weit der Wald nach Norden reicht«, fuhr Gilbert rasch fort. »Ihr müßt nämlich wissen, daß ich aus dem Süden stamme und gerade erst hier eingetroffen bin.«

Die Haltung der Frau lockerte sich ein wenig; denn die Bäume standen erst seit kurzem hier, und wer Arken schon länger nicht mehr besucht hatte, war wohl wirklich auf diesen Anblick nicht gefaßt. »Er reicht nicht weiter nach Norden als bis zu dieser Stadt. An der nördlichen Stadtmauer hören die Bäume auf.«

Gilbert gestattete sich ein leises Lächeln. Dann mußte Faraday noch hier sein. »Der Wald erscheint mir recht ungewöhnlich und so gar nicht von der Art, welche die Menschen der Ebene sonst hier zu sehen bekommen.«

»Ungewöhnlich? Das könnt Ihr laut sagen«, entgegnete die Händlerin und fragte sich, was der Fremde eigentlich von ihr wollte. »Aber in den vergangenen Monaten haben wir hier weit merkwürdigere Dinge zu sehen bekommen.«

»Fürchtet Ihr Euch denn gar nicht vor den Bäumen?«

Die Frau lächelte breit. »Ich soll mich vor ihnen fürchten? Warum denn, edler Herr? Im Gegenteil, sie gefallen mir sehr gut. Mein Mann und ich denken sogar daran, einmal dort ein kleines Mahl einzunehmen, zusammen mit Freunden. Wohl an irgendeinem schattigen Wegesrand.« Nun lächelte sie glücklich. »Die Vögel im Wald singen so schön, besonders am Morgen. Da macht einem das Aufstehen richtig Freude.«

Gilbert bestürzten diese Worte, doch ihre plötzliche Redseligkeit ermutigte ihn, und so fragte er weiter: »Aber wie ist es denn möglich, daß diese Bäume so rasch zu solchen Höhen wachsen? Vor fünf oder sechs Monaten bin ich an Arken vorbeigeritten«, log er, »und da war noch nichts von ihnen zu sehen.«

Die Händlerin lächelte nun geradezu selig: »Das habt Ihr richtig beobachtet, edler Herr. Die Bäume stehen erst seit vier Tagen hier, sind mit ihr gekommen.«

»Mit wem?«

»Mit ihr eben«, zeigte die Frau in eine bestimmte Richtung.

Gilbert schaute dorthin, konnte zunächst aber noch nichts erkennen.

Doch dann blickte er Faraday genau ins Gesicht.

Die Edle befand sich nur einige Stände von ihm entfernt, und einen bangen Herzschlag lang befürchtete er schon, sie habe ihn gesehen. Aber dann wandte sie sich, als sei nichts geschehen, an eine wohlbeleibte rotgesichtige Bäuerin, die neben ihr stand, und die beiden lachten über irgend etwas. An ihrer anderen Seite befand sich ein stämmiger grauhaariger Mann, vielleicht ein Händler. Aber dafür war er eigentlich zu gut gekleidet. Außerdem trug er eine Goldkette um seinen Hals.

»Ihr müßt hier wirklich fremd sein«, bemerkte die Händlerin, beäugte Gilbert wieder genauer und klang auch vorsichtiger, »wenn Ihr noch nicht einmal unseren Bürgermeister, Kulperich Fenwicke, erkennt.«

»Selbstverständlich ist er mir kein Unbekannter!« gab er unwillig zurück. »Vielmehr ließ mich die Frau neben ihm die Stirn runzeln.«

Dann seid Ihr ein Fremder, der in keinen guten Absichten nach Arken gekommen ist, sagte sich die Frau, denn wie kann man angesichts der Baumfreundin die Stirn in Falten legen? Ohne ihn noch länger anzusehen, machte sie sich daran, ihre Ware zu stapeln, und Gilbert schob sich durch die Menge näher an Faraday heran.

Seine Handflächen juckten, und er konnte in seinem Kopf Artors dröhnende Stimme vernehmen.

Faraday hatte ihren Aufenthalt in Arken genossen, aber jetzt wollte sie weiter. Jenseits der Farnberge würde sie ein kaltes und verschneites Land Skarabost erwarten, und dort käme sie gewiß nicht so rasch voran wie hier in Arkness. Leider blieb ihr keine Wahl. Sie mußte das Bardenmeer bis nach Awarinheim gepflanzt haben, wenn Axis so weit war, Gorgrael gegenüberzutreten.

Sonst wäre sie gescheitert und alles wäre verloren.

»Axis«, flüsterte die Edle, und Frau Renkin nahm sie sofort in die Arme.

»Ihr solltet es ihm sagen«, verlangte die Mutter.

»Nein«, widersprach Faraday, und ihre Augen füllten sich mit Tränen. »Nein, das braucht er nicht zu wissen.«

Kulperich wußte zwar nicht, was die beiden Frauen da miteinander zu bereden hatten, aber Faradays Gesichtsausdruck beunruhigte ihn, und so trat er zu ihnen.

»Habe ich etwas Falsches gesagt?« fragte er. »Oder Euch etwa ermüdet?«

»Nein, Bürgermeister«, entgegnete die Edle, »überhaupt nicht. Wir waren uns nur wegen einer nichtigen Angelegenheit etwas im unklaren. Doch nun verratet uns bitte, wen Ihr heute abend eingeladen habt, um die gute Bäuerin und mich zu unterhalten?«

Beruhigt führte Fenwicke die beiden Frauen aus den Arkadengängen auf den großen Platz und plauderte erheitert mit ihnen.

Keiner der drei bemerkte den Mann, der sich geschickt durch die Menge bewegte und ihnen folgte.

Gilbert blieb stehen, als die beiden Frauen und der Bürgermeister weiterzogen. »Mist!« murmelte er. Der Schweiß lief ihm den Rücken hinunter. »Fast hatte ich sie schon.«

Er wußte nicht so recht, wie er vorgehen sollte, wenn er Faraday erreicht hatte. Ihm war nur klar, daß ihr lieblicher Hals schon bei leichtem Druck brechen würde. Und weder der beleibte Bürgermeister noch der fette Bauerntrampel machten ihm den Eindruck, als seien sie gewitzt genug, auch nur ein ertrinkendes Kätzchen zu retten, geschweige denn Faraday. In dem allgemeinen Aufruhr, der nach der Tat entstehen würde, könnte er sicher leicht fliehen. Dann wären Artor und Achar gerettet, und er selbst konnte wieder Anspruch auf den Turm des Seneschalls erheben, diesmal für sich selbst.

Welche Freude würde es ihm bereiten, die Gemächer Jaymes nach seinen eigenen Vorstellungen umzugestalten!

Kulperich spürte, daß die beiden Frauen ganz gern etwas Zeit für sich gehabt hätten, und so versuchte er, ihnen einen Weg durch die Menge zu bahnen. Aber seine Mühe blieb vergebens, denn Faraday kam nicht voran. Zu viele Menschen wollten sie sehen und berühren.

»Seht Ihr, Harald, ihre Augen leuchten doch voller Magie!«

»Herrin? Würdet Ihr meiner Martha die Hand auflegen? Sie leidet nämlich an einem Fieber.«

»Schaut sie Euch ganz genau an, Fillipa. Wenn Ihr Euch endlich dazu aufraffen könntet, so vornehm aufzutreten wie sie, bekämt Ihr jeden Mann, den Ihr wolltet!«

Ja, bis auf den, den Ihr wirklich wollt, sagte sich Faraday, lächelte Fillipa und ihrer Mutter aber dennoch freundlich zu, berührte das kranke Kind und strahlte den Mann an, der sich vom magischen Glanz ihrer Augen überzeugen mußte.

»Artor, ich habe sie fast erreicht!« flüsterte Gilbert, und ein fiebriger Ausdruck trat in seinen Blick. Jeder, der ihn so sah, machte ihm lieber rasch Platz und sagte sich: Was für ein armer Verzweifelter, daß er so dringlich die Baumfreundin zu erreichen trachtete.

Und danach strebte der Bruderführer ja tatsächlich, wenn er auch mehr von ihr wollte, als ein liebes Wort oder ein Lächeln.

Faraday hatte dem Bürgermeister vorhin erklärt, daß sie sich noch nicht müde fühle. Aber jetzt, als man von allen Seiten auf sie einstürmte, hoffte sie doch, Fenwickes Haus so rasch wie möglich zu erreichen.

Unbewußt bemerkte sie eine Bewegung hinter sich, und dann legte sich eine schwere Hand auf ihre Schulter.

Ich habe sie! schrie Gilbert in Gedanken. *Nur noch ein Moment … und dann ist sie tot!*

»Nehmt Eure Hände von der Herrin!« zischte eine Stimme neben ihm. Gilbert, der mit solchen Stimmen Erfahrung hatte, spürte die riesige Macht, die sie ausströmte. Aber jetzt konnte er doch nicht einfach aufgeben. Also biß er die Zähne zusammen und versuchte, Faradays Hals zu erreichen. Sie mußte sterben, und er würde jetzt nicht von seinem Vorhaben ablassen, bloß weil jemand glaubte, sich einmischen zu müssen.

Und mit der warnenden Stimme würde die Macht spielend fertigwerden, die Artor ihm verliehen hatte. Er suchte in sich nach seinem Gott, und seine Augen glühten noch röter.

»Sofort loslassen!« befahl die Stimme nun mit noch mehr Nachdruck, und als er nicht gehorchte, landete ein schwerer Stiefel auf seinem Fuß.

Gilbert jaulte vor Schmerz, die von Artor verliehene Macht entglitt ihm … und seine Hände ließen von der Edlen ab.

Faraday wollte sich gerade umdrehen, um festzustellen, wer sie denn da so beharrlich bedrängte, als die Hände von ihr abließen und sie sich wieder frei bewegen konnte.

»Hier entlang, bitte, Herrin«, forderte Kulperich sie auf. »Sobald wir bei mir zu Hause eingetroffen sind, sorge ich dafür, daß Euch ein Bad eingelassen wird.«

»Oh ja, das wäre schön«, seufzte Faraday glücklich. Sie vergaß die schiebende und drängende Menge und eilte hinter dem Bürgermeister her, der für ausreichend Platz zu sorgen verstand.

Gilbert bekam vor Schmerz fast keine Luft mehr und befürchtete, jeder einzelne Knochen in seinem Fuß sei gebrochen. Endlich fand er die Kraft hochzuschauen. Eine schwergewichtige Bäuerin mit grober Haut und strähnigem Haar hatte sich vor ihm aufgebaut. Sie stemmte die Fäuste in die Hüften und sah ihn grimmig an.

»Ihr laßt sie in Ruhe!« Wieder hörte Gilbert die Macht in ihrer Stimme.

»Glaubt Ihr etwa, Ihr könntet mich aufhalten?« erwiderte er, und nun schwang die Macht des Herrn in seiner Stimme mit. »Erdreistet Ihr Euch etwa, Euch dem großen Gott Artor in den Weg zu stellen? Wollt Ihr es wirklich mit Ihm aufnehmen, Ihr verdammte Hexe?«

Die Stämmige erbleichte und fuhr einen Schritt zurück. »Ihr sollt sie in Ruhe lassen«, wiederholte sie unsicherer, »denn sie steht unter dem Schutz der Mutter.«

Gilbert bedachte sie mit einem verächtlichen Blick, und die Bäuerin machte auf dem Absatz kehrt und verschwand rasch in der Menge.

Artor zeigte sich gar nicht zufrieden. Dabei hatte Gilbert es doch beinahe geschafft. Beinahe!

Das dumme Ding könnte jetzt mit gebrochenem Genick im

Straßenstaub liegen, wenn du dich nicht so ungeschickt angestellt hättest!

Gilbert kauerte so demütig wie möglich auf dem Holzboden seines Zimmers im Gasthof. »Aber sie hatte eine Helferin, Gesegneter! Eine abscheuliche Frau, ja, ich glaube sogar, eine Teufelin, das Böse selbst!«

Du hättest die Sache nicht so unvorbereitet angehen dürfen.

»Oh, von nun an werde ich vorbereitet sein, Herr!«

Du hättest dich früher der Macht bedienen sollen, die Ich dir verliehen habe.

»Ich weiß es jetzt besser, Gesegneter, das soll mir eine Lehre gewesen sein!«

Wenn du die Brüder mitgenommen hättest, könnte das böse Mädchen längst tot sein. Sie hätten diese ... diese Bäuerin abgelenkt, während du ungestört Faraday den Hals zugedrückt hättest.

»Ich werde in Zukunft nichts mehr ohne meine Anhänger unternehmen, Großer Gott. Und vor Faraday selbst habe ich gar keine Angst.«

Dennoch fürchte Ich, Mein lieber Gilbert, daß Ich dich mit noch etwas mehr Macht ausstatten muß. Mit dem Auftauchen der bösen Feindin hatte Ich nämlich selbst nicht rechnen können.

»O nein!« stöhnte Gilbert, und bohrte die Finger so tief in den Holzboden, daß die Fingernägel Splitter abbrachen.

Und jetzt, Mein lieber Sohn, empfange Meine Gnade.

25

Die Stimmen der Opale

Axis führte seine Armee langsam von Jervois nach Westen auf die Trübberge zu. Er hätte die Soldaten gern schneller marschieren lassen. Aber wenn er mit seinem Verdacht falsch läge und dann zu rasch nach Westen vorrückte, lägen seine Flanken im Süden und Norden ungeschützt da, und das ließ ihn zögern.

Der Krieger brauchte eine Bestätigung für seine Vermutung, und zwar so geschwind wie möglich.

»Um der Sterne willen, Axis!« drängte Weitsicht und legte die pechschwarzen Flügel so eng wie möglich an, um sich besser warmhalten zu können. »Weiht uns endlich in Eure Pläne ein!«

Sie alle standen in kniehohem Schnee zusammen. Aber der Sternenmann, der auf seinem Hengst saß und sich so dick eingewickelt hatte, daß kaum noch etwas von ihm zu erkennen war, starrte wie üblich irgendwo hin nach Westen.

Belial warf Magariz einen Blick zu – die beiden Befehlshaber froren genauso jämmerlich wie ihr General – und lenkte sein Pferd dann neben das des Freundes.

»Ihr müßt uns mitteilen, was Ihr denkt, Axis. Verdammt noch mal, wie sehen Eure Pläne aus? Warum führt Ihr uns auf einmal nach Westen?«

Das Leben schien in den Krieger zurückzukehren. Er packte Belaguez' Zügel fester, trieb den Hengst mit den Stiefelabsätzen voran und brummte: »Wir treffen uns heute abend in meinem Zelt. Weitsicht, bringt alle Berichte mit, die von Euren Fernaufklärern über die Trübberge vorliegen.«

In dem kleinen Zelt herrschte einiges Gedränge, als sich die beiden hohen Offiziere und der ikarische Geschwaderführer bei Axis eingefunden hatten. Wenigstens plagte sie hier drinnen der Wind nicht mehr, und wenn man so dicht aufeinander saß, wärmte man sich gegenseitig. Bald dampften Kleider und Gefieder, und die Männer entledigten sich allmählich ihrer Schals und Handschuhe.

»Ich vermute, der Gegner versteckt sich in den Trübbergen«, eröffnete der Krieger die Sitzung und sah seine Befehlshaber der Reihe nach an.

»In den Bergen?« fragte der Fürst. »Ich muß gestehen, daß ich nur wenig über sie weiß.«

»Da seid Ihr nicht der einzige«, entgegnete Axis, »denn nur wenige wagen sich dorthin. Ich habe auch nur deshalb einige Kenntnisse über das Gebiet, weil einer meiner Kohortenführer aus einem Dorf am Fuß der Trübberge stammt. Vor vielen Generationen, oder vielleicht auch zu der Zeit, als das alte Tencendor noch bestand, herrschten in diesen Bergen noch etwas wärmere Temperaturen und statt Schnee fiel Regen. Damals lebten und arbeiteten dort noch mehr Menschen. Viel entscheidender dürfte für uns aber sein, daß die Bewohner hauptsächlich dem Bergbau nachgingen. Sie gruben sich tief in das Berginnere hinein, um Opale abzubauen. Aber das wird dort schon lange nicht mehr getan.«

»Kaum verwunderlich«, meinte Belial. »Und wie seid Ihr auf diese Region gekommen, mein Freund?«

Axis zuckte die Achseln. »Eigentlich war es nicht mehr als ein flüchtiger Gedanke kurz vor dem Einschlafen. Glaubt Ihr nicht, Ihr Herren«, seine Stimme gewann plötzlich an Feuer, »daß die Stollen und Minen ein ausgezeichnetes Versteck abgeben? In den verlassenen Gängen könnte man mit Leichtigkeit eine ganze Armee unterbringen, und bei den Sternen, die Skrälinge lieben dunkle und unterirdische Orte!«

»Die Trübberge sind auch für einen Hinterhalt ganz hervorragend geeignet!« fiel sein Leutnant ein. »Ob wir uns nun von Jervois aus nach Süden oder nach Norden wenden, der Feind besäße von einem solchen Versteck aus immer die Möglichkeit, uns in den Rücken zu fallen. Und kein gewöhnlicher Mensch käme je auf den Gedanken, dort nach den Kreaturen zu suchen.«

»Na ja, die Trübberge sind mir ja auch erst jetzt in den Sinn gekommen«, erklärte der General trocken. »Weitsicht, ich hatte Euch doch gebeten, Eure Fernaufklärer nach Westen, zu eben diesem Gebirge zu schicken. Was haben sie gemeldet?«

»Nicht viel, Axis. Einige Luftstreifen haben die Höhen überflogen, aber nichts als schneebedeckte Gipfel und dunkle Täler zu sehen bekommen. In diesen Bergen lebt nichts und niemand.«

»Unsere Aufmerksamkeit richtet sich ja auch mehr darauf, was in den Bergen selbst passiert«, erwiderte der Krieger. »Aber wenn die Skrälinge sich nicht dort verborgen haben, wohin könnten sie dann gezogen sein?«

»Einmal angenommen, die Geister halten sich tatsächlich in den Stollen auf«, ergriff der Fürst das Wort, »wie sollen wir dann vorgehen? Einer hinter dem anderen mit Fackeln eindringen? Oder ihnen einen Boten schicken, der sie auffordert, herauszukommen und sich uns zur ehrenhaften Schlacht zu stellen?«

Danach sagten die anderen erst einmal nichts mehr, und niemand beneidete jetzt Axis um seine Verantwortung.

»Was ist mit Ho'Demi?« fragte Belial schließlich. »Habt Ihr von ihm denn noch nichts erfahren?«

Axis schüttelte den Kopf. »Wenn der Häuptling etwas Wichtiges zu melden hat, wird er sich schon mit mir in Verbindung setzen. Zur Zeit hält er sich irgendwo tief in den Trübbergen auf.«

Ho'Demi hatte sich ursprünglich mit fünf seiner besten Kämpfer auf den Weg in die Trübberge gemacht. Mittlerweile lebte von seinen Begleitern keiner mehr.

Der Häuptling wollte sich schon seit zwei Tagen bei dem Sternenmann melden, weil er ihm etwas Wichtiges mitzuteilen hatte. Aber irgendeine prophetenverdammte Kraft schirmte diese Stollen und Gänge ab und machte jede Verbindung zu Axis unmöglich.

Vielleicht lag es ja auch nur an dem verwünschten Felsen, der tausend Tonnen schwer über ihm hing. Oder aber die dunkle Ausstrahlung der unzähligen Skrälinge, die sich hier verkrochen hatten, wirkte jeder Verständigung entgegen. Gleichviel, Ho'Demi konnte den Krieger nicht erreichen.

Nachdem der Sternenmann sich das letzte Mal bei ihm gemeldet hatte, war der Häuptling mit seinen Getreuen befehlsgemäß zu den Trübbergen aufgebrochen. Sie hatten dort auch bald einen aufgegebenen Schacht gefunden und waren ihn vorsichtig hinuntergeklettert. An den Wänden hingen immer noch die uralten Eisenleitern. Ho'Demi hatte zunächst befürchtet, die verrosteten Sprossen würden unter dem Gewicht seiner Männer zerbrechen, und dann würden sie in unbekannte Tiefen abstürzen und sich den Hals brechen. Aber die Leitern hatten wunderbarerweise gehalten, und nach einiger Zeit erreichten die Rabenbunder den Grund des Schachts. Von der weit entfernten Öffnung über ihnen drang nur wenig Licht zu ihnen herab, und schon nach wenigen Schritten in die Stollen hinein ging ihnen auch das verloren. Hier im Herzen des Berges herrschte eine Finsternis, die so dicht war, daß man glauben konnte, sie sei lebendig. Die Dunkelheit folgte ihnen so geschmeidig, daß jeder rabenbundische Tänzer vor Neid erblaßt wäre.

Keinem hatte es hier unten gefallen, aber der Sternenmann hatte ihnen den Auftrag dazu gegeben, und so schluckten die Rabenbunder ihre Ängste hinunter und krochen weiter und weiter voran durch die Stollen.

Ho'Demi erlaubte seinen Männern nicht, eine Fackel zu entzünden. Der Häuptling war sich sicher, daß das Glänzen der silbernen Augen der Skrälinge selbst hier unten zu sehen sein müßte. Auch würde man früh genug ihr Gewisper vernehmen können. Der Führer der Rabenbunder konnte sich nicht daran erinnern, jemals einem schweigsamen Skräling begegnet zu sein.

Und so trotteten sie weiter durch die Finsternis. Sie gewöhnten sich an die Dunkelheit, atmeten sie, aßen sie und tranken sie. Der Häuptling wollte nicht, daß die Kreaturen vorzeitig auf sie aufmerksam würden; denn er strebte danach, seine Männer nach der Erkundung heil und vollzählig wieder hinauszuführen.

Aber einen nach dem anderen holte sich der unsichtbare Feind die Männer. Ließ die Opfer lautlos in die ewige Nacht irgendeines der unzähligen Stollen verschwinden. Die Rabenbunder, die weiter vorn gingen, bemerkten zu spät, daß ihr Hintermann fehlte. Keiner wußte zu sagen, seit wann er verschwunden war.

Ho'Demi war schließlich selbst als Schlußmann gegangen, aber nach etwa einer Stunde wurde der Mann an der Spitze vermißt. Wenig später der hinter ihm, und bald befand der Häuptling sich ganz allein in dieser Welt der Finsternis. Und wußte nicht mehr ein noch aus.

Wenn er gekonnt hätte, wäre er stehenden Fußes aus dieser Hölle geflohen, aber irgendwann hatte er vollkommen die Orientierung verloren. Ihm blieb nichts anderes übrig, als immer weiter gebückt durch die niedrigen Gänge zu gehen. Bald erschien ihm selbst der Tod als Erlösung.

Aber kampflos wollte er deswegen noch lange nicht sterben. Schließlich mußte er der Prophezeiung dienen, und außerdem wartete ja auch seine Gemahlin Sa'Kuja auf ihn. Ho'Demi ruhte sich ein paar Minuten lang aus, nahm einen kleinen Schluck Wasser aus der fast leeren Feldflasche an seinem Gürtel und raffte sich dann wieder auf. Langsam … vorsichtig … immer nur ein Stückchen weiter … und hinter jeder Ecke mit dem Feind rechnend …

Und plötzlich – Getuschel um ihn herum.

Der Häuptling erstarrte, riß den Kopf hoch und knallte mit dem Schädel gegen die niedrige Tunneldecke.

Und wieder hob es an.

Ho'Demi brauchte eine Weile, bis ihm klar wurde, daß das Geräusch nicht von vorn aus dem Stollen, sondern aus seinem Kopf kam.

Das Getuschel nahm seinen ganzen Geist gefangen.

Was immer seine Kämpfer ausgeschaltet hatte, befand sich gewiß schon auf dem Weg, auch ihn zu holen. Er spreizte die Finger und schloß sie dann um den Griff seines Dolches. Falls er die »Tuschler« nicht abwehren könnte, würde er sich selbst das Leben nehmen. Wenn der Häuptling von eigener Hand stürbe, könnte er sich wenigstens vorstellen, draußen auf den Eisflächen Rabenbunds den Tod zu finden, wie es sich für einen Kämpfer seines Volkes geziemte.

... wer seid Ihr? ... wer seid Ihr? Das Tuscheln war näher gekommen.

Ein Rabenbunder, antwortete der Geist des Barbaren von allein. Die Tuschler, die, wie er spürte, sich hinter ihm im Tunnel zusammenrotteten, verstummten verblüfft, und er fuhr fort: *Ich heiße Ho'Demi und bin Häuptling der Rabenbunder.*

... das macht nichts. ... Ihr könnt trotzdem sterben, hörte er es tuscheln.

Warum? Der Kämpfer fühlte ihren Drang, ihn umzubringen, aber er konnte sich keinen Reim darauf machen, wieso ihnen so an seinem Tod gelegen war. Dabei mußte er den Grund dafür erfahren. Jeder aufrechte Mann hatte das Recht zu wissen, warum man ihm ans Leben wollte.

Wieder antwortete ihm das seltsame Tuscheln. *Warum vermag er mit uns zu sprechen? Die anderen waren dazu doch nicht in der Lage. Niemals, keiner von ihnen.*

Ich spreche mit meiner Gedankenstimme, weil dies zu den Vorrechten eines Häuptlings der Rabenbunder gehört. Alle Rabenbunder dienen der Prophezeiung, und ihr Häuptling steht dabei an erster Stelle. Warum wollt Ihr mich töten?

Damit Ihr mit uns eins werden könnt. Möchtet Ihr das denn nicht gerne?

Nein, ich möchte nur raus aus dieser finsteren Höhle.

Allgemeines Seufzen. *Das wollen wir auch. Aber wir benötigen eine Welt, auf der es grausamer zugeht als in der, die wir verloren haben. Sonst wird man uns draußen nicht aufnehmen.*

Ho'Demi hatte das Gefühl, sein Kopf drohe jeden Moment zu explodieren. Wenn er sich in Gedanken mit Axis verständigte, bereitete ihm das keinerlei Qualen, aber diese Wesen hier sprachen mit scharfen Klauen, die sich mit jedem Wort tiefer in sein Bewußtsein bohrten. Außerdem verwirrten ihn ihre Äußerungen. Was hatte er sich unter einer Welt vorzustellen, wo es grausamer zuging als in der, die sie verlassen hatten?

Wir sind verloren, tuschelten sie wieder, *verloren.*

Das Wort hallte in seinem Kopf wider und wogte den Stollen hinauf und hinab.

So traurig, traurig.

WER SEID IHR? rief der Häuptling so laut, wie es seine Gedankenstimme vermochte.

Lange Zeit erhielt er nur Schweigen zur Antwort. Dann vernahm er zögernd: ... *Unsere Körper ... sind fort. Verloren oder gestohlen ... Zu Staub und kleinen Steinen zermahlen, die nun goldene Ringe an ruchlosen Fingern schmücken.*

Ohne zu wissen, wieso er darauf kam, ging Ho'Demi ein Licht auf: *Ihr seid die Seelen der Opale!*

..., ja, verlorene Seelen. Wollt Ihr Euch uns anschließen? Oder könnt Ihr uns eine Welt zeigen, in der es grausamer zugeht als in der, die wir verloren haben?

Der Häuptling setzte sich auf den staubigen Boden. Die Völker des alten Tencendor hatten sich Geschichten über Opale erzählt. Danach bewirkten diese Steine Unglück und Grausamkeit. Doch wegen ihrer unglaublichen Schönheit hatten die Menschen sich nie darum geschert.

Wenn sie nur wüßten, wie es sich in Wahrheit mit den Opalen verhielt!

... wir haben schon Eure Gefährten gefragt, ob sie vielleicht eine Welt kennten, die uns aufnähme. Aber sie haben lieber ihren Tod hingenommen als uns eine helfende Antwort zu geben.

Aber wenn meine Rabenbunder noch hätten sprechen können, sagte sich der Häuptling, hätten sie aller Wahrscheinlichkeit nach die Welt genannt, die ich Euch jetzt vorschlagen werde, darauf möchte ich wetten. Er machte es sich schlecht und recht auf dem Boden bequem.

Ich will Euch eine überaus und sehr grausame Welt zeigen, die darüber hinaus auch noch weit schöner ist als die, welche ihr verloren habt. Niemand wird dort erscheinen, um Euch zu vertreiben oder sie mit der Hacke zu zerstören.

Ho'Demi spürte deutlich die Erregung der verlorenen Seelen.

... vermögt Ihr das wirklich? Wollt Ihr das tun? Wo liegt sie?

Ja, aber dafür will ich auch etwas von Euch haben. Für Eure neue Welt verlange ich im Tausch, unbehelligt von hier fortzukommen, und ... Wissen.

Mißtrauen befiel die Seelen. *Zeigt uns erst Eure Welt. Führt uns zu ihr, und wagt es nicht, uns zu täuschen, denn wir vermögen, in Eurem Geist zu lesen.*

Der Häuptling lehnte sich an die Wand, schloß die Augen und erzeugte in seinen Gedanken ein Bild. Schon einen Herzschlag später hallten der Stollen und sein Bewußtsein von aufgeregtem Wispern und Tuscheln wider.

Das ist unsere neue Welt? Und Ihr würdet uns dort hinführen? Würdet Ihr das tun? Ja, würdet Ihr das tun?

In dieser Welt gibt es Wesen, die an ihren Gestaden herumtollen. Und andere, die ihre Ebenen durchwandern. Dies müßt Ihr ihnen erlauben.

Aber sie wollen doch keine Tunnel, Tunnel, Tunnel in die Welt graben?

Nein.

... dann mögen sie dort herumtollen. Und herumwandern. Was für eine schöne Welt! Alt und hart, und sie leuchtet in so vielen Farben wie unsere vorherige. Und sie ist doch bestimmt auch grausam, ja?

Grausamer, als Ihr Euch das jetzt vorstellen könnt. Das Wasser, das diese Welt umspült, heißt bei den Menschen Iskruel, und das bedeutet in der alten Sprache: grausamer Ort.

Neugierde war aus den Stimmen herauszuhören. *Und wie heißt unsere neue Welt?*

Eisberg. Ho'Demi lächelte im Dunkeln leise vor sich hin.

Sie führten ihn unter ständigem Getuschel zu den Skrälingen. Bislang hatten sie sich kaum um die Geisterkreaturen gekümmert, weil diese sich tief in eine natürliche Höhle verzogen hatten, welche die Opalseelen nicht zu ihrer Welt rechneten.

Ho'Demi schob sich vorsichtig über einen Felsen am Eingang eines Tunnels und entdeckte sofort das sanfte Leuchten von

Silberaugen, während ihr hektisches Geflüster an seine Ohren drang.

... ist das die Auskunft, nach der Ihr trachtetet?

Ja. Meine Freunde ... Der Häuptling hielt einen Moment inne. Wie kam er dazu, Wesen seine Freunde zu nennen, die seine Gefährten umgebracht hatten? *Vermögt Ihr, diese Kreaturen dort von hier zu vertreiben?*

Unsere neue Welt ist auch wirklich grausam? So richtig, richtig grausam?

Kalt, hart und voller Eis. Überhaupt nicht zu vergleichen mit der gemütlichen Finsternis, die Ihr zur Zeit bewohnt.

Oh! Oh! Sie tuschelten wieder freudig erregt miteinander. *Wann? Wann führt Ihr uns dorthin?*

Zur Zeit sind die Meinen und ich zu sehr damit beschäftigt, gegen die Wesen Krieg zu führen, die dort unten sitzen. Aber sobald sich mir eine Gelegenheit bietet und ich in mein Heimatland zurückreiten kann, dann will ich vorher zu Euch kommen und Euch hinführen.

Ihr seid ein aufrechter Mann, das spüren wir deutlich ... Dann kommt später, um uns zu holen.

Der Häuptling kroch hinter den Felsen zurück. *Könnt Ihr sie von hier vertreiben?* fragte er noch einmal.

Wir vermögen alles und jeden aus diesen Höhlen und Felskammern zu verjagen, wenn uns das gefällt. Das Tuscheln klang durchaus frohgelaunt.

Dann seid bitte so grausam.

Axis?

Der Krieger fuhr so heftig auf Belaguez hoch, daß er beinahe aus dem Sattel gefallen wäre. Belial, der hinter ihm ritt, trieb sein Roß rasch zu ihm.

Ho'Demi?

Sternenmann, ich habe sie aufgestöbert. Sie hielten sich dort auf, wo Ihr sie vermutetet. In den Bergwerken der Trübberge.

Der Krieger glaubte, sich verhört zu haben. *Sie* hielten *sich dort auf?*

Trotz der Entfernung zwischen ihnen nahm er deutlich die Erheiterung des Häuptlings wahr. *Ein gewaltiger Feind erwartete Euch, Sternenmann. Sie waren zahllos wie die Flocken bei einem Schneesturm und sind inzwischen so gepanzert, daß ein Soldat schon sehr genau zielen und mit sicherer Hand zustechen muß, um ihr Auge zu treffen. Und erst die Greifen … Wenn sie in ihrer ganzen Anzahl aufsteigen, verdunkeln sie den Himmel. Aber dieses Heer verbirgt sich nicht länger im Berg. Ich habe es für Euch daraus vertrieben.*

IHR HABT WAS GETAN?

Na gut, ich hatte ein wenig Hilfe. Ein merkwürdiges Getuschel war zu hören.

Axis stieß eine Verwünschung aus. Hatte die Kälte dem Mann den Verstand getrübt?

Reitet zur Mündung des Flusses Azle, Sternenmann. Dort werdet Ihr auf den Feind stoßen.

An der Mündung des Azle?

Oh, Axis! tuschelte es aufgeregt.

26

Eis und Gelächter

Er stritt für einen mächtigen Herrn, und im Namen dieses Erhabenen befehligte er die gewaltigste aller Armeen, die sich viele Meilen weit in jede Richtung erstreckte …

Timozel lächelte vor sich hin und ließ die Kälte ins Mark seiner Knochen eindringen. Seit er seinem Herrn die Treue geschworen hatte, machten Frost und Eis ihm nichts mehr aus. Im Gegenteil, es verlangte ihn geradezu danach.

Der eisige Wind blies ihm in den Rücken, während Hunderttausende seinen Namen schrien und ihm hingebungsvoll jeden seiner Wünsche erfüllten. Vor ihm stand eine andere Armee – die seines bemitleidenswerten Gegners. Die Feinde zitterten vor Furcht. Der andere General konnte dem genialen Feldherrn das Wasser nicht reichen …

Er drehte den Kopf ein wenig zur Seite und entdeckte zu seiner Freude, daß die Scharen der Skrälinge sich tatsächlich über viele Meilen weit in jede Richtung erstreckten. Und ihr unablässiges Wispern und Geflüster hallte von seinem Namen wider. Bald, wenn er den Befehl gab, würden sie ihn laut herausschreien.

Unnennbare Siege harrten seiner …

»Bald schon, bald«, sagte sich der Jüngling und schaute wieder nach vorn.

Die Dinge hatten sich nicht ganz so entwickelt, wie sie von ihm geplant waren. Aber das sollte ihn jetzt nicht weiter stören. Er würde schließlich Axis gegenüberstehen – und wie viele Tage, Monate und Jahre hatte Timozel diesen Tag herbeigesehnt! Sein

Heer übertraf das seines Gegners um das Zehnfache, und er würde bei der kommenden Schlacht die Regeln aufstellen. Vielleicht konnte der Jüngling seinen früheren Befehlshaber nicht überraschen, aber er würde ihn überwältigen. Oh ja, er würde ihn in die Knie zwingen.

Eine mächtige und ruhmreiche Schlacht ... die Stellungen des Gegners überrannt ... und der Feind fiel bis auf den letzten Mann (und auch bis auf die letzte Kreatur, die in seinen Reihen kämpfte). Feldherr Timozel hingegen verlöre nicht einen Soldaten ...

Die Vision von Jervois, gar keine Frage. Dort hatte der Jüngling tatsächlich einen mächtigen und ruhmreichen Sieg errungen. Und wie sehr hatte er seinen ersten Triumph genossen!

Ein neuer Tag, eine neue Schlacht ... Der Feind setzte an diesem Tag verderbte Zauberei ein, und die Truppen des Herrn trafen ein paar empfindliche Schläge ... dennoch errang der Feldherr auch an diesem Tag den Sieg ... und der Gegner und sein verwundeter General flohen vor ihm ...

Der Jüngling wußte sehr wohl, daß Axis' Armee sich nicht im Handumdrehen besiegen ließ. Schließlich galt zu berücksichtigen, daß sowohl der Krieger als auch seine Soldaten schon mehrere Schlachten geschlagen und einiges an Kampferfahrung dazugewonnen hatten. Aber Timozel gab sich der Hoffnung hin, daß Axis diesen Tag nicht überleben würde. Schließlich hatte die Vision ihm wieder und wieder gezeigt, daß er letztendlich triumphierte. Und daß er sich eigentlich überhaupt keine Sorgen zu machen brauchte.

Timozel hätte den Krieger am liebsten auf dem Rückzug überfallen. Wenn Axis' Armee sich auf dem Marsch zurück nach Karlon befände und seine Verbände sich in einer langen Marschkolonne auseinandergezogen hätten, wollte er über die Nachhut herfallen und sich dann die weiteren Abteilungen einzeln vornehmen. Der Krieger hätte die vorderen Truppen nicht rechtzeitig nach hinten schicken können, und so wäre der Untergang des großen Feindes nicht mehr aufzuhalten gewesen.

Der Jüngling hatte gehofft, wenn Axis das Heer der Skrälinge im nördlichen Aldeni nicht aufspüren könnte, würde er annehmen, die Geisterwesen hätten ihn umgangen und befänden sich bereits auf dem Marsch nach Karlon. Dann würde der Krieger ebenfalls nach Süden aufbrechen, und Timozel könnte sich aus seinem Hinterhalt in den Trübbergen bequem auf ihn stürzen.

Aber Axis war nicht in den Süden zurückgekehrt, und diese elenden Tuschelwesen hatten die Skrälinge im Berg so geplagt und in Schrecken versetzt, daß Timozel schließlich nichts anderes übriggeblieben war, als sein Heer wieder hinaus ins Freie zu führen. Und jetzt lagerten sie an der Mündung des Azle, der ebenso wie die Trübbucht überfroren war, und Axis' Armee lag etwa vier Meilen weiter östlich.

Endlich würden ihre Truppen aufeinandertreffen. An diesem Tag könnte der Jüngling seinem früheren Axtherrn beweisen, daß er der bessere Feldherr war. Axis sollte keine Gelegenheit erhalten, der edlen Faraday noch einmal zu nahe zu treten.

Sein Blick wanderte über die Hänge an den Ausläufern der Trübberge. Nicht bei allen dieser über hundert Erhebungen handelte es sich um Hügel.

Der Jüngling richtete seine Aufmerksamkeit wieder auf das Eisfeld vor sich. In der Ferne verdunkelten die ersten Reihen des Feindes den weißen Schnee.

Dank sei den Sternen und Ho'Demi für sein Bündnis mit den verlorenen Seelen der Minen in den Trübbergen, dachte Axis und hielt seinen Hengst fest am Zügel, während seine Armee langsam an ihm vorbei weiter vorwärts zog. Ohne diese Opalseelen wäre ich wohl schon besiegt, noch ehe ich mein Schwert gezogen hätte.

Wenn die Geisterkreaturen in den Bergen geblieben wären, hätte keine Möglichkeit bestanden, sie von dort zu vertreiben. Die Skrälinge hätten ihm im Gegenteil nach Lust und Laune Nadelstiche versetzen und ansonsten in Ruhe abwarten können, bis der Frost in diesem gorgraelverfluchten Land ihrem Feind den Rest gegeben hätte.

In den letzten zwölf Tagen, seit der Häuptling sich mit ihm in Verbindung gesetzt hatte, hatte der Krieger seine Armee zur

Mündung des Azle bewegt. Diesen Landstrich hatte er früher nicht allzu häufig besucht, doch wenn, dann waren hier überall Wiesen mit hohem Gras gewesen. Aber nun, da alles unter einer Schneedecke begraben lag, fand er sich kaum noch zurecht. Die Berge, die Ebenen und der Fluß waren mit festen Eisflächen überzogen. Zwar plagten sie keine wütenden Stürme mehr, aber die Luft blieb eiskalt, und der Nordwind biß ihnen in die Gesichter. Nachts zitterten sich die Männer in den Schlaf, und am meisten litten die Ikarier. Nur wenige Lagerfeuer konnten entzündet werden, und diese waren dann auch oft genug jämmerlich klein. Nachschub erreichte die Armee nur über Maultiere, und die Tiere waren bereits so schwer mit Nahrungsmitteln beladen, daß sie unmöglich auch noch Brennmaterial heranschaffen konnten.

Allen schlug diese Kälte auf Körper und Gemüt. Axis wußte, daß die Kälte die Kampfkraft seiner Soldaten beeinträchtigen würde. Wenn sie noch lange durch diese Eishölle mußten, würde man bald kaum noch etwas mit ihnen anfangen können. Eine Bewegung am Himmel lenkte ihn von seinen Überlegungen ab, und er hob den Kopf. Weitsicht setzte eben neben ihm zur Landung an.

»Sternenmann!« Der Offizier legte sich zum Gruß die Rechte auf die Brust, und der Krieger bemerkte, daß die Hand des Vogelmannes vor Kälte blau angelaufen war.

»Was gibt's?«

Weitsicht zitterte am ganzen Körper, und Axis ahnte, daß das nicht nur von den Witterungsverhältnissen herrührte. »Sie stehen drei Stunden Marsch von hier, Herr. Abertausende von ihnen. Skrälinge und Eiswürmer.«

»Auch Greifen?«

Der Ikarier schüttelte den Kopf. »Die habe ich da nirgendwo gesehen.«

»Wir sollten aber damit rechnen, daß unser Gegner sie noch zurückhält. Oder daß sie sich sonstwo hier herumtreiben.«

Weitsicht warf einen Blick zu den Trübbergen. »Meiner Meinung nach lauern sie irgendwo zwischen den Felsen und Schluchten dort.«

Axis betrachtete nun ebenfalls das Gebirge. Er besaß nicht nur die scharfen Augen der Ikarier, sondern hatte sie mit seiner Zauberkraft noch zusätzlich verstärkt. Aber selbst damit nahm er dort in den Höhen nichts anderes als nackten Fels wahr, der von den immer wieder von den Gipfeln herabrutschenden Eisbrocken zersplittert und glattgeschliffen worden war. Dennoch gab er dem Geschwaderführer recht. Die Greifen konnten sich nur dort oben irgendwo verbergen.

»Ich möchte die Luftarmada nicht unnötig in Gefahr bringen. Habt Ihr irgendwelche Vorschläge, Weitsicht?«

»Ihr könnt es Euch nicht leisten, Sternenmann, uns über Gebühr zu schonen und aus allem herauszuhalten. Ein mächtiges Skrälingsheer erwartet Euch, und die Geister sind in wohldisziplinierten und geordneten Reihen angetreten. Einem solchen Feind haben wir alle noch nie gegenübergestanden. Auch ohne Greifen könnten sie unsere Bodentruppen binnen Stunden überrennen und vernichten.«

Und das dürfte noch beschönigt sein, dachte der Krieger düster. Eine solch riesige Schar Geisterkreaturen würde nicht einmal eine Stunde benötigen, um unsere Reihen zu durchbrechen und aufzureiben. Ein Frösteln überkam ihn, und er dankte den Sterngöttern dafür, daß Aschure, Caelum und Sternenströmer sich weit entfernt im Süden befanden. Wenn es zum Schlimmsten käme, würden nicht alle Hoffnungen in dieser Eisödnis für immer vernichtet sein.

Belial und Magariz stießen zu ihnen. Beide Befehlshaber hatten sich wie Axis über der Rüstung in Decken und Felle gewickelt. Das würde sie natürlich in der Schlacht behindern, aber ein erfrorener Arm wäre eine größere Katastrophe.

»Belial«, wandte Axis sich unverzüglich an seinen Leutnant, »habt Ihr und der Fürst das Terrain in Augenschein nehmen können?«

»Ja, und ich würde meinen, weder die andere Seite noch wir können daraus größere Vorteile ziehen. Eine flache Eisebene. Die zugefrorene Flußmündung erstreckt sich meilenweit und wird im Süden von den Trübbergen und im Norden von den Ausläufern der Höhen von Westichtar begrenzt.«

»Der ganze Azle ist zugefroren?«

»Vollkommen, Axis. Und dazu auch noch die Trübbucht«, antwortete Magariz. »Dort werden wir also keine Hilfe finden.«

Die Skrälinge haßten fließendes Wasser, und Bornheld war es aufgrund dieser Erkenntnis damals bei Jervois gelungen, die Geister monatelang aufzuhalten. Er hatte zwischen dem Nordra und dem Azle ein Kanalsystem geschaffen, das die Geister nicht oder nur in kleinen, leicht zu überwältigenden Gruppen überwinden konnten. Doch seitdem hatte Gorgrael den ganzen Norden Tencendors so umfassend mit Eis überzogen, daß dort sämtliche Flüsse nördlich der Westberge zugefroren waren. Seine Kreaturen sollten nicht mehr durch fließendes Wasser behindert werden.

Der Krieger nagte gedankenverloren an der Unterlippe, während sein Blick sich immer noch auf die fernen Gipfel heftete. Die drei Offiziere dagegen schauten ihn an und erwarteten von ihm eine Entscheidung. Rettet uns, Axis, betete Belial im Stillen, denn ich möchte sehr gerne noch sehr lange leben.

Als hätte er die Gedanken seines Freundes erraten, richtete der Krieger den Blick auf den Leutnant, riß sich aus einer Eingebung heraus den Handschuh von der Rechten und betrachtete seinen Zaubererring.

Endlich hob er den Kopf. »Ich habe einen Plan«, erklärte er seinen Befehlshabern leise. »Der Erfolg ist nicht sicher, aber vielleicht könnte es klappen. Nein, er muß klappen, denn etwas Besseres fällt mir nicht ein.«

Die beiden Armeen stießen am Mittag aufeinander, als die Sonne, die wirkungslos auf dieses gefrorene Eisland herabschien, sich langsam dem westlichen Horizont näherte. Keine ausgeklügelte Strategie bestimmte den Anmarsch. Die Truppen marschierten einfach aufeinander zu, bis sie sich am Südufer des vereisten Azle gegenüberstanden. Axis hatte seine Streitmacht während des letzten Stücks tüchtig angetrieben, denn er wollte verhindern, daß die Skrälinge zu weit über den Strom vordringen konnten. Das Überleben seiner Armee hing davon ab, die Geister am gefrorenen Flußufer festzuhalten.

Aber was ließ sich unaufhaltsamer Gewalt entgegensetzen? fragte sich der General verzweifelt, während er seine Soldaten weiter voranschickte. Wie sollen wir ein Riesenheer zurückdrängen, das nur in Formation dastehen muß, um allen unseren Angriffen widerstehen zu können?

Er warf alles, was er an Soldaten hatte, gegen die Skrälinge. Was seine Armee an Fackeln und Brennstoff mitführte, wurde in den vordersten Reihen entzündet. Aber bei diesen Geisterwesen hier handelte es sich nicht mehr um die armseligen Kreaturen, die sich von Feuer in die Flucht schlagen ließen.

Spieße, Lanzen, Speere und Pfeile – mit allem, was ihnen zur Verfügung stand, versuchten die Soldaten die Augen der Skrälinge hinter den Knochenkämmen zu treffen. Aber diese Panzerung erwies sich als so hart, daß jeder Mann einen kühlen Kopf bewahren mußte, um genau zu zielen. Doch inmitten des Getöses und Gedrängs in einer Schlacht blieb man nur selten ruhig und besonnen. Auch hatten die Skrälinge inzwischen gelernt, sich gegen solche Angriffe zu wehren. Geordnet gingen sie zum Gegenangriff über, und der Krieger mußte rasch erkennen, daß es ihm diesmal nicht so leicht wie bei früheren Gelegenheiten gelingen würde, die Geister schon am Anfang in Panik zu versetzen und in die Flucht zu schlagen.

Wie bei allen Kämpfen in der Vergangenheit wich Arne auch diesmal nicht von Axis' Seite und übernahm seine Rückendeckung. Wohin der Krieger Belaguez auch lenkte, folgte ihm Arnes Roß. Seine Augen waren zusammengekniffen, aber trotzdem sehr wachsam. Arne spürte nämlich im tiefsten Innern seines Herzens, daß der Nordwind heute Verrat mit sich führte. Wenn er es irgendwie verhindern konnte, sollte der Sternenmann nicht zu Schaden kommen.

Schon nach den ersten Minuten des Angriffs erkannte der General, daß seine Soldaten Gefahr liefen, von den feindlichen Scharen überwunden zu werden. Mit normalen Mitteln kam niemand gegen eine solche Übermacht an.

Weitsicht, stürzt Euch auf den Gegner, sobald Ihr eine günstige Gelegenheit dazu seht. Dem Krieger gefiel es zwar nicht, die Luftarmada einzusetzen, aber in dieser bedrohlichen Lage blieb ihm keine andere Wahl. Nur die Luftschützen konnten die hinteren Reihen der Geister angreifen; denn Axis durfte nicht zulassen, daß die ersten Reihen der Skrälinge fortwährend verstärkt wurden und für jeden Getöteten sofort ein neuer von hinten nachrückte.

Ho'Demi! Setzt Eure Bogenschützen ein. Vor sechs Tagen war der Häuptling zurückgekehrt, und heute führte er die vereinten Schützenabteilungen in die Schlacht, darunter auch Aschures Einheiten. Ihre Pfeile, so hoffte Axis, würden verhindern, daß die Skrälinge ihre ersten Reihen laufend ersetzten.

Aber sich mit dreißigtausend Mann einer Flutwelle von Dreihunderttausend entgegenzustellen, war aussichtslos, ja nahezu lachhaft. Das war Axis ebenso bewußt wie wohl jedem seiner Soldaten.

Aber die Männer fochten, stachen und schossen tapfer. Dennoch starben viele von ihnen, und an manchen Stellen erlagen sie gleich gruppenweise der Übermacht. An einzelnen Abschnitten hatte Axis' Seite sogar höhere Verluste zu beklagen als Gorgraels Horden.

Lange gelang es Belial und Arne vereint, den Sternenmann aus den unmittelbaren Kämpfen herauszuhalten. Aber dann wurden sie so chaotisch, daß die Offiziere den Überblick verloren und Axis sich unvermittelt im dichtesten Getümmel wiederfand. Ihm blieb nichts anderes übrig, als sein Schwert wieder und wieder in Skrälingsaugen zu stoßen, um sich etwas Luft zu verschaffen.

Über ihnen kreisten die Ikarier, und von den Flanken rasten so dichte Pfeilschwärme heran, daß sie die Sonne verfinsterten. Diesem Dauerbeschuß hätte kein Feind lange standhalten können, und schon glaubte der Krieger, die Reihen der Feinde sich lichten zu sehen.

Jetzt wäre die günstigste Gelegenheit gewesen, seine Zauberfähigkeiten einzusetzen. Aber dazu brauchte Axis Ruhe, um sich sammeln zu können. Er mußte mit seinen Kräften haushalten, denn das, was er plante, würde seine ganzen Fähigkeiten beansprüchen. Und die Gefahr ließ sich nicht ausschließen, daß er durch die große Energie des Sternentanzes, mit der er umzugehen beabsichtigte, selbst zu Schaden käme.

Der Krieger stand gerade im Sattel, um mit einem Schwerthieb einen Gegner zu vernichten. Er traf den Skräling wie gewünscht am Hals, wo er schon eine Wunde davongetragen hatte. Doch die silbernen Augen starrten Axis noch immer tückisch an, als die Klinge in die einzig verwundbare Stelle schnitt.

»Timozel!« krächzte die Kreatur im Sterben.

Der Sternenmann fuhr zurück, als hätte er einen Schlag ins Gesicht erhalten. Und nur Arnes Eingreifen war es zu verdanken, daß sein Herr nicht von einem anderen Skräling an der Kehle gepackt wurde.

»Timozel ...« konnte der General nur stöhnen. »Timozel?«

Arne griff nach Belaguez' Zügeln und zog den Hengst aus dem dichtesten Getümmel. Sein Herr starrte immer noch auf die Stelle, wo die Kreatur eben ihr Leben ausgehaucht und im Sterben den Namen seines früheren Freundes und Offiziers ausgestoßen hatte. Das Schwert hielt Axis kraftlos in der Hand, und er konnte den Blick nicht wenden, obwohl dort schon wieder erbittert gekämpft wurde und von der Leiche nichts mehr zu sehen war.

Dem Getreuen blieb bald nichts anderes mehr übrig, als seinem General einen Backenstreich zu versetzen. »Also schlägt der Verräter jetzt zu, Sternenmann, na und? Ihr wußtet, daß Euch das erwartete. Kein Grund, sich zu entsetzen! Zurück ins Gefecht, Herr, kämpft und siegt für uns!«

Klarheit kehrte in Axis' Blick zurück, und seine Finger schlossen sich erneut fest um den Schwertgriff. »Timozel!« rief er noch einmal. »Bei den Göttern!«

Der Krieger blickte in den Himmel. *Weitsicht, wo stehen wir im Moment?*

Immer noch an der Böschung des Azle, Sternenmann. Wenn Ihr Euer Vorhaben in die Tat umsetzen wollt, dann am besten jetzt. Unsere Bodentruppen können den Skrälingsmassen nicht mehr lange standhalten. Die Reihen schwanken bereits bedrohlich, und trotz unseres Sperrfeuers halten die Geister immer noch genügend Ersatz in Bereitschaft. Sie drängen unvermindert ungestüm vor. Euch bleiben vielleicht zehn Minuten, bevor die Unseren weichen müssen und womöglich überrannt werden. Deswegen säumt nicht länger!

Verstanden, Geschwaderführer. Zieht jetzt alle Eure Einheiten zurück, ich habe Euch lange genug der Gefahr ausgesetzt!

Ein gutes Stück von ihm entfernt entdeckte er Belial am rechten Flügel. Er gab seinem Leutnant das verabredete Zeichen, und der nickte nur. Dann suchte und fand Axis Magariz, der den linken Flügel befehligte, und auch der Fürst gab ihm knapp zu verstehen, daß er das Zeichen gesehen habe. Das Vorhaben würde ihn die größte Anstrengung kosten, und vielleicht kamen dabei auch einige seiner eigenen Soldaten ums Leben. Aber seine ganze Armee wäre dem Untergang geweiht, wenn er es nicht wenigstens versuchte.

Der Krieger entfernte sich mit seinem Hengst noch weiter von der Kampflinie, und Arne sorgte dafür, daß ihm niemand im Weg stand. Axis zog derweil den Handschuh von der Rechten, starrte auf den Ring, prägte sich die neue Stellung der Edelsteinsplitter ein und richtete all seine Gedanken ganz auf das Zauberlied.

Der Sternenmann fing an zu summen, und seine Stimme formte sich wie von allein zu Musik und Worten. Die Weise schwebte über das Schlachtfeld, seine Soldaten fingen an zu jubeln und sorgten dann dafür, einen sicheren Stand zu haben.

Hallo, mein Lieber, was für ein schönes Lied. Etwa Euer Grabgesang?

Axis fuhr vor Schreck über Timozels Einmischung zusammen. Wie war der Jüngling überhaupt in der Lage dazu? Für einen Moment schwankte seine Stimme, aber dann konzentrierte er sich wieder, achtete nicht weiter auf seinen ehemaligen Freund und umfaßte mit aller ihm zur Verfügung stehenden Kraft den Sternentanz.

Ich kämpfe jetzt für einen bedeutenden Herrn, Axis, und in seinem Namen werde ich gewaltige Siege erringen. Im Vergleich zu Gorgrael seid Ihr ein erbärmlicher Wicht.

Die Gesichtsmuskeln des Kriegers zuckten. Verdammter Jüngling! Fragen und Erregung drohten ihm, den Sinn zu verwirren. Mehr als alles andere wollte der Krieger Timozel zur Strecke bringen und ihn dann fragen, warum er sich dem Zerstörer angeschlossen habe. Warum ausgerechnet Gorgrael? Aber dazu blieb jetzt natürlich keine Zeit. Er mußte das Lied singen. Alles andere war unwichtig. Axis dachte an Aschures ruhiges Lächeln, und das verscheuchte die Bilder von Timozel aus seinem Kopf.

Die Energie des Sternentanzes durchströmte ihn, und der Krieger mußte hart darum ringen, sich von ihr nicht überwältigen zu lassen. Nie zuvor hatte er so viel ungeheure Macht gerufen, und jetzt fürchtete er sehr um die möglichen Auswirkungen auf sich selbst.

Unter den Füßen der Soldaten in den ersten Reihen bildeten sich Haarrisse im zugefrorenen Azle. Die Männer wichen langsam zurück, auch wenn sie den Skrälingen damit Boden preisgeben mußten.

Tief unter dem Eispanzer schäumte das Wasser des Stroms, aufgewühlt vom Lied.

Gorgraels Feldherr fluchte. Er stand auf einem niedrigen Hügel nördlich des Flusses und konnte von dort ziemlich gut verfolgen, was Axis tat.

Der Feind setzte an diesem Tag verderbte Zauberei ein, und die eigenen Streitkräfte erlitten empfindliche Verluste ...

Aber was konnte er gegen diese Magie tun?

»Die Greifen!« schoß es ihm durch den Kopf. »Ich hätte sie viel früher einsetzen sollen. Also los!«

Und die Himmelsbestien griffen an.

Sie erhoben sich aus den Felsen der Trübberge, wo sie bislang auf der Lauer gelegen hatten. Die Greifen breiteten ihre Flügel im steifen Nordwind aus und ließen ihren schauerlichen Schrei vernehmen.

Timozel hatte neunhundert von ihnen mitgebracht.

Die Bestien jagten zunächst der zurückfliegenden Luftarmada hinterher, denn so hatte der Feldherr es ihnen befohlen. Die ikarischen Einheiten, die sich nicht rasch genug vom Himmel über dem Schlachtfeld entfernt hatten, erlitten schwere Verluste.

Danach lösten sich etwa fünfhundert Greifen aus dem Verband, um über Axis' Bodentruppen herzufallen, während die restlichen weiter Jagd auf die Vogelmenschen machten. Die Bestien stürzten über der Kampflinie wie Steine vom Himmel, und jedesmal, wenn sie wieder aufstiegen, hielten sie einen Soldaten in ihren Krallen.

Einige Greifen ließen sich mit Pfeilschüssen herunterholen. Aber nur wenige fielen den Bogenschützen zum Opfer, denn Gorgrael hatte seine Schoßtiere bestens ausgestattet. Die meisten Pfeile konnten das dicke Fell der Wesen nicht durchdringen und fielen kraftlos und in einem traurigen Regen wieder auf die Erde zurück.

Der Sternenmann bemerkte den Angriff der Bestien zunächst nicht. Und ihm entging auch, daß sie den Himmel langsam verdunkelten. Zu stark wogte die Macht des Liedes in ihm, und er mußte sich zwingen, dessen Zorn zu steuern und nur soviel davon freizulassen, wie er einzusetzen wagte.

Endlich platzte die Eisdecke auf dem Strom auf, und die brodelnden Wassermassen des Azle schoben die Schollen fast senkrecht in die Höhe. Zehntausende Skrälinge, und leider auch einige von Axis' Soldaten, versanken an diesen Stellen in den Fluten, während die Hunderttausende Kreaturen sich am Nordufer drängten und hilflos dem tosenden Wasser zu entkommen versuchten. Über hundert Geisterwesen sahen sich unvermittelt am Südufer abgeschnitten von den anderen und wurden augenblicklich von Axis' Männern niedergemacht.

Der Krieger erwachte jetzt aus seinem selbsterzeugten Tagtraum und stellte erstaunt fest, was sein machtvolles Lied bewirkt hatte. Erleichtert betrachtete er die nun befreiten Wasser des Flusses. Heute werden wir überleben, dachte er und sank ermattet im Sattel zusammen, und mit den übriggebliebenen Skrälingen befassen wir uns, sobald wir uns ausgeruht haben und uns ein neuer Plan eingefallen ist.

Aber noch durfte der Krieger sich nicht erholen oder seinen

Überlegungen hingeben. Kaum hatte er die Augen wieder geöffnet und sich umgesehen, legte ihm schon Arne eine schwere Hand auf die Schulter. »Sternenmann! Rettet uns!« rief der Getreue in höchster Not.

Aber das hatte er doch gerade erst getan ... oder etwa nicht?

Dann hörte Axis über sich den Schrei, sah Arne aus dem Sattel springen und befand sich im nächsten Augenblick bereits unter ihm auf dem Boden. Belaguez stellte sich auf die Hinterbeine und schrie ebenfalls, während ein mächtiger Schatten aus dem Himmel heranraste. Noch etwas verständnislos nahm der Krieger wahr, wie dieser über ihn hinwegsauste und einen Soldaten hinter ihm aus dem Sattel riß.

»Greifen!« knurrte der Getreue, als er den Sternenmann wieder auf die Beine zog. »Hundert von ihnen!«

Axis drehte sich um und sah sich nun mit wachem Verstand um. Was sich hier seinen Augen bot, reichte aus, seinen Mut sinken zu lassen. Rings um ihn herum starben seine Soldaten zu Hunderten, während die Greifen immer wieder mit aufgerissenem Schnabel, ausgestreckten Krallen und Mordlust in den Augen auf sie herabfuhren. Blut bedeckte das Fell der meisten Bestien, doch dabei handelte es sich kaum um ihr eigenes.

»Bringt die Männer in ...« Sicherheit, hatte der Krieger eigentlich befehlen wollen, aber hier konnte man sich nirgends vor den Greifen verstecken. Das Tal des Azle breitete sich weit und flach aus, und die Soldaten würden mindestens eine Stunde benötigen, bis sie die ersten Felsen der Trübberge erreichten.

Und diese Stunde stand ihnen nicht zur Verfügung.

Auf der anderen Seite des Stroms fingen die Skrälinge an zu grölen. Zu Hunderten und Tausenden standen sie herum, und ihr Gejohle strömte über das schäumende Wasser, um sich mit den Todesschreien der Soldaten zu vermischen.

Timozel stand auf seinem Hügel, und lachte schallend.

Der Jüngling vermittelte Gorgrael diesen Triumph durch eine Gedankenbotschaft und genoß die Freude seines Herrn, ehe er seinen eigenen Greifen herbeirief. Nun wollte er über das Schlachtfeld fliegen und Axis persönlich vernichten. Ein häßliches Grinsen verzerrte Timozels Gesicht. Der ruchlose Zauber hatte dem Krieger nichts genutzt. Axis hatte sich selbst erschöpft und wartete nur noch darauf, von dem Jüngling den Todesstoß zu erhalten.

Der Sternenmann drehte sich derweil entsetzt um die eigene Achse. Wohin er auch blickte, fielen seine Männer den Himmelsbestien zum Opfer. Bei den Sternen! Was sollte er dagegen tun? Welche Kriegslieder kannte er, mit denen sich solche Feinde beseitigen ließen?

Keine. Er kannte keine Lieder mehr.

Der Krieger dachte angestrengt nach, drehte den Ring und starrte auf die Sterne. *Zeigt mir ein Lied, mit dem sich Greifen vernichten lassen,* flehte er die Diamantsplitter an. Fast schien es, als ob die Sterne am Ring ihm diesmal den Gehorsam verweigern wollten. Doch dann fingen sie langsam und wie unter Mühen an, sich zu einem neuen Muster zusammenzufügen. Und was Axis nun sehen mußte, entsetzte ihn noch mehr als das Gemetzel um ihn herum.

Wenn er dieses Lied sänge, würde ihn das unweigerlich umbringen. So viel Energie erforderte diese Melodie ... Kein Zauberer konnte sich ihrer bedienen und sie gleichzeitig beherrschen ... Aber blieb ihm denn noch eine Wahl? Er würde auch sterben, wenn er auf diesen Zauber verzichtete. Da erschien es ihm doch besser, wenigstens durch das Opfer seines Lebens die Armee zu retten, statt alle sinnlos sterben zu lassen, weil er angesichts einer Gefahr nicht mehr weitergewußt hatte. Sollten Aschure oder auch Sternenströmer sein Werk dann fortsetzen.

»Verzeiht mir«, bat er niemand besondern und fing an zu summen. Das war das Kühnste und Heldenhafteste, das er tun konnte.

Schon beim ersten Ton spürte er, wie unvorstellbare Macht in seinen Körper stürzte. Er versuchte, sie halbwegs zu bändigen, so lange er noch die Kraft dazu hatte. Bemühte sich, sie in die richtige Richtung zu lenken. Aber Axis fühlte auch, wie die Energie in seinem Innern um sich schlug, wie sie ihn verbrannte und wie er selbst Stück für Stück an ihr zugrunde ging.

Der Krieger hätte nie gedacht, daß der Tod so furchtbar schmerzvoll sein konnte.

Arne, der weiterhin an seiner Seite Wache hielt, fuhr herum, als er einen gräßlichen Schrei aus Axis' Mund hörte. Und im selben Moment mußte er dem brennenden Körper eines herabstürzenden Greifen ausweichen. Überall fielen nun die Bestien aus dem Himmel, aber das nahm der Getreue nur am Rande wahr.

Was geschah da mit dem Sternenmann?

Der Krieger war zusammengebrochen und wand sich wie unter Krämpfen am Boden. Rauch stieg aus seinen Augen, und sie selbst brannten. Arne würgte.

Timozel knurrte böse, als sein Reittier vor seinen Augen in Flammen aufging. Sein Greif! Hektisch sah er sich auf dem Schlachtfeld um. Was der Jüngling dort zu sehen bekam, ließ ihn erleichtert aufatmen. Axis mochte ja an diesem Tag den Sieg errungen haben, aber zu einem furchtbaren Preis.

Zu einem tödlichen Preis!

Timozel lachte laut. Über siebentausend Greifenjunge warteten in Gorgraels Eisfestung; denn die neunhundert, die hier gerade vergingen, hatten schon vor Monaten geworfen. Bald würden auch diese siebentausend Jungen ihre Geschlechtsreife erlangt haben und selbst Nachwuchs in die Welt setzen. Und sobald sie das erledigt hatten, würden sie sich auf den Weg in den Süden machen und sich ihm anschließen.

Der Mann aber, der sich widernatürlicher Zauberkünste bedient hatte, um diese neunhundert zu vernichten, lag nun schreiend und sich windend am Boden. Die Augen verbrannten ihm im Schädel, seine Haut färbte sich braun, und seine Finger verkrümmten sich zu schwarzen Klauen. Der Jüngling wußte, daß Axis sich nie wieder solcher Energiemengen würde bedienen können.

Sich vermutlich überhaupt nie wieder mit irgendwelcher Zauberei befassen können.

»Dieser Tag ist Euer!« flüsterte Timozel. »Genießt ihn in Eurem Sterben.«

Morgen würde er einen Weg über den aufgebrochenen Strom finden und seine Skrälinge auf die andere Seite führen, damit sie dem, was von der Armee des Kriegers übriggeblieben war, den Rest geben konnten. Vielleicht konnten die Eiswürmer ja einfach hinüberschwimmen. Ja, genau, den Eiswürmern der neuen Generation machte fließendes Wasser nicht mehr viel aus. Und in ihrer Anzahl konnten sie am anderen Ufer Zehntausende Geistwesen ausspucken, um die erbärmlichen Reste der Streitmacht seines Feindes aufzureiben.

Der Jüngling lachte aus vollem Halse.

Arne ließ sein Schwert fallen und fiel vor seinem Freund auf die Knie. »Axis, Axis«, flüsterte er.

Der Krieger zuckte und wand sich nicht mehr, es schien mit ihm zu Ende zu gehen. Sein Gesicht, oder besser das, was von ihm übriggeblieben war, verzog sich ein wenig, und von irgendwo in seinem Innern fand er die Kraft zu einem letzten tonlosen Wort:

»Verzeiht mir, Aschure, es tut mir so furchtbar leid.«

27

Aschure

Aschure saß im Baumgarten des Tempelberges unter einem Marmeladenbaum, fütterte Caelum und und genoß den warmen Sonnenschein auf dieser verzauberten Insel. Doch mit einem Mal spürte sie, wie ihre Verbindung zu Axis abriß.

Zuerst konnte die junge Frau sich nicht rühren. Sie starrte in die Ferne und fragte sich, was dieses Gefühl eines vollkommenen Verlustes zu bedeuten hatte, das nun ihre ganze Seele ausfüllte. Und dann, als sie anfing zu begreifen, erreichte ein Flüstern ihr inneres Ohr:

Verzeiht mir, Aschure, es tut mir so furchtbar leid.

»NEEIIIIN!« schrie die junge Frau, und Caelum schrie mit ihr, denn er fühlte ebenso wie seine Mutter, wie die Verbindung zu seinem Vater zerriß. Aschure sprang wie von Sinnen auf und eilte, so rasch sie konnte, in den Tempel, wo sich Sternenströmer gerade aufhalten mußte. »NEEIIIIN!«

Sein Geist erreichte sie aus der Sternenkuppel, denn er hatte ebenso gespürt, was geschehen war. Zu gut erinnerte er sich noch an die Stunde, in der seine Mutter Morgenstern ermordet worden war. Und jetzt verhielt es sich genauso wie damals – nur daß nicht seiner Mutter, sondern seines Sohnes Lebenslicht erloschen war.

Aschure war nicht mehr ansprechbar, und dem armen kleinen Caelum erging es kaum besser. Sternenströmer gelang es, seinen eigenen überwältigenden Schmerz zu bezwingen, um Schwiegertochter und Enkel zu beruhigen.

Aber die junge Frau wollte sich nicht trösten lassen. Der Zauberer nahm ihr den Knaben aus den Armen und setzte ihn ins Gras – wo Caelum nicht allzu viel anstellen konnte, um sich selbst zu gefährden. Dann legte er Arme und Flügel um seine Schwiegertochter und versuchte verzweifelt, sie dazu zu bewegen, nicht mehr um sich zu schlagen und zu kreischen.

Sie trommelte mit den Fäusten an seine Brust und gegen seine sie umarmenden Flügel. Aschure wollte nur noch weh tun, um sich nicht der Erkenntnis stellen zu müssen, was dieser Riß vorhin in Wahrheit bedeutet hatte. »Nein!« schrie sie wieder und wieder. »Ihr müßt weiterleben, für mich!«

»Aschure«, murmelte Sternenströmer, dem das Herz nicht hätte schwerer sein können. Sein einziger Sohn – tot? Wie konnte das sein? Nachdem er ihn nach Jahrzehnten endlich gewonnen hatte, sollte er ihn jetzt schon wieder verloren haben?

»Aschure ... er ist nicht mehr ... Wir können nichts dagegen tun ... überhaupt nichts.«

Sie konnte nur noch schluchzen und vergrub das Gesicht an seiner Brust. »Nein, nein, nein, nein, nein, nein«, murmelte die junge Frau unaufhörlich, wie eine Litanei. Schließlich konnte Sternenströmer es wagen, die junge Frau in ihre Kammer im Schlafsaal der Priesterinnen zu führen. Aber kaum dort angekommen, stieß Aschure einen schrillen Schrei aus und brach dann auf dem Boden zusammen. Sternenströmer half ihr vorsichtig wieder hoch.

»Aschure, Aschure was habt Ihr denn nur?«

Die junge Frau krümmte sich und klammerte sich an ihren Schwiegervater. Dabei starrte sie ihn an, und Todesqualen standen in ihren Augen, aber sie vermochte nicht zu sprechen, weil heftige Krämpfe sie erschütterten, bis sie sich vorn überbeugte und erbrach.

»Oh, ihr Götter!« stöhnte Sternenströmer und rief, so laut er konnte, nach den Priesterinnen.

Es wurde eine furchtbare Geburt.

Sternenströmer wich nicht von ihrer Seite. Aber weder er noch die drei anwesenden Priesterinnen vermochten viel auszurichten, um ihre Not zu lindern.

Die Zwillinge schienen fest entschlossen zu sein, so rasch wie möglich dem Leib ihrer Mutter zu entkommen. Der Knabe führte das Paar an, und nichts, was Sternenströmer ihnen sagte, konnte die Geschwister aufhalten. Anders als die meisten ikarischen Kinder hatten diese beiden keine Angst vor der Geburt. Solche Ungeduld hatte sie ergriffen, daß sie gar nicht darüber nachdenken mochten – oder wollten –, welchen Schaden sie damit ihrer Mutter zufügten.

Als wenn ihnen das vielleicht früher schon einmal etwas ausgemacht hätte.

In der letzten halben Stunde lag die junge Frau erschöpft und barmherzigerweise ohne Bewußtsein da, und ihr Schwiegervater stellte seine fruchtlosen Bemühungen ein, freundlich die Zwillinge um Erbarmen für ihre Mutter zu bitten. Dafür richtete er nun seine ganze Energie auf Aschure.

Irgendwann drehte er sich dann zur Ersten um: »Bei den Göttern, Herrin, was können wir nur tun?«

»Beten, Sternenströmer«, antwortete die Priesterin leise. »Betet darum, daß die Zwillinge sich bald selbst zur Welt bringen. Viel kann die junge Frau nicht mehr ertragen.«

»Steht es so schlimm um sie?« ächzte der Zauberer und starrte dann wieder seine Schwiegertochter an. Ihr Atem ging flach und ihre feuchte Haut hatte eine ungesunde bleiche Färbung angenommen.

»Sie besitzt nur noch wenig Kraft«, fuhr die Priesterin fort. »Und ich fürchte, sie hat ihren Lebenswillen verloren. Wie konnte das geschehen?«

Sternenströmer berichtete ihr, wie sie und er Axis' Tod gespürt hatten.

Die heiligen Frauen warfen sich bestürzte Blicke zu, aber sie hatten keine Zeit, den Tod des Sternenmannes zu beweinen. Nicht, solange das Leben der Heiligen Tochter selbst sich dem Ende zuzuneigen schien.

Der Zauberer beugte sich über seine Schwiegertochter und nahm ihr müdes, blasses Gesicht in seine Hände. »Lebt, Aschure. Ich könnte es nicht ertragen, Euch auch noch zu verlieren …«

Und so zog sich die quälende Geburt weiter hin. Die Priesterinnen dachten nur selten und nur kurz an die Zwillinge, die aus diesem Leib hinauswollten, denn die Mutter erschien ihnen weitaus wichtiger.

Als die Kinder endlich aus dem Leib hinausglitten, setzten bei Aschure größere Blutungen ein, und sie wäre den Priesterinnen beinahe unter der Hand weggestorben. Bevor die Erste den Mutterleib dazu bewegen konnte, sich zusammenzuziehen und so den Fluß zurückzuhalten, waren sie und Sternenströmer von oben bis unten mit Blut bespritzt.

Den beiden jüngeren Priesterinnen blieb es vorbehalten, die Zwillinge zu waschen und zu wickeln. Die Kleinen wirkten munter und lebhaft und schienen stolz darauf zu sein, es aus eigener Kraft hinein in die Welt geschafft zu haben. Aber an ihre Mutter und ihren Todeskampf verschwendeten sie nicht einen Gedanken.

Erst spät in der Nacht, ungefähr fünf Stunden nach dem endlosen Geburtskampf, konnte die Erste Sternenströmer mitteilen, daß Aschure womöglich überleben würde.

»Wenn sie sich kein Fieber oder eine Infektion zuzieht«, erklärte die Priesterin, »und wenn sie ihren Lebenswillen wiederfindet.«

Der Zauberer wandte den Blick vom Gesicht seiner Schwiegertochter. »Wenn es ihr an dem gebricht, Erste, dann werde ich ihr meinen Lebenswillen einflößen. Ich lasse nicht zu, daß sie stirbt!«

Die Priesterin sah ihn sehr lange an, dann nickte sie und entfernte sich leise, um die beiden allein zu lassen. Die Zeit allein würde eine Antwort für sie finden.

28

Kriegsrat auf einem Hügel

Timozel stand immer noch auf seinem Hügel und verfolgte den Rückzug von Axis' Armee in Richtung Süden. Es war nur noch ein kläglicher Haufen. Der Jüngling kochte vor Zorn.

Großmächtiger Fürst, wir könnten sie wirklich zerquetschen!

Gorgrael lief in seiner Eisfeste auf und ab und wieder auf und ab. *Trotzdem will ich, daß Ihr tut, was ich verlange.*

Der Feldherr verkrampfte sich in dem Bemühen, sich zu beherrschen. Aber wie sollte er Verständnis für die ausgemachte Dummheit des Zerstörers aufbringen?

Herr, binnen eines Tages könnte ich den Feind restlos vernichten. Allerspätestens innerhalb von zweien. Wenn der Morgen graut, könnte ich die Eiswürmer schon über den Strom schicken.

Nein, ich verlange, daß Ihr nach Norden zieht!

Gorgrael hatte es tief getroffen, daß der Sternenmann alle neunhundert Greifen vernichtet hatte. Seine liebsten Schoßtiere! Und Axis hatte sie einfach in Flammen aufgehen lassen! Daß der Krieger halbtot von diesem Zauber zurückgeblieben war, schien der Zerstörer in seinem Schmerz gar nicht bemerkt zu haben. Er konnte nur noch an den furchtbaren Verlust der Himmelsbestien denken.

Großmächtiger Fürst, Ihr verfügt doch immer noch über siebentausend Greifen, und in sechs Wochen werfen sie Junge, insgesamt sechsundfünfzigtausend! Herr, hört mich an, laßt mich dem Gegner jetzt den Rest geben! Unser Sieg ist zum Greifen nahe!

Damit erinnerte er unbedacht Gorgrael wieder an seine toten Lieblinge.

Nein! donnerte es im Kopf des Jünglings. *Nein, nein und nochmals nein! Ihr werdet das tun, was ich Euch befehle! Auf der Stelle setzt Ihr Euch nach Norden in Marsch. Sobald wir uns von diesem furchtbaren Verlust erholt haben, können wir uns immer noch um den Feind kümmern. Aber heute werde ich kein neues Wagnis mehr eingehen. Ihr habt mir versprochen, diese Schlacht zu gewinnen!*

Und daran fehlt ja auch nur noch ein Quentchen, erregte sich der Jüngling wieder von neuem, behielt diesen Gedanken aber lieber für sich.

Der Rückzug könnte uns schwere Verluste abverlangen, Herr.

Wie denn das, Timozel? Redet Ihr nicht die ganze Zeit davon, daß Axis' Armee so gut wie geschlagen sei? Ich will Euch hier oben im Norden sehen. So rasch wie möglich!

Verdammt, nur noch einen Tag, verzweifelte der Feldherr. Nur noch einen Tag –

Plötzlich bekam er die geballte Macht seines Herrn zu spüren. Er bog den Rücken durch und schrie so laut, daß die Skrälinge unten am Fluß aufgeregt miteinander wisperten.

IHR HABT NUR ZU GEHORCHEN, UND SONST GAR NICHTS!

Ja, großmächtiger Fürst, wimmerte Timozel und wandte sich an seine Geisterarmee, um ihr den Rückzugsbefehl zu geben.

»Meine kleinen Lieblinge!« heulte der Zerstörer wütend. »Wie konnte er meine Greifen vernichten?« Er beugte sich über die beiden Bestien, die von der ersten Gruppe, welche er aus der grauen Masse der toten Skrabolde geschaffen hatte, übriggeblieben waren. Dank sei der Dunklen Musik, sagte sich Gorgrael, daß ich noch diese zwei habe, um mich in der Nacht zu wärmen. Seit er die Nachricht vom Verlust der neunhundert Kreaturen erhalten hatte, hatte ihn nur noch der Gedanke beherrscht, sein Heer sofort zurückzurufen, um seine Heimat des Eises und Schnees zu schützen.

»Ein kluger Schachzug«, bemerkte Lieber Mann, der am Kamin saß. »Aber diesmal hat der Krieger Euch eigentlich nicht hereingelegt.«

»Ich hätte nie erwartet, daß Axis über solche Macht verfügt«, erregte sich sein Schüler. »Wie hätte ich auch damit rechnen sollen, daß der Sternentanz so leicht dazu eingesetzt werden kann, Lebewesen zu vernichten? Nein, das war nun wirklich nicht vorauszusehen!«

»Natürlich nicht, Gorgrael. Unter solchen Umständen habt Ihr das einzig Richtige getan.«

Der Dunkle hatte sich vor Erleichterung setzen müssen, als der Zerstörer seinen Feldherrn Timozel gezwungen hatte, in den Norden zurückzukehren. Sein Herz klopfte immer noch schneller, so sehr hatte ihm die Vorstellung zu schaffen gemacht, Timozel könne es doch noch gelingen, Gorgrael vom militärisch Vernünftigen zu überzeugen und die geschlagene Armee Axis' endgültig aufreiben. Eine Katastrophe wäre die Folge gewesen. Lieber Mann konnte es noch immer nicht fassen, daß sein Schüler die ungeheure Möglichkeit nicht sah, die sich ihm hier bot. Wenn er dem Jüngling nur noch einen Tag gegeben hätte …

Bei den Sternen! Der Dunkle atmete langsam ruhiger und hielt seine Gedanken genauso sorgfältig verborgen wie sein Antlitz. Allen Göttern, wo immer sie auch sitzen mögen, sei dafür gedankt, daß bei Gorgrael der Verstand aussetzt, wenn es um seine Schoßtiere geht. So gibt er uns unbewußt Gelegenheit, uns von dem schweren Schlag am Azle wieder zu erholen.

Falls das überhaupt möglich ist.

»Aber jetzt kann ich Axis nicht mehr spüren«, bemerkte der Zerstörer unvermittelt. Er war vor seinem Lehrmeister stehengeblieben und versuchte wieder einmal erfolglos, ihm unter die Kapuze zu schauen. »Wo steckt mein Feind? Was ist ihm widerfahren? Früher konnte ich immer ein widerwärtiges Ziehen an meiner Seele fühlen, aber jetzt nicht mehr … ist er wirklich tot?« Ein freudiges Strahlen trat in seine Augen.

»Oh, der Krieger ist listenreich und verschlagen«, ermahnte ihn Lieber Mann. »Irgendwie muß es ihm gelungen sein, seine Macht zu verhüllen. Wahrscheinlich bezweckt er damit, daß Ihr ihn für tot haltet.« Hoffentlich schluckte Gorgrael das, weil dem Dunklen auf die Schnelle nichts Besseres einfiel.

Der Zerstörer starrte verwirrt auf den Boden und nickte dann langsam. »Ja, ja, vermutlich verhält es sich so ... Axis versucht schon wieder, mich hereinzulegen ... Er will mich locken, mit meiner ganzen Heeresmacht über seine Armee herzufallen ... Dabei hält er sich irgendwo im Hintergrund verborgen und plant längst eine neue Teufelei ... Aber ich bin viel zu schlau, um auf so etwas hereinzufallen!«

Er nahm seine Wanderung durch den Raum wieder auf und ließ die Klauen an seinen Händen aneinanderklacken. Seine Gedanken bewegten sich noch schneller als seine Beine. »Sie pflanzt an«, murmelte er. »Sie setzt immer mehr Bäume ein, und mit jedem neuen Schößling spüre ich das widerliche Lied deutlicher und stärker.«

»Faraday hat aber noch einiges vor sich«, wandte Lieber Mann erleichtert ein, weil sie endlich das Thema wechseln konnten.

»Aber wieviel Wälder hat sie schon angepflanzt!« zischte sein Schüler.

Der Dunkle sah von seinen behandschuhten Händen auf. »Noch ist der letzte Schößling nicht gesetzt. Wenn Faraday ihre Arbeit nicht abschließen kann, brauchen wir auch ein paar hundert Meilen neuen Waldes nicht zu fürchten. Erst wenn das Bardenmeer und Awarinheim miteinander verbunden sind, müssen wir uns Gedanken machen.«

»Wir brauchen sie noch nicht zu fürchten?« Gorgrael spuckte ins Feuer. »Noch sind sie harmlos, Dunkler Mann? Die neuen Bäume mögen vielleicht noch nicht mit ganzer Kraft singen, aber das Summen, was sie jetzt schon von sich geben, mißfällt mir im höchsten Maße. Ich habe alle Hände voll damit zu tun, mit Axis fertigzuwerden. Aber statt mich ihm mit aller Kraft widmen zu können, muß ich mich auch noch um seine verwünschte Liebste und ihre elenden Schößlinge kümmern.« Er blieb zappelnd stehen. »Was kann ich tun, um sie aufzuhalten?«

»Ihr braucht gar nichts zu tun«, entgegnete Lieber Mann und lächelte ihn an. Gorgrael hingegen legte verständnislos die Stirn in Falten. »Nichts«, wiederholte sein Lehrer, »denn Artor selbst ist bereits hinter ihr her.«

»Artor?« keuchte der Zerstörer.

»Genau der«, lachte der Dunkle. »Laßt diesen erbärmlichen, heruntergekommenen Gott doch für Euch die Arbeit erledigen. Ihm ist genausosehr daran gelegen, diesem neuen Wald Einhalt zu gebieten, wie Euch.«

»Aber Er wird dem Mädchen doch nicht weh tun?«

»Nein, nein, Artor will nur ihrer Besessenheit mit den Schößlingen einen Riegel vorschieben.«

»Und dann?«

»Na ja, dann könnt Ihr sie packen und mit ihr anstellen, was Ihr wollt.«

Gorgrael dachte angestrengt nach. Er hatte das Gefühl, hier irgend etwas nicht richtig mitbekommen zu haben. Verschwieg Lieber Mann ihm etwas? Was ging hier eigentlich vor? Aber nach außen hin lächelte der Zerstörer selig. »Ja, das würde mir sehr gefallen.« Sein Lächeln erstarb: »Ihr müßt schon gehen, Meister?«

»Natürlich, mein Lieber, denn ich will für Euch herausfinden, was aus Axis geworden ist.«

29

GESPRÄCHE TIEF IN DER NACHT

»Schwiegervater?«

Aschures matte Stimme riß Sternenströmer aus seinem leichten Schlummer. Sein Kopf ruckte von den Armen hoch, die er auf dem Bett verschränkt hatte. »Meine Liebe.« Er strich ihr sanft über die Stirn. »Wie fühlt Ihr Euch?«

Sie versuchte, ihn mit einem Lächeln zu beruhigen, das ihr aber nicht gelingen wollte. Also seufzte die junge Frau nur und drehte den Kopf zu seiner Hand hin. »Ich lebe noch, Sternenströmer. Wollen wir es fürs erste dabei belassen.«

»Und Ihr werdet weiterleben, meine Tochter.«

»Warum sollte ich, Schwiegervater, da Axis doch tot ist ...« Die Stimme brach ihr. »Er ist wirklich tot, nicht wahr?«

»Aber wir beide leben noch, und Ihr habt drei Kinder, für die Ihr da sein müßt. Richtet Euren Lebenswillen daran auf, Aschure.«

»Drei Kinder ...« murmelte sie und legte sich die Hand auf den Bauch. »Die beiden letzten hätten mich beinahe umgebracht. Ich glaube jedenfalls, daß sie es wenigstens versucht haben.«

Entsetzt öffnete der Zauberer den Mund, um ihr zu widersprechen, hielt das dann aber für nicht so weise. »Die Zwillinge befinden sich im Nebenzimmer. Caelum ist auch dort. Sollen wir sie holen?«

»Ich möchte gleich morgen früh Caelum sehen«, flüsterte sie und starrte dann die Decke an. »Im Moment fühle ich mich einfach noch zu mitgenommen. Und den Zwillingen möchte ich, glaube ich, nie mehr begegnen.«

Lange saß Sternenströmer an ihrem Bett und strich ihr über die Stirn. Er freute sich sehr, daß sie wach war und sprechen konnte. Aber ihre Mattigkeit und Niedergeschlagenheit betrübten ihn. Doch wie hätte sie sonst den Tod ihres Liebsten aufnehmen sollen? Der Zauberer fühlte sich ja selbst, als hielte kalte Schwärze seine Seele umfangen. Dort, wo er vorher ständig Axis' Lebensenergie gespürt hatte, gähnte jetzt nur noch unergründliche Leere.

Die junge Frau bewegte ihren Kopf und sah ihren Schwiegervater wieder an. Tiefe Schatten lagen unter ihren Augen. »Er hat gesiegt, nicht wahr? Der dunkle Gorgrael triumphiert. Nichts und niemand kann ihm mehr den Weg nach Tencendor verwehren.«

»Morgen«, murmelte der Ikarier, »morgen unterhalten wir uns in aller Ausführlichkeit darüber. Jetzt müßt Ihr Euch erst ausruhen.«

Jemand klopfte an die Tür, und Sternenströmer hob unwillig den Kopf.

»Wer mag das sein?« flüsterte die junge Frau.

»Vielleicht die Erste«, antwortete der Zauberer ebenso leise, und dann lauter: »Herein!«

Die Tür schwang leise auf, und Wolfstern Sonnenflieger betrat den Raum.

Sternenströmer und Aschure erstarrten gleichermaßen. Sternenströmer hatte sofort gewußt, daß er es war. Dieser Mann, der da hereinkam, strahlte unglaubliche Energie aus. Sie blitzte in seinen Augen, und sein Blut sang nach Sternenströmer.

Lange Zeit sahen die beiden Zauberer sich nur an, so als überlegten sie, wie sie den Angriff am besten beginnen sollten, um den anderen möglichst rasch niederzuzwingen. Dann bewegte Wolfstern sich auf Aschures Bett zu, faltete die goldenen Flügel vornehm auf dem Rücken zusammen, ließ sich auf der Kante nieder und lächelte seine Tochter an.

»Aschure, was habt Ihr nur durchmachen müssen.«

Die junge Frau spürte, wie die Hand Sternenströmers auf

ihrer Stirn sich ballte, und sie sandte ihm einen flehentlichen Blick zu: »Schwiegervater, tut bitte nichts Unüberlegtes.«

»Er wäre ein Narr, wenn er es nur versuchte«, knurrte Wolfstern, und bedachte seinen Nachfahren mit einem Blick, in dem all die ungeheure Zaubermacht funkelte.

Die Spannung zwischen den beiden Männern ließ sich mit Händen greifen, und zum ersten Mal an diesem Tag wurde Aschure von ihrem Verlust abgelenkt. »Bitte, Ihr Herren, ich bitte Euch!«

»Ihr habt meine Mutter ermordet!« schrie Sternenströmer den Urahn an und machte Miene aufzuspringen. »Ebenso wie Eure schwangere Gemahlin. Und Ihr habt Hunderte ikarischer Kinder in den Tod geschickt! Glaubt ja nicht, daß wir hier freundlich zusammensitzen und mit Euch höflich plaudern werden!«

Die junge Frau legte ihm ihre zitternde Hand auf den Arm. Eine schwache Berührung, die aber ausreichte, daß ihr Schwiegervater sich wieder beherrschte. Doch seinen starren Blick wandte er nicht vom Wolfstern und fletschte dazu auch noch angriffslustig die Zähne.

»Für alles, was ich tat, lagen gute Gründe vor, Ihr törichter Vogelmann«, gab Wolfstern unwirsch zurück. »Ich lasse mich jedenfalls nicht von irgendwelchen dummen aufwallenden Leidenschaften oder fleischlichen Begierden regieren! Und ich trage mehr Verantwortung, als Ihr Euch das überhaupt ausmalen könnt!«

»Und auch mehr Schuld, wie ich mir dafür umso besser vorstellen kann!«

Der Zauberer aus der fernen Vergangenheit blähte die Nasenflügel und spannte alle Muskeln an, als wolle er sich auf den Jüngeren stürzen. Aschure spürte, wie die Luft zwischen den beiden knisterte.

»Aufhören!« wollte sie schreien, bekam aber nur ein Krächzen heraus. Beide Zauberer sahen sofort besorgt nach ihr. »Solange ich hier krank und leidend im Bett liege, werdet Ihr beide Euch zivilisiert benehmen«, erklärte die junge Frau den beiden.

»Sternenströmer, ich dulde nicht, daß Ihr Rache für alle Missetaten Wolfsterns nehmt. Habt Ihr mich verstanden? Denn ich will Euch nicht auch noch verlieren!«

Ihr Schwiegervater nickte steif, senkte den Blick und starrte ihre Decke an.

»Und Ihr, Wolfstern ...« Aschure wartete, bis sie seiner ganzen Aufmerksamkeit sicher war. »Ihr solltet eigentlich wissen, in welch schlechter Erinnerung die Ikarier Euch behalten haben. Könnt Ihr Sternenströmer seinen Groll verübeln? Oder seinen Schmerz? Achtet ihn, verhöhnt ihn nicht deswegen.«

Ihr Vater preßte seine Lippen zusammen, aber dann nickte er ebenfalls.

»Gut«, sagte die junge Frau müde, »denn ich besitze nicht die Kraft, heute abend mehr als einen Verlust zu beweinen.«

Wolfstern holte tief Luft, warf Sternenströmer aus dem Winkel seiner violetten Augen zornig einen verächtlichen Blick zu und nahm dann die Hand seiner Tochter.

»Axis lebt«, erklärte er ihr und lächelte. »Euer Gemahl lebt.«

Diese wenigen Worte überwältigten Aschure und Sternenströmer noch mehr als Wolfsterns unerwartetes Erscheinen.

»Er ist nicht tot?« fragte die junge Frau und fühlte sich so verwirrt, daß sie sich noch gar nicht freuen konnte. »Nein, das ist nicht wahr ... das kann nicht sein ... Ich spüre nichts mehr von ihm ... Schwiegervater?«

Sternenströmer konnte es genausowenig fassen wie sie und schüttelte ungläubig den Kopf. »Nein ... ich meine, ja ... Wolfstern, wir können ihn beide nicht spüren. Deswegen muß Axis tot sein.«

Der alte Zauberer hielt immer noch Aschures Hand, sah jetzt aber seinen Ururenkel an: »Manchmal beschleicht mich das Gefühl, daß der Tod mir wie ein Schatten folgt. Und dann kann ich ihn einfach nicht loswerden. Aber heute nacht bringe ich zum ersten Mal Leben.« Er seufzte schwer. »Gestern kam es an der Mündung des Azle zu einer fürchterlichen Schlacht.«

Aschure stöhnte, und Sternenströmer nahm ihre andere Hand.

»Gorgraels gewaltige Scharen schwärmten durch den ganzen Norden, und Axis zog ihnen mit seiner Armee entgegen, auch wenn am Ausgang dieses Ringens keine Zweifel bestehen konnten.«

»Ach, er zweifelt doch stets am Erfolg«, murmelte die junge Frau und stellte verblüfft fest, daß sie von ihrem Liebsten nicht in der Vergangenheits-, sondern in der Gegenwartsform gesprochen hatte.

»Ja, das ist tadelnswert, aber niemand kann an seinem Mut etwas aussetzen. Aber hört, Gorgraels Macht wächst so unermeßlich, wie selbst ich es mir nicht vorstellen konnte ...«

»Oder ihn dazu ermutigt habt«, preßte Sternenströmer hervor. Aschure drückte mahnend seine Hand.

Wolfstern bedachte ihn nur mit einem vernichtenden Blick, ehe er fortfuhr: »Später, Sternenströmer, alles zu seiner Zeit. Der Zerstörer verfügt jetzt über Greifen. Davon habt Ihr bereits gehört, nicht wahr?«

Beide nickten.

»Nun, ihm standen neunhundert dieser Bestien zur Verfügung, neunhundertsieben, um ganz genau zu sein, und die warf er am Azle dem Krieger entgegen. Nein wartet, ich erkläre Euch das später genauer. Zuerst will ich Euch von Axis berichten. Es gelang dem Sternenmann, die Skrälinge aufzuhalten, aber dann fielen die Greifen über seine Reihen her. Er mußte irgend etwas gegen sie unternehmen. Und was der Krieger dann tat, hat sogar mich verblüfft. Ich hätte nie geglaubt, daß er dafür genug Mut besäße.«

»Ihr kennt ihn eben nicht so wie wir, Wolfstern«, bemerkte die junge Frau.

»Ich kenne ihn womöglich besser als jeder andere«, brachte der alte Zauberer sie barsch zum Schweigen, um dann in gemäßigterem Tonfall fortzufahren: »Euer Gemahl suchte nach einem Lied, mit dem sich die Greifen ausschalten ließen, und fand tatsächlich eines. Aber während er es sang, vernichtete er nicht nur die Himmelsbestien, sondern auch sich selbst. Sternenströmer«, er wandte sich an den anderen Zauberer, »Ihr wißt ja, was das bedeutet. Axis rief eine unglaubliche Menge an Sternentanzenergie herab, die ihm beinahe den Tod gebracht hätte. So blieb er zwar am Leben, ist seitdem aber verkrüppelt.«

Aschure schrie und wollte sich erheben, doch ihr Vater schob sie sanft, aber nachdrücklich zurück. »Nein, Tochter, hört erst, was ich Euch sagen muß. Denn Ihr werdet bald zu ihm reisen, und bei den Sternen, er braucht Euch dringender als je.«

»Aber wenn er noch lebt, warum können wir ihn dann nicht spüren?« wollte Sternenströmer wissen, der noch nicht zu hoffen wagte und außerdem Wolfstern jede erdenkliche Schlechtigkeit zutraute. Warum sollte dieser Schurke ihnen die Wahrheit sagen? »Warum ist das so? Wieso ist die Verbindung jetzt unterbrochen?«

»Weil Axis all seine Zauberkraft verloren hat. Ich sagte doch schon, daß er verkrüppelt ist, ein Zaubererkrüppel. Der Krieger vermag nicht mehr, zum Sternentanz hinaufzugreifen. Und nur durch die gemeinsame Berührung des Sternentanzes spüren die Mitglieder einer Familie einander, sind sie miteinander verbunden. Nur ist das bei Axis nun nicht mehr möglich.« Er zuckte die Achseln.

Wolfstern hätte noch Schlimmeres zu vermelden gehabt, aber das behielt er für sich, weil seine Tochter noch nicht wieder stark genug war, um auch das noch ertragen zu können. Sie würde alles weitere noch früh genug erfahren.

Alle drei schwiegen geraume Zeit, denn Wolfstern wollte ihnen Gelegenheit geben, das Ausmaß seiner Worte zu begreifen.

Bei den Sternen, dachte Aschure, er braucht mich jetzt wirklich mehr als je zuvor. Ich muß sofort zu ihm ... aber nein, wie sollte mir das gelingen, da ich doch ans Bett gefesselt bin. Hilflos muß ich hier liegen ... aber wenigstens sind die Zwillinge geboren.

Schließlich sah sie ihren Vater an: »Wir beide müssen miteinander reden, und zwar dringend. Ich bin auf die Insel des Nebels und der Erinnerung gekommen, weil ich hoffte, hier Antworten auf meine Fragaen zu finden. Und weil ich mehr über meine zauberischen Fähigkeiten in Erfahrung bringen wollte. Ihr, Wolfstern, verbergt Euch selbst und die Wahrheit hinter Geheimnissen und Rätseln, hinter Schatten und Leid jenseits aller Vorstellung. Davon will ich heute abend aber nichts mehr wissen. Jetzt verlange ich Erklärungen von Euch!«

Ihr Vater nickte. »Ja, es ist an der Zeit. Aber Sternenströmer muß dann den Raum verlassen.«

»Nein!« rief ihr Schwiegervater, und sie spürte, wie sich seine Hand wieder ballte.

»Nein«, erklärte darum auch Aschure, »Sternenströmer bleibt. Ihr habt weit mehr Personen Rede und Antwort zu stehen als nur mir. Deswegen soll er Zeuge Eurer Worte werden.«

Ein gefährliches Glitzern trat in Wolfsterns Augen, und er legte den Kopf in den Nacken, aber dann gab er überraschenderweise nach, wenn auch nur unter Einschränkungen: »Einige der Geheimnisse sollt trotzdem nur Ihr allein erfahren.« Er hob Aschures Rechte und wies auf den Ring der Ersten Zauberin. »Der Reif verlangt es so. Ebenso wie Eure eigene Macht. Wenn Ihr in die Bestimmung hineingewachsen seid, die Euch vorhergesagt ist, werdet Ihr feststellen, daß Ihr auf Euch allein gestellt seid. Nicht einmal ich kann Euch dann noch beistehen.«

Aschure sah ihn fragend an, aber ihr Vater äußerte sich nicht weiter dazu, sondern forderte sie auf: »Nun, dann beginnt. Was wollt Ihr wissen?«

Aschure fing mit dem an, das sie am längsten und tiefsten schmerzte: »Warum habt Ihr Niah belogen?«

Er sah sie verwundert an: »Belogen? Ich verstehe nicht, was Ihr meint.«

Die junge Frau wandte sich an ihren Schwiegervater: »Könntet Ihr bitte den Brief holen?«

Sie hatte Sternenströmer die Zeilen noch in derselben Nacht gezeigt, in der sie sie zum ersten Mal gelesen hatte. Der Zauberer holte das Schreiben nun aus einer Schatulle und reichte ihn seinem Ahnen.

Wolfsterns berückende violette Augen weiteten sich, als er Niahs Worte las.

»Sie war so wunderschön, sowohl an Körper als auch an Seele«, meinte er schließlich und sah seine Tochter an. »Aber ich begreife immer noch nicht, was Ihr damit meint, ich hätte sie belogen.«

»Ihr habt Ihr gesagt, daß Ihr sie liebt. Warum mußtet Ihr meine Mutter mit dieser Lüge täuschen?«

»Ich habe Niah gegenüber nicht einmal die Unwahrheit gesagt«, antwortete Wolfstern. »Nicht ein einziges Mal. Damals habe ich sie geliebt, und heute tue ich das immer noch.«

Aschures Gesicht verzerrte sich. »Und sie wiederauferstehen lassen? Wollt Ihr mir wirklich weismachen, es stünde in Eurem Vermögen, daß sie wiedergeboren wird?«

»Was zwischen mir und Niah war und ist, darüber bin ich Euch keine Erklärung schuldig, Tochter.«

»Doch, das seid Ihr!« schrie sie ihn an und fuhr von ihrem Kissen hoch. »Denn ich war schließlich diejenige, die ihren Tod mit ansehen mußte!«

Wolfstern zuckte zurück, und Sternenströmer beugte sich näher zu seiner Schwiegertochter und murmelte einige beschwichtigende Worte.

»Ich habe also ein Recht darauf«, erklärte Aschure ruhiger und sank in ihre Kissen zurück. »Erklärt mir alles.«

»Niah wird wiedergeboren werden, Aschure«, sagte ihr Vater ganz ruhig und wich dem strengen Blick seiner Tochter nicht aus. »Aber dazu kann es erst in ein paar Jahren kommen. Nach der Prophezeiung. Mehr darf ich Euch jetzt nicht darüber verraten.«

Die junge Frau nickte und war gewillt, sich damit zufriedenzugeben. Dennoch quollen ihr Tränen aus den Augen. Sie hob eine Hand, um sie wegzuwischen.

»Warum mußte sie sterben, Vater? Warum mußte sie so viele Jahre unter Hagens Schreckensregiment leiden? Warum habt Ihr mich in meinem Schmerz und Kummer allein gelassen?«

»Warum Niah sterben mußte, warum Euch das Leid nicht erspart blieb? Das alles geschah aus einem einzigen Grund, aus demselben Grund ...« Wolfstern zögerte, weil er die Wahrheit haßte, die er ihr nun aufdecken mußte: »Weil Euch das Leiden vorherbestimmt war ...«

Sternenströmer sprang auf die Beine, weil er seinen Ohren nicht trauen wollte. »Kein Kind sollte jemals leiden müssen! Wie könnt Ihr uns hier in aller Seelenruhe so etwas sagen?«

Wolfstern riß es ebenfalls hoch. »Weil ich unermeßlich viel mehr weiß als Ihr, Vogelmann, und weil ich noch viel mehr gelitten habe! Wollt Ihr nun wohl die Güte haben, mich fortfahren zu lassen?«

»Schwiegervater!« beschwor Aschure ihn, und er beherrschte sich, nachdem sein Ahn sich wieder gesetzt hatte.

»Meine Tochter, wahrscheinlich glaubt Ihr mir nicht, aber ich habe jeden Tag um Euch geweint, den Ihr bei Hagen ausharren mußtet. Als ich eben sagte, Euch war es vorherbestimmt zu leiden, sollte das nicht heißen, daß ich das gewollt oder bewirkt hätte. Ich bin genau so an die Prophezeiung gebunden wie jeder andere. Selbst ich muß ihr gehorchen ... auch wenn ich manchmal nicht verstanden hatte, warum die Weissagung Dinge so und nicht anders verlangte.«

»Genug der Entschuldigungen, Wolfstern!« fuhr Sternenströmer ihn an. »Warum mußte Aschure leiden?«

Der alte Zauberer seufzte und rieb sich die Augen. »Dessentwegen, was Euch bestimmt ist, meine Tochter.« Er ließ ihre Hand los, und als er sie nach einer Weile wieder ansah, konnten weder Aschure noch Sternenströmer die tiefe Liebe in seinem Blick übersehen. »Eines Tages werdet Ihr über gewaltige Macht gebieten, meine Tochter, und dieser Tag ist nicht mehr fern. Größere Macht noch, als ich sie besitze, und bedeutend mehr, als Sternenströmer sein eigen nennt.« Er warf seinem Urenkel einen vernichtenden Blick zu. »Aschure, Ihr mußtet leiden, weil nur Leid Mitgefühl gebiert. Und ohne Rücksicht und Mitgefühl würdet Ihr die Macht mißbrauchen, die Euer wird. Das Leid erwies sich als notwendig, um Euch zu der Frau zu formen, die Ihr in absehbarer Zeit sein werdet.«

»Und Ihr wollt ebenso, wenn nicht sogar mehr, gelitten haben, Wolfstern?« fragte Sternenströmer spöttisch.

»Mehr als Ihr Euch in Euren schlimmsten Alpträumen ausmalen könnt, Urenkel«, erwiderte Wolfstern leise.

»Genug jetzt, Ihr beiden. Vater, was meint Ihr damit, ich sollte zu der Frau geformt werden, die ich eines Tages sein werde?«

»Wenn der Morgen graut, erhaltet Ihr darauf Antwort, Aschure, das verspreche ich Euch. Aber zur jetzigen Zeit darf ich Euch nicht mehr sagen.« Nicht, so lange Sternenströmer sich im selben Raum aufhielt.

Die junge Frau nickte und gab sich auch damit zufrieden. Aber sie wollte noch mehr über die Hintergründe ihrer fürchterlichen Kindheit erfahren: »Warum mußte es mich gerade nach Smyrdon verschlagen? Warum ausgerechnet zu Hagen? Und wieso wurde Niah so weit nach Norden geschickt?« Sie zögerte kurz. »Leid kann man doch auch an anderen Orten zufügen.«

»Weil Ihr an einen Ort mußtet, an dem Ihr Axis begegnen würdet. Und weil Ihr Artor nahe sein solltet. Smyrdon stellt für diesen Gott einen ganz besonderen Ort dar. Sein Herzland sozusagen. Dort solltet Ihr in Seiner nächsten Nähe aufwachsen, um Ihn besser zu verstehen und Seine Schwächen kennenzulernen.«

»Wie bitte?« entfuhr es der jungen Frau. Warum ausgerechnet Artor? Aber ihr Vater ließ sich nicht zu weiteren Auskünften erweichen und saß mit steinerner Miene da.

»Habt Ihr mich dort besucht?« wollte sie wissen.

Der Zauberer nickte. »Ich wollte Euch doch nicht völlig im Stich lassen, sondern habe vielmehr alles für Euch getan, was mir möglich war.«

»Alayne«, flüsterte die junge Frau und eine dunkle Vorstellung überkam sie langsam, welch Meister der Verkleidung ihr Vater war.

Wolfstern nickte wieder, aber Sternenströmer blickte verständnislos drein.

»Als ich noch ein Mädchen und Niah gestorben war«, erklärte Aschure ihm, »kam ein wandernder Schmied alle paar Wochen nach Smyrdon. Er hieß Alayne und erzählte mir viele Geschichten. Ich hielt ihn für meinen besten und einzigen Freund.« Sie lachte bitter. »Der Schmied erzählte mir die alten Sagen von Caelum. Die haben solchen Eindruck bei mir hinterlassen, daß ich schließlich meinen Erstgeborenen nach ihm nannte. Und bis jetzt dachte ich, ich hätte diesen Namen selbst ausgesucht. Dabei hat Wolfstern bewirkt, daß mein Sohn Caelum genannt wurde.«

»Ich habe Euch Geschichten von Macht erzählt«, erklärte Wolfstern, »und dafür gesorgt, daß Eure eigene Macht unter Eurem Mantel der Furcht am Leben blieb.«

Aschure drehte den Kopf zur Seite, um das Gehörte zu verarbeiten.

»Jetzt hätte ich auch eine Frage«, sagte Sternenströmer.

»Das kann ich mir lebhaft vorstellen«, entgegnete sein Ahn.

»Warum habt Ihr beide ausgebildet, Axis und Gorgrael?«

»Sternenströmer, Ihr werdet es mir wahrscheinlich nicht glauben, aber ich will es Euch dennoch sagen: Ich habe keine Macht über die Prophezeiung und bin genauso an sie gebunden wie jeder andere«, erklärte er ihm noch einmal mit Nachdruck. »Allerdings war es mir möglich, einige Vorkehrungen zu treffen. Glaubt mir bitte, mir liegt sehr viel daran, daß Axis seinen bösen Bruder besiegt. Und ich will alles in meiner Macht stehende unternehmen, um der Weissagung dabei zu helfen, zu einem erfolgreichen Abschluß zu finden. Der Krieger bedurfte einer Ausbildung, um bei seinen Aufgaben bestehen zu können. Und ich hielt es für richtig, mich ebenfalls um Gorgrael zu kümmern.«

Sternenströmer wurde wieder unruhig, aber sein Ahn konnte nicht schon wieder darauf eingehen. »Der Zerstörer sollte nach meinen Vorstellungen geformt werden, und indem ich dies vollbrachte, besitzt er jetzt eine Eigenschaft, dank derer Axis ihn zu bezwingen vermag.«

»Welche denn?« wollte Aschure sofort wissen und sah ihren Vater drängend an.

»Unsicherheit. Mangelndes Selbstbewußtsein. Diese Gemütsschwankungen haben ihn bereits dazu verleitet, einen schweren Fehler zu begehen. Ich hoffe, daß seine Irrtümer eines Tages zu seinem Ende führen werden.«

»Axis zweifelt aber auch gelegentlich«, wandte die junge Frau ein.

»Vermutlich hat er das von seinem Vater geerbt.« Wolfstern konnte sich diese Spitze einfach nicht verkneifen. Aber dann fuhr er rasch fort, ehe der Angesprochene aufbrausen konnte: »Meine Tochter, Eure Aufgabe besteht darin, dem Krieger die Zweifel zu nehmen, damit er mit sich selbst ins reine kommt.«

Die junge Frau nickte lächelnd, und in ihren Augen stand zu lesen, wie stolz sie auf diesen Auftrag war. Doch bevor Aschure ihren Vater weiter befragen konnte, erhob Sternenströmer schon wieder seine Stimme.

»Aber warum mußte Morgenstern sterben? Welche Entschuldigung wollt Ihr für den feigen Mord an meiner Mutter vorbringen?«

»Ich muß das tun, was die Prophezeiung von mir verlangt.«

Das konnte Sternenströmer natürlich in keiner Weise befriedigen: »Die Weissagung muß wohl für alles herhalten, was? Dahinter läßt es sich sehr gut verstecken!«

»Eure Mutter hat mich in meiner Verkleidung gesehen. Zur damaligen Zeit durfte ich nicht das Wagnis eingehen, von ihr verraten zu werden. Deswegen blieb mir nichts anderes übrig, als das Notwendige zu tun.«

»Wie schon bei den Kindern, deren Tod Ihr auf Euer Gewissen geladen habt!« krächzte der Ikarier mit heiserer Stimme.

Zum ersten Mal ließ Wolfstern sich anmerken, wie sehr ihn dieser Vorwurf traf. Aschure fragte sich schon, ob er wieder mit der gleichen Entschuldigung aufwarten würde wie bisher – nämlich daß der Ring der Ersten Zauberin ihn dazu gezwungen habe. Aber dann verblüffte er seine Zuhörer.

»Dafür habe ich mich wirklich von ganzem Herzen zu entschuldigen, Sternenströmer, bei Euch und durch Euch beim gesamten ikarischen Volk.«

Axis' Vater konnte ihn nur fassungslos anstarren. Als er seine Sprache wiedergefunden hatte, stand Wolfstern am Fenster und gab ihm mit einer Handbewegung zu verstehen, er möge schweigen.

»Aschure«, begann er dann und klang sehr dringlich, »die Zeit läuft mir davon, und ich muß Euch noch etwas überaus

Wichtiges mitteilen ... aber wie beginnen? Ich fürchte, Gorgrael hat mich überlistet ...« Wolfstern lachte kurz. »Wie sehr ich es hasse, es zugeben zu müssen, aber ich darf nicht schweigen: Gorgrael hat, wie Ihr wißt, die Greifen neu geschaffen. Aber was Ihr nicht wissen könnt, er hat sie mit einem furchtbaren Geheimnis ausgestattet.« Und nun berichtete Wolfstern ihnen, wie der Zerstörer die Greifen trächtig erschuf. Deren Junge kämen ebenfalls trächtig zu Welt, und so vervielfältige sich mit jeder neuen Generation das Heer der Himmelsbestien. »In wenigen Monaten stehen meinem Schüler fünfundsechzigtausend Greifen zur Verfügung, die er gegen Tencendor einsetzen wird. Und wenn die wiederum geworfen haben, beläuft sich diese Schar bereits auf ...«

Er schwieg, damit die beiden Gelegenheit erhielten, sich das gesamte Ausmaß dieser Bedrohung ausmalen zu können.

»Meine Tochter, es hätte Euren Gemahl schon fast das Leben gekostet, die neunhundert Greifen zu vernichten, die in der Schlacht am Azle zum Einsatz kamen. Von dieser Anstrengung blieb er als verkrüppelter Zauberer zurück. Axis kann nie wieder einen Zauber bewirken. Die Vernichtung der Greifen wird von daher nun Euch obliegen.«

»Aber wie sollte ich ...«

»Wenn diese Nacht zu Ende gegangen und der Morgen erwacht ist, werden Euch die meisten Zweifel verlassen haben. Ich habe Euch Antworten auf die meisten Eurer Fragen versprochen, sobald wir endlich allein wären. Und dann sollt Ihr auch erfahren, wie Ihr Eure Macht handhaben müßt. Meine Tochter, seid Ihr bereit, Euch Eurer Herkunft zu stellen?«

Mit neugefundener innerer Kraft antwortete sie ruhig und fest: »Ja.«

Ihr Vater beugte sich über sie, zog die Decken zurück und hob Aschure aus dem Bett. Besorgt stellte er fest, wie wenig sie wog – und wie sie vor Schmerzen das Gesicht verzog, als er seine Arme unter sie schob.

»Halt!« rief ihr Schwiegervater und sprang auf. »Was habt Ihr mit der jungen Frau vor?«

»Jetzt reicht es mir aber endgültig!« knurrte Wolfstern, und Sternenströmer spürte, wie die gewaltige Macht des alten Zaubererfürsten über ihn kam, ihn umhüllte und gegen die Wand schleuderte.

Sternenströmer verlor genau in dem Moment das Bewußtsein, als sein Schädel gegen die Steinmauer schlug.

30

Die Gruft des Mondes

»Ganz ruhig, meine Tochter«, redete Wolfstern auf sie ein, als er mit ihr leise aus dem Schlafsaal der Priesterinnen eilte. »Euer Leiden wird bald ein Ende haben.«

»Mir fehlt es an der Kraft für das, was Ihr mit mir vorhabt, was immer das auch sein mag«, entgegnete Aschure und weinte leise vor Schmerzen.

»Ihr müßt sie aber aufbringen, mein Liebes. Findet die nötige Kraft, gleich wo. Schlingt Eure Arme fester um meinen Hals. Ich werde Euch noch eine Weile tragen.«

Die junge Frau pfiff Sicarius zu sich, als sie an dem Zimmer vorbeikamen, in dem er wartete. Aber Wolfstern knurrte den Hund an, bis dieser mit eingezogenem Schwanz zurückwich. »Nein«, erklärte er seiner Tochter, »was ich zu sagen habe, ist nur für Eure Ohren bestimmt. Und danach seid Ihr ganz auf Euch allein gestellt.«

Die Luft des frühen Morgens war recht kühl, es war noch fast dunkel und Aschure zitterte an der Brust ihres Vaters. Der schritt schneller aus.

»Wo gehen wir denn hin?«

»In die Gruft des Mondes. Seid stark für mich. Und für Axis.«

Sie zitterte noch mehr, und Wolfstern hielt sie so warm, wie er nur konnte. In Gedanken verwünschte er die Zwillinge. Sie hatten alles aufgehalten und beinahe noch ihre Mutter, seine wunderschöne Tochter, getötet.

»Haltet durch, seid stark«, befahl er ihr streng. »Wir haben jetzt keine Zeit, uns weibliche Schwachheiten zu leisten.«

Das empörte die junge Frau so sehr, daß ihre Arme an seinem Hals erstarrten. »Ihr seid wie alle Männer, Wolfstern! Verführt die Frauen, pflanzt ihnen Euren Samen ein und laßt sie dann zurück, damit sie allein mit ihren Schmerzen fertigwerden müssen. Verhöhnt also nicht Dinge, von denen Ihr nichts versteht!«

Ihr Vater lächelte in sich hinein, ließ sich aber nichts davon anmerken. Er hatte erreicht, was er erreichen wollte. Sie näherten sich den Südklippen der Insel.

Tief unten ihnen brachen sich die Wellen am Gestade.

Aschure?

Seid Ihr es, Aschure?

Trägt sie den Ring? Ist sie es wirklich?

Wolfstern, Wolfstern, bringt Ihr sie uns?

»Ja«, flüsterte der Zauberer, »ja ich bringe sie Euch. Habt noch ein wenig Geduld.«

Die Wogen stöhnten, und die junge Frau schrie erschrocken über ihr Klagen, dessen Widerhall sie in sich spürte. Sie versuchte, sich aus dem Griff ihres Vaters zu befreien, aber er erwies sich als viel zu stark für sie.

»Nein!« rief Aschure.

»Doch«, flüsterte er, und sie wagte mit bangem Herzen, ihm ins Gesicht zu sehen … und verstand jetzt, was Niah damit meinte, als sie seine Augen »hungrig vor Magie« genannt hatte.

Sie standen nun am Klippenrand, und die junge Frau hielt sich an Wolfstern fest, weil sie mit einem Mal die Furcht befiel, er könne sie hinunterfallen lassen. Der Mond leuchtete noch matt, aber im Sternenlicht konnte Aschure schwach die schmalen Stufen erkennen, die man in die Felsen gehauen hatte. Die Erste hatte sie ihr vor vielen Wochen gezeigt.

Aschure! Aschure! schrien die Brecher.

Die junge Frau wimmerte, verbarg ihr Gesicht an der Brust des Vaters und versuchte, sich die Ohren mit den Fäusten zuzuhalten. Der Wind zerrte an ihrem Haar und zauste Strähnen aus dem Knoten.

»Mein Kind«, sprach Wolfstern, »ich setze Euch jetzt ab. Versucht, stark zu sein.«

»Nein!« gellte sie und klammerte sich wie eine Ertrinkende an ihn, während er sie auf die Beine stellte. Der Klippenrand zerbröselte unter ihren Füßen, und sie trat ins Nichts.

Aschure!

Sie preßte sich an den Zauberer, schluchzte vor Angst und vergrub die Finger in sein Fleisch. Jeden Moment konnte der Wind sie von ihm losreißen und in den Tod schleudern.

»Aschure«, sagte ihr Vater, »Ihr müßt diese Nacht überleben. Der Tod ist niemand, vor dem Ihr Euch fürchten müßtet.«

»Vater!«

»Aber Aschure, liebes Kind.« Seine Stimme klang so sanft wie die eines Liebhabers. »Ihr müßt nun allein weiter. Aber ich warte hier auf Euch.«

Die junge Frau war so entsetzt und voller Angst, daß sie keinen Ton hervorbrachte und ihn nur anstarren konnte. Seine Hände lösten sich von ihr, und im selben Moment krallte sie sich an ihn. »Ich kann nicht ...«

Diese Stufen dort hinablaufen? Und das in ihrem geschwächten Zustand? Selbst ein gesunder, kräftiger Mann müßte in diesem Wind um sein Leben fürchten, wie würde es ihr da erst gehen! Nein, niemals, nein!

»Doch!« brüllte Wolfstern ihr ins Gesicht, riß ihre Hände weg und stieß sie hart in Richtung der Klippentreppe.

Einige entsetzliche Herzschläge lang taumelte die junge Frau ein Dutzend oder mehr Stufen hinunter, schürfte sich die Haut an Händen und Füßen auf und kannte nur noch den verzweifelten Wunsch, sich irgendwo festzuhalten, um nicht in die Tiefe gerissen zu werden. Schließlich stand sie mit Bauch und Gesicht an den rauhen Stein gepreßt da, keuchte und wagte einen Blick zurück nach oben. Am Rand stand ihr Vater in aller Ruhe da.

»Geht weiter«, schien sein Mund zu sagen, wie sie nur raten konnte, denn der Wind trug die Worte fort. *Geht weiter. Ein Anfang ist gemacht, jetzt wollt Ihr doch nicht mehr zurück.*

Aschure, vorwärts.

Weiter, Aschure.

Sie drückte sich immer noch an den Fels und rang darum, vor

Schmerz und Furcht nicht ohnmächtig zu werden. Etwas war auf dem stolpernden Weg die ersten Stufen hinunter in ihr zerrissen, und jetzt wußte sie auch, was. Die Blutungen hatten wieder begonnen.

Rasch, Aschure.

Der Tod erwartet Euch nur, wenn Ihr länger zaudert.

Nein, nur dann, wenn ich jetzt einfach loslaufe, sagte sie und ärgerte sich furchtbar über Wolfstern und das, das aus den Wogen zu ihr sprach. Langsam drehte sich die junge Frau um und setzte sich dann vorsichtig auf die Stufen. Behutsam bewegte sie sich jetzt vorwärts. Erst die Füße, dann der Rest. Aschure löste die Hände nur, wenn sich das als unumgänglich erwies, und suchte dann auch gleich den nächsten Halt.

Während die junge Frau sich auf diese Weise nach unten bewegte, blieb sie so dicht wie möglich an den Klippen. Doch auch so befand sich auf der Außenseite nur ein Fingerbreit Stein, ehe der jähe Abgrund begann.

Stückchen für Stückchen gelangte sie so nach unten.

Aber mittlerweile hatte sie eine Menge Blut verloren, und ihr wurde ganz schwindlig.

Ich bin so gut wie tot, dachte Aschure, denn ich werde nie mehr in der Lage sein, die Stufen wieder hinaufzusteigen.

Aschure!

Gebt Ruhe, ich komme ja schon.

Dann rutschte sie aus und glitt mehrere Stufen auf einmal hinunter. Daß es nicht noch mehr wurden, verdankte sie lediglich einem vorstehenden Stück Fels, an dem sie sich gerade noch festhalten konnte.

Ihre Beine hingen über dem Abgrund über dem Rand.

Aschure konnte sie an sich ziehen, aber die Anstrengung ließ ihr das Herz bis zum Hals schlagen.

Irgendwann erwarteten sie keine neuen Stufen mehr, sondern nur noch das hungrige Locken der Wellen.

»Was geht hier vor?« jammerte die junge Frau und preßte sich an den Fels. »Was geschieht mit mir?«

»Aschure«, ertönte eine liebevolle Stimme. Sie fuhr vor

Schreck so zusammen, daß sie von den Klippen gestürzt wäre, wenn nicht eine samtweiche Hand sie am Arm festgehalten hätte. »Hier ist eine Tür. Seht Ihr sie? Eure Hand faßt bereits ihren Knauf.«

Langsam und ängstlich drehte sie den Kopf, um nach dem Sprecher zu sehen. Ein Mann schien aus dem Fels selbst zu wachsen. Seine Haut war hell und fein, und in seinen Augen stand heitere Gelassenheit.

»Wer seid Ihr?« fragte Aschure ehrfürchtig mit leiser Stimme. Sie wußte, daß allein seine Hand an ihrem Arm sie vor dem Absturz bewahrte.

»Man nennt mich Adamon.«

Alles schien sich vor ihr zu drehen. Nein, nein, das konnte doch nicht sein, sie mußte sich verhört haben …

»Kommt mit in die Gruft des Mondes«, forderte der oberste der Sternengötter sie auf. Aschure wurde von ihm so leicht durch die Klippen geführt, als seien sie Gebilde aus Dunst und nicht aus zerklüftetem Stein.

Die junge Frau war völlig überrascht, als sie nur wenig später erkannte, daß sie in einem eigenartig beleuchteten Gelaß stand, deren Lichtquelle sie zunächst nicht entdecken konnte.

Ein leuchtender, elfenbeinfarbener Nebel bedeckte die Wände. War sie ins Traumland gelangt … oder ins Reich der Toten?

Oder liege ich immer noch in meinem Bett und bin vom Blutverlust so geschwächt, daß ich das alles nur geträumt habe? Womöglich ist soviel Lebenssaft aus mir geströmt, daß ich mich von dieser Welt verabschiedet habe und ins Nachleben gelangt bin … Aber so hatte sie sich das eigentlich nicht vorgestellt.

»Nichts davon trifft zu, liebe Aschure«, erklärte Adamon. »Ihr seid auf Besuch in der Gruft des Mondes. Seht Ihr, dort schläft die Mondgöttin.«

Die junge Frau erinnerte sich daran, wie matt der Mond draußen geschienen hatte, und sah in die Richtung, in die der oberste Gott wies. An der Wand stand ein Ruhebett, und darauf lag eine schlafende Frau, die ihnen den Rücken zukehrte.

Sie ruhte wie auf Kissen auf Tausenden Mondwildblumenblüten.

»Die Frau stellt nur eine Erscheinungsform des Mondes dar, Aschure, der noch hinter den dunklen Schatten des Firmaments weilt. Und von der Mondgöttin, die sich uns hier in Menschengestalt zeigt.«

»Genug, Adamon«, lachte eine melodiöse Stimme. »Ihr verwirrt das arme Kind nur, und bald wird sie an ihren eigenen Fragen ersticken.«

Aschure wandte den Kopf, um nach der Sprecherin zu schauen, bewegte ihn aber zu hastig, so daß ihr gleich schwindlig wurde. Als sie wieder klar sehen konnte, erblickte sie eine unbeschreiblich schöne Frau, die zu ihnen getreten war und ein spinnwebdünnes Gewand trug, das jede Bewegung ihres Körpers nachzeichnete.

Die Frau streckte ihr ihre Hand entgegen: »Ich bin Xanon, meine Liebe.«

»Ich muß tatsächlich tot sein«, flüsterte Aschure. Adamon und Xanon stellten die beiden mächtigsten unter den Sternengöttern dar, der Götter und Göttinnen, die normalerweise am Himmel saßen. Dennoch konnte sie nicht daran zweifeln, daß es sich bei diesen beiden um diejenigen handelte, die sie vorgaben zu sein.

»Nein, Ihr seid nicht tot«, erklärte Adamon sanft, denn er erkannte ihre Verwirrung, »nur heimgekehrt.«

Andere Wesen traten nun aus dem Nebel, und alle wirkten so überirdisch schön und mächtig wie das oberste Götterpaar. Einer nach dem anderen stellten sie sich vor Aschure, nahmen ihren Kopf in beide Hände und küßten sie auf den Mund.

Naris, der Gott der Sonne.

Flulia, die Göttin des Wassers.

Pors, der Gott der Luft.

Zest, die Göttin der Erde.

Silton, der Gott des Feuers.

Mit jeder Begrüßung kehrten neue Energie und neues Leben in die junge Frau zurück. Und mit jedem Kuß erneuerte sich ihr

Lebenswille. Als der letzte, Silton, von ihr zurücktrat, konnte sie wieder aus vollem Herzen lachen und sich an ihrer wiedergewonnenen Gesundheit und Kraft erfreuen.

Nun trat Xanon zu ihr und hieß sie ebenso wie die anderen Götter zuvor willkommen. Aschure spürte, wie unter dem Kuß und der Berührung etwas in ihr erwachte. Die oberste Göttin lächelte wissend und geheimnisvoll, aber sie sagte nichts und machte ihrem Gemahl Platz.

»Willkommen zu Hause, Aschure«, sagte Adamon freundlich und so sanft, daß sie sich zu ihm umdrehte. Auch er nahm ihren Kopf in seine Hände, und die junge Frau spürte unter seiner Berührung die unglaubliche Macht dieses Gottes; aber seltsamerweise flößte sie ihr keine Angst ein. Dann beugte er den Kopf vor und küßte sie tiefer als die sechs Götter zuvor. Aschure trank seinen süßen Atem und seufzte, als seine Lippen sich wieder von den ihren lösten.

Nun fühlte die junge Frau sich wieder vollständig hergestellt. Als sie an sich herabsah, war ihr blutbeflecktes und durchgeschwitztes Nachthemd verschwunden. Statt dessen trug sie ein ebenso hauchdünnes Gewand wie Xanon, Flulia und Zest.

»Aber Ihr seid nur sieben«, sprach sie verwirrt und zählte die Götter zur Sicherheit noch einmal durch. »Dabei dienen im Tempel entsprechend der Anzahl der Sternengötter neun Priesterinnen. Wo halten sich denn die beiden fehlenden auf?«

Ein trauriger Ausdruck trat in Adamons Augen. »Wir sind nicht vollständig, meine Liebe, sondern nur zu siebt. Wir warten darauf, daß die Göttin des Mondes und der Gott des Liedes zu uns finden. Dann werden wir neun sein.«

Aschure legte die Stirn in Falten und versuchte sich an das zu erinnern, was Sternenströmer und Morgenlied Axis über die Sternengötter erzählt hatten ... an jenem Nachmittag, an dem Aschure Axis' Unterricht im Krallenturm besucht hatte. Neun Götter säßen am Himmel, hatte Sternenströmer erklärt. Zu diesen gehörten auch die Göttin des Mondes und der Gott des Liedes, deren Namen den Menschen, Ikariern und Awaren aber noch enthüllt werden müßten. Die junge Frau runzelte nachdenklich ihre Augenbrauen. In ihren Gebeten riefen die Vogelmenschen eigentlich immer nur die sieben an, die hier vor ihr standen … aber niemals Mond oder Lied.

Die Göttin des Firmamentes streckte eine Hand aus. »Kommt, Aschure, setzt Euch zu uns.« Sie führte die junge Frau zu einem Kreis von niedrigen Diwanen.

»Wir haben Wolfstern gebeten, Euch zu uns zu bringen«, erklärte Adamon ihr, nachdem alle Platz genommen hatten, »denn wir müssen unbedingt mit Euch reden.«

Aschure wagte kaum, die Sternengötter mit ihren Fragen zu behelligen, aber als sie in ihre freundlichen und erwartungsvollen Gesichter schaute, faßte sie sich ein Herz: »Gehört mein Vater zu Euch?« Womöglich als Gott des Liedes?

»Er gehört zu den Niederen«, antwortete Pors, und seine Stimme klang so leicht wie das Element, für das er stand. »Von den Niederen gibt es viele, aber von uns nur neun.«

»Eure Hunde gehören auch zu den Niederen«, fügte Zest hinzu und lachte über Aschures verwirrten Gesichtsausdruck. »Ebenso wie Orr und seine vielen verborgenen Gefährten in der Unterwelt.«

»Und wie ich«, ertönte eine durchdringende Stimme. Aschure hob den Kopf und sah eine große und schlanke Frau, die nun ins Licht trat. Ihr Gesicht wirkte wie das eines Leichnams, und das pechschwarze Haar fiel ihr bis zu den Hüften. Aschure konnte nicht entscheiden, ob es sich bei ihr um die schönste oder um die häßlichste Frau handelte, die sie je erblickt hatte.

»Die Torwächterin«, stellte die neue sich vor und ließ sich hinter den Ruhebetten auf einem Schemel nieder. Dann faltete sie umständlich die Hände, so als müsse sie ihre Finger zum Stillhalten zwingen.

»Habt Ihr denn nichts mehr zu tun, Torwächterin?« fragte der oberste Himmelsgott.

»Wegen des dunklen Mondes hatten wir heute eine ruhige Nacht«, entgegnete sie, »in der niemand starb noch sterben wird. Was hier vorgeht, ist viel wichtiger als mein Platz vor dem Totenreich, und ich möchte gern Zeugin sein.«

»Wie Ihr wünscht.« Adamon wandte sich wieder an die junge Frau. »Aschure, Folgenreiches ereignet sich im ganzen Land. Der Kampf, der hier ausgetragen wird, geht weit tiefer, als Ihr wahrscheinlich glaubt. Dabei steht längst nicht der Zwist zwischen Axis und seinem Bruder Gorgrael im Vordergrund, nein, vielmehr streiten die Götter selbst gegeneinander. Artor ist auf diese Welt gekommen ...«

Aschure erschauerte und erinnerte sich an all die schrecklichen Taten, die in Seinem Namen begangen worden waren.

»... und strebt danach, uns wirksam daran zu hindern, es Ihm gleichzutun.«

»Ich dachte, alle Götter lebten in ihren Himmelskönigreichen ...« begann die junge Frau und brach mitten im Satz ab. Eigentlich hatte sie nie so richtig über die Wohnstatt der Götter nachgedacht.

»Wir sieben sitzen seit über tausend Jahren gefangen, meine Liebe, eingesperrt in Dunkelheit und Kälte ... und sind nicht in der Lage, die Gebete der Ikarier zu erhören.« Adamon schüttelte den Kopf. »Auch damals waren wir nicht vollständig, blieb der Kreis ungeschlossen. Deshalb konnten wir uns nicht so recht zur Wehr setzen. Aber als die Vogelmenschen wieder in den Süden gezogen kamen, die uralten heiligen Stätten wiederentdeckten und das Land aus Artors eisernem Griff befreiten, lösten sich die Gitterstäbe unseres Gefängnisses. Und als ...« Er hielt inne, weil seine Gemahlin es vor Aufregung nicht länger aushalten konnte.

»Und als Sternenströmer den Sternentempel wiederbelebte und das Licht hoch in den Himmel aufschoß, befanden wir uns wieder in Freiheit!« rief Xanon und klatschte wie ein kleines Mädchen in die Hände.

Adamon lächelte sie liebevoll und nachsichtig an. »Ganz recht. Als Sternenströmer den Sternentempel wieder zum Leben erweckte, brach unser Kerker entzwei. Und bald werden wir wieder neun sein. Auch das hat uns zur Freiheit verholfen.«

»Aber weil wir jetzt frei sind«, meldete sich Silton zu Wort, und seine Augen leuchteten vor Erregung, »trachtet Artor danach, uns wieder gefangen zu nehmen. Außerdem will Er die

Mutter töten, die er bislang niemals auch nur berühren konnte. Artor strebt nach der vollkommenen und unumschränkten Herrschaft!«

»Faraday!« entfuhr es Aschure.

»Ja, die Baumfreundin schwebt in höchster Gefahr, und bald werdet Ihr aufbrechen müssen, Ihr zur Hilfe zu eilen … aber noch ist es nicht so weit.« Adamon schwieg für einen Moment, und seine Miene wurde ernst. »Als erstes müßt Ihr Axis beistehen. Er vermag weder ohne Euch noch ohne Faraday über Gorgrael zu obsiegen.«

Die junge Frau senkte ihren Kopf. »Er ist beinahe gestorben, und jetzt hat er alle Zaubermacht verloren.«

»Er konnte nicht sterben«, erwiderte die Torwächterin mit ihrer durchdringenden Stimme. »Denn Axis konnte nicht durch mein Tor. Er flehte und weinte, aber ich wollte ihn nicht hindurchlassen.«

»Daran habt Ihr wohl getan«, lobte Xanon, und die Erleichterung war ihr deutlich anzumerken. »Wir wären alle verloren gewesen, wenn Ihr ihm das gestattet hättet.«

Die häßlich schöne Frau zuckte die Achseln. »Ich habe nur seinem Wunsch entsprochen.« Als die anderen sie verwirrt ansahen, erklärte sie: »Als Axis die Zauberin heiratete, sagte er ›für immer‹, und so soll er auch ›für immer‹ mit ihr vermählt bleiben.«

Aschure schüttelte den Kopf, weil sie allmählich überhaupt nichts mehr begriff, und die Folgen dessen, was sie hier zu hören bekam, auch gar nicht wahrhaben wollte. Sie drehte den Ring der Ersten Zauberin an ihrem Finger.

»Meine Liebe.« Xanon rückte näher an die junge Frau heran, um einen Arm um sie zu legen und sie an sich zu ziehen. »Ihr müßt Euch dem stellen, wozu Ihr bestimmt seid. Und Eure erste Aufgabe wird darin bestehen, Axis dazu zu bringen, das ebenfalls zu tun.«

»Ja, natürlich, er ist der Sternenmann, und hat seine Rolle auch angenommen«, entgegnete sie gepreßt.

»Ja, natürlich, das auch«, sagte Adamon leise. »Aber Axis ist nicht nur der Sternenmann, sondern auch der Gott des Liedes.«

Aschure erstarrte am ganzen Körper. »Nein, unmöglich, das kann nicht sein.«

»Wehrt Euch nicht dagegen«, sagte die Göttin an ihrer Seite sanft und drehte Aschure zu der schlafenden Frau auf dem Ruhebett herum.

Die Mondgöttin drehte sich langsam um, und jetzt erkannte Aschure, daß sie rabenschwarzes Haar hatte. Und als die Gestalt sich ganz herumgedreht hatte, glaubte die junge Frau, ihr Spiegelbild zu erblicken.

»Nein ...«

»Nehmt Euer Schicksal an«, flüsterten die Sieben.

»Nein!« schrie Aschure, ließ sich aber weiterhin von Xanon festhalten und vermochte den Blick nicht von der Mondgöttin zu wenden.

»Wir sind immer noch verwundbar«, erklärte Adamon nun, »und der Feind vermag uns weiterhin zu schlagen. Artor verfügt über ungeheure Kräfte. Und als ich eben sagte, Axis sei der Gott des Liedes, sprach aus mir mehr Hoffnung als Gewißheit. Denn wir haben zwei Bewerber um den Platz des Neunten: Axis und Gorgrael. Wenn der Zerstörer den Krieger vernichtet – und Gorgrael ist der einzige, der Axis töten könnte – nimmt er unter uns den Platz des Liedgottes ein.«

»Und das würde keinem von uns gefallen«, ergriff Flulia das Wort. »Denn Gorgrael als Gott würde das Lied zur Musik des Todestanzes erklingen lassen.«

»Aschure«, ergriff der oberste Gott wieder das Wort, »was Ihr heute hier zu hören bekommen habt, wird Euer Leben nicht nachhaltig verändern. Aber Ihr mußtet davon erfahren, um noch stärker in Eure Macht hineinzuwachsen. Die Alaunt haben Euch bereits erwählt, ebenso wie der Wolfen. Und Ihr tragt den Ring der Sterne, das Symbol der Einheit und Vollständigkeit ...«

»Welcher der Ersten Zauberin übergeben wurde«, merkte Pors an, »damit sie ihn zeit ihres Lebens tragen durfte. Doch in Wahrheit wartete der Reif nur auf Euch.«

Die junge Frau schüttelte heftig den Kopf. »Nein, nein, das kann doch alles nicht sein! Ihr wart immer die Neun. Vom Anbeginn der Zeiten an. Wie könnten Axis und ich jetzt vor alle Welt treten und behaupten, wir seien ... wir gehörten ...«

»Zu den Neun?« lächelte die oberste Göttin. »Die Neun sind früher nur selten alle zusammengekommen, auch wenn stets Verlangen nach uns bestand. Im Lauf der Zeit wurden die Namen von sieben von uns offenbart ... nur nicht die der Götter des Mondes und des Liedes. Bis jetzt; denn bald werden wir wieder vollständig sein.«

Aschure lachte leise, verspürte aber nicht die geringste Heiterkeit. »Nein, das geht mir jetzt doch zu weit. Vor zwei Jahren war ich noch ein einfaches Mädchen vom Land. Und dann wurde ich in rascher Folge die Geliebte des Sternenmannes, seine Gemahlin und endlich eine ikarische Zauberin ... Und jetzt wollt Ihr mir auch noch weismachen, ich sei eine Göttin ...« Ihre Blicke irrten über die Gruppe. Sie wünschte sich geradezu, daß einer von ihnen ihr widerspräche. Aber keiner tat ihr diesen Gefallen. »Eine wirklich verwirrende Reise von ganz unten nach ganz oben. Ich glaube nicht, daß ich sie mag.«

Xanon drückte sie fester an sich. »Aschure, Ihr könnt mir glauben, daß wir früher alle Menschen oder Ikarier waren, und keinesfalls von vornehmer Geburt ... doch stammen wir alle von der Ersten Zauberin ab. Jeder von uns hat seine Berufung, und sie erweckt in uns besondere Fähigkeiten und große Macht. Ja, wirklich, keiner von uns kann sich rühmen, als Fürstenkind zur Welt gekommen zu sein.« Sie zwinkerte Pors zu, und der lachte.

»Ich war ein einfacher Marschbauer, Aschure, damals, vor siebentausend Jahren. Und zu jener Zeit glaubte ich, der Sinn meines Lebens bestehe darin, die braunbeinigen Sumpffrösche zu fangen und auf den Märkten im westlichen Tencendor zu verkaufen. Aber dann, eines Tages ...« Er zuckte vielsagend die Achseln und sah Flulia an.

»Ich arbeitete als Wäscherin in einer Stadt, die sich einmal dort befand, wo sich heute Isbadd erhebt. Mein Leben bestand darin, Laken zu reinigen und Kragen zu stärken, und sonst kümmerte mich nur wenig. Doch eines Tages mußte ich feststellen, daß ich zu Höherem berufen war. Das wollte ich anfangs natürlich weder glauben noch ernst nehmen.«

»Uns allen fiel die neue Bestimmung nicht leicht«, sagte Xanon, »vor allem denjenigen von uns, die als erste den Ruf vernahmen. Aber zu eben dieser Pflicht waren wir geboren worden. Das Schicksal hatte uns eben auserwählt, und wir konnten uns nicht dagegen wehren.«

Adamon wandte sich noch einmal an sie: »Aschure, von uns allen habt Ihr die vornehmsten Eltern: Wolfstern, einen der mächtigsten Zauberer, Krallenfürst und außerdem von den Niederen. Und Niah, die Erste Priesterin vom Orden der Sterne, deren oberste Pflicht dem Mondkult galt.« Er lehnte sich zurück und dachte kurz nach. »Und Ihr wurdet in der Sternenkuppel bei Vollmond gezeugt. Wie könnt Ihr da noch an Eurer Berufung zweifeln?«

»Ihr seid die letzte Auserwählte, Aschure«, fügte Xanon hinzu, »weil Ihr zwei Jahre nach Axis und Gorgrael zur Welt kamt. Durch Euch kehrt der Kreis der Sterne nach Hause zurück. Bald werden wir neun sein, und damit vollständig.«

»Aber eine Göttin …« Aschure blickte immer noch voller Furcht drein.

Der oberste Gott ergriff ihre Hand: »Meine Liebe, Ihr meßt dem Wort zuviel Bedeutung zu. Wir sind lediglich Wesen der Magie und Zauberer. Euch sind in Eurem jungen Leben schon etliche Magier und Zauberer begegnet. Habt Ihr Euch etwa nicht mit den Wächtern abgefunden?«

Als sie nickte, fuhr er fort: »Zweifelt Ihr etwa noch daran, daß es so etwas wie Zauberei gibt? Zweifelt Ihr an Wolfstern, Orr oder selbst Axis?«

Jetzt schüttelte sie den Kopf, und Adamon lächelte sie zuversichtlich an: »Dabei ist Wolfstern doch von den Toten zurückgekehrt und wandelt bereits seit dreitausend Jahren über die Erde. Und Orr fährt noch viel länger mit seiner Fähre über die Kanäle. Ihr habt die Alaunt bei Euch aufgenommen, obwohl es sich bei ihnen um noch merkwürdigere Wesen handelt. Ihr habt Kinder von einem Mann empfangen, der mit seinen Liedern Zauber bewirkt. Und Ihr habt mit der Mutter und Ur im Zauberwald Tee getrunken. Woher dann plötzlich Euer Widerstand, Eure Stellung als Göttin anzunehmen?«

»Aschure«, versuchte es jetzt auch Silton, »wir haben unsere Pflichten und Verantwortlichkeiten, aber wir mischen uns nicht in das tägliche Leben der Menschen oder Ikarier ein. Wie Adamon gerade sagte, sind wir Wesen der Magie, aber wir unterscheiden uns von den anderen Zauberern dadurch, daß wir auf einer anderen Ebene leben. Eine, die Ihr bislang noch nicht kennengelernt habt.«

»Ihr seid unsterblich?« flüsterte Aschure ergriffen.

»Wer weiß?« zuckte Pors die Achseln.

Die junge Frau konnte nur schweigend dasitzen. Dann fragte sie vorsichtig: »Würden Axis und ich uns dann, äh, hier aufhalten müssen?«

Alle Götter sahen sich an und brachen in Gelächter aus. »Ach, meine Liebe«, meinte Zest dann, »glaubt Ihr vielleicht, wir würden den lieben langen Tag in dieser Nebelkammer herumsitzen und eine würdevolle Miene aufsetzen? Nein, nein, wir kommen nur selten alle zusammen. Und jetzt, da wir wieder frei sind, verbringt jeder von uns seine Zeit, wie es ihm beliebt. Wenn Axis und Ihr beschließen solltet, Tencendor zu durchwandern, so wird Euch niemand daran hindern. Wenn Ihr lieber in Sigholt oder Karlon leben wollt, so habt Ihr jedes Recht dazu. Wir alle verbringen unser Leben nach unseren eigenen Vorstellungen. Was Götter angeht, so habt Ihr bislang nur mit Artor Erfahrungen gemacht, und Er zieht es vor, sich den Blicken der Sterblichen zu entziehen und lieber in Verkleidungen und Trugblildern aufzutreten. Aber das ist Seine Sache, und wir eifern Ihm darin nicht nach.«

Die junge Frau wirkte nach dieser Erklärung so erleichtert, daß die Götter wieder lachen mußten. Sogar die Torwächterin verzog die Lippen zu einem Lächeln. Aschure konnte dann sogar über sich selbst lachen. Zauberin, Magie bewirken, nun gut, damit war sie einverstanden. »Dann zeigt mir doch bitte, wie ich meine Macht zu gebrauchen habe.«

»Das wird uns ein Vergnügen sein«, freute sich Xanon. »Aber wir müssen es langsam angehen lassen. Fürs erste braucht Ihr nur zu wissen, daß Ihr die Macht der Magie weder herbeirufen noch über sie befehlen müßt. Denn Ihr seid Magie, und im Lauf der Zeit werdet Ihr ganz von selbst auf die Macht zurückgreifen, die in Euch wohnt. Je ungezwungener Ihr damit umgeht, desto leichter wird Euch das fallen. Doch keine Angst, wir helfen Euch dabei mit göttlichen Kräften.«

»Ich muß doch nicht etwa lernen zu singen?« fragte Aschure mit unsicherer Stimme, und Adamon klopfte ihr beruhigend auf die Hand.

»Nein. Aber eines Tages werdet Ihr mehr über den Sternentanz lernen als jeder andere Zauberer in Eurer Umgebung.«

»Und Axis? Was kann ich für ihn tun?«

»Reist zu ihm, meine Liebe, und unterwegs werden wir uns miteinander unterhalten«, erklärte der oberste Gott. »Wir werden Euch unterrichten. Im Gegenzug müßt Ihr Euer Wissen dann auch an Axis weitergeben und ihn dazu bewegen, seine Bestimmung anzunehmen.«

»Fürchtet Euch nicht, Ihr werdet auf der Reise reifer werden«, sprach Xanon so leise, daß Aschure sich nicht sicher war, sie richtig verstanden zu haben.

»Wir werden Euch bald wiedersehen«, sagte Pors.

»Bald sind wir neun«, seufzte Flulia.

»Dann ist der Kreis geschlossen«, kam es von Silton.

»Und nun schickt die Sonne sich an aufzugehen«, erhob sich Adamon. »Ihr müßt zu Euren Kindern und zu Sternenströmer zurückkehren. Er bedarf nämlich Eurer Hände, die ihm seine Kopfschmerzen vertreiben.«

Aschure schwankte auf den Stufen, die in die Klippen gehauen waren. Voller Panik preßte sie sich an die Felswand, riß sich dann aber zusammen.

»Ganz aus mir selbst«, murmelte sie vor sich hin und ließ die Hände sinken.

Und aus der gleichen altbewährten Gewißheit sangen die Wellen im Takt zur Brandung. Aschure lachte befreit und lief fröhlich die Stufen hinauf.

Als sie oben anlangte, legte Wolfstern ihr einen wärmenden Umhang um die Schultern und umarmte sie. »Vielleicht sehen wir uns jetzt für sehr lange Zeit nicht mehr wieder, meine Tochter. Doch behaltet stets in Erinnerung, daß ich Euch liebe.«

Damit verschwand der Zauberer.

Sternenströmer eilte mit schmerzverzogenem Gesicht zu den Klippen und führte eine ganze Schar besorgter Priesterinnen und Ikarier an. Sicarius eilte ihnen voran und bellte freudig, als er seine Herrin entdeckte.

Der Vogelmann glaubte, seinen Augen nicht trauen zu können. Als er seine Schwiegertochter zuletzt gesehen hatte, hatte sie nur ihr Nachthemd angehabt, war vollkommen ermattet gewesen und hatte viel Blut verloren. Doch jetzt sprang Aschure wie ein junges Mädchen heran und war völlig anders gekleidet. Ihre Wangen waren gerötet, ihre Augen blitzten vor Lebenslust und das lange Haar tanzte hinter ihr im Wind.

Als sie ihren Schwiegervater erreicht hatte, nahm sie seinen Kopf in ihre Hände und küßte ihn auf den Mund. »Und, fühlt Ihr Euch schon besser?« fragte die junge Frau übermütig. Im selben Moment entdeckte Sternenströmer, daß seine Kopfschmerzen wie weggeblasen waren.

»Wie …?« verwunderte er sich, aber Aschure lachte nur und nahm ihn bei der Hand.

»Ganz aus mir selbst«, beschied sie ihn.

31

»Mögen wir lernen, miteinander zu leben.«

Ohne die anderen zu beachten, die bereits auf dem Weg zu ihren Schlafgemächern waren, berührte Sternenströmer Aschures Gesicht. Seine Finger strichen zart über ihre Wangen »Wohin hat Wolfstern Euch geführt? Und was ist Euch dort … geschehen?« Die junge Frau hatte sich irgendwie verändert, und diese Wandlung konnte ihr Schwiegervater sich nicht erklären. Aschure hatte nicht nur an Lebenskraft und Willensstärke gewonnen. Nein, da war noch etwas. Irgend etwas hatte sie gründlich verwandelt.

Die Tochter Wolfsterns lächelte ihn nur an, antwortete ihm aber nicht.

Da ist eine neue Macht, sagte sich der ikarische Zauberer. Er sah ganz deutlich die Energie, die nun in den Tiefen ihrer Augen funkelte, doch war sie ihm gänzlich unbekannt.

»Mir geht es gut, Sternenströmer. Mehr kann ich Euch leider nicht sagen.«

Da erkannte er auch, daß sie Frieden mit sich selbst geschlossen hatte. Wenn er sich recht besann, hatte er die junge Frau bis jetzt noch nie so richtig ausgeglichen erlebt. Und mehr noch, sie wirkte nicht nur voller neuer Kraft, sondern auch gelassen.

»Isgriff«, wandte Aschure sich an ihren Onkel, »ich habe einiges zu tun und keine Zeit zu verlieren. Halten sich irgendwelche Fernaufklärer bei uns auf.«

Der Prinz von Nor nickte und befahl dann einem der Ikarier, der mit den anderen in der Tür stand, die Flieger herbeizuholen. »Aschure …« begann er, aber sie gebot ihm mit einer Handbewegung zu schweigen.

»Ich muß mich Axis anschließen«, erklärte sie ihm und den anderen, »und zwar rasch. Isgriff, als erstes will ich nach Karlon. Würdet Ihr bitte dafür sorgen, daß die ›Robbenhoffnung‹ morgen früh auslaufen kann?«

Er nickte, und seinen Augen war abzulesen, wie sehr er ins Zweifeln geraten war.

»Schön. Ihr und ich brechen in zwei Stunden nach Piratenstadt auf. Axis ist verletzt, äußerlich wie innerlich, und braucht mich dringend.«

Viele der Anwesenden gaben Laute des Entsetzens von sich. Das zeigte Aschure, daß ihr Schwiegervater bislang niemandem etwas von Wolfsterns Besuch und der Nachricht, die er mitbrachte, mitgeteilt hatte. Sie sah Sternenströmer in die Augen.

Sollen wir sie davon in Kenntnis setzen, daß mein Vater hier gewesen ist?

O nein, lieber nicht. Der Ikarier schüttelte kaum merklich den Kopf.

»An der Mündung des Azle kam es zu einer großen Schlacht«, erklärte Aschure darum nun den Anwesenden. »Der Sternenmann liegt schwer danieder, obwohl es ihm gelungen ist, den Vormarsch der Skrälinge aufzuhalten.« Sie hob die Schultern resignierend. »Tut mir leid, aber mehr weiß ich auch nicht.«

»Könnt Ihr Eurem Gemahl denn helfen?« fragte Freierfall und legte Abendlied wie schützend einen Arm um die Hüfte. Die beiden jungen Vogelmenschen wirkten zutiefst bestürzt.

»Ja, bestimmt kann ich das«, antwortete die junge Frau lächelnd. »Ah, da kommen ja auch schon unsere Fernaufklärer.«

Irgendwie gelang es dreien dieser ikarischen Flieger, sich durch den überfüllten Raum zu ihr vorzukämpfen. Aschure holte tief Luft und wandte sich an einen von ihnen: »Wie rasch könnt Ihr in den Norden Aldenis gelangen?«

Der Vogelmann zuckte die Achseln. »Das hängt ganz von den Wetterverhältnissen über den Westbergen ab, Zauberin. Schon unter günstigen Bedingungen dauert der Flug mehrere Tage.«

»Gut, dann gebt Euer Bestes. Meine Nachricht muß unbedingt ankommen.«

»Und wie lautet die Nachricht?«

»Sie geht an Axis oder an Belial. An denjenigen von beiden, der am ehesten ansprechbar ist.« Die junge Frau legte eine kleine Pause ein, in der sie den Boten weiterhin ansah. »Teilt ihnen mit, daß ich komme und sie nichts unternehmen sollen, bis ich eingetroffen bin.«

Der Vogelmann nickte und entfernte sich sogleich. Aschure wandte sich an die beiden anderen Fernaufklärer. »Auch für Euch habe ich eine Nachricht von größter Wichtigkeit«, begann sie bestimmt und fuhr dann ebenso leise wie eindringlich fort: »Die Botschaft muß unbedingt ankommen und übermittelt werden. Ihr fliegt zum Krallenturm, und teilt Rabenhorst mit, daß er die Heimstatt der Vogelmenschen unverzüglich zu räumen habe. Jeder einzelne Mann, jede Frau und jedes Kind der Ikarier muß so rasch wie möglich den Felsenturm verlassen und entweder nach Awarinheim oder tief in den Süden ziehen. Hört mir jetzt genau zu, das ist sehr wichtig. Alle Ikarier, die nicht fliegen können, dürfen nicht über die Eisödnis zum Nordra wandern und von dort nach Awarinheim ziehen. Sie sollen vielmehr hinunter in die Unterwelt und dort den Fährmann mit allen Mitteln – Flehen, Bestechung oder List – dazu bewegen, sie nach Süden zu fahren. Habt Ihr das verstanden? Dann wiederholt die Botschaft!«

Die junge Frau ließ sich von den beiden Boten die Nachricht genau wiederholen. Bei den Sternen, dachte sie der Verzweiflung nahe, von hier unten brauchen sie Wochen, um bis zu Rabenhorst zu gelangen. Wochen!

»Aschure!« drang Weitsichts Stimme in ihre Überlegungen. »Was geht hier vor?«

»Axis' Verletzung ist nicht die einzige schlechte Nachricht, Geschwaderführer. Gorgrael setzt nun auch in großer Zahl Greifen ein ...«

Abendlied erbleichte und schüttelte sich. Sie würde nie den entsetzlichen Moment vergessen, als diese Kreaturen damals über ihre Staffel hergefallen waren.

Aschure entging nicht, was ihre Worte bei dem Vogelmädchen auslösten, aber sie fuhr dennoch fort: »Sehr viele Greifen, mehr als wir uns je vorgestellt hätten.« Aschure berichtete den anderen nun, wie der Zerstörer dafür sorge, daß die Schar seiner Himmelsbestien sich regelmäßig vervielfache. »›Die erweckten Toten gehen schwanger und werden das Grauen gebären‹«, zitierte die junge Frau aus der Prophezeiung. »Ich könnte mir gut vorstellen, daß Gorgrael der Versuchung nicht widerstehen kann, diese Greifenarmee gegen den Krallenturm zu schicken.«

»Viele haben unsere Bergstadt bereits verlassen, um hierher zu gelangen, denn sie verfügt über keine nennenswerten Verteidigungsanlagen«, flüsterte Abendlied der Panik nahe.

Aschure nickte: »Ja, Krallenturm ist eine offene Stadt, der jeder Angreifer schweren Schaden zufügen kann.«

Nun erbleichte auch Freierfall, denn die Mehrheit seines Volkes hielt sich immer noch dort auf. »Beten wir darum, daß sie den Krallenturm rechtzeitig verlassen vermögen.«

»Können wir denn nichts tun?« fragte seine Gemahlin bang.

»Ich fürchte, nein«, antwortete Aschure, »jedenfalls im Augenblick nicht. Nur beten. Sobald ich erst einmal im Norden eingetroffen bin, werden wir weitersehen.« Sie wandte sich an die beiden Fernaufklärer, die noch an der Tür standen und nicht glauben konnten, was sie gerade zu hören bekommen hatten. »Geht!« befahl sie ihnen. »Fliegt endlich ab!« Einen Herzschlag später rannten die Boten geradezu den Flur hinunter zum nächsten Ausgang.

Sternenströmer näherte sich seiner Schwiegertochter und legte ihr eine Hand auf den Arm. Er mußte sich unbedingt mit ihr allein unterhalten, und es kostete ihn große Überwindung, die anderen nicht anzuschreien, doch endlich zu verschwinden. »Aschure, was kann ich tun?«

Sei drehte sich zu ihm um und umarmte ihn. »Ihr habt bereits mehr getan, als Euch bewußt sein dürfte. Bleibt am besten hier, und sorgt dafür, daß der Tempel weiterhin leuchtet. Und ehrt die Götter.«

Aschure …

Ich weiß, Schwiegervater. Geduldet Euch noch ein Weilchen. Dann reden wir miteinander.

»Denn jetzt«, erklärte sie leise, und ihr Blick wanderte zu der verschlossenen Tür, hinter der sich ihre Privatgemächer befanden, »will ich zu meinen Kindern gehen.«

Im Gemach herrschte Stille. Aschure ließ ihren Umhang auf einen Stuhl fallen und trat leise zu Caelum, der in seinem Kinderbett am Fenster schlief. Er hatte die Augen fest zugedrückt, so als ringe er gerade mit einem schlimmen Traum. Eine seiner kleinen, pummeligen Hände hatte sich in den schwarzen Löckchen vergraben, während die andere ganz entspannt auf der Decke lag.

»Caelum«, flüsterte seine Mutter, beugte sich über ihn und hob ihn hoch.

Mutter? Mutter Ihr seid wohlauf?

Ich habe mich nie besser gefühlt, mein lieber Junge.

Ihr Erstgeborener war nun vollkommen wach und fragte mit seiner normalen Stimme: »Und Vater?« Offensichtlich hatte er die Ereignisse des vergangenen Tages noch nicht vergessen.

Die junge Frau lachte, ein erleichtertes und freimütig lautes Lachen, das die Stille des Raumes plötzlich erfüllte. »Vater lebt, mein Schatz! Und Euer Bruder und Eure Schwester sind nun endlich bei uns.« Sie warf einen Blick hinüber zu den beiden Wiegen, die man in sicherem Abstand zum Feuer vor dem Kamin aufgestellt hatte, und rang mit sich, ob sie sich zu ihnen begeben sollte.

Der kleine Junge verrenkte den Kopf und suchte nach seinen Geschwistern. »Wo sind sie denn?«

Aschure lächelte, streichelte ihm über die Wange und zögerte so hinaus, nach den Zwillingen zu sehen. »Ich habe eine lange Nacht hinter mir, Caelum, und in der habe ich seltsame Dinge gesehen und zu hören bekommen.«

Caelum drehte den Kopf wieder zu ihr und sah sie mit großen Augen an. Vorsichtig hob er eine Hand, getraute sich dann aber wohl doch nicht, sie zu berühren.

Seltsame Dinge strahlen auch in Euren Augen, Mutter.

»Und eines Tages erzähle ich Euch vielleicht von ihnen«, flüsterte sie an seine Wange. »Sollen wir jetzt Euren Bruder und Eure Schwester im Haus der Sterne willkommen heißen?«

Langsam schritt sie mit Caelum zu den beiden Wiegen. Die junge Mutter spürte, daß die beiden wach waren und warteten. Sie atmete tief durch und erinnerte sich voll Abneigung an die Schmerzen und die Qualen, die sie ihr bereitet hatten. Aschure hatte die Zwillinge nicht geboren, sie hatten sich von ihrem Leib losgerissen.

Aber inzwischen ging es ihr wieder besser, und vielleicht rechneten die beiden ja nicht mit ihrer neuen Stärke. Sie war jetzt mehr als nur Aschure, aber keiner der Zwillinge konnte wissen, daß sie die Mondgöttin war.

Die junge Frau erreichte die erste Wiege und beugte sich darüber. Mit ausdrucksloser Miene und gefaßtem Blick.

Das Mädchen lag auf dem Rücken. Es hatte sich von der Decke freigestrampelt und ruderte mit Ärmchen und Beinchen. Als es seine Mutter entdeckte, hörte es sofort damit auf.

Ihre Tochter.

Aschure hatte immer ein Mädchen haben wollen und gehofft, mit ihm etwas von der wunderbaren Beziehung herstellen zu können, die sie mit ihrer Mutter gehabt hatte. Aber mit diesem Kind würde das wohl nicht möglich sein. Niemals.

Sie setzte sich Caelum auf die Hüfte, streckte eine Hand aus und strich der neuen Erdenbewohnerin über die Wange.

Das Mädchen folgte den Bewegungen der Hand mit seinen violetten Augen. Selbst schon im Alter von zwölf Stunden konnte ein Ikarierkind den Blick fest auf etwas richten. Die Mutter bezweifelte nicht, daß sich hinter den scharfen Augen ein ebenso wacher Verstand befand.

Trotz allem, was Aschure mit den beiden durchgemacht hatte, lächelte sie jetzt. Die Haut des Säuglings fühlte sich weicher als Daunen an, und auf dem Haupt ringelten sich kleine goldene Löckchen. Sie hat das Haar von Abendlied, erkannte die junge Frau und fuhr mit den Fingern über den seidigen Kopf.

Aber dann drehte das Mädchen den Kopf von ihr weg, und Aschures Blick wurde hart. Sie versuchte sich zu fassen, legte die Finger kurz an die Lippen und gab diesen Kuß dann der Stirn des Kindes.

»Willkommen, Flußstern Sonnenflieger, im Haus der Sterne. Ich heiße Aschure und bin Eure Mutter.« Sie schwieg kurz, um die harten Worte hinunterzuschlucken, die sich ihr wie von selbst auf die Lippen drängen wollten. »Und ich hoffe, daß wir eines Tages lernen können, einander zu lieben.« Viel mehr konnte sie nicht sagen.

Flußstern. Ihr Schwiegervater hatte diesen wunderschönen Namen ausgesucht. Was für ein eigentümlich friedvoller Name für ein Mädchen, das ihren Eltern so viel Kummer bereitet hatte. Aber vielleicht hatte Sternenströmer etwas in dem Mädchen gespürt, das ihr selbst noch verborgen war. »Ich hoffe, Flußstern, Ihr werdet Eurem Namen alle Ehre machen«, fügte die Mutter noch hinzu und ließ dann Caelum zu dem Kind hinab, damit er es ebenfalls berühren und willkommen heißen konnte.

»Nun kommt«, sagte sie, als sie ihn wieder hochhob, »Ihr habt auch noch ein Brüderchen.«

Aschure mußte sich erst zusammenreißen, ehe sie es wagte, in die zweite Wiege zu schauen. Der Junge hatte mit den Feindseligkeit seinen Eltern gegenüber als erster angefangen, und er hatte sich auch als erster die Geburt erzwungen. Dieser kleine Bursche hatte mit dem Bösen begonnen und seine Schwester mitgezogen. Die junge Mutter fragte sich, ob sie ihm überhaupt mit Gleichmut begegnen konnte. Selbst jetzt spürte sie die Ablehnung, die wie eine dicke schwarze Wolke von der Wiege aufstieg.

Caelum preßte sich auch gleich enger an sie. Aschure lächelte ihm zu und war ihm dankbar für die Zuneigung, die er ihr schenkte.

Dann schaute sie hinein.

Ihr zweiter Sohn hatte Wolfsterns Haar. Dichte schwarze Locken bedeckten sein Haupt, und die weit aufgerissenen großen Augen starrten sie feindselig an. Sie besaßen eine tiefere violette Färbung, als Aschure dies je vorher bei einem Ikarier gesehen hatte.

Drachenstern. Im ersten Moment hatte sie nicht begreifen können, warum ihr Schwiegervater diesen Namen für den Knaben ausgesucht hatte. Aber als sie ihn jetzt betrachtete, verstand sie Sternenströmers Wahl. Der Junge wirkte mächtig, überaus mächtig, und würde im Heranwachsen noch mehr Macht hinzugewinnen. Dennoch hielt sie einen solchen Namen immer noch für ein böses Omen.

Caelum zitterte, und Aschure schlang die Arme fester um ihn. Langsam und zögernd streckte sie dann die Hand in die Wiege. Doch bevor sie Drachensterns Haar erreichte, ergriff er schon mit beiden Händen ihren Zeigefinger.

Die junge Frau war erschrocken. Die Händchen des Knaben drückten mit erstaunlicher Kraft, und gleichzeitig verengten sich seine Augen vor Anstrengung.

Da auf einmal reichte es ihr endgültig. Aschure hatte lange darum gekämpft und viele Anstrengungen auf sich genommen, diese beiden Kinder zu behalten und auszutragen. Und wenn sie beschlossen hatte, Axis trotz all dessen, was er ihr angetan hatte, weiterhin zu lieben, so war das allein ihre Sache und ging niemanden sonst etwas an.

»Kleiner Teufel«, murmelte sie und sandte dem Kleinen durch Gedankenkraft einen scharfen Tadel zu.

Drachenstern ließ ihren Finger mit einem überraschten Schrei los, und seine Mutter hoffte, daß er sich nun wenigstens etwas unbehaglich fühlte. Dann legte sie ihm genau diesen Finger auf die Stirn.

»Willkommen, Drachenstern Sonnenflieger, im Haus der Sterne. Ich heiße Aschure und bin Eure Mutter … und ich lasse mich bestimmt nicht so sehr drangsalieren, wie Ihr Euch das vielleicht vorgestellt habt. Ich hoffe, daß wir irgendwann lernen, einander zu achten und miteinander zu leben.«

Drachenstern sah sie nur an, ohne mit der Wimper zu zucken.

»Caelum?«

Etwas widerwillig ließ ihr Erstgeborener sich hinabhalten, um seinen Bruder zu begrüßen. Aschure spürte deutlich seine Erleichterung, als sie ihn wieder zu sich hoch hob.

Armer Caelum, der Ihr einen solchen jüngeren Bruder bekommen habt. Wie oft wird er Euch plagen? Aber Ihr seid der Erbe Eures Vaters, und er hat Euch genügend Kraft vermacht, um auch mit einem solchen Teufelsbraten fertig zu werden.

Axis' eigene Brüder haben ihm nichts als Kummer und Leid beschert, dachte sie. Ich hoffe, Drachenstern wird sich gegenüber Caelum nicht als gar so arg erweisen. Aschure lächelte humorlos. Ich kann das wirklich nur hoffen.

Erleichtert, diese Pflicht hinter sich gebracht zu haben, entfernte sich die junge Frau von den Wiegen. »Morgen reisen wir nach Karlon, Caelum, und von dort reise ich zu Eurem Vater.«

Axis.

Aschure saß vor dem Kamin in einem bequemen Sessel, und während sie Caelum die Brust gab, dachte sie an ihren Gemahl. Die Torwächterin hatte gesagt, daß der Krieger gebettelt und gefleht habe, um durch das Tor eingelassen zu werden und sterben zu können. Aber der Schwur, den er bei ihrer Hochzeit vor dem Ring der Ersten Zauberin – dem Reif der Sterne – abgelegt hatte, hatte ihm den ersehnten Tod verwehrt. Bei den Sternen, sagte sich die junge Frau betrübt, seine Verletzungen müssen fürchterlich sein, wenn sie ihn vor die Torwächterin gebracht haben.

Und wenn er noch lebt, wie erträgt er dann solche tödlichen Verwundungen und die Schmerzen?

Axis! rief sie ihn in Gedanken … und erhielt natürlich keine Antwort.

32

KRIEGSRAT

»Axis?«

Belial beugte sich über ihn und berührte ihn an der Schulter … fuhr aber gleich zurück, als der Krieger erschrocken zusammenzuckte. »Verzeiht bitte, ich hatte nicht gesehen, daß Ihr gerade geschlafen habt.«

Bei der Mutter, dachte der Leutnant, wie kann er bei solchen Schmerzen nur Schlaf finden?

»Ich habe nur gedöst«, entgegnete Axis. »Nur die Gedanken treiben lassen.«

Belial setzte sich wieder auf seinen Hocker und warf einen Blick auf Magariz. Arne stand am Zelteingang und trat unruhig von einem Fuß auf den anderen.

Niemand wußte so recht, was zu tun war. Wie konnte man ihrem General helfen? Eigentlich müßte er seinen Verletzungen längst erlegen sein, aber anscheinend sollte er wohl noch nicht sterben. Dabei hätte ihm nur der Tod Erlösung von diesen gräßlichen Schmerzen gebracht.

Der Leutnant rieb sich die Augen. Er konnte immer noch nicht so recht fassen, was geschehen war. Als die Greifen brennend vom Himmel stürzten, rief er die überlebenden Offiziere zusammen und befahl ihnen, ihre Einheiten wieder in Formation zu bringen und dann nach Osten zurückzumarschieren. Derweil trugen Arne und Magariz den Krieger, den sie für tot hielten, zu Belaguez, legten ihn über den Sattel und schlossen sich dann mit dem Hengst dem allgemeinen Rückzug an.

Nun befanden sie sich sechs Meilen südlich des Azle und hatten hier ihr Lager aufgeschlagen. Sie rechneten jeden Moment mit einem Angriff der Skrälinge, aber wunderbarerweise war er bislang ausgeblieben.

Belial fiel eine Bewegung am Zelteingang ins Auge, und er hob den Kopf. Ho'Demi, Sa'Kuja und Dornfeder schoben sich hinein. Er nickte den dreien zu, freute sich sehr darüber, die Frau des Häuptlings zu sehen, und wandte sich dann wieder an den Krieger.

»Axis, die Versorgungskolonne ist eingetroffen. Sa'Kuja ist mit ihr gekommen. Laßt sie Euch versorgen.«

Keiner der Anwesenden besaß eine medizinische Ausbildung, und deswegen hatten sie nur wenig mehr für den Krieger tun können, als ihm die Wunden mit eiskaltem Wasser auszuwaschen. Belial hoffte, daß der heilkundigen Sa'Kuja etwas einfiel, um Axis sein Leiden zu erleichtern. Sie trat dann auch sofort zu ihm.

»Sternenmann, ich habe wirksame Salben und Tees. Hier, trinkt das zuerst.«

Arne half dem Krieger auf und stützte ihn, während Sa'Kuja ihm aus einer kleinen Tasse ein Gebräu einflößte. Axis verzog das Gesicht, konnte dann aber etwas von dem Tee hinunterschlucken.

»Sehr gut«, lobte die Häuptlingsfrau. »Und jetzt reibe ich Euch ein wenig Salbe auf Eure Wunden.«

Der Krieger zuckte mehrfach zusammen, während sie die Masse so vorsichtig wie möglich auf seinem Gesicht verteilte.

Jedesmal, wenn ihr Freund stöhnte und unterdrückt aufschrie, zuckten Magariz und Belial voller Mitgefühl zusammen. Der Fürst mußte sich sogar ein paar Tränen aus den Augen wischen. Oh Ihr Götter, betete er, laßt ihn nicht sterben. Wie könnte ich jemals diesen zerschundenen Körper heimbringen und unter die Augen Aschures oder Rivkahs treten?

Dornfeder, der dem Sternenmann sogar noch mehr schuldete und zu verdanken hatte als Belial oder Magariz, wandte den Blick nicht einmal von dem sich in Schmerzen windenden Krieger. Er wünschte, er könne ihm jetzt ebenso das Lied der Genesung singen, wie Axis es vor Zeiten für ihn getan hatte.

Endlich beendete die Heilkundige ihre Behandlung, und alle waren froh, daß das Stöhnen des Kriegers aufgehört hatte. Sa'Kuja packte rasch ihre Beutel und Töpfchen zusammen und verließ, weil sie hier ohnehin nichts mehr tun konnte, hurtig das Zelt.

»Belial«, ächzte Axis, und sein Leutnant beugte sich vor und legte ihm eine Hand auf die Schulter.

»Hier bin ich, mein Freund.«

»Dann redet mit mir. Gebt mir etwas, woran ich mich festhalten kann, um mich von den Schmerzen abzulenken.«

Tränen rannen Belial über die Wangen, aber er bemühte sich, seiner Stimme nichts davon anmerken zu lassen. »Magariz und Dornfeder stehen neben mir, Axis, und die Hände, die Ihr an Euren Schultern spürt, gehören Arne.«

Der Krieger zitterte, während er tiefer einatmete, aber die Arzneien und Salben der Rabenbunder schienen bereits zu wirken. »Ist einer von Euch verletzt?«

Der Leutnant schüttelte den Kopf, bis ihm einfiel, daß der General beim Zaubern sein Augenlicht verloren hatte. »Nein, wir hier haben kaum mehr als ein paar Kratzer abbekommen.«

»Dornfeder«, fragte der Sternenmann jetzt, »warum seid Ihr hier ... und nicht Weitsicht?«

Der Vogeljüngling überlegte kurz, ehe er leise antwortete: »Weil Weitsicht tot ist ... ebenso wie sechs weitere Geschwaderführer. Andere haben schwerste Verwundungen davongetragen und sind noch nicht über den Berg. Ich ... ich bin gegenwärtig der ranghöchste Offizier der Luftarmada.«

»Bei den Göttern!« stöhnte der Sternenmann und starrte an eine der Zeltwände. »Ich hätte viel früher beginnen müssen.«

»Wenn Ihr Euren Zauber nicht auf den Feind herabbeschworen hättet«, entgegnete Magariz, »wäre wohl keiner von uns am Leben geblieben.«

»Sagt mir, wie viele Verluste wir zu beklagen haben.«

»Die halbe Luftarmada ist tot«, meldete der Leutnant. »Gorgraels Greifen sind wie ein Unwetter über sie gekommen und haben sie noch in der Luft zerrissen. Bei den Bodentruppen haben wir mehrere hundert Mann im Kampf gegen die Skrälinge verloren und dann noch ein paar hundert, als das Eis des Azle gebrochen ist. Den Greifen sind dann weitere zweitausend zum Opfer gefallen. Darüber hinaus wurden viereinhalbtausend Soldaten verwundet.«

Der Fürst setzte sich vorsichtig auf die Kante von Axis' Feldbett. »Sternenmann, was ist geschehen, was können wir für Euch tun?«

Lange Zeit schwieg der Krieger. »Ich habe zuviel Energie des Sternentanzes auf mich herabgezogen«, antwortete er schließlich, »um die Himmelsbestien abzuwehren ... aber damit habe ich mich wohl übernommen ... Ihr vermögt nun sicher besser als ich zu erkennen, was diese Anstrengung mich gekostet hat ...« Axis leckte sich über die trockenen Lippen, und Arne flößte ihm noch etwas von dem heilenden Tee ein, den die Häuptlingsfrau zurückgelassen hatte.

»Eigentlich müßte ich tot sein«, wunderte sich der Krieger und erinnerte sich dann daran, wie die Torwächterin ihn abgewiesen hatte. All sein Flehen und Bitten war bei ihr auf taube Ohren gestoßen. Die Rückreise über den Fluß der Toten war ihm schlimmer als ein Alptraum erschienen.

Und nun mußte er in einem Körper weiterleben, in dem unter normalen Umständen kein Funke Leben mehr hätte glimmen dürfen.

»Eigentlich müßte ich tot sein«, sagte Axis noch einmal, und keiner der Anwesenden verübelte ihm den Groll, der in seiner Stimme mitschwang. »Und ich habe all meine Zaubermacht verloren ... spüre keinerlei Verbindung mehr mit dem Sternentanz und meinen Lieben.«

Dornfeder erstarrte. Von allen im Zelt Anwesenden konnte er am ehesten ermessen, was so etwas für einen Zauberer bedeutete. »Ihr hört ihn nicht mehr? Spürt auch sonst nichts?«

Die traurigen, zerschundenen Reste vom Gesicht des Sternenmannes verzogen sich zu der grausigen Fratze eines Lächelns. So furchtbar war der Anblick, daß Belial und Magariz sich gleichzeitig abwandten. »Ich habe mir nie Gedanken darüber gemacht, wie es wohl sein würde, ohne das alles auskommen zu müssen. Selbst als ich noch der Axtherr und von den Lügen des Seneschalls eingefangen war, hüllte doch der Sternentanz meine Seele ein ... auch wenn ich damals natürlich noch keine Ahnung davon hatte. Aber jetzt weiß ich nicht mehr, wie ich ohne ihn weiterleben soll. Für mich hat das Dasein keinen Sinn mehr, aber man verwehrt mir den Tod.«

Er drehte den verkohlten Kopf in Belials Richtung. »Mein Freund, warum hat überhaupt jemand von uns überlebt? Man hätte doch meinen sollen, und alle strategische Vernunft spricht dafür, daß der Feind seine Kreaturen hinter uns herschicken würde, als wir uns auf dem Rückzug befanden. Es wäre ihm ein leichtes gewesen, uns dann den Rest zu geben ... Wie lange liegt die Schlacht zurück?«

»Fünfzehn Stunden«, antwortete sein Leutnant.

»Erst? Plagen mich diese Schmerzen tatsächlich erst seit fünfzehn Stunden? Mir kommt es so vor, als säße ich schon seit anderthalb Jahrzehnten in dieser Folterkammer ... Wie lange muß ich das noch ertragen?«

Belials Griff an seiner Schulter verstärkte sich.

Magariz räusperte sich: »General, aus uns bisher unbekannten Gründen zieht sich Timozel nach Norden zurück.«

»Ich habe seinem Heer Fernaufklärer hinterhergeschickt«, meldete Dornfeder. »Nein, sorgt Euch nicht. An den Himmeln zeigen sich keine Greifen mehr, und unsere Flieger kehrten unbehelligt zurück. Die Skrälinge marschieren am Azle entlang nach Norden.«

»Aber wieso?« rief Belial. »Warum ausgerechnet in den Norden?« Wie alle anderen im Zelt konnte auch der Leutnant es nicht fassen, daß Timozel sich auf die Seite des Zerstörers geschlagen hatte. »Er hätte uns nur folgen müssen und hätte uns bis auf den letzten Mann niedermachen können.«

»Timozel befolgt nur Gorgraels Befehle«, wandte Ho'Demi ein. »Wer weiß, vielleicht hat es dem Zerstörer einen schweren Schlag versetzt, von einer Sekunde auf die andere alle seine Himmelsbestien zu verlieren.«

»Oder bei dem Rückmarsch nach Norden handelt es sich um eine neue Falle«, bemerkte der Krieger.

Belial tauschte mit den anderen einen kurzen Blick und erklärte dann: »Axis, ich übernehme den Befehl über unsere Armee.«

Der Sternenmann lag reglos da und lachte dann unvermittelt rauh: »Und ich werde Euch das nicht verwehren, mein Freund, denn ich bin zu nichts mehr zu gebrauchen, wertlos, nutzlos ...«

»Axis ...« begann der Leutnant.

»Gorgrael hat gesiegt, meine Freunde, denn wie sollte ich ihm in dieser Verfassung noch gegenübertreten? Er hat seinen Feldherren nach Norden zurückbefohlen, um uns zu verhöhnen, um mit uns zu spielen.«

»Verdammt, Axis!« explodierte Belial. »Ich werde erst aufgeben, wenn ich sterbe. Ich werde mein Schwert schwingen, bis nichts mehr vorhanden ist, wogegen es sich zu kämpfen lohnte. Ihr seid noch am Leben, und solange Ihr unter uns weilt, besteht noch Grund zur Hoffnung.«

Der Krieger drehte den Kopf zur Seite, aber sein Freund war noch nicht fertig.

»Ich habe eine Nachricht in den Süden gesandt. Zu Aschure.«

Axis fuhr wieder herum und starrte den Freund an, als könne er ihn sehen. »Zu Aschure?«

»Vielleicht vermag sie zu helfen«, entgegnete Dornfeder beruhigend an dessen Stelle. »Immerhin besitzt sie ihre ganz eigene Zaubermacht.«

»Sie kann aber nicht gegen Gorgrael antreten«, entgegnete der Krieger. »Ruft Eure Boten zurück, Belial, denn ich will nicht, daß sie in diese Tragödie hier mit hineingezogen wird. Außerdem braucht sie noch ein paar Wochen, bis die Zwillinge zur Welt kommen ... Und ich möchte nicht«, seine Stimme brach, »daß Aschure mich so sieht.«

»Dennoch hat Eure Gemahlin ein Recht darauf zu erfahren«, erwiderte Belial, »was hier vorgefallen ist. Und Aschure besitzt die Kraft, auch eine solche Wahrheit auszuhalten. Nun möchte ich aber gern Euren Rat hören, wohin wir uns mit unserer Armee wenden sollen. Nach Norden, Timozel hinterher? Oder ziehen wir uns nach Süden zurück. Vorschläge bitte, Ihr Herren.«

»Die Armee befindet sich weiß Gott nicht in dem Zustand«, sprach Magariz, »die Geister durch die Eiswüsten zu jagen. Außerdem sollten wir Axis' Mahnung nicht vergessen, daß es sich bei diesem Manöver um eine neue Falle handeln könnte. Deswegen halte ich es für besser, wenn wir umgehend nach Karlon zurückkehren.«

»Der Weg dorthin ist viel zu weit«, widersprach der neue Oberbefehlshaber. »Männer und Pferde sind dafür viel zu erschöpft. Ganz zu schweigen von den vielen Verwundeten, die wir mittragen müssen.«

»Dann vielleicht in die Trübberge«, schlug der Rabenbunderhäuptling vor. »Dort finden wir ausreichend Unterschlupf, und die Opalgeister werden uns schon in Ruhe lassen.«

»Aber da säßen wir auch ganz schön in der Falle«, wandte Belial ein, »wenn die Skrälinge von der Route abschwenken und nach Süden zurückkehren würden. Davon abgesehen, brauchen wir neue Vorräte, und die finden wir in den Trübbergen nicht.«

»Sigholt ...« flüsterte der Krieger.

Alle Köpfe fuhren zu ihm herum.

»Sigholt«, wiederholte Axis etwas kräftigerer als zuvor. »Dort wären wir in Sicherheit, und der Lebenssee könnte ...« Seine Stimme erstarb wieder.

Die anderen sahen sich betreten an. Ob dieser magische See auch ihrem General helfen könnte?

Belial setzte sich hin und dachte nach. Von allen möglichen Zufluchtsorten bot Sigholt sich eigentlich von selbst an. Zwar erwartete sie bis dorthin ein langer Marsch und mit den vielen Verwundeten kämen sie nur langsam voran, aber der Ort lag immer noch näher als alle anderen. Und außerdem wäre schon der Versuch, dorthin zu gelangen, immer noch dem untätigen Herumsitzen vorzuziehen. Hier blieb ihnen ja doch nichts anderes übrig, als auf den Tod zu warten.

»Sigholt«, erklärte der Befehlshaber schließlich, als er sich entschieden hatte. »Wir ziehen zu der Festung. Dornfeder, begebt Euch mit allen Luftkämpfern, die noch fliegen können, unverzüglich dorthin, belaßt uns lediglich ein oder zwei Staffeln für die Aufklärung. Und haltet nach den Skrälingen Ausschau. Ich möchte sofort verständigt werden, wenn sie nach Süden umschwenken sollten. Magariz, Ho'Demi, wir bleiben heute noch und brechen morgen früh das Lager ab. Die Verwundeten binden wir auf Maultiere, und wenn sie zum Reiten nicht in der Lage sein sollten, legen wir sie auf Tragen, die wir zwischen zwei Lasttiere hängen.«

»Ich reite auf Belaguez«, sagte Axis.

Sein Leutnant erbleichte. »General, das werdet Ihr niemals durchhalten!«

»Ich werde mich nicht auf eine Trage legen, verdammt noch mal! Fesselt mich an den verdammten Hengst, wenn es nicht anders geht, aber ich lasse mich nicht auf einer Bahre befördern!«

Belial starrte ihn an und nickte schließlich. »Dann soll es so sein, mein Freund.«

Nachdem sie alle gegangen waren, lag der Krieger noch lange in seiner Dunkelheit wach und quälte sich mit Gedanken über Timozel.

Was für ein prachtvolles Kind er gewesen war. Und auch als er zum Knaben herangereift war und nichts als Unsinn im Kopf zu haben schien, hatte ihm niemand wirklich böse sein können. Timozel hatte ständig Streiche ausgeheckt, sehr viel gelacht und war Ganelons ganzer Stolz gewesen.

Als Jüngling schließlich hatte er stets seine Umgebung zu bezaubern gewußt, aber jetzt fragte Axis sich, wieviel von dieser Liebenswürdigkeit aufgesetzt gewesen war. Timozel hatte sich zu einem hervorragenden Soldaten entwickelt, und der Krieger wollte ihm bald den Befehl über eine eigene Einheit übertragen haben, als der Jüngling bei den Alten Grabhügeln mit Faraday verschwunden war.

Seitdem hatte sein Freund sich immer mehr verändert. Aber wann und wo genau war es zu dieser Verwandlung gekommen? Seit er herausgefunden hatte, daß Axis mit seiner Mutter Embeth ins Bett stieg? Hatte das den Wechsel ausgelöst? fragte sich der Krieger. Er drehte sich auf seinem Lager und schrie vor Schmerz, als die Decke an seiner verkrusteten Haut hängenblieb. Lange lag Axis nur da, saugte die kalte Luft tief in seine Lungen und versuchte, bei Bewußtsein zu bleiben, und zwang dann seine Gedanken zu dem ehemaligen Freund zurück.

Wer konnte schon wissen, was mit dem Jüngling geschehen war? Axis erinnerte sich daran, wie er sich noch als Axtherr um Timozel gesorgt hatte. Vor allem bei der Frage, wie er es seiner Mutter hätte beibringen sollen, wenn ihr Sohn jemals im Kampf fallen würde. Damals wäre ihm wohl niemals in den Sinn gekommen, daß er selbst es sein könnte, der dem Jüngling einmal das Schwert in den Leib stoßen würde – so wie dieser es bei Jorge getan hatte.

Heute sehnte sich der Sternenmann geradezu danach. Er wollte Timozel nicht nur seine Klinge in den Bauch bohren, sondern sie bis zum Heft hineinstoßen und dann noch einmal herumdrehen, bis er spürte, wie der Stahl an Knochen schabte.

»Timozel«, flüsterte der Krieger in die Düsternis seines Zelts. »Ich hoffe, Euren Verrat bald beenden zu können. Wie viele von denen, die Ihr einmal Eure Freunde nanntet, mußten auf Euren Befehl ihr Leben lassen? Und was ist nur in Euch gefahren, Euch Gorgrael anzuschließen? Wie konntet Ihr nur? Was habe ich Euch angetan, daß Ihr mir das so vergelten wollt?«

33

Falle!

»Aber, aber, Bäuerin Renkin«, kicherte Faraday, »das glaube ich Euch nie und nimmer!«

»Wenn ich es Euch doch sage«, nickte diese bestätigend und freute sich darüber, Faraday so fröhlich zu sehen. »Ich habe gar nichts dazutun müssen. Kam einfach herausgeflutscht wie ein geölter ... na ja, es ging alles wie von selbst. Aber das war ja auch mein drittes Kind, und da läuft es immer leichter.«

Faraday kniete sich hin und grub immer noch lächelnd mit den Fingern in dem weichen Boden. Sie hatten mittlerweile die Ausläufer der Farnberge erreicht, und hier ließ sich die Erde leichter bearbeiten als der hartgestampfte Lehmboden der Ebenen von Arkness. Auch hatte hier nie ein Pflug Furchen gezogen, und so zeigte sich das Erdreich besonders empfänglich für die Hände und Finger der Edlen.

Nachdem Faraday ein kleines Loch geschaffen hatte, reichte Frau Renkin ihr den nächsten Setzling. Das Bäumchen zitterte vor Aufregung in seinem Topf und wäre beinahe herausgesprungen. Faraday beruhigte den Schößling, indem sie ihm leise etwas vorsang und die kleinen Blätter streichelte. Als der Setzling ruhiger wurde, ließ sie ihn sich auf den Handteller setzen und von dort aus in das Loch gleiten.

»Thona«, flüsterte die Edle ihm zu, »möget Ihr hoch wachsen, und möge Eure Stimme sich eines Tages mit der des Erdbaums vereinen.«

Und während sie das Lied des Erdbaums summte, füllte sie das Loch mit Erde auf und klopfte sie fest. Dann lehnte Faraday sich auf den Hacken zurück und dachte an Thonas Geschichte, an den Kummer und die Freude im Leben dieser awarischen Magierin. Denn sie hatte die Lebensgeschichte eines jeden einzelnen Schößlings auswendig gelernt, um ihrer im Moment des Einpflanzens zu gedenken.

Die Bäuerin sah schweigend zu. Wenn Faraday fertig war, würde sie dem neuen Baum ihr eigenes törichtes kleines Wiegenlied singen, dasjenige, das alle diese Kleinen immer so zum Glucksen brachte. Doch bis es so weit war, verhielt Frau Renkin sich still. Faraday machte ihr große Freude. Seit die Bäuerin mit ihr durch die Lande zog, hatte die Baumfreundin ihre Hagerkeit verloren und auch wieder Farbe bekommen. Auch nahm sie klaglos die Kräuter, die Frau Renkin ihr verabreichte. Was für ein Glück für sie, daß ich gekommen bin, dachte die gute Bäuerin. Diese vornehmen jungen Damen mögen ja alle wohlerzogen und eine Augenweide sein, aber sie brauchen dennoch eine gute und bodenständige Frau an ihrer Seite, die sich um sie kümmert und ihnen sagt, was gut für sie ist.

Faraday hob in diesem Augenblick den Kopf und lächelte über die Worte ihrer Begleiterin. »Es ging alles wie von selbst, ist einfach herausgeflutscht? Na, da hoffe ich aber sehr, daß Ihr nicht geflunkert habt. Und jetzt helft mir bitte … Ich fürchte, meine Knie sind von dem ständigen Kauern und wieder Aufstehen schon so kaputt, daß selbst der beste Heiler sie nicht mehr richten kann.«

Die Bäuerin half ihr auf. »Heute erwarten Euch nur noch ein paar Setzlinge, meine Liebe. Würde es Euch etwas ausmachen, wenn ich für ein Stündchen oder zwei verschwinde, um mir die Schlucht dort drüben anzusehen?«

Faraday warf einen Blick in die Bergsenke. Lang, schmal und düster zog sie sich dahin. Zweifellos wuchsen dort die verschiedensten Kräuter. Sie bedeutete der Bäuerin zu gehen. »Aber nein, geht nur. Ich hoffe, Ihr findet etwas Würziges, damit unser Abendbrot noch schmackhafter wird.«

Frau Renkin lächelte und knickste vor der Edlen. »Und vielleicht auch noch etwas von der Klauenblattminze für Euren

Morgentee, Herrin?« Sie klopfte ihr noch einmal auf die Hand und brach dann auf.

Die Edle sah der Bäuerin nach. Lehm klebte überall an ihren Stiefeln, aber bei keinem ihrer Schritte hinterließ sie kleine Häufchen oder Bröckchen.

»Los, Faraday«, ermahnte sich die Edle, als Frau Renkin hinter den Farnwedeln verschwunden war, »Abend will es wieder werden, und Meera, Borsth und Jemile warten noch darauf, eingesetzt zu werden.« Sie schnalzte den Eseln freundlich zu und setzte dann ihren Weg fort.

Faraday konnte stolz auf ihren Erfolg sein. Von Arken aus waren sie und Frau Renkin nach Norden abgebogen und hatten unentwegt weiter Bäumchen eingepflanzt. Und seitdem die Ausläufer der Farnberge erreicht waren, wandten sie sich wieder nach Nordwesten.

Ich setze die Schößlinge den ganzen Weg bis zum Farnbruchsee ein, nahm sich die Edle vor, und dann kann ich in den heißen Sommermonaten in den schattigen ikarischen Städten spazierengehen, von denen ich schon so viel gehört habe. Seit zwei Wochen flog ein ständig wachsender Strom von Vogelmenschen über ihnen am Himmel. Viele von ihnen winkten den beiden Frauen zu, und einige landeten sogar auf ein Schwätzchen bei ihnen. Faraday konnte es kaum erwarten, sich mit eigenen Augen davon zu überzeugen, was die Ikarier im Westen wiederentdeckt hatten.

Und von dort würde sie sich zum Farnbruchsee und zur Mutter begeben. Faraday atmete etwas schneller, weil diese Vorstellung sie so sehr mit Freude erfüllte. Zur Zeit des Jultidenfestes würde sie hoffentlich dort anlangen und sicher einige Awaren begrüßen können.

Die Edle lächelte. Was würden die Waldläufer wohl von Frau Renkin halten? Und wie würde die gute Bäuerin diesen Wesen begegnen? Faraday wußte natürlich nicht, wie die Awaren und die Ikarier so weit vom Erdbaum entfernt das Jultidenfest begehen würden. Aber gleich wie, Faraday glaubte zu wissen, daß sie dort wieder ein ebenso schönes wie bewegendes Erlebnis erwartete.

Faraday drehte sich um. Die Sicht wurde von den niedrigen Hügeln versperrt, aber hinter ihnen bemerkte sie ein grünes Leuchten. Das war das Bardenmeer, das sich nun in einem weiten Bogen über die Ebenen von Tarantaise und Arken erstreckte. Sie hörte schon das leise Summen der Bäume und wußte, wenn sie morgen erwachte, würden die heute gesetzten Schößlinge zu ihrer vollen Größe angewachsen sein. Ihr Gesang würde fröhlich erklingen, und in gar nicht ferner Zukunft würde das Bardenmeer bis tief in die Farnberge hineinreichen.

Munter vor sich hinpfeifend wanderte die Bäuerin durch das Tal. Seit dem heimtückischen Überfall in der Markthalle von Arken hatte sie längst wieder zu ihrer gewohnt guten Laune zurückgefunden. Was für eine unangenehme Überraschung das gewesen war! Frau Renkin glaubte auch heute noch fest daran, daß sie an jenem Tag einen Mord verhindert hatte. Wie böse der Mann ausgesehen hatte. Und wieviel mehr Teuflisches von ihm ausgegangen war. Bei den Göttern, dachte sie, das gleiche Böse habe ich verspürt, als sie damals kamen, um meine Großmutter zu holen.

Die Bäuerin seufzte. Sie hatte Faraday nichts von dem Vorfall erzählt, denn sie wollte sie nicht beunruhigen. Wie erleichtert Frau Renkin sich gefühlt hatte, als sie Arken endlich hinter sich ließen. Keine überfüllten Markthallen mehr, in denen man ihrer Herrin auflauern konnte. Nur noch frische Luft, klarer Himmel und die Musik der Bäume.

Frau Renkin spähte hierhin und dorthin und gelangte immer tiefer in das Tal hinein. Da drüben! Klauenblattminze. Sie hatte doch gewußt, daß sie sie hier finden würde. In diesen Hügeln wuchsen Kräuter in Hülle und Fülle. Wie schön, daß sie hier herumschlendern und sich alles ganz genau ansehen konnte. Die Bäuerin richtete sich auf und schaute sich um. Ein strahlender Ausdruck trat auf ihr Gesicht. Der schlanke Weidenlieb. Der würde Faraday sicher Linderung verschaffen, wenn sie einmal …

Ein wohlgezielter Stein traf Frau Renkin am Hinterkopf. Sie brach auf dem Boden zusammen und regte sich nicht mehr. Acht Mönche sprangen aus ihren Verstecken und liefen in großen

Sprüngen die Abhänge des Berges hinunter. Das Freudengeheul mußten sie sich versagen, aber sie stießen voller Triumph die Fäuste in die Luft.

Sie hatten den Feind überwältigt!

Frau Renkin war nur betäubt, und das auch nicht lange, aber ihr blieb dennoch nicht die Zeit aufzustehen. Schon waren die acht Brüder über ihr, und die beiden schwersten unter ihnen setzten sich der drallen Bäuerin auf den Rücken.

Die Frau konnte nur noch röcheln, als einer ihr Gesicht auf den Boden drückte.

Faraday!

»Und was fangen wir jetzt mit ihr an?« fragte einer der acht, als ihre Erregung über den Erfolg im Abklingen begriffen war.

Sie dachten angestrengt nach, bis einer von ihnen den rettenden Einfall hatte: »Wir warten, bis der Bruderführer uns ruft.«

Faraday bemerkte Gilbert erst, als sie den letzten Setzling aus dem Wagen nahm. Er stand auf der anderen Seite, das Gesicht stark gerötet und verschwitzt, und in seinen Augen stand der fanatische Blick eines Eiferers.

Der Bruderführer zischte, und Faraday fuhr erstaunt einen Schritt zurück.

»Gilbert?« Die Edle konnte es kaum fassen. Sie hatte den Mann seit ewigen Zeiten nicht mehr gesehen, seit ... Da mußte Bornheld noch gelebt haben, dessen war sie sich sicher. Aber was führte den Bruder ausgerechnet hierher? »Gilbert?«

»Hexe!«

»Aber Gilbert!« Sie klang nun doch etwas besorgt, und ihr Blick huschte immer wieder zu dem letzten Bäumchen auf dem Wagen. Faraday spürte selbst aus dieser Entfernung, wie sehr es sich ängstigte.

»Was treibt Ihr da, Herrin?« fuhr der von Artor ernannte Bruderführer sie an, und Faraday erschrak vor dem Abscheu in seiner Stimme. Und noch etwas anderes ging von ihm aus ...

Was soll ich nur tun? dachte die Edle verzweifelt. Erwartete Gilbert etwa von ihr, daß sie ihm Sinn und Zweck ihrer Arbeit darlege? Aber das konnte er doch sehen. Und er mußte auch wissen, was sie damit bezweckte, schoß es ihr durch den Kopf, als ihr die Warnungen vor Gilbert und Moryson wieder einfielen. Faraday hatte Aschures Warnung vor den beiden schon halb vergessen gehabt. Aber jetzt spürte sie, wie recht die junge Frau mit ihren Worten gehabt hatte. Von diesem Mann ging eindeutig Gefahr aus.

Wo blieb denn nur Frau Renkin? Sie drehte rasch den Kopf zur Seite und spähte in die Hügel.

»Die Teufelin haben wir bereits ausgeschaltet«, erklärte ihr der Kirchenmann, und Faradays Kopf ruckte zu ihm herum.

»Die Teufelin?« flüsterte sie fassungslos. Man hatte sie bereits ausgeschaltet?

»Nun sind nur noch wir beide hier.« Gilbert lief um den Wagen herum, und Faraday atmete erleichtert auf. Er schien den letzten Schößling gar nicht bemerkt zu haben. »Und damit ist der Zeitpunkt gekommen, wo Ihr sterben müßt.«

Weniger die Wahl seiner Worte als vielmehr die Art, wie er sie hervorstieß, versetzten die Edle in höchsten Schrecken.

»Nein.« Faraday versuchte zu lächeln und wich vorsichtshalber einen Schritt zurück. »Gilbert, Ihr müßt müde und hungrig sein. Das hat Euch sicher den Geist ein wenig verwirrt. Warum laßt Ihr Euch nicht ein wenig hier nieder und eßt mit uns?«

Gilbert näherte sich ihr langsam und unaufhaltsam. »Eine Teuflin, ja genau, das seid Ihr, Faraday. Ihr müßt sterben. Artor befiehlt, daß Ihr auf dieser Welt nichts mehr zu suchen habt.«

»Gilbert ...« Sie wich weiter vor ihm zurück und hob mit den Händen ihre Röcke an.

Er blieb stehen und setzte ein eigentümliches Lächeln auf. »Warum habt Ihr Artor abgeschworen, Faraday? Einst wart Ihr ein frommes Mädchen ganz von der Art, wie es Ihm ein Wohlgefallen ist. Eine demütige und ehrfürchtige Dienerin Gottes. Wieso wendet Ihr Euch heute gegen Ihn?«

»Weil ich andere Götter gefunden habe, Gilbert«, antwortete die Edle. »Schönere und gnädigere Götter als Artor.« Sie atmete tief durch, weil sie unbedingt nach außen hin ruhig bleiben wollte.

»Laßt mich Euch von der Mutter erzählen.« Das Mädchen suchte in sich die Energie der Mutter.

Und fand keine.

Der Bruder brach in lautes, gehässiges Lachen aus. »Ihr Närrin! Wißt Ihr denn nicht, daß ich mit Artors Macht ausgestattet bin? Eure jämmerliche Mutter kann sich nicht im entferntesten mit Ihm vergleichen!«

Nun erkannte die Edle auch, was an Gilbert so anders wirkte. Von ihm ging eine Aura ungeheurer Macht aus, wie Faraday sie schon bei anderen erlebt hatte: bei Axis, bei Sternenströmer, bei Ramu und sogar gelegentlich bei der Bäuerin Renkin. Aber die hatten die Kraft der Sterne in sich getragen, oder wenigstens die der Erdenmutter. Aber bei dem, was aus Gilberts Augen strahlte, handelte es sich um nichts dergleichen. Eine fremde Macht hatte von ihm Besitz ergriffen. Eine böse Kraft, die auch vermochte, sie von der Mutter zu trennen.

»Artors Macht!« zischte der Kirchenmann, streckte die Hände aus und näherte sich ihr auf diese Weise.

»Wie kann Euer Artor noch mächtig sein, wenn ein so großer Teil des westlichen Tencendors nun Wälder und keine Furchen mehr trägt?«

Gilbert blinzelte, blieb aber nicht stehen. »Artor bereitet schon Seinen Pflug vor, Hexe, und bald werden diese Bäume Seine Rache spüren und ausgerissen und zerschmettert am Boden liegen!« Feuer und Blitze tosten in seinen Augen, in deren Tiefen die Edle rote Stiere erkannte, die schnaubend ihren hornbewehrten Schädel schwangen.

Faraday kreischte vor Angst und wollte davonrennen, blieb aber mit dem Fuß im Eingang zu einem Kaninchenbau hängen. Als sie hinfiel, fuhr Gilberts Stiefel krachend neben ihrem Ohr auf den Boden, und gleichzeitig verkrallte sich seine Rechte im Rückenteil ihres Gewands.

»Hexe!« grunzte er, und sie spürte, wie seine Linke in ihr Haar fuhr.

Gilbert riß sie hoch, bis sie kniete. Atemlos vor Erregung und angestachelt von der Furcht in ihren Augen griff er nach ihrem

Hals. Diesmal würde das Werk gelingen, diesmal konnte er einfach nicht scheitern!

Und da spürte er, wie sich Hände um seinen eigenen Hals legten.

»Nein!« heulte Gilbert mehr aus Wut denn aus Furcht. »Jetzt bin ich an der Reihe.«

»Ganz recht«, knurrte Moryson und verstärkte den Druck so sehr, daß der Bruderführer rot anlief und die Augen ihm aus den Höhlen traten. »Eure Zeit ist gekommen, und Ihr seid an der Reihe zu sterben, Ihr hirnverbrannter Idiot! Dieser Unfug ist jetzt entschieden zu weit gegangen.«

Gilbert ließ Faradays Hals los, um die Finger an seiner Kehle zu lösen. Faraday brachte sich rasch vor den beiden Männern in Sicherheit.

Moryson! Der alte Mann mußte noch verrückter sein als Gilbert. Das dünne braune Haar stand ihm wirr vom Kopf, und das Glänzen in seinen blauen Augen konnte nur von ausgebrochenem Wahnsinn stammen. Jaymes ehemaliger Erster Berater hatte die Lippen von den Zähnen zurückgezogen, und auf diesen glitzerten dünne Speichelfäden. Moryson wirkte so gefährlich wie ein tollwütiger Hund.

Während Gilbert immer heftiger schnaufte und seine Augen sich verdrehten, spürte Faraday, wie die Sperre zerbröckelte, die sich zwischen ihr und der Mutter errichtet hatte. Sie hielt sich am Wagen fest und ließ soviel von der Energie der Mutter in sich einströmen, wie sie aufzunehmen wagte.

Moryson und Gilbert rollten ineinander verschlungen über den Boden, wirbelten Staub auf und schnauften um die Wette. Faraday konnte nicht mehr eindeutig erkennen, wer oben lag und wer unten. Durfte sie überhaupt eingreifen? Wenn sie Moryson half, würde er sich dann in seinem Wahn nicht gleich über sie hermachen?

Dann ertönten ein Knacken und ein Seufzen, schließlich war nichts mehr zu hören. Der alte Moryson, im Herbst seines Lebens angelangt und offenkundig unrettbar geistesgestört, rappelte sich schweratmend auf. Giblert blieb tot liegen, sein Gesicht ruhte neben dem letzten Bäumchen, das die Edle eingesetzt hatte. Dessen Blättchen malten friedliche Schatten auf der Wange des Mannes.

»Ihr dummes Ding«, schimpfte Moryson. »Wandert hier einfach herum und pflanzt Euren hübschen Garten an. Warum achtet Ihr nicht auf die Schatten?«

Die Edle starrte ihn an. Während die Energie der Mutter in ihr summte, spürte sie, daß der alte Mann zwar zornig war, von ihm aber keine unmittelbare Bedrohung zu erwarten war. Langsam ließ sie die Macht wieder entweichen.

Zu ihrer Verblüffung fing Moryson jetzt auch noch an zu lachen. »Wißt Ihr, wen ich hier gerade getötet habe, Faraday? Den letzten Bruderführer des Seneschalls! Ha, ha, ha! Der arme Bruder Gilbert, ermordet von seinem Berater!« Er hüpfte um den jungen Mann herum, als tanze er vor Freude über dessen Ende. Dann blieb er unvermittelt still stehen und sah die Edle wieder an. »Faraday!«

Sie erstarrte und konnte sich vor Schreck über den befehlsgewohnten Ton seiner Stimme nicht rühren.

»Eure Freundin liegt gefangen unter dem Gewicht von acht Brüdern. Aber die sind ein feiger Haufen. Wenn Ihr Euch ihnen nähert und die Macht der Mutter aus Euren Augen blitzen laßt, werden die Burschen wohl schneller davonrennen als Skrälinge angesichts eines smaragdgrünen Feuers.« Er hob mahnend den Zeigefinger. »Aber achtet auf die Schatten! Artor ist nicht fort. Lediglich Sein Diener ist vergangen. Und Artor will Euch noch immer tot sehen … wünscht das sogar ganz besonders. Fürchtet die Schatten! Ihr dürft noch nicht sterben!«

Er legte sich seinen Umhang wieder um, und etwas von dem Irrsinn in seinen Augen erlosch. »Bittet Aschure um Hilfe, Faraday. Wenn Artor Euch persönlich nachstellen sollte, vermag nur sie Euch noch zu retten. Die Macht der Mutter reicht nicht aus, Artor zu bezwingen.«

Damit wandte Moryson sich ab und humpelte davon.

Faraday blinzelte, doch da war er schon verschwunden.

Einige Herzschläge lang stand sie nur da und starrte auf die

Stelle, wo der alte Mann eben noch gestanden hatte. Dann raffte sie ihre Röcke und rannte in die Schlucht, um der Bäuerin zur Hilfe zu eilen. Die Macht der Mutter blitzte aus ihren Augen.

Artor schritt hinter Seinem Pflug her. Seine Ochsen schüttelten die mächtigen Köpfe und brüllten.

Gilbert war tot ... ermordet von Morysons Hand! Dieser gebrechliche, alte Bruder? Irgend etwas stimmte da doch nicht ... Irgendeine Macht hatte sich hier eingemischt, und der Gott wußte noch nicht, um welche es sich handelte.

Das flößte Artor Angst ein. In letzter Zeit hatte sich überhaupt vieles zum Schlechten gewendet. Gilbert hatte versagt, und diejenigen, welche Er einst verbannt hatte, wandelten wieder über die Erde.

Artor lenkte Seinen Pflug und dachte nach. Eine allerletzte Möglichkeit blieb Ihm noch. Dabei würde Er höchstpersönlich dieser Hexe von einer Baumfreundin gegenübertreten müssen. Ganz gleich, mit welchen Verbündeten sie dann aufwarten konnte, sie würden ihr nichts nützen – denn Er würde sie töten.

An dem einen Ort in diesem Land, an dem Seine Macht noch ungeschmälert fortlebte. Das Dorf, in dem Er der Menschheit ursprünglich das Geschenk des Pfluges gemacht hatte. Wo Er die Mutter immer noch zertreten konnte – so wie jeden anderen, der es wagte, Ihm Sein Recht auf Sein Land und Seine Seelen zu verweigern.

Nur diesen einen Ort.

Nur an diesem einen Ort.

Smyrdon.

34

Von Gezeiten, Bäumen und Eis

Aschure preßte sich an die Reling am Bug der ›Robbenhoffnung‹ und lehnte sich so weit wie möglich mit ausgebreiteten Armen und lachend in die aufschäumende Gischt.

Sie befanden sich nicht mehr weit von der Mündung des Nordra entfernt, und in einem, spätestens zwei Tagen würden sie Karlon erreichen. Dort würde die junge Frau den Narrenturm besuchen und dann weiter zu Axis reisen. Höchstens zwei Tage. Sie drehte sich um und ließ den Blick über das Deck schweifen. Nur Isgriff, ihre Kinder, Imibe und einige Bedienstete begleiteten sie auf dieser Schiffsreise. Im Augenblick gab die Rabenbunderin den Zwillingen die Brust; denn Aschure weigerte sich, diese beiden von ihrer Milch trinken zu lassen. Die Ikarier, Sternenströmer eingeschlossen, hatten es vorgezogen, auf der Insel des Nebels und der Erinnerung zu bleiben.

Ihr Schwiegervater hatte sich jedoch entsetzt, als Aschure ihm ankündigte, die Kinder mit auf die Reise zu nehmen.

»Laßt sie doch bei mir«, flehte er sie an, »denn ihr Unterricht muß weitergehen. Und hier auf der Insel sind sie viel besser aufgehoben und sicherer.«

Aber die junge Frau schüttelte entschieden den Kopf. »Nein, Sternenströmer, die Kleinen kommen mit mir. Ihr werdet sie bald genug wiedersehen. Und was den Unterricht angeht …« sie zuckte die Achseln, »Caelum kann genausogut von mir oder seinem Vater lernen, und die Zwillinge wollen ja sowieso nichts von uns annehmen. Da können sie auch ungebildet bleiben.«

Eigentlich wäre es auch gar nicht so schlecht, dachte Aschure bei sich, wenn wir uns mit dem Unterricht der Zwillinge noch etwas Zeit ließen. Je mehr sie lernen, desto eher sind sie in der Lage, uns das Leben noch schwerer zu machen.

Die junge Frau hatte ihrem Schwiegervater nicht viel von dem berichtet, was sie in der Gruft des Mondes über ihre Bestimmung erfahren hatte. Aschure wußte, daß sie sich seitdem sehr verändert hatte. Die neue Macht leuchtete ihr aus den Augen, und sie trat auch ganz anders auf als früher. Aber sie glaubte, Sternenströmer – und auch sonst jeder bis auf Axis – habe kein Recht, schon jetzt von ihrer zukünftigen Rolle zu erfahren. Erst wenn die richtige Nacht gekommen wäre, wollte sie ihre Göttlichkeit enthüllen.

Und vor allem erst bei Vollmond. Sie betrachtete den Himmel. Bei Tageslicht konnte man ihn dort natürlich nicht sehen. Aber Aschure spürte, wie er wuchs und mit jeder Stunde, die er zwischen den Sternen trieb, an Kraft gewann. Selbst in den Tagesstunden konnte die Göttin den Mondsog an den Gezeiten und die Schreie der Wellen spüren. Selbst in diesem Moment riefen sie nach ihr: *Aschure! Aschure! Aschure!* Sogar die Tümmler, die vor dem Bug des Schiffes auf und ab tauchten, wiegten sich im Takt zur Musik ihres Namens.

Die junge Frau lächelte ihrem Onkel zu, der bei Imibe stand und seine Nichte mit einiger Verwirrung ansah. Niemand konnte verstehen, wie sie nach der überaus schweren Geburt so rasch zu solch strahlender Gesundheit zurückgefunden hatte. Aber alle freuten sich darüber, daß es ihr wieder besser ging. Trotz der Nachrichten von der schweren Niederlage der Armee im Norden und der schlimmen Verletzung des Sternenmannes wirkte niemand in Aschures Umgebung verzagt.

Vor allem dann nicht, wenn sie fröhlich lachte und erklärte: »Alles wird gut.«

Der Sturm war mit der ganzen Wucht von Gorgraels Wut über Axis' Armee hinweggefegt. Obwohl sie auf schnellstem Weg Sigholt erreichen wollten, hatten die eisigen Winde und der Schneefall sie gezwungen, zuerst den Schutz des Vorgebirges der Trübberge und schließlich die Bergwerksstollen in ihnen aufzusuchen.

Seit drei Tagen warteten die Soldaten nun schon in den Minenschächten. Die Gesunden saßen niedergeschlagen da und reinigten ihre Waffen, die Verwundeten lagen so still und blind in den dunklen Tunneln wie der Sternenmann.

Wenigstens wurden sie hier nicht von den Opalgeistern behelligt. Ho'Demi verbrachte einige Zeit bei den Edelsteinseelen, denn sie riefen ihn zu sich, und etwas später tauchte er aus den Tiefen der Erde wieder auf und brachte ein grob gezimmertes Holzkästchen mit.

Belial sah ihn fragend an.

»Ich habe einen Schwur geleistet«, erklärte ihm der Häuptling, und der neue Oberbefehlshaber nickte nur. Ho'Demi hatte ihm bereits berichtet, daß er diesen verlorenen Seelen ein Versprechen gegeben hatte.

»Ich wollte nach dem Krieg zu ihnen gehen und sie fortführen«, sagte der Rabenbunder jetzt, »aber statt dessen hat das Schicksal uns hierher verschlagen, und nun halten sie es nicht mehr aus. Sie haben die ganze Zeit auf mich eingeredet und mich schließlich dazu gebracht, ihnen zu schwören, sie jetzt schon mitzunehmen. Und hier bringe ich sie.« Er hielt das Kästchen hoch, und Belial betrachtete es im ungenügenden, flackernden Licht einer Fackel. Aber da warnte der Barbar ihn schon: »Niemand außer mir darf es öffnen. Keinem ist das gestattet, verstanden?«

Der Offizier nickte müde. Ihm lag gewiß nichts daran, in ein Kästchen voller gefährlicher verlorener Seelen hineinzuschauen.

Ho'Demi hängte sich den Behälter an den Gürtel, wo er ihn am wenigsten behinderte. Wenn es in dieser Düsternis ganz still war, konnten die, welche sich in der Nähe des Häuptlings aufhielten, das aufgeregte Tuscheln der unruhigen Seelen hören.

Am vierten Tag im Berg ließ der Sturm endlich nach. Die Posten an den Eingängen meldeten, daß der Himmel aufklare, aber immer noch eine dichte Wolkenschicht die Sonne verdecke. Schneeverwehungen machten das Vorankommen auf der Ebene am Fuß der Berge schwer.

Dennoch ließe sich mit Ausdauer und Beharrlichkeit der Weg schaffen.

»Was meint Ihr, Ihr Herren?« fragte Belial Magariz und den Häuptling. Sie saßen eng beieinander, um sich gegenseitig Wärme zu geben. Axis lag neben ihnen, aber er schwieg schon sehr lange. Nur ein gelegentliches Zucken seiner Decken verriet, daß er noch lebte.

»Ich meine, daß wir diesen freudlosen Ort der ewigen Finsternis so rasch wie möglich verlassen sollten«, erklärte der Fürst. »Lieber im Kampf unter offenem Himmel sterben, als in diesen Stollen elendig zugrunde gehen.«

»Und Ihr, Ho'Demi?«

»Ich stimme Magariz zu. Nichts spricht dafür, daß wir länger hierbleiben.«

»Aber wenn wir geradewegs in eine Falle laufen? Wenn Gorgrael den Sturm nur zurückgezogen hat, um uns herauszulocken? Sollte uns unterwegs noch so ein furchtbares Unwetter treffen, könnten wir uns nirgendwo verkriechen und müßten in der Ebene erfrieren.«

Alle außer mir, dachte Axis bitter, der durchaus alles mitbekam, was seine Offiziere untereinander berieten. Ich säße dann in einem gefrorenen Körper gefangen. Wäre noch am Leben und doch so gut wie tot. Was muß ich noch anstellen, um diese Welt endlich verlassen zu können?

In den letzten Tagen hatte sich sein Zustand verheerend verschlechtert. Sein Fleisch verfaulte, während er selbst widersinnigerweise am Leben blieb. Und mit jeder Stunde, mit jeder Minute marterten ihn seine Schmerzen mehr.

»Die Entscheidung liegt bei Euch, Belial«, sprach der Fürst jetzt.

Der Oberbefehlshaber warf einen Blick auf den Krieger und entdeckte ein Leuchten in dessen Augen. Das gab für ihn den Ausschlag. Sein Freund wollte nicht länger in dieser Düsternis verrotten.

»Dann brechen wir auf«, erklärte Belial, »und versuchen, so rasch wie möglich Sigholt zu erreichen.«

Als der Fürst und Ho'Demi sich auf den Weg machten, die

Männer zu sammeln und zum Abmarsch zu formieren, ging der Leutnant vor dem Sternenmann in die Hocke: »Seid Ihr wach, mein Freund?«

Axis nickte unmerklich. »Ich kann einfach nicht mehr schlafen.«

Belial fühlte sich über alle Maßen hilflos. Niemand konnte irgend etwas tun, um das Leiden des Kriegers zu lindern. Und über die viel gewichtigere Frage wagte der neue Oberbefehlshaber kaum nachzudenken: Was würde aus dem Kampf gegen Gorgrael? Wenn sie Sigholt erreichten – falls sie überhaupt jemals dort ankamen –, wie sollte es dann weitergehen?

»Alles erscheint mir wie ein einziger Traum«, flüsterte Axis, und Belial wußte nicht, ob er zu ihm sprach oder nur laut dachte. »Wie ein großartiger Traum. Voller Schönheit und Hoffnung, zieht er uns wie magisch an, und wenn wir aus ihm erwachen, müssen wir feststellen, daß alles nur eine furchtbare Lüge gewesen ist. Wir sind erledigt, mein Freund, wir sind fertig.«

Der Leutnant konnte nur bei dem Krieger sitzen, ihn anstarren und darum beten, daß er sich irrte. Doch tief in seinem Herzen spürte Belial, daß er seinem alten Freund nicht widersprechen konnte.

»Alles verhält sich so, wie Ihr es schon vermutet habt, Gorgrael: Axis lebt und schmiedet weiter Pläne für Eure Vernichtung.«

»Wußte ich es doch!« heulte der Zerstörer und sprang aus seinem Sessel. »Dann war es vollkommen richtig von mir, das Heer vom Azle zurückzurufen.«

Während der vergangenen Woche hatte Timozel zwar gehorsam die Skrälinge nordwärts zum Gorkenpaß geführt, sich aber bei jeder sich bietenden Gelegenheit darüber beklagt, daran gehindert worden zu sein, der Armee des Feindes den Todesstoß zu versetzen. Täglich redete er auf seinen Herrn ein, diese Entscheidung doch noch einmal zu überdenken. Und regelmäßig mußte der Feldherr an sich halten, den Zerstörer nicht zu sehr mit seinen Wünschen zu plagen, weil sonst die Strafe auf dem Fuße gefolgt wäre.

Gorgrael bestand zwar beharrlich darauf, daß Timozel nach Norden weiterzog, aber das, was der Jüngling vorzubringen hatte, stimmte ihn gleichwohl nachdenklich. Hätte er lieber doch am Azle zuschlagen sollen? War Axis vielleicht wirklich durch die Zauberenergie, die er gegen die Greifen gesandt hatte, schwer verletzt worden? Diese Unwägbarkeiten hatten ihn beinahe um den Verstand gebracht, aber jetzt schien ja alles wieder bestens zu sein. Außerdem hörte der Zerstörer nur noch das, was ihm angenehm war.

»Seid Ihr Euch da auch ganz sicher?« fragte er nun und sah Lieber Mann mit zusammengekniffenen Augen an.

Der Dunkle nickte. »Vollkommen, mein Lieber. Nicht auszudenken, was geschehen wäre, wenn der Jüngling seinen Willen bekommen und den Feind angegriffen hätte. Zweifellos hätte der Krieger dann ein neues Smaragdfeuer in die Reihen der Skrälinge geschickt – wie schon vor der Feste Gorken!«

Gorgrael erschauerte, als er sich dieser Katastrophe erinnerte. »Werde ich denn nie wirklich die Gelegenheit erhalten, ihn zu vernichten?«

»Ach, mein lieber Schüler«, entgegnete sein Lehrer. »Das war nur ein kleiner Rückschlag, nicht mehr.«

»Ich bin diese ständigen kleinen Rückschläge gründlich leid«, murrte der Zerstörer.

»Ihr habt immer noch Eure Greifen, und die vermehren sich doch prächtig.«

»Ja, aber seht nur, was Axis mit den neunhundert getan hat!«

»Richtig, doch vermag der Krieger auch mit siebentausend Himmelsbestien fertigzuwerden? Oder gar mit siebzigtausend? Selbst die Macht eines Axis hat ihre Grenzen. Ihr müßt nur etwas Geduld haben, Gorgrael, dann wird die Prophezeiung sich schon erfüllen. Davon abgesehen, heißt es am Ende nur er oder Ihr. Ganz gleich, was Euer Heer seiner Armee zufügen kann, oder seine Armee Eurem Heer, schließlich bleibt nur ein Weg offen.«

»Der Zweikampf zwischen uns beiden«, murmelte der Zerstörer. Er klang jetzt wesentlich ruhiger und dachte nach. Nur einen Moment später hob Gorgrael wieder den Kopf, weil ihm beim

Grübeln über den Endkampf Faraday eingefallen war. Und diese brachte ihm etwas anderes ins Gedächtnis zurück: »Die Bäume!«

»Ach ja, richtig.« Lieber Mann trat an den Kamin und kehrte seinem Schüler den Rücken zu. »Die Bäume ... Nun, sie wachsen und breiten sich aus.«

»Aber habt Ihr nicht gesagt, Artor würde sie aufhalten?« Mit jedem neuen Tag spürte der Zerstörer, wie der Wald sich immer mehr ausdehnte. Und je stärker das Bardenmeer wurde, desto schwächer wurde seine Gewalt über den Winter. Noch war er ihm nicht entrissen, aber Gorgrael hatte schon den Eissturm abbrechen müssen, mit dem er Aldeni heimgesucht hatte. Und mittlerweile fragte er sich, wie lange er noch das Land südlich von Ichtar in den Klauen seines unnatürlichen Winters halten konnte.

»Das ist alles nur die Schuld dieser Skräbolde!« wütete der Zerstörer. »Warum haben sie den Erdbaum bloß nicht zerstört, als sich ihnen die Gelegenheit dazu bot?«

»Schnee von gestern, mein Lieber«, lächelte der Dunkle und drehte sich dann zu ihm um. »Ihr solltet lieber für die Zukunft planen. Timozel mag seine Scharen am Gorkenpaß sammeln und neu ordnen, und nicht einmal Axis könnte ihn dort hinaustreiben. Erst recht nicht mit seiner geschlagenen Armee. Und erinnert Euch nur, wieviel Verheerung der Krieger vor Zeiten eben dort über Eure Geister brachte. Vom Gorkenpaß aus kann der Jüngling Axis unverzüglich zu Euch führen.«

»Ja, ja!« freute sich Gorgrael. »In ganz Tencendor leben nicht genug Menschen, um ihm eine Armee an die Hand zu geben, die es mit meinen Scharen aufnehmen könnte. Es sei denn ... die Bäume.« Warum mußte er nur immerzu an den Wald denken. Warum sorgte er sich um den Krieger und um die Bäume?

Und dann Faraday. Dieses Geschöpf stellte ein Rätsel dar, das jeden in den Wahnsinn trieb. Gorgrael mußte sie unbedingt aufhalten und daran hindern, noch mehr Schößlinge einzusetzen. Vielleicht ließ sich ihr Wald ja noch zerstören. Aber dazu mußte er sie lebend in die Hände bekommen. Schließlich stellte sie auch den Schlüssel zu Axis' Untergang dar.

»Artor wird sie aber doch nicht umbringen?« fragte er.

»Nein«, versicherte ihm sein Lehrer. »Der Gott mag sie ruhig schwächen, aber vertraut ganz mir, denn ich halte die Fäden in der Hand. Sie wird Artors Attacke überleben, und dann bekommt Ihr sie und ihren Liebsten.«

»Gut.« Der Zerstörer atmete erleichtert auf.

Vorsichtig bewegten sie sich aus den Trübbergen hinaus: eine lange Kolonne von frierenden, verwundeten und mutlosen Soldaten. Über ihnen flogen die wenigen zurückgebliebenen Staffeln der Luftarmada. Was die Fernaufklärer zu melden hatten, erfreute Belial und beunruhigte ihn zugleich.

Timozel führte demnach sein Heer unverdrossen weiter nach Norden. Am Himmel zeigten sich keine Greifen mehr. Unverändert hingen die Wolken tief, aber die Witterungsverhältnisse entsprachen genau dem, was man von dieser Jahreszeit erwarten durfte.

Stunde um Stunde, Tag um Tag saß Axis auf Belaguez. Decken und Seile hielten ihn aufrecht, und er starrte immer nur stur geradeaus. Der Krieger schwieg, aber Belial wußte nur zu gut, daß bei jedem Schritt, den der Hengst tat, neue Wellen des Schmerzes durch seinen Freund fuhren.

Der Oberbefehlshaber mußte auch immerzu daran denken, daß der Sternenmann der einzige war, der sie retten konnte. Doch indem Axis sie am Azle vor dem Schlimmsten bewahrt hatte, hatte er gleichzeitig den Keim für den langsamen Untergang seiner Sache gelegt.

Aschure ging Belial ebenfalls durch den Sinn, und er fragte sich, ob der Bote aus Aldeni herausgekommen war, ehe der furchtbare Sturm eingesetzt hatte. Und wenn er die junge Frau tatsächlich erreichte, was konnte sie dann nur tun, um ihrem Gemahl und seiner Armee zu helfen?

35

Rivkahs Geheimnis

Aschure konnte schon die Türme und Banner Karlons erkennen, noch ehe die ›Robbenhoffnung‹ angelegt hatte. Natürlich hatten auch die Menschen in der Stadt das Schiff längst entdeckt, und eine größere Menge wartete bereits im Hafen. In der ersten Reihe standen Rivkah und Kassna, die sich zur Beruhigung an den Händen hielten.

Die junge Frau beugte sich weit über die Reling, winkte den beiden zu und fragte sich, was mit ihnen sein mochte. Sie hatte Boten ausgesandt, die ihre Rückkehr bekanntgeben sollten. Aber davon konnte die Sorge auf den Mienen ihrer Freundinnen doch kaum herrühren. Ob es oben im Norden zu einem neuen schlimmen Vorfall gekommen war?

Als Aschure von Bord ging, ließ Axis' Mutter die junge Nor los und wandte sich ihrer Schwiegertochter zu. »Meine Liebe, wie geht es Euch? Und wie den Kindern? Was ist geschehen? Warum begebt Ihr Euch so kurz nach der Niederkunft auf Reisen? Habt Ihr Neuigkeiten aus dem Norden? Ach, Aschure!« Rivkah stand kurz davor, in Tränen auszubrechen.

Die Zauberin drückte Rivkah fest an sich und begrüßte Kassna mit einer kurzen Umarmung. Nun, da die beiden vor ihr standen, konnte Aschure auch erkennen, wie bleich und abgemagert Belials Gemahlin aussah. Und über den Augen ihrer Schwiegermutter lag ein dichter Tränenschleier.

»Mir geht es gut«, antwortete Aschure jetzt, »und die Zwillinge sind zur Welt gekommen. Aber jetzt berichtet mir doch, was Ihr Neues vom Feldzug erfahren habt.«

»Ach, nur wenig«, sagte ihre Schwiegermutter und schien Aschures Hände nicht mehr loslassen zu wollen. »Viel zu wenig.«

»Na ja«, meinte die Zauberin, »das ist hier sowieso nicht der rechte Ort, um Neuigkeiten auszutauschen.« Sie lächelte die beiden Frauen an, um sie zu beruhigen. »Begrüßt erst einmal Isgriff und Caelum. Und hier seht Ihr unseren jüngsten Familienzuwachs.«

»Oooh«, machte Rivkah, als die beiden Kinder zum Vorschein kamen. »Sind die aber niedlich! Welchen Namen habt Ihr ihnen gegeben?«

»Flußstern und Drachenstern.«

Rivkah sah ihrer Schwiegertochter ins Gesicht. Sie war zwar keine Ikarierin, wußte aber, was solche Namen zu bedeuten hatten.

»Ja«, bestätigte Aschure und verzog leicht den Mund, »die beiden sind wirklich niedlich.«

Nachdem die Frauen den Prinzen von Nor und ihren Erstgeborenen begrüßt hatten, drängte Aschure zum Aufbruch: »Nun kommt, kommt doch, hier kann man sich wirklich nicht richtig unterhalten.«

Der Palasteingang lag nur wenige Straßen vom Haupttor Karlons entfernt, und so schlug die Heimkehrerin vor, das kurze Stück doch zu Fuß zu gehen. Unterwegs lächelten und winkten ihnen Ikarier wie Menschen zu, aber Aschure entging nicht, daß in der Stadt eine gedrückte Stimmung herrschte. Was immer an Nachrichten aus dem Norden eingetroffen sein mochte, ließ wohl auf etwas Schlimmes schließen. Ihr Blick fuhr kurz nach Osten, wo sie den Narrenturm vor dem bewölkten Himmel strahlen sah. Bald, versprach sie sich, schon bald suche ich ihn auf.

»Zauberin!« rief Hesketh, der Hauptmann der Palastwache, und trat auf sie zu.

»Was ist denn geschehen?« rief Rivkah ungehalten. Der Gesichtsausdruck des Mannes wollte ihr gar nicht gefallen.

Aber der Hauptmann beachtete sie nicht weiter, sondern wandte sich an Aschure: »Herrin, ein Fernaufklärer ist gerade aus dem Norden eingetroffen ... mit einer Botschaft von Belial!«

»Belial?« rief Kassna erschrocken und zog Hesketh am Ärmel.

»Nicht von Axis?« fragte Rivkah, und ihre grauen Augen umwölkten sich.

»Die Nachricht ist für die Zauberin bestimmt«, erklärte der Hauptmann und schüttelte die Nor ab.

»Ganz ruhig, Rivkah und Kassna«, beschwichtigte Aschure die beiden, »wir werden sicher in Kürze mehr wissen.« Damit drehte sie sich zu ihrem Onkel um: »Isgriff, könnt Ihr Euch bitte um Eure Tochter kümmern.« Damit hakte sie sich bei Rivkah ein, und gemeinsam mit ihr und dem Hauptmann legte sie rasch das letzte Stück bis zum Palast zurück.

Als sie in den königlichen Gemächern anlangte, beherrschte sie erst recht ein mulmiges Gefühl. Was mochte während ihrer einwöchigen Seereise geschehen sein? Hatte Axis trotz der Weigerung der Torwächterin doch eine Möglichkeit gefunden, ins Reich der Toten zu gelangen? Hatte er womöglich ein anderes Tor gefunden und sie endgültig verlassen?

»Imibe«, wandte sie sich an ihre Zofe, als sie sich im Vorraum befanden, »füttert bitte die Kinder und legt sie hin. Sie bedürfen der Ruhe. Isgriff, Ihr bleibt bitte bei uns. Und Ihr, Hesketh, ruft den Fernaufklärer herbei.« Aschure hakte sich auch bei Kassna ein. »Jetzt begeben wir uns zusammen in die Jadekammer und hören uns an, was der Bote zu berichten hat.«

Als der Vogelmann dann eintrat, befürchtete Aschure gleich eine Katastrophe. Seine Flügel waren zerfetzt und von Blut gerötet. Auf seiner Kleidung zeigten sich Flecken. Er wirkte sehr erschöpft, hielt sich aber aufrecht, wie es dem Stolz seines Volkes entsprach, und legte artig die Schwingen am Rücken zusammen, als er sich vor der jungen Frau verbeugte.

»Zauberin.«

»Blauflügel«, rief Aschure, als sie den Ikarier erkannte, »welche Neuigkeiten bringt Ihr uns?«

»Ich komme aus dem Norden«, begann der Bote, und unter seinen Zuhörern breitete sich Unruhe aus. »Leider konnte ich einige Tage lang nicht weiterfliegen, weil ein furchtbarer Sturm mich im Süden der Trübberge festhielt. Deswegen ist meine Botschaft über eine Woche alt, und ich vermag nicht zu sagen, was sich in der Zwischenzeit getan hat.«

Blauflügels Blick fiel auf Rivkah, und er schien nicht so recht zu wissen, ob er in ihrer Gegenwart weitersprechen durfte.

»Fahrt ruhig fort, Bote«, forderte Aschure ihn auf. »Wir werden ja doch über kurz oder lang alle davon erfahren ... und ich habe schon so eine Ahnung, was Ihr uns gleich enthüllen werdet.«

Der Ikarier nickte. Er berichtete nun von den Zerstörungen, welche die Feinde in Aldeni und vor allem in Jervois angerichtet hatten. Rivkah und Kassna hielten den Atem an, als sie von Jorges Tod hörten. Blauflügel schilderte dann den Verlauf der Schlacht am Azle, und jetzt erbleichte selbst Aschure; denn Wolfstern hatte ihr wohlweislich verschwiegen, wie erbittert dort gerungen worden war und welche Übermacht Axis' Mannen gegen sich gehabt hatten. Der Bote führte nun aus, wie der Sternenmann es bewirkt habe, daß das Eis des zugefrorenen Stroms geborsten sei. Viele Kreaturen seien in den aufschäumenden Fluten ertrunken, und die Hauptmacht des Gegners habe danach am Nordufer des Azle festgesessen.

»Wir wissen jetzt auch«, betonte der Vogelmann, »wer die Gegenseite anführt – der ehemalige Axtschwinger und Ritter der Herrin Faraday, Timozel.«

Timozel? Aschure runzelte die Stirn, weil sie den Namen zunächst nicht einordnen konnte ... Aber das war doch Embeths Sohn! »Also Timozel. Jetzt wissen wir endlich, mit wem wir es zu tun haben. Fahrt bitte fort.«

»Wir alle jubelten, als das Eis brach und der Feind nicht mehr weiterkam, glaubten wir doch, damit wenigstens für diesen Tag den Sieg errungen zu haben. Aber wir hatten uns zu früh gefreut. Denn wie aus dem Nichts tauchten plötzlich unzählige Greifen über uns auf, und bald sah es so aus, als seien wir rettunglos verloren.«

Der Bote beschrieb nun die Schrecken beim Angriff der Himmelsbestien. Er schonte die Zuhörer nicht. Kassna schrie mehrmals leise und konnte sich nur unter äußerster Anstrengung wieder fassen. Rivkah legte ihr einen Arm um die Schulter, und ein Blick auf den Ikarier belehrte sie, daß sie das Schrecklichste noch nicht zu hören bekommen hatten.

Immer noch ergriffen schilderte Blauflügel jetzt, wie der Krieger in seinem Bemühen, die Greifen zu vernichten, viel zuviel Sternenenergie auf sich herabgezogen hatte. »Die Folgen für ihn selbst waren verheerend«, sprach der Mann leise und schien nicht mehr weiterzukönnen.

»Bitte, erzählt uns auch den Rest«, forderte Aschure ihn nachdrücklich und mit gepreßter Stimme auf. »Sagt uns alles!«

Der Ikarier holte tief Luft und starrte an den Anwesenden vorbei in die Ferne: »Jeder andere wäre auf der Stelle tot gewesen. Bislang haben wir nicht die leiseste Ahnung, was ihn noch am Leben hält.«

Axis' Mutter riß sich die Hand vor den Mund, und ihre Züge verzerrten sich vor Entsetzen.

»Zauberin«, wandte der Vogelmann sich jetzt gesondert an Aschure und sprach voller Kummer: »Euer Gemahl atmet noch, aber seine Seele wohnt in einem toten Leib. Sein Körper ist zerschunden und verbrannt wie der einer Puppe, die von einem achtlosen Mädchen ins Feuer geworfen wurde. Wenn seine sterbliche Hülle auseinanderbricht, weiß ich nicht, was aus ihm werden wird.«

Die junge Frau hatte nach Wolfsterns Besuch etwas in der Art vermutet, aber auf das, was sie hier von dem Boten zu hören bekommen hatte, war sie nicht vorbereitet gewesen. Für einen Moment kam ihr der verkohlte Leib ihrer Mutter wieder in den Sinn, wie Hagen ihn immer weiter in die Feuerstelle geschoben hatte, und sie zitterte am ganzen Körper. Als Aschure dann aber ihre Sprache wiederfand, verwunderte es sie selbst am meisten, wie gefaßt sie klang: »Und wie steht es um Belial? Und Magariz?«

Blauflügel konnte wieder flüssiger sprechen, weil er große Erleichterung darüber empfand, über etwas anderes reden zu dürfen. Er verbeugte sich vor Rivkah und Kassna, den Gemahlinnen der Genannten: »Sie leben, edle Herrinnen, und es geht ihnen den Umständen entsprechend gut. Aber, Zauberin«, wandte er sich wieder an Aschure, »der Krieger bedarf Eurer. Und so lautet denn auch Belials Botschaft: ›Axis braucht Euch, und ich brauche Euch auch. Wenn Eure Kräfte es zulassen, begebt Euch zu uns. Nehmt Euren Bogen, ruft die Alaunt zusammen, schwingt Euch aufs Roß und kommt im Galopp her.‹ Dies war die Nachricht des Prinzen und jetzigen Oberbefehlshabers der Armee.«

Lange Zeit wußte niemand etwas zu sagen. Aschure saß nur da und war den Tränen nahe und dachte sowohl an die Schmerzen ihres Mannes als auch die Belials, der seinem Freund hilflos beim Leiden zusehen mußte.

»Und genau das werde ich jetzt auch tun«, flüsterte sie. »Ich will so rasch wie möglich zu ihnen stoßen.«

Kassna hob den Kopf und sah den Boten immer noch bleich an und fragte mit zitternden Lippen. »Und hat Belial auch eine Botschaft für mich mitgeschickt?«

Blauflügel schüttelte bedauernd seinen Kopf. »Prinzessin, unglücklicherweise blieb ihm nur wenig Zeit, die Nachricht zu verfassen. Alle im Lager sind der Verzweiflung verfallen. Doch bin ich mir gewiß, daß Euer Gemahl täglich an Euch denkt.«

»Und was macht der Fürst?« fragte Rivkah. Sie hatte in ihrem langen Leben genug erfahren, um zu wissen, daß Nachrichten von der Front meist kurz und knapp abgefaßt waren und in ihnen kein Platz für persönliche Mitteilungen blieb. Dennoch tat ihr die junge Kassna leid. Manchmal war der Tod auf dem Schlachtfeld nicht die grausamste Wunde, die ein Krieg schlagen konnte.

Blauflügel nickte. »Wie ich schon sagte, geht es ihm gut. Er hat auf dem Schlachtfeld großes Glück gehabt und ist dem Tod mehrfach nur sehr knapp entronnen.«

Rivkah beruhigte sich wieder und freute sich an dem Lächeln des Boten. Das sagte ihr mehr als alle Worte.

»Und erlitt die Armee große Verluste?« wollte Prinz Isgriff erfahren. Soviel Gerede um Ehemänner erschien ihm als Zeitverschwendung. Schließlich gab es doch wesentlich wichtigere Dinge, die besprochen werden wollten.

»Ziemlich große, Herr«, antwortete der Vogelmann und führte dann aus, wie viele Tote und Verwundete die Streitmacht zu beklagen gehabt habe. Und schließlich berichtete er noch vom allergrößten Glück, dem unerwarteten Rückzug Timozels nämlich. Ein ebenso großes Rätsel wie das plötzliche Ende des Sturms nach drei Tagen.

»Gorgrael überrascht uns doch immer wieder mit seiner Unbeständigkeit«, bemerkte Aschure dazu. »Vielleicht sind dafür aber auch die Ratschläge derjenigen verantwortlich, die hinter ihm stehen. Seid bedankt, Blauflügel. Stärkt Euch, und dann können wir uns später noch einmal unterhalten. Hesketh?«

Der Hauptmann verließ die Tür, an der er bis eben gestanden hatte, und trat vor seine Herrin.

»Hesketh, ich habe vor kurzem einen Boten in den Norden geschickt. Zu Axis ... oder zu Belial. Ist er auf seinem Weg zufällig hier vorbeigekommen?«

»Vor ein paar Tagen, Zauberin. Aber leider kann ich nicht sagen, wie weit er inzwischen gekommen ist. Wenn der Sturm des Zerstörers über Aldeni wütete, griff er vermutlich auch auf die Westberge über. Dann mußte Euer Bote sicher anhalten und sich einen Unterschlupf suchen.«

Die junge Frau nagte an der Unterlippe und dachte an den Ikarier, die in ihrem Namen zum Krallenturm aufgebrochen war. Aber selbst unter günstigsten Witterungsbedingungen konnte er noch nicht am Ziel eingetroffen sein. Und so würde sie sich noch eine Weile gedulden müssen, bis sie erfuhr, ob die Ikarier ihr altes Heim verließen. »Danke, Hauptmann. Bittet doch die Küche, uns eine Mahlzeit herzurichten und diese in ein oder zwei Stunden aufzutischen.«

Der Offizier verbeugte und entfernte sich, aber er hatte die Tür noch nicht erreicht, als Aschure ihn mit einer Frage zurückhielt: »Habt Ihr eigentlich inzwischen noch einmal etwas von Yr gehört, Hesketh?«

Er erstarrte, und das war der jungen Frau Antwort genug. Sie nickte, und der Hauptmann marschierte aus dem Raum.

»Ich bin fest entschlossen abzureisen«, erklärte Aschure, nachdem sie eine Weile schweigend beisammengesessen hatten. »Nach Norden. Zu Axis.«

»Ich komme mit«, sagte Rivkah.

»Und ich auch!« rief Kassna.

»Bei den Sternen!« entfuhr es der jungen Frau. »Diese Last kann ich mir nicht aufladen. Nein, Ihr bleibt hier.«

»Aschure«, begann Rivkah mit festem Blick, wurde dann aber von einem Klopfen an der Tür unterbrochen. Imibe trat mit Caelum auf dem Arm ein.

»Verzeiht, Zauberin«, sagte die Rabenbunderin, »aber der junge Mann hier zappelt nur herum und will unbedingt zu Euch. Oder wäre es Euch lieber, wenn ich ihn noch eine Weile beschäftige?«

»Nein«, antwortete Aschure und streckte die Arme nach ihrem Sohn aus. »Nein, er mag ruhig bei uns bleiben. Vielen Dank, Imibe.«

Sie setzte sich den Knaben auf den Schoß und wartete, bis das Kindermädchen den Raum verlassen hatte, ehe sie ihre Schwiegermutter ebenso fest ansah: »Nein, Rivkah, ich werde Euch nicht mitnehmen, Ihr werdet hier nämlich viel dringender gebraucht.«

»Unsinn!« erwiderte diese und hieß Kassna zu schweigen, als sie jetzt das Wort ergreifen wollte. »Euer Onkel Isgriff hält hier bereits die Stellung.« Sie nickte in die Richtung des Prinzen, der sich belustigt vor ihr verbeugte. »Er versteht sich sehr gut darauf, sich um die Belange Karlons und die Gebiete Tencendors zu kümmern, die noch nicht unter Gorgraels Eis begraben liegen. Deswegen werde ich Euch begleiten.«

»Mutter? Wo geht Ihr denn hin?« fragte der Kleine erschrocken.

Aschure mußte sich auf die Zunge beißen, um nicht vor Ärger zu explodieren. »Zu Vater, mein Schatz. Aber ich muß allein dorthin.«

»Aschure«, begann jetzt Kassna trotz Rivkahs immer deutlicher werdenden Zeichen, den Mund zu halten. Sie sah die junge Frau mit brennenden Augen an: »Seit Monaten sitzen wir hier schon herum und warten. Auf eine Nachricht, auf ein Wort ... und weder bei Rivkah noch bei mir handelt es sich um verzärtelte Hofdamen, die schon bei der ersten Schneeflocke in verzweifelte Klageschreie ausbrechen. Und wenn Ihr Euch danach sehnt, Euren Gemahl wiederzusehen, so geht uns das mindestens genauso!«

»Wir wollten ohnehin in den nächsten Tagen in den Norden aufbrechen«, erklärte Axis' Mutter nun. »Aber wo Ihr jetzt schon da seid und zu Eurem Gemahl weiterwollt, ja da wäre es doch eigentlich das Vernünftigste, wenn Ihr Euch uns anschlösset.« Rivkah senkte den Blick, um sich das verräterische Funkeln in den Augen nicht anmerken zu lassen.

»Ich will auch mit zu Vater, Mutter!«

Aschure mußte nun arg an sich halten, um nicht aus der Haut zu fahren. »Der Ritt nach Norden ist lang und voller Gefahren. Für uns alle zusammen wäre das ein viel zu großes Wagnis!«

»Ach, verwünscht sollt Ihr sein, Aschure!« Rivkah konnte nicht länger an sich halten. »Ich will nicht länger allein zurückgelassen werden! Mein Sohn und mein Gemahl halten sich im Norden auf, und genau dorthin werde ich mich jetzt auch begeben, verdammt noch mal! Wenn Ihr Euch weiterhin weigert, mich mitzunehmen, dann folge ich Euch eben in einer Stunde Abstand! Mit Axis' Armee bin ich monatelang durch Tencendor geritten, und ich sehe keinen Grund, warum ich das nicht noch einmal könnte!«

Nun setzte auch Kassna eine trotzige Miene auf, und Aschure unterdrückte einen Fluch. Sie würde diese beiden einsperren müssen, wenn sie allein reisen wollte. »Isgriff«, erklärte die junge Frau dann, »ich überlasse Karlon Eurer Obhut.«

Mit einem leisen Lächeln verbeugte er sich: »Ganz wie Ihr befehlt, Herrin.«

Rivkah warf der jungen Nor einen triumphierenden Blick zu, aber Aschure war mit den beiden noch nicht fertig: »Gut, Ihr reitet nach Norden, aber nicht auf geradem Wege zu Axis und seiner Armee. Und in diesem Punkt werdet Ihr mir Folge leisten, verstanden?«

Die Frauen waren verstört über diesen Ton. Rivkah war nicht entgangen, mit wieviel neuer Selbstsicherheit Aschure von ihrem Aufenthalt auf der Insel zurückgekehrt war, aber sie hatte geglaubt, das rühre lediglich daher, daß die junge Frau endlich ihre Zwillinge geboren hatte und sich jetzt wieder besser fühlte. Doch nun mußte Rivkah erkennen, daß noch viel mehr in ihrer Schwiegertochter vorgegangen war. »Wohin sollen wir dann?« fragte sie.

»Nach Sigholt. Wenn dieser Timozel mit seinen Kreaturen nach Norden zieht, wird Axis ihm irgendwann folgen müssen. Und bei so vielen Verwundeten werden sie sicher den Umweg über Sigholt einschlagen, damit sich alle im See des Lebens erholen können. Ihr reist also dorthin und bekommt Eure Gatten noch früh genug zu sehen.«

»Aber, Aschure«, wandte Kassna ein, »wenn wir nach Sigholt reiten, laufen wir der Armee doch wahrscheinlich irgendwo in Aldeni über den Weg.«

Die junge Frau lächelte und strich Caelum über die Locken: »Meine Liebe, wir reiten ja gar nicht.« Sie beugte sich über Caelum und küßte ihn auf den Kopf. »Und wenn es schon nach Sigholt geht, kann ich auch gleich meine drei Kinder mitnehmen.« Seufzend fügte sie hinzu: »Dann dürfen wir natürlich auch nicht Imibe und die Kindermädchen vergessen ... Das wird eine richtige Reisegesellschaft.«

Ja, die Idee mit Sigholt gefiel ihr immer besser. Sicher würde sie es genießen, die alte Festung wiederzusehen, und der Umweg kostete sie nicht allzu viel Zeit. Schlimmstenfalls ein paar Tage.

Und wir erhalten Gelegenheit, mit Euch zu reden.

Die Stimme hallte durch das Gemach wider, und Aschure hob verwundert den Kopf. Aber niemand sonst schien sie gehört zu haben. Alle starrten die junge Frau nur wegen ihres erstaunten Gesichtsausdrucks an.

»Aschure?« fragte Isgriff. »Was ist mit Euch?«

Zeit, die Ihr allein im Schnee verbringt, wird Eure Kräfte reifen und wachsen lassen.

Adamon! erkannte sie nun den Sprecher. Ja, das wäre sicher

das Beste. Zuerst mit den Kindern, Rivkah, Kassna und den anderen nach Sigholt … und dann allein weiter nach Südwesten … ganz allein, um zu reifen und zu wachsen …

Und wenn sie dann Axis wiedersah …

»Aschure, was meintet Ihr eben damit«, wollte Rivkah wissen, »daß wir nicht reiten werden?«

Die junge Frau lächelte geheimnisvoll: »Wir brechen morgen früh auf. Packt in einer kleinen Tasche alles zusammen, was Ihr nach Sigholt mitnehmen wollt, nur soviel, wie Ihr allein tragen könnt, und dann unternehmen wir eine Treppenbesteigung.«

»Wir besteigen eine Treppe?« entgegnete Rivkah mißtrauisch. Sie argwöhnte, daß Aschure sie hereinlegen und mitten in den Nacht ganz allein aufbrechen wollte.

Aber Caelum rief: »Narrenturm!« Seine Mutter lachte und zerzauste ihm das lockige Haar. »Ganz recht, mein Schatz. Der Narrenturm wird uns nach Sigholt bringen.«

Nachdem sie sich noch eine Weile bei einer leichten Mahlzeit unterhalten hatten – Aschure berichtete ihnen von der Geburt der Zwillinge (streifte die Begleitumstände aber nur am Rande), vom Tempelberg und vom Tempel selbst –, zogen Kassna und Isgriff sich zurück. Imibe erschien und brachte Caelum ins Bett. Nur Rivkah blieb sitzen und schien noch nicht gehen zu wollen.

Nachdem die Tür sich hinter den letzten geschlossen hatte, rückte Rivkah näher an ihre Schwiegertochter heran. »Aschure, was ist mit Euch geschehen?«

Die junge Frau zuckte die Achseln und fragte sich, wieviel Rivkah bereits mit ihrem ausgezeichneten angeborenen Wahrnehmungsvermögen herausgefunden hatte. »Wahrscheinlich bin ich nur endlich erwachsen geworden.«

Ihr Gegenüber lächelte. »Ich glaube, da steckt noch ein wenig mehr dahinter. Euch ist etwas widerfahren, das weit über das Erwachsenwerden hinausgeht. Berichtet mir doch bitte, was Ihr über Eure Mutter Niah herausgefunden habt.«

»Ach, Rivkah …« Aschure nahm deren Hand zwischen die ihren. Viele Jahre war Rivkah die einzige gewesen, die davon gewußt hatte, wie sehr Aschure sich nach ihrer Mutter sehnte. Darum freute sie sich jetzt um so mehr, daß sie ihre Entdeckungen mit der Freundin teilen konnte. Aschure erzählte von Niahs Brief und von dem, was die Erste ihr gesagt hatte. Sie beschrieb ihr den Tempel und das wunderbare Gitterwerk aus Jade der Sternenkuppel – welche die Erste Priesterin ihr gezeigt hatte –, aber sie schwieg über Wolfstern und seinen Schwur, daß er Niah von Herzen geliebt habe und sie wiedergeboren würde. Und sie berichtete Rivkah auch nichts darüber, wie sie die ganze Nacht in Sternenströmers Armen gelegen hatte.

Diese fing irgendwann an zu weinen, und Aschure nahm sie in die Arme. »Ich freue mich für Euch«, murmelte sie dabei, »daß Ihr so viel über Eure Mutter herausfinden konntet. Bewahrt den Brief stets wie einen Schatz auf.«

Rivkah tupfte sich die Tränen fort und lehnte sich zurück: »Und jetzt müßt Ihr mir alles über Eure Zwillinge erzählen. Verlief die Geburt wirklich so einfach, wie Ihr eben angedeutet habt? Mir fiel dabei auf, wie Isgriff Euch mehrfach einen merkwürdigen Blick zugeworfen hat. Deswegen sagt mir jetzt, wie es sich in Wirklichkeit abgespielt hat.«

Dieser Frau entgeht einfach nichts, dachte Aschure, berichtete Rivkah dann aber gehorsam, wie schmerzhaft und schwierig die Geburt tatsächlich verlaufen war. »Ich war ehrlich froh, die beiden loszuwerden … Und ich hasse mich dafür, so zu empfinden … Aber den zweien schien es auch mehr als recht zu sein, meinen Bauch verlassen zu haben. Und was die Namen angeht, so haben nicht Axis oder ich sie ausgesucht, sondern Großvater Sternenströmer.«

»Wie geht es ihm?« fragte seine ehemalige Gemahlin und zog dabei leicht die Augenbrauen hoch.

Aschure lachte fröhlich. »Nun, wir beide sind schließlich doch noch richtig gute Freunde geworden. Alle Spannungen, die einmal zwischen uns bestanden haben, sind wie fortgeblasen. Ohne die Liebe und Freundschaft Sternenströmers hätte ich das alles nicht überstehen können.«

»Und …« bohrte Rivkah nach.

»Und was?« gab die junge Frau äußerst gereizt zurück.

»Wie steht es mit Euch, meine Liebe? Ihr kommt mir ganz anders vor, richtig verändert. Allerdings«, fügte sie lächelnd hinzu, »braust Ihr immer noch so rasch auf wie die Aschure, die ich bislang kannte.«

Die junge Frau beruhigte sich so weit, daß sie wieder lächeln konnte. »Ja, liebe Freundin, ich habe mich tatsächlich gewandelt ... und dabei eine ganze Menge über mich erfahren. Aber ... aber zuerst möchte ich mit Axis darüber reden. Ich hoffe, das macht Euch nichts aus. Denn das, was über mich gekommen ist, betrifft auch ihn.«

»Nein, natürlich nicht, nur ...«

Rivkahs Stimme erstarb, und Aschure sah sie besorgt an. »Was ist denn? Stimmt etwas nicht?«

Rivkah schaute auf ihre Hände, die sie im Schoß zusammengefaltet hatte. Dann holte sie tief Luft, hob den Kopf und sah ihrer Schwiegertochter fest in die Augen: »Aschure, ich bin im dritten Monat schwanger.«

Der jungen Frau lief es kalt den Rücken hinunter. »Aber für eine Acharitin seid Ihr viel zu alt, um noch ein Kind empfangen zu können und auszutragen.« Aschure klang sehr angespannt.

Für eine Acharitin? wunderte sich Rivkah. Was für eine merkwürdige Ausdrucksweise für jemanden, der selbst zur Hälfte Mensch war. Wahrscheinlich hatte ihre Freundin sich ihrer ikarischen Seite viel zu weit geöffnet, um sich selbst noch als Acharitin zu sehen.

»Ja, das läßt sich nicht abstreiten«, entgegnete sie. »Aber dieses Kind ist ein Geschenk.«

»Natürlich ... äh, wie meint Ihr das?«

»Nachdem Faraday Euch geheilt und sich dann von Euch und Axis verabschiedet hatte, zog sie mich auf den Gang hinaus, um sich auch von mir zu verabschieden. Aschure, sie und ich standen uns sehr nahe, auch wenn wir uns nur kurz kannten. Wahrscheinlich verbindet uns, daß wir beide einmal Herzogin von Ichtar gewesen sind – und als solche hatten wir beide unsere Last zu tragen. Außerdem war bei uns beiden ein ikarischer Zauberer die Liebe unseres Lebens, was uns ebenfalls am Ende nur Leid bescherte ...«

»Und weiter?«

Aschure sah sie streng an, und Rivkah konnte ihr daraus keinen Vorwurf machen. »Und Faraday gab mir ein Abschiedsgeschenk. Es komme geradewegs von der Mutter, versicherte sie mir. Damit küßte sie mich, und als wir uns wieder getrennt hatten, fühlte ich mich gesund wie nie zuvor und so voller neuer Energie, daß es mir den Atem verschlug. Die Edle gab mir die Gesundheit und Kraft, in jener Nacht dieses Kind zu empfangen. Und ich glaube, Magariz verdient einen Erben. Freut Euch doch bitte für uns.«

»Axis braucht aber keinen weiteren Bruder«, entgegnete die junge Frau hart. »Bornheld und Gorgrael haben ihm nichts als Verdruß, Ärger und Leid bereitet ... und jetzt wollt Ihr ihn mit einem neuen Bruder beglücken, auf daß das ganze Ungemach für ihn von vorn beginnt?« Unausgesprochen gingen beide Frauen davon aus, daß Rivkah einem Knaben das Leben schenken würde.

Sie starrten sich kurz an und wandten dann rasch den Blick voneinander ab. Ein Abgrund schien sich auf einmal zwischen ihnen aufgetan zu haben.

»Rivkah«, begann Aschure dann und ergriff die Hand ihrer alten Freundin, »ich mißgönne Euch Euer Glück ganz gewiß nicht, nur ...«

»Nur kommt einem das schon unpassend vor, wenn eine andere Mutter auftaucht, die einen Rivalen zur Welt bringen will«, schloß Rivkah den Satz bitter und entzog ihrer Schwiegertochter die Hand. »Axis hielt sich für den letzten Vertreter der königlichen Linie derer von Achar. Nun, ich fürchte, jetzt wird er sich auf neue Gegebenheiten einstellen müssen.« Sie hob trotzig den Kopf. »Aschure, ich werde alles tun, um dieses Kind zu schützen, versteht Ihr, alles!«

Selbst gegen Axis? fragte sich die junge Frau, behielt es aber für sich. Verdammt sollte ihr Gemahl für seine Rührseligkeit sein! Warum hatte er seiner Mutter unbedingt die Krone und den Amethystring, die Insignien des Königs, überlassen müssen? Der Krieger hätte sie lieber einschmelzen lassen sollen. Nun würde sein neuer Bruder nicht nur von rechtmäßiger Geburt sein und der königlichen Linie angehören, er hätte auch jedes Recht, den Thron zu beanspruchen. Aschure sah es schon vor sich, wie alle unzufriedenen Achariten, die mit den neuen Verhältnissen Tencendors nicht einverstanden waren, sich hinter den Rivalen scharen würden.

»Verwünscht sollt Ihr sein, Rivkah!«

Diese legte Aschure die Hände auf die Schultern und schüttelte sie energisch. Ihre Augen blitzen ebenso grimmig wie die ihrer Schwiegertochter. »Schwört mir, daß Ihr meinem neuen Kind nie ein Leid zufügen werdet! Gebt mir Euer Wort darauf!«

Aschure starrte sie nur an.

»Wenn Ihr mich noch liebt, dann schwört es mir!«

Die Schultern der jungen Frau sackten herab. »Ich schwöre, daß ich Eurem Kind niemals ein Leid zufügen werde, Rivkah – solange dieses Kind Axis das Amt nicht streitig macht. Wenn Euer jüngster Sohn den Krieger jemals herausfordern sollte, stehe ich fest zu meinem Gemahl, und dieser Schwur soll dann aufgehoben sein!«

Rivkah nickte grimmig und nahm ihre Hände von Aschures Schultern. »Ich würde auch gar nicht erwarten, meine Liebe, daß Ihr jemals meinem neuen Sohn gestatten würdet, sich zwischen Euch und Axis zu drängen. Deswegen bin ich mit Eurem Schwur einverstanden.«

»Nun verstehe ich auch, warum Euch so sehr daran gelegen ist, zu Magariz zu stoßen. Er weiß wohl noch nichts davon?«

Rivkah schüttelte den Kopf. »Deswegen faßte ich ursprünglich auch den Plan, in den Norden zu reisen. Aber nachdem wir die Nachricht von Axis erhielten …« Ihre Züge wurden ernst. Die beiden Frauen vergaßen die Feindschaft, die eben noch jäh zwischen ihnen aufgelodert war, fielen sich in die Arme und weinten zusammen.

»Aschure, wißt Ihr eigentlich«, meinte Rivkah schließlich und wischte sich die Augen trocken, »daß dies mein erstes rechtmäßig empfangenes Kind sein wird?«

Die junge Frau sah sie verwirrt an: »Aber ich dachte, wenigstens Bornheld ...«

Ihre Freundin lächelte und teilte Aschure nun mit, was sie und Magariz noch nie jemandem erzählt hatten. Sie beide hatten vor vielen Jahrzehnten einen alten Bruder des Seneschalls bestochen, sie zu vermählen. »Ach, wir waren noch so jung«, schloß Rivkah leise, »und uns blieb nicht mehr als eine Nacht. Der arme Magariz ... Jahrelang quälte er sich mit der Frage, ob Bornheld in Wahrheit sein Kind sei.«

»Und Ihr habt niemals ein Wort darüber verloren?« Man sah der jungen Frau an, daß sie das einfach nicht glauben konnte.

Rivkah lachte. »Wem hätte das denn etwas genutzt? Der Priester war schon so alt, daß ihm höchstens noch ein oder zwei Jahre blieben. Und wer hätte unsere heimliche Ehe nach seinem Tod noch bestätigen können?«

»Und Ihr habt auch Sternenströmer nichts davon verraten?«

»Nein. Warum auch? Das wäre ohne Belang für ihn gewesen.«

Aschure lachte. »Armer Bornheld. Bis zu seinem Ende hat er nie erfahren, daß er wie Axis ein Bastard war. Und daß der wahre Ehemann seiner Mutter in seinem Heer diente.«

Rivkahs Lächeln verging. »Meine Liebe, wollt Ihr trotzdem zu mir halten?«

»Ja, meine Freundin, das will ich.«

36

Wieder im Heiligen Hain

In dieser Nacht kehrte Faraday in den Heiligen Hain zurück, um weitere Schößlinge zu holen. Aber dort traf sie Aschure an, die auf der Lichtung saß und auf sie wartete. Caelum spielte zu ihren Füßen, und einige Gehörnte hatten bei ihr Platz genommen. Man unterhielt sich gerade über das eine oder andere Rätsel des Sternentanzes.

»Faraday!« Die junge Frau sprang auf, und die Gehörnten erhoben sich ebenfalls, wenn auch anmutiger.

Faraday rannte auf sie zu und umarmte sie. »Aschure, Ihr seht großartig aus! Und was machen Eure neuen Kinder?«

»Sie entwickeln sich prächtig und sind hübsche Kinder. Ich bin übrigens zur Zeit wieder in Karlon.«

»Dann seid Ihr sicher über den Narrenturm hierher gekommen, nicht wahr?«

»Ja. Ich hoffe, ich störe nicht.«

»Ganz und gar nicht.« Die Edle hakte sich bei der Freundin ein. »Lassen wir Caelum in der Obhut der Gehörnten zurück, dann können wir beide gemächlich durch den Hain zu Urs Baumschule spazieren.«

Sie zwinkerte den Heiligen des Hains zu, denen es nichts auszumachen schien, Kindermädchen spielen zu müssen, und zog dann Aschure mit sich zu den Bäumen.

»Ich sehe dem Glanz in Euren Augen an«, sprach sie zu Aschure, als sie die Lichtung ein gutes Stück hinter sich gelassen hatten, »daß Ihr Eure Zeit auf der Insel des Nebels und der Erinnerung wohl zu nutzen verstanden habt.«

»Stimmt, ich bin mir selbst längst nicht mehr so ein Rätsel wie früher«, bestätigte die junge Frau und berichtete Faraday von dem, was sie über ihre Mutter herausgefunden und auch einiges von dem, was ihr in der Gruft des Mondes enthüllt und nahegebracht worden war.

Faraday lachte, weil sie genau wußte, daß ihre Freundin mindestens ebensoviel für sich behielt wie sie preisgab. »Eigentlich seid Ihr jetzt ein noch größeres Rätsel als zuvor«, sagte sie und wurde dann ernst: »Aber ich merke Euch deutlich an, daß Euch etwas Sorge macht. Verratet Ihr es mir?«

»Genauso ein Rätsel wie Ihr für mich«, entgegnete Aschure, drang aber nicht weiter in die Freundin. Faraday würde ihr schon alles sagen, wenn sie die Zeit für gekommen hielt. »Axis ist verletzt«, antwortete sie dann. »Sehr schlimm sogar. Und er hat seine Zaubererfähigkeiten verloren. Oben in Aldeni ist es nämlich zu einer furchtbaren Schlacht gekommen.«

Faraday blieb so plötzlich stehen, als sei sie gegen ein Hindernis gestoßen. Ihr erschrockener Gesichtsausdruck erinnerte Aschure daran, wie sehr die Edle den Krieger immer noch liebte. »Berichtet mir alles darüber!«

Die junge Frau erzählte ihr das wenige, was sie selbst nur wußte. »Morgen früh reise ich zu ihm.«

»Könnt Ihr ihm denn helfen?« Eine lebende Seele, die in einem toten Körper gefangensaß? Ach, Mutter, helft ihm!

Faraday zitterte und widerstand dem Drang, alles stehen und liegen zu lassen, um sofort an Axis' Seite zu eilen. Schließlich war der Krieger jetzt mit Aschure verbunden, und so würde sie diejenige sein müssen, die ihm Hilfe brachte. Wenn dem Sternenmann überhaupt noch zu helfen war! »Er muß weiterleben, Aschure!«

Die junge Frau verspürte kurz stechende Eifersucht, als sie sehen mußte, welche Gefühlswallungen über das Gesicht Faradays huschten. Faraday hatte schon einmal bewiesen, wozu ihre Liebe zu Axis fähig war, als sie ihm damals nach der Erstürmung der Stadt Gorken durch die Skrälinge das Leben gerettet hatte. Ob die Edle noch einmal dazu in der Lage wäre?

»Das müßt Ihr mir nicht sagen, Faraday, denn das ist mir durchaus bewußt.«

Die beiden Frauen liefen schweigend und in Gedanken versunken weiter. Um sie herum tanzten und tollten die sonderbarsten Wesen einher. Aschure fragte sich, wie hier nur soviel Freude und Lebenslust herrschen konnte, während sie selbst doch die schlimmsten Sorgen quälten?

Rivkah kam ihr in den Sinn. Faraday hatte dieser die Fähigkeit geschenkt, trotz ihres Alters noch einen möglichen Rivalen für Axis zu empfangen. Warum hatte sie das getan? Aus Rache für verschmähte Liebe? Die junge Frau wollte sie gerade darauf ansprechen, als diese selbst das Wort ergriff und ein ganz anderes Thema anschnitt.

»Ich habe auch ein paar Neuigkeiten für Euch«, sagte Faraday. »Ihr hattet recht, mich vor Gilbert und Moryson zu warnen.«

»Wie das? Haben die zwei Euch etwas angetan?«

»Versucht haben sie's, gewiß.« Faraday berichtete ihr nun von Gilberts Angriff und daß Moryson sonderbarerweise eingeschritten war.

»So habe ich ihn noch nie gesehen, Aschure. Moryson war einfach nicht mehr derselbe. Er schien vollkommen von Sinnen zu sein ... und irgendwie ganz verändert ... ach, ich weiß auch nicht. Und warum hat er Gilbert erwürgt? Man sollte doch annehmen, an meinem Tod sei ihm ebenso gelegen wie dem neuen Bruderführer. Moryson hat doch früher nie einen Mord zu verhindern versucht. Priam ist höchstwahrscheinlich seinen Machenschaften zum Opfer gefallen, und Rivkah hätte zu diesem Thema doch auch einiges zu sagen ... Ach, Aschure ...« Die Edle kam wieder auf den jungen Kirchenfürsten zu sprechen: »Gilbert wollte mich im Namen Artors umbringen, aber ich glaube nicht, daß allein religiöser Eifer ihn antrieb. In seinen Augen steckte ein ganz besonderes Leuchten ... von Macht, von Artors Macht.«

»Meine Liebe, seid ganz besonders auf der Hut«, mahnte die junge Frau. »Artor ist auf die Welt herniedergestiegen ...« Sie zögerte. Wieviel durfte sie Faraday verraten? »Die Prophezeiung hat weit mehr hervorgebracht als nur den Kampf zwischen Axis und Gorgrael.«

Faraday starrte sie an. Meint Ihr, auch Euch und mich? Wen außerdem? Und was sonst noch?

»Ja«, erklärte sie und senkte den Blick. »Keiner von uns wird so bleiben, wie er war. Das hat mir der verrückte Moryson gesagt. Er meinte auch, wenn Artor selbst mich heimsuchen sollte, müßte ich mich an Euch um Hilfe wenden.«

»Das hat der alte Mann gesagt?« wunderte sich Aschure. »Aber er weiß doch gar nicht, wer ich bin. Moryson verschwand aus Karlon, bevor ich ...« Die junge Frau verstummte, während ihre Gedanken rasten. Sie hatte schon ihre liebe Not damit, diese abzuschirmen. Was wußte Moryson? Wer war Moryson?

»Na ja, wie auch immer, er war der festen Überzeugung, daß Ihr mir beistehen könntet.«

Aschure lächelte und legte der Freundin einen Arm um die Hüfte. »Aber natürlich werde ich das. Ihr braucht mich nur zu rufen, und ich komme. Niemand würde Artors verdammten Pflug so gern zu Asche verbrannt sehen wie ich. Doch bitte, beherzigt die Warnung Morysons genauso wie die meine: Wenn Gilbert tot ist, findet Artor sicher leicht einen anderen, den Er als Sein Werkzeug benutzen kann.«

»Ja, Mutter«, entgegnete Faraday wie ein artiges, gehorsames Mädchen, und Aschure mußte lachen.

»Und wie kommt Ihr mit dem Einpflanzen voran?«

»Ach, einfach wunderbar!« rief die Edle vergnügt darüber, sich nun einem angenehmeren Thema zuwenden zu können. »Der ganze Südwesten Tencendors hallt von der Musik der Bäume des Bardenmeers wider. Ich habe mittlerweile schon die Farnberge erreicht, und Jultide will ich am Farnbruchsee verbringen. Von dort aus ziehe ich dann nach Skarabost weiter.«

»Aber Ihr paßt doch wohl auf Euch auf, nicht wahr, Faraday? Nie wart Ihr verwundbarer als jetzt.«

»Oh, aber ich habe eine Gefährtin. Laßt mich Euch von ihr erzählen.«

Sie nahmen ihren Spaziergang wieder auf, unterhielten sich

über dieses und jenes und erreichten endlich das Tor zu Urs Garten.

»Faraday?« fragte Aschure, während sie auf die alte Frau warteten, die ihnen auf dem Gartenweg langsam entgegenkam. »Wie vermögen die Bäume dem Sternenmann zu helfen?«

Die Baumfreundin sah Aschure mit ihren großen grünen Augen an: »So, wie sie es am besten können, eben auf ihre Art … mehr kann ich leider nicht dazu sagen. Ich glaube, ein jeder von uns hat seine Geheimnisse zu bewahren. Ah, da ist sie ja schon. Ur, seht nur, wen ich mitgebracht habe.«

Aschure schüttelte der uralten Gärtnerin die Hand und lächelte sie voll Freundlichkeit an. Dann schaute sie an ihr vorbei. Die Baumschule wirkte viel gelichteter als bei ihrem letzten Besuch.

»So viele sind heimgekehrt«, bemerkte Ur, »und trotzdem bleibt noch eine solche Menge zu tun. Vielleicht, junge Frau, könnt Ihr Faraday ja heute nacht dabei helfen, die Schößlinge an den richtigen Ort zu schaffen.«

37

»Eure Worte sind gar zu süss!«

Aschure umarmte ihren Onkel. »Vielen Dank, Isgriff, für alles. Für Eure Freundschaft, für die Geschichten, mit denen Ihr mir an den langen Abenden an Bord der ›Robbenhoffnung‹ die Zeit vertrieben habt, und ganz besonders dafür, daß Ihr und die Euren das Geheimnis um die Insel des Nebels und der Erinnerung so lange habt bewahren können.«

Der Prinz von Nor mußte ganz gegen seine Gewohnheit vor Rührung schlucken. Bisher hatte er sich selbst immer für viel zu abgebrüht und welterfahren gehalten, um Gefahr zu laufen, je in eine solche Verlegenheit zu geraten. Aber bislang hatte er ja auch nicht eine Nichte wie Aschure gehabt. Sie hatte ihrer Mutter und damit seiner Schwester Niah wie auch dem Hause Nor viel gegeben, worauf dieses mit Recht stolz sein durfte, entschuldigte er vor sich selbst die Tränen und klopfte Aschure auf den Rücken. »Seid Ihr Euch auch ganz sicher, das Richtige zu tun?«

Sie lehnte sich in seinen Armen zurück und wischte ihm die nassen Streifen von den Wangen. »Nein, aber das hat mich noch nie aufgehalten.«

Der Prinz lachte und ließ sie los. »Ihr seht müde aus, Nichte. Vielleicht vermißt Ihr ja schon die schwankenden Kojen auf der ›Robbenhoffnung‹.«

»Vielleicht habe ich ja die ganze Nacht im Garten gearbeitet, Onkel«, erwiderte Aschure, ohne sich aber näher darüber auszulassen. »Und nun verabschiedet Euch von Eurer Tochter. Wenn das Schicksal es will, bringt sie bei ihrer Rückkehr sicher ihren Gemahl mit.«

Isgriff wandte sich an Kassna, die so fröhlich wirkte, wie schon seit Monaten nicht mehr, und nahm sie in die Arme. Er hatte auch allen Grund, auf seine jüngste Tochter stolz zu sein. Ohne diese beiden jungen Frauen würde ihm Karlon sicher leer und langweilig vorkommen. Aber vielleicht konnte er ja einige der ikarischen Zauberer auf einen Besuch einladen. Bei den Sternen, von diesen Vogelmenschen bevölkerten mittlerweile solche Scharen den Himmel, daß es doch gelacht wäre, nicht den einen oder anderen von ihnen zu einem Schwatz bewegen zu können.

Sie standen vor der Eingangstür des Narrenturms beisammen, und die Vormittagssonne schien recht matt auf sie herab. Alle, bis auf Aschure, wirkten erwartungsvoll, einige sogar ein wenig bang. Wie sollte die junge Frau nur die ganze Gruppe nach Sigholt bekommen? Lediglich ein Pferd befand sich, gehalten von einem Stallknecht, bei ihnen, ihr Hengst Venator, und die Ungeduld ließ ihn tänzeln, daß sein Fell rot aufleuchtete. Aschure hatte ihr Roß bei der Rückkehr liebevoll begrüßt. So lange hatten sie sich nicht mehr gesehen, und noch länger waren sie nicht ausgeritten. Die junge Frau hatte ihm auf den Hals geklopft und ihm ins Ohr geflüstert, daß sie noch heute über die Weiten des nördlichen Tencendor dahinjagen würden.

Kassna entfernte sich nun von ihrem Vater und gesellte sich zu Rivkah. An ihrer Seite standen bereits Imibe und die beiden Kindermädchen, die Aschure in Piratenstadt angeheuert hatte. Die beiden trugen nun jede einen ihrer Zwillinge auf dem Arm. Aufgeregte Alaunt strichen den Anwesenden um die Beine. Manchmal vergaßen sie sich in ihrer Vorfreude und bellten entweder das Wasser oder den schweigenden Turm an. Die Riesenhunde spürten die Veränderung, die in ihrer Herrin vor sich gegangen war – und auch, daß sie etwas Magisches erwartete.

Die junge Frau trug zum ersten Mal seit Monaten wieder die enge graue Uniformhose und das dazugehörige blutrote Langhemd. Das Haar hatte sie sich nicht geflochten und hochgesteckt, es hing ihr lose bis auf den Rücken hinunter. Jetzt warf Aschure einen letzten Blick auf Karlon, winkte ihrem Onkel noch einmal zu und zeigte auf ihren Turm: »Sind die Damen bereit?«

Rivkah setzte sich sofort in Bewegung, blieb dann aber wieder stehen. Ihre Schwiegertochter hatte ihnen noch nicht erklärt, auf welche Art sie die ganze Schar nach Sigholt befördern wollte. Irgendwie wurde Rivkah nämlich den Verdacht nicht los, daß Aschure hier Augenwischerei betrieb, die letztendlich nur dem Zweck diente, die anderen loszuwerden, um dann doch noch allein in den Norden reisen zu können. Wollte die junge Frau sie etwa in den Turm locken, sie in einem unbeobachteten Moment dort einsperren und sich dann auf Venator schwingen und ihm die Sporen geben?

»Nein, ich plane nichts dergleichen«, erklärte Aschure und öffnete die Tür. »Folgt mir bitte.«

Schon trat sie ein.

Rivkah warf einen unsicheren Blick auf die anderen, ärgerte sich darüber, daß die junge Frau ihre Gedanken so deutlich lesen konnte, und schritt hinter ihr in den Narrenturm.

Kaum hatte sie das Bauwerk betreten, blieb sie ergriffen stehen. Ihr Blick wanderte in die höchsten Höhen, und sie staunte über die unbeschreibliche Innenarchitektur des Turms. Aschure trat lächelnd zu ihr und zog sie ein Stück zur Seite. »Kommt bitte hierher, meine Liebe, hinter Euch wollen nämlich noch einige herein.«

Tatsächlich versammelte sich nun hier eine größere Menge. Kassna folgten die Bediensteten, diesen die Hunde, die sofort im Innenhof herumliefen, und schließlich Venator, der sich erst durch einen Pfiff seiner Herrin dazu bewegen ließ, hereinzutrotten. Das Gedränge von Menschen und Hunden machte ihn unruhig.

Aschure klopfte ihm beruhigend auf den Hals, hatte damit auch Erfolg und hoffte, daß das Roß auch mit den vielen Stufen zurechtkäme.

Hinter ihnen schloß sich die Tür aus eigenem Antrieb. Aschure fragte sich, ob Isgriff und sein Gefolge noch draußen warteten und ob Karlon überhaupt noch jenseits der Tür stand. Oder waren sie nun plötzlich in eine ganz andere Welt gelangt, in die des Narrenturms?

Sie lächelte leicht, als sie die ehrfürchtigen Mienen um sich herum bemerkte, rückte Caelum auf ihrem Arm zurecht, um ihn besser halten zu können, und schritt dann zur ersten Treppe. »Narrenturm«, rief Aschure laut und klar, »ich ... wir wünschen, zu der Brücke vor Sigholt zu gelangen.«

Und ohne ein weiteres Wort der Erklärung stieg sie die Stufen hinauf.

Der Hengst schnaubte, folgte ihr dann aber. Seine Hufe klapperten und rutschten auf den Holzstiegen.

»Rivkah?« fragte Kassna mit kläglicher Stimme, und diese nahm die Hand der jungen Frau in die ihre.

»Euch erwartet ein großes Abenteuer, Kassna, und Sigholt wird Euch ganz bestimmt gefallen. Nun kommt.« Und sie führte die Nor. Die Alaunt sausten an ihnen vorbei die Treppe hinauf, und Rivkah warf einen Blick über die Schulter zurück, um festzustellen, ob das Gesinde mit den Zwillingen folgte.

Gut eine Stunde lang ging es immer nur hinauf, bis Rivkah als die älteste von ihnen nicht mehr konnte. Die Beine schmerzten sie, und sie mußte die kleine Reisetasche ständig von einer Hand in die andere nehmen, damit es sie nicht gar zu arg in den Armen zog. Unwillkürlich faßte sie sich an den Bauch und sorgte sich um ihr Kind. Wenn sie nun wirklich viel zu alt war, um noch ein Kind austragen zu können?

»Aschure?« rief Rivkah nach oben. »Was treiben wir eigentlich hier? Warum müssen wir den Turm in seiner vollen Höhe besteigen?« Wenn sie hinauf auf die verrückt angeordneten Balkone und Absätze schaute, wurde ihr ganz schwindlig. Sie schwankte auf den Stufen, und damit drangen alle tiefen Ängste an die Oberfläche. Schreiend hielt sie sich am Geländer fest.

Sofort war Aschure bei ihr und legte ihr einen Arm um die Hüfte. »Ganz ruhig, meine Liebe, alles ist in bester Ordnung. Wir haben es gleich geschafft. Vertraut dem Narrenturm. Kommt mit zu mir nach vorn, Ihr auch, Kassna, und dann könnt Ihr es bald sehen.«

Sie zog die beiden geradezu hinter sich her und schob sich an Venator vorbei, der stehengeblieben war und die Ohren aufrecht gestellt hatte, als höre er etwas Ungewöhnliches.

»Da, schaut.« Sie hatten das Ende der Treppe erreicht, und vor ihnen erstreckte sich ein langer Gang. Feiner blauer Nebel hing an seinen Wänden und an der Decke, so daß man den Eindruck gewinnen konnte, in eine dunstgefüllte Röhre zu gelangen.

»Was ist denn das …« Rivkah konnte im ersten Moment nicht weitersprechen. »Wie kann sich denn in einem Turm ein solcher Gang befinden? Der erstreckt sich ja mindestens bis …« Und wieder stockte ihr die Stimme, als sie erkannte, was sich am anderen Ende befand. Kassna stand ebenfalls wie vom Donner gerührt da und konnte es nicht fassen.

»Sigholt«, verkündete Aschure stolz. Sicarius stieß ein langes Heulen aus und stürmte gleich los. Wenig später schon war er im Sonnenschein am anderen Ende verschwunden.

Rivkahs Augen füllten sich mit Tränen. Über welche Zaubermacht verfügte dieser Turm … und mit ihm Aschure? Dort, am Ende des Gangs, stand im hellsten Sonnenschein die Brücke, über welche man in die Festung Sigholt gelangte. Die grauen Mauern ragten hinter ihr auf, und vor dem dunklen Torbogen schritt ein hagerer Mann mit eingefallenen Gesichtszügen auf und ab, der darüber hinaus aber durchaus noch sehr lebendig wirkte.

»Roland!« flüsterte Rivkah, ließ Aschures Arm los und lief lachend durch den Gang. »Roland!«

Kassna verfolgte das Treiben Rivkahs mit großer Verwirrung.

»Nehmt die Zügel meines Hengstes«, forderte Aschure sie auf, »und betretet Sigholt, Kassna. Wenn die Brücke Euch fragt, ob Ihr reinen Herzens seid, verzagt nicht, sondern antwortet aus dem Innersten Eurer Seele.«

Roland stand einen Moment wie gebannt da, bis ihn die Freude überwältigte.

»Rivkah!«

Sie umarmte ihn atemlos. »Seht nur, wer mit mir kommt, Herzog!« Und dann waren auch schon die Alaunt da, bellten aufgeregt und sprangen an ihm hoch. Als nächstes erschien eine junge Frau, die Roland im ersten Moment für Aschure hielt. Sie schritt auf die Brücke zu und führte einen prachtvollen Hengst mit sich. Mitten auf dem Weg blieb sie stehen und sah sich suchend um, weil sie nicht fassen konnte, daß der steinerne Steg zu ihr sprach. Nun zeigte sich auch Aschure und wirkte noch schöner und strahlender, als der alte Herzog sie in Erinnerung hatte. Endlich kamen zwei einfache Frauen, die jede einen Säugling im Arm trugen. Eine dritte hielt ein Kleinkind, und das streckte begeistert die Arme aus, als es den alten Mann sah.

»Roland!«

Der Herzog küßte die junge Frau auf die Wange und drückte dann Caelum an sein Herz. »Aschure! Was? Wie? Warum? Ach, verdammt, was ist geschehen?«

»Ach, Roland«, lachte die junge Frau. »Was geschehen ist? Habt Ihr hier denn überhaupt nichts mitbekommen, nachdem wir losgezogen waren, um Tencendor wiedererstehen zu lassen?«

Der Herzog bebte vor Ungeduld. »Als ob wir hier irgend welche Neuigkeiten erfahren würden! Dieser Ort ist so abgelegen, daß wir uns manchmal vorstellen, uns in einer ganz anderen Welt zu befinden. Wie viele Monate sind vergangen, seit Axis mit seiner Armee losgezogen ist? Donnerwetter, Caelum ist aber gewachsen! Und diese beiden Kleinen da, gehören die auch zu Euch?«

Die junge Frau lächelte ihn an. »Aber, Euer Gnaden, wo bleiben denn Eure Manieren? Da haben wir nun unzählige Meilen in weniger als einer Stunde zurückgelegt, und Ihr laßt uns hier vor dem Burgtor stehen, um mit uns ein Schwätzchen zu halten.«

Roland winkte die ganze Schar in den Burgturm. »Speisen und ein wärmendes Feuer erwarten Euch dort drinnen, und danach dürft Ihr alles loswerden, was Euch auf dem Herzen liegt. Aber verratet mir zuvor noch, wie es meinem guten Freund Jorge geht? Schwingt er immer noch gegen die Skrälinge das Schwert, als wenn es kein Morgen gäbe?«

Aschure warf Rivkah einen fragenden Blick zu, dann lächelte sie traurig und legte dem Herzog eine Hand auf den Arm. »Ach, mein Bester, ich fürchte, wir haben Euch noch viel mehr zu berichten.«

Viel später, als sich bereits die Dämmerung wie ein Tuch über die Burg und den See senkte, stand Aschure allein oben auf den Zinnen des höchsten Turms. Sie umhüllte nur ein dünnes weißes Leinenhemd, und ihr schwarzes Haar wehte in der freundlichen warmen Brise, die vom Gewässer heraufzog. Die junge Frau stützte sich mit beiden Händen auf die uralte Brüstung und schloß die Augen, um die Atmosphäre, das Leben und die Vielzahl der Düfte in sich aufzunehmen, die sie hier umgaben.

Als sie die Augen wieder öffnete und sich umdrehte, rechnete sie schon halb damit, Axis vor sich zu sehen. Wie er sie anlächelte, die Arme ausstreckte und voller Liebe und Leidenschaft im Blick auf sie zu eilte.

Aber natürlich stand der Krieger nicht dort. Nur die Nacht und die ersten Sterne am Himmel erwarteten sie. Aschure mußte die Tränen zurückhalten. Der Sternenmann hielt sich viel weiter im Westen auf. Vielleicht kämpfte er sich gerade durch Schneewehen, vielleicht lag er aber auch irgendwo todwund und vergessen auf dem Eis … und brauchte sie jetzt so sehr wie niemals zuvor. Die junge Frau konnte ihn hier in Sigholt spüren, fühlte seine Not und seine Verzweiflung, sie zu erreichen. Axis rief nach ihr, rief und rief, und Aschure mußte sehr an sich halten, um nicht gleich die Treppen hinunterzustürmen und mit nicht mehr als dem Hemd am Leib nach Westen zu eilen.

»Axis«, flüsterte sie und sah dann wieder auf den See.

Unter ihrem schützenden blauen Dunst war die Stadt rund um den See weitergewachsen. Auch auf den Hügeln hatte sich einiges verändert. Farne, Wildblumen und dunkle Bäume bedeckten einen Großteil der Hänge, und dazwischen gab es Lichtungen und sorgfältig angelegte Wege. Das Aroma der Blumen wehte angenehm zart heran. Die junge Frau hatte vor dem Sonnenuntergang Vogelgezwitscher und das Lärmen von Kindern gehört, die auf den Hügeln nahe bei dem Ort Seeblick spielten.

Das Gewässer schimmerte im Rot der untergehenden Sonne wie ein Rubin. Seit Aschure das letzte Mal hier gewesen war, war seine Farbe voller und dunkler geworden. Der Lebenssee bot einen ebenso schönen und prachtvollen wie geheimnisvollen Anblick, und er machte seinem Namen alle Ehre. Tagsüber, wenn man ihn an den Rändern in blauem Nebel eingefaßt betrachtete, hätte man meinen können, eine Riesin sei hier vorbeigekommen und habe ihr Gewand aus rotem Samt und blauer Gaze abgelegt, um es im Sonnenlicht auszubürsten, sei dann aber von etwas viel Wichtigerem abgelenkt worden und seitdem nicht wieder zurückgekehrt.

Am Ufer des Sees wuchs und gedieh die Stadt. Alle Häuser waren aus festen Steinmauern errichtet und Türen, Fensterläden und -bänke in hübschem Grün, Rosa oder Elfenbein gestrichen und mit grauen Schieferdächern gedeckt. Fröhlich bunte Schilder hingen über den Eingängen, und die meisten Fenster besaßen Bleiglasscheiben, die im vergehenden Sonnenschein glänzten. Die Bürger kehrten vom Abendspaziergang zurück, überall wurden Straßenlaternen angezündet, und an den Straßenecken standen Menschen zusammen, um mit den Nachbarn Neuigkeiten und Tratsch auszutauschen.

Keiner der Flüchtlinge, die im Lauf des Jahres hierhergeströmt waren, so hatte Roland ihr berichtet, habe diesen Ort wieder verlassen. Und niemandem schien auch der Sinn danach zu stehen. Der See und die Hügel stellten ihnen alles, was sie bauchten, zur Verfügung, und man verlebte hier immerzu freundliche und warme Tage, während jenseits des schützenden Nebels immer wieder furchtbare Winterstürme tobten.

Der Herzog hatte sich erst einmal setzen müssen, als er vom Tod seines Freundes Jorge erfuhr. Die beiden hatten sich seit Jahrzehnten gekannt und gut verstanden. Und sie hatten wohl immer geglaubt, eines Tages Seite an Seite in einer grimmigen Entscheidungsschlacht den Tod zu finden. Jorge hatte dieses Ende tatsächlich gefunden, während sein Freund sich weit entfernt von ihm aufgehalten hatte – und sich nicht mehr Gedanken gemacht hatte, als die über sein langsames, sanftes Sterben hier im Zauberland von Sigholt.

Der Herzog war dem Tod noch ein Stück näher gekommen, das hatte Aschure sofort gesehen. Wo er vorher noch irgendwo wie ein Schatten in Rolands Augenwinkeln gelauert hatte, starrte er ihm nun frech mitten aus dem Antlitz. Der Herzog versicherte ihr jedesmal, daß er keinerlei Schmerzen habe, aber bei den Mahlzeiten zitterten seine Hände, und er setzte das Weinglas stets nach einem winzigen Schluck ab. Ihm blieb vermutlich höchstens noch ein Monat, und er würde sein geliebtes Aldeni nie wiedersehen.

Irgendwie war Aschure fast froh darüber, denn wenn er die Provinz jetzt sehen könnte, wie sie unter dem Gewicht von Gorgraels Zorn litt, hätte es ihn furchtbar mitgenommen und ihm das Sterben sehr viel schwerer gemacht. Trotz seiner Erziehung zum Kriegsmann und seiner Tätigkeit als Offizier und Befehlshaber war Roland stets ein freundlicher Mann gewesen, der es verdiente, auf diese sanfte Weise am Lebenssee zu vergehen. Die junge Frau wußte, daß der Herzog nicht in einem harten Ringen sein Leben lassen würde.

Aber wie stand es mit Axis? Ihr Gemahl verbrachte sicher keine so angenehme Zeit. Haderte er Nacht für Nacht in ohnmächtigem Zorn?

Aschure zitterte, und die Tränen traten ihr in die Augen. Morgen würde sie abreisen, nur sie allein und, wie Belial es verlangt hatte, lediglich ihre Alaunt, Venator und ihren Wolfen mitnehmen – und dann so rasch wie möglich nach Westen eilen. Die junge Frau zweifelte nicht daran, daß sie ihren Liebsten in den Schneeweiten finden würde; denn der Mond nahm Nacht für Nacht zu und würde seiner Göttin den Weg weisen.

Tief unter sich spürte sie den Zug und den Sog der Wellen an den Grundmauern der Festung Sigholt.

Aschure.

Die junge Frau drehte sich um und war weder überrascht, noch verspürte sie Angst.

Adamon trat zu ihr und legte ihr einen Arm um die Schultern, während er ihr mit der freien Hand über Gesicht und Haar strich. Die dunklen Locken – so ähnlich denen Caelums, wie sie in diesem Moment erkannte – fielen ihm bis auf die Schultern herab, und im silbrigen Schein der Sterne und des Mondes konnte man besonders gut die feinen Linien der vielen Muskeln an seinem Körper erkennen.

Weint nicht um ihn.

Die junge Frau erbebte wieder, und der Griff seines Arms an ihren Schultern wurde stärker.

Er wartet auf Euch und fürchtet sich doch gleichzeitig davor, von Euch gesehen zu werden. Der Krieger sitzt auf seinem Hengst, sein toter Leib ist seit zehn Tagen mit Seilen festgebunden, und fragt sich verzweifelt, ob Ihr noch irgend etwas an ihm zu finden vermögt, das Ihr immer noch lieben könnt. Das bereitet ihm die größte Angst.

Als könnte ich ihn nicht mehr lieben.

Ja, so wie wir alle ihn lieben. Doch niemand von uns hat das je durchgemacht, was über ihn gekommen ist.

Aschure lehnte sich an den obersten Sternengott und fand Trost in dessen Festigkeit. *Was muß ich tun?*

Er fürchtet die Macht des Sternentanzes.

Sie hat ihn ja auch furchtbar verbrannt.

Weil er sie falsch eingesetzt hat. Gewiß nicht ohne Grund, und dennoch hat er sich schrecklich übernommen. Kein Wunder, daß die Energie ihn überwältigte und zerstörte.

Die junge Frau schlang die Arme um ihn. Adamon fühlte sich warm an, und sie spürte, wie seine Haut an der ihren zitterte. *Helft mir, ihm zu helfen.*

Deswegen bin ich doch gekommen. Hört Ihr den Sternentanz?

Gewiß.

Dann laßt mich Euch ein Geheimnis verraten, ein heiliges Mysterium um Axis und den Sternentanz. Und der Gott nahm ihr Gesicht zwischen seine Hände und flüsterte es ihr ins Ohr.

Aschure lehnte sich zurück, in ihrem Gesicht stand Fassungslosigkeit.

Stellt Euch nur vor, meine Liebe, was Ihr in vielen Nächten in den Armen gehalten habt. Er spürte, wie sie am ganzen Leib zitterte. *Ihr habt die gleiche Beziehung geteilt wie die, welche zwischen dem Mond und dem Sternentanz besteht. Habt Ihr verstanden?*

Die junge Frau lächelte zögernd. *Ich glaube, ja.*

Das alles wird sich Euch noch offenbaren. Denn gerade diese Beziehung wird bewirken, daß Ihr ihm helfen könnt.

Aber das begreife ich nicht.

Später, meine Teure, geduldet Euch. Euch steht noch ein langer Weg bevor, und ehe Ihr Euren Gemahl erreicht, müßt Ihr noch viel lernen, reifer werden und innerlich wachsen. In vielen Nächten werde ich Euch wieder besuchen, und in einigen davon werden die anderen sechs Gottheiten mich begleiten. Doch häufig werde ich allein zu Euch kommen.

Adamon ließ ihr Gesicht los und drückte sie wieder an sich. *Aschure, hat Euch schon einmal jemand gesagt, daß Eure Augen von dem gleichen Graublau sind wie das Meer, dessen Wellen sich an den Gestaden der Insel des Nebels und der Erinnerung brechen? Und seid Ihr Euch bewußt, daß Euer Haar dem Nachtschwarz ähnelt, welches die Sterne umhüllt? Oder erklärte Euch jemand einmal verzückt, daß Eure Haut …«*

Die junge Frau löste sich von ihm und lächelte: »Und hat Euch schon einmal jemand gesagt, daß Eure Worte gar zu süß sind und die Berührung Eurer Hände zu seidig ist?«

Adamon lachte, küßte sie und war auch schon verschwunden.

Als die junge Frau in ihr Gemach zurückkehrte, fand sie dort Gewänder vor, die ihr noch nie zu Gesicht gekommen waren. Sie betrachtete und betastete sie ehrfürchtig.

Wenig später hob Aschure den Kopf und glaubte für einen Moment, Xanons Duft noch in der Luft zu riechen.

Sie schloß die Augen und sog den Geruch genießerisch ein, bis sie sich aus ihrer Verzückung riß, im Raum umsah und sich wieder erinnerte.

Vor genau einem Jahr hatte sie mit Caelum in dieser Kammer in den Wehen gelegen. Wie lange das her war. Ihr kam es mehr wie zehn Jahre und nicht nur eines vor. Damals war sie noch nicht mehr als Aschure gewesen. In jenen Tagen hatte Morgenstern noch gelebt, und Axis war noch nicht bereit gewesen, ihr seine Liebe zu gestehen. Und damals war Faraday ihre größte Feindin und noch nicht ihre Freundin gewesen.

Und vor genau einem Jahr war die Jultidennacht angebrochen.

38

Jultide

Faraday hatte das Bardenmeer von Arken bis zu den Farnbergen und von dort über die Höhen bis zum Farnbruchsee angepflanzt. Heute lag selbst die Schweinesenke, wo Jack und Yr den Jüngling Timozel einst im Zauberschlaf zurückgelassen hatten, in Schatten und sanftem Gesang da.

Während der letzten drei Tage hatten Faraday und die Bäuerin die alten Städte der Ikarier in den Farnbergen besichtigt und sich dabei von freundlichen Vogelmenschen führen lassen.

In den vergangenen tausend Jahren hatten die Achariten die Farnberge nur als ödes Mittelgebirge gekannt, in dem es nichts gab außer den Unmengen Farnkraut, das sämtliche Hänge bedeckte. Aber in den Tagen des alten Tencendor und auch heute wieder nannten die Ikarier diese Höhen die Minarettberge. Die uralten Städte lagen zwar weitgehend noch nicht wieder frei, aber Faraday verstand schon, warum man diesem Gebirge einen solchen Namen gegeben hatte. Jeden Tag wurde ein neuer Spitzturm von dem Zauber befreit, der ihn so lange verborgen gehalten hatte. Und abends ragten dann immer mehr Minarette in den Himmel hinein.

Wie auch schon beim Krallenturm hatten die Vogelmenschen auch hier die meisten Anlagen inmitten der Berge errichtet. Faraday erfuhr zu ihrem großen Erstaunen, daß die gesamten Höhen von luftigen Gängen und Kammern durchzogen waren. Aber die alten Ikarier hatten sich nicht allein auf das Berginnere beschränkt. Endlose Arkadengänge wanden sich um die Berge herum. Sanfte Terrassen boten einen hervorragenden Ausblick auf Skarabost und Arkness. Plattformen und Balkone bedeckten die Hänge, von denen sich die Vogelmenschen in die thermischen Winde abstoßen oder nach einem Flug zu den Sternen wieder landen konnten. Und dazu die Minarette selbst, schlanke Türme aus rosafarbenem, goldenem oder blauem Stein, die hundert Meter oder mehr in den Himmel ragten.

Und um all diese Wunder aus Terrassen, Balkonen und Türmen würde sich bald schon das Bardenmeer wiegen. Die Vogelmenschen zeigten der Edlen, wo sie die Schößlinge einsetzen sollte.

»Einst erhoben sich Minarette mitten im Herzen der großen Wälder«, erklärten sie Faraday, »die Tencendor überzogen. Die großen Türme schoben sich durch die Dächer aus Laub, um die Sonne zu begrüßen. Und in absehbarer Zeit werden sie das wieder tun. Dies ist der Ort, an dem Awaren und Ikarier Seite an Seite zusammenlebten und wo die Mutter und die Sterngötter wandelten und sangen. Auch das wird bald wieder geschehen.«

An dem Tag, an dem Faraday und die Bäuerin Renkin den Gipfel bestiegen, der dicht am Farnbruchsee lag, drehte Faraday sich um und schaute zurück.

»Mutter, ich wünsche mir, daß ich eines Tages dieses Land in all seiner neuen Schönheit schauen darf«, flüsterte sie, und die Bäuerin sah sie besorgt an.

»Aber das werdet Ihr, Herrin«, sprach Frau Renkin. »Warum solltet Ihr nicht?«

Doch die Edle lächelte sie nur traurig an, nahm ihren Arm und drehte sie zum Farnbruchsee.

»Sehet, die Mutter.«

Unter ihnen leuchtete das Gewässer leicht im Nachmittagslicht, und es erschien ihr nicht ganz so schön wie in den Zeiten, in denen es in voller Energie erstrahlte, aber dennoch bestaunenswert. Faraday hatte die Hänge bis hinauf zum Gipfel bepflanzt, und jetzt würde sie die andere Seite bis hinunter zum Ufer mit Setzlingen versehen, um so die Reste des alten Waldes an der Biegung des Sees mit dem Bardenmeer zu vereinen.

Die Bäuerin spürte, daß Faraday sich mit einem Mal verkrampfte, und wieder betrachtete sie Faraday voller Sorge. »Was ist mit Euch, Herrin?«

»Nichts!« lachte die Edle. »Schaut doch nur.«

Frau Renkin blinzelte. Einige dunkle Schatten lösten sich aus den Bäumen und zeigten auf sie und Faraday.

»Die Awaren!« jauchzte Faraday, und ihre Finger schlossen sich vor Aufregung immer fester um den Arm der Bäuerin.

Sie fragte sich schon seit langem, ob die Waldläufer sich nun, da die Macht des Seneschalls gebrochen war, weiter in den Süden wagen würden. Oder ob sie es vorzogen, in Awarinheim zu warten, bis die Baumfreundin mit ihrem Bardenmeer zu ihnen vorgedrungen sei.

Doch hier kamen sie, mindestens ein halbes Dutzend, und winkten ihr zu, und Faraday konnte sich vor Freude kaum fassen. Natürlich hätte es ihr nichts ausgemacht, das Jultidenfest allein mit Frau Renkin am Farnbruchsee zu begehen. Aber nun, da auch Waldläufer daran teilnehmen würden, stand eine ganz besondere Nacht bevor.

Bislang hatte die Edle von den Awaren lediglich Ramu und Schra kennengelernt, und auch sie nur kurz. Jetzt würde die Baumfreundin endlich mehr über dieses Volk der Waldläufer erfahren.

Aber sie mußte ihre Freude auf das Fest auf später verschieben, denn die Nachmittagsaussaat lag noch vor ihr. Und sie wollte mit ihrem Frohsinn nicht die Begeisterung der kleinen Bäumchen stören, die heute endlich aus ihrem Töpfchen durften und in die Erde Tencendors eingesetzt werden würden. Der Jubel der heutigen Schößlinge ließ sich fast mit Händen greifen, kam ihnen doch die Ehre zu, in der Nähe der Mutter, am Ufer ihres Sees, aufwachsen zu dürfen. Damit hätte Faraday dann einen Großteil der ursprünglichen Wälder wiederhergestellt und ein wichtiges Verbindungsstück zu den alten Gehölzen geschaffen.

Und so sang die Baumfreundin zu den Kleinen und sprach freundlich mit ihnen, während sie sie aus ihrem Töpfchen nahm und in den Boden einsetzte. Hinter ihr kam die Bäuerin und summte den Schößlingen ihr altes Wiegenlied vor. Und am Schluß trotteten die braven weißen Esel und achteten sorgfältig darauf, mit ihren Hufen oder den Wagenrädern nicht die Bäumchen zu beschädigen.

Am späten Nachmittag hatte Faraday ihre Arbeit abgeschlossen und trat schließlich auf die Wiese vor dem Waldrand. Die Awaren, sechs Frauen und ein Kind, hatten geduldig gewartet, während die Edle sich durch die Senke zu ihnen vorarbeitete. Jetzt standen sie in stiller Freude da, und ein paar von ihnen strichen ihr langes Gewand oder ihr Langhemd etwas verlegen gerade.

Nur das Kind war nicht so zurückhaltend. Es riß sich von seiner Mutter los und rannte über die Lichtung.

»Faraday!« rief die Kleine, und die Edle, die sie jetzt erkannte, lief ihr entgegen, nahm sie in die Arme und wirbelte sie herum.

»Schra!«

Das Awarenmädchen war in den zwei Jahren, in denen Faraday sie nun nicht mehr gesehen hatte, sehr gewachsen. Mindestens doppelt so groß wie früher, war Schra auch schlanker geworden. Aber das liebe Lächeln war ihr ebenso erhalten geblieben wie das flüssige Dunkel ihrer lebhaften Augen, an das sich Faraday noch gut erinnern konnte.

Die Kleine schlang der Edlen die Arme um den Hals und gluckste vor Lachen, als ihre Freundin sich wieder und wieder fröhlich mit ihr drehte. Das Band, das die beiden verknüpfte, seitdem Ramu sie der Mutter vorgestellt hatte, schien auch nach dieser langen Trennung noch zu bestehen.

»Schra!« ertönte es wieder von Faradays Lippen, aber diesmal leiser und sanfter. Dann drückte sie das Kind fest an sich und setzte es ab. Die sechs Waldläuferinnen ließen sich von Schras Beispiel ermutigen, kamen ebenfalls näher und standen nun nur noch drei Schritte von der Edlen entfernt. Nun spürte Faraday aber, das irgend etwas diese Frauen zu bedrücken schien.

An der Spitze der Awarinnenschar stand eine Magierin, eine kleine und zierliche Frau, die gleichwohl ebensolche Macht ausstrahlte, wie sie damals Ramu umgeben hatte. Trotz der Anspannung in ihrem Blick hatte die Magierin einen kühlen und entschlossenen Gesichtsausdruck.

»Baumfreundin«, begann die Führerin, verbeugte sich vor ihr und legte beide Hände an die Stirn. »Ich grüße und ehre Euch. Möget Ihr allzeit Schatten finden, um darin zu ruhen, und mögen die Pfade des Heiligen Hains Euren Füßen stets offenstehen.«

Damit richtete die Awarin sich wieder auf und stellte sich vor: »Ich bin Barsarbe, Magierin der Waldläufer.«

Die Edle verbeugte sich in der gleichen Weise vor der Frau, trat dann jedoch zu ihr und küßte sie auf beide Wangen. »Seid mir gegrüßt, Barsarbe. Ich heiße Faraday und bin überglücklich, Euch und den Euren endlich begegnet zu sein.«

Die Magierin wirkte verwirrt, weil man in ihrem Volk die Sitte nicht pflegte, sich zur Begrüßung zu küssen, aber nachdem die erste Verblüffung überwunden war, stellte sie die anderen Waldläuferinnen etwas förmlich vor: »Dies sind meine Gefährtinnen, Baumfreundin, die Magierinnen Merse und Almar und dazu Ellen und Kriah vom Flachstein-Klan sowie Relm vom Tannenpfad-Klan.«

Faraday sprach zu jeder von ihnen die althergebrachten Grußworte und küßte sie. Dann winkte sie der Bäuerin zu vorzutreten.

»Dies ist meine liebe Freundin und gute Kameradin, Frau Renkin. Sie hat sich aus dem nördlichen Arkness auf den Weg zu mir gemacht.«

Barsarbe runzelte die Stirn und sprach schon, noch bevor die Bauersfrau Gelegenheit fand, die Awaren zu begrüßen: »Baumfreundin, ich hätte nicht gedacht, daß eine Ebenenläuferin sich dazu eignen würde, Euch bei Eurem Tun zu unterstützen.«

Faraday antwortete kühl: »Ich gehöre selbst zu den Ebenenläufern, Magierin, und dennoch hat die Mutter meine Dienste gern angenommen. Gleich ihr erfreue ich mich der Hilfe dieser guten Seele. An manchen Tagen spricht Frau Renkin sogar mit der Stimme der Mutter zu mir, und jeden Tag singt sie den Schößlingen ihr Lied und weckt so in ihnen die Kraft und den Mut zu wachsen. Wenn ich heute gesund und munter vor Euch stehen kann, dann habe ich das in hohem Maße Frau Renkin zu verdanken.«

Barsarbe errötete ob dieses Tadels der Baumfreundin. »Verzeiht mir«, entgegnete sie und senkte die Augen. »Ihr seht uns beschämt, weil ... nun, weil ...«

»Faraday«, Almar, eine ältere Magierin trat vor, »was Barsarbe Euch sagen will, ist dies: Die Waldläufer betrübt es sehr, daß weder die Baumfreundin noch der Sternenmann auch nur einen Tropfen awarisches Blut besitzen, dafür aber eine von uns den Zerstörer Gorgrael zur Welt gebracht hat. Das alles ist sehr schmerzlich für uns, und in unserer Betrübnis sagen wir leider manchmal Worte, die wir später bedauern.«

Die Edle setzte wieder ein freundliches Gesicht auf. »Barsarbe und Almar, meine Freundinnen. Die Prophezeiung zwingt uns allen die unterschiedlichsten Wege und Schicksale auf. Auch bei mir gab es eine Zeit, in der ich nicht die Baumfreundin sein wollte. Ich erschauerte beim bloßen Anblick eines Baumes vor Furcht und rief dann Artor um Beistand an. Doch schließlich nahm ich den mir vorgezeichneten Weg an und fand meinen Frieden. Barsarbe, die Völker des Pfluges, des Flügels und des Horns müssen in dieser Schlacht vereint kämpfen, und wenn Tencendor schließlich den Sieg errungen hat, werden Wesen all dieser Völker gemeinsam die Wege der neuen Welt beschreiten. Und die Mutter erwählt nach eigenem Ermessen ihre Werkzeuge.«

Zerknirscht hob die zierliche Magierin den Blick. »Baumfreundin, laßt uns von neuem beginnen«, sagte sie leise, »denn unsere erste Begegnung hier war von Mißmut und falschen Voraussetzungen getrübt.« Die Magiern stellte sich vor die Bäuerin, versicherte auch sie ihrer Ehrerbietung, hieß sie willkommen und küßte sie auf die Wange, wie Faraday dies vorhin bei ihr getan hatte. Frau Renkin wurde rot, trat unruhig von einem Bein aufs andere und brachte dann aber doch leicht verlegen eine ebensolche Begrüßung zustande. Über das ganze Gesicht strahlend, nickte sie dann den anderen Waldläuferinnen zu.

Schra ergriff lächelnd ihre Hand.

»Sollen wir uns nicht in den Schatten der Bäume setzen?« schlug Almar vor und machte damit der verkrampften Situation ein Ende. »Dort können wir zusammen speisen. Bis zum Einbruch der Nacht, wenn wir die Jultidenfeier begehen wollen, bleiben uns noch ein paar Stunden, und bis dahin dürften wir noch eine Menge zu bereden haben.«

Faraday und die Bäuerin nahmen erst den Eseln die Satteltaschen und das Geschirr ab, ehe sie sich zu den Awarinnen gesellten. Von den Speisen der Waldläufer kannte die Edle nur das Brot aus dem Mehl der Malfariwurzel, und auch das hatte sie erst einmal probiert. Dennoch griffen sie und Frau Renkin herzhaft zu, nahmen sich von jedem Gericht und genossen die ungewohnten Zubereitungsarten. Doch sie selbst konnten die Awaren ebenfalls überraschen: Was die Bäuerin alles aus der Satteltasche zauberte, versetzte die Waldläuferinnen immer wieder aufs neue in Erstaunen.

»Das muß Magie sein«, flüsterte Kriah schüchtern, und Faraday lächelte ihr zu.

»Die beiden weißen Esel und deren Satteltaschen sind ein Geschenk von Ogden und Veremund«, erklärte die Edle. »Zwei der Wächter.«

Barsarbe nickte und kostete bereits eines der warmen Rosinenküchlein, die sie gerade ausgewickelt hatte. »Ja, wir sind ihnen schon begegnet – zusammen mit dem Sternenmann – vor zwei Beltiden ...« Sie lächelte. »Diese Wächter waren ein wirklich freundliches Pärchen.«

Faraday wäre ihr eigenes Lächeln beinahe vergangen, als die Magierin Axis erwähnte. Sie fühlte sich noch nicht so weit, schon wieder über ihn reden zu können. »Wie und wann seid Ihr nach Süden aufgebrochen? Hattet Ihr eine angenehme Reise oder drohten Euch unterwegs Gefahren?«

»Wir sind zu Fuß gekommen, Baumfreundin«, antwortete Barsarbe, »und durch die Seegrasebenen gezogen – wie alle Magier zuvor, wenn sie unsere Kinder der Mutter vorgeführt haben. Doch anders als sie, die sie früher heimlich zu ihr schleichen mußten, konnten wir ganz offen reisen, und wir wanderten voller Stolz und Selbstvertrauen.«

Auch wenn die Macht des Seneschalls inzwischen gebrochen war, dachte die Edle, mußte man diesen Frauen doch großen Mut bescheinigen, daß sie sich so offen ins Unbekannte gewagt hatten. »Und Ihr seid auf dem Weg hierher nicht auf Schwierigkeiten gestoßen?«

Die Magierin tauschte einen Blick mit ihren Gefährtinnen, ehe sie Faraday antwortete: »Kaum, Baumfreundin. In den meisten Dörfern, durch die uns unser Weg führte, hat man uns zwar neugierig angesehen, uns aber gleichwohl eine Unterkunft für die Nacht angeboten.« Sie mußte kurz schmunzeln, als sie sich an diese Begegnungen erinnerte. »Dagegen brauchten wir ungefähr eine Woche, ehe wir eine solche Einladung anzunehmen wagten. Der Großteil unserer Reise verlief zufriedenstellend, allerdings gab es da einen Vorfall ...«

Almar klopfte der Magierin sanft auf den Arm und fuhr an ihrer Stelle fort: »In Smyrdon stießen wir auf einige Schwierigkeiten, Baumfreundin.«

Faraday sah die Awarin ernst an. In jenem Dorf hatte man tatenlos zugesehen, als Aschure von ihrem Vater mißhandelt worden war und lieber in eine andere Richtung geschaut. »Welche Art Schwierigkeiten?«

»Dort haben sie Steine nach uns geworfen«, antwortete die Magierin, »und uns mit Schmähungen überschüttet. Obwohl uns kein Stein ernstlich verletzte, haben die Beleidigungen uns doch zutiefst beunruhigt. Vor allem im Verein mit dem offenen Haß in den Augen der dortigen Ebenenläufer ... Ich muß gestehen, dieses Erlebnis bringt uns immer noch aus der Fassung.«

»Smyrdon ist ein sehr seltsamer Ort«, bestätigte Faraday.

»Und doch habt Ihr auch dort die Bäumchen einzusetzen«, erinnerte Frau Renkin sie. »Smyrdon muß aufgegeben werden und dem Wald Platz machen. Eine andere Lösung ist leider nicht möglich.«

Die Edle starrte sie erschrocken an, und auch die Awarinnen betrachteten die Bäuerin verwundert. Frau Renkin hatte nicht in ihrem ländlichen Dialekt gesprochen, sondern mit der machtvollen Stimme der Mutter.

»Hütet Euch vor den Schatten«, fuhr die Bauersfrau fort, »denn dort lauert Artor.« Sie legte schützend einen Arm um Schra, so als könne der böse Gott jeden Moment aus den Schatten stürzen und die Kleine ergreifen.

Faraday fröstelte, doch weniger aufgrund der Warnung, sondern vielmehr aufgrund der machtvollen Autorität in der Stimme ihrer Freundin. Und den Awarinnen erging es kaum anders.

Barsarbe starrte die Frau an, die ihr bis vorhin noch als einfache Bäuerin erschienen war, und wandte sich wieder an die Edle: »Wir sind losgezogen, Baumfreundin, um Euch unsere Hilfe anzubieten. Wir wollen nicht länger untätig in Awarinheim herumsitzen, wo uns die Hände gebunden sind und wir nichts von den Ereignissen in der Welt erfahren. Wir mußten uns einfach auf den Weg machen.«

Faraday ergriff die Hand der Magierin. »Dank sei Euch«, sagte sie, »großer Dank.«

Nun wandte sich Merse an sie: »Baumfreundin, wißt Ihr vielleicht, was aus Ramu geworden ist? Als er Awarinheim verließ, war er ... nun ...«

»Befand er sich bereits mitten in der Verwandlung«, beendete Faraday für sie den Satz. »Ja, darüber weiß ich Bescheid.« Sie lächelte die Runde voll großer Freude an: »Nun, Ramu hat die Verwandlung erfolgreich abgeschlossen. Ich selbst durfte das bezeugen. Der Magier hat seinen Frieden gefunden, Merse, und seine Füße wandeln über die Pfade des Heiligen Hains. Freut Euch für sein Glück, Ihr Frauen.«

In der Jultidennacht hielten sie keine besondere Zeremonie ab, denn die Sonnenriten wurden am Erdbaum und, zum ersten Mal seit tausend Jahren, auch am Sternentempel durchgeführt. Aber die Waldläuferinnen wollten trotzdem ihren eigenen Feuerkreis entzünden. Und deswegen gingen die fünf Awarinnen, Schra und Frau Renkin jetzt zum Ufer des Sees hinunter und schichteten dort vertrocknetes Farnkraut auf. Barsarbe und Faraday saßen am Waldrand und sahen ihnen dabei zu.

»Vor den Axtkriegen haben die Ikarier Jultide immer im Sternentempel begangen«, erklärte die Magierin, als die Sterne am Himmel erschienen. »Als sie dann notgedrungen im Gebirge lebten, kamen sie zu diesen Festtagen stets zu uns geflogen und sie haben mit uns zusammen gefeiert ...« Die zierliche Frau schwieg für einen Moment. »Sicher werden sich auch in diesem Jahr ein paar ikarische Zauberer am Erdbaum einfinden, aber auf die Gesellschaft Sternenströmers werden wir wohl verzichten müssen.«

Faraday nickte. »Sternenströmer hält sich mittlerweile im Tempel auf«, erklärte sie, schlang die Arme um die angezogenen Knie und blickte über den See. »Aschure hat mir erzählt, daß er vor einigen Wochen den Tempel wieder zum Leuchten gebracht hat. Seitdem schickt er ein gewaltiges Lichtzeichen in den Himmel. Ohne Zweifel wird Sternenströmer heute die dortigen Riten leiten.«

Barsarbe sah sie verwundert an. »Aschure? Ihr kennt sie?« Die Magierin hatte gedacht, eigentlich mehr gehofft, diesen Namen nie wieder hören zu müssen. Mit einem Mal empfanden beide Frauen die Nacht als nicht mehr ganz so angenehm warm.

»Um der Wahrheit die Ehre zu geben, sie ist sogar meine Freundin. Aber warum fragt Ihr?«

»Die junge Frau hat einige Monate bei uns gelebt.«

»Ich höre aus Eurer Stimme heraus, daß Ihr sie nicht sonderlich schätzt«, bemerkte Faraday.

Barsarbe legte sich ihre Antwort sorgfältig zurecht, denn immerhin hatte die Baumfreundin erklärt, daß Aschure ihre Freundin sei. »Diese junge Frau war die erste Ebenenbewohnerin, na gut, abgesehen von Rivkah, die wir Awaren näher kennenlernten. Ihr Verhalten ... bestürzte uns ... Die Gewalt, die ihr ständiger Begleiter zu sein scheint, beunruhigte uns zutiefst.«

Faraday drehte sich zu der Magierin um und sah ihr ernst ins Gesicht. »Aschure wurde genau so ein Opfer der Gewalt wie Euer Volk.«

Barsarbe schüttelte sich. Ihr war es einfach unmöglich, die

junge Frau als Opfer von Gewalt anzusehen, trotz der Narben auf ihrem Rücken. »Verzeiht bitte, Baumfreundin, aber aus irgendwelchen Gründen war es mir nie möglich, freundliche Gefühle für sie zu hegen ...« Die Magierin schwieg kurz. »Was ist denn aus ihr geworden?«

Die Edle sah sie immer noch aus ihren grünen Augen ernst an. »Ich fürchte, was ich Euch jetzt mitteile, wird Euch nicht gefallen ... Sie hat Axis geheiratet und ihm drei Kinder geschenkt.«

Barsarbe fuhr zurück, als hätte sie einen Dämon gesehen. »Aber das stand doch Euch zu!« zischte die Waldläuferin. »Wie konnte Aschure sich zwischen Euch ... Wie konnte er Euch das antun?« Sie senkte angewidert den Blick. »Wie konnte der Sternenmann Euch nur so betrügen? Das war bestimmt allein ihr Werk! Dahinter steckte Aschure!«

»Magierin«, entgegnete Faraday streng, um dem Ausbruch der Awarin ein Ende zu machen, »niemandem kann die Schuld für das zugemessen werden, was sich in der letzten Zeit ereignet hat. Niemandem ist ein Vorwurf zu machen, und keiner hat das Recht, schlecht über diese beiden zu denken. Ich fühle Bedauern, ja, gewiß, und auch eine gehörige Traurigkeit, aber ich weise niemandem Schuld zu. Barsarbe, glaubt mir, Aschure hat keinen Eurer Vorwürfe verdient.«

Aber so leicht ließ die Magierin sich nicht beschwichtigen: »In der zweiten Strophe der Prophezeiung steht aber doch eindeutig, daß Ihr ...«

»Nein, da hat man die Weissagung wohl falsch verstanden«, erwiderte die Edle hart. »Ja, ich habe ›selig umfangen des Nachts den Mann, der den Gemahl erschlug‹, aber ich habe ihn nicht geheiratet. Und Aschure ... nun, sie hat eine schlimme Kindheit hinter sich. Wie Axis ist sie eine halbe Ikarierin, sogar eine Zauberin, und vermutlich steckt noch viel mehr in ihr, nur waren all ihre Fähigkeiten und Gaben lange tief in ihr vergraben. Die junge Frau befehligt mehr Zaubermacht als ich oder selbst Axis. Die Gehörnten und die Mutter haben sie bei sich aufgenommen, nicht allein wegen ihrer Zauberkräfte, sondern um ihrer selbst willen. Versucht doch bitte, das auch zu tun.«

Die Magierin wandte sich halb von ihr ab, und Faraday sah, wie ein Muskel ihrer Wange zuckte.

»Aschure ist doch meine Freundin«, fügte die Edle leise und bekümmert hinzu.

Barsarbe wußte mit einem Mal, warum sie die junge Frau so sehr haßte: Das lag nicht allein an der Gewalt, die Aschure wie ein Schatten folgte – und das wäre für sich genommen schon scheußlich genug gewesen –, sondern vielmehr in dem bei der ersten Begegnung nur erahnten und jetzt bestätigten Wissen, daß die Baumfreundin sie liebte. Die Magierin konnte sich nicht mit dem besonderen Band zwischen diesen beiden Frauen abfinden, wehrte sich dagegen. Baumfreundin gehörte den Awaren und niemand anderem!

»Ich gehöre keinem!« fauchte Faraday sie an. »Und ich suche mir selbst meine Freunde aus. Axis braucht Aschure, ich brauche sie, und die Mutter möge verhüten, Barsarbe, daß Ihr Euch eines Tages in der Lage wiederfindet, sie ebenfalls zu brauchen!«

»Nein, ich vermag einfach nicht zu glauben, daß der Sternenmann Euch um ihretwillen fallengelassen hat«, entgegnete die Waldläuferin. »Vielleicht sollten die Awaren ihren Schwur überdenken, sich hinter ihn zu stellen.«

Faraday mußte an sich halten, um nicht vor Wut zu explodieren. Sie konnte einfach nicht verstehen, warum Barsarbe so sehr haßte und dann auch noch alles bewußt falsch verstand. Kein Wunder, sagte sie sich düster, daß auch Gorgrael so unmäßig haßt. Das scheint an dem awarischen Blut zu liegen.

Schließlich gelang es der Edlen, die bittersten Worte zurückzudrängen: »Wenn die Awaren sich entschließen sollten«, erwiderte sie so sachlich und kühl sie konnte, »den Sternenmann nicht zu unterstützen, müssen sie sich darauf gefaßt machen, Gorgrael als neuem Herrn dienen zu müssen. Axis' endgültiger Erfolg liegt in Euren Händen, Barsarbe, denn erst die Macht der Awaren läßt das Zepter des Regenbogens erstehen. Die Bäume halten zu dem Krieger, das weiß ich genau. Entscheidet Euch, wie Ihr wollt, aber seid Euch im klaren darüber, daß Ihr dann auch die Folgen tragen müßt, die daraus entstehen.«

Tausend Jahre war es her, seit die Jultidenriten mit so viel Zaubermacht begangen worden waren. Im Hain des Erdbaums und im Tempelberg entzündeten ikarische Zauberer unter Gesang die heiligen Feuerkreise. Die Flammen erhielten zusätzliche Kraft vom wiedererstandenen Land, von den Schößlingen, die Faraday eingesetzt hatte, vom Erdbaum und vom Wiedererscheinen der Sternengötter.

Sternenströmer befand sich im Tempel im Innern des Feuerkreises und schwebte sanft im kobaltblauen Lichtstrahl bis zu den Sternen hinauf. Mit weit ausgebreiteten Armen und Schwingen ließ er soviel Energie in sich hineinströmen, wie er nur wagte, legte den Kopf in den Nacken und schloß die Augen, weil die Schönheit des Sternentempels selbst für ihn unerträglich war. Allen außerhalb des Feuerkreises erschien der Zauberer wie ein strahlendes Silberkreuz, das über dem Dunkelviolett des Tempels schwebte und von fliegenden Sternen funkelnd umkränzt wurde.

»Ich bin gesegnet«, flüsterte die Erste Priesterin ergriffen, und Tränen rannen ihr über die faltigen Wangen. »Welch eine Gnade wird mir zuteil, so lange am Leben bleiben zu dürfen, um dies zu schauen!«

»Die Zeit der großen Segnungen ist gekommen«, sprach eine leise Stimme hinter ihr.

»Fürwahr«, bestätigte die Erste, ohne sich umzudrehen.

Xanon, die ihr Gesicht unter einer Kapuze verborgen hielt, lächelte: »Und ich fühle mich nicht weniger ausgezeichnet, von Euch und den Euren verehrt und angebetet zu werden. Seid dafür von Herzen bedankt.«

Nun wurde die Priesterin doch ein wenig neugierig und drehte sich um. Doch die Frau hinter ihr war längst in der Menge untergetaucht, die das Tempelrund umstand.

Die Erste runzelte die Stirn. Mochte die fremde Sprecherin auch verschwunden sein, ein ungewöhnlicher Duft schwebte noch in der Luft, und die Stimme hallte weiterhin im Kopf der Priesterin wider: *Seid von Herzen bedankt!*

Als die Priesterin sich wieder dem Geschehen über der

Flamme zuwandte, entdeckte sie, daß ein weiteres Wesen neben dem silbern anmutenden Sternenströmer schwebte.

Im Hain des Erdbaums feierten die versammelten Awaren und Ikarier das Fest mit einem Blutopfer, so wie sie es schon seit vielen tausend Jahren taten. Als der Flammenkreis erwachte, ertönte das Lied des Erdbaums noch lauter. Das Heiligtum spürte, wie sich das Bardenmeer immer weiter nach Süden ausbreitete, und es sehnte sich nach dem Tag, an dem es seinen Gesang mit dem der neuen Bäume vereinen konnte. Aber noch waren die Schößlinge weit entfernt, und selbst mit der Macht seines erhabenen Liedes konnte der Erdbaum sie noch nicht erreichen.

Am Farnbruchsee entzündeten die Awarinnen zusammen mit der Bäuerin die aufgeschichteten Farnhaufen. Als diese Feuer fingen, die Flammenzungen ausschlugen, um sich mit den benachbarten zu vereinen, und so schließlich ein vollständiger Kreis entstand, da erstrahlte das Wasser auf einmal in smaragdgrünem Licht. Den acht Frauen und dem Kind kamen angesichts solcher Schönheit die Tränen.

Faraday hatte versucht, den scharfen Wortwechsel mit Barsarbe zu vergessen, aber die Sorge blieb, daß die Waldläufer Axis die Unterstützung doch noch verweigern könnten. Der smaragdgrüne Lichtstrahl stieß wie ein Speer in den Nachthimmel – damals, als Ramu die Mutter beschworen hatte, war dies noch nicht geschehen –, und die Edle fand, daß der Strahl wie ein Leuchtfeuer aussehe.

Gorgrael schäumte und wand sich wie unter Schmerzen. Er brüllte unablässig, während in ganz Tencendor die Feuer entzündet wurden. Mit jedem neuen Leuchtstrahl wankte seine Macht über das Eis heftiger.

»Ich spüre das Feuer!« schrie der Zerstörer und sprang wie ein Irrer durch sein Gemach. »Es verbrennt mich!«

Doch niemand bis auf die siebentausend Greifen hielt sich hier auf, um mit ihm den Schmerz zu teilen. Sein Zetern und

Wüten beunruhigte die Wesen. Sie liefen herum, jagten die Wände hinauf, ließen sich von der Decke herunterfallen, schoben sich durch alle Öffnungen und kletterten auf den Außenseiten der Eisfestung herum, bis diese einem Kuchen glich, auf dem Abertausende von Ameisen herumkrabbeln.

Nicht mehr lange, dann würden die Himmelsbestien werfen.

Wie er es schon vor viertausend Jahren getan hatte, und wie er es seit seiner Rückkehr nach Tencendor zu jedem Jultidenfest wiederholte, stand Wolfstern auch heute wieder in der Nähe des Sternentors. Alle anderen ikarischen Zauberer hielten sich oben auf, um die Riten durchzuführen. Da konnte er es sich erlauben, sich Zeit zu lassen.

Mit einem Fuß auf der Begrenzungsmauer, die das runde Becken säumte, beugte er sich vor, um noch besser zu lauschen und zu beobachten.

Doch Wolfstern gewahrte nichts bis auf das Locken des Sternentanzes.

Kommt zurück! Zurück zu uns! Zurück!

Aber der Zauberer widerstand dem Drang. Der Sternentanz enthielt für ihn nicht mehr die gleiche Schönheit oder den süßen Sog wie früher. Wolfstern spähte jenseits der Sterne, beugte sich weiter vor, und noch ein Stückchen weiter …

»Nichts«, flüsterte er schließlich. »Da ist nichts.«

Aschure ließ das Langhemd von den Schultern gleiten und stieg in das Gewand, das Xanon ihr bereitgelegt hatte. Lange stand sie dann vor dem Spiegel und betrachtete sich darin, während sie mit den Händen über den wunderbaren Stoff strich, der sich so angenehm an ihre Haut schmiegte.

Für dieses Material gab es keinen Namen, denn so etwas gab es auf der Erde nicht. Im Schein der Lampen leuchtete es nachtblau, ein so tiefdunkles Blau, dem nicht viel zum reinen Schwarz fehlte. Aschure ging ein paar Schritte vor dem Spiegel auf und ab, hielt vor Staunen den Atem an und lief dann wieder hin und her. Bei jeder Bewegung, selbst wenn sie nur ein- oder ausatmete, jagten Schatten über den Stoff, mal an der Rundung der Schulter, mal an den Hügeln ihrer Brüste, dann über ihrem Kreuz und endlich ihre Beine entlang. Dunkle Schemen, die den Lauf des Mondes von seinem Anwachsen bis zu seinem Abnehmen und Vergehen darstellten, glitten wie der Schatten des sich ständig wandelnden Mondes über der Erde über ihren Leib.

»Das muß Zauberei sein«, sprach sie atemlos und drehte sich vor dem Spiegel um sich selbst. »Ich selbst muß verzaubert sein.«

Dann erfaßte sie der Sog der Wellen, sie blickte unwillkürlich zum Fenster, und ihre Augen verdunkelten sich.

Im Herzen des Tempels öffnete Sternenströmer die Augen, um sich von Angesicht zu Angesicht Narkis, dem Gott der Sonne, gegenüberzusehen. Der Gott schwebte nur einen Meter von Sternenströmer entfernt, und als er freundlich die Hand ausstreckte, griff der Vogelmann freudig zu, und ihre Finger verschränkten sich mitten im Inneren des Strahls ineinander.

Ihr habt hervorragende Arbeit geleistet, Sternenströmer, und dafür danke ich Euch von Herzen.

»Narkis?« flüsterte der Ikarier, weil er es noch immer nicht so recht glauben konnte.

Die Kreise brennen in weitem Bogen rund um Tencendor, Sternenströmer, und die Macht des Zerstörers schwindet.

Seine Finger brannten unter der Berührung des Gottes, doch störte ihn das nicht im mindesten. Er empfand es sogar als eher angenehm.

Ich bin wiederauferstanden, und morgen werde ich die Welt überfliegen.

»Alles, was in meinen Kräften stand, habe ich gegeben.« Und das war leider nicht immer ausreichend, dachte der Zauberer, aber mehr konnte ich nicht aufbieten.

Euer Bestes war mehr, als wir erwarten durften. Für die Feuerkreise, die Wiedererweckung des Tempels, daß Ihr Axis gezeugt habt und die Art und Weise, wie Ihr Euch liebevoll um Aschure kümmert ... dafür danken wir Euch von Herzen, damit seid Ihr uns ein Wohlgefallen.

So schwebten die beiden im Lichtstrahl, hatten die Arme ausgebreitet, ihre Fingerspitzen berührten einander, sie sahen sich an und trieben sanft den Sternen entgegen.

Euer Leben wird gesegnet sein, Sternenströmer.

Damit entschwand Narkis, und der Zauberer blieb allein zwischen den Sternen zurück.

Die Riten fanden ihren Abschluß, und die Awaren und die Ikarier, die sich am Erdbaum eingefunden hatten, zogen sich in den Wald zurück. Alle Zauberer der Vogelmenschen und Magier der Waldläufer spürten den Erfolg, den die Zeremonie im Sternentempel erzielte, und man gesellte sich allgemein zu den Vergnügungsfeiern zwischen den Bäumen.

Rabenhorst, der Krallenfürst der Ikarier, verbeugte sich ehrfürchtig vor dem Erdbaum und verließ dann den Feuerkreis, dessen Flammen nur noch flackerten und dann erloschen.

Da kam ein Fernaufklärer aus dem Wald, und Rabenhorst blieb sofort stehen. Der Luftkämpfer wirkte, als habe er einen langen und anstrengenden Flug hinter sich, und seine Flügel hingen schlaff herab. Doch seine Augen strahlten immer noch über die große Bedeutung seiner Aufgabe und seiner Botschaft.

»Krallenfürst!« Der Aufklärer salutierte vor ihm, obwohl er sich nur noch mit Mühe aufrecht halten konnte.

»Ja, Mann, was gibt es denn?« Rabenhorst hatte gelernt, das Erscheinen übermüdeter und weitgeflogener Boten zu fürchten.

»Fürst, ich bringe Euch Nachricht von der Zauberin.«

»Heraus damit!«

»Die Zauberin schickt Euch vom Tempelberg eine dringende Aufforderung: Ihr müßt unverzüglich alles Volk aus dem Krallenturm fortführen. Diejenigen Ikarier, die nicht den ganzen Weg bis in den Süden zu fliegen in der Lage sind, dürfen auf keinen Fall über die Eisfelder zum Nordra aufbrechen. Aschure sagt: ›Diese müssen hinunter zu den Wasserkanälen und den Fährmann mit Bitten, Flehen oder Bestechung dazu bewegen, sie in seinem Kahn in den Süden zu bringen.‹«

»Was? Hat die Zauberin den Verstand verloren? Wie soll ich

denn den gesamten Krallenturm evakuieren? Für wen hält Aschure sich eigentlich, mir so etwas zu befehlen?«

»Fürst, die Zauberin trug mir mit der allerhöchsten Dringlichkeit auf, Euch diese Botschaft zu überbringen. Sie fürchtet nämlich, daß Gorgrael bald zuschlägt.«

»Unfug! Die Skrälingshorden des Zerstörers stehen viele Meilen weiter im Westen. Warum sollten sie ...«

»Fürst!« unterbrach ihn der Fernaufklärer erregt. »Die Zauberin fürchtet weniger die Geisterkreaturen als vielmehr die Greifen! Dem Zerstörer stehen Abertausende Himmelsbestien zur Verfügung. Ich hörte auch, daß diese Wesen weit im Westen Verheerung über die Armee des Sternenmannes gebracht hätten. Besonders unsere Luftarmada hatte unter ihren Angriffen zu leiden. Deswegen vernehmt nun meine Worte ...«

Rabenhorst lauschte nun und wurde immer blasser.

Stiefel und Handschuhe aus dem gleichen Material lagen auf dem Bett bereit, und Aschure zog beides an. Sie hörte den Wind ihren Namen rufen, vernahm sein Flüstern von jenseits des Nebels und spürte den Sog der Gezeiten, während sie an die Gestade Tencendors schlugen ... aber die junge Frau widerstand dem Drang, ihrer Ungeduld und dem Locken zu willfahren ...

Axis!

... der Abschied stand bevor. Aschure schritt zu der Tür zum Hauptgemach, nahm den Wolfen an sich und schwang sich im Gehen den Köcher mit den blaugefiederten Pfeilen über die Schulter.

Auf einen Umhang verzichtete sie aber, denn sie würde ihn nicht benötigen.

Während sie eiligen Fußes voranschritt, stiegen hinter den Stühlen, an den Wänden und vor der Feuerstelle Schatten auf, die sich an ihre Fersen hefteten.

Die Zeit des schnellen Laufs war gekommen. Nun würde sie auf die Jagd gehen.

Aschure schlüpfte in das Hauptgemach und gelangte in den dahinterliegenden Raum, in dem die Kinder schliefen. Imibe war ebenfalls eingenickt, und zu beiden Seiten ihres Bettes standen die Wiegen mit den Zwillingen. Aschure bedachte sie keines Blickes und begab sich geradewegs zu Caelums Kinderbett. Er lag wach da, so wie sie es erwartet und erhofft hatte.

Caelum, wißt Ihr, welche Nacht dies ist?

Die Jultidennacht, Frau Mutter. Die nämliche Nacht, in der ich geboren wurde.

Aschure lächelte, strich ihm über die Wangen und wünschte, sie hätte ihn mitnehmen können. *Erinnert Ihr Euch an die Nacht Eurer Geburt, mein Sohn?*

Er zögerte. *Ja … ja, das tue ich. Damals bereitete ich Euch große Schmerzen.*

Nein. Ihr gabt mir vielmehr, so wie Ihr es immer noch tut, das allergrößte Glück … Die junge Frau schwieg für einen Moment. *Ich muß nun fort, mein Sohn.*

Das ist mir bewußt. Werdet Ihr meinen Vater nach Hause bringen?

Wenn mir das möglich ist.

Dem Kleinen entging ihr Zögern nicht. *Kehrt wieder heim, Frau Mutter.*

Tränen schossen ihr in die Augen. *So bald ich kann, mein Lieber. So bald ich kann.*

Damit beugte sie sich über ihn, küßte ihn und floh leise aus dem Zimmer.

Rivkah erwachte mit einem Ruck und wußte sofort, daß jemand in ihre Kammer gekommen war. Sie erstarrte, befürchtete sie doch, es müsse sich um Mörder handeln.

»Ihr habt Eure frühen Jahre in Karlon noch zu gut im Gedächtnis, Schwiegermutter.«

Diese atmete erleichtert auf. »Aschure?« Sie versuchte angestrengt, in der Dunkelheit etwas zu erkennen. »Warum seid Ihr gekommen?«

Die junge Frau trat in das matte Glimmen, das aus der Feuerstelle drang. Bei ihrem Anblick fuhr Rivkah hoch und fragte verwirrt: »Was … was habt Ihr da für Sachen an?«

Aschure trug ein so gut sitzendes Gewand, daß sein Stoff nicht einmal Falten warf, wenn sie sich bewegte. So genau Rivkah auch hinsah, sie konnte nicht einmal einen Saum oder eine Naht entdecken. Rivkah glaubte schon, ihre Schwiegertochter habe sich den Körper mit dunkelblauer Farbe bemalt. Aber dann kam Aschure auf sie zu, und sie entdeckte die dunklen Schatten von Monden in allen Formen und Größen, die einander auf dem Stoff jagten. »Wie überaus schön«, flüsterte sie.

»Xanon gab ihn mir«, entgegnete Aschure, als handele es sich dabei um etwas Alltägliches. Rivkah sah ihr ins Gesicht und erblickte dort eine Wildheit, die ihr an der jungen Frau noch nie aufgefallen war.

Aschure ließ sich auf der Bettkante nieder und nahm die Hand ihrer Schwiegermutter. »Sorgt Euch nicht, Rivkah, ich bin immer noch Aschure. Immer noch das Mädchen, mit dem Ihr Euch vor so langer Zeit angefreundet habt.«

Rivkah nickte. »Und die Freundschaft mit Euch habe ich wahrlich nie bereuen müssen. Manchmal kommt Ihr mir sogar wie eine eigene Tochter vor, mehr noch als Abendlied.«

Aschure drückte ihre Hand. »Ich trete heute noch meine Reise zu Axis an. Und zu …« Ihre Stimme erstarb.

»Tochter, was ist mit Euch?«

Die junge Frau schüttelte sich, als wolle sie sich aus einem Traum reißen. »Nichts. Seid bitte so gut und kümmert Euch für mich um Caelum. Er wird während meiner Abwesenheit sicher unruhig werden und sich um seinen Vater sorgen.«

»Wir alle werden unruhig sein und uns um Euch und Axis sorgen«, entgegnete die Ältere. »Seid vorsichtig, wohin Ihr auch geht … und bei allem, was Ihr tut.«

Aschure nickte, beugte sich vor und küßte ihre Schwiegermutter auf den Mund.

Jenseits des Nebels heulte der Wind, und an den Rändern des Kontinents verwob sich die Flut innig mit dem treibenden Algenteppich.

Aschure! Aschure! Aschure!

Der Kreis der Farnfeuer war niedergebrannt, und Wolken schoben sich heran, um die Sterne zu verfinstern. Aber Faraday spürte, daß sie in dieser Nacht schon einen großen Erfolg errungen hatten.

»Das Jahr ist angebrochen, in dem wir Gorgraels Eis zerbrechen werden«, verkündete sie. »Seine Zeit der Unterdrückung und der Einfälle in Tencendor geht dem Ende zu.«

»Höre, Baumfreundin.« Barsarbe trat an ihre Seite. »Es tut mir leid, in so harten Worten über Eure Freundin Aschure gesprochen zu haben.«

Ihr bereut nur, daß sie meine Freundin ist, nicht aber die Wahl Eurer Worte, sagte sich die Edle, nickte aber dennoch. Frau Renkin stand nicht weit von ihr entfernt und beobachtete die Magierin genau. Wie so oft hielt sie die kleine Schra an der Hand, doch diesmal fester als gewöhnlich.

»Barsarbe«, wandte Faraday sich an die Awarin und sah ihr fest in die Augen, »Ihr seid Eures Volkes oberste Magierin, und deshalb lastet eine schwerwiegende Pflicht auf Euch: Laßt Euch bei Eurer Verantwortung für Euer Volk nicht von irgendwelchen Gefühlen und persönlichen Abneigungen beeinflussen. Möge Euer Haß nicht Euer Urteilsvermögen trüben oder sich in den Ratschluß mischen, den Ihr für die Waldläufer findet.« Bei der Mutter, dachte die Edle, ich wünschte, Ramu stünde an Eurer Statt hier.

Die Magierin öffnete den Mund, um etwas zu erwidern, aber Faraday ließ sie nicht zu Wort kommen und fuhr mit strenger, harter Stimme fort: »Auch ich trage eine große Verantwortung, Barsarbe, und die erstreckt sich über Euer Volk hinaus, denn ich gehöre nicht zu den Waldläufern. Hört mir jetzt gut zu, Magierin: Ich werde die Schößlinge bis Awarinheim einsetzen, und diese Aufgabe erfülle ich gern. Doch alles, was ich danach unternehmen werde, geschieht allein aus meiner Liebe zu Axis und Aschure – und nicht im mindesten aus einer Verpflichtung Eurem Volk gegenüber.«

Barsarbe starrte die Edle an und wußte nicht mehr, was sie vorbringen sollte oder wie sie es hätte in Worte fassen können.

Wie hatte sie nur die Dummheit begehen und ihre erste Begegnung mit der Baumfreundin so gründlich verderben können? Aber wer hätte auch geahnt, daß diese Aschure sich so tief ins Herz Faradays einzuschleichen verstanden hatte? »Dann werdet ihr uns nicht in unsere neue Heimat führen?«

»Warten wir erst den Ausgang der Prophezeiung ab. Wenn ich danach frei bin, werde ich Euch mit Freuden dorthin führen. Aber gleich wie die Geschehnisse sich entwickeln werden, einen Führer sollt Ihr bekommen, entweder mich oder ...«

Die Edle beließ es dabei, durfte sie doch davon ausgehen, daß nicht nur Barsarbe, sondern alle anwesenden Awarinnen genau wußten, wer über die Waldläufer kommen würde, wenn aufgrund ihrer ausbleibenden Unterstützung der Zerstörer den Sieg erringen sollte. Doch dann spürte sie, wie sich eine kleine Hand in die ihre schob, und schaute nach unten. Schra stand neben ihr und sah die Magierin so ernst an, wie es ihre kindlichen Augen zuließen.

»Sie ist angenommen, Magierin«, erklärte die Kleine dann. »Ich nahm Aschure im Namen der Awaren an. Auch die Gehörnten haben sie angenommen. Faraday?« Sie hob den Blick, und die Edle lächelte ihr zu. »Grämt Euch nicht, und fürchtet Euch nicht. Die Waldläufer werden sich dem Sternenmann anschließen. Darauf gebe ich Euch mein Wort.«

Barsarbe verzog ärgerlich das Gesicht.

Die Edle starrte das Mädchen an und fragte sich jetzt, wer in Wahrheit die Awaren anführte – Barsarbe oder Schra? Eine mächtige und erfahrene Magierin oder ein fünfjähriges Kind? Faraday konnte nur hoffen, daß letztlich das Kind sich durchsetzen würde.

Frau Renkin lächelte das kleine Mädchen voller Stolz und Liebe an. Und als Schras und ihr Blick sich begegneten, nickte die Bäuerin ihr anerkennend zu.

Nachdem Aschure gegangen war, lehnte Rivkah sich nachdenklich ins Kissen zurück. Sie hob eine Hand, um sich eine Strähne aus der Stirn zu wischen, doch statt dessen streiften ihre Finger etwas Weiches und Zartes neben ihrem Haupt auf dem Kissen.

Vorsichtig drehte sie den Kopf herum, starrte auf die Stelle und beruhigte sich sofort wieder. Eine Mischung aus Freude und Verwirrung zeichnete sich auf ihrer Miene ab.

Neben ihrem Haar lag eine Mondwildblume auf dem Kissen.

39

Die Jägerin

Aschure nahm sich nur noch die Zeit, Venator zu satteln, saß dann rasch auf und lenkte den Hengst durch das Burgtor und über die Brücke. Die Alaunt folgten ihr schweigend wie Schatten.

Als sie Sigholt hinter sich gelassen hatte, bog sie durch den Nebel nach Südwesten ab und strebte die westlichen Pässe in den Urqharthügeln an. Und von dort aus sollte es nach Hsingard weitergehen.

Einer der Hunde begann plötzlich zu bellen, aber Sicarius brachte ihn mit einem kurzen Knurren zum Schweigen.

Der zauberische blaue Nebel umhüllte im Umkreis von drei Meilen Sigholt. Ein jeder, den die Brücke nicht kannte, würde in ihm stundenlang verloren umherirren, bis er sich irgendwann verwirrt an seinem Ausgangspunkt wiederfand. Aber Aschure hatte keine Schwierigkeiten, sich hier zurechtzufinden. Sie trieb Venator denn auch in einem scharfen Trab durch den Dunst, bis kurz vor Morgengrauen die Pässe der westlichen Urqharthügel erreicht waren.

Jenseits des blauen Nebels gelangten sie in Gorgraels Winterland, und der Zerstörer hielt hier die Erde noch fest in seinen Klauen. Eiswinde heulten über die Hügel, pfiffen über die Pässe und trugen Schnee und Eis heran. Die Böen zausten Aschures Haar und zogen an ihren Gliedern, aber sie lachte nur und schüttelte wild den Kopf, und es konnten auch dem Hengst oder den Alaunt Wind und Frost nichts anhaben.

»Hsingard«, flüsterte die Jägerin und trieb Venator zum Galopp an.

Die Hunde fingen, mit Sicarius an der Spitze, ebenfalls an, schneller zu laufen.

Vor neun Monaten hatte Aschure eine Abteilung von einigen hundert Soldaten nach Hsingard geführt, um zu erkunden, was die Skrälinge dort trieben. Gorgraels Geisterscharen hatten die einst stolze Stadt in eine traurige Trümmerlandschaft verwandelt. Wie Aschure und Axis dann entdecken mußten, hatten die Kreaturen unter den Ruinen Nester für ihre Jungen angelegt. Weite unterirdische Gewölbe dienten als Brutkammern für den Skrälingsnachwuchs.

Mittlerweile stand dem Zerstörer eine unübersehbare Anzahl von Geistern zur Verfügung. Die Jägerin spürte, wie ihre Wellen sich einer riesigen Flutwoge gleich nach Norden ergossen. Und zweifellos würden sie ihren Nachwuchs immer noch in den wie für sie geschaffenen steinernen Gewölben unter Hsingard großziehen.

Bei ihrem letzten Besuch an diesem Ort hatte Aschure nur durch rasche Flucht ihr Leben und das ihrer Soldaten retten können. Sie hatte zwar den Skrälingen einen schweren Schlag versetzen können, doch ihr größeres Verdienst hatte darin bestanden, die Abteilung mehr oder weniger heil aus der Stadt hinauszubringen. Und heute kehrte sie ganz allein zurück, um die Arbeit zu beenden, die sie vor neun Monaten lediglich hatte beginnen können.

Die Jägerin ritt den ganzen Tag, und weder Roß noch Reiterin und nicht einmal die Hunde wurden müde. Am Abend gelangten sie über den letzen Paß vor Hsingard. Nur noch zwei Meilen trennten sie von dem Ort.

Die Alaunt sprangen vor Venator her. Sie hatten bereits Witterung aufgenommen und fletschten die Zähne. Ein mächtiger Mondstrahl erleuchtete der Jagdgesellschaft den Weg – er strahlte so hell, als herrsche Vollmond. Dabei war der Mond selbst noch gar nicht so weit. Es war wie ein Wunder. Und genauso wunderbar und unerklärlich waren die violetten Mondwildblumen, die gelegentlich trotz der wütenden Winde sanft vor Aschure herabschwebten.

Hinter ihr verging das Mondlicht, und in seinem Vergehen rissen die Böen die zarten Blüten entzwei.

Aber von dem, was hinter ihrem Rücken vorging, merkte die Jägerin nichts, denn sie hatte wie ihre Meute nur Augen für die Trümmerhaufen, die zwanzig Schritte vor ihr aufragten und sich zwei Meilen weit von Norden nach Süden erstreckten: Hsingard.

Sie lehnte sich im Sattel zurück, nahm den Bogen von der Schulter und legte den ersten Pfeil auf die Sehne.

»Auf zur Jagd!« rief sie, und die Alaunt stimmten ihr Jagdgeheul an.

Ihre hellen Leiber schlängelten sich durch die Ruinenschatten, und schon waren sie in Lücken und Löchern verschwunden. Bald war von dem ganzen Rudel nichts mehr zu sehen, aber Aschure vernahm den Widerhall ihres Jagdgebells, das sie durch den Boden erreichte und von den toten Straßen der Stadt zurückgeworfen wurde.

Nicht lange darauf trieben die Hunde kreischende Skrälinge – Eltern wie Junge – aus ihren unterirdischen Kammern. Die Kreaturen blieben immer wieder stehen und versuchten, die Alaunt zu packen und zu beißen. Doch sie bekamen nie auch nur einen von ihnen zu fassen, denn sie schienen nur bleiche Schatten zu sein mit goldenen Augen und scharfen Reißzähnen. Die Geister bissen und kratzten, aber stets ins Leere, und so blieb ihnen nichts anderes übrig, als vor diesen Ungeheuern davonzulaufen.

Auf der Straße stand die Jägerin und hörte das Geschrei ihrer Feinde. »Nach oben!« befahl sie mit Donnerstimme. »Schickt sie nach oben!« Die Alaunt vernahmen ihre Herrin, zogen die Lippen zu einem grausamen Lächeln zurück und jagten die Skrälinge jetzt auf die Erde hinauf.

Dazu waren die Riesenhunde ausgewählt, gezüchtet und abgerichtet worden – zu jagen und mit der Jägerin die Beute zu erlegen.

Venator tänzelte voll Unruhe, und Aschure hob den Wolfen an und zielte über die Länge des Pfeils hinweg … Keinen Moment zu früh, denn schon schoben sich die Geister zu Dutzenden, zu

Hunderten und zu Tausenden aus den Löchern und Ritzen. Sie ruderten mit den Armen, Panik flackerte in ihren großen Silberaugen, die Mäuler waren weit aufgerissen, und sie schrien …

Aschure ließ den ersten Pfeil von der Sehne schnellen, legte fast im selben Moment den nächsten auf, schoß auch ihn ab, zog schon den dritten aus dem Köcher und sandte auch ihn gegen die Feinde …

Und so starben die Skrälinge.

Die Kreaturen wähnten sich in ihrer Furcht von zehntausend Bogenschützen umzingelt, gegen die sie von mindestens ebenso vielen reißenden Bestien getrieben wurden. Pfeil um Pfeil sauste aus dem widerlich hellen Mondlicht heran. Wie ein Regen so dicht kamen die Geschosse über die Skrälinge, und keiner von ihnen vermochte ihnen zu entkommen. Nicht einmal verfehlte ein Pfeil sein Ziel, sondern bohrte sich wie aus eigenem Antrieb durch die Lücke zwischen den schützenden Knochenwülsten in die Silberaugen. Bald übertönte das Geräusch von platzenden Augäpfeln sogar das Gekreische der noch Lebenden und die zunehmende Erregung der vor Aufregung heulenden Alaunt.

Für jeden gefallenen Skräling schwebte eine Mondwildblume sanft durch die Nacht heran. Irgendwann war der ganze Boden mit den zierlichen violetten Blüten bedeckt, die hier und da auf Bächen von hellrotem Blut schwammen.

Aschure hielt keinen Moment in ihrem Feuern inne. Sie fand auch keine Zeit, sich darüber zu wundern, woher immer wieder neue Pfeile kamen oder woher sie die Kraft und die Ausdauer fand, in so rascher Folge einen Feind nach dem anderen zu erlegen. Unablässig trieben die Hunde die Skrälinge aus ihrem Bau, und ebenso unablässig richtete die Jägerin Pfeil um Pfeil zielsicher auf sie. Der rote Hengst verdrehte wild die Augen, konnte nicht ruhig stehenbleiben und fragte sich mit seinem bescheidenen Pferdeverstand nur, ob die dunkelroten Blüten auf dem Boden schmackhaft seien.

Und dann war mit einem Mal alles vorüber.

Aschure blinzelte, senkte den Wolfen, auf dem schon der nächste Pfeil lag, und sah sich um. Da saß sie nun mitten auf dem großen Platz von Hsingard auf ihrem Roß, von oben in gleißendes Mondlicht getaucht und zu Venators Hufen Berge von getöteten Skrälingen. Ströme von Blut überall und dazwischen die Mondwildblumen, von denen immer noch etliche vom Himmel regneten.

»Bei den Sternen«, flüsterte die junge Frau, »was habe ich alles getan?«

Erschöpft ließ sie die Schultern hängen, schob den Pfeil in den Köcher zurück, der wunderbarerweise schon wieder wohlgefüllt war, und pfiff die Hunde zu sich.

Sie krochen überall aus Löchern und Ecken, grinsten fröhlich und ließen ihre Zungen aus blutverschmierten Mäulern hängen. Aschure schwang sich aus dem Sattel und streichelte jedem Hund, so wie er sich treu ergeben vor ihr niederließ, über den Kopf und dankte ihm in Gedanken für die Dienste, die er ihr geleistet hatte. Dann tätschelte sie auch dem Hengst den Hals und ließ noch einmal in Ruhe den Blick über den großen Platz wandern.

Sie bemerkte aus den Augenwinkenl ein Licht, schaute genauer hin und bemerkte am Eingang einer Gasse, die von dem Platz ausging, einen Mann, der vor einem Feuer saß und langsam einen Bratenspieß drehte.

In diesem Moment hob er den Kopf und sah sie an. Selbst auf diese Entfernung erkannte die junge Frau Adamons Augen.

Ihr müßt Euch ausruhen und etwas essen, Aschure. Setzt Euch zu mir.

Rings um die beiden und Venator hatten sich die Alaunt zum Schlaf zusammengerollt.

Ich habe die Jagd genossen.

Der oberste Gott nickte und reichte der jungen Frau noch ein Stück geröstetes Rebhuhn. Sie mußte viel essen, um ihre Kräfte wiederzuerlangen. Aschure nahm das Geflügel und verschlang es heißhungrig. Sie hatte längst mit dem Zählen aufgehört. Das mußte ihre neunte oder zehnte Portion sein.

Warum habe ich einen so gewaltigen Appetit?

Die Jagd verschlingt Unmengen an Energie. Ihr müßt einen Tag und eine Nacht ruhen, ehe Ihr Eure Reise nach Westen zu Axis fortsetzen könnt.

Aschure leckte sich die Finger ab und warf einen neugierigen Blick auf den Spieß. Die nächsten drei Rebhühner drehten sich bereits an ihm, und sie ahnte, daß dies nicht die letzten Vögel sein würden.

Ihr bekommt soviel, wie Ihr braucht. Adamon zwinkerte ihr zu. *Selbst göttliche Wesen wie wir ermüden, wenn wir zuviel Energie ... zuviel Magie einsetzen.*

Könnte ich Gorgraels gesamtes Heer so wie diese Skrälingschar vernichten?

Alle Heiterkeit wich aus Adamons Miene. *Nein, Aschure. Versucht das nicht einmal. Der Zerstörer gebietet über dreihundertmal so viele Kreaturen wie die Scharen, denen Ihr heute hier den Garaus gemacht habt. Könntet Ihr das Dreihundertfache der Erschöpfung verkraften, die Ihr jetzt erlebt? Möchtet Ihr etwa Axis' Schicksal erleiden?*

Die Jägerin pflückte eine Mondwildblumenblüte aus ihrem Haar und spielte nachdenklich damit. *Dann haben also auch Götter ihre Grenzen?*

Ja, selbst wir.

Sie sah ihn fragend an: *Ich habe die Jagd so sehr genossen ... das könnte ich doch auch zu Axis' Vorteil einsetzen, nicht wahr?*

Ihr werdet andere Wesen jagen, meine Liebe.

Greifen?

Ja, Greifen, und andere.

Die junge Frau dachte darüber nach. *Greifen lassen sich bestimmt schwerer töten ... Und welche anderen Wesen noch, meint Ihr?*

Das werdet Ihr erfahren, wenn die Zeit dazu gekommen ist. Jetzt eßt, und dann ruht Euch aus.

Von Hsingard aus ritt Aschure einige Tage lang am Rand der Urqharthügel entlang nach Südwesten. So weit oben im Norden herrschte noch viel Schneetreiben und der Eiswind heulte, aber die junge Frau meinte, erste Veränderungen am Winter wahrzunehmen. Die Böen jagten immer noch voller Haß heran, aber ihnen fehlte ... die frühere tödliche Wucht. Pflanzt Eure Bäume weiter an, Faraday, dachte sie, setzt immer mehr Schößlinge ein.

Und hütet Euch vor den Schatten.

Die Jägerin machte sich immer noch um ihre Freundin Sorgen, aber viel größere Unruhe bereitete ihr der Gedanke an den Krieger. Könnte sie ihm überhaupt helfen, wenn sie irgendwann bei ihm eintraf? Bliebe ihr noch so viel Zaubermacht? Wie viele Tage waren bereits vergangen, seit er sich zuviel Energie des Sternentanzes zugemutet hatte und dadurch seiner Fähigkeiten verlustig gegangen war? Und wo hielt er sich mittlerweile auf? Aschure hatte natürlich keine Ahnung, ob ihr Bote zu Belial durchgekommen war, und während des Rittes nagte die junge Frau immer häufiger nervös an ihrer Unterlippe. Wenn sie eine geschlagene Armee zu führen hätte, wohin würde sie sich dann mit ihr wenden? Aber woher sollte sie die näheren Umstände kennen, die den Sternenmann in seiner Entscheidung beeinflußt hatten?

»Sucht«, flüsterte sie den Alaunt eindringlich zu. Sicarius drehte den Kopf und sah seine Herrin fragend an. »Sucht nach Axis, und führt mich zu ihm.«

Der Hund senkte seinen großen Schädel, schnüffelte im Schnee und setzte sich wieder in Bewegung.

So jagten sie über das Land.

Und mehr als einmal erhielt die Jägerin Gesellschaft.

Aschure, bemerkte Xanon eines Tages, während sie mühelos neben Venator her lief und sich mit einer Hand an seiner Mähne festhielt, *ich will Euch mehr über den Sternentanz erzählen. Denn dies müßt Ihr wissen, wenn Ihr Eurem Gemahl helfen wollt.*

Ja, ja, sagt mir alles.

Erinnert Ihr Euch an das Geheimnis, das mein Gemahl Adamon Euch offenbarte?

Die Jägerin spürte, wie ihr vor Erregung heiß und kalt wurde. *Ja, ja.*

Gut. Dann wißt Ihr auch, daß alles Leben innerhalb des Sternentanzes besteht. Alles Leben muß seinem Klang lauschen.

Das verstehe ich nicht.

Das werde Ihr schon noch. Nun laßt uns für ein paar Minuten schweigen und dabei dem Sternentanz lauschen.

Aber ich kann ihn immerzu hören.

Ja, das könnt Ihr, aber ich weiß nicht, ob Ihr ihn auch wirklich versteht. Laßt Euch vom Sternentanz durchströmen … und dann hört auf die Geräusche der Hufe Eures Rosses, wie sie über den Boden stampfen … auf das Hecheln Eurer Hunde … und auf das Pochen Eures eigenen Herzens.

Aschure schloß die Augen, und ihr ganzer Körper schwankte im Rhythmus zu dem schnell trabenden Venator. Die Musik der Sterne drang in sie ein, erfüllte sie und umhüllte sie.

Und an ihrer Seite lächelte die Göttin.

Sobald die Jägerin sich vollkommen der Musik der Sterne hingegeben hatte, duldete sie auch andere Geräusche … das Stampfen der Hufe … das Hecheln der rennenden Alaunt … und das Pochen ihres eigenen Herzens …

… das Rauschen der Brandung an den Gestaden …

… Anwachsen und Vergehen des Mondes bei seiner und ihrer Wanderung über den Himmel …

XANON?

Die Göttin warf den Kopf in den Nacken und lachte laut. Und die Musik und das Lachen halfen Aschure zu verstehen.

Xanon, alles Leben bewegt sich im Rhythmus des Sternentanzes, flüsterte die junge Frau in Gedanken. *Wir alle bewegen uns zu seinem Takt.*

Richtig. Der Rhythmus durchdringt alle Bereiche des Lebens. Gut, daß Ihr das nun erkannt habt. Nun reitet weiter, und während Ihr immer weiter vorankommt, lauscht dem Rhythmus des Sternentanzes … denn er ist der Pulsschlag des Lebens.

Drei Tage, nachdem Aschure Hsingard hinter sich gelassen hatte, ritt sie durch Jervois. Leer und still breitete die Stadt sich aus, und es fand sich weder menschliches noch ikarisches Leben in ihr. Schneeflocken trieben durch die verlassenen Straßen. Aber alles Eis und aller Frost, an welche die Jägerin sich noch erinnerte, als Axis Plusternests Erinnerungen heraufbeschworen hatte, waren verschwunden. Jervois bot zwar immer noch einen winterlichen Anblick, aber der Frost hielt den Ort nicht mehr fest umklammert. In ihm fanden sich sogar geschützte Stellen, an denen sich hin und wieder ein Vogel oder ein Eichhörnchen entdecken ließen, die dort auf das Tauwetter warteten.

Vermutlich spürten diese Tiere bereits, wie das Bardenmeer sich so viele Meilen tiefer im Süden ausbreitete.

Aschure verbrachte die Nacht in einem kleinen Haus am Stadtrand, und der oberste Sternengott setzte sich zu ihr ans Feuer.

Adamon, Xanon hat mir gezeigt, wie alles Leben sich im Rhythmus des Sternentanzes bewegt.

Das ist richtig.

Die junge Frau dachte eine Weile nach und stützte das Kinn in die Hand, während sie in die Flammen starrte. *Adamon, ich vermag aber auch die Dunkle Musik zu vernehmen. Nur wenige Ikarier sind ebenfalls dazu in der Lage, nein, eigentlich nur einer, Wolfstern.*

Ja, Aschure, und spürt Ihr auch ihren irrsinnigen Rhythmus?

Der jungen Frau lief es kalt den Rücken hinunter. *Ja, das tue ich.*

Dann stellt Euch doch einmal vor, wenn dieser verrückte Takt stärker würde und schließlich den des Sternentanzes übertönte … was würde dann geschehen?

Das Leben zerrisse sich selbst in dem Bemühen, sich auf diesen Rhythmus einzustellen.

Das ist wahr.

Die Jägerin setzte sich gerade hin und schob sich eine Strähne aus dem Gesicht. *Aber, Adamon, die Sonne, der Mond und überhaupt alle Gestirne sind doch von beidem umgeben – vom Sternentanz und von der Dunklen Musik.*

Beide Musiken umspielen immerzu die Himmelskörper. Aber welche von ihnen liebt Ihr mehr?

Aschure lächelte: *Die Antwort kennt Ihr doch, natürlich die des Sternentanzes.*

Ja.

Und Axis.

Ja. Helft ihm.

Von Jervois aus führten die Alaunt sie nach Südwesten. Vor und hinter ihnen regnete es sanft Mondwildblumen, und über ihnen erstrahlte der Mond im hellsten Licht, ob als Sichel oder als Scheibe.

Während sie ritt, begleitete sie Xanon oft. Manchmal liefen auch Pors oder Silton neben ihr her und erklärten ihr die Wege und die Art der Götter. Sie schärften die kosmische Wahrnehmung der Jägerin, befriedigten ihre Neugier und ließen sie auch sonst innerlich wachsen.

Unterwegs spürten die Hunde gelegentlich kleinere Skrälingsverbände auf, hin und wieder sogar ein Nest. Dann stimmten die Alaunt ihr Geheul an, und Aschure begab sich mit ihnen auf die Jagd.

In ihren Mußestunden aber, wenn sie sich stärken und ausruhen mußte, erschien regelmäßig der oberste Gott bei ihr, und gemeinsam verzehrten sie dann die Rebhühner, die über dem Feuer brieten, und das Brot, das in der Glut buk.

Die Jägerin erfuhr nie, woher das Lagerfeuer kam oder wer für das Essen sorgte. Wenn sie genug geritten war, stieg sie ab und fand sich im nächsten Augenblick an einem Feuer wieder. Die Alaunt rollten sich dann zum Schlaf zusammen, und Adamon lächelte ihr freundlich zu.

Berichtet mir von Eurem Kampf gegen Artor, bat sie ihn in einer Nacht.

Der oberste Sternengott seufzte und verzog sein überirdisch schönes Gesicht. Während er sie ansah, rieb er sich über die Falten, die auf seiner Stirn entstanden waren. *Wollt Ihr das wirklich wissen?*

Ich muß es doch erfahren, oder nicht?

Adamon lachte, und die Hunde regten sich im Schlaf. *Wie gut*

Ihr doch gelernt habt, und wie reif Ihr geworden seid. Wir sind außerordentlich zufrieden mit Euch. Also schön, dann werde ich Euch von Artor erzählen.

Der Gott schwieg für einige Minuten, aber Aschure bezähmte ihre Neugier, denn sie wollte ihn nicht drängen.

Die Sternengötter sind an diese Welt gebunden, an dieses Wasser, diese Erde, diese Luft und dieses Feuer. Ebenso wie an diese Sonne und an diesen Mond.

Die Jägerin nickte. *Und Ihr seid damit abhängig von denen, welche Euch verehren.*

Adamon zuckte zusammen. Er hätte nicht gedacht, daß ihr kosmischer Geist sich schon so weit entwickelt hatte. *Richtig, Aschure. Die Verehrung der Ikarier bindet uns Götter an diese Welt.*

Darüber mußte die junge Frau erst einmal nachdenken. Sie waren an diese Erde gebunden … *Würdet Ihr denn gerne woandershin reisen … wenn Euch das möglich wäre?*

Der Gott lächelte in sich hinein. *Ja, würden wir das gerne? Da bin ich mir gar nicht so sicher. Aber diese Frage spielt jetzt keine Rolle. Denn jenseits dieser Welt, jenseits des Sternentors finden sich viele andere Wesen.*

Götter wie Ihr?

Adamon wurde sichtlich unruhig. *Einige von ihnen besitzen gewiß gottgleiche Fähigkeiten. Viele von ihnen sind frei und nicht an eine Welt gebunden. Diese Wesen suchen.*

Wonach?

Nach jemandem, der sie verehrt. Nach Seelen. Nach etwas, das ihnen Halt und Festigkeit verleiht.

Artor gehörte zu diesen Wesen, nicht wahr?

Ja, Aschure, er gehörte zu ihnen.

Die Jägerin atmete tief ein. *Artor kam aus dem All …*

Durch das Sternentor.

Ah ja. Das Sternentor. Artor kam also auf der Suche nach Verehrung und Halt durch das Sternentor, und dann ist es Ihm irgendwie gelungen, Euch gefangenzusetzen. Wie vermochte Er denn das?

Damals waren wir schwach. Der Kreis hatte sich noch nicht geschlossen, und wir waren nur zu siebt. Bei Artor handelt es sich um einen sehr alten und sehr mächtigen Gott. Stellt ihn Euch als eigenen vollständigen Kreis vor. Während der Seneschall die Ikarier und die Awaren aus Tencendor vertrieb und hinter die Grenzberge zwang, jagte Artor uns in die Ödnis zwischen den Sternen, wo wir hilflos umhertrieben und unsere eigene Art von Gefangenschaft erduldeten. Als Axis aber Tencendor wiedererschuf und die Vogelmenschen in den Süden zurückkehrten …

Aschure nickte heftig: *Als dann die heiligen Stätten wiedererstanden und der Tempel von neuem leuchtete, kamt Ihr wieder frei. Ja, das verstehe ich. Die Handlungen dieser Welt spiegeln die der Götter wider.*

Adamon strich ihr über die Wange. *Ihr begreift sehr rasch, meine Liebe.*

Aschure ließ sich von ihm noch eine Weile streicheln, dann schob sie sanft seine Hand fort. *Und warum glaubt Ihr, daß es uns jetzt gelingen könnte, Artor zu besiegen?*

Weil wir damals nicht nur viel schwächer waren, sondern auch noch nicht erkannt hatten, daß wir uns zur Vernichtung Artors mit der Macht der Mutter verbünden mußten.

Und heute ist das anders?

Der Gott sah sie ernst an: *Aschure, diesmal müßt Ihr für uns kämpfen. Ihr seid in Smyrdon aufgewachsen, also sehr nahe bei Artor …*

Die junge Frau nickte langsam: *Wolfstern hat mir schon gesagt, daß ich in dem Dorf aufwachsen mußte, um Artor nahe sein und Ihn so besser verstehen zu können.*

Ja, Aschure. Unter uns allen wart Ihr dem Feind am nächsten und kennt Ihn am besten.

Das brachte die Jägerin ins Grübeln. *Aber Axis war doch auch dort, damals als Axtherr. Somit müßte er doch auch –*

Nein, meine Liebe, das ist etwas ganz anderes. Bei Smyrdon handelt es sich um eine Quelle der Macht. Von Artors Macht. Unter allen Menschen, die dort aufwuchsen, seid Ihr die einzige, die Seiner Macht widerstehen konnte. Wenn der Moment gekommen ist, Artor von Angesicht zu Angesicht gegenüberzutreten, wird Euch keiner Euren Platz streitig machen können. Ihr allein seid dann in der Lage, Ihm die Stirn zu bieten und Seiner Macht zu trotzen.

Faraday und ich müssen Ihm gemeinsam gegenübertreten, schloß die junge Frau, die nun alles verstanden hatte. *Die Macht der Mutter und der Sterne vereint.*

Ja, so ist es.

Je tiefer sie nach Aldeni vordrangen, desto mehr verlor der Wind an Kraft und desto weniger Schnee fiel. Immer noch hielt bittere Kälte das Land im Griff, aber hier herrschte nicht mehr als der übliche Winter, keinesfalls aber das eisige Wüten Gorgraels. Aschure lachte, als sie das erkannte, und trieb Venator zu größeren Anstrengungen an.

Sie spürte, daß sie Axis näherkam, und die Hunde schnüffelten immer sorgfältiger mit der Nase auf dem Boden.

Die Alaunt gaben keinen Laut von sich.

Sie hatten die Witterung aufgenommen.

Abends unterhielt die Jägerin sich weiter mit dem obersten Gott. *Adamon, ich habe sowohl von den Wächtern als auch von Sternenströmer von einer Feuernacht gehört. Von einer weit zurückliegenden Nacht, in der Feuer vom Himmel regnete und die Sternengötter über die Erde wandelten. Aus diesen Feuern seien die heiligen Seen entstanden.*

Ja, aber das waren ältere Götter als wir. Adamon drehte wieder den Bratspieß, an dem weitere Rebhühner hingen, und Aschure verzog, ohne daß er das bemerkte, das Gesicht. Um der Wahrheit die Ehre zu geben, sie hatte diese Vögel langsam über. *Die jetzigen Neun sind noch jung, sie haben noch viel zu lernen, und sie müssen ihre Kräfte noch erproben. Die Sternengötter aber, die in jener Nacht auf die Welt herabstiegen, stürzten in Wirklichkeit ab und verbrannten. Wir wissen nicht, was aus ihnen geworden ist.*

Er bot Aschure ein Stück Geflügel an, aber sie schüttelte den

Kopf, und Adamon lächelte. Die Jägerin war fast bereit. *Ich bin aber froh, daß Ihr die Sprache auf die Feuernacht gebracht habt; denn Ihr sollt Axis eine Botschaft von mir überbringen.*

Natürlich, wenn ich ihm damit helfe.

Der Gott sah sie überaus streng an. *Ihr müßt!*

Sie seufzte. *Also gut, wie lautet die Botschaft?*

Was immer auch in den nächsten Monaten geschehen mag, er muß sich zur Feuernacht am Erdbaumhain einfinden. Die Awaren begehen die Feuernacht immer noch, das Fest wird in der dritten Woche des Rosenmondes abgehalten.

Und warum hat Axis dort zu erscheinen?

Aschure, die Waldläufer spielen eine überaus wichtige Rolle bei der Erschaffung des Regenbogenzepters, und dies ist nur in der Feuernacht möglich.

Wieso?

Weil es sich bei dem Zepter des Regenbogens um die einzige Waffe handelt, mit welcher der Sternenmann Gorgrael bezwingen kann. Es wird geschmiedet aus der Macht jener uralten Götter, welche in der ersten Feuernacht abgestürzt und verbrannt sind.

Ich verstehe.

Adamon erhob sich und warf das letzte Stück Rebhuhn ins Feuer. »Dann reitet los, meine Liebe, denn Euer Gemahl steht kurz davor, vor Verzweiflung zu vergehen, und Ihr habt noch ein gutes Stück Wegs vor Euch.«

Personen- und Sachregister

– Abendlied: Tochter Rivkahs und Sternenströmers, Axis' Schwester sowie Gemahlin von Freierfall Sonnenflieger.

– Achar: Königreich, das sich über den Großteil des Kontinents erstreckt und das im Norden von den Eisdachalpen, im Osten vom Schattenland (Awarinheim) und vom Witwenmachermeer, im Süden vom Meer von Tyrre und dem Kaiserreich Koroleas und im Westen vom Andeismeer begrenzt wird. Es ist heute eine Provinz von Tencendor.

– Achariten: Ein Volk von Tencendor.

– Adamon: Der ikarische Sternengott. Adamon ist der älteste der neun Götter; er ist der Gott des Himmels.

– Alaunt: Sagenumwobene riesige Jagdhunde, die einst Wolfstern Sonnenflieger gehörten und nun Aschure als Rudel folgen. Sie gehören zu den Niederen der magischen Wesen.

– Alayne: Ein Schmied aus Skarabost, der einst der jungen Aschure Geschichten erzählte.

– Aldeni: Kleineres Herzogtum im Westen Achars, in dem vorwiegend Getreide angebaut wird. Es wird zum Zeitpunkt der Geschichte von Herzog Roland für Prinz Belial verwaltet.

– Alnar: Ein Zauberer der Awaren.

– ALTE GRABHÜGEL: Die Begräbnisstätten der alten zauberischen ikarischen Krallenfürsten. Sie befinden sich im südlichen Arkness.

– ANDAKILSA: Nördlicher Grenzfluß, der das Herzogtum Ichtar von der Provinz Rabenbund trennt. Meistens ganzjährig eisfrei, ergießt er sich ins Andeismeer.

– ANDEISMEER: Unberechenbare See, die an die Westküste Achars spült.

– ANNWIN: Älteste Tochter des abgesetzten und verbannten Grafen Isend von Skarabost sowie Faradays Schwester, verheiratet mit Baron Osmary.

– ARHAT: Krieger der Rabenbunder.

– ARKEN: Hauptstadt von Arkness.

– ARKNESS: Große Provinz im Osten Achars, in der hauptsächlich Schweinezucht betrieben wird.

– ARNE: Früherer Axtschwinger. Heute Kohortenführer in der vereinigten Armee. Tritt oft als Axis' persönlicher Leibwächter auf.

– ARTOR DER PFLÜGER: Der einzig wahre Gott, wie die Bruderschaft des Seneschalls lehrte. Nach dem Buch von Feld und Furche, der heiligen Textsammlung des Seneschalls, machte Artor einst der Menschheit das Geschenk des Pfluges, dem Werkzeug, das es den Menschen erst ermöglichte, das Leben als Jäger und Sammler aufzugeben und sich dauerhaft niederzulassen, um den Boden zu bebauen und so die Grundlagen der Zivilisation zu schaffen.

– Aschure: Tochter von Wolfstern Sonnenflieger und Niah von Nor. Sie ist mit Axis verheiratet.

– Avenida: Prächtige Prozessionsallee zur Tempelanlage der Insel des Nebels und der Erinnerung.

– Avonstal: Provinz im Westen Achars, in der hauptsächlich Gemüse, Obst und Blumen angebaut werden. Es wird zum Zeitpunkt der Geschichte von Graf Jorge für Prinz Belial verwaltet.

– Awaren: Eines der alten Völker von Tencendor, die in den Wäldern Awarinheims leben. Die Awaren werden auch Volk des Horns, Waldläufer oder Ebenenläufer genannt.

– Awarinheim: Die Heimat der Awaren, die von den Achariten Schattenland genannt wird.

– Axis: Sohn der Herzogin Rivkah von Achar und des ikarischen Zauberers Sternenströmer Sonnenflieger. In früheren Jahren Axtherr, General der Axtschwinger, hat er nun seine Rolle in der Prophezeiung des Zerstörers angenommen und ist der Sternenmann geworden. Nach der Wiederherstellung des neuen Tencendors gründete er sein eigenes Haus, das Haus der Sterne.

– Axtherr: Anführer der Axtschwinger. Unterstand direkt dem Bruderführer des Seneschalls und wurde von diesem aufgrund seiner Treue zum Seneschall, seiner Hingabe an Artor den Pflüger und den Weg des Pfluges wie auch seiner strategischen und organisatorischen Fähigkeiten ernannt. Axis war der letzte Axtherr.

– Axtkriege: Die jahrzehntelang dauernden sehr grausamen und blutigen Kriege einige tausend Jahre vor der Zeit der Prophezeiung, in deren Verlauf die Achariten unter der Führerschaft des Seneschalls und dessen Axtschwingern Awaren und Ikarier aus Tencendor vertrieben und sie hinter die Grenzberge zurückdrängten.

– Axtschwinger: Einst der militärische Arm des Seneschalls. Seine Soldaten haben zwar kein Gelübde abgelegt, kämpfen aber dennoch zur Verbreitung des rechten Glaubens im Auftrag des Seneschalls. Die Axtschwinger waren die Voraussetzung dafür, dass die Achariten die Awaren und Ikarier in den Axtkriegen schlagen konnten und weitere tausend Jahre einen ausgezeichneten militärischen Ruf hatten. Früher von Axis als Axtherr angeführt, wurde ihre Truppe aufgelöst und viele ihrer Krieger schlossen sich Axis' Armee zur Vereinigung Tencendors und zum Kampf gegen Gorgrael an.

– Azle: Ein größerer Fluß, der die Provinzen Ichtar und Aldeni voneinander trennt und ins Andeismeer mündet.

– Baldwin, Sol: Befehlshaber der Garnison von Sigholt.

– Bardenmeer: Diesen Namen gab Faraday dem neuen Wald, den sie in der Nähe von Awarinheim anlegt.

– Barsarbe: Oberste Zaubererpriesterin der Awaren.

– Baumfreundin: Nach der awarischen Sage diejenige, die die Awaren in ihre alten Gebiete südlich der Grenzberge führen wird. Baumfreundin wird außerdem Awarinheim an die Seite des Sternenmanns stellen. Die Prophezeiung hat Faraday auserwählt zur Baumfreundin.

– Baumlied: Der Gesang der Bäume, der manchmal die Zukunft, manchmal aber auch den Tod zeigt. Der Gesang der Bäume kann aber auch Liebe und Schutz gewähren.

– Bedwyr Fort: Altes Fort am Unterlauf des Nordra, das den Zugang zum Gralsee von Nordmuth aus bewacht. Es war der Schauplatz der Entscheidungsschlacht zwischen Axis und Bornheld.

– Belaguez: Streitroß von Axis.

– Belial: Leutnant und Stellvertreter des Axtherrn. Langjähriger Freund Axis'. Er ist jetzt Prinz von Westtencendor und verheiratet mit Kassna, Tochter von Prinz Isgriff.

– Beltide: Siehe Feste.

– Bethalle: Gebetshaus in jedem Ort des Landes, in dem sich die Bewohner an jedem siebten Tag der Woche zur Anhörung der Worte Artors des Pflügers versammelten. Auch Hochzeiten, Beerdigungen und Taufen wurden hier abgehalten. Es war für gewöhnlich das am solidesten gebaute Haus eines Ortes.

– Bleichstern: Ikarische Zauberin.

– Bornheld: Herzog von Ichtar und König von Achar. Sohn der Herzogin Rivkah und ihres Gemahls, Herzog Searlas. Halbbruder von Axis und Gatte von Faraday von Skarabost. Nachdem er seinen Onkel Priam ermordet hatte, bestieg er den Thron. Er lebt nicht mehr.

– Boroleas: Älterer Bruder des Seneschalls, wurde verbannt.

– Bracken: Fluß, der in den Farnbergen entspringt und die Grenze zwischen Skarabost und Arkness bildet, bis er in das Witwenmachermeer mündet.

– Bradoke: Ehemals hoher Offizier in Bornhelds Streitkräften.

– Brode: Ein Aware, Häuptling des Klans der Sanftgeher.

– Bruderführer: Oberster Führer der Bruderschaft des Seneschalls. Der Bruderführer wurde von den obersten Brüdern auf Lebenszeit gewählt. Nach dem König der mächtigste Mann, kontrollierte er nicht nur die Bruderschaft mit all ihren Besitzungen, sondern auch die Elitetruppe der Axtschwinger. Als letzter Bruderführer hatte Jayme dieses Amt inne.

– Bruderschaft: Siehe Seneschall.

– Buch von Feld und Furche: Die heilige Textsammlung des Seneschalls, in der geschrieben steht, daß Artor selbst sie verfaßt und der Menschheit übergeben habe.

– Burdel: Einst Graf von Arkness und Verbündeter Bornhelds, dem Herzog von Ichtar und König von Aachar. Von Axis hingerichtet wegen seiner Verbrechen gegen das Volk von Skarabost.

– Burg der Schweigenden Frau: Diese Burg liegt inmitten des Waldes der Schweigenden Frau. Sie ist eine der magischen Burgen Tencendors.

– Burgen: Drei große magische Burgen von Achar: Narrenturm, Sigholt und Burg der Schweigenden Frau.

– Caelum: Ältester Sohn von Axis und Aschure, geboren zu Jultide. Caelum ist ein altes Wort für »Sterne am Himmel«.

– Charoniten: Ein wenig bekanntes Volk von Tencendor, das jetzt in der Unterwelt lebt.

– Dewes, Symondus: Ein Schafhändler von Arken.

– Dobo: Krieger der Rabenbunder. Lebt nicht mehr.

– Dornfeder: Ein ikarischer Staffel- und Geschwaderführer.

– Drachenstern Sonnenflieger: Zweiter Sohn von Axis und Aschure, Zwillingsbruder von Flußstern.

– Dreibrüder Seen: Drei kleine Seen im südlichen Aldeni.

– Dru-Beorh: Ein Händler.

– Dunkler Mann: Gorgraels Lehrer. Auch bekannt als Lieber Mann.

– Ebene von Tare: Die weite Ebene, die sich zwischen Tare und dem Gralsee erstreckt.

– Edowes: Soldat aus Arnes Einheit in Axis' Truppe.

– Egerley: Ein junger Mann aus Smyrdon.

– Eilwolke Sonnenflieger: Vater von Rabenhorst und Sternenströmer. Ehemaliger Herrscher der Ikarier.

– Eisbärküste: Mehrere hundert Meilen lange Küste, die sich vom Totholzwald im Nordwesten Rabenbunds bis zur Tundra oberhalb von Awarinheim erstreckt. Ein ebenso abgelegener wie eigenwillig schöner Landstrich.

– Eisdachalpen: Hochgebirge, das sich über fast den ganzen Norden Achars hinzieht. Dort leben die Ikarier.

– Eisdach-Ödnis: Trostloser Landstrich im Norden Ichtars zwischen den Eisdachalpen und den Urqharthügeln.

– Eiswürmer: Mächtige Waffe Gorgraels, erstmals geschaffen, um Stadt und Feste Gorken zu bezwingen. Der Zerstörer setzt sie aus Eis und Schnee zusammen und versieht sie mit seinen Zaubersprüchen. Die Kreaturen sehen aus wie Riesenwürmer und tragen in ihren Leibern viele Skrälinge. Sie können sich aufstellen und sogar eine Festungsmauer überragen, um ihre Fracht über die Zinnen zu spucken.

– Elien: Eine Awarin.

– Embeth: Herrin der Provinz Tare, Witwe des Ganelon, Mutter von Timozel sowie gute Freundin und einstige Geliebte von Axis.

– Erdbaum: Uralter Baum und Heiligtum der Awaren und Ikarier.

– Erdbaumhain: Der Hain, der den Erdbaum beherbergt im nördlichen Awarinheim, wo es an die Eisdachalpen angrenzt. Es ist der wichtigste aller Haine in Awarinheim; dort werden von Awaren und Ikariern Versammlungen abgehalten und religiöse Feste gefeiert.

– Erste, die: Oberste Priesterin des Sternenordens, des Ordens der neun Priesterinnen auf dem Tempelberg. Die Erste, wie alle anderen Priesterinnen des Ordens auch, gab ihren Namen mit ihrem Gelübde auf. Niah von Nor hatte einst dieses Amt inne.

– Fährmann: Der Charonite, der die Fähre der Unterwelt steuert. Sein Name ist Orr. Orr ist einer der Niederen.

– Faraday: Tochter des Grafen Isend von Skarabost und seiner Gemahlin Merlion. Einst Gemahlin Bornhelds und Königin von Aachar. Heute erfüllt sie ihre Aufgabe als Baumfreundin.

– Farnberge: Niedriges Gebirge, das Arkness von Skarabost trennt.

– Farnbruchsee: Großer See inmitten der Farnberge. Die Awaren und Ikarier nennen ihn auch: Mutter.

– Federflug: Eine ikarische Staffelführerin.

– Feinauge: Eine ikarische Luftkämpferin.

– Fenwicke, Igren: Gemahlin des Bürgermeisters der Stadt Arken, Kulperich Fenwicke.

– Fenwicke, Kulperich: Bürgermeister der Stadt Arken in Arkness.

– Feste: der Awaren und Ikarier:
  – Jultide: Wintersonnenwende, in der letzten Woche des Schneemondes.
  – Beltide: Frühlingserwachen, am ersten Tag des Blumenmondes.
  – Feuernacht: Sommersonnenwende, in der letzten Woche des Rosenmondes.

– Feuernacht: Siehe Feste.

– Fingus: Ein ehemaliger Axtherr. Lebt nicht mehr.

– Finnis: Ein vertriebener Pflughüter.

– Fleat: Eine Awarin.

– Fleurian: Baronin von Tarantaise, Gemahlin von Greville. Sie ist seine zweite Frau und viel jünger als er.

– Flulia: Eine ikarische Sternengöttin. Sie ist die Göttin des Wassers.

– Fluria: Kleiner Fluß, der durch Aldeni fließt und in den Strom Nordra mündet.

– Flussstern Sonnenflieger: Drittes Kind von Axis und Aschure, Zwillingsschwester von Drachenstern.

– Franz: Älterer Bruder von Gorken.

– Freierfall Sonnenflieger: Sohn von Hellefeder und dem ikarischen Krallenfürsten Rabenhorst Sonnenflieger und sein Thronfolger. Er ist der Gemahl von Abendlied Sonnenflieger.

– Fünf Familien, die Ersten: Die führenden Familien des neugeschaffenen Tencendors: abwechselnd vertreten von Prinz Belial, Prinz Magariz, Prinz Isgriff, Häuptling Ho'Demi, und Freierfall Sonnenflieger.

– Fulbright: Ein acharitischer Ingenieur in Axis' Streitkräften.

– Fulke: Baron der Provinz Romstal, die zum Herrschaftsbereich von Prinz Belial gehört.

– Funado: Krieger der Rabenbunder.

– »Furche weit, Furche tief«: Einst weitverbreiteter acharitischer Gruß oder Segen, der auch zur Abwehr des Bösen dient. Außer Gebrauch gekommen mit der Auflösung des Seneschalls und dem Weg des Pfluges.

– Ganelon: Fürst von Tare, einst Gemahl von Embeth, Herrin von Tare. Lebt nicht mehr.

– Garland: Bauer aus Smyrdon.

– Garten: Der Garten der Mutter.

– Gautier: Einst Leutnant Bornhelds, lebt nicht mehr.

– Geheimer Rat: Ratgeber des Königs von Achar, meist die Herrscher der Hauptprovinzen Achars. Dieser Rat wurde ersetzt durch die Vertreter der Ersten Fünf Familien Tencendors.

– Gehörnte: Die Gottähnlichsten und Heiligsten der Awaren, die im Heiligen Hain leben.

– Geistbaum-Klan: Einer der awarischen Klans, der von Häuptling Grindel geführt wird.

– GEISTER, GEISTMENSCHEN: Andere Bezeichnungen für die Skrälinge in der Prophezeiung des Zerstörers.

– GENESUNGSLIED: Eines der am stärksten wirkenden Zauberlieder der Ikarier, das Leben im Sterben zurückholen kann – doch Tote kann es nicht wieder lebendig machen. Nur die allermächtigsten Zauberer beherrschen dieses Lied.

– GESCHWADER: Einheit der ikarischen Luftarmada, die zwölf Staffeln umfaßt.

– GESCHWADERFÜHRER: Befehlshaber eines ikarischen Geschwaders.

– GILBERT: Bruder des Seneschalls und früher Berater und Gehilfe des Bruderführers.

– GOLDFEDER: Rivkahs Name aus der Zeit, als sie nach dem vorgeblichen Tod ihres Sohns Axis bei den Ikariern lebte. Sie legte jedoch auf Wunsch des charonitischen Fährmanns den angenommenen Namen Goldfeder wieder ab und kehrte zurück zu ihrem früheren Namen.

– GORGRAEL: Der Zerstörer, Halbbruder von Axis, teilt denselben Vater, Sternenströmer. Er will die südlichen Provinzen erobern. Im Gegensatz zur Magie der Sternentanzes bedient er sich der Zauberkraft des Todestanzes, der Dunklen Musik.

– GORKEN: Bedeutende Festung am Gorkenpaß in Nordichtar. Heute verlassen. Angeschmiegt an die Festung liegt die gleichnamige Stadt. Sie wurde beim Skrälingsangriff zerstört.

– GORKENPASS: Gebirgszug zwischen Eisdachalpen und dem Fluß Andakilsa und einzige Verbindung von Ichtar nach Rabenbund.

– Gralsee: Großes Gewässer am unteren Lauf des Nordra. An seinem Ufer liegen die Hauptstadt Karlon und der Turm des Seneschalls, auch Narrenturm genannt.

– Greifen: Sagenhafte Flugungeheuer aus Tencendor, intelligent, boshaft und mutig. Sie waren besonders gefährlich für die Ikarier und diese brauchten viele hundert Jahre, um die Greifen auszurotten. Jetzt werden sie von Gorgrael und Dunkler Mann wieder neu erschaffen. Die Dunkle Magie bewirkt, daß sie trächtig geboren werden und vier Monate später neun Junge werfen. All diese Jungen werden wieder trächtig geboren, usw.

– Grenzberge: Gebirge, das sich im Osten Achars von den Eisdachalpen bis zum Witwenmachermeer erstreckt. Die Awaren wurden vom Seneschall und den Axtschwingern hinter die Grenzberge verbannt.

– Greville, Baron: Herr von Tarantaise.

– Grindel: Aware, Häuptling des Geistbaum-Klans.

– Gruft des Mondes: Vermutlich auf dem Tempelberg gelegen. Die Gruft wurde so selten besucht, daß sogar zu der Zeit, als die Ikarier noch dort lebten, die meisten Zauberer annehmen mußten, daß sie bedeutungslos geworden war.

– Gundealgafurt: Breite, seichte Furt durch den Nordra südlich der Urqharthügel.

– Hagen: Pflughüter von Smyrdon. Gemahl von Niah und Stiefvater von Aschure. Hagen starb während eines Kampfes mit Aschure.

– Hanori: Ältester bei den Rabenbundern.

– Heilige Seen: Siehe auch magische Seen.

– Heiliger Hain: Heiligster Ort der Awaren, der selten von den Sterblichen aufgesucht wird. Eigentlich sind die awarischen Zaubererpriester die einzigen, die den Weg dorthin finden. Um den Heiligen Hain steht ein mystischer Wald, der Zauberwald.

– Hellefeder: Gemahlin von Rabenhorst, Krallenfürst der Ikarier.

– Helm: Awarischer Jugendlicher.

– Hesketh: Hauptmann der Palastwache von Karlon und Geliebter der Yr.

– Ho'Demi: Häuptling der Rabenbunder.

– Höheren, die: Die neun Sternengötter.

– Hogni: Awarische Jugendliche.

– Hordley: Dorfältester von Smyrdon.

– Hsingard: Große Stadt in Mittelichtar, früher Residenz der Herzöge von Ichtar. Heute vollständig zerstört durch Skrälinge.

– Ichtar: (1) Herzöge: Einst die grausamen Herrscher von Ichtar, deren Linie mit Bornheld ausstarb. (2) Provinz: Größte und reichste Provinz Achars. Sie bezieht ihren Reichtum aus riesigen Viehherden und Bergbau (Erze und Edelsteinminen). Sie wurde Prinz Magariz von Axis zugesprochen. (3) Flüßchen: das durch Ichtar fließt und in den Azle mündet.

– Ikarier: Ein geflügeltes Volk, das in den Eisdachalpen lebt. Sie werden auch Volk des Flügels oder Vogelmenschen genannt.

– Ilfracombe: Herrenhaus des Herzogs von Skarabost, hier wuchs Faraday auf.

– Imibe: Rabenbunderin, Caelums Kindermädchen.

– Inari: Ein Krieger der Rabenbunder.

– In'Mari: Eine Rabenbunderin, Tochter von Ho'Demi und Sa'kuya und mit Izanagi verheiratet.

– Insel des Nebels und der Erinnerung: Eine der heiligen Stätten der Ikarier, einst als Piratennest berüchtigt.

– Isbadd: Hauptstadt der Provinz Nor.

– Isend: Einst Graf von Skarabost, ein gutaussehender, doch ein wenig stutzerhafter Herr. Vater von Faraday. Er lebt heute im Exil.

– Isgriff, Prinz: Baron von Nor, Bruder Niahs und Onkel Aschures.

– Iskruel Ozean: Ozean im Norden Achars.

– Izanagi: Krieger der Rabenbunder, verheiratet mit Ho'Demis Tochter In'Mari.

– Jack der Schweinehirt: Ältester der Wächter.

– Jayme: Früher Bruderführer des Seneschalls.

– Jervois: Stadt am Tailem-Knie des Flußes Nordra. Tor nach Ichtar.

– Jorge: Graf von Avonstal und einer der erfahrendsten Krieger Achars.

– Judith: Einstige Königin von Achar und Gemahlin Priams. Lebt jetzt zurückgezogen in Tare.

– JULTIDE: Siehe Feste.

– KAREL: Vorgänger von König Priam, Vater von Priam und Rivkah. Lebt nicht mehr.

– KARLON: Hauptstadt von Tencendor und einst Regierungssitz der Könige von Aachar, gelegen am Gralsee.

– KASSNA: Tochter von Prinz Isgriff von Nor, Cousine von Aschure und Gattin von Belial.

– KASTALEON: Eine der großen Zufluchen in Achar, gelegen in Mittelachar am Nordra.

– KENRICKE: Befehlshaber der letzten im Dienst des Seneschalls stehenden Kohorte von Axtschwingern, der von Axis zur Bewachung des Turms des Seneschalls zurückgelassen wurde. Er kämpft jetzt unter Axis' Kommando.

– KESSELSEE: Gewässer in der Mitte des Waldes der Schweigenden Frau. Siehe auch: Magische Seen.

– KLAN: Die Awaren leben in Klans zusammen, vergleichbar mit Familienverbänden.

– KOHORTE: Siehe militärische Fachausdrücke.

– KOLLIER: Eine geologische Eigentümlichkeit in Rabenbund.

– KOROLEAS: Großes Kaiserreich südlich von Tencendor, das zu diesem traditionell freundschaftliche Kontakte pflegt.

– KRALLENFÜRSTEN: Herrscher der Ikarier und früher ganz Tencendors. Hauptsächlich aus dem Haus der Sonnenflieger; der Titel wird vererbt.

– Krallenturm: Höchster Berg der Eisdachalpen und Heimstatt der Ikarier, auch Kummerkrak genannt.

– Länder der Unaussprechlichen: Hauptsächlich Awarinheim (Awaren) und die Eisdachalpen (Ikarier).

– Lebenssee: Einer der heiligen und zauberischen Seen Tencendors in den westlichen Urqharthügeln. An seinem Ufer liegt Sigholt.

– Lieber Mann: Siehe Dunkler Mann.

– Loman: Ein Aware aus dem Bloßgruben-Klan.

– Luftarmada: Streitmacht der Ikarier, bestehend aus zwölf Geschwadern zu je zwölf Staffeln.

– Magariz, Prinz: Einstmals Festungskommandant von Gorken, ist er inzwischen einer von Axis' ranghöchsten Befehlshabern und Herrscher der nördlichen Gebiete Tencendors. Gemahl von Rivkah, Axis' Mutter.

– Magische Seen: Auch heilige Seen. Das alte Tencendor hatte viele magische Seen. Der Gralsee, Farnsee (Mutter), Kesselsee und der Lebenssee sind die letzten noch bekannten dieser Seen. Der Legende nach entstanden die Seen in der Feuernacht, als die alten Götter aus dem Himmel auf Tencendor stürzten.

– Malfari: Knollenfrucht, aus der die Awaren Brot herstellen.

– Maschken, Baron: Herrscher von Rhätien.

– Merlion, Herzogin: Gemahlin des Grafen Isend von Skarabost und Mutter von Faraday. Merlion starb in Gorgraels Sturm bei den Alten Grabhügeln.

– Merse: Zaubererpriesterin der Awaren.

– Militärische Fachausdrücke: Von regulären Bodentruppen und den früheren Axtschwingern benutzt:

- Peloton: kleinste Einheit, sechsunddreißig Bogenschützen.
- Abteilung: Einheit von einhundert Fußsoldaten, Spießträgern oder Reitern.
- Kohorte: fünf Abteilungen oder fünfhundert Mann.
- siehe auch »Staffel« und »Geschwader« für die ikarische Streitmacht und Luftarmada.

– Minarettberge: Name für die Farnberge. Der Name geht zurück auf die alten ikarischen Städte.

– Mirbolt: Zaubererpriesterin der Awaren. Lebt nicht mehr.

– Monate:

– Januar	=	Wolfmond
– Februar	=	Rabenmond
– März	=	Hungermond
– April	=	Taumond
– Mai	=	Blumenmond
– Juni	=	Rosenmond
– Juli	=	Erntemond
– August	=	Heumond
– September	=	Totlaubmond
– Oktober	=	Knochenmond oder Beinmond
– November	=	Frostmond
– Dezember	=	Schneemond

– Mondkuppel: Ein Kultstätte, die dem Mond geweiht ist und sich auf dem Tempelberg der Insel des Nebels und der Erinnerung erhebt. Nur die Erste Priesterin darf sie betreten. Hier empfing Niah Aschure.

– Mondsaal: Audienz- und Bankettraum im königlichen Palast zu Karlon.

– Mondwildblumen: Außergewöhnlich seltene, zartviolette Blumen, die nur bei Vollmond blühen. Niah nahm das Mädchen Aschure einst mit auf die Suche danach.

– Morgenstern Sonnenflieger: Sternenströmers Mutter, Witwe des ehemaligen Krallenfürsten Eilwolke und selbst eine mächtige Zauberin. Sie wurde von Wolfstern Sonnenflieger ermordet.

– Moor, das: Großes und unwirtliches Sumpfgebiet im Osten von Arkness; hier sollen eigenartige Wesen leben.

– Moryson: Bruder des Seneschalls, oberster Berater und Freund des Bruderführers.

– Mutter: (1) awarischer Name für den Farnbruchsee. (2) Bezeichnung für die Natur, die als eine unsterbliche Frau personifiziert wird.

– Nachleben: Alle drei Völker, die Achariten, die Ikarier und die Awaren glauben an ein Leben nach dem Tod, an das sogenannte Nachleben. Was sie jedoch darunter verstehen, hängt von ihren jeweiligen religiös-kulturellen Überlieferungen ab.

– Narkis: Ein ikarischer Sternengott. Narkis ist der Gott der Sonne.

– Narrenturm: Eine der magischen Burgen Tencendors. Jetzt gehört der Turm Aschure.

– Neun, die: Siehe Sternengötter (die Neun werden manchmal auch die Neun Priesterinnen des Sternenordens genannt)

– Nevelon: Leutnant des Herzogs Roland von Aldeni. Er starb bei Jervois.

– Niah: Entstammt einer alten Familie der Barone von Nor. Ältere Schwester von Prinz Isgriff. Mutter von Aschure. Sie wurde von Wolfstern Sonnenflieger verführt und ermordert von Pflughüter Hagen. Niah war Erste der Priesterinnen des Sternenordens.

– Niederen, die: So werden die höheren Wesen genannt, die über gottähnliche Magie verfügen.

– Nor: Südlichste Provinz Achars; ihre Bewohner haben eine dunklere Haut als die übrigen Achariten und unterscheiden sich von ihnen außerdem durch ein exotisches Äußeres. Herrscher von Nor ist zur Zeit der Geschichte Baron Isgriff.

– Nordmuth: Hafen an der Mündung des Nordra.

– Nordra: Größter Strom und Hauptlebensader Achars. Entspringt in den Eisdachalpen, fließt durch Awarinheim (Schattenland), durchquert schließlich Nord- und Mittelachar. Der Fluß wird zu Bewässerung, Transport und Fischfang genutzt.

– Oberster Heerführer oder Oberster Kriegsherr: Titel, der Bornheld, Herzog von Ichtar, von König Priam verliehen wurde und der ihn zum Oberbefehlshaber aller regulären Streitkräfte Achars machte.

– Ogden: Einer der Wächter. Ein »Mitbruder« Veremunds.

– Opalgeister: Seelen von Opalsteinen, merkwürdige, tuschelnde Gesellen, auf die man in den Bergwerksstollen der Trübberge stößt und die nach einer neuen Heimat suchen.

– Orden der Sterne: Priesterinnenorden, die Neun Hüterinnen des Tempels der Sterne. Wenn eine solche Priesterin ihr Ordensgelübte ablegt, gibt sie ihren früheren Namen auf.

– ORR: der Fährmann der Charoniten.

– OSMARY, BARON: Gemahl Annwins, der älteren Schwester Faradays.

– PEASE: Eine awarische Frau, die im Erdbaumhain während des Angriffs beim Jultidenfest starb. Mutter von Schra.

– PFLUG: Jede Ortschaft in Achar verfügt über einen Pflug, der nicht nur der Feldarbeit dient, sondern auch den Mittelpunkt der religiösen Verehrung der Ortsansässigen darstellt. Artor der Pflüger soll den Menschen den Pflug geschenkt haben, damit diese aus der Barbarei in die Zivilisation aufsteigen konnten. Der Gebrauch des Pfluges unterscheidet die Achariten von den Unaussprechlichen; denn weder Awaren noch Ikarier betreiben Ackerbau.

– PFLUGHÜTER: Der Seneschall weist jedem Ort in Achar aus den Reihen seiner Bruderschaft einen Priester zu, den sogenannten Pflughüter. Ihrem Namen entsprechend, hüten sie den Pflug des entsprechenden Ortes, unterweisen aber auch die Bewohner in den Schriften Artors des Pflügers, dem Weg des Pfluges, und sorgen für ihr Seelenheil. In Tencendor leben noch viele Pflughüter und viele von ihnen hängen noch dem Weg des Pfluges an.

– PIRATENNEST: Jahrhundertelang der Name für die Insel des Nebels und der Erinnerung und immer noch Unterschlupf für Piraten.

– PIRATENSTADT: Die Stadt im nördlichen Hafen von Piratennest – oder der Insel des Nebels und der Erinnerung.

– PORS: Ein ikarischer Sternengott. Pors ist der Gott der Luft.

– PRIAM: König von Achar und Onkel von Bornheld, Bruder Rivkahs. Ermordet von Bornheld, Jayme, Moryson und Gilbert.

– Prophezeiung des Zerstörers: Uralte Weissagung, die von der Erhebung des Gorgrael im Norden und dem Auftauchen des Sternenmanns kündet, der ihn als einziger aufhalten kann. Die Weissagung beginnt wirksam zu werden mit der Geburt des Zerstörers und des Sternenmanns und ist erfüllt mit dem Tod eines der beiden.

– Rabenbund: Nördlichste Provinz von Tencendor.

– Rabenbunder: Die Einwohner Rabenbunds, einst von den Achariten verachtet als Barbaren, jetzt jedoch sehr geschätzt für ihr kämpferisches Geschick und ihre Ergebenheit Axis gegenüber.

– Rabenhorst Sonnenflieger: Gegenwärtig der Krallenfürst der Ikarier.

– Ramu: Zaubererpriester der Awaren. Jetzt der heilige Weiße Hirsch.

– Ratssaal: Der große Saal im königlichen Palast in Karlon, in dem früher des Königs Geheimer Rat zusammentrat. Jetzt wird er von Axis für ähnliche Zwecke benutzt.

– Reinald: Chefkoch der Burg Sigholt im Ruhestand. Als Rivkah sich dort aufhielt, war er Hilfskoch.

– Relm: Eine Awarin vom Tannenpfad-Klan.

– Rhätien: Kleine Provinz Achars an den westlichen Ausläufern der Farnberge. Zur Zeit der Geschichte herrscht hier Baron Maschken.

– Renkin, Bäuerin: Eine ungewöhnliche Landfrau aus Nordarkness.

– RING DER ZAUBERIN: Ein uralter Ring, einst im Besitz der Ersten Zauberin, jetzt von Aschure getragen. Sein eigentlicher Name ist Sternenkreis, und er ist eng verbunden mit den Sterngöttern.

– RITTER: Acharitischer Edler, der sich einer vornehmen Dame verpflichtet, ihr als Ritter zu dienen und sie zu beschützen. Dieser Dienst ist rein platonisch und endet mit dem Tod des Ritters oder auf ausdrücklichen Wunsch seiner Dame.

– RIVKAH: Prinzessin von Achar, Schwester König Priams und Mutter von Bornheld und Axis. Jetzt mit Prinz Magarz verheiratet.

– ROBBENHOFFNUNG: Name eines Schiffes, das Prinz Isgriff von Nor gehört.

– ROLAND: Herzog von Aldeni; lebt nun auf Sigholt.

– ROMANA: Tocher des Herzogs von Aldeni.

– ROMSTAL: Provinz südwestlich von Karlon, berühmt für ihren Weinanbau. Zur Zeit der Geschichte herrscht hier Baron Fulke.

– ROTKAMM: Männlicher Ikarier.

– SA'KUJA: Eine Rabenbunderin, Gemahlin von Häuptling Ho'-Demi.

– SCHARFAUGE: Geschwaderführer der Luftarmada der Ikarier.

– SCHATTENLAND: Der acharitische Name für Awarinheim.

– SCHÖPFUNGSLIED ODER ERWECKUNGSLIED: Ein Lied, das ikarischen und awarischen Legenden zufolge tatsächlich selbst Leben erschaffen kann. Sternenströmer behauptet, daß er Axis das Lied bereits im Leib seiner Mutter habe singen hören.

– Schra: Ein kleines awarisches Kind, Tochter von Pease und Grindel. Sie wurde zusammen mit Faraday der Mutter zugeführt und zeigt alle Anzeichen dafür, eine große Zaubererpriesterin zu werden. Als sie von den Dorfbewohnern von Smyrdon gefangengenommen und fast zu Tode geprügelt wurde, retteten sie Axis, der damalige Axtherr, der das Lied der Genesung über ihr sang und Aschure, die ihre Flucht mit Ramu aus dem Gefängnis ermöglichte.

– Schwebauge: Ikarischer Geschwaderführer.

– Schwebstern Sonnenflieger: Zauberin und Gemahlin des Krallenfürsten, die Mutter von Morgenstern und Großmutter von Sternenströmer. Sie starb dreihundert Jahre vor Beginn der Prophezeiung.

– Searlas: Früherer Herzog von Ichtar und Gemahl Rivkahs sowie Vater Bornhelds. Lebt nicht mehr.

– Seegrasebene: Riesige Ebene, die nahezu die gesamte Fläche der Provinz Skarabost ausmacht.

– Seneschall: Früher allmächtige religiöse Institution Achars; eigentlich: Die Heilige Bruderschaft des Seneschalls. Die Brüder organisierten und leiteten das religiöse Leben der Achariten. Der Seneschall hatte in Achar eine außerordentliche Machtposition inne und spielte nicht nur im alltäglichen Leben der Menschen, sondern auch in allen politischen Belangen eine bedeutende Rolle. Er lehrte vor allem Gehorsam gegenüber dem einen Gott, Artor dem Pflüger, und den heiligen Worten, dem Buch von Feld und Furche.

– Severin: Die neue Stadt, die Magariz anstelle der alten Hauptstadt von Ichtar errichten ließ.

– SICARIUS: Rudelführer der Alaunt. Einer der Niederen.

– SIGHOLT: Eine der bedeutenden magischen Burgen Tencendors, an den Ufern des Lebenssees gelegen in den südlichen Urqharthügeln Ichtars. Axis' Heimat.

– SILTON: Ein ikarischer Sternengott. Silton ist der Gott des Feuers.

– SKALI: Awarisches Mädchen, Tochter von Fleat und Grindel. Sie starb beim Angriff der Skrälinge während des Jultidenfestes im Erdbaumhain.

– SKARABOST: Große Provinz im Osten Achars; Hauptgetreidelieferant Achars. Jetzt verwaltet von der Hüterin des Ostens, Aschure.

– SKRÄBOLDE: Anführer der Skrälinge.

– SKRÄFURCHT: Oberster der noch verbliebenen Skräbolde.

– SKRÄLINGE: Auch Geister, Geistmenschen o. ä. genannt; Kreaturen in den nördlichen Ödlanden, die sich von Furcht und Fleisch ernähren. Früher waren sie substanzlose Wesen, heute haben sie mit der zunehmenden Zaubermacht Gorgraels sichtbar festere Formen angenommen.

– SMYRDON: Großes Dorf im Norden von Skarabost, dem Verbotenen Tal vorgelagert.

– SONNENFLIEGER, HAUS DER: Herrscherhaus der Ikarier seit vielen tausend Jahren.

– SPREIZSCHWINGE: Geschwaderführer der ikarischen Luftarmada.

– STAFFEL: Kleinste Einheit der ikarischen Luftarmada, die von einem Staffelführer befehligt wird. Sie setzt sich aus zwölf weiblichen und männlichen Ikarieren zusammen; zwölf Staffeln bilden ein Geschwader.

– Sterne, Haus der: Neugegründetes Herrscherhaus des Axis.

– Sternengöttinnen und Sternengötter: Neun an der Zahl, doch sind den Ikariern erst sieben offenbart worden. Siehe auch Adamon, Flulia, Narkis, Pors, Silton, Xanon und Zest.

– Sternenkreis: Siehe Ring der Zauberin.

– Sternenmann: Derjenige, der der Prophezeiung des Zerstörers gemäß als einziger Gorgrael zu besiegen vermag – Axis Sonnenflieger.

– Sternenschein: Ikarische Zauberin.

– Sternenströmer: Ein ikarischer Zauberer, Vater von Gorgrael, Axis und Abendlied.

– Sternentanz: Die mystische Quelle, aus der die ikarischen Zauberer ihre Kräfte beziehen. Es ist die Musik der Sterne bei ihrem ewigen Tanz am Himmel.

– Sternentor: Eine der heiligen Stätten der Ikarier, unterhalb der Alten Grabhügel gelegen und schwer zugänglich.

– Straum: Große Insel vor der Küste Ichtars, vornehmlich von Robbenfängern bewohnt.

– Suchauge: Ikarischer Geschwaderführer.

– Tailem-Knie: Die große Biegung des Stroms Nordra, wo er aus dem Westen kommend nach Süden abbiegt und schließlich bei Nordmuth ins Meer von Tyrre einmündet.

– Tanabata: Einer der Ältesten der Rabenbunder.

– Tarantaise: Eine ziemlich arme Provinz im Süden Achars, die vom Handel lebt. Sie wird von Baron Greville verwaltet.

– Tare: Kleine Handelsstadt im Norden von Tarantaise. Heimstatt von Embeth, Herrin von Tare.

– Tekawai: Der bevorzugte Tee der Rabenbunder, der aus dem getrockneten Seetang der Eisbärküste hergestellt wird. Er wird stets mit großer Feierlichkeit aufgegossen und serviert und aus kleinen Steinguttassen getrunken, die das Wappen mit der blutroten Sonne tragen.

– Tempelberg: Hochplateau des Bergmassivs im Südosten der Insel des Nebels und der Erinnerung, auf dem sich die Tempelanlage erhebt.

– Tempel der Sterne: Eine der heiligen Stätten der Ikarier. Er befindet sich auf der Insel des Nebels und der Erinnerung.

– Tencendor: (1) Der alte Name des geeinten Achar vor den Axtkriegen. (2) Unter Axis' Führung das wiedervereinte Land der Achariten, Awaren und Ikarier.

– Timozel: Sohn von Embeth und Ganelon von Tare und Axtschwinger. Früher Ritter Faradays. Seine Seele wurde ihm von Gorgrael genommen.

– Todestanz: Die Dunkle Musik der Sterne, das Gegenstück zum Sternentanz. Sie entsteht, wenn die Gestirne bei ihrem Tanz aus dem Takt geraten, ineinander krachen oder zu Roten Riesen anschwellen und schließlich implodieren. Nur sehr wenige Zauberer können sich der Energie des Todestanzes, der Dunklen Musik, bedienen. Zu ihnen gehören vor allem der Dunkle Mann, Gorgrael und gelegentlich auch Aschure.

– Torwächterin: Die Wächterin am Tor des Todes, dem Zugang zur Unterwelt. Sie führt Buch über die eintretenden Seelen. Außerdem ist sie die Mutter von Zecherach und eine der Niederen.

– Trübberge: Öder Bergzug entlang der Trüben Bucht. Einst wurde extensiv Opalabbau betrieben. Heute ist es eine verlassene Gegend.

– Trübbucht: Große Bucht an der Westküste Tencendors. Ihr Wasser ist schmutzig, verunreinigt durch die Gerbereien entlang des Flusses Azle.

– Turm des Seneschalls: Einst Hauptsitz der Bruderschaft des Seneschalls. Wird jetzt wieder genutzt als eine der alten Burgen von Tencendor. Es ist der Narrentum.

– Tyrre, Meer von: Der Ozean an der Südwestküste Achars.

– Unaussprechliche: Die beiden Völker der Awaren und Ikarier. Der Seneschall lehrte, daß die Unaussprechlichen grausame Wesen seien, die sich der Magie und Zauberei bedienten, um die Menschen (Achariten) zu versklaven. Während der Axtkriege, eintausend Jahre vor der Prophezeiung des Zerstörers, drängten die Achariten die Awaren und Ikarier hinter die Grenzberge ins Schattenland (Awarinheim) und die Eisdachalpen zurück. Heute ist der Name nicht mehr in Gebrauch.

– Ur: Eine sehr alte Frau, die im Zauberwald lebt. Seit undenklichen Zeiten bewacht sie die umgewandelten Seelen der awarischen Zaubererpriesterinnen.

– Urbeth: Eine Eisbärin der nördlichen Wildnis.

– Urqharthügel: Halbkreisförmige niedrige Bergkette in Mittelachar.

– Venator: Aschures Schlachtroß.

– Verbotenes Tal: Einzig bekannter Zugang von Tencendor nach Schattenland (Awarinheim); die Stelle, an der der Nordra Schattenland verläßt und nach Achar fließt.

– Veremund: Einer der Wächter, ein »Mitbruder« Ogdens. Wächterinnen und Wächter: Mystische Geschöpfe der Prophezeiung des Zerstörers.

– Wald: Der Seneschall lehrte, daß alle Wälder von Übel seien, weil in ihnen finstere Dämonen hausen, die die Menschen unterwerfen wollen. Deshalb fürchteten sich die Achariten, manche noch heute, vor dem Wald und dem Dunkel, das in ihm lauert. Es wurden nahezu alle alten Wälder abgeholzt, die einst weite Flächen Achars bedeckten. Die einzigen Bäume, die in Achar angepflanzt wurden, waren Obstbäume und Bäume in Schonungen, die für die Holzverarbeitung benötigt werden.

– Wald der Schweigenden Frau: Dunkler und undurchdringlicher Wald im südlichen Arkness und Sitz der Burg der Schweigenden Frau.

– Weg des Flügels: Allgemeiner Ausdruck, der zur Beschreibung der Kultur der Ikarier benutzt wird.

– Weg des Horns: Allgemeiner Ausdruck, der zur Beschreibung der Kultur der Awaren benutzt wird.

– Weg des Pfluges: Religiöse Pflicht, Sitten und Gebräuche, wie sie vom Seneschall gemäß den Glaubenssätzen des Buches von Feld und Furche gelehrt wurden. Im Zentrum der Lehre steht die Urbarmachung des Landes durch den Pflug. Und wie Furchen so frisch und geradlinig gepflügt, so sind Herz und Verstand gleichermaßen von allem Unglauben und Bösen befreit und das Wahre, Gute kann gesät werden. Natur und unbezwungenes

Land sind wie das Böse selbst; Wälder und Berge sind daher von Übel, sie stellen die unbezähmte Natur dar und entziehen sich der menschlichen Kontrolle.

Gemäß dem Weg des Pfluges müssen Berge und Wälder entweder zerstört oder den Menschen untertan gemacht werden, und wenn das nicht möglich ist, müssen sie gemieden werden, denn sie sind der Lebensraum böser Wesen und des Bösen selbst. Nur Land, das durch den Pflug in Menschenhand gebracht wurde, bestelltes und bebautes Land, ist gut. Der Weg des Pfluges lehrt alles über die Ordnung, der ein jeder Mensch und ein jedes Ding auf der Welt unterworfen ist. Viele Achariten hängen immer noch diesem Glauben an.

– Weisser Hirsch: Nach seiner Umwandlung wurde Ramu zu dem prachtvollen Weißen Hirsch und gab damit seine Gestalt als Gehörnter auf. Der Weiße Hirsch ist das heiligste Lebewesen des Zauberwaldes.

– Weitsicht Stechdorn: Dienstältester Geschwaderführer der ikarischen Luftarmada.

– Weitwallbucht: Große Meeresbucht zwischen Achar und Koroleas. Ihre geschützte Lage und ihr ruhiges Gewässer sind ausgezeichnet zum Fischfang geeignet.

– Westberge: Zentrales acharitisches Bergmassiv, das sich westlich vom Nordra bis zum Andeismeer erstreckt.

– Wildhundebene: Ebene, die sich vom nördlichen Ichtar bis zum Fluß Nordra erstreckt und von den Grenzbergen und Urqharthügeln begrenzt wird. Ihren Namen erhielt diese Ebene von den Wildhundrudeln, die sie durchstreifen.

– Witwenmachermeer: Riesiger Ozean im Osten von Achar. Von den vielen unerforschten Inseln und Ländern jenseits dieses Meeres kommen die Seeräuber, die Koroleas heimsuchen.

– Wolfen: Bogen, der einst Wolfstern Sonnenflieger gehörte und heute Aschure.

– Wolfstern Sonnenflieger: Neunter und mächtigster aller Krallenfürsten, der in den Alten Grabhügeln beigesetzt wurde. Er wurde schon bald nach Regierungsantritt ermordet. Vater von Aschure, der Zauberin.

– Wolkenbruch Sonnenflieger: Jüngerer Bruder und Mörder von Wolfstern Sonnenflieger.

– Xanon: Eine ikarische Sternengöttin. Xanon ist die Göttin des Himmels und die Gemahlin von Adamon.

– Yr: Eine Wächterin.

– Zauberei: Der Seneschall lehrte, daß alle Magie, alle Zauberei und alle sonstigen Schwarzkünste von Übel seien. Die Unaussprechlichen würden sich sämtlicher Zauberkünste bedienen, um die Achariten zu versklaven. Deswegen ängstigten sich alle artorfürchtigen Achariten vor der Zauberei und verabscheuten sie, obwohl ihre Angst langsam abnimmt.

– Zauberer: Die Zauberer der Ikarier, von denen die meisten mächtige magische Fähigkeiten besitzen. Alle ikarischen Zauberer führen das Wort »Stern« in ihrem Namen.

– Zaubererpriester: Die religiösen Führer der Awaren. Sie verstehen sich auf Magie, wenn auch nur in bescheidenem Maße.

– Zauberin, Die: Die erste aller ikarischen Zauberinnen und Zauberer und gleichzeitig die erste, die den Weg zur Beherrschung der Energie des Sternentanzes entdeckte. Sie wird von den Ikariern verehrt. Mit diesem Titel wird Aschure manchmal bedacht.

– Zecherach: Eine Wächterin.

– Zepter des Regenbogens: Waffe, die in der Prophezeiung des Zerstörers erwähnt wird.

– Zerstörer: Ein anderer Name für Gorgrael.

– Zest: Eine ikarische Sternengöttin. Sie ist die Göttin der Erde.

– Zuflucht: Viele Brüder des Seneschalls zogen dem aktiven Bruderdienst ein kontemplatives Leben vor, das sie dem Studium der Mysterien Artors des Pflügers widmeten. Für sie hatte der Seneschall an mehreren Orten Achars Zufluchten eingerichtet. Einige gibt es noch heute.

Inhalt

PIPER FANTASY

Monika Felten

Die Hüterin des Elfenfeuers

Drittes Buch der Saga von Thale. 461 Seiten. Gebunden

Mit Gewalt versucht der finstere Herrscher, Naemy das magische Amulett zu entwenden, doch der Nebelelfe gelingt es, ihm zu entkommen. Als sie bald darauf der Gütigen Göttin gegenübersteht, wähnt sie sich im Jenseits. Doch die Göttin hat andere Pläne mit ihrem Schützling: Sie trägt Naemy auf, in die Vergangenheit zu reisen und eine Gruppe Nebelelfen vor den Fängen des Bösen zu retten, auf dass ihr Volk weiter bestehe. Das Wagnis ist groß: Sollte sie scheitern, wäre Nimrod unwiederbringlich verloren. Naemy zögert, doch dann unterbreitet die Gütige Göttin ihr ein Angebot, das sie nicht ablehnen kann: Shari, Naemys Schwester, soll zu den Überlebenden zählen, wenn die Geschichte der Nebelelfen neu geschrieben wird.

Wagemutig reist Naemy in die Vergangenheit; doch der Weg dorthin ist gefährlich wie eine Gratwanderung: Die Vergangenheit darf nicht geändert werden. Doch wer sich den Anweisungen der Gütigen Göttin widersetzt und in die Vergangenheit eingreifen will, muss dies mit dem Leben bezahlen.

06/1017/01/L

Sara Douglass

Unter dem Weltenbaum